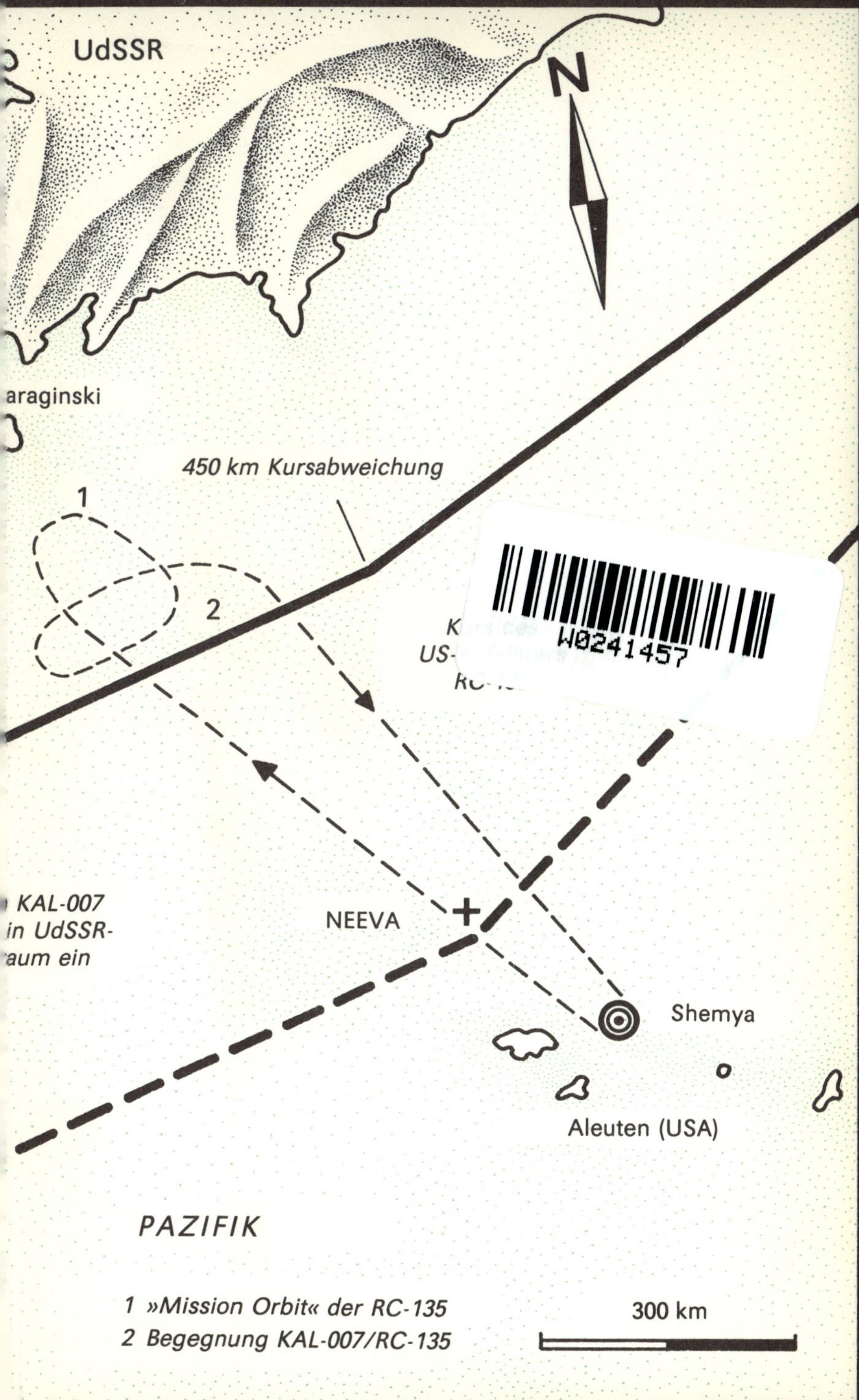
UdSSR
N
araginski
450 km Kursabweichung
1
2
KAL-007
in UdSSR-
aum ein
NEEVA
Shemya
Aleuten (USA)
PAZIFIK
1 »Mission Orbit« der RC-135
2 Begegnung KAL-007/RC-135
300 km

Wolfgang Schreyer

Endzeit der Sieger

Roman

Mitteldeutscher Verlag
Halle · Leipzig

ISBN 3-354-00588-2

Lizenz-Nr. 444-300/26/89 · 7001
Printed in the German Democratic Republic
Karten und Einbandgestaltung: Robert Schreyer
Gesamtherstellung: Karl-Marx-Werk Pößneck V15/30
Best.-Nr. 639 534 3

01650

Für meinen Freund Hubert von Blücher, ohne den dieses Buch nicht entstanden wäre; es ist voller Ideen und Fragmente aus dem Speicher seines Lebens, zumal der Jahre in Nordamerika, das selbst zu bereisen er mich hilfreich angespornt hat.

W. S.

Das Thema der Kunst ist,
daß die Welt aus den Fugen ist.

Bertolt Brecht

DER NACHTFLUG

Eine Philosophie, in der man zwischen den Seiten nicht die Tränen, das Heulen und Zähneklappern und das furchtbare Getöse des gegenseitigen Mordens hört, ist keine Philosophie.

Arthur Schopenhauer

I

De Luca spürte den Druck im Rücken, er sah die Lichter der Startbahn wegflitzen und den Wasserfilm am Außenglas des Fensters. Tröpfchen, vom Luftstrom in vibrierende Muster gepreßt. Im Singen der Triebwerke versank Los Angeles International Airport hinter Güssen. Das Wasser schien dazu bestimmt, die Stadt von ihren Sünden reinzuwaschen oder sie noch vor Sonnenaufgang ins Meer zu spülen. Aber den Flugplan halten sie ein, dachte er auf seinem Fensterplatz in Reihe dreizehn. Vorbei die schönen Tage von Nevada, jetzt ging es wieder nach der Uhr.

Als das Flugzeug dem Unwetter entronnen war, machte De Luca es sich bequem. Der freie Nachbarsitz half ihm, die Beine zu placieren. Fünf Minuten nach zwölf, keine glückliche Stunde, er flog lieber bei Tageslicht. Das hatte nichts mit dem Blick auf die Wolken, den Ozean oder das wenige Land zu tun, das man auf dieser Route zu sehen bekam. Nur war die Aussicht auf ein Gespräch nachts doch viel geringer. Fremde Menschen öffneten sich ihm sonst auf Reisen. Weil man einander gewiß nie wieder sah, teilten sie sich auch ohne Ermunterung mit. Er hörte bloß höflich zu, das genügte ihnen; und ihm half es manchmal, die Welt ein bißchen besser zu verstehen.

In diesem Jumbo aber würde er nur lesen und etwas trinken, dann leicht alkoholisiert dösen, wobei die Zeit ja auch verstrich. Selber hätte er den Flug – Korean Airlines 015 – nie gebucht. Zwar würde er, so hieß es in der Einladung, schon kurz nach sechs in Seoul sein und den ganzen Tag vor sich haben. Das klang vorteilhaft, tatsächlich jedoch war man, über sieben Zeitzonen hinweg, mit der Zwischenlandung in Alaska bis dahin vierzehn Stunden gereist, durch die künstlich verlängerte Nacht; die Abfertigungs- und Fahrtzeiten von und zu den Flughäfen gar nicht gerechnet. Da aber das Arrangement zum Vorzugspreis an diese Billiglinie gebunden war, hatte er keine Wahl gehabt. Die KAL flog dreimal wöchentlich, immer nachts.

Ringsum gähnende Müdigkeit auf allen Polstern. Im Mittelfeld Leute aus Fernost, Familien, die Kinder zugedeckt, fötal gekrümmt auf freien Plätzen. Die *economy class* hinter ihm auch voller Asiaten, zappelig wie zu Beginn einer Vorlesung daheim. In Berkeley hielten sie Disziplin, hingen an seinem Mund, schrieben meistens mit. Gewöhnlich eignete sich nur jeder achte Abiturient für eine Top-Universität, bei den asiatisch-amerikanischen Schülern aber fast jeder zweite. Sie waren halt wendiger und fleißiger als der Rest. Ihr Lernverhalten ähnelte dem der europäischen Juden, die von der Jahrhundertwende an nach Amerika geströmt waren – bis in die dreißiger Jahre, wie sein eigener Vater. Ganz klein fing man an, nähte, bügelte, reinigte: die Bekleidungsbranche als Sprungbrett. »Du mußt in der Schule besser sein und bei der Arbeit geschickter«, das hatte er zu Hause oft gehört.

Genauso die Asiaten. Sie stachen hervor, als Absolventen der High School drängten sie ins Physik-, Elektronik- oder Ingenieurfach und brachten die Statistik der Fakultäten durcheinander. Für ihn, De Luca, kein Problem, sein Fach war weniger gefragt. Es gab nur zwölf Prozent asiatischer Studenten an seinem Institut, exakt der Chinesenanteil der Bevölkerung San Franciscos. Aber die meisten Universitäten fühlten sich doch überschwemmt, bauten Hürden. Ihre Zulassungsbestimmungen waren sowieso auf weiße Bewerber zugeschnitten, und Kinder von Yale-, Havard- oder Princeton-Absolventen hatten stets bessere Chancen gehabt. Nur bei Hochbegabten spielte die Hautfarbe keine Rolle mehr.

Vorn, beiderseits der Kinoleinwand, erklärten zierliche Damen synchron zu einer Tonbandstimme den Gebrauch der Schwimmwesten, ein Lächeln aus Marzipan um die Lippen. Sie trugen den weiß-rot-grün-blauen Traditionsdreß der Koreanerin. Nach dem Begrüßungsschluck schoben sie Servierwagen zwischen die Reihen und gaben Kopfhörer aus. Ein paar Fluggäste stellten die Lehnen hoch in Erwartung des Dinners, andere stöpselten die Hörer ein . . . De Luca stand auf, weder hungrig noch interessiert an dem Film »Kramer gegen Kramer«, wahlweise in vier Sprachen zu hören. Eheleute im Streit um das Kind, geschieden, diese Art Filme nervte ihn. Er war, mit fünfunddreißig, unverheiratet und wollte sein Leben in der Hand behalten. Mit etwas Glück sich in Fachkreisen einen Namen machen. Trotz des Gefühls für Jill Lasky, eines ganz ernsthaften Gefühls, das sich gegen schwere Hemmungen in ihm entwickelt hatte. Es würde nicht gut gehen, nach jeder Erfahrung. Jill war lieb und reizend, sie sah zu ihm auf. Doch auch dies, so sagte er sich, brannte eines Tages herunter bei einer Frau von knapp fünfundzwanzig, aus derart selbstbewußtem

Haus. Hatte es sie nicht geprägt, ein Elternhaus, das ihre Wahl deutlich mißbilligte?

Sie war einfach zu reich. Daß sie seine Assistentin war und in der Arbeit aufging, ihre Familie nicht brauchte und schon gar nicht deren Geld – sie hatte eigenes –, machte es kaum besser. Vermutlich hatten ihre Leute die Macht, ihn aus Berkeley zu vertreiben. Während er nach vorn ging, vorbei an der Leinwand, fiel ihm der Brief Howard Laskys ein, Jills älterem Bruder. Zufällig hatte er den entdeckt, gestern in Las Vegas, als sie im *Tropicana* die Koffer packten. »Sandro de Luca«, stand da sarkastisch, »zugegeben, das klingt! Dem Namen nach Italiener mit einem Schuß jüdischen und auch afrikanischen Blutes, das wirkt doch reichlich gemischt.«

Vielleicht hatte Lasky junior mit seinem Naserümpfen sogar recht vom Standpunkt einer Familie, die seit drei Generationen im Lande saß und seit dem Zweiten Weltkrieg die Universität finanziell unterstützte. Womöglich war an dieser Bewertung wahrhaftig etwas dran, De Luca verschloß davor die Augen nicht. An manchen Tagen hatte er das Gefühl, ein lebender Widerspruch zu sein. Wie oft lenkten ihn Stimmungen, seinem analytischen Talent und jeder Logik zum Trotz. War er nicht aus einer Laune heraus mit Jill nach Las Vegas geflogen: Flucht in die Wüste, Hochzeitsreise ohne Eheschließung? Und ebenso intuitiv hatte er gebilligt, daß Jill ihn bis L. A. begleitete, obschon sie dadurch eine Vorlesung schmiß. Nach dem Abendessen wäre sie ihm in ihrer Begeisterung noch bis an den Flugschalter gefolgt, hätte nicht das Unwetter getobt . . . Abschiedsszenen in der Öffentlichkeit waren ihm zuwider, die überließ er gern dem Film.

Rotlicht an beiden Waschräumen der *business class.* Dort stand schon jemand, ein wuchtiger Herr, dessen Profil ihn an irgendwen erinnerte. Dezent gekleidet wie ein Bankier oder Beamter, in dunkles Tuch, zu kostbar, um zu knittern. Stirnglatze und Brille über solider Eleganz, jetzt glaubte De Luca, das Gesicht zu kennen, vom Fernsehen oder aus der Presse. Dann würde dies ein *first-class*-Passagier sein. »O weh«, hörte er ihn da sagen, »das dauert.«

»Kein Waschraum in der ersten Klasse?«

Der Mann wies mit dem Kinn auf die Wendeltreppe zum Oberdeck. »Den haben sie eingespart, wegen ihrer Bar, diese Brüder.«

In seiner Stimme lag Freundlichkeit, der Hauch von Schicksalsgemeinschaft über dem nachtschwarzen Meer.

»Man zahlt doch dort nicht für die Drinks?«

»Für die meisten schon, ihre sogenannten Spitzenweine. Champagner ist gratis, *Pol Pot* heißt die Marke und schmeckt danach. Die Weine kann man auch vergessen, egal ob sie sich St. Emilion oder Château Talbot nennen.«

»Mir genügt ein schlichter Rosé.«

»Ja, da kann Ihnen nichts passieren.«

»Falls man bei einer Flasche bleibt.«

»Kein Jahrhundertwein verträgt das Geschüttel, und das wissen die genau; Schlitzohren sind sie.«

»Sie mögen Koreaner nicht so sehr?«

»Ich hab überhaupt nichts gegen Asiaten. Es sind bloß zuviel davon an Bord.«

»In Seoul trifft man vermutlich noch mehr.«

»Ist zu befürchten. Sie meinen, ich will da hin?«

»Es soll immerhin das Flugziel sein.«

»Also auch meines?« fragte der Erster-Klasse-Mann. »Ich kann ja in Anchorage umsteigen.«

»Schon, nur würden Sie dann die Konferenz verpassen.«

»Von welcher Konferenz reden Sie denn?«

»Von der des ›Asiatischen Forschungszentrums‹.«

»Wer sagt Ihnen, daß ich daran teilnehme?«

»Es steht in der Zeitung, Sir. Ich spreche doch mit Senator Jesse Helms?«

»Sind Sie von der Presse? Auch nach Seoul geladen?«

»Nicht als Journalist.«

»Wen vertreten Sie, bitte?«

»Die Universität von Kalifornien, Senator. Das Institut für Konfliktforschung.«

Helms verzog den Mund, als befremde ihn dies. Er sah geradezu unwirsch aus; vielleicht aber nur, weil der *Pol Pot* auf seine Blase drückte. Wie der schwere eiserne Vorhang eines Theaters senkte sich Schweigen auf sie herab. Ein mächtiger Mann, unter der dicken Haut des Südstaatlers empfindlich. In Washington, das wußte De Luca, stand der Senator ganz weit rechts. Gegner schlug er oft mit Bibelsprüchen nieder, daheim in North Carolina wie im Capitol. Sein Denken lief in der alten Spur des amerikanischen

Geistes, wie zur Pionierzeit teilte sich ihm die Welt in Weiß und Schwarz, in *wir* und *sie.* Ein Holzschnitt, in dem das Gute gut und das Böse böse war und man leicht zwischen beiden unterscheiden konnte.

Helms fragte: »Leiten Sie das Institut?«

»Allenfalls ersatzweise. Der Direktor hat zwei Stellvertreter.«

»So, aha . . . Und einer davon sind Sie?«

De Luca nickte, er sah dem Senator das Bemühen an, sich zu erinnern – ihn entweder den politischen Freunden oder seinen Widersachern zuzuordnen. Gewiß war etwas nach Washington gedrungen von der Linie, die er am Institut vertrat; doch solange er seinen Namen verschwieg, würde sich Helms nicht über ihn klarwerden.

»Und wie verkraftet Berkeley den Ansturm Asiens? Besser als dieses Flugzeug?«

Für einen Moment war De Luca sprachlos. Ein ziemlicher Gedankensprung. Die Leute um Helms wünschten im Fernen Osten ein perfektes Militärbündnis gegen die Russen, wie paßte dazu der *Ansturm Asiens*? – »Ach, es geht schon. Zwölf Prozent Chinesen bei mir, das tut doch keinem weh.«

»Denken alle so in Kalifornien?«

»Nein. Mancher Rektor blockt ab, mit Quoten.«

»Und das gefällt Ihnen nicht.«

»Es ist ebenso ungerecht wie dumm, auf lange Sicht.«

»Wissen Sie was? Die Gelben sollten mehr Sport treiben.«

»Mehr Sport, Senator?«

»Eben. Wer da etwas zeigt, dem öffnen sich die Tore jeder Universität. Champions sind überall willkommen, nicht wahr? Geben Sie denen doch mal das Rezept.«

De Luca begriff, er hatte sich wider Willen als Gegner des Senators enttarnt. »Sport ist kaum deren Stärke, Sir.«

»Man muß trainieren; ohne Fleiß kein Preis.«

»Aber der Körperbau. Die sind ja leicht und klein, kaum athletisch, mehr geistig begabt. Und das nützt ihnen bei der Aufnahme wenig.«

Helms faßte ihn ins Auge, als gewahre er erst jetzt De Lucas krauses Haar und die braune Haut – wohl infolge der Beleuchtung. »Ich bin kein Rassist«, bemerkte er nach einem Atemzug, wie um eine lästige Konversation zu beenden.

»Danke, Senator. Es freut mich, daß Sie das sagen.«

»Ich sage Ihnen noch mehr. Ein gelber Mitbürger, der hier seinen Weg macht, ist mir lieber als jene Schwarzen, die in unseren Städten herumlungern, um zu betteln.«

»Ist das einzig ihre Schuld?«

»Nein. Ich gebe zu, deren Vorfahren wurden aus Afrika verschleppt. Nur, seit gut hundert Jahren sind sie frei, und wie haben sie die Zeit genutzt? Ein Vietnamese, der auch aus dem Dreck kommt, faßt in hundert Wochen bei uns Fuß.«

De Luca spürte, es stieg gallig in ihm hoch. Doch bevor er antworten konnte, klappte die Tür, das Licht wurde grün und Helms verschwand im WC. Jähes Ende einer absurden Unterhaltung. Zurück blieb der Eindruck von Schlagkraft und Streitlust dieses führenden Parlamentariers. Ein starker Mann und gefährlicher Feind in Seoul! Hätte Helms geahnt, was er, De Luca, dort äußern würde, er hätte kaum das Wort an ihn gerichtet. Mehr noch, er würde versucht haben, ihn von der Konferenz fernzuhalten. Die Seilschaft des Senators hätte De Lucas Teilnahme zu verhindern gewußt. Es hätte genügt, ihn zur selben Zeit nach Washington zu zitieren ... Aber – so sagte er sich – ein Historiker sollte nicht spekulieren, sondern nur das prüfen, was tatsächlich geschehen war.

Nach der halben Flasche Wein dämmerte De Luca vor sich hin. War nichts Besseres zu tun, gehörte es zu seiner Reisetechnik, zu entschweben, durch das Haus seiner Jugend zu streifen und bei den Lichtpunkten zu verweilen. Er schloß die Augen und sah sich auf dem illuminierten Wohnschiff am Kai von Sausalito im Bannkreis eines Mädchens, das ihn sofort verhext hatte. Lange Zeit war sie für ihn der Gipfel strahlender Weiblichkeit gewesen, lockend und unzugänglich. Er hatte sich endlos mit ihr beschäftigt, sie niemals ganz vergessen.

Damals, im dritten Semester, war er bitter arm gewesen, abhängig vom Zufall und dem Erbarmen einer kirchlichen Stiftung, die mittellosen Studenten unter die Arme griff. Sein Vater nämlich, ein dünner Mann mit dem argwöhnischen Blick eines gescheiterten Ladenpächters, schlug sich als Reiseführer italienischer Touristen durch. Trotz der Trinkgelder, bis zu vier Dollar pro Person in der Woche, brachte er nie die achttausend Dollar Studiengebühr für Berkeley zusammen. Gelegenheitsjobs hielten De Luca über Wasser.

Es geschah zu Beginn der Party, als er Drinks servierte, auf einer der schwimmenden Villen des Künstlerstädtchens am Golden Gate. Jemand gab Vietnam-Heimkehrern der Universität Stanford ein Dinner. Und im Musiksalon sah er jene Schönheit – groß, dominierend, atemberaubend, von jungen Männern umringt, die ihr applaudierten. Ihr straff hochgekämmtes Haar ließ die Nackenlinie frei, sie hatte türkisfarbenen Stoff (sein ungeschultes Auge hielt ihn für Gaze oder Tüll) teils verschwenderisch, teils sparsam um sich drapiert und genoß die Blicke, die ihren halbentblößten Brüsten galten. Ein mexikanischer Goldschmuck hielt das Kleid zusammen. De Luca blieb geblendet stehen, unfähig, sich loszureißen. Ein bezauberndes Weib! Aufreizend leise führte sie das große Wort. Er hörte kaum hin, starrte weltvergessen, krank vor Bewunderung auf die glatte Haut einer Schulter, von der langsam das Trägerband glitt.

Ein Lachen nach dem anderen stieg von der Gruppe auf. Den Bourbon in der Hand, bogen sich die Veteranen vor Begeisterung. Sie hatten dem Land gedient, es hinter sich gebracht, dankbar tauchten sie wieder ein in den Zauber der Zivilisation. Nach einer Pointe blickte die Erzählerin im Kreis umher, war sie verstanden worden? Da entdeckte sie De Luca, sah ihn prüfend an. Ihm zog sich die Gurgel zusammen, er fühlte sich bei etwas ertappt, das ihm keineswegs zukam. Ein Wandel ging mit ihr vor, sie verschloß sich wie eine Blume, die bei Frost ihre Blütenblätter einrollt. Hatte sie an ihm das Tablett bemerkt? Ihre Augen verengten sich, und während ihr klar war, im Zentrum aller Aufmerksamkeit zu sein, schob sie geringschätzig das Trägerband hoch und wandte sich von ihm weg.

De Luca rutschten beinah die Gläser aus der Hand. Galt die Abfuhr seiner Hautfarbe oder dem Kellner, der es gewagt hatte, zu starren wie die anderen auch? Einerlei, es hinderte ihn nicht, sich nach ihr zu erkundigen. Sie hieß Tanja Cory und studierte in Stanford, dem teuersten Platz in Kalifornien. Ohne staatlichen Zuschuß erhielt sich Stanford durch die sagenhafte Gebühr von 17000 Dollar pro Student und Jahr. Tanja war der Star dieser Party, jeder verzehrte sich nach ihr. Sie fuhr einen weißen Porsche; als weiteres Zeichen ihres Ranges lag ein Bündel Golfschläger darin.

Ihre Eltern scheuten sichtlich keinen Aufwand, um sie zu verwöhnen.

Ein prägendes Erlebnis. Es bestimmte das Bild, das er von solchen Mädchen hatte. Da lag wohl der Ursprung seiner Hemmung gegenüber Jill ... Tanja war nie aus seinem Kopf verschwunden. Den Klatschspalten nach hatte sie einen Filmschauspieler geheiratet, der voller Anekdoten steckte, jedoch kein ernsthaftes Gespräch führen konnte. Und kürzlich war De Luca ihr nach fünfzehn Jahren in Jills Umgebung wiederbegegnet. Tanja war seriös geworden, womöglich noch anziehender mit ihrem damenhaften Charme und dem vollen Mund. Der ließ ihn das Wort *Niederlage* denken, wenn sie die Lippen verzog – stets bereit, die schönen Zähne zu zeigen. Aus ihr war eine Karrierefrau geworden, ein As in Sachen Vertragsrecht. Angeblich beriet sie kleinere Firmen, die juristischen Beistand brauchten, ohne sich eigene Rechtsabteilungen zu leisten.

Seit einiger Zeit geschieden. Ihm fielen ein paar von den Sätzen ein, die ihrem Exmann entschlüpft waren, dem Leinwandhelden aus Frankreich. Hatte es der Schwachkopf doch fertiggebracht, Privatdinge auszubreiten, als bewegte sein Leben die ganze Nation. Nun, Tanja hatte das verdient. Da ihr das Äußere über alles ging, fiel sie auf einen Schönling herein. De Luca lernte sie unter ihrem alten Namen bei Jerome Lasky kennen, Jills anderem Bruder, einem Charmeur, der vorgab, Wirtschaftsjournalist zu sein. Tanja erinnerte sich nicht, wie denn auch, sie hatten ja nie miteinander gesprochen. Sie war mit Jerome liiert. Ein rauchiger Ton schwang in ihrer Stimme, manchmal zeigte ein Lächeln den harten Schmelz ihrer Zähne – wie damals.

Der Jet verließ seine Gipfelhöhe, De Luca spürte es in den Ohren. Matt säuselten die Triebwerke, schluckte man, wurden sie lauter. Halb fünf Uhr früh, 31. August, ein Mittwoch, der pechschwarz begann. Müßte nicht auf Nordwestkurs an Steuerbord schon eine Spur Morgenröte sein? Nein, halb drei erst war es nach der *Alaska-Hawaii-Zeit;* die einzige Gemeinsamkeit zwischen dem 49. und dem 50. Bundesstaat der USA.

Er stellte die Uhr um zwei Stunden zurück. Längst lief kein Film mehr, das Licht war gedämpft, die Kabine glich in ihrer Unordnung dem Zwischendeck eines Auswandererschiffs. Achtzig Minuten Aufenthalt in Anchorage, dem Ankerplatz von James

Cook. Anno 1778 hatte der Weltumsegler dort verzweifelt nach dem Heimweg gesucht, der Nordwestpassage, 20 000 Pfund Sterling waren ihm vom Londoner Parlament dafür versprochen worden. Doch er fand nur Sackgassen wie Cook Inlet, den tiefen Einschnitt in Südalaska, an dessen Ende jetzt der Flugplatz lag. Zur Umkehr genötigt, war Cook auf Hawaii von Eingeborenen erschlagen worden; denen hatten seine Leute ein Boot geraubt ... Für Konfliktforscher ein fesselnder Stoff.

Hinten im Touristenpferch stieg eine Stewardeß über Beine, weit in den Gang gereckt. Ihre Zwitscherstimme weckte Menschen mit der Mahnung, sich anzuschnallen. Der Jumbo schien zu bremsen, fiel durch Luftlöcher, die Köpfe der Passagiere nickten simultan. Ein Quietschen, die Räder setzten auf, es war, als rumpele ein Bus über Bahngleise. Dann pfeifendes Rollen, Manövrieren zum Flugsteig.

Ringsum nervöse Erlösung. Gegen das Flehen des Personals drängte man vorzeitig zum Ausstieg, in immer gleicher Unvernunft. Mit einem Schwall von Asiaten spülte es De Luca durch den Gang, den der Airport ihnen rüsselhaft entgegenschob. Gutgekleidete Männer, vielleicht das Orchester der chinesischen Oper. Oder Mitglieder der Mun-Sekte, die weltweit zwei Millionen Jünger hatte? Ihr Oberhaupt, ein Mann der äußersten Rechten nutzte die Steuerfreiheit, die Amerika jedem Kirchenführer bot. Reverend Mun – so nannte er sich – steckte im Ginseng-Geschäft, mischte im Waffenhandel und in der Bauindustrie mit.

Auch hinter dem *Asiatischen Forschungszentrum* sollte Mun stehen. Gemeinsam mit dem *Institut für politische Studien* in Tokio lud das *Forschungszentrum* zu der Konferenz ein, die das fernöstliche Bündnis stärken sollte ... Noch mehr Widersacher! De Luca glaubte sich plötzlich von Leuten umringt, die ihn in Seoul befehden würden, wenn er seine Thesen vortrug. Falls man ihn überhaupt reden ließ. Und dann? Alles war offen. Viel hing ab von seiner Taktik. Er wußte zwar, was er sagen wollte – aber nicht, wie. Noch fehlte ihm die passende Eröffnung. Da hoffte er auf Inspiration. Oft kam ihm der beste Einfall erst unterwegs.

II

Die endlosen Transithallen amerikanischer Flughäfen, selbst hier am Rande der Welt. Wie eine Geisterbahn erwacht zu neonfahlem Leben. Man wär verloren darin, dachte De Luca, hätten nicht die Fluggesellschaften sie in Scheiben zerlegt. Der Flugsteig N-3 führte in den Sektor der Korean Airlines. Und dort, über den Andenkenshops, zollfreien Läden, Wechselschaltern und Imbißbars, hob sich aus Schmusemusik – geeignet, einen zu besänftigen – manchmal eine Frauenstimme, die Namen nannte und Passagiere zur Abfertigung rief. Gewimmel in den Sitzreihen aus Plastik; Hunderte von Nachtwandlern füllten den Raum mit Handgepäck und Rastlosigkeit.

Anchorage Airport, Drehscheibe im Irgendwo zwischen den Kontinenten. Das chinesische Orchester oder die Truppe von Hochwürden Mun stieß zu dem Heer der Schlaf- und Mondsüchtigen. Angeblich hatte dieser Mun einst eine Christusvision gehabt, seitdem fühlte er sich berufen zum Messias. Sein Sprachrohr, die *Washington Times,* warb für den Zusammenschluß der alten Feinde Japan und Südkorea unter amerikanischer Führung. Ein Militärpakt gegen die Sowjetunion schwebte ihm vor. Denn seine religiöse Lehre gipfelte in heftigem Antikommunismus, beflügelt durch Größenwahn. »In der geistigen Welt gilt San Myun Mun als Sieger des Universums und Herr der Schöpfung«, hieß es in einer Schrift der Sekte – eher komisch als bedrohlich, hätte der Machtanspruch sich auf die *geistige Welt* beschränkt, was auch immer das sein mochte.

Die Hände auf dem Rücken, ging De Luca umher, in Gedanken schon am Ziel. Wie seine Rede eröffnen, mit dem Mann in Las Vegas, der einen orientalisch roten Fes getragen und ihn belästigt hatte mit seinem Rededrang und der bizarren Idee, ähnlich dem Autoverleih von Hertz ein Geschäft zu gründen, das Waffen und Söldner an alle Welt auslieh? So daß künftige Kriege nicht mehr von schwach motivierten, flüchtig gedrillten Zivilisten ausgefochten würden, die stümperhaft und widerwillig ihre Heimat oder das Nachbarland verwüsteten, sondern *von Vollprofis in der Sahara.* Hochspezialisierte Söldner an modernsten Leihwaffen auf dem gemieteten Schlachtfeld!

Die unvermeidliche Anekdote. Ein witziger Anfang, der aufhorchen ließ, den Boden lockerte für die Saat. Den Mann im Fes und seinen Vorschlag gab es wirklich, doch das nahm ihm ja kein Mensch ab in Seoul. Hinter denen, die dort zusammenkamen, vermutete De Luca in erster Linie konservative Wirtschaftskreise der USA, Kanadas und von Fernost, gewiß auch aus Westeuropa, das Rüstungsgeschäft im Blick. Vertreter solcher Interessen würde die Story bloß verprellen. Er mußte seriös sein, von A bis Z, glaubwürdig noch im Scherz. Und jene andere Gruppierung aus Japan, Südkorea und Taiwan erreichen, die ein Stück weiterdachte und nicht auf Rüstung setzte. Zwar lenkten diese Leute genauso gern Verteidigungsgelder auf ihre Konten; aber eher, um unter militärischem Vorwand eine Grundlagenforschung zu treiben, der dann, staatlich finanziert, neue Konsumgüter entsprossen... Diese Gruppe galt es anzusprechen, ihr wollte er Argumente liefern.

Das hatte er übrigens schon einmal versucht, auf der Konferenz in Los Angeles, und war gleich eingangs gescheitert durch einen dummen Fehler. Bereits seine ersten Sätze waren von den japanischen Managern mißdeutet worden. In Los Angeles hatte er gesagt, Amerikas Betriebsleiter und Arbeiter könnten getrost etwas lernen von der Firmentreue und Disziplin fernöstlicher Arbeitnehmer, die bekanntlich zu Beginn jedes Werktags vereint ein fröhliches Lied sangen: Ausdruck sozialer Hygiene, des Leistungswillens und Friedens in der Gesellschaft, der Abwendung vom Klassenkampf. In seinen Augen ein Kompliment an die Adresse der japanischen Zuhörer. Die freilich hatten Hohn gewittert, sie glaubten sich bloßgestellt, standen wie ein Mann auf und verließen gekränkt den Saal! Peinlicher Abgang im Silentium.

Ein Eklat, er hatte abbrechen müssen; das durfte ihm nicht noch mal passieren. Wie aber, wenn er nun in Seoul freimütig von dem Vorfall sprach und klarstellte, was er eigentlich hatte sagen wollen? Daß es nämlich entschieden besser sei für die Belegschaft, gemeinsam ein Morgenlied zu singen, als in Uniform, unter der Aufsicht kriegerisch gesinnter Offiziere, Soldatenlieder und patriotische Hymnen zu schmettern – was seltsamerweise in demokratischen, zivilisierten Ländern noch allgemein gebilligt werde. Obgleich es doch dazu diene, friedfertige Menschen auf militärischen Drill, Waffengebrauch und Völkermord einzustimmen. Das könne man weiß Gott von den Fabrikliedern nicht behaupten! Manch einer im Westen, der die komisch finde, sie arrogant belächele, habe gar nichts gegen nationalistische Marsch- und Haßgesänge, aus Gründen der Tradition. Heute aber sei zu fragen, von welchen Traditionen man Abschied nehmen müsse im Zeichen der Atombombe und des drohenden Weltuntergangs. Womit er schon beim Thema war. Ein hübscher Eröffnungszug. Glückte ihm der, kam auch das übrige an.

De Luca merkte auf, fiel da eben nicht sein Name im Lautsprecher? Einen Augenblick war er im Zweifel. In drei Sprachen hallte es über ihn weg, erst die Wiederholung verstand er: »Wir bitten Herrn De Luca vom Flug null-eins-fünf zum Informationsschalter der Korean Airlines.« Wer wußte denn, daß er um diese Zeit hier sein würde? Am Stand hieß es, ein Gespräch für ihn aus Los Angeles. Er nahm den Hörer und hatte Jills Stimme im Ohr, über 2500 Meilen so klar, als wäre sie im selben Raum. – »Schläfst du noch immer nicht?« fragte er sie.

»Nicht mehr. Ich hab mich eben wecken lassen, um das Frühflugzeug zu erwischen. Damit die Vorlesung nicht ausfällt.«

Ihm zuliebe! Sie flirtete nie, doch auch am Telefon hatte ihre Stimme etwas, das ihn sexuell ansprach. »Jill, du willst mir doch was sagen?«

»Sicher. Du, ich liebe dich.«

»Ich dich auch. Ist das alles?«

»Ist das nicht genug?«

Er stellte sich ihr Gesicht vor, fein, blütenzart, so war es ihm schon vor Jahren in Berkeley aufgefallen. Sie war dunkelblond, einen Kopf kleiner als er und hatte manchmal die braunen, hoffnungslosen Augen eines italienischen Waisenkinds (oder eines polnischen, das lag bei ihr näher). »Du hast wirklich nichts weiter auf dem Herzen?«

»Nein. Ich fliege gleich nach San Francisco, ohne dich.«

»Regnet es noch bei dir?«

»Nein, warum fragst du?«

»Dann wird es ein netter Flug. Knapp eine Stunde über dem Meer und den rotgrauen Bergen.«

»Es wird mir keinen Spaß machen. Ich werde den oder die, wer immer da zufällig neben mir sitzt, gehörig hassen, weil du es nicht bist. Ich hatte mir so gewünscht, das Semester gemeinsam mit dir zu beginnen. Und nun bist du weit weg, zu einer albernen Tagung.«

»So unnütz ist sie gar nicht. Ich halte die Fahne von Berkeley hoch.«

»Vor zweitrangigen, belanglosen Narren!«

»Die sind weder zweitrangig noch harmlos.«

»Eben, das kommt noch hinzu. Sei vorsichtig, hörst du?«

»Aber ja. Danach sehe ich mir nur noch ein Archiv an.«

»Sandro, wenn's irgend geht, kürz es doch ab!«

»Das will ich gern versuchen.«

»Du bist also nicht erst in einer Woche zurück?«

»Vielleicht schon in vier Tagen, Jill.«

Er hörte sie aufatmen und beschloß das Gespräch mit zärtlichen Worten. Ihre Besorgnis rührte und ärgerte ihn. Nie mehr würde er in seinen Schritten so frei wie vorher sein. Dafür nun der Gewinn an Intensität und Lebendigkeit. Sein starkes Gefühl überstrahlte die Schatten der Partnerschaft; ein Amtssiegel darauf aber hätte es wohl erstickt.

De Luca fing an, die Umgebung wieder wahrzunehmen. Das Getümmel ringsum entstand dadurch, daß in dichter Folge weitere Jets einschwebten, Jumbos auf dem Weg nach Japan, Taiwan, Stockholm oder Paris; die Leuchtschrift dort zeigte es an. Sie gaben sich draußen ein Stelldichein, er sah es durch das Glas, Schwinge an Schwinge umdrängten sie den Terminal und spien Menschen aus. Zwischenstopp zum Auftanken und Wechsel der Crew, Pause vor dem zweiten großen Sprung. Auch war dies ein Knoten im Flugnetz des Staates Alaska. Vierzehn Inlandsrouten trafen sich hier, eine Wandkarte zeigte es.

In diesem Moment glaubte er Tanja Cory zu sehen. Wirklich, sie war es! Sie hat ihn eher entdeckt, vermutlich dank des Aufrufs, von ihrem Platz aus blickte sie in seine Richtung. Er winkte ihr zu, sie lächelte nicht zurück, sondern lud ihn mit einer knappen Geste zu sich ein. Sie nahm ihr Gepäck vom Nebenplatz, damit er sich setzen konnte . . . »Welch ein Zufall«, sagte er.

»Ich bin genauso überrascht.«

In dem vagen Gefühl, ihre Überraschung sei nicht echt, sah er sie aufmerksam an. Ein kaum geschminkter Mund, samtiger Hauch auf der Oberlippe, kunstvoll frisiertes Haar, Modeschmuck von Ciro; wenn sie die lange Zigarette hob, klirrten Armbänder.

Sie rauchte, ohne zu inhalieren. Trotz ihrer lässigen Haltung wirkte sie sehr damenhaft – brünett, reserviert, eingeweiht. Das Flanellkostüm und die weißen Handschuhe schienen das zu unterstreichen. Den kalifornischen Akzent, ihm von damals noch im Ohr, hatte sie abgelegt und sich dem Sprachklang Neuenglands genähert. Ihre Figur war ideal, durch Diät getrimmt, zweifellos. Er war überzeugt, daß sie zweimal die Woche zur Hautpflege ging und Gymnastik trieb, um die Waffen blankzuhalten. Würde sie heute noch auf einer Party das große Wort führen? Schwerlich. Soviel Schick und Schliff ... Doch er durchschaute das. Komödiantin! Gewechselt hatte bloß das Stück. Sie inszenierte ihren Aufstieg, nicht mehr nur die Unwiderstehlichkeit ihrer Person.

Tanja Cory war mit dem Flug KAL 007 aus New York gekommen. Ihr Jumbo hatte, auch im Regen, nach Ostküstenzeit kurz vor Mitternacht vom Kennedy-Airport abgehoben, war sieben Stunden unterwegs gewesen, ehe er hier niederging; zwanzig Minuten vor De Lucas Jet. Da saßen sie nun beide mit demselben Ziel, Seoul, in zwei Maschinen, deren Kurs sich schnitt. Von der Dreiviertelstunde gemeinsamen Aufenthalts war die Hälfte schon herum. Wozu Tanja nach Korea flog – sie behielt es für sich. Mühelos wich sie seinen Fragen aus, das machte ihr sogar Spaß.

»Stimmt es«, fragte er, »Sie sind unter anderem auch für die Malcolm Aircraft tätig?«

»Wer hat Ihnen denn das erzählt?«

»Na, die Tochter des Präsidenten.«

»Sie meinen Jill, Ihre Verlobte?«

»Verlobt? Ich hab noch nie wem die Ehe versprochen.«

»Manche Leute behaupten das Gegenteil, Sandro.«

»Manche Leute behaupten auch, die Erde wäre flach.« Daß sie sich seinen Vornamen gemerkt hatte, berührte ihn angenehm, trotzdem gab es keinen Grund, ihr zu erklären, wie er zu Jill stand. Fing sie doch jeden Versuch, von ihr selber etwas zu erfahren, leicht amüsiert mit einer Gegenfrage auf. Mehr hören als sagen, eine der Regeln auf dem Weg nach oben. Dennoch saß De Luca gern bei ihr. Welch schöne Stimme, schwingend im unteren Bereich; etwa das, was Literaten *verheißungsvoll* nannten. Freilich nahm er auch Spuren von Hochmut wahr; wem bekam es schon, so begünstigt und begabt zu sein?

Während das Gespräch ihm dennoch die Zeit vertrieb, sah er

sich wieder auf dem Wohnschiff ihr gegenüber: sein ehrliches Entflammtsein und ihre instinktsichere Abwendung. Zwar war der Abstand kleiner geworden, er hatte inzwischen aufgeholt, doch sie lag immer noch vorn und ließ es ihn fühlen. Falls ihr Umgang mit Jerome Lasky so eng war wie seiner mit Jill, waren sie beide Anhängsel der Familie; kein sympathischer Gedanke.

»Sehen Sie den Senator Helms?« hörte er sie da fragen. »Neben dem Kahlkopf mit der Hornbrille! Das ist Symms, sein Amtsbruder aus Idaho.«

»Helms fliegt bei mir mit. Zufällig haben wir ein paar Worte gewechselt.«

»Das würde ich auch gern einmal tun.«

»Ist mir klar, Tanja. Ein charismatischer Mann.«

»Sie wissen doch gar nicht, worum es mir geht.«

»Na, bestimmt um ein Denkmal für knorrige Männlichkeit und Vaterlandsliebe.«

»Machen Sie sich nur lustig, Sandro. Sie haben doch auch sehr ausgeprägte Überzeugungen.«

»Nicht so feste wie er. Ich bin kein Kreuzfahrer, wissen Sie, weder für Gott noch für Marx.«

»Jill Lasky ist da anderer Meinung.«

»Hat sie Ihnen das gesagt?«

»Allerdings. Ihre Worte waren: ›Ohne ein Bild von der Welt und davon, wie sie eigentlich sein sollte, kann man gar nicht richtig leben‹.«

»Das ist nicht von mir. Sie macht sich manchmal eigene Gedanken.« Er merkte, Tanja hörte ihm nicht zu, sie sah dem Senator nach. Der verschwand im VIP-Raum, dem Salon der Privilegierten.

»Sandro, darf ich Sie um einen Gefallen bitten?«

»Was immer es auch sei.«

»Wenn Ihnen an Helms nichts liegt, hätten Sie wohl Lust, in meinen Jet zu steigen? Wir müßten nur die Bordkarten tauschen.«

»Dazu sollten Sie wissen, ich sitze in Reihe dreizehn.«

»Aberglauben kann ich mir nicht leisten. Sie kämen hinauf aufs Oberdeck: bequemer reisen und eher am Ziel.«

»Wer säße da neben mir, ein schnarchender Greis?«

»Lawrence McDonald, Kongreßmann aus Georgia.«

»Ich hoffe doch, er hat Sie nicht belästigt?«

»Können wir mal ernsthaft reden?«

»Sie wollen mich also zu einem Südstaatler setzen.«

»Ach Gott, das ist wohl eine Zumutung für Sie.«

De Luca ließ sie ein bißchen zappeln, im stillen schon bereit, ihr den Wunsch zu erfüllen. Obgleich Tanja es unterließ, die Tauschabsicht zu erläutern. Er vermutete ihr Motiv auf dem weiten, verschwiegenen Feld des Lobbyismus. Eine der Firmen, die sie beriet, erwartete offenbar von ihr, daß sie Kontakte zu Männern von Rang und Einfluß knüpfte ... Durch das Glas schimmerte der Umriß ihres Jets, den roten Phantasievogel der Korean Airlines am Leitwerk. – »Geht in Ordnung, Tanja.«

»Wie dankbar ich Ihnen bin.« Zu ihrer Bordkarte reichte sie ihm eine gelbe Marke des Airports. Die hatte ihr ein Angestellter gegeben, damit sie vom Warteraum des Fluges 015 unbehindert zu den Passagieren der KAL 007 zurückkehren konnte.

Er sagte: »Es ist ein Genuß, Ihnen behilflich zu sein.«

III

Um zehn vor vier betrat De Luca den Jumbo, die Stewardeß strahlte ihn an, wie beschenkt durch sein Kommen. Nach einem Blick auf die Bordkarte bat sie ihn mit tänzerischer Anmut aufs Oberdeck. Dort war nur die Hälfte der Plätze belegt, breite cremefarbene Sessel mit viel Beinfreiheit und Fußstütze. Der Fenstersitz in Schlafposition, darauf lag wie ein gefällter Baum Lawrence Patton McDonald, ein schwerer Mann von Ende Vierzig, leicht schniefend, gepflegtes üppiges Haar, das Gesicht in den Polstern verkantet.

De Luca berücksichtigte sein Vorurteil. Er wußte, McDonald galt im Repräsentantenhaus als *Eisenfaust,* als fast so einflußreich wie Jesse Helms im Senat. Seine Freunde nannten ihn Larry. Kürzlich erst hatte er den Satz geprägt: *Es geht darum, ob diese Zivilisation bereit ist, gegen die rote Pest zu kämpfen oder zerstört zu werden.* Er stand der John Birch Society vor und hatte in Vietnam kleine Atomwaffen einsetzen wollen. Aber politische Absichten hatten mit persönlichen Umgangsformen wenig zu tun. Nicht jeder Recke war ein düsterer Charakter. Im Gegenteil, solche Leute konnten gewinnend und sogar amüsant sein. McDonald schlief so fest, als sei er gar nicht ausgestiegen. Das Vorrecht des Staatsmanns! Er mußte nicht von Bord, wenn aufgetankt wurde. Man achtete seinen Schlaf wie seinen Beitrag zum Überleben der Zivilisation.

Jetzt, gegen vier Uhr Ortszeit, raste der Jumbo über die Startbahn und hob ab. Im Steigflug hielt er nordwärts auf das Hufeisen der Alaska Range zu, wo bei Tageslicht das Eis des Mount McKinley aus dem Dunst trat, mit 20 400 Fuß der höchste Gipfel Nordamerikas. Dies entnahm De Luca dem Prospekt der KAL, das er aus der Sesseltasche zog. Über den Wolken an Steuerbord ein Lichthauch, erste Blässe der Morgendämmerung. Doch ehe der Streif sich rosa färbte, glitt er schon weg. Das Flugzeug ging in die Kurve, schwenkte auf Kurs Westsüdwest und holte die Dunkelheit wieder ein. So hoch im Norden flog eine Boeing 747 schneller, als die Welt sich unter ihr drehte. Der Jet blieb im Erdschatten, Nacht genannt, die Zeit blieb stehen, ja sie lief zurück. Erst nach Stunden, wenn man den 180. Längengrad überflog, würde sie vorwärtsspringen. An der Datumsgrenze wurde der Mittwoch ruckartig zum Donnerstag; aus dem 31. August, der gerade anbrach, wurden die ersten Nachtstunden des 1. September! Man verlor einen Tag, kriegte ihn beim Rückflug freilich wieder ... Das Heft erweckte den Anschein, dies sei der KAL zu danken.

Die Wunder des Luftverkehrs. De Luca blätterte um, belustigt vom Stil der Broschüre, ihrem Ton, der einem das Gefühl von Sicherheit und Perfektion gab. »Wie alle Direktflüge von New York nach Ostasien überqueren wir ganz Kanada bis hinauf zum Yukon-Territorium und nach Südalaska«, las er. »Exakt die Route, die der berühmte Charles Lindbergh und seine Frau Anne wählten. Vor 52 Jahren brachen sie mit ihrem einmotorigen Wasserflugzeug auf, um einen Flugpfad nach Fernost zu suchen. Der konnte nur im Norden abkürzend um den Pazifik laufen, das zeigte dem Bezwinger des Atlantiks der Blick auf den Globus. Dies hatte schon der Weltumsegler Cook geahnt, dem das Abkürzen mißlang. Was zur See an Fels und Eis scheitern mußte, das glückte durch die Luft. Das bloß zweisitzige Wasserflugzeug der Lindberghs hatte Schwimmer, verwendbar auch als Kufen, es hüpfte von einem kanadischen See zum nächsten, schließlich von Insel zu Insel. So schlug sich das mutige Ehepaar auf seiner Nordwest-Passage bis nach Japan durch. Aus dem Hochdecker steigend, sagte es der Route eine große Zukunft voraus. Heute ist sie zur Tatsache, zur Gegenwart geworden; jeden Tag und jede Nacht.«

De Luca drehte am Leselicht, sein Blick fiel auf die Streckenkarte. Ein Teil der historischen Route streifte den Rand der Sowjetunion. Das Wort *Sibirien* hatte die zwei Flugpioniere noch nicht erschreckt, ihre Hoffnung, Kontinente auf neuen Wegen zu verbinden, nicht trüben können. Und wirklich, als sie an einem Augustabend 1931 im Hafen von Petropawlowsk auf Kamtschatka wasserten, wurden sie vom Marinekommandanten, dem Ortssowjet und von der Bevölkerung so warm begrüßt wie zuvor auf heimatlichem Boden. Kaum machten sie fest, da sahen sie sich von Arbeitern umringt. »Die schwangen keine Vorschlaghämmer«, hatte Anne Lindbergh notiert, im Hinblick auf ein Klischee der Presse jener Tage. »Sie drängten an den Kai, neugierig auf uns . . .«

Kaum denkbar heute, dies hatte sich zum schlechteren gewandelt, die Broschüre verschwieg es. Damals war Kamtschatka ein Stück Ödland gewesen, so weit entfernt von strategischer Bedeutung wie Alaska. Heute stand man sich an beiden Ufern der Beringsee nervös gegenüber, im atomaren Patt der zwei Giganten. Nirgends kamen sie einander so nahe wie dort. Der Preis des Fortschritts war zu hoch, wenn er diesen Aufmarsch einschloß.

Von New York bis Anchorage hatten die Lindberghs elf Tage und Nächte gebraucht. Die Boeing 747 schaffte das in sieben Stunden, kursgenau und ohne Pannen, wie sie die zwei Pioniere erdulden mußten. Dafür aber hatten die ein enormes Stück Natur unter sich gesehen – Wälder, Gebirge und Seen, Elchherden, Eskimos und Bären, die nach Lachs fischten. Den Reisenden im Jumbo war statt dessen das Melodram »Mann, Frau und Kind« gezeigt worden. Laut Programmheft entdeckte der Ehemann, von einer früheren Affäre her Vater eines Sohnes zu sein . . . Ein Gespinst aus Hollywood für die fliegende Isolierstation.

De Luca fragte die Stewardeß: »Wo sind wir jetzt?«

Sie sah auf die Uhr. »Vierzig Minuten nach dem Start, also schon hinter Bethel, Sir! Haben Sie einen Wunsch, darf ich Ihnen etwas bringen?«

»Bethel, was ist das?«

»Der letzte Festlandspunkt auf unserem Weg. Ein Funkfeuer, wonach wir den Kurs korrigieren, wenn nötig ... Es gibt gleich das Frühstück.«

»Frühstück?«

»In New York geht's auf zehn, da hat man doch Appetit.«

Sie merkt nichts, dachte er. Sie hält mich für einen Fluggast aus New York. Mit der Cockpit-Crew hat wohl das Kabinenpersonal in Anchorage gewechselt. »Wie weit liegt das Schwesterflugzeug zurück?«

»Gut hundert Meilen, Sir.«

»So genau wissen Sie dies?«

»Es hat zwölf Minuten nach uns abgehoben, und wir fliegen fünfhundert Knoten – achteinhalb Meilen in der Minute.«

»Sind aber zwanzig Minuten früher in Seoul?«

»Ja, nach dem Flugplan. Sehen Sie, uns hat man ›Romeo zwanzig‹ gegeben, die kürzeste der parallelen Routen überm Nordpazifik. Es sind im ganzen fünf, wegen der Sicherheitsabstände. Der Flug null-eins-fünf verläuft etwas südlich, das verlängert die Strecke.«

De Luca dankte für die Auskunft. Der Vorsprung nützte ihm nichts, er mußte die Ankunft von 015 abwarten, mit dem sein Koffer kam. Doch es gefiel ihm, daß Tanja hinterdrein schwebte, im Abstand von zwölf Minuten, aus denen im Laufe der Nacht zwanzig wurden. Obwohl ihn das nicht hätte kümmern sollen. Frauen – nun ja! Das Rätsel der Ausstrahlung, ihrer geheimen Macht, sofern ihr Bild einem folgte. Für ihn war Sex, wie jede Art Verführung, weitgehend fauler Zauber. Unwägbares wie ein Duft, ein Schwingen der Stimmbänder, ein Lächeln oder ein Blick schienen Genuß zu versprechen, das Glück einer Partnerschaft. Das gaukelten die Sinne vor, es wurde selten wahr. Denn der Reiz einer Frau hatte mit ihrem Wert so wenig zu tun wie die Vortragskunst eine Dozenten mit dem Ernst seines Forschens, der Gültigkeit der Erkenntnis, die er verkaufte.

Er fand, Sex ist Erfolg und umgekehrt, die Fassade dessen, was wir sind oder tun. Wenn ein Text ihm geglückt erschien, wenn er im Hörsaal damit glänzte, argwöhnte er, das Hochgefühl, das in ihm aufstieg, sei dem Triumph einer Frau ähnlich, die Bewunderung erregt. Beides hieß ja bloß, zu wirken, aller Beifall galt der Außenseite, kaum je dem verborgenen Kern, dem Charakter oder einer Leistung, deren Wert oder Unwert sich erst später zeigte. Gewiß, dies hing zusammen. Tausend Fäden führten vom Kern zur Oberfläche und zurück. Ob wir reich oder arm, schön oder häßlich, mächtig oder machtlos waren, das formte uns auch innerlich. Nur Moralprediger konnten dies leugnen. Ehrgeiz war gut, nur sollte man davon nicht besessen sein. Er hatte Jill zugestimmt, als sie in Las Vegas deshalb mit ihm stritt. Ihr leuchtete nicht ein, weshalb er nach Seoul mußte. Für sie beide war Erfolg kein Ziel, das jedes Opfer rechtfertigte.

Irgendwo war die Grenze. De Luca liebte sein Fach, hoffte immer auf den großen Wurf, und doch, das bedeutete ihm nicht alles. Sonst hätte er neben seinem Nachbarn in Respekt versinken müssen. Larry McDonald verkörperte ihn beispielhaft, den Erfolg, das Parfüm des Mannes: sein Aufstieg in den Streitkräfteausschuß, mit Ende Vierzig Liebling des Pentagon im Kongreß, dessen Stütze in allen parlamentarischen Fragen der Landesverteidigung ... So groß kam eine Tanja Cory nie heraus. Und seine eigene Karriere blieb im akademischen Umfeld vergleichsweise unbeachtet. Nie reichte der Glanz einer Buchveröffentlichung auch nur entfernt an den eines Politstars heran, hinter dem Gönner standen.

Neidete er ihnen den Triumph? Nicht ernsthaft. Aus der Einladung ging hervor, daß McDonalds Beitrag *Republik Korea – Alliierter der freien Welt an vorderster Front* hieß. Der waffenklirrende Titel sprach für sich. Die Politiker sonnten sich in dem Glauben, sie retteten das Land oder die Menschheit mitsamt den heiligsten Gütern. Eher aber war es nötig, die Welt vor ihnen zu retten – vor ihren Doktrinen, Ambitionen und dem, was sich daraus ergab. Das Thema der Konferenz lautete unverblümt: *Nordpazifische Sicherheitsstrategie.* Dieser Gegenstand würde die Köpfe beherrschen, zweieinhalb Tage lang im alten Stil, wenn niemand sich fand, der das Schema sprengte.

Eben das hatte er Jill erklären wollen; es war ihm mißglückt. Sie räumte ein, jemand sollte dies versuchen, doch wieso gerade er? Der wissenschaftliche Wert der Tagung sei gleich Null, keine neue Erkenntnis stehe ins Haus, er reibe sich sinnlos auf, niemand werde auf ihn hören: Profit sei das stärkste Argument. Maßvoll hatte er entgegnet, Berkeley schicke einen Vertreter, wenn nicht ihn, dann Baldwin – ein weicher Mensch, mit dem habe die

Konferenz den Segen des Instituts, was sie auch beschließe, das jedenfalls müsse er verhindern. Worauf sie ihm den Drang vorwarf, in die Öffentlichkeit zu gehen, sich für die Medien aufzubauen, ein Publikumsheld zu sein.

De Luca schloß die Augen, er dachte zurück an den Moment der ersten Berührung vor anderthalb Jahren; da war sie Studentin im letzten Semester gewesen. Sie saßen mit anderen am runden Tisch eines Lokals nahe North Waterfront, Jill zufällig neben ihm, still, blütenzart, in ihrem Jeansanzug, der mögliche Formen verbarg. Irgend etwas wurde gefeiert, er wußte nicht mehr, was. Seine Studenten luden ihn zu manchem Anlaß ein. Im Wirrwarr der Gespräche, quer über den Tisch geführt, wandte er sich allmählich Jill zu, weil ihn das nicht zwang, die Stimme zu heben. Unter dem fragwürdigen Eindruck, sie sehe zu seinem gehäuften Wissen auf, sprach er bald nur noch für sie. Wegstrebend von Privatem, versicherte er ihr ernstlich, die deutsch-britische Flottenrivalität der Jahrhundertwende sei die klassische Vorform des heutigen Wettrüstens gewesen, ein Muster für die Vielfalt der Ursachen, die in der Neuzeit zum Kriege führten. Der beiderseitige Flottenbau habe, anstatt abzuschrecken, den Ausbruch des Ersten Weltkrieges gefördert. Das erste industriell beschwingte Wettrüsten in der Geschichte verdiene wegen seines Modellcharakters mehr Aufmerksamkeit.

De Luca war müde gewesen nach einem harten Tag, er hatte zur Entspannung Budweiser getrunken und sich kaum sehr klar geäußert über die Risiken des Großmachtstrebens. Jill aber lauschte ihm ganz verzaubert, bis ihm aufging, was er da zusammenschwatzte, bloß ihretwegen! Einzig durch stummes Zuhören entlockte sie ihm derart Dürftiges, daß er abrupt aufstand, mit einer knappen Entschuldigung. Sie erhob sich, um ihn durchzulassen, für einen Atemzug standen sie voreinander, und da geschah es ihm, daß er aus einer Laune, einem Reflex heraus die Hände seitlich an sie legte und sich mit dieser kumpelhaften Geste von ihr trennte.

Um Verständnis bittend. An einem Winterabend zu Beginn des Falklandkriegs. Über den Ghirardelli Square blies der Wind ein bißchen Schnee, der nicht liegenblieb, durch die Jefferson Street zum *Maritime Museum* San Franciscos, das in Gestalt eines Dampfers gebaut worden war; vielleicht hatte überhaupt erst der

Schiffsrumpf ihn dazu gebracht, die Seerüstung zu streifen? Vor *Ripley's Believe It or Not Museum,* dem Haus der Kuriositäten, stand sein Wagen. Und es war wirklich kurios, kaum zu glauben, die kurze Berührung hatte ihn elektrisiert. Seine Hände hatten nicht mehr ertastet als Jills Oberarme, ein Griff, der ihn schmale Schultern ahnen ließ, einen eher knabenhaften Körper. Und doch sprang dabei ein Funke über, der unbemerkt zum Schwelbrand wurde.

Er hatte ehrlich versucht, den Abend zu vergessen. Die Magie ihres Blicks, das Lockende der langwimprigen, grünblauen Augen (es ging auf eine leichte Achsenverschiebung zurück). All das holte ihn erst ein, als Jill eines Tages schüchtern anfragte, ob er ihr Mentor sein wolle beim fälligen Schritt zum *Master of Arts.* Dabei ruhte ihr Blick glänzend auf ihm, asymmetrisch, mit einem Ausdruck flehender Beharrlichkeit, vertieft durch das mangelnde Ebenmaß der Augen. Verdutzt fand er den Entwurf ihrer Diplomarbeit betitelt: *Der Anteil des deutsch-britischen Wettrüstens zur See 1898/1914 am Ausbruch des Weltkriegs I . . .* Das, schwor er sich, würde ihm eine Lehre sein. Man streute keinem etwas hin, ohne zu riskieren, daß die Saat aufging.

So nahm die Sache ihren Lauf. Was den Schwelbrand entfachte, das trug sich in einem der hübschen Neuengland-Häuser seiner Studenten zu, nach der Feier am 4. Juli. Da hatte Jill mehr getrunken als er, sie tanzte mit einer Freundin »Hernandos Hide-a-way« und schmachtete die Gefährtin tragisch an. Ein Bärtchen auf die Oberlippe getuscht, parodierte sie das Lied der Leidenschaft mit starrer Miene, verruchten Gebärden und ausgreifenden Tangoschritten, düster wie das Schicksal selbst. De Luca war baff, soviel Spiellust und Phantasie! Jill trug ein langes, hochgeschlossenes, ärmelloses Batikkleid mit Stehbundkragen, frech geschlitzt, wie eine zweite Haut lag es ihr schillernd an.

Die Flamme züngelte hoch, als nun der Popstar Michael Jackson »Beat It« sang. Die zwei Mädchen ließen sich los, sie brauchten einander nicht mehr. Keinen Partner, nur noch die Musik gab es für Jill, den harten Discosound. Ihr ganzer Körper war ein Schwingen, bis ihr plötzlich einfiel, allein dem Rhythmus zu folgen, roboterhaft exakt. Der Wechsel vom gelösten Gleiten in den zuckenden Tanz war atemberaubend. Es schien De Luca, als stehe nicht nur Jill unter Strom, sondern auch er selbst. Ihm wurde klar, ganz hingerissen zu sein, heillos verliebt. Seit dieser Nacht waren sie ein Paar. Wobei der Gedanke ihn nie verließ, es könne bei ihrem Hintergrund unmöglich von Dauer sein.

Die Kluft war tief, Las Vegas hatte sie aufgedeckt. De Luca setzte dort keinen Dollar. Er lief bloß durch die wirre, verspiegelte Purpurpracht der Kasinos, um das preiswerte Essen zu finden, mit dem die Hotels nach Spielern fischten. Wo jeder am Spieltisch sein Glück versuchte, zumindest am Einarmigen Banditen, da genügte es ihm, mit Jill auf der Rutschbahn des *Tropicana* in den Pool zu sausen, unter den prasselnden Wasserfall zu schwimmen, abends über den flimmernden Strip zu strolchen oder im Tiffany Theatre das Getingel der Folies Bergere zu sehen.

Gar zu bescheiden und gesittet für Jill. Geiz hatte sie ihm vorgeworfen, die Fadheit eines Biedermanns, und sich ihm im Zimmer Nr. 1406 des Paradise Tower schließlich als »Hauptgewinn« präsentiert, gestiftet vom Haus für den bravsten Gast: in jenem Kleid, an dem sich acht Wochen zuvor sein Verlangen erst entzündet hatte. Darunter trug sie nichts ... Von der Deutung des deutsch-britischen Wettrüstens zum Verzicht auf weibliche Rüstung. Die perfekte Überraschung. Das Beste an ihr, fand er, war die Bereitschaft, sich zu verwandeln. Jills Metamorphosen verwirrten ihn, wurden ein Teil seines Lebens, und neben Verwirrung brachten sie Antrieb, vitalen Reiz, die unwiderstehliche Lust, möglichst viel Zeit mit ihr zu verbringen. Manchmal fragte er sich, wie all das einmal enden werde, wer von ihnen wohl ging und den anderen verließ.

Sie? Nun, das wußte er nicht. Schwer vorstellbar aber, selber derjenige zu sein. Nein, das brachte er niemals fertig.

IV

Das Flugzeug der Pacific & Southwest Airways landete um acht Uhr fünfzehn in San Francisco, als die Sonne über den Diablo-Bergen stand, über der glitzernden Bucht. Jill Lasky bedauerte, nicht gleich auf dem Ostufer zu sein. Vom Metropolitan Oakland Airport wäre sie über den Nimitz Freeway im Nu heimgehuscht. Doch ihr Flitzer parkte beim North Terminal des San

Francisco International Airport, weil dort der Flug nach Nevada begonnen hatte. Ihr Vortrag war erst um zehn, sie würde es schon noch schaffen.

Aber ihr Koffer tauchte nicht auf. Nervös starrte sie auf das Fließband, fremdes Gepäck glitt vorbei und rieb sich, sooft das Band in die Kurve ging, ohne ihren Koffer! Ähnlich wie bei der Ankunft in Las Vegas, da hatte Sandro erklärt: »Wenn du sicher sein willst, daß man einen Sprengkopf nie findet, dann checke ihn bei dieser Luftlinie ein.« Geschah ihm etwas Unangenehmes, pflegte er zu sagen: »Das Crash-Management ist in Kraft; der Krisenstab beschließt ...« Jill Lasky sah auf die Uhr – Sandros Uhr, zu groß für ihr Handgelenk –, ihr Krisenstab beschloß, nicht mehr auf den Koffer zu warten. Sie reklamierte ihn, hinterließ ihre Telefonnummer und lief zum Parkplatz. Ihr Vortrag steckte in der Reisetasche, die ihr von der Schulter hing, sie hatte das Manuskript nicht dem Koffer anvertraut.

Den Sportzweisitzer fand sie rasch. Das Stoffdach war feucht, auf dem Lack perlten Tropfen. Doch als sie den Zündschlüssel drehte, sprang der Motor nicht an. Ein paar Umdrehungen, dann war die Batterie leer. Sie mußte Hilfe erbitten, das war ihr peinlich. Ein freundlicher Herr schob ihr Auto mit der Stoßstange seines eigenen vor sich her, bis der Motor kam. Jill Lasky ließ ihn aufheulen, sie bedankte sich. Der Herr schien von ihr angetan, er gab ihr auch noch seine Visitenkarte, falls sie mal wieder Hilfe brauche ... In dem flüchtigen Gefühl, ihm schon begegnet zu sein, nahm sie die Karte, ohne einen Blick darauf zu werfen.

Das Blechgetümmel war vorbei, problemlos glitt sie in den Verkehr. Auf einen Knopfdruck hin summte das Verdeck zurück, Seewind griff ihr ins Haar. Der Freeway streifte die San Francisco Bay, Segel schwammen im Dunst. Wie üblich zog bleicher Sommernebel vom Ozean her, verhüllte die halbe Stadt, um sich erst über der Bucht aufzulösen. Unrast befiel Jill Lasky, Vorgeschmack des Lampenfiebers, das sie bei jedem Auftritt vor der Seminargruppe beschlich. Sandro dort keine Schande machen! Ein paar Studenten waren mit ihnen am Grand Canyon gewesen, würden Klatsch verbreitet haben. Ein lästiges Thema, der Falkland-Krieg, für gründliches Erörtern viel zu frisch. Die USA hatten Großbritannien wirksam unterstützt, auch mit Satellitenfotos von der argentinischen Flotte, doch dazu gab es nur Pressestimmen, keine

Dokumente; die kamen erst später ans Licht. Gab es sowjetische Hilfe für Buenos Aires? Moskaus Archive öffnen sich in hundert Jahren oder nach der nächsten Revolution, hatte Sandro gesagt.

Das wollte sie ihrem Text noch anfügen. Er schüttelte so etwas aus dem Ärmel, sie aber hing von ihren Notizen ab. Am Kreisel beim Showplace Design Center nun ein Stau. Sie trommelte auf das Lenkrad, trieb den Motor im Leerlauf hoch aus Furcht, er könne wegsterben. Hinter ihr wurde gehupt, es ging weiter, in sanfter Krümmung stieg der Freeway auf Stelzen und wurde zum Skyway. Links fielen die City zurück mit ihren Türmen, rechts die Piers und Lagerhäuser, vorn stieß die Oakland Bay Bridge im Schwung der stahlblauen Träger durch den Dunst ins Gegenlicht.

Bei der Küstenwacht inmitten der Bucht, auf Yerba Buena Island, begriff Jill, das Manuskript war gar nicht in ihrer Reisetasche. Sie hatte es zuletzt noch Sandro gezeigt und nicht wieder eingepackt! Am Ostufer bog sie mechanisch nach links, ihr Kopf war wie mit Gas gefüllt, das Gesicht spannte, als sei die Haut aus Papier. Entweder war der Text im Koffer oder Sandro hatte ihn irrtümlich eingesteckt... Sie glitt in einen krankhaften Zustand von Übermüdung. Es fiel ihr schwer, den Weg über das Kleeblatt zur Shattuck Avenue zu nehmen, der geradlinig zum Campus führt. Alles war aus, sie würde mit Falkland einbrechen, sich jämmerlich blamieren.

Daran änderte auch nichts, daß von Sandro eine bunte Postkarte in ihrem Briefkasten lag, verblüffend und rührend, aus Nevada. Er hatte sie heimlich im *Tropicana* geschrieben, um ihr die Heimkehr zu versüßen. Las Vegas bei Nacht, schon so weit weg, ein Bild vom Lichtertanz der Hotelfassaden. Weiße Fontänen, die gelben Kuppeln des *Westward Ho*, die Neonpalmen vorm *Oasis Casino.* Es war ihr unmöglich, Sandros Gekritzel zu lesen, seine Ermunterung, nutzlos und liebevoll.

Den Tränen nahe, stülpte Jill ihre Tasche um, durchwühlte den Inhalt – kein Manuskript. Im Außenfach bloß das Kärtchen des Herrn vom Flughafen. *Goldenes Hufeisen,* stand da: Touristik, Besichtigungen, Reisebegleitung. Der Helfer hieß Maxwell, es war seine Geschäftskarte, er verteilte ständig, um für seinen Reisedienst zu werben. Ihre langen Finger, ohne jeden Schmuck, gruben in dem, was sich auf dem Schreibtisch stapelte. Da lugte unter einem Ordner die Zweitschrift hervor! Sie war gerettet. Sie hatte die Kopie noch in Sandros Wohnung geglaubt. Aber er hatte sie ihr beim Aufbruch mit ein paar Korrekturen zurückgereicht.

Erlöst stieß sie das Fenster auf, Harzgeruch drang herein, der Duft von Rosen und Koniferen, die milde Spätsommersonne. Das ansteigende Hochschulgelände mit den quellenden Platanen, Eukalypten, Pinien und Wacholderbüschen. Die Villen des Wohnviertels und der venezianisch strenge Glockenturm, der Kampanile mitten im Campus, dort schlug es gerade halb. Ihr Blick ging bergan, wo sich über dem Griechischen Theater (ein Geschenk des Zeitungskönigs Hearst) das *Cyclotron,* die *Lawrence Hall of Science,* das *Silver Space Laboratory* und weitere Stiftungen im Dickicht verbargen. Treppen und Serpentinen führten hinauf in die botanischen Gärten hoch über der Stadt, die den Namen des irischen Philosophen und Bischofs trug; passend zur grauen Gotik manches Lehrgebäudes und zum Neuenglandstil der Quartiere.

Sie atmete tief, auf das Fensterbrett gestützt. Der Krisenstab gab Entwarnung. Bischof Berkeley hatte recht, die Dinge waren bloß ihr trügerisches Abbild, alles fügte sich erst im Kopf zur vermeintlichen Realität. Dies war Jills Heimat seit sieben Jahren, noch nie hatte sie so stark gespürt, ganz bei sich selbst zu sein, im Zentrum ihres Lebens. Sandro, ihr Idol, war jetzt auch ihr Beschützer. Betrat er einen Raum, verblaßten alle neben ihm. Nie würde sie ihre Entscheidung für ihn und die Welt von Berkeley bereuen.

Noch immer ein Hauch von Unruhe, ein Schleier von Schweiß auf der Haut, der Drang nach Reinigung. Jill Lasky ging ins Bad und zog sich aus. Ihr Mund glich einer platzenden Frucht, oft sog sie die Lippen leicht nach innen in dem unbewußten Wunsch, das Sinnliche zu drosseln. Blickte sie so in den Spiegel, fragte sie sich, was Sandro eigentlich an ihr fand. Sie war überzeugt, er könne jede Frau auf dem Campus haben.

Mit dem Badetuch rieb sie den Spiegel blank und nahm die Duschhaube ab. Wie immer kräuselte die feuchte Luft ihr Haar, machte es dem Sandros ähnlich. Ein Kopfschütteln und schon saß die Frisur. Das bißchen Fleisch unter der überperlten Haut, wie gut, daß es genug war, ihn zu reizen. Beim Abfrottieren hielt sie sich vor: Ich muß über den Dingen stehen, spielend damit fertig werden, mit meiner Schüchternheit, den Zweifeln und Ängsten. Nicht mehr in Panik geraten durch ein fehlendes Papier, keine

Debatte fürchten, auch nicht mit Kontrahenten wie dem aufsässigen O'Brien, der nachher das Koreferat hielt. Die Forschung kam, wie Sandro fand, nur in ständiger Reibung der Geister voran; Harmonie war Stillstand.

Sandro De Luca. Unbegreiflich lange hatte er sie übersehen, viel Zeit ging so verloren. Wie hatte sie sich noch im Frühsommer nach ihm gesehnt! Seine Berührung damals am runden Tisch schien ein Versprechen zu sein. Benommen war sie umhergeirrt, hatte Bücher verlegt, Schlüssel verloren, Termine vergessen, manchmal falsche Vorlesungen besucht und angestrengt auf Texte gestarrt, während sein Gesicht sich beharrlich zwischen ihre Augen und die gleichgültigen Buchseiten schob. Bis er sie dann plötzlich als Frau entdeckte, dank des Tangos, einfach durch ihren Tanz! Und ohne viel Worte die Party mit ihr verließ; sie selbst schwieg schon aus Furcht, ihre Stimme könne verraten, wie ihr zumute war. An seiner Seite gab sie sich den Schauern der Erwartung hin. So bog man verschwörerhaft in die La Loma Avenue, bergan, auf dem Weg zu ihm.

Der folgende Morgen fand sie beide verwandelt. Hand in Hand gingen sie durch stille krumme Straßen hinauf zum Park über der Stadt. Sie hatten alle Scheu vor der Macht ihrer Gefühle verloren. Undenkbar, sich jemals zu belügen. Oft hatte Jill das Wort »vor Freude weinen« gehört und nie daran geglaubt. Aber beim Abschied hatte sie Tränen in den Augen, obwohl sie sich von da an nur noch für Stunden trennten und es als ausgemacht galt, daß es so gut wie für immer war.

Ja, für immer, denn auch körperlich kam er ihrem Wunschbild nahe. Zu große und schwere Männer flößten ihr Furcht ein. Kein Verrenken, wenn sie Sandro küßte, keine Angst, erdrückt zu werden. Ihn zu berühren war äußerst angenehm, sie mochte seine glatte braune Haut. Und wenn er anfing, sie zu streicheln, überlief es sie heiß. Erst wohlige Entspannung, dann die hypnotische Lust, nach der sie süchtig war; wie Morphium breitete sie sich in den Adern aus. Für den Rest ihres Lebens begehrte sie keinen anderen Mann. Bald würden sie heiraten und all ihre Zeit gemeinsam verbringen; außer wenn er auf Reisen war. Über dem nächtlichen Ozean.

Auf Reisen, um Leute zu bekehren, deren Beschränktheit aus ihren Schlagworten sprach, Slogans wie *Nordpazifisches Sicherheits-*

denken und *Fenster der Verwundbarkeit.* Das Odeur von Waffenöl und Scheiterhaufen. Unverbesserliche Narren ... Seufzend griff Jill nach ihrem Jeansanzug. Zehn vor zehn, sie mußte sich sputen, dort hinter der Moffitt-Bibliothek zu bestehen – im Namen der Konfliktforschung die Kämpfe austragen, von denen die Wissenschaft angeblich lebt. Der akademische Meinungsstreit war Spiegelfechterei. Wozu das, waren die Menschen nicht schon verschieden genug? Die wirklichen Unterschiede reichten doch aus.

Und während die Sonne hereinfloß und den Globus auf der Ecke des Schreibtischs schimmern ließ, drehte Jill den Nordpazifik zu sich hin, das Fenster der Verwundbarkeit. Ihr Finger glitt von den Aleuten zur Datumsgrenze und weiter zu den Kurilen. Über die Hälfte der Strecke Anchorage-Seoul lag hinter Sandro. Bei ihm dort südlich von Kamtschatka, auf dem 160. Längengrad, war es fünf Stunden früher als hier, ging also erst auf fünf. Er schob die Nacht vor sich her, ein Forscher und Mann von Wichtigkeit, der durch tiefe Finsternis das Licht seines Wissens trägt, zu den Unbelehrbaren, und Klarheit in die Menschheitsfragen bringt.

Wenn sein Flugzeug um Viertel nach sechs in Seoul landete und es hier längst Mittag war, Viertel nach eins, wurde es für ihn da drüben wieder hell. Erst wenn sein Anruf kam, würde sie beruhigt sein; ein dreifaches Läuten, das ihn nichts kostete. Wünschte er doch von ihr die Selbstbeherrschung, den Hörer gar nicht abzuheben.

V

»Bitte, Sir«, lispelte es an De Lucas Ohr, »würden Sie so gut sein, wieder Ihren Platz einzunehmen?«

Schlaftrunken sah er auf. Das Mädchen trug ein rotblaues *taeguk* am Revers, koreanisches Sinnbild von Himmel und Erde in Gestalt einer Doppelsichel; die Chefstewardeß offenbar.

»Darf ich Ihre Bordkarte sehen?«

Er fischte danach. Die Dame schien unfähig, ihre Stimme zu modulieren, so daß sie mehr plärrte als sprach. Unüberhörbar war ihr Drang, ihn zu vertreiben. Was ließ sie unter dem Lack der Höflichkeit derart gegen ihn wüten? Ach, er sah schon, wer sie ihm auf den Hals geschickt hatte. Der Fensterplatz war leer, Lawrence McDonald thronte an der Bar – dort, wo laut Jesse Helms der Waschraum des Oberdecks sein sollte. Ein kräftiger Mann, zur Fülle neigend. Eine Zigarette hing ihm von den Lippen und eins seiner Augen war des aufkräuselnden Rauchs wegen geschlossen wie bei einem Detektiv der schwarzen Serie Hollywoods. McDonald hatte über ihn hinwegsteigen müssen, sich geärgert und beschwert wie in Washington, wenn ihm jemand den Parkplatz wegnahm.

Die Stewardeß – zäh in ihrer Bereitschaft, der Prominenz zu dienen – ließ ratlos von ihm ab, mit einer Geste der Resignation in Richtung Bar. »Tut mir leid«, sagte der Abgeordnete über den Gang hinweg. »Ich nahm an, Sie hätten sich im Platz geirrt. Darf ich Sie zu einem Drink einladen?«

Guter Stil. Ein Staatsmann verschanzt sich nicht, er übernimmt die Verantwortung. De Luca trat an die Bar und stellte sich vor.

Auf McDonalds Gesicht lag amüsierte Wachsamkeit. »Sie wissen sicher, wer ich bin.«

»Sollte ich das, Sir?«

»Beim Tausch der Bordkarten hat Frau Cory Ihnen das wohl kaum verheimlicht. Haben Sie auch mit der MAC zu tun?«

De Luca überlegte zwei Sekunden. MAC war das Kürzel für Malcolm Aircraft Corporation, die Firma der Laskys. »Ja, so könnte man es sehen.«

»Und auf welchem Sektor arbeiten Sie?«

»In der Forschung . . .«

»Schön. Ich rede am liebsten mit Fachleuten. Man kommt schneller auf den Punkt.«

»Was wäre hier der Punkt?«

»Bei Ihnen passiert zuviel. Keine Entwicklung ohne Pannen, das hab ich auch Frau Cory schon gesagt. Die hat Sie wohl ersucht, das Gespräch an ihrer Stelle fortzuführen.«

»Ganz so war es nicht, Mr. McDonald.«

»Ach, gehen Sie! Ich bin schon dafür, die Forschung zu streuen. Nicht jeder Auftrag muß nach Kent oder San Diego gehen. Die Großen können nicht alles machen, sonst werden sie zu teuer. Jeder muß eine Chance haben, gerade bei einem System, das verzwickt ist wie ›Tomahawk‹.«

»Auch bei den anderen geht eine Menge schief, Sir.«

»Sicher, aber doch in Grenzen. Ich sage jetzt bloß: Santa Catalina.«

De Luca nippte an seinem Drink. Verdammt schwer, so zu tun,

als sei man eingeweiht. Dem Namen nach eine Insel bei Los Angeles, ein Paradies für Glücksspieler und Sportfischer 25 Meilen vor der Küste, im Besitz der Wrigleys. Doch mit Glücksspiel oder Kaugummi hatte der Hinweis bestimmt nichts zu tun.

»Schon vergessen oder, sagen wir mal, verdrängt?«

Das Spiel war aus, er wußte zu wenig von der Malcolm Aircraft.

»Ich gebe Ihnen noch ein Stichwort: La Jolla. Dämmert es nun?«

La Jolla war der Badevorort von San Diego, und dann gab es noch ein nuklear getriebenes Unterseeboot, das so hieß. Dunkel erinnerte De Luca sich eines Vorfalls mit dem Boot. Offenbar spielte McDonald auf die Panne vom Frühsommer an. Aus einer Tauchposition hatte »La Jolla« bei der Insel Santa Catalina ein Cruise Missile vom Typ *Tomahawk* abgefeuert, ein Testgeschoß der MAC. Wie üblich durchbrach es die See wie ein hochschießender Tümmler, fuhr seine Flügel aus und zog tief über dem Ozean eine Kurve, um ostwärts Santa Barbara die Küste zu schneiden und über kalifornisches Ödland sein Testgebiet in Nevada zu finden, ein kleines Zielquadrat. Das hatte oft funktioniert, diesmal aber war das *Kriegsbeil* abgeirrt, auf die Santa-Ynez-Berge mit dem Landsitz des Präsidenten . Die Sache wäre vertuscht worden, hätten nicht Reporter dort gelauert und den Einschlag fotografiert.

»Sir, der Groschen ist gefallen.«

»Na gut. Das hat Ihnen und uns geschadet. Schließlich kann der Verteidigungsausschuß keine Waffe befürworten, von der ein Schlag gegen Reagans Ranch droht.«

»Ja, das war ein Eigentor. Inzwischen aber ist das Navigationssystem verbessert worden. Und mit der Tarnkappen-Technologie liegt die MAC deutlich vor allem anderen.«

»Die Gutachter bezweifeln das. Fest steht nur, die Testvorgaben werden bisher nicht erreicht. Ihr Produkt fliegt stets unter den besten klimatischen und geographischen Bedingungen.«

»Die Marine will es so.«

»Sie traut dem Gerät eben nicht mehr zu. Der Weg von Santa Catalina nach Nevada ist die reinste Milchmanntour, und trotzdem Irrläufer! Nicht umsonst schickt man Abfangjäger mit.«

»Zur Beruhigung des Publikums. Die Gefechtsköpfe sind ja leer, da fliegt kein Krümel Sprengstoff.«

»Ich bin im Bilde. Die Navy hilft Ihnen, Ihr Zeug zu retten. Sie ist ja ganz wild darauf, die Pazifikflotte mit Cruise Missiles zu bestücken.«

»Schweift ein ›Tomahawk‹ so weit ab, daß er sich anhand des Bodenreliefs nicht mehr zurechtfindet, wird neuerdings die Fallschirmlandung ausgelöst.« De Luca begann, sich in Tanjas Rolle einzufühlen. Was hatte es zwischen ihr und diesem Mann gegeben, daß sie in Anchorage von ihm abließ? Hatte sie sich um des Verkaufserfolgs willen an ihm festgesaugt? Unsinn, was half es ihr, mit dem einen ins Bett zu gehen – drei bis vier Dutzend Leute entschieden über Regierungsaufträge solchen Umfangs. »In Kürze werden die Probleme gemeistert sein«, hörte er sich sagen.

»Möglich, bei markanten Profilen.« McDonald drehte sich um, er bestellte kalifornischen Weißwein, ihm zuliebe. »Aber im Polareis und über den Ebenen Sibiriens erblindet Ihr Geschoß. Da sind noch nicht mal die Einflugschneisen vermessen worden.«

Das Gespräch lief wie von selbst. Sandro der Zauberer, Priester des Waffenkults. Was er der Presse entnommen und längst vergessen hatte, stieg in ihm auf, wurde verfügbar. Wie glatt ihm das von der Zunge ging! Er konnte ohne weiteres über eine Waffe sprechen, die er nicht mehr beachtet hatte als andere Systeme. Lag das am Wein oder am Charme seines Partners? Es saß und sprach sich hier ganz angenehm ... In einem Winkel seines Kopfes steckte ein Satz aus einem Jahrbuch, möglicherweise dem *Almanac of American Politics,* wo es über Lawrence P. McDonald hieß: »Er steht auf dem rechten Flügel der Demokratischen Partei ganz außen und vertritt zuweilen Verschwörungstheorien, die sogar viele seiner konservativen Freunde zusammenzucken lassen ...«

Davon war wenig zu spüren. Wuchtig saß McDonald da, bekümmert, das dicke Haar gesträubt, als sei er der einzige auf der Welt, der sich ernstlich um sie sorge: vom Volk gewählt, zu verhüten, daß sie dem Feind in die Hände fiel. Schweigen senkte sich auf die winzige Bar. Es reicht, dachte De Luca. Er schwatzte Unsinn und traf auch nicht immer den Ton. Nur, wie es stoppen, ohne den Mann gegen sich aufzubringen? Stets war es leichter, etwas anzufangen, als es zu beenden.

Eine halbe Stunde später sagte McDonald: »Ich ahne, wie Ihnen zumute ist, Sandro. Soviel Promotion für ›Tomahawk‹ und alles umsonst.«

De Luca tauchte aus seinen Meditationen auf. Das klang, als zeige sich ihm ein Ausweg. Sie hatten das Thema erschöpft.

»Tut mir leid, mein Freund, es plaudert sich wirklich nett mit Ihnen. Aber Ihr Produkt überzeugt nicht so wie Sie persönlich.«

»Ich hab Sie gar nicht überzeugt.«

»Durchaus – von der Güte Ihres kalifornischen Weins.«

»Mehr war's für heute eben nicht.«

McDonald strich sich eine Haarsträhne aus der Stirn, seine dunklen Augen leuchteten kühl. »Das ist sympathisch an Ihnen, Sie spüren es, wenn ein Produkt noch unreif und das Ja nicht zu kriegen ist.«

»Man kann ›Tomahawks‹ nicht mit Hauruck an den Mann bringen. Es sind keine Sportwagen oder Kühlschränke.«

»Tanja Cory sieht das leider anders. Ist sie in Anchorage umgekehrt?«

»Nein, sie fliegt hundert Meilen hinter uns.«

»Soviel Aufwand? Winston Lasky muß verrückt sein.«

»Haben Sie je daran gezweifelt?«

Der Kongreßmann lachte, es klang wie trockener Husten. »Ein Übermaß an Firmentreue ist wohl nicht Ihr Fall?«

»Nein. Aber ich halte daran fest, in einem wichtigen Punkt macht ›Tomahawk‹ dem Namen Lasky Ehre.«

»Seinem Namen?«

»Sie wissen doch, was ein *laski* wirklich ist: das weiße Winterfell des russischen Wiesels. Es schleicht sich damit ungesehen ein. Tarntechnologisch ist die MAC schwer zu schlagen.«

»Sie sind doch zäher, als ich dachte. Seine männlichen Abgesandten wählt Ihr Boß mit sicherer Hand.«

»Ihr Lob schließt Cory aus?«

»Ich will nicht ungalant sein; eine bemerkenswerte Dame, geschmeidig, hochintelligent. Sie hat mich schon beeindruckt, aber mehr durch ihre Erscheinung. Ein attraktives Weib, tipptopp von Kopf bis Fuß. Kippt täglich Badeöl in die Wanne, das beim Aussteigen den ganzen Körper pflegt und die Haut jung erhält. Lacht immer nur verhalten, um Faltenbildung zu vermeiden. Alles an ihr ist auf Charme getrimmt. Die langen Zigaretten, der flotte Modeschmuck und das Kostüm von *Saks*, Fifth Avenue, aus Manhattan. Sehr wirksam im Hinblick auf den männlichen Normalgeschmack.«

»Sie haben sie ja genau studiert.«

»Dazu war schließlich Zeit. Haben Sie mal auf ihre Finger geachtet, die hübsch polierten Nägel, lang und spitz?«

»Ich kenne sie nur in Handschuhen.«

»Natürlich, die weißen Handschuhe, das ist auch so ein Merkmal, glauben Sie mir.«

»Merkmal wofür?«

»Für weibliche Aufsteiger in dem Fach. Wo's zu Hunden noch nicht ganz reicht, denn wo sie lassen? Nein, das sind keine Hände, die streicheln möchten; sie dienen zum Festkrallen im Managing Promotion, an der Strickleiter nach oben.«

»Urteilen Sie nicht zu streng?«

»Ach was, ich kenne mich aus. Mir scheint sogar, sie hat Augentropfen in der Tasche, und zwar von Elizabeth Arden. Die weiten Pupillen, sie geben den strahlenden Blick, Äderchen verschwinden, das Auge wird beruhigt. Als Arzt sieht man das gleich. Und ich bin auch sicher, da sind ein paar Haarteile in ihrem Handgepäck, für jede Gelegenheit. Daraus baut sie abends möglicherweise eine Empirefrisur auf – bestechend bei einer, die's kann. Wissen Sie übrigens, was ihre Reiselektüre ist? Konversationslexika.«

»Wozu soll das gut sein, Larry?«

»Das liest sie zur Stärkung der Eloquenz. Keine Minute bleibt ungenutzt bei ihr.«

»Es hört sich an, als beschrieben Sie eine Kunstfigur.«

»Genau das ist sie, wenn ich die Wahrheit sagen soll. Unter uns, bei diesem weiblichen Typus ist oft selbst Erotik simuliert, dient als Instrument; aber das muß im konkreten Fall Vermutung bleiben.«

»Eigentlich schade, nicht wahr?«

»Winston Lasky sollte sie zügeln. Grüßen Sie ihn von mir und richten Sie aus, es ist riskant, mit solch einer Waffe ins Feld zu ziehen, sie auf harmlose Volksvertreter loszulassen. Wie leicht verliert da einer den Verstand, zu Lasten des Wählerwillens.«

De Luca spürte den atmosphärischen Wandel, unmerklich rückte man einander näher. Das war nicht mehr der hohe Parlamentarier; die freundliche Routine, mit der McDonald das *Kriegsbeil* begraben hatte, begann sich zu verflüchtigen. Nicht länger mehr war er der Staatsmann auf Auslandsmission, in dessen Händen die Sicherheit des Landes liegt, der Hinweise allenfalls vom Präsidenten entgegennimmt, am liebsten nur von Gott. Er orderte noch mehr Wein, Rosé diesmal, weltläufig und generös. Entspannt wirkte er, ausgeruht, informiert. Schwer, in ihm das Haupt der fanatischen John-Birch-Gemeinde zu sehen, den Mann, der in Vietnam taktische Atomwaffen hatte verwenden wollen. Kam ihm nie die Idee, daß im Zwang zur Feindschaft beide Weltmächte unverzeihliche Fehler begehen konnten?

Da trank er seinen Rosé und erzählte, für ihn sei schon vorgestern in dem KAL-Jumbo ein Platz gewesen, mit dem drei Beamte (aus dem Weißen Haus, dem Pentagon und dem State Department) nach Seoul gereist waren. Doch wegen eines Unwetters sei er zu spät aus Atlanta nach New York gelangt und habe den Nachtflug 007 verpaßt. Weder sei er dem Drängen seiner Frau gefolgt, die ganze Reise aufzugeben, noch habe er ein amerikanisches Flugzeug nehmen wollen. Vielmehr habe er in Ruhe den nächsten Flug der Koreaner abgewartet und sich zwei Tage in New York gegönnt. Er mochte die KAL, seit den 60er Jahren war die Linie in Privathand, ihre vierzehn Jumbos kreuzten seit eh und je unfallfrei den Pazifik. Erstklassige Piloten, die besten aus der Luftwaffe Koreas. Was gehe ihn die aggressive Geschäftsführung und das rigorose Preisgebaren der KAL an? »Zum Nachteil der Konkurrenz, nicht des Kunden«, hielt er fest.

De Luca hörte zu, seltsam berührt davon, wie dieser Mann sich ihm allmählich öffnete. Was für ein Mensch verbarg sich in der Haut des Politikers? Das würde sich nur zeigen, wenn McDonald unbefangen weitersprach. Wenn man ihn nicht durch die Erklärung störte, daß er mit keinem Rüstungsforscher sprach, sondern mit einem Historiker, der sich anschickte, ihn so gründlich zu studieren, wie er selber Tanja Cory studiert hatte.

VI

Auf ihrer Uhr stellte Mrs. Cory das Datum vom 31. August auf den 1. September. Nach Auskunft der Crew hatte man, drei Stunden nach dem Start in Anchorage, zwischen der US-Insel Shemya und dem sibirischen Vorposten Komandorskije die Datumsgrenze überquert. Noch viereinhalb Stunden bis zum Ziel. Sie schob die Fensterblende hoch. Der Mond war heraus, sein Reflex lag auf der Tragfläche. Eine halbwegs klare Nacht über dem Niemandsland, in das nur die Kriegsschiffe und Militärmaschinen beider Weltmächte tauchten.

Wie spät war es in Seoul? Ihr fiel ein Satz Jerome Laskys aus dem Anfang ihrer Bekanntschaft ein. Damals war Jerome, wenn er in London lebte, von neun Uhr früh vor Ort, dem Börsenschluß in Tokio, bis sechs Uhr abends, der Börsenöffnung in New York, schwer erreichbar gewesen. Da nämlich hatte er, glaubte man ihm, Millionen bewegt, um sich dann dem Champagner und der Weiblichkeit zu widmen; falls dazu die Kraft noch reichte.

Tanja Cory zündete sich eine Zigarette an. Da saß sie auf De Lucas Platz in Reihe dreizehn, und ihre Hoffnung, noch unterwegs zum Zug zu kommen, war begraben. Jesse Helms thronte gottähnlich über ihr, noch unnahbarer als McDonald. Der große Häuptling lag im Oberdeck neben seinem Amtsbruder Hubbard, beschützt auch von Senator Symms und dessen Frau Frances, beide aus Idaho, dem Staat der dicken Kartoffeln. Inzwischen schlief die Viererbande der Parlamentarier. Alles, was Tanja erreicht hatte, war ein Termin bei Frances Symms.

Kreativ managen, dachte sie. Sympathiewerbung für Amerikas Produkte. Ihr Einfall war, die mitfliegenden Ehefrauen der Offiziellen zu bewegen, etwas für das Land zu tun und in Seoul einen Empfang zu unterstützen, den sie den Gattinnen der Konferenzteilnehmer aus Japan, Korea und Taiwan gab. Ein patriotischer Cocktail. Das mußte am ersten Tag geschehen, sonst kam es nicht mehr zustande. Eine Idee aus ihrer Zeit in Hollywood. Über Jahre hinweg hatte sie sich in der Filmwirtschaft eine Position geschaffen und zu der kleinen Zahl einflußreicher Frauen gehört – mit Jane Fonda im *Le Dôme* geluncht, Rockstars wie Neil Diamond im *Spago's* bewirtet, sie unter Vertrag genommen. Bis es Maurice gelang, sie in seinen Sturz zu verwickeln. In den Zusammenbruch, als nach zwei Flops die Angebote ausblieben und nichts mehr lief. Man schien ihn vergessen zu haben, er trank, damit begann das Chaos, in dem ihre Ehe zerbrach. Sie hatte ihn gerade noch in die Nervenklinik Swedenborgs gebracht, der darauf trainiert war, Filmstars und Spitzenkräfte der Wirtschaft zu behandeln, ihre Ängste abzuschotten. Er hatte Maurice soweit geheilt, daß sie, Tanja Cory, die Scheidung riskieren konnte.

Genug; nicht mehr an den Schwächling denken. Schlußstrich unter das Kapitel, auch wenn sich ihr heute das Gestern verklärte. Und in ihr Glanzpunkte aufblitzten wie der Deal mit dem Top-Manager von Pepsi Cola, dem sie im Séparée des *Le Dôme* unter der goldenen Tapete den 90-Sekunden-Spot von Michael Jackson zu einem Preis verkauft hatte, für den man sonst komplette Spielfilme bekam. Die Geschäftskunst der Insider, wer brillierte darin? Die schlauen und schnellen Anwälte! Der Triumph, die schönen Momente, die teuren Arbeitsessen; kein Mensch merkte, was er aß, der Geschmack des Erfolgs verdeckte alles, das Aroma finanziellen Ruhms und räuberischer Macht. Aber die Kehrseite, die Pleiten, Reinfälle und Hinauswürfe, das Haltlose der Situation im Filmgeschäft! Jedes Treffen ein Duell, die Süchte und Neurosen, das Vertrocknen der menschlichen Substanz.

Und plötzlich aus heiterem Himmel, nach einem geplatzten Abschluß – weil ihr der Kopf dröhnte vom häuslichen Leid – das Aus. Coca Cola hatte Columbia Pictures gekauft, buchstäblich über Nacht. Vorm Büro fand sie den Parkplatz nicht mehr, den die Tafel *Tanja Cory* markiert hatte. Dabei war solch ein Ende normal, das geschah jedem. Die Führungskräfte der Studios rechneten sich anderthalb Jahre aus. Beim leisesten Anzeichen, daß ein Projekt aus dem Ruder lief, wurde gefeuert. Nachfolger mit besten Referenzen und Hochschulabschluß standen stets bereit.

Aber was tat ihr das? Sie stieg um auf Rechtsberatung mittlerer Firmen im Großraum Los Angeles mit seinen Wachstumsraten, dem vibrierenden Kommerz. Das Vorzimmer des Präsidenten der Malcolm Aircraft Corporation fiel ihr ein, der Tag im Frühsommer, als sie dort wartete – auf den Sprung in die Großindustrie. Ringsum an den Wänden Fotografik, Bilder von MAC-Produkten seit 1933: Sportflugzeuge, Hubschrauber, Torpedos, Cruise Missiles. Sie las die Signatur und sah, die Bilder kamen vom Fließband, aus Andy Warhols Fabrik. Auf getöntem Hintergrund die Geschichte der Luftfahrt. In die verschwimmende Reproduktion der Modelle schnitten Linien ein, geometrische Farbflächen ließen nur noch den Umriß der Objekte durch. Und während sie überlegt hatte, wieviel Rabatt der Meister bei einem Großauftrag gab, ging eine Tür und jemand fragte: »Sie mögen diese Ikonen? O pardon, ich bin hier der Junior.«

Vor ihr stand, zwei Zoll kleiner und etliche Jahre jünger als sie, ein lustiger Mann mit flinken Augen, in Nadelstreifen, der Uniform der Chefetagen, verziert durch ein seidenes Einstecktuch im Farbton seiner Krawatte. Ein Armband blinkte am Handgelenk, 14 Karat, sonst war alles an ihm dezent, bis hinab zum Schuhwerk aus *Old England,* Manhattan. Wellig-dunkles Haar, das ihm gefönt über die Ohren fiel, und ein frisches Gesicht; kein Vergleich mit der lädierten Haut von Schauspielern seines Alters. Die Uhr von Cartier, am kleinen Finger der linken Hand ein breiter Platinring für ungefähr 3000 Dollar.

Die Vorzimmerdame sagte: »Dies ist Mrs. Cory, Sir.«

»Ich weiß. Frau Cory, Sie wollen zu meinem Vater. Aber wenn ich Ihnen raten darf – ein andermal.«

»Weshalb, Herr Lasky?«

»Kein guter Moment, ihn kennenzulernen. Kommen Sie mit, ich sage es Ihnen beim Lunch.«

Er trug der Sekretärin auf, seinem Vater zu erklären, sie sei in einer dringenden Sache weggerufen worden und bitte um einen neuen Termin. In einem weißen Chrysler LeBaron fuhr er mit ihr zu *Mortons,* wo man sie gut kannte, doch keineswegs ihn. Sein Coupé wirkte dürftig neben den Dinosauriern der Cadillacs und Bentleys auf dem Parkplatz des Restaurants; im Grunde verdankte er es ihr, daß man ihnen um diese Zeit einen Tisch gab.

»Da ist etwas schiefgegangen«, sagte er über dem Aperitif. »Unser Kriegsbeil hat ein Attentat auf Reagan versucht.«

»Ich verstehe kein Wort. Was meinen Sie mit ›Kriegsbeil‹?«

»Den Stolz des Hauses. Auch Ihren Stolz, falls Sie es schaffen, ›Tomahawk‹ auf der Woge Ihres Charmes zu befördern.«

Während sie auf das Essen warteten, erläuterte er dies. Dabei war ihr, als schimmere durch die Besorgnis, die dem Vorfall geschuldet war, ein Funken Schadenfreude. Wollte er herausfinden, wie ernst es ihr war mit dem Wunsch, das Haus zu vertreten? Sie witterte eine Falle. Ja, sie ertappte sich dabei, in seinem Glas statt

Wodka-Martini pures Wasser zu vermuten, Wasser mit einer Olive drin. Das hatte sie sich, nach stiller Verständigung mit dem Oberkellner, oft genug selbst bringen lassen, wenn ein Gefecht anstand. Sie war immer auf der Hut. »Ihr Gleichmut ist frappierend. Immerhin sind Sie der Chefkonstrukteur.«

»Pardon, Sie verwechseln mich mit meinem Bruder Howard.«

»Und welche Rolle spielen Sie in der Firma?«

»Gar keine. Nur mein Büro ist da, wegen der freundlichen Miete. Mir wird ein Familienbonus gewährt.«

Die Lammkoteletts kamen, mit Minzsoße und marinierten Sellerieknollen. »Was tun Sie in Ihrem Büro?«

»Ich beobachte die Finanzströme, die um den Erdball geistern, und tauche von Zeit zu Zeit den kleinen Finger ein.«

»Wann ist die Sache mit ›Tomahawk‹ passiert?«

»Letzte Woche; aber sie liegt Winston schwer im Magen.«

»Letzte Woche, und da locken Sie mich weg? Herr Lasky, Sie vergeuden meine Zeit. Ich bin eine arbeitende Frau.«

»Sie sind der schönste Mensch, der mir je begegnet ist.«

Sein Lächeln war entwaffnend, und sein Rasierwasser schien aus Paris zu sein, von Hermès, ein Duft, der an Tannen, Vanille und Blütenfelder bei Nizza denken ließ. Er hatte strahlende Augen, gewiß, doch ließ sich schwer übersehen, daß er bei all seiner Jugend dazu neigte, Fett anzusetzen. Wenn niemand auf ihn achtgab, würde er in ein paar Jahren John Belushi ähnlich sein, mit dem sie in diesem Lokal gespeist hatte, bevor er am Alkohol und an den Drogen zugrunde ging.

»Ihr Vater schickt Sie doch, mir auf den Zahn zu fühlen. Schön, ich hab nicht gewußt, was ›Tomahawk‹ ist, und bin vielleicht unfähig, ein Waffensystem so elegant zu verkaufen wie das Vertragspaket für einen Film.«

»Unsinn, das bißchen, worauf es ankommt, begreifen Sie im Nu. Nein, Frau Cory, das Traurige an Ihnen ist, der Umgang mit den hysterischen und ausgekochten Subjekten vom Film hat Ihr Gemüt beschädigt. Sie sehen sich ständig von Feinden umringt. Ihnen fehlt es an Empfänglichkeit für jedwede männliche Verehrung. Bitte verschließen Sie sich nicht!«

»Na ja, ich will einen Job, nicht unbedingt Verehrung.«

»Zu dem Job gehört eine Portion Lockerheit.«

»Nach meiner Erfahrung zählen mehr die Fakten.«

»Wenn Sie partout so wollen – wie liegen die in Ihrem Fall? Worüber sind Sie bei Columbia Pictures gestolpert?«

»Ist das nicht egal? Es gibt da nur noch Karrieren auf Zeit. Mein Laden ging an Coca Cola, die Paramount gehört der Gulf & Western, United Artists sind bei Transamerica gelandet ... Die Burschen starren bloß aufs Geld, vom Film verstehen sie nichts.«

»Auch früher pfiff ein kalter Wind, bei den alten Göttern. Das sollen auch keine Menschenfreunde gewesen sein.«

»Nein, Menschenfresser. Drehstab und Schauspieler haben sie vergewaltigt – immer nur Kasse, Kasse, Kasse. Aber die lebten noch mit ihren Produkten. Heute sitzen die Herren weit vom Schuß, haben nie ein Studio gesehen und keine Ahnung, was an einer Kamera vorn und hinten ist. Ihre Beschlüsse folgen dem Weg des geringsten Risikos. Ständig in Furcht, selber den Job zu verlieren! Uns in Kalifornien beneiden sie, wegen des Wetters, der Einkommen und des angeblich so lässigen Lebens ...«

Weshalb hatte sie ihm das erzählt? Da ging es ihr schon nicht mehr um die MAC, sie genoß einfach seine Verzückung. Das Davidoff-Zigarillo ging ihm aus, die Asche fiel aufs Tischtuch, als wäre er restlos in ihrem Bann. Bis sie bei Winston Lasky Fuß gefaßt hatte, würde sie Jeromes Anbetung ertragen. Störend nur, nach dem Kummer mit Maurice, sein französisches Flair. Doch Jerome war Devisenhändler, kein Playboy, und sein Platinfeuerzeug für 2000 Dollar, der Dupont-Set (Füllfederhalter und Kugelschreiber als Zwillinge) und seine goldene Kreditkarte von American Express in der hauchdünnen Brieftasche aus Krokodilleder (*baby-croc*) wirkten sehr überzeugend. An all dem haftete der Duft des Erfolgs. Die goldene Karte war für fünfstellige Bareinkäufe gut.

An diesem Punkt des Rückblicks merkte sie, die Stewardeß blieb bei ihr stehen. »Darf ich Sie bitten, Madame, die Zigarette auszumachen. Ein Fluggast beklagt sich; Ihr Platz gehört zur Nichtraucherzone, leider.«

»Das ist gar nicht mein Platz, Fräulein. Mir wurde in Anchorage die Bordkarte vertauscht, ich hab erste Klasse gebucht ...« Sie zog ihr Ticket hervor, das auf den KAL-Flug 007 lautete.

Die Stewardeß prüfte es und führte sie kopfschüttelnd in den Bug, wo unterhalb des Cockpits – schwach belegt – noch ein Abteil erster Klasse war. Tanja Cory machte es sich bequem. Sie knipste das Leselicht an und schlug ihr Lexikon auf, in Gedanken schon am Ziel.

Drei Dinge hatten Vorrang in Seoul. Zunächst der Vertragsentwurf für Miotoshi, den japanischen Partner; dazu gleich Washingtons okay: die Exportlizenz für den Flugkörper *Hotspur,* das weitaus Wertvollste. Beides persönlich zu übergeben an Oshima, den kleinen Herrn von Miotoshi.

Und nach der Pflicht der Kür, ihr Cocktailempfang für die Frauen der fernöstlichen Entscheidungsträger; gestützt auf ein paar Damen aus Amerika, die ihre Männer im Grunde nur begleiteten, um sich in Seoul billig etwas auf die Haut schneidern zu lassen. Zum Motorradanzug getrost ein wenig für das Land, ein kleiner persönlicher Einsatz ... Das konnte ihr auch Frances Symms wohl nicht abschlagen.

Zuletzt das rein Private. Tanja Cory war einmal so töricht gewesen, sich eine Rose unter den Arm tätowieren zu lassen. In den sechziger Jahren hatte das als schick gegolten, als hocherotisch, jetzt war es längst passé. So etwas wurde man am besten in einem der Drachenländer wieder los, wo auch eine Lidraffung für fünfzig Dollar zu haben war, die daheim glatt zweitausend kostete.

VII

Weiter westlich, in der 50 Grad kalten Finsternis seiner Gipfelhöhe von 33 000 Fuß, zog das erste Flugzeug dahin. »Was wir brauchen, ist Zielgenauigkeit, daran müssen Sie arbeiten«, sagte McDonald auf dem Oberdeck. »Damit eines Tages sogar konventionell bestückte Raketen dank höchster Treffsicherheit die neuralgischen Punkte des Gegners lähmen können, für die man jetzt noch Atomköpfe braucht.«

De Luca schwieg, das war ihm ja nicht neu. Bloß eine Spielart der Strategie, ein Ventil für den ungebremsten Rüstungsdrang: Hochtechnologie statt nuklearer Keule. Die einzige Hoffnung lag in den höllischen Mehrkosten. Das wurde ja bald unbezahlbar. Die Pleite des Staatshaushalts als Trost.

»Kein Mensch glaubt mehr an den Einsatz des großen Knüppels, Sandro. Die Welt würde keinen Großkrieg überstehen. Ein Angriff der Russen auf Europa, mit dem wir lange gerechnet haben, gilt inzwischen als unwahrscheinlich. Was auch immer sie in der Dritten Welt noch probieren werden, der Dritte Weltkrieg jedenfalls ist abgesagt, er findet nicht statt.«

»Vielleicht doch, nämlich aus Versehen.«

»Lassen Sie sich nicht ins Bockshorn jagen von den Pessimisten. Ich kenne den siebenfachen nuklearen Sicherheitsstandard und vertraue ihm. Auf beiden Seiten der gleiche Mechanismus. Nein, wir müssen gar nicht Krieg führen, haben den Feind auch so im Griff. Und der hält still im Bewußtsein globaler Unterlegenheit. Trotz der enormen Anstrengung, mit uns gleichzuziehen, besonders zur See – dieses Jahr haben wir ihn gerade im Pazifik das Fürchten gelehrt.«

»Wie ist uns das geglückt?«

»Durch zwei Demonstrationen. Im Winter das kombinierte Land-, Luft- und Seemanöver mit zweihunderttausend Mann, Koreanern und GIs. Die stärkste Truppenmacht seit dem Koreakrieg vor dreißig Jahren. Gefolgt von dem Flottenaufmarsch im April, drei Kampfgruppen mit Flugzeugträgern und hundert Begleitschiffen, speziell zur U-Boot-Jagd! Die Armada nahm Kurs auf Sibirien, kreuzte wochenlang vor Kamtschatka, an Schlagkraft allem überlegen, was Rußlands Pazifikflotte aufbieten kann. Ihr einziger eisfreier Stützpunkt am offenen Weltmeer, Petropawlowsk, war praktisch blockiert.«

»Das klingt, als hätten wir sie vor ihrer eigenen Küste gedemütigt.«

»Ihr wurden die Grenzen gezeigt. Sie blieb auch hübsch im Hafen und sah dem Spiel zu, das da heißt: ›Wie man die Russen in der Flasche verkorkt‹. Sie kennen es von der Ostsee und vom Schwarzen Meer und hassen es. Die beiden Meerengen um Japan herum, ihre Zugänge in den Ozean, sind probeweise dichtgemacht worden. Die Navy nennt es ›Drosselpunkte‹, im Ernstfall wird dort versiegelt. Damit fällt dann auch Petropawlowsk aus, dem fehlen die rückwärtigen Verbindungen. Wer es von Wladiwostok trennt, erledigt es als Basis. Ich schätze, das hat sie etwas nachdenklich gemacht.«

»Wir haben ihnen die Faust gezeigt?«

»Wie man ihr fettes, vereistes Hinterteil packt.«

»Larry, wie paßt das zu den Klagen über den Nordpazifik als ein Fenster unserer Verwundbarkeit?«

»Man muß halt dramatisieren, sonst rüttelt man keinen wach und kriegt nicht genug durch – keine Ihrer Cruise Missiles.«

»Nach Ihren Worten ist der Feind arm dran in Ostsibirien. Dort verbündet sich das Klima mit der Geographie und unserem Militärpotential gegen seine schlecht placierten Außenposten. Nirgends sonst an seinen langen Grenzen ist er so unterlegen; wie übrigens schon einmal vor achtzig Jahren im russisch-japanischen Krieg. Und wir sprechen von Bedrohung, von defensivem Nachholbedarf?«

»Vor allem ins Ohr der Japaner. Das hören sie von uns schon lange, sie hören es nicht sehr gern, und deshalb hören sie meistens weg. Man muß es ihnen immer wieder sagen, zum Beispiel heute in Seoul.«

»Aber die Russen hören es schließlich auch.«

»Ja und? Junge, tun Sie doch nicht so naiv.«

»Manchmal versetze ich mich spaßeshalber in deren Lage.«

»Wozu? Auf welcher Seite stehen Sie denn?«

»Solch ein erdrückender Aufmarsch muß sie deprimieren.«

»Gewiß, das läßt sie alt aussehen, zeigt sie der Welt als das, was sie sind: minderwertig, hinterwäldlerisch. Der Bär wird vorgeführt.«

»Die können die Welt sooft pulverisieren wie wir, und das nennen Sie hinterwäldlerisch?«

»Ja, weil das alles ist, was sie können.« McDonald verzog das Gesicht, als steige ihm fremder Stallgeruch in die Nase. »Deren System ist bankrott, das müssen wir nicht fürchten. Nur ihr Militär bedroht die freie Welt – der einzige Trumpf, den sie haben. Und auch den nehmen wir ihnen aus der Hand.«

»Eine Kurzschlußreaktion befürchten Sie nicht?«

»Doch, wir sind darauf gefaßt. Deshalb auf lange Sicht der Schutzschild im Weltraum. Lesen Sie mal die Präsidentenrede vom März nach und schärfen Sie ›Tomahawk‹! Den Rest übernehmen wir. Mein Job ist es, für die nötigen Gelder und Mehrheiten zu sorgen.«

Alle Mann an Deck, immer dasselbe dumme Zeug, dachte De Luca.

Worte wie *verkorken* und *versiegeln* standen schon in Jills Analyse der deutsch-englischen Rivalität zur See, als Absicht der Londoner Admiralität, die Flotte des Kaisers im *nassen Dreieck* der südöstlichen Nordsee zu erdrosseln. Die klassische Marine-Theorie gegen den landgebundenen Feind. Das imperiale Szenario der Großväter.

Was noch kam, ging unter im Säuseln des Fluggeräuschs. Sie räumten den Platz an der Bar, De Luca streckte sich aus, müde und frustriert. Die unbelehrbare Rechte, was hielt man ihr entgegen? Er würde in Seoul ein Rufer in der Wüste sein, ohne Hausmacht und Helfer, wie ein McDonald sie hatte. Rings um ihn jener Schrei nach Stärke, der den Machtantritt der Konservativen begleitet hatte, gegen den kein Kraut gewachsen war im Washington der letzten Jahre.

Weshalb seine Friedensforschung, fragte er sich, den Strahl der Frischluftdüse im Gesicht. Wo lagen die Wurzeln, was trieb ihn zu etwas so Enttäuschendem hin? Ach, das begann wohl mit dem Versuch, seine dunkle Haut zu ertragen, sie in ein Weltbild zu fügen. (Seine Theorie von den Unterschieden in der Natur, damit die Rassen sich nicht mischten und Reserven blieben, falls mal eine Rasse unterging – hilfreich und pubertär.) Die Hautfarbe plagte ihn längst nicht mehr, den Komplex war er losgeworden, hatte den Konflikt auf die Menschheit projiziert.

Sein Credo: Keiner der Kriegsgründe früherer Zeiten – angefangen bei Raub, Versklavung und Menschenfresserei – hatte mehr Bestand. Heute ging es um Marktanteile, nicht um das Erobern von Ländern. Den Japanern war der Sprung geglückt, das Grauen von Hiroshima hatte nicht nur ihre Kriegsschuld wundersam getilgt, sondern der Einsicht Bahn verschafft, daß Rüstung nur in engen Grenzen sinnvoll war, darüberhinaus die Entwicklung hemmte; mehr war als Betrug am Steuerzahler. Grenzen, über die Amerika, der Sieger, das Land hinauszudrängen wünschte, jetzt wieder in Seoul.

Japans Armee war nicht viel mehr als ein Notdienst, eine schlagkräftige Polizei, trotz allen Drucks. Die klügste Industrienation schwor dem alten Feindbild ab, dem Waffengeklirr, ersetzte es durch Vernunft und kommerzielle Strategien. Der Aggressionstrieb vom Militärischen umgelenkt auf das Feld der Wirtschaft, wenn Amerika diesen Schritt nicht bald nachvollzog, verlor es weiter an Boden, büßte seinen Rang ein. Leute wie Helms und McDonald waren zu borniert, etwas aus Übersee für gut zu befinden. Dünkelhafter Patriotismus verbot ihnen das, die Arroganz der Macht. Butter statt Kanonen, ziviler Aufschwung zum Nachteil der Waffenentwicklung, das ließ sie erschauern. Fernöstliches nachzuahmen war in ihren Augen so schlimm, wie den Russen neue Technologie zu liefern. Internationale Zusammenarbeit aber setzte Bescheidenheit voraus, Lernfähigkeit; dazu bequemten sich Wirtschaftsführer eher als Politiker mit ihrer Ideologie, gezapft aus dem elitären Stolz eines Landes, das seit hundert Jahren industriell zur Nummer eins geworden war.

Wie kommen die Führer der Nation herunter vom hohen Roß? Wann hört man auf, den Gegner zu verteufeln? Warum bringt Rüstung noch Profit, wenn der selbstgewählte Feind gar nicht mehr angriffslustig ist? Krieg war stets auch Geschäft gewesen, hatte Beute erbracht, heute bringt er dem nominellen Sieger nur noch den Strahlentod, den Kältetod. Läßt sich das Steuer herumreißen, haben Fortschritt und Humanisierung noch eine Chance?

Das fragte sich De Luca, während sein Nachbar ihm nun erklärte: »Was nötig ist, solange man noch nicht punktgenau trifft, sind kleine Kernwaffen. Minibomben für chirurgische Schläge, die den Feind stoppen, ihn innehalten lassen, ohne zum Großkrieg zu führen, den sich kein Mensch mehr vorstellen kann.«

»Kleine Kernwaffen großer Reichweite?«

»Ja, sonst wird die Abschreckung unglaubwürdig.«

»Minibomben gibt's doch schon genug. Mehr, als uns lieb sein kann. Kernladungen vom Typ Hiroshima waren vor zwölf Jahren noch so groß wie ein tragbares Fernsehgerät. Heute geht ihre Sprengkraft schon in eine Nuß, die Reichweite ist unbeschränkt, und die Treffsicherheit könnte gar nicht besser sein. All Ihre Wünsche haben sich erfüllt.«

»Erzählen Sie mir bitte keine Märchen.«

De Luca zögerte; sollte er fortfahren? Etwas vorwegnehmen, das er in Seoul erst sagen, womit er die Konferenz verblüffen wollte? Ein Fehler vielleicht, doch plötzlich reizte es ihn, das auszuprobieren; es war ein Versuchsballon. »Die Brisanz von zwanzigtausend Tonnen normalen Sprengstoffs paßt längst in Kapseln, nicht größer als eine Nuß. Mit der Tendenz zur Kirsche, das ist gar kein Geheimnis.«

»Aber die Reichweite und die Zielgenauigkeit!«

»Larry, Sie denken an Bomber, an Cruise Missiles oder an Raketen. Vergessen wir mal für einen Moment solche Transportmittel.

Die sind teuer, verwundbar, kompliziert; durch etwas viel Simpleres wirksam zu ersetzen.«

»Das ist ein Witz, wie? Sie nehmen mich auf den Arm.«

»Nein. Gehen wir ruhig davon aus, daß die *Nucys* – Ihre Minibomben – längst am Zielort sind. Eingeschleppt von Agenten der jeweils anderen Macht, irgendwo geparkt in abgestellten Autos oder vergessenen Mülltonnen; am besten im Safe eines angemieteten Büros.«

»Ach, das! Die Geschichte ist nicht neu. Davon hab ich doch schon mal gehört ... Mir scheint, es kam bereits unter Nixon auf. Eine Studiengruppe im Kongreß hat sich damit befaßt.«

»Wie ging die Untersuchung aus, erinnern Sie sich daran?«

»Damals bin ich noch nicht in der Politik gewesen. Ohne Details zu kennen, der Befund war negativ, das Zeug kam zu den Akten. Man einigte sich darauf, diese Variante nicht weiter in Betracht zu ziehen.«

»Ja, sie wurde als Gerücht behandelt, damals im Juli 1970. Als eine Art Presseente, lanciert zur Saure-Gurken-Zeit. Und zwar aus einem einfachen Grund. Traf das nämlich zu, war es eine Operation der Geheimdienste beider Seiten. Angeblich wurde das FBI sich nicht darüber klar, ob *Nucys* bei uns eingeschleust worden sind. Dies aufzuklären hätte wohl jede Abwehr und jedes Kriminalamt überfordert. Und ob wir etwa im Gegenzug woanders *Nucys* placiert haben, darüber schwieg sich die Regierung aus.«

»Was meinen Sie mit ›schwieg sich aus‹?«

»Es gab kein amtliches Dementi.«

»Was hätte das genützt? Es ist immer schwer, Sandro, zu beweisen, daß man etwas nicht getan hat.«

»Die CIA erhielt keine Aussagegenehmigung.«

»Der Präsident hätte in jedem Fall davon gewußt.«

»Und es auch öffentlich eingestanden?«

»Jetzt aber Schluß.« McDonald wischte das weg, er stand auf und berührte De Lucas Schulter. Der hatte sich erhoben, um ihn durchzulassen; er spürte den Stachel der Enttäuschung. Sein Versuchsballon war geplatzt. McDonald ging über diese Möglichkeit hinweg, obgleich das Jahrbuch von ihm doch schrieb, er neige zu Verschwörungstheorien. Die *Nucy*-Hypothese hatte viel Ähnlichkeit damit. War der Blickwinkel der übrigen Konferenzteilnehmer genauso eng, wurde es ein Schlag ins Wasser.

De Luca fühlte sich nach vorn geschoben. McDonald führte ihn zum Bug, um ihm das Cockpit zu zeigen mit der prächtigen Crew, Flugkapitän Chun und dessen zwei Mann. »Die Koreaner sind unsere Getreuesten«, verriet er. »Chun hat mich in Anchorage begrüßt und um den Besuch gebeten . . .« Ein Blick in die Kanzel? Den bot manche Luftlinie an, doch niemand ging nachts hin, unangemeldet; das blieb mißverständlich.

Der Vorhang zischte auf. Drei Männer in Uniform, der Empfang war gedämpft. Oder entgingen ihm, De Luca, da Anzeichen von Freundlichkeit? Hinter der niedrigen, geteilten Frontscheibe stand ein trüber Viertelmond. Man mußte sich tief hinabbeugen, um die verschleierte Sichel zu sehen. Dunst und Zirren, Eis- oder Federwolken, schluckten noch in dieser Höhe fünf Achtel des Mondlichts, wie der Kopilot hölzern auf englisch sagte. Er hieß Son, ihm oblag der Funksprechverkehr, plärrende Geisterstimmen mit ihrer Litanei aus Kürzeln und Ziffern. Chun und der Bordingenieur, quer an Steuerbord, taten augenscheinlich nichts. Die Steuersäulen bewegten sich von selbst, der Autopilot hielt den Koloß auf Kurs.

Im blaugrünen Flimmern der Armaturen, sparsam gelb oder rötlich getupft, wies McDonald auf den Betriebsschalter des Autopiloten rechts oberhalb der Backbord-Steuersäule. Er zeigte De Luca auch, genau über der Mittelkonsole, den Navigationswählschalter. Je nachdem, wie man ihn drehe, fliege der Jumbo nach Kompaß, nach der bordeigenen Trägheitsnavigation oder nach Funkfeuern am Boden. »Man sieht nicht, was anliegt«, sagte er. Eine entsprechende Frage wurde ihm vom Kapitän einsilbig beantwortet.

Obwohl die Crew kaum beschäftigt war, hatte De Luca das Gefühl, ihr nicht recht willkommen zu sein. Es kam kein Gespräch auf, man saß wie festgeschraubt da, sie beide standen herum, spürbar fehl am Platz. Merkte der Kongreßmann nicht, daß die Freude ausblieb? Kein Jubel über seinen Eintritt, die Geste einer Person von Wichtigkeit. Forsch, als überspiele er ein Unbehagen, fragte er nach der Position.

Der Bordingenieur wies eine Fliegerkarte vor, sie sagte De Luca wenig, Linien kreuzten sich auf ihr, kaum daß er in dem Dämmerlicht ein paar fernöstliche Konturen erkannte. Es schien, als sei man schon auf der Höhe von Hokkaido und nähere sich der

Hauptinsel Japans. Sein Blick glitt von der Karte weg zur Frontscheibe. Hinter den Glassegmenten war es finster, nachdem er ins Licht gesehen hatte. Ihm war, als schaue er dort ins Nichts, in das Vakuum der Vergänglichkeit.

McDonald bat den Kapitän, das Wetterradar einzuschalten. »Es reicht zweihundert Meilen weit, Sandro. Achten Sie auf das Bild an seinem linken Knie, vielleicht erscheint die japanische Küste.«

Aber der Schirm blieb dunkel, Chun knipste ihn nicht an. Über die Schulter weg sagte er etwas zu seinem Bordingenieur, und der wandte sich an sie beide: »Meine Herren, es gibt ein Problem mit dem Höhenwind. Der Kapitän bedauert, Sie bitten zu müssen, Ihre Plätze wieder einzunehmen.«

Ein Rausschmiß, karg verhüllt. McDonald entfuhr ein Laut der Verblüffung, grußlos verließ er das Cockpit, befremdet davon, daß es Menschen gab, die seine Nähe nicht schätzten. Man merkte ihm auf einmal den Alkohol an. Schlaff sank er auf den Fensterplatz, ernüchtert vom Benehmen der Crew, ihrem Mangel an Respekt. Sie hatte sein Kommen nicht zu würdigen gewußt. Ein Ausdruck der Verwunderung wich lange Zeit nicht von seinem Gesicht.

Später begann der Abgeordnete, von sich zu sprechen. Er hatte am Davidson-College in North Carolina studiert, Allgemeinmedizin und Chirurgie, war Urologe geworden. Außerdem war er Methodist, Rotarier, Demokrat, Mitglied der Marine-Reserve und Vater dreier Kinder. Die Fotos steckten in seiner Brieftasche; ein Sohn, zwei Töchter. Nach dem Skandal von Watergate hatte ihn die John-Birch-Society in die Politik geschickt. Im nordwestlichen Georgia, dem Wahlkreis sieben, hatte er 1974 einen Kandidaten besiegt, der »ein Alkoholproblem hatte«. Er war in den 94. Kongreß eingezogen und hatte in drei schweren Wahlkämpfen seinen Platz behauptet. Nie war ihm etwas geschenkt worden.

All das brach dumpf aus ihm heraus. Er schien unfähig, seine Verachtung für schwächere Mitbewerber zu verbergen. Von einem hieß es: »Der gehört zu der Sorte von Männern, die ihre Socken anbehalten, wenn sie mit einer Frau ins Bett gehen.« Sein Ton ließ keinen Zweifel daran, er hatte das ausgenutzt, was immer es bedeuten mochte. Dann riß sein Redefluß ab, überraschend sagte er: »Komisch, daß gerade Sie darauf gekommen sind.«

»Wovon sprechen Sie, bitte?«

»Na, von Ihren *Nucys.* Sie glauben doch daran?«

»Ich halte ihr Vorhandensein für wahrscheinlich.«

»Und weshalb? Bitte erklären Sie mir das.«

»Ganz einfach, Larry, der Mensch ist so. An der Spitze einer Großmacht läßt er nichts aus, was der Vernichtung möglicher Feinde dient. Denken Sie an das viele Giftgas, das bakteriologische Arsenal, an die Fähigkeit, alles Leben auf der Erde fünfzigfach auszurotten. Bei derart gründlicher Vorbereitung soll die billigste und sicherste Lösung, fremde Zentren punktgenau zu zerstören, vergessen worden sein? Nicht sehr plausibel.«

»Für mich doch. Denn so, wie Sie es schildern, wär es ein typisches Mittel von Erpressern oder Terroristen. Keine saubere Waffe!«

»Nicht sauber? Das hängt davon ab, welches Material Sie nehmen, womit Sie die *Nucys* ummanteln.«

»Ummanteln?«

»Sie können aus der Nuß einen Kürbis bauen, um den Effekt zu maximieren. Der Mann, der Ihnen das macht, braucht zwei Semester Physik, ein Jahr Uhrmacherlehre und natürlich spaltbares Material. Packt er hundert Pfund Uran 235 um die Nuß, entsteht allerdings eine schmutzige Wasserstoffbombe. Plutonium wär da noch besser.«

»Ich meine schmutzig im Sinne von illegal, terroristisch.«

»Ihnen ist der Sprengkopf einer Rakete lieber als dasselbe in einem Safe?«

»Unbedingt. Raketen sind ehrliche Waffen, die werden verantwortungsbewußt gestartet, auf Befehl des Staatschefs, und man sieht sie kommen.«

»Das wohl kaum, bei gekonnter Täuschung.«

»Uns schleichend zu unterminieren, das wär ungeheuerlich!«

»Das Rüsten selbst ist ungeheuerlich. Wieso soll im selben Wahn die simplere Lösung verwerflicher sein? Bürgen High-Tech und Raketenzauber für höhere Moral?«

»Sie sichern uns immerhin das Monopol. Nur wir können beides: Fernraketen bauen und den Schutzschild dazu.«

»SDI ist erledigt, noch ehe es steht; längst von den *Nucys* unterlaufen. Genauso wertlos wie die Trägersysteme.«

»Mein Gott, Sie basteln doch selbst an einem!«

»Ich bin Historiker, Larry. Sie haben sich in mir geirrt. Mein Kontakt zur MAC ist rein privat.«

»Darum also läßt Sie das kalt! Ich wußte, es hat einen Grund.« Wider Erwarten blieb McDonald gelassen, die *Nucys* nahmen ihn ganz in Anspruch. »Soll Ihre Story die Branche ruinieren?«

»Das wär schön. Wir sind die Katze auf dem heißen Blechdach. Gegen *Nucys* im Safe gibt's keinen Schutz, so wenig wie gegen Atomraketen, gegen Fehlstarts durch ein Versagen von Mensch oder Technik. Ich hab im Weißen Haus angefragt, vergebens. Jeder da oben ahnt, daß *Nucys* existieren; keiner gibt das zu, weil dann nichts in der Brance mehr läuft.«

»Und wie kontrolliert man die Dinger, wie zündet man sie?«

»Das hören Sie von mir in Seoul. Ich spreche ausführlich über den Zündmechanismus und den Sicherheitsstandard. Der dürfte so hoch sein wie bei Ihren ›sauberen Waffen‹, und noch lange funktionieren, wenn wir Glück haben; aber ohne Garantie. Zwecklos, die Lunte zu verlängern, das Pulverfaß selber muß weg.«

»Nein! Es garantiert unsere Sicherheit.«

»Was ist ›unsere Sicherheit‹? Gefahr, die sich still verhält.«

DER VATIKAN

Wir liegen alle in der Gosse,
aber einige von uns blicken nach den Sternen.

Oscar Wilde

VIII

Jill Lasky, auf der Couch entschlummert, glaubte zu fliegen. Im Säuseln der Kunstluft sank sie in einen transozeanischen Dämmerzustand: Ereignislosigkeit, die jedermann vortäuscht, es könne nichts passieren. Und während sie durch die Gärten der Erinnerung strich, kam ihr ein Verdacht – als ob das, was da ablief, irgend etwas zu bedeuten habe. Sie war unfähig, es zu ergründen, sich einzumischen wie Sandro mit seiner Dynamik. Ständig erleben wir Geschichte, hörte sie ihn sagen, und haben doch keinen Begriff davon, was uns tatsächlich zustößt.

Im nächsten Traumbild irrte sie über den Strip von Las Vegas, die Werbung der Callgirls lag herum, taufeucht, so daß ihr etwas am Schuh haftenblieb. Billige Schriften mit Zeilen wie *Nackttanz auf Ihrem Zimmer, All Ihre Wünsche werden wahr* und *Kreditkarten akzeptiert.* Das Heft durchblätternd, fand sie einen Steckbrief. Gesucht wird Sandro De Luca als Staatsfeind und Terrorist, wer seinen Aufenthalt kenne, möge eine von drei Telefonnummern in Washington, Miami oder San Francisco wählen. Empört tastete sie 415 ein, die Vorwahl von San Francisco, um zu protestieren. Sie geriet in eine stumme Leitung, beim zweiten Anlauf sagte eine Tonbandstimme: »Diese Nummer ist nicht mehr besetzt.« Sie versuchte es mit Washington und hörte mechanische Laute, dann versicherte ihr ein Mann namens Maxwell, sie sei mit dem Reisedienst *Goldenes Hufeisen* verbunden.

Das war sehr verwirrend. In Miami schließlich – Vorwahl 305 – teilte ihr nach einer Schweigeminute ein Anrufbeantworter mit, sie habe das Antiterrorismus-Konsortium erreicht, das Büro sei geschlossen, man verbinde weiter mit einer Geheimnummer. »Hier Anrufweiterschalter, bitte Ihren Code, dann schalten wir weiter.« Es klang wie Computersprache. Der Vorgang wiederholte sich unter Geknatter, zuletzt geriet sie an eine Frau. Energisch wünschte die Auskunft über De Luca. Ihre Angaben würden geprüft, danach werde man weitersehen.

Der Satz ging unter in melodischem Läuten, das wirkliche Telefon zerschnitt den Traum. Jill streckte die Hand aus, zuckte aber zurück. Das konnte Sandro sein, und sie hatten vereinbart, es dreimal läuten zu lassen – dann wisse sie, er sei am Ziel, ohne daß es ihn etwas koste. Sie verwünschte seine Sparsamkeit, hätte so gern seine Stimme gehört, acht Stunden nach ihrem Anruf in Anchorage. Doch sie bezwang sich, um ihm zu beweisen, daß sie kein Kind mehr war, immer bestrebt, ihm nahe zu sein, sondern jemand, der Verabredungen einhielt.

Jetzt schwieg der Apparat. Während sie sich zu erinnern suchte, wie oft es geläutet hatte, wurde ihr der Ursprung des letzten Traums klar. Sandros Theorie vom Abschotten der *Nucys*! Man tat so eine schaurige nukleare Nuß in ein Safe mit Telefonanschluß und packte einen Satz Anrufweiterschalter dazu, mindestens fünf, untereinander verbunden. Nur wer alle fünf Codezahlen kannte, war imstande, die Bombe zu zünden und das Ziel zu pulverisieren. Die Großstadt, den Flugplatz oder die Raketenbasis – wo immer Agenten den Sprengsatz versteckt hatten. Es gab noch andere Möglichkeiten der kontrollierten Zündung (etwa durch eine Radiostimme oder per Satellitenfunk), aber diese Variante hatte sie am meisten erschreckt, das Telefon im Panzerschrank eines leeren Büros, Erstschlag per Ferngespräch aus Übersee, die Normalität des Vorgangs. Der halbautomatische Massenmord, er war so leicht denkbar, das eigene Fernsprechnetz im Dienst des Gegners! Bei Anruf Weltuntergang, sollte es schon soweit sein?

Wie oft hatte es geklingelt? Sie war nicht ganz sicher, aber doch stolz auf ihre Entsagung. Es stimmte schon, Sandro formte sie um mit seiner asketischen Haltung, die sie so gut verstand. Er hatte sich das Studium ja regelrecht erhungert. Auf ihn traf zu, was ihr eigener Vater in gewissen Momenten der Disziplinierung mit viel weniger Recht zu verkünden pflegte: »Niemand hat mir das geschenkt, mein Großvater ist einunddreißig in Konkurs gegangen. Ich hatte keine reichen Eltern wie ihr, ich hab das anders geschafft, auf die harte Tour – mit Arbeit.«

Jill rief den Flugplatz an und erfuhr, ihr Koffer sei da, in Honolulu. Eben habe man ihn dort entdeckt, morgen werde er hier sein. Die Gesellschaft bedauere das Versehen, man bringe ihr den Koffer selbstverständlich ins Haus. Und noch etwas schien der Lohn für ihr Bravsein. Als sie die Taste des Anrufspeichers drückte, kam Sandros Stimme an ihr Ohr.

Der Zeit nach, die das Tonband angab, hatte er vom *Tropicana* aus telefoniert; kein früherer Freund war je so aufmerksam gewesen. Er schmiede Pläne für einen Winterausflug nach Durango in den Rocky Mountains, teilte er ihr mit. »Das Quartier heißt Quality Inn Summit, es hat eine große Schwimmhalle und hält Skiausrüstungen bereit, der rechte Rahmen für dich schöne Blume ... Am Freitag wird dir ein Bonsai-Bäumchen nach Berkeley gebracht, es heißt ›Mädchenkiefer‹ und hat Nadeln so lang wie deine Wimpern. Sei nett zu ihm, es braucht soviel Zuwendung wie dein Partner, der schon anfängt, dich zu vermissen – wo du doch nur vierzehn Stock unter mir durch die Lower Lobby läufst, um das rosa T-Shirt mit den Flamingos zu kaufen. Übrigens liegt dem Baum ein kleiner Spaten bei, grabe damit unter dem Zierstein nach einem Schatz! Glück auf, dein Sandro.«

Und wieder das Telefon. Am anderen Ende sagte jemand: »Dein lieber Bruder spricht. Kannst du gleich zu mir kommen?«

»Was gibt es, Jero, wo bist du?«

»Im *Holiday Inn,* wie immer. Der Papst schickt uns den Jet, daheim tagt der Familienrat. Es wär gut, bei Tageslicht zu fliegen.«

»Was soll ich anziehen?«

»Es reicht, was du gerade anhast.«

»Pyjama? Bist du sicher, das genügt?«

Ihr sonst so lustiger Bruder ging darauf nicht ein. Langsam legte Jill den Hörer auf. Durango mit den Rocky Mountains wich zurück, machte dem Kern von Los Angeles Platz, Türmen aus düster spiegelndem Glas, der Residenz des Papstes. Sein Ruf war selten, dann aber verbindlich. Worum es ihm ging, erfuhr man stets erst im *Rat* selbst, der zur Unterrichtung diente, nie eine Beratung war. Man wurde von Dad in Kenntnis gesetzt und durfte sich äußern, dies milderte das Endgültige seiner Beschlüsse.

Befehlsausgabe in taktvoller Form. Sie erwog, die BART zu nehmen, für 1.80 Dollar brachte einen die neue U-Bahn in 32 Minuten von der Station Berkeley Center gleich vor dem Campus zur Polk Street Ecke Market Street ... Keimte schon Sandros Sparsamkeit in ihr oder scheute sie das Blechgewühl nach all dem Streß? Aber es war erst zwanzig nach drei, noch kein Verkehrsstau, da trug der Roadster sie rascher hin.

Als sie zum zweiten Mal an diesem Tag, wieder der Sonne entgegen, über die Bucht setzte, saß ihr erneut ein Kribbeln in den Fingern. Die Aufregung schwang nach. Durfte sie zufrieden sein? Ihr Vortrag war geglückt, das wohl, doch der rothaarige O'Brien – laut Sandro *ein Blender, kernfaul* – überging ihre Falkland-Thesen.

Es sei auf beiden Seiten Flucht nach vorn gewesen, von der Führungskrise in den Krieg, zur Kräftigung zweier Machteliten. Völker litten für das Fortbestehen ihrer Regierungen ... Liu Peng war dem entgegengetreten, der korrekteste Student der Seminargruppe. Er hatte Rohstoffinteressen erwähnt, Öl unter dem Schelf der Antarktis. Das Niveau der Debatte sank, als O'Brien sich auf ihn stürzte. Er warf Peng vor, ein Enkel des Kriegsministers von Taiwan zu sein, der Tsching-Peng-Futsch heiße. Das brachte ihm den Sieg, da Peng empört wegging, während O'Brien hämisch dastand, schlampig und sommersprossig wie auf einer Reklame für irischen Whiskey. Sie hätte das verhindern müssen.

Links der Flughafen der Marineluftwaffe, rechts die Zuchthausinsel Alcatraz. Manches, was da im Sonnenlicht vor ihr lag, erschien ein wenig verzerrt. Der Zuckerhut des Transamerica Building, ein Wahrzeichen San Franciscos, seit wann überragte er die Union Bank so spitz? Und Grace Cathedral, die neugotische Kirche, war sie immer so umstellt gewesen von den Hotels auf Nob Hill? Brutal begrub das brandneue Embarcadero Center die Hafengegend unter sich. Da unten, im Rest der alten Front Street, stand noch ein Restaurant namens Schroeder's Café, es atmete deutsche Gemütlichkeit; das Stammlokal Kurt Stolzenbergs, des zweiten Vizedirektors. Hier fand er den Rahmen wieder, in dem er aufgewachsen war, und stärkte sich bei Wiener Schnitzel oder Eisbein mit Sauerkraut für die nächste Fehde mit Westerling, dem Haupt der Konfliktforschung von Berkeley. Jill schnitt Chinatown auf der California Street, überholte ein rasselndes Cable Car und preschte bergauf. Dort, wo die California abfiel zur Van Ness Avenue, stand das *Holiday Inn*, Heim ihres Bruders, sooft der in der Stadt war.

Er hatte natürlich wieder das Appartement im obersten Stock. Ein Eckzimmer, durch die großen Scheiben sah man nordwärts bis über das Golden Gate und ostwärts auf Downtown herab. Wie fing er es an, daß man ihm stets dasselbe gab, mit diesem Blick? »Du hast mich nicht gleich zum Flugplatz bestellt, warum?« fragte sie nach der üblichen Umarmung. »Da wären wir früher in der Luft.«

»Ich will möglichst lange hier erreichbar sein.«

»Weshalb erreichbar? Für wen?«

»Für Tanja. Du, ich mach mir Sorgen.« Er sah auf die Uhr.

»Gleich vier, in Seoul wird es neun, vor drei Stunden müßte sie gelandet sein – und kein Wort von ihr.«

»Sandro hat sich schon bei mir gemeldet.«

»Das ist ein anderer Flug; ihrer begann in New York.«

»Ich wußte gar nicht, daß sie auch hinfliegt.«

»Tanja ist dauernd unterwegs. Neulich hat sie hier Japaner betreut, Denkmäler aus dem Marineamt. Ihnen sogar das Grand Canyon gezeigt, und denk dir, einer verlangte von ihr, mit ihm hinabzuklettern in die Schlucht.«

»Ist er da unten etwa frech geworden?«

»Sie hat sich den Fuß verstaucht, mußte im Hubschrauber ausfliegen. War stundenlang verschollen, und jetzt wieder kein Signal.«

»Jero, hast du in Seoul schon angefragt?«

»Im Hotel ist sie nicht, drei Stunden nach der Landung. Und Kimpo Airport spricht von Verspätung. Etwas stimmt da nicht.« Jerome bestellte Drinks beim Zimmerservice, Gin Tonic für sie und Perrier für sich. Daß er Mineralwasser nahm, war neu, vielleicht ein Werk Tanja Corys. Er war auch nicht in Nadelstreifen, seinem Börsenanzug, aus dem er früher kaum herausgekommen war. Zu dem blaßgelben Armandi-Jackett aus leichtem Wollstoff trug er ein schwarz und gelb gestreiftes Hemd, eine Hose aus schwarzem Nappaleder und zartgelbe Schuhe. »Dein Westküsten-Look?« fragte sie.

»Steht es mir?«

»Fabelhaft. Bis auf die Kummerfalten auf der Stirn.«

»Leider kann ich dir keinen fröhlicheren Anblick bieten.«

Die Drinks kamen, Jerome trank sein Wasser, es rann ihm über das Kinn. Jill nippte am Gin Tonic, das Eis darin klirrte, das Telefon blieb stumm. »Mach dir keine Gedanken«, sagte sie. In ihren Augen war Tanja Cory eine Katze, die immer auf die Füße fiel. Der passierte doch nichts. Sie hatte wohl nur das Hotel gewechselt, einem Geschäft auf der Spur ... Jerome wandte ihr den Rükken zu, er trommelte gegen die Scheibe, starrte hinab auf den Fischerkai, die Pacific Heights und den Russischen Hügel hinter dem Broadway. »Es hat keinen Zweck«, hörte sie ihn sagen. »Los, wir fahren.«

Sein Chrysler LeBaron war noch immer schneeweiß, kein Umschwung ins Schwarzgelbe. Schweigend rollten sie die Van Ness

Avenue abwärts. Hinter der Oper fädelte er sich in die Auffahrt zum Central Skyway ein. »Wozu der Familienrat?« fragte sie, um die Beklommenheit abzuwehren. »Will Dad etwa wieder heiraten?«

»Wohl kaum. Er hängt doch an der Titi.«

Winston Laskys dritte Ehefrau hieß Valentine. Jerome hatte anfangs versucht, sie *V-3* zu nennen, nach einer deutschen Rakete, Hitlers *Vergeltungswaffe Nummer drei,* die nicht mehr zum Einsatz gelangt war; doch der Spitzname wurde kein Erfolg, er haftete nicht an Valentine. Der Vater sagte Titi zu ihr, so hatte sie sich als kleines Kind selber genannt. In ihrer Abwesenheit folgte man dem ehelichen Sprachgebrauch.

An den San-Bruno-Bergen hatte Jill das Gefühl, die Besorgnis ihres Bruders beginne, sich auf sie zu übertragen. Kummer von Menschen, die ihr nahestanden, machte vor ihr nie lange halt. Zum Glück schien sich Jerome zu fangen, er gab einen Witz zum besten, der – in leicht verdächtiger Weise, wie sie fand – auf Valentine zielte: »Neulich erzählte mir der Papst: ›Ich treffe keine Entscheidungen mehr spontan, nur noch per digitalisierter Vernunft. Wozu haben wir zwei Millionen in ein maßgeschneidertes Programm für *big shots* gesteckt, meine Beschlüsse als Präsident? Gestern abend frage ich den Computer, ob ich Titi beschlafen soll. Und was glaubst du, Junge, antwortet mir der Kamerad von IBM? Sie sollten bei Ihrem Blutdruck in kleinen Schritten vorgehen, sagt er. Kaufen Sie zuerst zehn Prozent und dann das Management. Klare Auskunft, was? Ich hab also Titi sehr zart auf die Stirn geküßt und ihre zehn Prozent gestreichelt‹.«

Sie fingen an, ein bißchen über die Stiefmutter herzuziehen, einträchtig und boshaft. Für Jills Geschmack hielt sich ihr Bruder ein wenig zu lange bei Valentine auf, gern führte er sich deren Bild vor Augen, als helfe ihm das, seine Befürchtungen zu zerstreuen. Sie schob ihm den flatternden Seidenschal ins Hemd, und dabei fiel ihr auf, Jerome spielte Komödie, er hatte Angst, und das mit Recht. Verspätet, hieß es in Seoul, doch was besagte dies? Kein Flugzeug, das pünktlich gestartet war, konnte sich derart verspäten. Nie reichte der Treibstoff, um so lange über die Zeit hinaus in der Luft zu bleiben. Es mußte sonstwo gelandet oder abgestürzt sein, etwas anderes gab es nicht.

Als San Francisco International Airport mit den drei Terminals vor ihnen lag, sagte das Autoradio: »Wir erfahren soeben, daß sich die in Seoul umlaufenden Gerüchte nicht bestätigt haben, wonach das Flugzeug der Korean Airlines aus New York, nach planmäßigem Zwischenstopp in Alaska als verspätet gemeldet, von Luftpiraten entführt oder einem Sprengstoffanschlag zum Opfer gefallen sein soll. Vielmehr ist die Maschine mit zweihundertneunundsechzig Menschen an Bord im Luftraum über der sowjetischen Insel Sachalin von Jägern abgefangen und zur Landung gezwungen worden. Das verlautet aus zuverlässiger amerikanischer Quelle. Es handelt sich um den Flug KAL null-null-sieben eines Jumbos vom Typ Boeing sieben-vier-sieben. Das Flugzeug hat mit seinen Passagieren unbeschädigt aufgesetzt; alles weitere hoffentlich bald.«

IX

Der zweistrahlige Lear-Jet rollte auf Van Nuys Airport aus, nach fünfzig Flugminuten; die Sonne stand noch ein Stück über den Santa Ynez Mountains. Deren Gipfel hatte man im Landeanflug fast berührt. Immerhin sind sie noch grün, dachte Jerome Lasky, nicht so öd wie die meisten Gebirge Kaliforniens. Jetzt noch mal zwanzig Meilen. Unter dem Dutzend Flughäfen von Los Angeles war Van Nuys nicht der beste, wenn man nach Malibu wollte. Der Flugplatz von Santa Monica und sogar LAX, der International Airport, lagen wesentlich näher. Aber Dads Flotte stand auf Van Nuys, weil dahinter, mit Gleisanschluß zum Hafen, das Firmengelände begann.

Lasky schüttelte dem Piloten die Hand, stieg mit Jill in den Wagen, der am Hangar bereitstand, und fuhr über den San Diego Freeway südwärts. Seit er wußte, daß Tanja nichts passiert war, ging es ihm wieder gut. Zwar, sie war noch nicht am Ziel, doch auf Sachalin in Sicherheit. Die Russen würden den Weiterflug einer verirrten Maschine erfahrungsgemäß kaum ernstlich behindern. Beim Kreuz am Veteranenfriedhof verließ er die Autobahn in Richtung San Vicente Boulevard. Rechts glitt grün das Terrain des Riviera Country Club dahin, in dem Valentine gern Tennis spielte. Überragt von den Blattmassen des Will Rogers Park. Den hatte er, Jerome, oft mit Freunden durchstreift, scharf auf Abenteuer.

Unten bog er in den Pacific Coast Highway, hörte die Brecher klatschen und sah die heranrollenden Wogen, wohl sechs Fuß hoch. Das Surfing-Paradies vor Bernheimers Oriental Gardens, die Wiege des Wellenreitens, einst aus Hawaii importiert. Dort, wo der Sunset Boulevard mündete, ging es steil bergan in die Palisade Highlands mit ihren krummen, spanisch benannten Villenstraßen. Hier kannte er jeden Stein. »Wir sind da«, sagte Jill neben ihm.

Jerome Lasky zog die Handbremse an. Das Elternhaus, hoch überm Pazifik in den Bergen oberhalb Castle Rock Beach, hieß in der Familie *der Vatikan*. Das Grundstück nahm zwei Hektar ein, wirkte aber von der Straße aus eher unscheinbar. Durch ein Stahltor im elektronisch bewachten Zaun ging es treppab, ein Laubenweg bis in den Patio, wo Eukalyptusbäume standen, die Fontäne plätscherte und Nadelgehölz sich um das Schwimmbad drängte, nebst dornig-fleischiger Vegetation in immerblühender Pracht.

Auf dem Marmor kam ihnen Valentine entgegen, matt lächelnd. Zwei junge Frauen in einer Begrüßung, die keinerlei Abneigung ahnen ließ. Es wunderte Jerome, wie die Schwester vor der gleichaltrigen Stiefmutter verblaßte. Sein eigener Umgang mit Valentine war auch nie ganz frei, aber nicht aus Animosität, sondern wegen ihrer Erscheinung. Sie hatte ihn von Anfang an gefesselt. Erst seit er Tanja kannte, ging er entspannter auf Valentine zu. Unter vier Augen war es ihm schon geglückt, sie Titi zu nennen, wobei sein Atem stockte. Jetzt verbot sich solche Vertraulichkeit. Für Jill wäre das Verrat an ihrer Mutter gewesen.

In riesigen Gläsern reichte Valentine ihnen Longdrinks aus weißem Rum, Zitronensaft, Wasser und Eis, zwischen das sie Minzkraut und anderen Firlefanz schob. »Bitte entschuldigt meinen Aufzug«, sagte sie, »es gab viel zu tun heute.«

»Arbeit ist der Fluch der trinkenden Klassen!« Jerome hob ihr das Glas entgegen. Wenn jemand das Aschenputtel war, dann Jill in ihrem Jeansanzug. Valentine trug ein ärmelloses Seidenkleid, es schmiegte sich dem Busen an, vorn hochgeschlossen, mit kühnem Rückenausschnitt und schwingendem Glockenrock; von ihr selbst bemalt mit Motiven à la Picasso oder Mondrian (soweit seine Kenntnis reichte). Ein hellblonder Schopf krönte das Kunstwerk, so weggekämmt, daß die Eleganz des Kopfes hervortrat. Wo das engelhafte Haar sich dem Goldreif entzog, der es glattzerrte, umkräuselte es das Gesicht wie ein Heiligenschein.

Valentine bat ins Haus. Drinnen erst erschloß sich das Weiträumige der Villa, um 1920 in maurisch-spanischem Stil erbaut. Unter dem flachen Ziegeldach zwei Etagen mit zwanzig Zimmern und umlaufendem Balkon. Harold Lasky, der Großvater, hatte das Haus kurz nach Kriegsbeginn für einen Pappenstiel gekauft, als sich die Firma langsam aus der Pleite von 1931 erhob. Anderen Käufern lag es zu weit außerhalb. Die ganze Länge des Sunset Boulevard trennte es von Hollywood, 18 Meilen, damals ein Hindernis, hatte doch die Regierung das Benzin rationiert. Mittlerweile war das Anwesen mindestens vier Millionen wert.

Nur für fünf Personen war gedeckt. Jerome wußte, die Frau seines Halbbruders Howard nahm selten an solchen Zusammenkünften teil. Falls Fanny überhaupt daheim war und nicht etwa in Paris, wo sie im Frühjahr und Herbst ihre Garderobe ergänzte. Eben kam Howard den Gartenweg herauf, allein. Er wohnte am unteren Ende des Grundstücks; einst war dort das Pförtnerhaus mit der stolzen Auffahrt gewesen. Der Neubau hieß *dog-house,* Hundehütte. Howard galt als Arbeitstier, ein manischer Tüftler, dem Vater ergeben. War Fanny auf Reisen, wachte die Haushälterin über ihn, ein dürres Weib, um das ihn keiner beneidete. Der Rhythmus der Pflicht, das Pensum im Büro, war das Korsett seiner Lebensführung. In Van Nuys hörten dreißig Konstrukteure auf ihn, Computer warfen seine Ideen auf Bildschirme. Hier aber, unten in der Hundehütte, stand ein Reißbrett aus dem Marinemuseum; darauf hatten Generationen vor ihm Torpedos und Panzerschiffe entworfen. Büro und Souterrain, die zwei Pole seiner Welt! Eine Harley-Davidson trug ihn zwischen beiden hin und her.

»Zurück aus Europa?« fragte Howard, und Jerome erzählte ihm vom Devisenhandel an der Londoner Börse. Er wußte, das interessierte Howard nicht, der hatte allenfalls Sinn für die Rumpflinien von Segeljachten, die ihm manchmal Preise holten, oder für den Modellbau. Wirklich, in seiner Freizeit klebte er antiquierte Flugmodelle eigenhändig zusammen, formte die sagenhaften Schöpfungen der Brüder Wright oder des Deutschen Hugo Junkers nach. Bei derart kindlichen Neigungen konnte man kaum mit ihm reden. Doch die Unterhaltung durfte nicht versiegen, bis das Essen hinter einem lag.

Ehrgeiz ist die Zuflucht des Versagens, dachte Jerome, und Fleiß die Wurzel aller Häßlichkeit. Howard war häßlich, auf dem drahtigen Körper saß ihm der Kopf wie eine Kartoffel, und sein militärischer Haarschnitt unterstrich das noch. (Auf dem Flugzeugträger »Intrepid« hatte er vor der Küste von Vietnam gedient, Marineleutnant der Reserve mit hohem Fahnenmast am Haus.) Seine Zähne standen schief, kaschiert von einem Schnauzbart, der ihm etwas Britisches gab. Meist hielt er sich steif abseits, seinem Gesicht fehlte es an Mienenspiel. Er sah älter aus als seine 42 Jahre und galt als Niete im Ehebett. Der ganze Aufwand Fannys, ihre Rastlosigkeit rührte daher, das stand für Jerome fest. Da half auch kein Motorradfahren. Sie beide waren ganz verschieden, zwölf Jahre auseinander und hatten sich nie gemocht ... Als der Stoff erschöpft war, brachte er die Rede auf Rennjachten und Pferde.

Die Ankunft des Vaters erlöste ihn. »Gut siehst du aus«, rief der Papst seiner Tochter zu. »Fein, daß ihr daseid ... Deine Dame allerdings, Jero, ist bei den Russen gelandet.« Wie immer, wenn er eintrat, änderte sich das Klima im Raum. »Hoffentlich hat sie keine vertraulichen Papiere bei sich.«

»Ich hab das überprüft, Dad«, meldete Howard. »Nur den Vertrag für Miotoshi und die Exportgenehmigung für ›Hotspur‹. Nichts, was darüber hinausgeht.«

»Man wird die Passagiere kaum belästigen«, sagte Jerome. »Das brächte Moskau bloß eine schlechte Presse. Ich wette, spätestens morgen früh landet der Jumbo in Seoul.«

»Der Feind ist auch nicht mehr das, Jungs, was er mal war.«

Das Dinner wurde aufgetragen.

»Die Russen entscheiden heute schon fast so pragmatisch und rechnergestützt wie wir«, erklärte Howard. »Immerhin sind sie Schachspieler. Durch den Computer werden ihre Züge annähernd berechenbar. Sie fügen sich in das Gesamtbild der multilateral angelegten Zielplanung ein.«

Jill fragte: »Kannst du mir das übersetzen, aus deinem Chinesisch?«

»Er meint«, sagte der Vater, »es ist wie überall heutzutage, als ob man einen Schnupfen ohne Rotz hat. Dank der Hochtechnik werden die Abläufe so verdammt kühl, daß man glatt davon abkommen könnte, das Blut seiner Feinde zum Frühstück zu trinken.«

»Verdammt lahmes Leben, stinknormal«, stimmte Howard bei. »Immerzu Schnupfen und kein Rotz.«

»Doch nicht für dich, wenn du erfindest«, sagte Jerome.

Howard winkte ab, als liege auch darin wenig Trost.

»Für ihn zählt da nur die Harley-Davidson«, scherzte Valentine. »Auf der rutscht er als Supermann durch jeden Stau.«

»Bist du schon wieder Motorrad gefahren?« fragte Winston Lasky. »Du weißt, was deine Mutter dazu gesagt hätte.«

Vivian Lasky, Winstons erste Frau, war 1950 bei einem Verkehrsunfall umgekommen. Sie hatte stets vor den Gefahren am Steuer gewarnt – bis ihr eigener Wagen von einem Betrunkenen gerammt worden war.

»Dad«, sagte Howard verhalten, »ich bin zweiundvierzig.«

»Ja, das vergesse ich immer.« Der Papst ließ das Thema fallen. Er war knapp 63, ein stämmiger Mann mit scharfem Blick, großen Ohren und Stirnglatze. Seine blanke Stirn überwölbte und beherrschte das übrige Gesicht. Er hatte frische Haut, man sah ihm die Lust auf Bewegung an. Er spielte Golf, jagte, schoß vom Boot aus auf Tontauben und hielt sich durch Reiten fit. »Kommen wir zur Sache. Warum ich euch hergebeten hab, davon mehr nach Tisch. Auch zu dem langen Wochenende, das übermorgen beginnt: drei freie Tage einschließlich des Labor Day. Valentine und ich wären froh, wenn ihr uns begleiten würdet auf einer Kreuzfahrt zu den Channel Islands.«

»Die erste Etappe ist China Point auf San Clemente«, bemerkte Valentine. »Wir haben da etliches vorbereitet . . .« Sie begann es zu schildern, und es klang ganz verlockend, wenn man sie so mochte wie Jerome, dem sogar ihre hohe Stimme gefiel. Sie trug jetzt selbstentworfenen Goldschmuck, der am Schwimmbad noch gefehlt hatte; das erklärte ihre Entschuldigung vorhin. Die Brosche ein Satellit, mit Rubinen besetzt, die Form wiederholte sich an ihren Ohrclips und auf dem handbemalten Kleid. Wirklich hübsch, fand er, nicht bloß ihr Wuchs ist sehenswert.

Sie hatte Kunstgeschichte studiert und sich dem Papst bei einem Empfang im Getty-Museum (ein Stück unterhalb des Hauses am Surfview Drive) genähert; so wurde es allgemein dargestellt. Im Gewand einer Hostess Werke des französischen Jugendstils erläuternd, mußte sie ihn tief beeindruckt haben. Der dritte Frühling für den alten Herrn. Während seine Scheidung von Pamela lief, wechselte Valentine an das *Art Center College of Design* in Pasadena, die teuerste Hochschule für Formgestaltung weit und breit. Dafür, daß er für ihr Studium aufkam, hatte sie ihm einen Bürosessel entworfen, der auf den leisesten Druck ansprach. Zusammengefügt von Howards Team und veredelt mit Werkstoffen aus der Raumfahrt, schmiegte er sich ihm an wie ein liebendes Weib und trug zu seinem Wohlbefinden bei. Für einen Pykniker war Winston sehr sportlich und alert.

Der Tisch wurde abgeräumt. »Wir möchten nicht gestört sein«, wies der Papst das Mädchen an und wandte sich dann an die übrigen. »Weshalb sind wir hier? Es geht um zwei Entschlüsse, die auch noch zusammenhängen. Zunächst müssen wir der Tatsache begegnen, daß die Firma unter Druck gerät. Pannen in der Erprobung, das ist euch ja bekannt, nutzt die Konkurrenz für sich. So etwas bleibt nie aus, es verlangt ein Gegenkonzept und vor allem Geld. Die Kapitaldecke ist knapp, unser Kreditrahmen bei der Bank of America ausgeschöpft; was meint ihr dazu?«

Das alte Lied. Ähnliches hatte den Familienrat schon früher beschäftigt. Jerome gab dem Wunsch nach, sarkastisch zu sein. »Nur wer seine Rechnungen nicht begleicht, darf hoffen, im Gedächtnis der Geschäftswelt fortzuleben.«

Howard sagte: »Keine Zeit für Sprüche.«

Jerome hob die Hände, ihm lag nichts an Zuspitzung. »Weshalb stockt ihr nicht auf? Werte von der Westküste sind der Renner, alles lechzt nach Aktien, die wird eure Hausbank gern emittieren . . . Die billigste Lösung des Problems.«

»Die Kapitulation«, sagte Winston. »Damit fällt unsere Sperrminorität, im Handumdrehen sind wir übernommen, von Boeing oder Lockheed, unserem Nachbarn. Auch Branchenfremde greifen zu, Riesen wie General Motors. Ja, die drängt heraus, seit der Automarkt satt ist; GM und auch noch andere.«

Nun wurde es ernst. Wie die Finanzbasis verbreitern, ohne daß der eigene Aktienanteil unter die Schmerzgrenze von 25,1 Prozent sank? Es gab natürlich Wege . . . Jerome fühlte sich gemustert, als ruhe da Hoffnung auf ihm. Sollte er versuchen, den Streubesitz entfernter Verwandter so zu bündeln, daß die Grenze gehalten wurde? Dem Vater selbst waren die Hände gebunden, Howard galt als schüchtern, Jill als inkompetent. Ihm aber, Jerome, hing der Ruf an, ein Makler zu sein, der auf die Leute zuging. Ihm würde nicht nur die eigene Mutter vertrauen, die mit ihrem Anteil von zwei Prozent verbittert in Boston saß, sondern auch seine beiden Onkel. Die hatten mit dem Papst gebrochen und lebten seit langem in Florida; Jerome hatte sie oft besucht. Tatsächlich, er war der richtige Mann, das Überleben der Firma zu sichern – was waren Winston und Howard ohne die? Weder Präsident noch Chefkonstrukteur. Sie würden nur noch reich, aber nicht mehr mächtig sein, wenn jemand die MAC übernahm.

Jerome Lasky, Chef eines Familien-Pools, dies trug man ihm an. Sehr schmeichelhaft. Nicht länger war er der Luftikus, einer, der spekulierte oder gar bloß schrieb. Man zog ihn Howard vor, der um sein Spielzeug bangte, das Konstruktionsbüro. Wie oft hatte er sich gewünscht, daß man im *Vatikan* einmal an seinen Lippen hing! Er sprach gemessen, entwickelte Pläne, tauchte tief in die Materie, gestreift von den Blicken seiner Stiefmutter. Ihr Erstaunen beflügelte ihn.

»Gut«, sagte der Vater, »mach es so, du hast freie Hand. Uns bläst der Wind ins Gesicht. Ihr kennt die Regel: in Böen anluven. Gehen wir also dichter ran. Aber man muß auch Tuch wegnehmen, wenn's allzu dick kommt.«

»Wo willst du denn reffen, Dad?«

»Das ist der Punkt zwei. Die Herren im Aufsichtsrat sind neuerdings besorgt über eine Propaganda, die gegen den Verteidigungshaushalt der Regierung geht; und damit gegen den Kern der kalifornischen Industrie. Das verdirbt das Klima, darin ist sich die Geschäftswelt einig.«

»Wenigstens etwas, worin ihr übereinstimmt.«

»Nimm es ruhig ernst, Jero. Man weist mich darauf hin, daß nicht nur Linksblätter den Komplex kritisieren. Da ist auch Opposition an den Hochschulen, die schon einmal Tummelplatz von Demagogen gewesen sind. Hier und da sind unfertige junge Leute negativen Lehrmeinungen ausgesetzt.«

Jill fragte: »Was meinst du damit?«

»Destruktive Doktrinen«, antwortete ihr Howard.

»Das beunruhigt meine Freunde«, fuhr Winston fort. »Wir glauben, daß unser Bemühen, die Öffentlichkeit und die Studentenschaft vor Verwirrung zu schützen, weitergehen sollte als bisher.«

»Und was wollt ihr tun, Dad?« fragte Jill. »Das Publikum wird doch durch die Medien beeinflußt, die von eurer Werbung abhängen. Nun auch noch die Hochschulen? Freiheit von Forschung und Lehre ist hier Tradition, sie hat unser Land groß gemacht. Ich an deiner Stelle würde zögern, Privatinteressen in eine Universität zu tragen.«

»Genau das tun die anderen«, sagte Howard. Er hatte in den stürmischen sechziger Jahren am MIT studiert, dem *Massachusetts Institute of Technology,* und kannte sich aus. »Die Hetzer und Anarchisten! Sollen wir zusehen, wie im Hörsaal Desinformation verbreitet wird, wie man Menschen verleumdet, denen die Landesverteidigung am Herzen liegt? Was ist damals, als wir in Vietnam den Kopf hinhielten, auf dem Campus von Berkeley geschehen? In den Rücken seid ihr uns gefallen . . .«

»Dafür kann Jill nichts«, warf Winston ein. »Das wird sie kaum wissen, da war sie erst zehn.«

»Eine galante Bemerkung über mich als Historikerin. Ich weiß schon, was passiert ist – kein Vergleich mit heute. Damals hatten die Kommilitonen Angst, im Dschungel zu sterben, sie verbrannten ihre Einberufungsbefehle. Heute ist alles ganz nüchtern, unpolitisch, man sieht auf Leistung, auf die Karriere. Es gibt nur eine Angst: nach dem Studium ohne Job zu sein.«

»Na also«, sagte Winston. »Sollen sie fleißig sein. Niemand schätzt Bildung höher als ich, keiner hat mehr Respekt vor unseren namhaften Universitäten. Denen ist oft etwas gestiftet worden, wie du weißt. Aber, Jill, dein Wort würde mich erst überzeugen, wenn du selber aufhören könntest, zweifelhafte Lehren zu vertreten.«

»Was wirfst du mir denn vor?«

»Mangel an Objektivität. In deinem Seminar ist neulich etwas behandelt worden, das sich ›die Abkopplung Geschäftswelt von der Ethik‹ nennt. Und weitere Themen dieser Art. Man liest es auch anderswo, kaum hilfreich für uns in Washington, wenn unter solchem Zeug der Name Lasky steht.«

»Soll ich dir meine Texte zur Zensur vorlegen?«

Der Papst zog einen Zettel hervor. »Deine Dissertation schließt folgendermaßen: ›Vor dem Ausbruch des Ersten Weltkriegs war das deutsch-britische Wettrüsten zur See zunächst nur Drohgebärde, ein Zeichen von Entschlossenheit. Aber es führte, ganz wie die Mobilmachungsschritte von 1914, zwanghaft in einen Krieg, den ursprünglich keiner wollte. Dies läßt uns an den gegenwärtigen Rüstungswettlauf denken. Selbst der scheinbar sinnvolle Versuch, eine Weltraumverteidigung zu schaffen, könnte den Krieg näherbringen, indem er unkalkulierbare Reaktionen und letztlich die nukleare Katastrophe auslöst.‹ So endet deine Abschlußarbeit.«

»Das ist zugleich ihr Resümee«, sagte Howard. »Ihr ganzer Sinn.«

»Es sind meine Erkenntnisse, ja. Woher habt ihr das?«

Winston nahm die Lesebrille ab, die an ihm immer wieder überraschte. »Das meinte ich vorhin mit ›Segel reffen‹. Zuviel steht auf dem Spiel, deshalb wünschen wir Zurückhaltung von dir.«

»Auch wenn dir dein Mentor De Luca für diese Sätze den Grad des Magisters und die Lehrbefugnis verschafft hat«, fügte Howard hinzu. »Wir bitten dich, dein Verhältnis zu ihm zu überprüfen.«

Jerome fragte: »Müßt ihr unbedingt persönlich werden?«

»Kampf ist immer persönlich«, stellte der Vater fest. »Auch mich hat man privat nie geschont.«

In der folgenden Pause hob sich Valentines Schulter, wie oft, wenn etwas sie verlegen machte. Alle spürten, Winstons Andeutung galt ihr. Sie hatte sich früher einmal zu Aktaufnahmen überreden lassen, für ein Herrenmagazin, um ihr Studium zu finanzieren; nach der Eheschließung grub ein Skandalblatt die Fotos wieder aus. Der Name Lasky – wichtig genug, um in Zeitungen der Westküste zu erscheinen – wurde besudelt. Wie prüde wir noch sind, dachte Jerome, in den Anblick seiner Stiefmutter vertieft. Er hatte sich das Magazin besorgt, der Bilder wegen, auf denen Valentine posierte. »Keine Firma ist verantwortlich für das, was die erwachsene Tochter ihres Präsidenten schreibt«, sagte er. »Erklärt sie doch zur Außenseiterin. Jedes anständige Haus leistet sich ein schwarzes Schaf.«

»Es geht doch nicht um meine Texte«, rief Jill. »De Luca ist gemeint. Howard verzeiht ihm nicht sein fremdes Blut, ich hab's schriftlich! Da hat sich der Rassist gezeigt.«

»Die Hautfarbe ist mir schnurz«, sagte Howard. »Mich stört einzig seine Haltung. Da verbreitet er die alberne These, nukleare Sprengköpfe seien schon überall im Zielgebiet, installiert von Agenten, müßten nicht mehr hingeschossen, bloß noch gezündet werden . . . Welchen Sinn hätte es dann noch, Raketen zu bauen?«

»Ja, welchen?« fragte Jill. »Los, erklär es mir!«

»Ich gehe auf diesen Stuß nicht ein. Lassen wir ihn ruhig phantasieren. Aber klar ist, damit paßt er nicht zu uns.«

»Sei fair«, sagte Jerome. »Sieh mal, er ist Jude, er ist farbig und ohne Vermögen, müßte er da nicht einen Bonus kriegen?«

»Das ist ja lächerlich. Ein hergelaufener Extremist!«

»Hergelaufen wie wir alle, nicht bloß die Farbigen. Nimm's doch mal etwas leichter, Howard. Das einzig wirklich Farbige im Leben ist die Sünde.«

»Dein Hang zur Erotik ist grotesk; peinlich und grotesk.«

»Dein Pech ist, du kennst die Wonnen verbotener Liebe nicht. Jede Einschränkung steigert sie. Dafür fehlt dir halt der Nerv.«

»Hör auf, was weißt denn du davon? Du spielst den Verständnisvollen, dabei bist du immer bloß in dich selber verliebt.«

»Sich selbst zu lieben soll verboten sein? Es ist eine lebenslange Romanze. Merk dir, Howard, unsere erste Pflicht im Leben ist, wir selbst zu sein. Worin die zweite Pflicht besteht, das hat noch keiner herausgefunden.«

»Dein Zynismus widert mich an.«

»Ich bin nicht zynisch, ich habe nur Erfahrung.«

»Du meinst wohl miese Erfahrungen?«

»Richtig, Howard, es gibt nur miese. De Luca paßt nicht zu uns – mag sein. Er muß bloß Jill gefallen, gar nicht dir.«

»Genug!« Der Papst pochte auf den Tisch, als leite er eine Vorstandssitzung. Sein ruhiger Ton glättete sogleich die Wogen, er mühte sich, den Schein von Eintracht und Verbundenheit zu wahren. Sein Versuch, Jills Widerstand zu brechen, war im ersten Anlauf gescheitert. Offensichtlich hielt er es für unklug, sie weiter unter Druck zu setzen. »Übrigens«, schloß er, »wir haben die Abendmeldungen verpaßt. Ich möchte wissen, was mit dem Flugzeug ist.«

Howard fragte das Personal, doch niemand hatte die Nachrichten gehört. Nur ein Fernschreiben lag vor. Wegen der Weisung, keinesfalls zu stören, hatte man nicht gewagt, es hereinzureichen.

Es kam aus dem Büro der MAC in Tokio. Jerome sah dem Vater über die Schulter und las mit: *Entgegen anderslautenden Agenturberichten besagen interne Informationen, daß der Flug KAL 007 New York – Seoul über dem Japanischen Meer mit Absturz endete. Es gibt kein Indiz für eine Notlandung des Jumbos in Nordkorea oder der Sowjetunion. Laut Passagierliste befand sich an Bord auch Mrs. Tanja Cory.*

X

Als Jerome ging, um Näheres zu erfahren, stand er sichtlich unter Schock. Jill hielt ihn für unfähig, in Seoul anzurufen. Auch sie war betroffen, doch eher seinetwegen. Um Tanja Cory konnte sie kaum trauern – und warf es sich vor. Wie ging das zu? Kurz vor den Ferien hatte Tanja sie einen ganzen Tag lang in Berkeley besucht. Ein harmonischer Tag, sie waren einander nähergekommen. Welch Ende für eine so gescheite Frau!

Anstatt den Fall zu erörtern, ließ Winston eine Schallplatte auflegen. Das enthob sie alle der Peinlichkeit, Bestürzung zu äußern, die üblichen Redensarten. Es galt hier immer schon als Zeichen von Lebensart, abends Musik zu hören. Ein nobler, entspannender Brauch. Er ging auf Pamela zurück, Jills Mutter. Man behielt ihn nach ihrem Auszug bei, der einer Vertreibung gleichgekommen war.

Valentine wählte das Klavierkonzert f-Moll, gespielt von Rubinstein. Chopins erstes bedeutendes Werk, noch frei vom Leid des Exils. Sehnsucht lag darin, der Schmelz seiner Jugend, noch nicht die Bitterkeit von 1831 – der gescheiterte Aufstand gegen den Zaren. Verträumtheit statt Trauer, perlende Melodien, schwärmerisch überschäumend, die leichte Hand des neunzehnjährigen Genies. Trotzdem endete der erste Satz schmissig, wahrhaft polnisch selbstbewußt, wie Jill fand.

Ihre Gedanken wanderten zur Mutter; der verdankte sie den Genuß an Chopin und Vivaldi, die Neigung zu ernster Musik. Dann sah sie das Abendrot der Wüste von Nevada. Der Krampf löste sich, die Klangfolgen weckten in ihr zärtliche Empfindungen. Beim zweiten Satz, dem Larghetto, kam ihr des Komponisten eigene Deutung in den Sinn: Er habe schon ein Ideal, dem er treu ergeben sei, das ihm im Traum erscheine... Gemeint war eine Dame von der Warschauer Oper; das Larghetto galt ja als heftiger Liebeserguß.

Niemand rührte sich, jeder entschwebte in seine eigene Welt. Ihr Halbbruder mochte an Fanny denken, an seine kinderlose Ehe. Die Bindung der Brutpflege fehlte, das geistige Band aber auch. Armer Howard! Deshalb floh Fanny nach Europa, oder sie formte kapriziös Figuren, Kunst aus Schwämmen – afrikanische Abstraktion ihres Kinderwunsches. Was Dad durch den Kopf ging, erriet man nicht. Musik ließ ihn unberührt, er wollte wohl bloß manierlich sein und Andacht mimen. Vielleicht überschlug er das Betriebskapital und prüfte die Chance, Sandro loszuwerden, ihn diesem Kreis fernzuhalten. Und die Stiefmutter? Jill lehnte es ab, sich Valentines Wünsche vorzustellen. Ein Berg Gold und Juwelen zur Schmuckproduktion womöglich. Oder hoffte sie auf ein Kind und gab sich der Vorfreude auf dessen Regungen in ihr hin?

Aber was gingen sie die anderen an? Im Auf und Ab ihres Lebens gab es stürmische Episoden, mehrmals hatte sie den Kopf verloren, nun jedoch ihr Herz. An dieser Partnerschaft hielt sie fest. Das einfachste wäre, rasch zu heiraten, dann hörte der Einspruch auf. Weshalb hatten sie es aufgeschoben? Was hatte sie in Las Vegas denn daran gehindert, zum Friedensrichter zu gehen und für fünf Dollar ihre Ehe registrieren zu lassen?

»Es reicht«, sagte Winston zu Valentine, die sich anschickte, die Platte umzudrehen. Etwas in seiner Stimme ließ Jill aufhorchen. Es klang, als habe er einen Entschluß gefaßt. Der Ausflug zu den Inseln? Jerome würde kaum noch daran teilnehmen, und sie hatte auch keine Lust mehr dazu, nach dem Angriff auf Sandro und auf ihre wissenschaftliche Arbeit.

»Cory war eine wertvolle Kraft, unersetzlich«, hörte sie ihren Vater sagen. »Was auch immer ihren Tod verschuldet hat, wir müssen uns damit abfinden – enger zusammenrücken, den Verlust gemeinsam tragen. Das läßt mich noch mal auf Punkt zwei kommen, den ich lieber zurückgestellt hätte.«

Jill preßte die Lippen zusammen. Es sah ihm ähnlich, den Umstand zu nutzen, daß Jerome nicht mehr da war, ihr beizustehen! »Was willst du eigentlich?« fragte sie scharf. »Das Familienschiff mit dir am Ruder, Howard als rechte Hand, mit Jero als Finanzkünstler und mir im Archiv, beim Verfassen der MAC-Story zum vierzigsten Jahrestag der Firmengründung? Möglichst an der Seite eines Kollegen, der gleichfalls industriefromm ist, nicht wahr, so hättet ihr's doch gern!«

»Wir wären schon froh über ein bißchen Kooperation«, sagte Howard. »Was wir wollen und tun, ist auch zu deinem Besten.«

»Zwischen Wollen und Tun liegt bei euch das Meer.«

»Welches Meer denn, Schwester?«

»Das des Geldes. Kasse machen um jeden Preis!«

»Der Kummer mit dir ist«, sagte Winston, »du weißt gar nicht, wie man es anfängt, Geld zu verdienen. Das ist ein dunkles Geheimnis für dich. Als du groß wurdest, fiel dir wie deinen Brüdern ein Paket in den Schoß, drei Prozent unserer Aktien. Damit ist dein Geldproblem für alle Zeiten gelöst. Geht meine Bitte da zu weit, jetzt auf Seiten derer zu sein, die dir das beschert haben?«

»Leider sehen wir, daß es dir nur um Weltverbesserung geht«, sagte Howard. »Weil du das Geld vergessen kannst, umgibst du dich mit Leuten, die glauben, Amerikas Stärke sei belanglos geworden. Deine Freunde kümmern sich mehr um jene Gestalten, die in Downtown herumlungern und auf Demokratie pfeifen, weil sie eine Wahlurne zum Beispiel für einen Kasten halten, in den man alte Rasierklingen wirft.«

»Wenn du schon die soziale Frage anschneidest, dann überleg mal, was sich seit Roosevelts Tagen geändert hat in der Gesetzgebung und in unserem Alltag. Wieviel da heute in Bewegung ist, trotz eurer Starrheit gegenüber Randgruppen wie den Farbigen, den Bürgerrechtlern und den Rüstungsgegnern . . .« Nach ein paar Sätzen brach Jill ab. Daheim entmutigten sie solche Debatten, gaben ihr das Gefühl, ungenau zu sein, zu übertreiben und echauffiert zu schwitzen.

»Bist du fertig?« fragte Winston.

»Ich höre auf, denn es hört mir keiner zu.«

»Wir hören dir zu, obwohl das utopisches Zeug ist.«

»Ohne Utopie kein Fortschritt auf der Welt.«

»Mach dir keine Illusionen, die Welt bleibt, wie sie ist«, führte Howard aus. »Immer dasselbe, seit Jahrtausenden. Nur deine Position ändert sich, du steigst oder du fällst, und zwar täglich.«

»Ach, wie an der Börse? Du bist doch keine Aktie, Howard! Wie schaffst du es bloß, ohne Ideal zu leben?«

»Das hat er, nur keine Rosinen im Kopf«, sagte Winston.

»Die sind der Triumph der Hoffnung über die Erfahrung, Dad. Ein Wort Samuel Johnsons, von dem übrigens auf Zweitehen gemünzt. Ich nehme an, es gilt auch für dritte Ehen und geschäftliche Wagnisse.«

»Gut, gut.« Winston hob die großen, muskulösen Hände. »Wir stimmen dir zu. Das letzte, was man verliert, ist immer die Hoffnung. Du taktierst sehr geschickt. Du hast die besten Schulen besucht und weißt dich auszudrücken. Ich hatte es nicht ganz so gut. Als mein Großvater damals in Konkurs ging, da hieß es, hilf dir selbst, dann hilft dir Amerika ...«

Jills Augenlid fing an zu zucken. Wie ärgerlich, die alte Predigt! Wäre doch Sandro da. Ihm fühlte sie sich näher verwandt als den Mitgliedern ihrer Familie, für ihn ertrug sie dies hier ... Aber mußte sie das eigentlich? Ihr riß die Geduld, sie stand auf. »Entschuldigt mich, ich möchte nach Jero sehen.«

»Komm wieder! Das muß vom Tisch, je eher, desto besser.«

Die Geschwister hatten noch ihre Zimmer im Oberstock. Jill stieg die breite, schön verzierte Holztreppe hoch. Auf der Galerie hielt sie inne vor den Ahnenbildern, dunkle Rechtecke, auf dem Firnis spiegelte sich das Licht der Halle. Die kurze Reihe ihrer Vorfahren hatte sie als Kind gefesselt. Es gab eine Zeit, da ihre Phantasie die Figuren umspann. Von ihrem Urgroßvater Jurek Laski, der sich dann John Lasky nannte, hing nur ein lebloses Bildnis da; Produkt eines Modemalers der zwanziger Jahre, der Geschäftsleute nach Fotos porträtierte, so daß bloß eine Sitzung nötig war – wenn der Meister letzte Hand an sein Werk legte. Die nächste Generation kalifornischer Künstler kannte ihn nicht mehr. In den glatten Flächen und eher zeichnerisch geführten Linien lag keine Offenbarung.

Und doch, seit jeher sah Jill zu John Lasky auf. Der hatte sich aus dem Elend der Woiwodschaft Lublin auf das Weltmeer gewagt, in ein reicheres und freieres Land. Ganz allein kam er vor fast hundert Jahren an, nur mit dem Bündel eines Handwerksburschen, der ihm eingebrannten Furcht vor Behörden, seinem Gottvertrauen und seiner Vitalität. Er hatte kein Geld, er sprach nicht Englisch, die Großstadt und der ferne Kontinent waren ihm fremd. Welch ein Weg von der polnischen Lehmhütte bis zu dem Laden in New York, wo er begann, Nähmaschinen und Kinderwagen zu reparieren! Und noch ein kühner Sprung, als er, schon über Fünfzig, gegen Ende des Ersten Weltkriegs nach Südkalifornien zog, wo das Erdöl sprudelte. Er mischte sich unter die Bodenspekulanten von Long Beach, riskierte seine Ersparnisse, machte die erste Million und eröffnete eine Fabrik für Knopflochnähmaschinen, Fahrräder und Sportautos, die in der großen Krise versank.

Ein knorriger Charakter. Nein, der sprang nicht aus dem Fenster wie die Bankrotteure von Wall Street. Neben ihm Henry Malcolm, der schwerreiche Kompagnon, der ihm wieder aufhalf, nach dem die neue Firma hieß. Sie baute in Van Nuys Sportflugzeuge, ab 1940 auch Hubschrauber für die Marine und Torpedos. Malcolm, der seiner Enkelin Harriet erlaubte, Johns Sohn Ronald zu heiraten, einen kauzigen Tüftler (Howard hatte sein technisches Talent geerbt). Dort das Großelternpaar. Ronald und Harriet in steifer Eleganz, wiederum kein Meisterwerk, der Name des Schöpfers vergessen. Überhaupt, wer in dieser kleinen Galerie nach Zauber forschte, nach eigenwilliger Sicht des Dargestellten, der suchte vergebens. Die Sage vom Aufstieg des Tüchtigen zu illustrieren, das hatte keinen Maler von Rang gereizt.

Am Ende aber lebensgroß Winston, ein bestechendes Porträt. Der Künstler hatte Dads Augen vergrößert, ihm sonst kaum geschmeichelt. Das Bild verriet Härte, es war um 1970 entstanden und zeigte den Papst im Zenit. Der Aufsichtsrat hatte es ihm zum 50. Geburtstag überreicht. Damals gab es an den Laskys noch keinerlei Kritik. Wer es gewagt hätte, sie zu schneiden, wäre schnell ein Außenseiter gewesen. Später erst sank der Stern, nach der Scheidung und dem Skandal um die Fotos in *Penthouse.* Seitdem strebte Dad nach Reputation, fast so wichtig wie Erfolg wurde ihm familiäre Achtbarkeit. Er wollte einen Schwiegersohn, vorzeigbar in seiner Clique, den maßgebenden Kreisen der Stadt.

Aber doch nicht auf ihre Kosten! Vor dem Porträt wurde Jill klar, auch sie war eine Lasky – kampfbereit. Es tat ihr gut, Winston einmal entgegenzutreten. Nicht zu Unrecht suchten der und seine Freunde im Umfeld von Berkeley den Störfaktor, ein rebellisches Potential. »Unsere Wissenschaft war doch verkalkt«, hatte Sandro kürzlich zu ihr gesagt. »Früher hab ich mir immer gewünscht, jemandem das Datum der Schlacht bei Hastings zu nennen, aber kein Gespräch gab mir Gelegenheit dazu. Spreche ich jetzt von den *Nucys*, hören alle zu!« Sein Ausweg hieß Konfliktforschung, zu ihrem gehörte der Impuls, dem Druck des Vaters zu widerstehen.

Bei ihrem Eintritt fand sie den Bruder auf der grünen Ledercouch, ein Glas Whisky bei sich, in dem das Eis geschmolzen war. Zu seinen Füßen flimmerte der Bildschirm, er blickte gar nicht hin, sah auch Jill nicht an, bis sie ihn sanft berührte. »Was ist, Jero, hat man die Meldung bestätigt?«

»Nein. Keiner weiß etwas. Schwachsinn auf sämtlichen Kanälen. Dauernd wird wiederholt: Notlandung auf Sachalin. Seit Stunden!«

»Und selber kommst du nicht nach drüben durch?«

»Doch, aber du kriegst nichts raus. Südkorea hat keine diplomatischen Beziehungen zu Moskau, kann folglich dort nicht anfragen, heißt es. Seoul hält an der Story fest, gelandet auf Sachalin, mit dem Hinweis, sie stamme von unserem Geheimdienst.«

»Dann dürfte es auch stimmen.«

»Ich glaub nicht mehr daran. Elf Stunden Ungewißheit, wie kann das sein? Du, ich spüre, sie ist tot. Und sie war phantastisch; es gibt kein besseres Wort dafür.«

»Kopf hoch, Jero, ihr ist nichts passiert. Aber ich kann unten deine Hilfe brauchen.« Da er schwieg, rüttelte sie an ihm. »Bitte hör auf, die Wand anzustarren.«

»Die Tapete und ich, wir streiten uns gerade«, knurrte er. »Einer von uns beiden muß verschwinden.«

Wenn er so bitter war, hatte es keinen Zweck. Sie ging nach nebenan, in ihr eigenes Zimmer. Es empfing sie im Schimmer der Schleiflackmöbel, als sei es nie bewohnt gewesen. Sooft sie herkam, weckte die peinliche Ordnung in ihr den Wunsch, ein Kleid über das Piano zu werfen oder etwas auf dem Teppich zu verstreuen. Die Poster ihrer Jungmädchenzeit hatte man entfernt, als sie nach Berkeley ging, es fehlte alles Persönliche. Die Klimatisierung schien defekt, der Raum lag nach Westen, wo die Sonne im Ozean verglüht war. Jills Jeansanzug wurde zu einer Rüstung aus Sperrholz. Dazu lächelte die Mutter trübe auf sie herab.

Das Bildnis, Teil der Galerie, hatte man ganz weghaben wollen, natürlich. Durch einen Kompromiß war es in ihr Zimmer gelangt und hing über dem Bett. Es zeigte Pamela als zarte, blasse Schönheit von Ende Dreißig, feine Linien der Enttäuschung um den Mund, in einem roten Kimono aus golddurchwirkter Seide. Den hatte sie Jill nebst anderen Dingen beim Auszug dagelassen, er hing dort im Einbauschrank; sie hatten ja die gleiche Figur ... Die Tochter des Kaufhauskönigs von der Ostküste! Wie gern hatte sie hier Hof gehalten, sich mit Berühmtheiten umgeben, Dirigenten, Komponisten, Schauspielern und Gelehrten, zumal von den alten Universitäten Yale, Havard, Princeton und Columbia, den *Efeu-Bund-Hochschulen.* Die waren ihr noch willkommener gewesen als der kalifornische Geldadel, die Offiziere, Politiker und Staatsbeamten, um die es Winston ging.

Jill knipste das Fernsehen an und trat unter die Dusche. Ihr kam die Idee, Mutters Morgenrock anzuziehen, um den Papst zu bremsen. Ein Appell an sein Gewissen, die Mahnung, nicht in jedem eine Schachfigur zu sehen, die sich beliebig opfern ließ. Sie spülte das Netz der Beklemmung ab, das ihr auf der Haut lag. Im Schrank fand sie ein Heft, von ihr mit elf Jahren angelegt, zum Ergötzen der Eltern. Wie ein Werbetext beschrieb sie den Neubeginn in den dreißiger Jahren: »Wochenlang kam in das Büro Ecke Wilshire Boulevard gar kein Kunde. Um die Miete aufzubringen, ging Ronald Lasky in die Landwirtschaft. Auf einem gepachteten Feld baute er Kartoffeln an. Seine Sportflugzeuge und Hubschrauber sind berühmt geworden, die Kartoffeln bekam aber keiner zu essen. Der Acker war sumpfig.«

Man hatte ihren Ausdruck gelobt, ihren Witz, das Interesse an der Firma. Auf den letzten Seiten klebten Fotos, aus Prospekten geschnitten. Neben einem Lenkgeschoß stand in ihrer Schrift: »MACs *Rapier* ist ein Degen in der Hand unserer Navy. Er blitzt durch die Lüfte, ob Tag oder Nacht, bei jedem Wetter. Mit *Rapier* trifft die Marine jeden Angreifer, so daß es nie wieder ein Pearl Harbor gibt. Howard Lasky hat *Rapier* erfunden für Männer, die Wache stehen für Amerikas Seeverteidigung.«

Die Zeit der Unwissenheit und des Vertrauens. Auch Jerome, damals 17, hatte sich in dem Heft verewigt. *»Das Wichtigste bei jedem Flug ist die Landung.* (Ikarus, Sohn des Daedalus) Daedalus war ein Kerl vom Typ ›selbst ist der Mann‹. Er legte ein Paar Schwingen an, selbstgestrickt aus Federn und Wachs, und animierte Sohn Icky zu 'nem kurzen Hupf. Dies waren Ickys letzte Worte, als das Wachs zu schmelzen anfing ... Aber an den Hochglanzwaffen der MAC gibt's nichts Selbstgestricktes mehr.« Der Schmiß seiner späteren Texte. – An Pamelas Kleidern hing noch der Duft ihrer Feste. Dazu lud sie stets auch arme Künstler ein und stellte sie Geldleuten vor, möglichen Käufern der Dinge, die sie schufen. Sie schonte den Stolz ihrer Schützlinge, schenkte ihnen nichts, sondern erwarb ein Bild oder eine Plastik zu Preisen über dem Handelswert, falls die Kunstwerke überhaupt einen hatten. Dafür lagen deren Schöpfer ihr zu Füßen, bildeten sie eifrig in Öl oder Ton ab, gaben ihr das Gefühl, an ihrem Schaffensdrang, den Qualen und Verzückungen teilzuhaben. Die Einladungen der Laskys waren noch in den siebziger Jahren hochgeschätzt, Größen wie der Gouverneur des Staates oder ein Walt Disney folgten ihnen mit Vergnügen. Jill entsann sich der Reihe langer Limousinen im Castellamare Way – damals fuhr man noch unten vor – bei Gartenpartys und Abendempfängen. Vorbei, dieser Glanz! Howards Fanny fehlte dafür der Sinn, von Valentine ganz zu schweigen.

Jill drehte sich vor dem Spiegel, der Kimono umschmeichelte sie. Im Rücken lag ein Drache, schwarz auf der blutroten Seide. Sein Schweif umwand die Hüfte, während sein Atem ihr golden über die Schulter blies. Ein pathetisches Kleidungsstück, es stand ihr nicht, doch sie behielt es an. Als sie nach passenden Schuhen sah, sagte jemand im Fernsehen: »Wie aus Seoul verlautet, scheint der Informationsminister Koreas, Lee Jin Hie, nun doch beinahe sicher zu sein, daß der KAL-Jumbo beschossen worden ist, und zwar durch ein drittes Land. Gefragt, wen er damit meine, äußerte Lee, sowohl Nordkorea als auch die Sowjetunion könnten es getan haben, doch wer von beiden, das sei ungeklärt.«

Der Moderator versuchte, durch das Zuschalten entfernter Beobachter Licht in den Fall zu bringen. Jemand beklagte den Ausdruck *drittes Land,* es müsse *fremdes Land* heißen. Ein AP-Mann meldete aus Tokio, amtlich sei nichts zu erfahren, der Fall bleibe nebelhaft, es sickere aber durch, daß Kreise um den Außenminister Shintaro Abe einen Abschuß jetzt für möglich hielten. Die Täterfrage ließen Japans Diplomaten offen, fast zwölf Stunden nach dem Geschehen. Es sehe so aus, als sei eine Nachrichtensperre verhängt worden. Die Chance, Überlebende aus der See zu retten, sinke mit der ungenutzt verstreichenden Zeit.

Jill, auf dem Weg zu Jerome, hörte ihn hinter der Tür stöhnen. Bei ihm lief dasselbe Programm, er gab sich der Verzweiflung hin. Armer Bruder! Ihr fehlte der Mut, ihn zu trösten; sie ging treppab. Ihr Blick fiel auf die Wanduhr in der Halle, beide Zeiger standen auf zwölf. Mitternacht, der 1. September brach an, ein Donnerstag. In Seoul war es fünf Uhr nachmittags; um sechs Uhr früh hatte das Flugzeug landen sollen.

Howard sagte: »Wir haben schon gedacht, du wärst wie Valentine zu Bett gegangen.«

Jill setzte sich und verbarg die Enttäuschung – ihr Aufzug

wurde übersehen. »Jero geht es nicht gut. Eben fängt das Fernsehen an, den Absturz zu bestätigen. Ich glaube kaum, daß er mit auf die Jacht kommt.«

»Es wär nur gut für ihn, sich abzulenken.«

»Auch ich werde auf den Ausflug verzichten müssen. Zu Beginn des Herbstsemesters gibt es viel Arbeit. Solange Sandro weg ist, muß ich ihn vertreten – Neulingen sagen, was für Vorlesungen man hören kann, sie beim Aufstellen des Studienplans beraten. Manche kommen auch am Wochenende an ...« Wie wortreich sie das erklärte! Daraus sprach doch Furcht vor dem Vater, eine Fügsamkeit, die sie ablegen wollte.

»Über die Hochschule wollten wir mit dir reden«, sagte Howard. »Berkeley beansprucht dich sehr, und es ist weit weg. Geht das so weiter, gelingt uns nicht mal mehr ein Wochenende an Bord. Dad macht sich Sorgen. Traurig, wenn einer nach dem anderen von uns ausschert.«

»Na, er hat doch Valentine und dich.«

»Das klingt etwas kühl, Schwester. Hör zu, wir möchten dich bitten, ein Übersiedeln zu erwägen, an die hiesige Universität. Dad hat beim Rektor vorgefühlt, du bist ihm willkommen. Der Dekan der philosophischen Fakultät kennt deine Schrift über die Flottenrüstung und rät dir, auf dieser Basis zu promovieren. Dann trägst du nächstes Jahr schon den Doktorhut.«

Der Vorschlag regte Jill auf. Sie sah den riesigen Komplex der Universität von Südkalifornien vor sich, am Exposition Park, in dessen Stadion, dem *Memorial Coliseum,* die Olympischen Sommerspiele stattfinden sollten. Wie immer hatte der Papst Nägel mit Köpfen gemacht und ließ sie von Howard einklopfen. Sie winkten ihr mit dem Doktorgrad, einer Karriere an der University of Southern California; die größte nichtstaatliche Hochschule der Westküste, 30 000 Studenten, am unteren Ende der Figueroa Street, nur 2 1/2 Meilen vom Sitz der MAC. Da hatte Dad sie vom Citybüro aus hübsch im Blick! Und all das mit dem Ziel, sie von Sandro zu trennen und in ein gemäßigteres Umfeld zu verpflanzen. »Woher kennt der Dekan meine Arbeit?«

»Wir haben sie ihm hingereicht. Sobald du zustimmst, besorgt er dir einen Doktorvater.«

»Ihr hattet doch kein Exemplar ...?« Offenbar doch, von der University of Southern California im Leihwege beschafft. Fein ausgedacht! Die USC war gleichfalls ehrwürdig, um 1876 von der Methodistischen Episcopalkirche gegründet, fast so alt wie Berkeley, nur ohne dessen Ruf und Rang. Ihr wuchtigster Bau war die *Doheny Library* mit einem Buchbestand von 1 1/2 Millionen Stück. Zwischen den Autoströmen der Freeways eine laute, ganz andere Welt. Für Jill ein schockierendes Bild. »Bitte versucht nicht, mich aus meiner Umgebung zu holen – wegen eines Mannes, der euch nicht paßt. Ich bin kein Kind mehr, mit dem man das machen kann.«

»Dann bleibt uns nur«, sagte Winston, »zu veranlassen, daß Herr De Luca die Koffer packt.«

»Was soll das heißen?«

»Daß er Berkeley verläßt.«

»Konfliktforschung treibt man auch anderswo«, erläuterte Howard. »In Chicago oder in Baltimore hat man sicher Verwendung für ihn.«

»Das schafft ihr nicht! Die Hochschulen sind autonom.«

»Berkeley ist ein Sonderfall. Da laufen Projekte in Sachen Verteidigung. Mit all den angeschlossenen Instituten, euren Laboratorium in Livermore und dem ganzen Komplex der Atomforschung seid ihr schon etwas Besonderes.«

»Und, was folgt daraus?«

»Erhöhte Aufmerksamkeit. Ein paar wichtige Leute sind besorgt . . .«

»Im Industrie-Club oder in der Handelskammer von L. A.?«

»Nicht nur dort. Die Regierung in Sacramento bewertet die Entwicklung an deinem Institut recht skeptisch.«

»Was stört die denn an uns?«

»Das Unausgewogene; die Zusammensetzung der Spitze. Direktor Westerling mag neutral sein, aber seine Stellvertreter Stolzenberg und De Luca sind beide ziemlich links. De Luca mehr noch als Stolzenberg, auch ein Immigrant übrigens. Ihr habt einfach zuviel davon. Euer Chef ist Holländer, augenscheinlich bevorzugt er Europäer, das zeigt sich bei nüchterner Bestandsaufnahme . . .«

». . . der Jahresversammlung der Rasierklingen- und Büchsenöffnerindustrie, was? De Luca ist dabei, das Land zu unterminieren, da wird es Zeit, ihn loszuwerden!« Jill merkte, sie fiel aus der Rolle, das führte zu nichts. Als sie nach dem Glas griff, um die

Lippen anzufeuchten, bebten ihr die Finger. Auf irgendeine Art, fand sie, gewann der Papst die Oberhand. Ihr war, als kreise man sie ein. Erschreckend schon die Gründlichkeit der Recherchen; das zeigte, wie ernst es denen war. Durch wen hatten sie dies erfahren? Und dann der Hinweis auf Sacramento! Zu den sechs Ressortchefs, die dort unter dem Vorsitz des Gouverneurs die kalifornische Staatsregierung bildeten, gehörte der *Superintendent of Public Instruction,* ein Kultusminister, über das Bildungswesen gesetzt. Konnte er Dozenten entlassen? Wohl nicht, sicherlich aber Druck ausüben. Ging durch seine Hände doch das Geld.

»Das Boot hat Schlagseite«, hörte sie Howard sagen. »Es läuft aus dem Ruder und richtet sich erst wieder auf, wenn dein Freund von Bord geht, Schwester. Wenn ein weniger linkslastiger Mann ihn ersetzt. Den gibt's auch schon, ein Dozent namens Baldwin, dir gewiß nicht unbekannt.«

Jill spürte ihr Herz. Natürlich kannte sie Baldwin. Sandros Oberassistent war ein weicher Mensch, begierig, voranzukommen, der geborene Konformist. »Wer hat euch all das erzählt?«

»Spielt keine Rolle. Wichtig ist, daß du die Alternative siehst. Entweder geht De Luca dort weg, oder du kommst ihm zuvor und läufst den Heimathafen an.«

»Von mir hörst du nichts mehr, bis ich's weiß!«

»Ich kann darüber nicht reden.«

In der atemlosen Pause kehrte Winston an den Tisch zurück. Er hatte sich einen Whisky-Soda gemischt, etwas, das bei ihm *highball* hieß, und sah sie eiskalt an. »Sag es ihr, Junge«, äußerte er. »Das ist jetzt auch egal.«

»Jeros Freundin hat uns ins Bild gesetzt.«

Tanja Cory, ungeheuerlich. Ihr Besuch auf dem Campus ein schäbiger Vorwand. Sie hatte dort mitfühlend und interessiert getan und einen hurtig ausgehorcht, an einem einzigen Tag. Jill meinte zu ersticken. »Ihr scheut ja vor gar nichts zurück!«

»Ein Lasky muß wissen, wohin er gehört.«

»Ich gehöre zu Sandro, Dad, das ändert sich nicht.«

»Geh schlafen, es war ein langer Tag für dich. Deine Antwort hat Zeit bis morgen. Sei dir allerdings klar darüber, wenn du den Burschen heiratest, will ich dich hier nicht mehr sehen.«

»Du machst es mit mir wie mit Mutter?«

»Das hat nichts miteinander zu tun. Für dich gilt das nur im äußersten Fall des Ungehorsams. Als Frau De Luca komm mir nicht in den Vatikan.«

»Aha – das Tischtuch wird zerschnitten!«

»Keineswegs; ich bin auch dann noch für dich da. Solltest du je in Schwierigkeiten sein, ruf meine Sekretärin an, wir kümmern uns darum. Und wenn du dich eines Tages von De Luca trennst, dessen ich ziemlich sicher bin, bist du hier wieder gern gesehen. Dann heißen wir dich herzlich willkommen und reden auch gar nicht mehr darüber.«

Jill verschränkte ihre Hände, da sie erbärmlich zitterten. »Das ist Erpressung«, sagte sie dumpf, in einem Gefühl der Ohnmacht. Was Winston ihr androhte, ging über Howards Schritte noch hinaus; Strategie der abgestuften Vergeltung nannte man das in der Politik ... »Wenn ihr Sandro aus Berkeley vertreibt, folge ich ihm – selbst nach Australien! Dann seid ihr mich für immer los.«

»Überleg es dir«, riet Howard. »Man sagt das so hin, aber es kann leicht endgültig und unumkehrbar werden.«

»So ist es von mir auch gemeint. Und noch etwas: Unter dem Zwang, den ihr mir hier antut, ziehe ich mich aus dem Pool zurück.«

»Du tust was?« fragte der Vater.

»Das hörst du doch. Ich nehme die drei Prozent aus der Schachtel heraus. Rechne auch nicht mehr mit den Aktien meiner Mutter. Sei froh, wenn unter diesen Umständen Jero noch den Vermittler in Florida spielt.«

»Das klingt wie ein Verzicht auf dein Erbe.«

»Wer will denn erben, ich?«

»Natürlich willst du's, Schwester. Zwar nicht Dads Mahnungen und Ratschläge, die sind dir gleichgültig, die nimmst du nicht an. Aber auf das, was er geschaffen hat, legst du durchaus Wert.«

»Woher willst du das wissen?« fragte sie. »Was kümmert mich sein Gold! Wenn ihr so weitermacht, tritt der Ernstfall ohnehin vor dem Erbfall ein.«

»Was schwatzt du da?«

»Ihr blast doch vorher die Welt in die Luft ...«

Winstons Zeigefinger stach zu, er sagte etwas, sie verstand es kaum, so aufgewühlt, wie sie war. Die Stimmen der zwei gingen ihr auch durcheinander. Der Wortwechsel aber riß nicht ab, ein Schlagabtausch, kurze Sätze in bellendem Ton. Und ihre Antworten, das spürte sie, waren nicht viel anders. Sie schlug ebenso zurück, ganz erstaunt darüber, wozu sie fähig war – als sei es ihr Ziel, zu treffen und zu verletzen.

»Du zerstörst das Werk von Menschen, denen du alles verdankst«, hielt Howard ihr vor.

»So wie ihr mein Leben zertrampelt«, hörte sie sich erwidern. Ein Schleier lag über der Szene, das Gefühl des Unwirklichen. Warum war das, was da geschah, dermaßen öde und widerlich? Etwas riet ihr, wegzugehen, auf ihr Zimmer. Da aber stieg aus dem Nebel die Figur Jeromes, schwarzgelb wie ein Tropenvogel. »Stellt euch vor, Tanja lebt«, krächzte er. »Eben hab ich mit ihr gesprochen.«

Jemand fragte: »Du bist nach Sachalin durchgekommen?«

»Sie ist in Seoul! Auf Kimpo gelandet.«

»Und hat sich nicht früher gemeldet?«

»Sie hat's ja versucht. Aber erst das Chaos auf dem Airport! Sie kam aus Kimpo gar nicht 'raus. Dann rief sie in San Francisco an, wo ich nicht mehr war. Dann hier im Stadtbüro, nach Büroschluß . . .«

»Die Russen haben das Flugzeug freigegeben?«

»Nein, abgeknallt, aber sie saß nicht mehr drin.«

»Moment mal. Null-null-sieben, das war doch ihr Flug?«

»Sie ist in Anchorage umgestiegen, in den Jumbo aus L. A. «

Schweigen. Jill merkte, es kam nichts mehr bis auf ein paar Fetzen. Durch den Filter ihrer Beklemmung hörte sie alles gedämpft und verschwommen, auch Sandros Namen, in welchem Zusammenhang? Sie konnte sich keinen Reim darauf machen.

Verdächtig die jähe Stille. Jill hatte den Eindruck, die Dinge ringsum verzerrten sich wie das Stadtbild von San Francisco am Nachmittag, für einen Moment. Ihr war, als gleite sie in eine krankhafte, wehrlose Lage. Sie schwitzte, verspürte Schüttelfrost, während es ihr schien, als ob sich die Köpfe der Männer verformten. Dann ging ihr ein Licht auf: Die drei glaubten, Sandro sei tot . . . Sie würde sie in dem Irrtum lassen und ihnen ins Gesicht sehen, wenn herauskam, daß er lebte.

»Tut nicht so«, rief sie. »Ihr habt's geschafft, ihn in das Flugzeug gelockt. Frau Cory hat auch das für euch besorgt und euer großes

Problem gelöst, der müßt ihr dankbar sein!« Sie hörte sich grell lachen, ihr wurde schwindlig und schwarz vor Augen. Keiner ahnt, dachte sie, daß Sandro mich angerufen hat.

XI

Jerome Lasky frühstückte auf seinem Zimmer. Die Familie wollte sich erst gegen zehn versammeln, wenn Professor Ankus die Patientin erneut untersucht haben würde – gemeinsam mit Dr. Steed, einem Psychiater. Ankus selber war Herzspezialist, Inhaber des Lehrstuhls für Kardiologie an der USC-Klinik. In den Palisade Highlands, dachte Jerome, lebt man nicht ohne habilitierten Hausarzt.

Jill war in den besten Händen. Ihr Zusammenbruch, der seinem eigenen Tief gefolgt war, bedrückte ihn, aber nicht so schwer, daß er den Appetit verloren hätte. Er war sich seiner epikureischen Neigungen bewußt und wollte auf sein Gewicht achten; das hatte Tanja ihm eingeschärft. Am ehesten durfte man noch morgens sündigen. Ein üppiges Frühstück beim Rascheln der Zeitungsseiten gehörte zu den Annehmlichkeiten seines Junggesellendaseins.

Der verschollene Jumbo prangte auf den Titelseiten, die Texte waren sämtlich überholt. Man walzte breit, was kurz vor dem Druck gemeldet worden war. »Sicher auf Sachalin, vermißter Jet gezwungen in UdSSR zu landen«, das lief über die Frontseiten hinweg. In der *New York Post* hieß es, ein Vizepräsident von Korean Airlines sei nach Tokio geeilt, um mit den Russen über die Freigabe des Jumbos zu verhandeln. Hatte die KAL das bloß behauptet, um die jammernden Opfer auf Kimpo Airport zu besänftigen? Die *Los Angeles Times* schrieb, ein Mitarbeiter Larry McDonalds, des prominentesten Passagiers, habe in Washington bestätigt, die 269 Menschen an Bord seien wohlauf. Der Mann war McDonalds Assistent im Streitkräfteausschuß, er ging im Pentagon ein und aus; gleich gestern abend hatte er sich an die zentrale Befehlsstelle im Tiefbunker des Ministeriums gewandt. Dort war er restlos beruhigt worden, genau wie McDonalds Ehefrau Kathryn; sie hatte daheim in Marietta, Bundesstaat Georgia, von Beamten des Außenministeriums gehört, alle seien in Sicherheit. Ebenso Harold McDonald, ein Bruder des Abgeordneten in Atlanta. Ihm war vom State Department telefonisch versichert worden, es gehe den Passagieren gut. Auch diesen Bescheid hatte AP verbreitet.

Wer hatte die flinken Reporter und die ausgekochten Redakteure da eigentlich getäuscht? Dazu, wie sonderbar, die Stille auf der Gegenseite. Auch aus der Sowjetunion kein Wort! Für Stunden schienen Täter und Opfer verstummt zu sein, erstarrt in einem Komplott des Schweigens. Standen die Scharfmacher beiderseits des Ozeans etwa ratlos da und faßten sich an den Kopf wie ein Triebtäter, dem nach seinem Anfall dämmert, was er schon wieder angerichtet hat?

Jerome drehte den Fernsehton auf, denn jetzt, um Viertel vor acht, wurde eine Erklärung des Außenministers angekündigt. In Washington war es 10.46 Uhr, als auf dem Bildschirm George Shultz erschien. Maskenhaft starr legte er den Standpunkt der Regierung dar. »Die Vereinigten Staaten reagieren mit Abscheu auf diesen beispiellosen Angriff . . .« In seiner Stimme schepperte wie Urgestein ein biblischer Groll. »Erstmals in der Geschichte fiel ein amerikanischer Volksvertreter dem Anschlag einer fremden Macht zum Opfer. Wir können keine wie immer geartete Entschuldigung für diese entsetzliche Tat erkennen.«

Shultz zog die Glacéhandschuhe aus. Und für Reagan, der noch auf seiner Bergranch im Urlaub war, sagte nun sein Sprecher Speakes, worum es sich in den Augen des Präsidenten handelte: um »eine Terroristentat, ein Massaker an schuldlosen menschlichen Wesen, einen Akt äußerster Barbarei.« Das war deutlich. Bei solchen Tönen stand der Sachverhalt fest – bis auf die Einzelheiten und Hintergründe. Da blieb zuviel offen: Wie konnte es geschehen? Woher gestern der Irrtum aller amtlichen Stellen und heute die Klarheit und Verdammung? Trotz seiner zwei Semester Journalistik, das war ihm unbegreiflich.

Nebenan setzte Jerome sich an das Bett seiner Schwester. Man hatte ihr Beruhigungsmittel verabreicht, blaß lag sie in den Kissen, das Bildnis über sich, die Mutter in dem Kimono, der an der Schranktür hing. Jill, dunkle Ringe unter den Augen, sah ihn groß an. »Ach, du bist es«, seufzte sie, als erleichtere sie sein Kommen.

»Hast du schlafen können? Wie geht's dir?«

»Gut . . . Ich weiß doch, daß er lebt.«

»Bist du da sicher?«

»Aber ja. Er hat mich doch angerufen.«

»Du hast mit Sandro gesprochen?« Er wußte von Ankus, Menschen, die solch ein Verlust traf, wollten ihn anfangs nie wahrhaben, sie halluzinierten den Partner herbei.

»Nein, Jero. Das hätte ihn Geld gekostet. Er ist ja aus kleinen Verhältnissen und furchtbar sparsam, weißt du. Ich hab das Telefon so oft läuten lassen, wie wir vereinbart hatten. Außerdem, es steht in der Zeitung; alle sind gerettet worden.«

Jerome sah sie das Blatt vom Nachttisch nehmen und mit der linken Hand entfalten. Ihr Linkshändertum, die Schlagfertigkeit und der asymmetrische Blick, das hatte ihn früher manchmal gegen sie aufgebracht. Jetzt fragte er sich, woher die Zeitung kam. Lief der ärztliche Beistand darauf hinaus, ihr die Illusion zu lassen, bis eine Therapie gefunden war?

»Wissen sie's schon?« fragte sie. »Wie nehmen sie's auf?«

»Was denn, Schwesterchen?«

»Ihren Fehlschlag. Sie wollten doch, daß er umkommt.«

»Weshalb glaubst du das nur?«

»Weil sie ihn hassen, wegen seiner Hautfarbe und der ganzen Haltung. Und weil er mit ihnen Hase und Igel spielt.«

»Hase und Igel?«

»Natürlich, Jero, das ist es ja. Überall, wo sie im Krieg einen Atomkopf hinschießen wollen, da ist bereits ein Nucy, mit größter Wahrscheinlichkeit. Sandro hat's entdeckt, darüber spricht er heute in Seoul. Sitzt wie der Igel in der Furche und sagt zu den ›Tomahawks‹: ›Ich bin schon da‹. Ihre Waffen sind wertlos, und das verzeihen sie ihm nicht.«

Jerome fühlte sich versucht zu widersprechen, zögerte jedoch. Unter der Haut ihrer Schläfe pulsierte eine Ader. Sie tat ihm schrecklich leid. Trotz seiner Nonchalance und der Lust am raschen Zugriff hatte er sich ein gewisses Maß von Rücksichtnahme und Ritterlichkeit bewahrt. Aber durfte er mit gefalteten Händen zusehen, wie sie sich derart verrannte?

»Ja, da werden sie kriminell, Howard und Dad.«

»Laß uns um Himmels willen den Verstand gebrauchen, Jill.« Das Beschützergefühl, das ihn erfüllte, gab ihm Vertrauen in die Kraft der Logik. »Wenn sie Sandro so umbringen wollten, hätten sie wissen müssen, daß das Flugzeug in Gefahr kommt.«

»Bei ihren Kontakten haben sie das auch gewußt.«

»Und sich dann stundenlang bemüht, dir diesen Mann auszureden?«

»O ja! Das sollte ihr Alibi sein.«

»Jetzt fängst du aber an zu phantasieren!«

»Hast du auch mit der Sache zu tun, ja? Durch Tanja Cory?«

Ist sie noch bei Verstand, fragte er sich unter ihrem argwöhnischen Blick. Ankus packt es nicht, der hätte ihr zwei Ohrfeigen oder eine Spritze geben und dafür sorgen sollen, daß sie erst in Mexiko wieder aufwacht. Acapulco heißt der Ort, an dem man Tote vergißt. »Das Ganze ist entsetzlich traurig, Jill, aber sieh mal, es löst auch ein Problem. Der Streit mit dem Papst hört auf; versuch doch, es von der Seite zu sehen.«

»Du bist also mit im Komplott.«

»Unsinn«, sagte er grob, betroffen von ihrem Vorwurf, der Geburt einer Wahnidee. »Du kommst darüber weg. Nach dir stehen die Kerle doch Schlage, du könntest zehn an jedem Finger haben.«

»Keine Ahnung, wovon du sprichst.«

»Von dir und deinen Chancen. Es wird alles wieder gut. Davon geht die Welt nicht unter.«

»Was redest du da für ein läppisches Zeug?« Jill regte sich auf, jetzt kamen ihr sogar Tränen. »Weißt du denn nicht, was das für eine Welt ist? Eine Welt des amtlich geplanten Völkermords! Und die Familie beteiligt sich, leistet Beihilfe, Howard und Dad sind Spießgesellen . . .«

»Na, na, Schwester.«

»Doch, das sind sie. Gedrängt von ihnen und ihresgleichen, stolpern die Menschen auf den Abgrund zu.«

Ihre Stimme, die sonst eher dunkler klang, als ihre Erscheinung vermuten ließ, war die eines empörten kleinen Mädchens. »Nun laß doch die Menschheit und werd erst mal gesund.« Jerome stupste sie kumpelhaft an, er bereute den verpfuschten Angriff auf ihren Wahn. Das war wirklich Sache der Ärzte. Furchtsam schützte Jill ihr Trugbild vor Zerstörung, sein stümperhafter Versuch hatte ihr nur weh getan.

Gott sei Dank, sie beruhigte sich. Er tupfte ihr die Tränen weg. »Die schönen Reden über Freiheit und Menschenwürde«, schluchzte sie, »das sind Phrasen der Regierenden, die Wahrheit sieht ganz anders aus. Darüber schreib mal, Jero, statt über die dummen Trends an der Börse.«

»Du willst doch nicht etwa, daß die Geschäftswelt von mir denkt, ich sei kein Gentleman? Schwester, Politik ist dein Fach, nicht meines. Mir ist im Devisenhandel die Naivität flötengegangen, die ein Leitartikler braucht.«

»Du verwechselst Überzeugung mit Naivität.«

»Ich bin halt ein Dummkopf, blind wie ein Maulwurf.« In dem Gefühl, seinen Fehler zu korrigieren, wenn er sich selbst tadelte, stand er auf. »Vor den Ärzten hab keine Angst, es sind auch nur Narren. Sei nett zu ihnen, verwirre sie nicht. Die Laskys anzuklagen, das verkneif dir lieber.«

»Weil sie von Dad bezahlt werden?«

»Weil es in ihren Ohren komisch klingt und dich isolieren könnte, Jill. Es würde die Ärzte gegen dich einnehmen. Und man soll in der Wahl seiner Feinde immer vorsichtig sein.«

Mit ihren Gästen versammelte sich die Familie im Livingroom. Den hatten die Kinder einst *Airport* genannt, da sie beim geringsten Anlaß dort hinausgeflogen waren. Winston zeigte einfach auf sie und sagte »'raus«, ohne auch nur die Stimme zu heben. Ergriff Pamela ihre Partei, wurde sie meist hinterhergeschickt. Was hatte der Papst dann allein hier getan – gelesen oder Musik gehört? Daran erinnerte Jerome sich nicht. Dads Kunstverständnis schien beschränkt, alle klassische Musik hieß bei ihm *Mozart.* Er war viel zu robust und aggressiv, als daß Musik ihm etwas hätte geben können. Kunstsinn wäre Schwäche gewesen, Verzärtelung, hätte seine Schlagkraft gemindert. Wie also vertrieb er sich die Zeit? Zum Beispiel mit der Wurfangel. Deren Fliege schleuderte er, auf irgendeinen Schnörkel zielend, in das Muster des enormen Perserteppichs. Dies hatte Walt Disney ihm beigebracht. Ein flotter Heimsport, sehr männlich und entspannend, das Auge schulend wie die Hand. Für einen, der Raketen baut, die passende Übung.

Noch ein anderes Bild verband Jerome mit diesem Raum. Zu der Zeit, als Pamelas Porträt entstand, hatte sie hier den ersten Anfall erlitten. Ihre Epilepsie brach erst spät aus, mit Ende Dreißig. Anlaß war eine Auseinandersetzung gewesen, in der sie Dad eheliche Untreue vorwarf. Der Schrei, mit dem die Mutter hinsank und sich im Fallen verletzte, hatte sie beide geweckt, Jill und ihn. Er konnte den Anblick nicht vergessen, Pamela blutend am Boden, Winston vor ihr in dem Versuch, ihre Beine festzuhalten. Es sah ja so aus, als habe er sie niedergeschlagen und ringe weiter mit ihr. Die Wahrheit war noch deprimierender. Von da an gellte in großen Abständen der gefürchtete Aufschrei durch das Haus. Gab Pamela eine Party, gelang es ihr fast immer, sich noch zu verstecken. Sekunden vorher spürte sie das Unheil nahen, dennoch sprach es sich herum, auch dies hatte die Ehe zerrüttet. Jill erlebte das Drama mit, während er, Jerome, schon in Stanford studierte.

Schließlich hatte Jill geglaubt, an sich selber Vorboten des Leidens wahrzunehmen: Nachtwandeln, Geistesabwesenheit, ungewolltes Grimassieren, stockende Rede oder der Eindruck, aus dem Vortrag anderer Teile nicht gehört zu haben. Angeblich plagte sie auch manchmal das Empfinden, von Kopf bis Fuß angehaucht zu werden. Jerome hatte stets gemeint, sie bilde sich all das bloß ein. Sie war ein zartes, phantasiebegabtes Kind. Aber durfte er jetzt noch sicher sein? Das Gespräch soeben trübte doch seinen Glauben an ihre Unversehrtheit.

Er brachte die Begrüßungen hinter sich und nahm zwischen Howard und Valentine Platz. Die Stiefmutter sorgte eigenhändig für Erfrischungen; Personal war unerwünscht. Winston präsidierte, und links von ihm, auf der anderen Seite des Tischs, saßen die drei Experten, die er hatte rufen lassen: Lester Scanlan, sein Rechtsbeistand, Professor Bruce M. Ankus, der Hausarzt, und Dr. Gregory Steed, der Psychiater, ein glatter, teiggesichtiger Mensch. Wer so die Karriere der Sonne vorzog, dem war nicht zu trauen.

Nach Winstons Einleitung sagte Ankus: »Es ist ganz richtig, die Trauer nach einem Partnerverlust als krankhaften Zustand zu sehen. Sie stellt eine schwere Abweichung vom normalen Lebensverhalten dar. Oft baut man darauf, sie werde nach einiger Zeit von selbst überwunden durch das, was Freud die Trauerarbeit genannt hat, und unterläßt es, den Ablauf zu beeinflussen. Im vorliegenden Fall jedoch erscheint das als keineswegs ratsam.«

Ankus folgte der Regel, wonach die Sprache des Arztes dem Laien verständlich sein und das Feld für Entscheidungen offenhalten soll. Jerome sah die anderen nicken, für ihn aber war das Blabla. Der Professor mochte ein guter Internist sein, von Nervenleiden wußte er nichts, sein Mißerfolg bei Pamela bewies es. Er war hochgewachsen und souverän, ein kultivierter Herr jenseits der Pensionsgrenze mit weißem Oberlippenbart und feierlichem Pferdegesicht. Seine Verdienste um die Herzmedizin schienen auszureichen, ihm den USC-Lehrstuhl noch auf Jahre zu sichern. »Der Trauerprozeß«, fuhr er fort, »zeigt bei der Patientin einen eklatant atypischen Verlauf insofern, als sie den Verlust bereits einsieht. Dies ist bei tieferen Bindungen selten und gibt an sich schon zu Befürchtungen Anlaß.«

»Sie täuscht es nur vor«, warf Dr. Steed ein. »Heimlich hält sie daran fest, daß Herr De Luca noch lebt.«

Er hatte recht, Jerome gab das zu. Dieser Mann war ihm unangenehm, ein Kerl um die Vierzig mit eisblauem Blick und dem nervösen Gehabe eines Killers der Leinwand (dürr und tödlich, wo er aus dem Schatten tritt, lauert Gefahr). »Sie hat eine fixe Idee entwickelt und ergänzt sie ständig«, sagte Steed. »Gerade ihre Intelligenz und der Grad ihrer wissenschaftlichen Ausbildung, also das logische Denkvermögen, befähigen sie dazu.«

Ein Meister der Blitzdiagnose. Störend auch seine Art, jeden einzelnen zu mustern, als wolle er sich ein Bild von weiteren Anomalien der Familie machen – dem Ausmaß ihrer Verblödung. Ganz in der Nähe, am Lincoln Park, stand seine Privatklinik; wie viele glitt sie der Kosten wegen leicht in die roten Zahlen, war selten ausreichend belegt. Jill dort zu pflegen wär für ihn eine so gute Werbung gewesen, daß er es sogar umsonst getan hätte. Trotz aller Diskretion der Klinikaufenthalt einer Lasky sprach sich in L. A. herum. Manchmal beglichen Filmstars ihre Arztrechnungen, indem sie dem Doktor erlaubten, publik zu machen, daß er sie behandelt hatte.

Ankus fragte: »Was schwebt Ihnen vor, Medikamente? Durch Psychopharmaka lassen sich zwar die Symptome dämpfen, zugleich aber wird die normale Trauerarbeit gehemmt.«

»Von normal, Professor, kann leider keine Rede sein. Wir stehen vor einem durchaus pathologischen Verlauf. Begleiterscheinungen wie Weinen, Reizbarkeit, Schlafstörung und Feindseligkeit sprechen ganz gut auf Tranquilizer an.«

»Es sollten aber Barbiturate vermieden werden. Wie Sie ja wissen, unterdrücken die den REM-Schlaf. Ich ziehe es immer vor, möglichst wenig in den Schlafrhythmus einzugreifen.«

Nun führte Steed zwei offenbar ähnliche, ziemlich schlimme

Fälle an – ohne überprüfbare Details; womit er seiner Schweigepflicht genügte.

»Hoffen wir, uns zu täuschen«, sagte Ankus. »Mitunter läßt man sich von gewissen Erfahrungen zu Mutmaßungen verleiten.«

»Ich mutmaße nie, sondern stelle nach sorgsamer Beobachtung eine gesicherte Prognose.«

Dies rief bei Ankus eine dämpfende Handbewegung hervor; soviel ärztlichem Schneid schien er zu mißtrauen.

Mit einem Räuspern zog Winston das Gespräch an sich, hörbar enttäuscht von den Ärzten, ihrer Uneinigkeit. »Ich nehme doch an, Sie wollen mir etwas vorschlagen?«

»Ich hatte noch keine Gelegenheit«, sagte Ankus, »mich mit Doktor Steed gründlich zu beraten.«

»Was ich wissen will, ist, kann meine Tochter hier im Haus behandelt werden?«

»Nein«, antwortete Steed. »Um einen Klinikaufenthalt kommt sie nicht herum; zumal wenn man ihre mögliche Vorbelastung mütterlicherseits bedenkt.«

»Meines Erachtens«, sagte Ankus, »besteht keine ursächliche Verbindung zu dem Leiden ihrer Mutter.«

»Müssen wir das wirklich erörtern?« fragte Howard, spürbar befremdet. Er war Kriegsveteran und Reserveoffizier, wie konnte er da Teil einer Familie sein, in der Nervenleiden umgingen? Das minderte sein Wertgefühl, es paßte einfach nicht ins Bild. Für ihn, fand Jerome, kam es einem Ritterschlag gleich, dem Land Fernwaffen zu bauen.

»Bedauerlicherweise«, sagte Steed, »ist es unvermeidlich.«

Valentine fragte: »Heißt das, Jill soll plötzlich geistesgestört sein?«

»Allerdings«, erwiderte Lester Scanlan, ein Anwalt, den Winston sehr schätzte. Wie ein Darsteller, der auf ein Stichwort gewartet hat, drückte Scanlan die Zigarette aus und fing an, seine Auffassung zu entwickeln. Er war ein Mann schwer bestimmbaren Alters mit langen gelenkigen Fingern und glatt zurückgekämmtem graublondem Haar. Den Kopf neigte er verbindlich zur Seite, seine Hemden und Schlipse zeigten Pastelltöne, seine Taschentücher waren zart parfümiert. Und es blinkte ein Brillant von zwei bis drei Karat (synthetisch, wie der gelbliche Schimmer verriet), unverzichtbar für ihn, dessen Hand das, was er vortrug, ständig unterstrich. »Besser, sie stationär zu behandeln, bis man mehr über ihre Erkrankung und die Heilungschancen weiß.«

»Und wenn sie das ablehnt?« fragte Jerome.

»Es empfiehlt sich, in dem Punkt nicht unbedingt auf sie zu hören.«

»Sie wollen sich über ihren Willen hinwegsetzen?«

»Das muß man, wenn der Verdacht besteht, daß die Urteilsfähigkeit eines Patienten zeitweilig getrübt ist. Die beiden Ärzte werden Ihnen das bestätigen.«

Jerome hielt sich zurück, er spürte die Anspannung. Jill stand unter seinem Schutz, die Last lag auf ihm. Ohne sich darüber klar zu sein, folgte er dem Muster jener Filme, die er von klein auf gesehen hatte: der Held ließ die Dinge an sich herankommen, ruhig und friedfertig, doch bereit, rasch zu ziehen. »Sie soll in die Klinik am Lincoln Park?«

»Ja«, sagte Dr. Steed, »bis wir völlige Klarheit haben ...« Er trug ein Tweedjackett, außerhalb klimatisierter Räume zu warm und eher dazu bestimmt, seiner schwächlichen Figur Profil zu geben. »Ihre Schwester wirft dem Rest der Familie Mordabsichten vor, sie bietet das Bild einer paranoiden Psychose. Selten wird Verfolgungswahn schon im Frühstadium so deutlich. Sie muß unter Aufsicht sein, sonst läßt sich für nichts garantieren. Noch verdrängt sie ja, daß ihr Freund wirklich tot ist. Wird ihr das erst klar, kann sie sogar tätlich werden.«

»Könnte sie etwa Hand an sich legen?« fragte Scanlan. »Andere bedrohen? Oder das Haus anzünden?«

»Nichts davon läßt sich ausschließen.«

»Auch nicht, daß sie anfängt, ihr Vermögen zu verschleudern? Immerhin hat sie gedroht, ihren Anteil aus der Firma herauszuziehen.«

»Ich hoffe, das war nur Bluff«, warf Winston ein. »Aber man muß auch daran denken. Angenommen, sie tut es, dann bringt uns das in Schwierigkeiten.«

»Sehen Sie«, sagte Scanlan. »Ihre Schwester ambulant zu betreuen hieße nicht nur, mit deren Gesundheit und der Sicherheit der übrigen Hausbewohner zu spielen. Es bedeutet darüber hinaus vielleicht, die Firma und viertausend Arbeitsplätze zu gefährden!« Die Stimme klang, als sei Scanlans Gurgel aus Sandpapier. Bleich saß er da, vorgebeugt, belauerte die Wirkung seiner Worte.

»Sieht das Gesetz es vor«, fragte Jerome, »jemanden ins Irrenhaus zu sperren, den ein plötzlicher Verlust verwirrt hat? Als ehemaliger Staatsanwalt sind Sie doch da kompetent.«

Scanlan verzog keine Miene. Seit jeher war dieser Mann Jerome zuwider, früher hatte er nie erfaßt, was sein Vater an dem fand. Inzwischen wußte er, Scanlan war in den sechziger Jahren die rechte Hand des Generalstaatsanwalts in Sacramento gewesen, hatte an der Aufklärung von Wirtschaftsdelikten mitgewirkt und dann kaltblütig die Front gewechselt. So nämlich – dunkle Geheimnisse im fotografischen Gedächtnis – begann die Rolle, die er in den Kreisen der Handelskammer und der Nationalen Industrievereinigung von Los Angeles spielte. Was den Papst störte, beruflich wie privat, schaffte Scanlan ihm vom Hals. Und so sagte er jetzt: »Es geht um kein momentanes Verwirrtsein, ich fürchte, Sie verkennen die Situation. Mit dem Kimono Ihrer Frau Mutter fing es gestern an, damit zog Ihre Schwester zu Felde! Noch weiß keiner, wo die Racheaktion endet.«

»Das kann ich Ihnen sagen. Nicht im Irrenhaus, sondern vor Gericht. Wenn Sie Jill einsperren wollen, müssen Sie einen Antrag auf Entmündigung stellen. Da bleibt Ihnen nur der Rechtsweg.«

»Was?« fragte Howard entsetzt. »Du willst sie öffentlich für verrückt erklären lassen?«

»Nicht ich, Herr Scanlan müßte das tun. Ob aber das Gericht seiner Auffassung folgt? Es dürfte in Sachen Zurechnungsfähigkeit eigene Gutachter wählen und sich sein Urteil ohne einen Arzt bilden, der darauf brennt, leere Patientenbetten zu füllen.«

»Dagegen verwahre ich mich«, rief Dr. Steed. »Ihre latente Bereitschaft zur Aggressivität fiel mir vorhin schon auf, als ich die Krankheit Ihrer Mutter zur Sprache brachte.«

»Doktor, was erregt Sie denn so? Weshalb sprechen Sie jetzt so hastig, daß man Sie kaum versteht?«

»Mich erregt überhaupt nichts! Aber bei Ihnen vermute ich einen wunden Punkt: die Frage nach einer womöglich ererbten Belastung.«

»Sie fallen aus der Rolle. In eigener Person illustrieren Sie Ihre Theorie . . .«

»Was soll das heißen?«

»Sie selber fühlen sich verfolgt und projizieren Ihre Angst auf andere. Weil Sie so klein sind, erscheint Ihnen jeder normal gebaute Kontrahent als bedrohlich.«

»Was erlauben Sie sich mir gegenüber?«

»Sie entgleisen unter Druck und merken, man hat es erkannt – Ihr Nimbus in diesem Kreis ist dahin. Andere zu analysieren ist halt leichter, als die Wahrheit über sich selbst zu hören.«

»Das muß ich mir nicht bieten lassen!« Mit der flachen Hand schlug Steed auf den Tisch, sprang hoch und verließ den Raum mit Worten, die er zusammenhanglos herausstieß. Alles war so schnell gegangen, daß niemand Gelegenheit hatte, ihn in Schutz zu nehmen.

Winston faßte sich als erster. »Was fällt dir ein, Jero? Beleidigst meinen Gast! Das machst du nicht noch mal.«

»Er hat uns alle gekränkt, Dad. Sein Gehabe war ungefähr so anmaßend wie das von Lester Scanlan, dessen Dabeisein gleichfalls recht belastend ist.«

»Schluß«, sagte Winston in offiziellem Ton, bei dem, wie man wußte, seine Geschäftspartner aufhorchten und die Mitglieder des Vorstands wie auch des Aufsichtsrats verstummten. »Ich dulde weiter keine persönliche Bemerkung.«

»Muß Herr Scanlan hier unter uns sitzen?«

»Das bestimmst nicht du. Ich entziehe dir das Wort.«

Vor kurzem noch, dachte Jerome, hätte der Vater auf ihn gezeigt und ohne weiteres »'raus« gesagt. Vom »'raus« bis zum »halt den Mund« – auch schon ein Schritt voran. In der peinlichen Stille bemerkte Valentine: »Wirklich kein sympathischer Mensch, dieser Doktor Steed; ich bin eigentlich ganz froh, daß er weg ist.«

Verblüfft spürte Jerome den Druck ihres Knies an seinem Schenkel. Sie gab ihm ein heimliches Zeichen, das hatte sie noch nie getan . . . Ein kurzer Wortwechsel folgte. Der Papst nahm hin, daß sein Versuch, Jill abzuschieben, gescheitert war. Die Aussicht auf einen Gerichtstermin mußte ihn schrecken, anscheinend suchte er nach einem Kompromiß. Jerome fühlte sich stark. Ein Bruch mit ihm hätte bedeutet, in puncto Sperrminorität auf seine Hilfe zu verzichten. Da war freilich auch Scanlan klar; wie eine Ratte kroch er in sein Loch zurück.

Was aber sollte mit Jill geschehen? Von Professor Ankus kam dazu kein Vorschlag mehr, den schien es verstimmt zu haben, wie man mit seinem Kollegen verfahren war. Zwischen ärztlichem

Korpsgeist und der Treue zu den Laskys verharrte er in Schweigen. Doch nun faßte Winston einen Entschluß, und wie üblich zögerte er nicht, ihn bekanntzugeben.

»Das ist jetzt dein Problem, Jero«, erklärte er kühl. »Wir lassen dich gewähren und wünschen dir Erfolg. Von uns allen stehst du Jill am nächsten. Ich hoffe, du kannst verhindern, daß sie größere Störungen verursacht. Viel Glück!«

Er stand auf und brachte Ankus hinaus, gefolgt von Howard und Scanlan. Die Beratung war zu Ende, resultatlos, fand Jerome; außer daß bei ihm nun die Verantwortung lag für seine Schwester, in deren Kopf sich ein rätselhaftes Leiden auszubreiten schien.

XII

Die anderen stiegen durch den Laubengang treppauf, dorthin, wo ihre Autos parkten. Jerome sah ihnen von der Südterrasse nach, dann ging er ziellos hangabwärts, und seine Stiefmutter schloß sich an. Wie selbstverständlich sie bei ihm blieb! Durfte sie es denn, verzieh ihr das der Papst – nach der Szene im *Airport* –, oder handelte sie auf sein Geheiß? Valentine trug ein helles Seidenkleid, es raschelte bei jedem Schritt und zwang ihn, öfter als schicklich hinzusehen. Im Gegenlicht ahnte man den Umriß ihrer Figur.

Aus dem Schatten einer Zypresse trat ein athletischer Mann, umhechelt von zwei schafsköpfigen Kampfhunden. »Der Gärtner ist noch krank, Madam«, meldete er, »und Jerry weigert sich, den Rasen zu mähen.«

»Fragen Sie mal die anderen, Sean, einer wird's schon machen.«

Noch immer der gleiche Personenschutz, dachte Jerome, sechs Bodyguards, vier davon dienstbereit, einer im Urlaub, der letzte sonstwie verhindert. Die vier verfügbaren lösten sich ab, rund um die Uhr bewachten sie das Grundstück mit den vier Gebäuden, immer den Zaun im Blick, den Vatikan, Howards Hundehütte, die Garagen und auch das Gewächshaus, in das ihn Valentine nun bat. Diese Pflanzenpracht mußte sein, sie gehörte in Malibu zum Standard. Niemand liebte sie, sowieso blühte es hier das ganze Jahr, Blumen waren Dekor, wurden kaum bemerkt. Doch natürlich hieß es überall, die Hausfrau verstehe sich darauf, Rosen und Orchideen zu pflegen oder gar in neuer Kreation und Farbnuance zu züchten. Das wurde dann heuchlerisch bewundert, galt als stilvoll, äußerst passend.

Drinnen in ihrem Reich zauberte Valentine zwei Drinks hervor, beruhigend groß und eisgekühlt. »Cheerio!« Sie ließ die Gläser aneinanderklirren. »Gott, was für ein Tag. Nur gut, daß du den Arzt vergrault hast.«

»Einmal werfe ich auch Scanlan 'raus, und wenn das meine letzte Tat sein sollte.«

»Vorsicht, an dem hält dein Vater fest. Nett aber, daß du so offen bist. Wir hätten längst mal miteinander sprechen sollen.«

»Leider bin ich viel zu selten hier.« Er setzte das Glas ab, erwärmt von ihren Worten. Wenn auch sonst nutzlos, war so ein Treibhaus doch der rechte Ort, um ungestört zu plaudern. Lauscher hatten es schwer, sich zu nähern, man sah sie durch die großen Scheiben. »Weißt du, es gibt von allem zuviel auf der Welt, nur nicht von Schönheit.«

»Du mußt gar nicht flirten, ich mag dich auch so.«

»Titi, du bist mein letzter Halt in diesem Haus.«

»Das sind ja ergreifende Töne, Jero. Hör auf damit, sonst gewöhne ich mich noch daran.«

»Aber so ist es; ich bin in der Klemme. Steed hab ich verjagt wegen seines stechenden Blicks und der häßlichen Neigung, sich alles zu notieren. Nur muß deswegen seine Diagnose ja nicht falsch sein.«

»Und, was hast du vor?«

»Drei Krankenschwestern mit Spezialausbildung müssen her und sich reihum ablösen. Es sei denn, Jill läßt sich überreden, freiwillig in psychiatrische Behandlung zu gehen.«

Valentine begann, durch das Glashaus zu streifen; dauernd nahm sie etwas in die Hand und blieb stehen, wie um den Anschein gärtnerischer Betätigung zu erwecken. Eben das – so zu tun, als sei sie tätig – schien man von ihr ja zu erwarten. »Nahe meiner Hochschule oben in Pasadena liegt so etwas«, sagte sie. »Mehr Sanatorium als Klinik. Kein Zwang, keine Gitter, sehr teuer und human. Dort ist der Patient noch König.«

»Du kennst dich da aus?«

»Die Hochschule hat bei der Raumgestaltung mitgewirkt, der Farbgebung, dem ganzen Styling. Es sind Pavillons in einem wunderschönen Park. Die Kranken bilden Interessengruppen, Teams aus Managern, Wissenschaftlern, Schauspielern, Musikern und Malern. Es gibt ein ›Haus der Künste‹ mit Ateliers, manchmal finden sogar Vernissagen statt.«

Kunst aus der Psychiatrie, Jerome hatte davon gehört. Die Vorstellung, mit verstörtem Geist unter seinesgleichen zu sein, Börsenmaklern und Devisenhändler, hatte etwas Fatales. Niedergang war da wahrscheinlicher als Heilung. Andererseits schien es sich um die Klinik zu handeln, in der Tanjas Mann genesen war.

»Am besten, wir fahren hin, du siehst es dir an und sprichst mit dem Direktor, Professor Swedenborg. Ein fabelhafter Mensch! Er redet auf Kongressen, geht ins Theater und macht auch vor Nachtklubs nicht halt. Man trifft ihn praktisch überall, sogar in den lustigeren Kreisen der Stadt.«

»Praktisch ist ein gefährliches Wort, Stiefmutter.«

»In welcher Hinsicht?«

»Es klingt so unbestimmt.« Ihm wurde heiß, lag das an der Treibhausluft oder überkam ihn da eine eifersüchtige Regung? »Geht ihr zwei soviel aus, du und Dad?«

»Genug, um zu sehen, daß man fast immer dieselben Leute trifft. Swedenborg ist Gesellschaftsmensch und trotzdem Idealist, er scheut keine Kosten für sein Haus. Im Unterschied zu denen, die ihr Geld rein egoistisch ausgeben, schafft er den Kranken ein Ambiente, das ihrer Heilung dient.«

Hübsch gesagt, leicht schwärmerisch. Ein schwerreicher Menschenfreund, das gab es also noch. Fast hätte er gefragt, ob da vielleicht eine romantische Neigung ihr Urteil färbe. Dann kam ihm der Verdacht, Winston habe sie beauftragt, Swedenborgs Klinik ins Gespräch zu bringen, falls er es ablehnte, Jill dem Dr. Steed zu überlassen. Doch er spürte, Valentine wollte ihm noch etwas anderes sagen. Sie brachte die Rede auf Dad, und es klang, als stehe der unter Druck. Dem gäben die Sorgen und Pannen der letzten Zeit das Gefühl, an Boden zu verlieren, das stecke hinter dem dummen Angriff auf Jills Freund. Las Vegas, das habe nach heimlicher Eheschließung ausgesehen, und Winston wolle keinen Schwiegersohn, der »Radieschen züchtet«, wie er sich ausgedrückt habe, sondern einen fähigen Mann, der in die Firma eintritt und Jills Anteil dort »verankert«. Den solle sie »frei wählen«, doch er müsse akzeptabel sein; »Spinner aus Berkeley« schätze man nicht.

Weshalb warb sie um Verständnis? Er, Jerome, begriff das viel besser. Sie sah es zu spitz, rein persönlich, wohl im Schatten ihrer Mitschuld durch die lasziven Fotos in dem Herrenmagazin. Dabei war er überzeugt, Dad stärkte sich daran, bevor er mit ihr ins Bett ging. Während die privaten Sitten lockerer wurden, erstarrte die politische Moral. In Kalifornien jedenfalls fand das Establishment liberales Denken sündhaft, so als öffne es dem Feind Tür und Tor. Die Einfalt dieser Leute war wie aus Beton gegossen. – »Schon kapiert«, sagte er. »Alle christlichen Werte standen auf dem Spiel. Sein oder Nichtsein! Sprengt De Luca das System, bevor es ihn bändigt? Das war die Frage, Titi, nun ist sie vom Tisch.«

»Ein Wort noch zu deinem Bruder«, sagte sie, verwirrt von seinem Sarkasmus. »Ich hab's mit ihm auch nicht leicht, glaub mir. Aber er ist einsam, seine Frau flattert umher. Und zu sehen, wie du ihn abservierst, das tut weh. Er ist wehrlos dir gegenüber.«

»Wehrlos? Ein ganz scharfer Hund! Bomben auf Hanoi, nicht wahr? Dauernd zeigt er Flagge, träumt von der Größe und Unvergleichlichkeit des Vaterlands . . .«

»Na, von etwas muß er doch träumen. Ein in sich gekehrter Mann, so überarbeitet und verletzlich, immer in deinem Schatten. Du bist ihm von klein auf vorgezogen worden, mach dir das nur einmal klar. Seitdem seine Mutter verunglückt ist, Jahr für Jahr. Du warst pfiffig, amüsant, immer der Sunnyboy, bis heute. Während du umherziehst und tust, was dir gefällt, schuftet er bis zum Umfallen, hält die Stellung und bereitet sich darauf vor, eines Tages den Laden zu schmeißen, was seine Kräfte vermutlich übersteigt . . . Kannst du da nicht etwas netter zu ihm sein?«

»Titi, worauf willst du hinaus?«

Sie brach eine Blüte ab, besprühte sie mit Wassernebel und steckte sie ihm ins Knopfloch. Eine Sitte, die er sonst scheußlich fand, Auszeichnung des Gastes von kundiger Hand; bei ihr aber war es, als ziehe sie ihm Funken aus der Haut. »Ich will bloß, daß wieder Frieden wird. Kommt doch her, ihr zwei – du und Jill, das Haus ist groß genug, lebt mit uns und steht uns bei.«

Sie hatte es so schlicht gesagt, daß es ihn anrührte. Nein, da stand kein Auftrag dahinter, nur ihr eigener Wunsch nach Nähe und Harmonie. »Würde das gutgehen?« fragte er leise. Es kam ihm vor wie ein Spiel mit Feuerwerkskörpern.

Das Dinner verlief beklemmend, dürftig umhüllt Konversation. Es gab eiskalten Weißwein aus dem Napa-Tal bei San Francisco, der schmeckte Jerome, obwohl – der richtige Mann nahm härtere Drinks. Dort, wo er sonst verkehrte, rief Wein oft Zweifel an der Standfestigkeit hervor, das schwächte die Verhandlungsbasis; hier war man unter sich. Niemand außer ihm würdigte, was Valentine auftrug.

Jills Zustand war tabu, ihre Gegenwart im Haus für Winston offenbar ein Vorwurf, eine Komplikation seiner Lage. Der Scherbenhaufen blieb unerwähnt, man sprach über die Aktienstreuung, und Winston flocht ein, es liege ein Papier im Stadtbüro, bis auf zehn Prozent genau: die Liste der Aktieneigner (ohne Kleinanleger), also Banken, Versicherungsgesellschaften, eine Gewerkschaft und die Sippe Malcolm. Jerome erbot sich, es morgen mit Howard zu holen. Er löffelte sein Dessert, bestrebt, der Sprachlosigkeit zu entrinnen.

Als er bei Jill hineinsah, schlief sie schon wieder. Ein Hauch von Medizin hing narkotisch in der Luft. Man hatte ihr eine Melone serviert, auf Eis, das längst geschmolzen war. Ihr Anblick – die vollen Lippen und langen Wimpern, die Schweißperlen, das zerwühlte Haar – bedrückten ihn. Während er am Bett stand, von Mitleid überschwemmt, drängte sich ihm die Vorstellung auf, sie wandele durch den Sanatoriumspark, mit geistesgestörten Historikern debattierend. Konnte das hilfreich sein?

Zunächst aber galt es, ihr die Idee, dorthin zu gehen, überhaupt nahezubringen, ohne in den Verdacht zu geraten, man sei auf Seiten ihrer Feinde. Er mußte betonen, daß sie dort ein freier Mensch blieb, ständig Besuch empfangen und den Komplex auch verlassen konnte. Der Eindruck von Isolation durfte gar nicht entstehen. Wenn er sich nun außerdem erbot, mit ihr in einen der Pavillons zu ziehen? Es ließ sich einrichten, das hatte ein Anruf in der Nervenklinik ergeben. Dies bewies ihr seine Aufrichtigkeit, bedingte freilich, daß er sein kleines Büro in die Heilanstalt verlegte. Ohne Computer und Telexanschluß war er handlungsunfähig.

Da schlug Jill die Augen auf, er setzte sich zu ihr. Sie nahm seine Hand und erzählte ihm einen Traum. Sie war auf Kimpo Airport gelandet, unterwegs zu jener Konferenz. Aber der Einreise stand viel entgegen, dauernd ging ihr etwas verloren – der

Koffer, das Manuskript, die Sonnenbrille, der Paß –, langsam kroch die Schlange auf den Schalter zu, und als sie den Paß vorwies, ging gar nichts mehr. Dem fehlten nämlich die Seiten, er bestand nur noch aus Deckeln, in denen Bilder klebten. »Nicht mal Fotos von mir«, sagte sie, »von Sandro! Das ist mein Mann, hab ich dem Beamten erklärt. Er spricht auf der Konferenz und braucht diesen Text ... Da hat er mich denn durchgewinkt. Manchmal geht's halt nicht ohne eine weiße Lüge.«

»Wem sagst du das, Schwesterchen?«

»Ja, wem! Dir Windhund und Schwindler. Spekulierst in Devisen, dabei könntest du Bleibendes leisten mit deiner Darstellungskunst, der journalistischen Begabung. Wie oft hab ich mir deine Ausdrucksfähigkeit gewünscht, Jero, den Schmiß deiner Artikel – wenn du dich nur hinsetzt und was schreibst.«

»Ha ha ha. Ich hab mein Genie in mein Leben gelegt. In den Journalismus bloß mein Talent.«

»Nimm es ruhig ernst. Die Jagd nach dem Dollar verdirbt dich.«

»Ja, Reichtum ist wie Meerwasser, fängst du an zu trinken, hörst du niemals auf. Es gibt zwei Tragödien auf der Welt: nicht zu bekommen, was man will, und es zu bekommen. Letztere ist meine, ich kriege immer alles.«

»Du mißachtest dein Talent, weil du's nicht erkennst. Am Anfang war das Wort, heißt es in der Schrift.«

»Sind wir jetzt in Mutters Bibelstunde?«

»Bitte, es geht auch ohne Christus. Als man den chinesischen Dichter Li Tai-po einmal fragte, womit er beginnen würde, wenn er das Land zu regieren hätte, gab er zur Antwort, er würde den Sprachgebrauch verbessern. Was denn, fragte man ihn da, gibt es keine wichtigeren Dinge? Nein, hat er gesagt. Wenn die Sprache nicht stimmt, so ist das, was gesagt wird, nicht das, was gemeint ist. Ist dies der Fall, so kommen die Werke nicht voran. Kommen die Werke nicht zustande, so gedeihen weder Kunst noch Moral. Gedeihen Moral und Kunst nicht, so trifft die Rechtspflege nicht. Versagt die, so weiß die Nation nicht, wohin Hand und Fuß setzen. Also dulde man keine Willkür in den Worten.«

Er fand, ihr Denken drifte weg. Obgleich ein Satz logisch dem anderen folgte, ging der Kontakt verloren. »Schade«, schloß sie, »wie wenig du dein Talent nutzt. Schreib endlich ein Buch, die Leute warten darauf.« Wovon sollte es denn handeln? Es kam ihm vor, als drehe sie den Spieß um – er war in ihren Augen hilfsbedürftig! »Schön, wenn man etwas Bleibendes von mir fordert«, sagte er trotzdem, um jede Reibung zu vermeiden. »Wer bin ich schon, daß ich die Nachwelt enttäuschen dürfte.«

Sie hatte keinen Sinn mehr für seine Ironie. Und während ihm das auffiel, kam ihm schattenhaft eine Idee. Doch da Jill schon weitersprach, verflog der Gedanke. »Warum ruft Sandro nicht an?« fragte sie.

»Die Konferenz läuft noch. In Seoul ist früher Nachmittag.«

»Er kann sich doch denken, daß ich besorgt bin, aber nein, lieber spart er das Geld. Versuchst du's mal? Ich bin zu schlapp dazu. Wer weiß, was die Ärzte mir eingeflößt haben.«

So verstrich der Moment, die Rede auf Swedenborg zu bringen. Jerome merkte, daß ihn der Mut verließ. Er konnte Jill nicht wieder weinen sehen. Sie war schwach und verwirrt, die Stirn wirkte dünn wie syrisches Glas. Beklommen versprach er, zu telefonieren, dann wünschte er ihr gute Nacht und zog sich zurück.

Welch ein Abend. Hinter der Insel Santa Cruz, 60 Meilen westwärts, verglühte die Sonne im Meer, auf dem man in der Jacht *Spirit of Malibu* einträchtig hatte kreuzen wollen. Jerome hörte den Wellenschlag, ein frischer Hauch drang vom Wasser her, als wolle er ihn freundlich umfächeln und ihm jene Zuversicht wiedergeben, die er so brauchte.

Am unteren Ende des Grundstücks, vor dem *Dog-house,* stand Howards Flagge tief. Er hatte sie nach dem Abschuß des Jumbos halbmast gesetzt. Dergleichen nahm der Bruder sehr genau. Er pflegte den Brauch, das Banner zu hissen, so oft einem danach war. Mochte dies im Rest der Welt auf hohe Feiertage oder Zeiten der Staatstrauer beschränkt sein, Amerika kam als freies Land da ohne amtliche Regelung aus. Howard und die naiven Symbole Kaliforniens! Das Staatsmotto *Eureka* (ich hab's gefunden, nämlich das Gold) über der Haustür. Die Hymne *I love you, California* auf Klingeldruck zur Erbauung der seltenen Gäste. Der Kosename *Golden State* auf dem Nummernschild seines Motorrads. Dazu die Rotholztanne und der Goldmohn in seinem Teil des Gartens. Es fehlten nur die Schopfwachtel und ein Grizzlybär . . . All das hatte Gemütswert für ihn, es stützte sein Selbstvertrauen. Er war benachteiligt, Titi hatte recht.

Seufzend sank Jerome in den Sessel und nahm ein Zigarillo aus dem Etui. Diese Davidoffs schickte man ihm aus Europa; der Import von Habanas war seit Castros Machtantritt verboten. Seine Sorgen kehrten zurück. Da schob er das Gespräch mit Jill nun feige hinaus, suchte statt dessen die Klinik auf dem Stadtplan. Seit langem hatte ihn nichts mehr nach Pasadena geführt, eine Villengegend, gar nicht weit weg vom Zentrum, zwölf Meilen über den Freeway 110.

Er fand sich gleich zurecht. Dort das *California Institute of Technology,* berühmt durch seine 14 Nobelpreisträger. Albert Einstein hatte an ihm gelehrt und Howard Lasky nach Vietnam die zwei Abschlußsemester verbracht. Es folgte das *Ambassador Auditorium,* die schöne Konzerthalle, erbaut von der »Weltweiten Kirche Gottes«, einer der Sekten, die sich im Segen der Steuerfreiheit sonnten. Bis dorthin war er schon gelangt, zu Konzerten von Karajan und Yehudi Menuhin, auch, um Count Basie oder Lionel Hampton zu hören. Und schließlich, ganz aus Stahl und Glas, Valentines *Art Center College of Design,* schon dem Stadtrand nahe. Hinter dem Campus stieg das San-Gabriel-Gebirge auf, mit der Wildnis des Nationalparks und dem Mount Wilson Observatorium. Dazwischen nun Swedenborgs Heilstätte, in der Tat, das Umfeld konnte nicht besser sein.

Gedrängt von dem Wunsch, mehr zu tun, rief er bei seiner Mutter in Boston an. Doch ihr Diener sagte ihm, sie sei auf Kreuzfahrt im Nordmeer und werde erst in zehn Tagen zurückerwartet. Er hinterließ eine Nachricht, Jill betreffend, damit Pamela sich meldete – so daß er mit ihr über das Paket, die zwei Prozent, verhandeln konnte.

In Orlando, Florida, erreichte er seinen Onkel Ralph. Zusammen mit Steve, dem ältesten der drei Brüder, hielt Ralph acht Prozent: entscheidend, um die Sperrminorität zu wahren, wenn junge Aktien in Umlauf kamen. Mit Winston verkracht, hatten sich die zwei seit Ende der fünfziger Jahre dem Immobiliengeschäft und der Freizeitbranche verschrieben. Ihnen gehörten Anteile an den *Best-Western-Hotels,* vier Dutzend gab es auf Florida. Außerdem waren sie bei dem Ferienreich *Walt Disney World* eingestiegen, der große Kopie von *Disneyland* im Südosten von L. A., dem ersten Rummelplatz des Vaters von Mickey Mouse und Donald Duck.

Disneyworld, auf billiges Sumpfland gesetzt, hatte sich zu einem riesigen Vergnügungspark entwickelt, mit 20 000 Angestellten und 13 Millionen Besuchern im Jahr. Kürzlich war der noch um die Zukunftsstadt *Epcot* ergänzt worden, verbunden mit ihr durch eine pfeilergestützte Einschienenbahn. Die Sümpfe Floridas waren ja kein Morast, bloß überschwemmter Korallengrund, der sich aufschütten ließ – etwas, das die Brüder Lasky so nutzten wie den Aufschwung Floridas überhaupt. Steve hieß im Vatikan »das Anasgesicht« wegen seiner Pockennarben. Von Ralph behauptete Dad, er sei ein kulturloser Banause ohne jeden Familiensinn, ebenso asozial wie ein Gangster. Jerome bemühte sich um ihn. Sein Vorschlag durfte nicht nach Hilferuf klingen. Er übertrieb die Auftragslage der MAC und bot Vorzugsaktien an. Die Papiere seien unterbewertet, bringe man den Laden jetzt in Schwung, würden sie kräftig steigen – über den generellen Trend der kalifornischen Zukunftsindustrien hinaus. Wichtig sei, daß Winston Herr im Haus bleibe. Es gehe sonst zwar auch voran, doch womöglich über den Kopf der Stammaktionäre hinweg . . . Er sprach gedämpft, verband Begeisterung mit Sachlichkeit.

Aber Ralph schien nicht willens, sein Stimmrecht aus der Hand zu geben. »Dein Daddy ist in Druck?« fragte er halb mißtrauisch, halb schadenfroh. »Ich wußte, er übernimmt sich mal.«

War das nun Animosität, oder sollte Ralphs Paket nicht verfügbar sein, hatte er es etwa lombardiert? Der Onkel schien einzig darauf aus, mit Bankkrediten Florida zu erschließen. »Wir bauen Epcot aus, haben alle Hände voll zu tun«, teilte er mit. »Komm her, Jero, und schau es dir an. Epcot Center wird doppelt so groß wie Magic Kingdom, zehn Nationen öffnen ihre Tore rings um unseren See!« Er zählte sie auf, von China bis Marokko. Florida zu zivilisieren brachte ihn in Glut.

»Bestimmt ein Jahrhundertwerk, Onkel. Völlig klar, was es dir bedeutet. Aber hier wird auch großes Geld gemacht.«

»Was ihr macht, ist viel Tamtam, Hype und Ballyhoo.«

Jerome merkte, Ralph schnappte ein. *Tamtam* hieß aufdringliche Werbung, *hype* stand für die freche Vorwegnahme von etwas, das es noch nicht gab, und *ballyhoo* bezeichnete plumpe Schmeichelei. Er fühlte sich durchschaut; noch ein Schnitzer und es war aus. Ralph täuschte man nicht, mangelnde Bildung ersetzt der durch den Instinkt des Schlitzohrs. Er hatte Witterung genommen und schien schon dabei, sich abzuwenden.

»Du meinst doch nicht etwa, ich will dich einwickeln?« Jerome legte alle Biederkeit, die ihm zur Verfügung stand, in seine Stimme. »Wozu sollte ich dir das antun? Du weißt ja, mein Lebenserfolg stützt sich einzig auf meinen geraden Charakter und den Gebrauch des elastischen Bruchbandes ›Vive la France‹.«

Der Onkel lachte, das war die Art, die er schätzte. »Los, komm her«, rief er, hörbar von dem Wunsch erfüllt, den fidelen Jero in die Arme zu schließen. »Hast dich schon ewig nicht mehr blicken lassen, dabei bist du der einzige, der noch was taugt von euch dort.«

»Leider . . . Im Augenblick geht es schlecht.«

»Ja, wenn du keine Zeit mehr hast für uns, dann sag dem Daddy, er soll seine Vorzugsaktien aufrollen, sich in den Hintern stecken und sie anzünden.«

»Also gut, ich fliege, wenn du darauf bestehst.«

»Aha. Man riecht über dreitausend Meilen, daß es bei euch brennt. Aber okay, wie dem auch sei, wir werden 'ne Menge Spaß zusammen haben. Tschüs, mein Junge, und gute Landung.«

Beklommen legte Jerome auf. Auch das noch! Ein Kontinent lag zwischen ihnen, Teufel, der fünfstündige Flug war das geringste Übel. Man konnte natürlich solch einen Schritt nicht fernmündlich anbahnen, aber was stand ihm jetzt bevor, wo er sich doch um Jill kümmern mußte? Trinkend und schwafelnd würden die beiden Onkel wieder mit ihm durch ihre Hotelrestaurants, Luxusbordelle und das Magische Königreich ziehen – nun auch noch durch den Schwachsinn von *Epcot*; die ganze auf Umsatz und Durchschleusen gedrillte Organisation perfekter Freizeitvernichtung.

Weiß Gott, er wollte nicht arrogant sein. Diese Vergnügungsparks waren längst zum Bedürfnis geworden, Teil des Lebens der Nation. Monumentale Bedürfnisanstalten. Das Flachste an Massenunterhaltung oder der Gipfel des Zweckmäßigen, je nachdem, auf welcher Seite der Kasse man stand. Das wahrhaft Quälende waren die heiter-einfältigen Melodien, wie Zuckerguß über jede Banalität gestülpt, wochenlang gingen sie einem nicht mehr aus dem Ohr. Immerhin, es gab Schlimmeres. Mochte das, was die zwei verzapften, noch so trist und fade sein – letzten Endes war es weniger tödlich als die Produkte der Malcolm Aircraft Corporation.

Vom Bildschirm nun die Abendmeldungen, bunt und flink, so

zubereitet, daß ein großes Publikum geneigt war, sie anzusehen. Die Sensation nach vorn. Je höher die Einschaltquote, desto mehr von der Werbung, die allein den Sender trug. Der Jumbo-Abschuß unverändert an der Spitze. Die Kommentare hatten einen Stich ins Hysterische. *Greueltat am Himmel,* hieß es, *äußerste Barbarei, gnadenloser Hinterhalt* über Sachalin, die Sowjets handelten *wie wilde Tiere.* »Der russische Bär«, führte ein Moderator aus, »erscheint uns in seiner Militärmaschinerie als eine tollwütige Bestie. Entweder wird sie von innen geheilt, oder man muß sie erlegen, ehe sie räuberisch quer über den Globus wütet.«

Jerome legte die Füße hoch, er knipste von einem Sender zum anderen, der Tenor blieb derselbe. Was wäre ihm wohl in den Sinn gekommen, hätte er in dieser Lage moderieren sollen, was eigentlich ja mäßigen hieß? »Verehrte Fluggäste des Raumschiffs Erde«, hätte er gesagt, »Sie werden gebeten, Ihre Sicherheitsgurte anzulegen und das Kotzen einzustellen. In wenigen Minuten beginnt der Dritte Weltkrieg.«

Was übrigens brachte die Gegenseite zu ihrer Rechtfertigung vor? Im Spiegel der zwölf Fernsehkanäle von Los Angeles nach allzu langem Schweigen die Behauptung, der Jumbo habe sich mitnichten verirrt, er sei absichtlich über sowjetische Militäranlagen auf Kamtschatka und Sachalin hinweggelenkt worden, zu Spionagezwecken . . . Das war schwach. Luftspionage nachts, durch die größte Passagiermaschine der Welt, wo es soviel Spähersatelliten und auch Militärflugzeuge gab, dreimal so schnell wie der Schall, voll elektronischer Spürgeräte? Jerome schüttelte den Kopf. Ein Eigentor, ein propagandistischer Flop. Die Russen hatten nicht nur Mist gebaut, sie verkauften ihn auch noch schlecht. Aber war so etwas überhaupt verkäuflich? Wohl kaum. Was zählte, war die Tat – mit dem Tod von 269 Unbeteiligten zu finster, um entschuldbar zu sein.

Es sei denn, jemandem gelang der Nachweis, daß dies kein Verbrechen, sondern ein Zufall gewesen war, ein schicksalhafter Vorgang, das Schlußglied in einer Kette ungewollter Ereignisse. Eine Kausalkette von der Art, die zwangsläufig in eine Katastrophe führt . . . Ihm war, als kehre ein Gedanke zurück, der vage in ihm aufgestiegen war, als er vorhin an Jills Bett saß – von ihr bedrängt, sein Talent zu nutzen und ein Buch zu schreiben, etwas Bleibendes zu schaffen.

Wie nun, wenn er in Swedenborgs Klinik daranging, gemeinsam mit Jill den Fall aufzuhellen? Sie als Historikerin, er als Schreiber und Rechercheur, wäre das nicht zugleich die beste Therapie? Wenn etwas ihr half, den Wahn zu überwinden, man habe Sandro in den Tod geschickt, Winston und Tanja steckten dahinter, dann die sachliche Beschäftigung mit dem Abschuß! Das Erforschen der Ursachen würde heilsam sein. Zumindest mußte ihr dämmern, daß die Familie nicht in den Fall verwickelt war. Geistige Arbeit, ein gutes Ventil für Emotionen.

Jerome ging in dem Bewußtsein zu Bett, der Tag sei nicht nutzlos verstrichen. Ihm war etwas eingefallen, das Jill die Chance gab, aus dem Loch zu klettern, in das sie gestürzt war. Ihre Kraft würde reichen bei kluger Unterstützung, die Laskys waren zäh. Ein Hoffnungsstrahl, eine Rettungsaktion – noch sah er dies erst schemenhaft vor sich, doch hatte er jetzt einen Plan.

DAS IMPERIUM

Und die Größe ist gefährlich,
Und der Ruhm ein leeres Spiel.
Was er gibt, sind nicht'ge Schatten,
Was er nimmt, es ist so viel.

Franz Grillparzer

XIII

Lange nach Mitternacht erwachte Jerome von einem Ticken. Er machte Licht, Jill stand im Morgenrock auf dem Balkon, ihre Fingernägel pickten an die Scheibe. »Ich kann nicht schlafen«, sagte sie, als er ihr öffnete. »Darf ich einen Moment zu dir?«

Sie zog den Kimono aus und schlüpfte im Pyjama unter seine Decke. Das war beklemmend, ein Rückfall in die Kinderzeit. »Was ist denn, Schwesterchen, schlecht geträumt? Noch mal Ärger mit dem Zoll?«

»Ja, der hat den Text beschlagnahmt, Allahs Tränen.«

»Allahs Tränen, was ist das?«

»Sandros Manuskript. Damit sind die *Nucys* gemeint, weißt du? Hiroshima im Panzerschrank . . . Er braucht kein Manuskript, hat der Zöllner gesagt, es gibt ihn nicht mehr! Stell dir vor, ein fetter, schlitzäugiger Kerl, ich sollte mich vor ihm ausziehen.«

»Weshalb das denn?«

»Ach, er nahm an, ich hätte sowieso den Wunsch, es zu tun. Ihm schwebte vor, mir den Verlust in dieser Hinsicht zu ersetzen. Sein offizieller Vorwand war die Suche nach den *Nucys.*«

Jerome sagte nichts. Jedem kamen manchmal erotische Träume, seine Schwester aber wußte wohl kaum, was sie redete, sonst hätte sie sich nicht so vor ihm entblößt. Die alte Vertrautheit bestand ja nicht mehr, im Laufe der Zeit hatten sie sich doch voneinander entfernt. Während sie studierte und er in New York oder London saß, war ihr Kontakt unterbrochen gewesen, bis auf oberflächliche Telefongespräche. Ihre empfindsamen Briefe hatte er, wenn überhaupt, kurz und spritzig beantwortet . . . Um das Thema zu wechseln, erzählte er ihr von dem Anruf in Orlando. »Ralph rückt kein Stimmrecht heraus, ehe ich nicht mit ihm durch den Schnapsdunst und die Lasterhaftigkeit seiner Nachtklubs ziehe. Gib mir ein stärkendes Wort auf den Weg!«

»Zu solch billigem Amüsement verleitet der dich?«

»Billig ist das falsche Wort. Es sind Damen von Lebensart und Höflichkeit. Ich bin noch nie in einem Puff gewesen, in dem es so klassisch zuging wie bei Ralph und Steve.«

Doch sein drastischer Versuch, sie abzulenken, schlug fehl. »Und was wird aus mir?« rief sie. »Ohne dich bleib ich keinen Moment im Vatikan, fliege zurück nach Berkeley.«

»Was um Himmels willen treibt dich denn dorthin?«

»Ich muß doch an meine Studenten denken.« Ihr Ton glitt ins Weinerliche. »Nach Labor Day beginnt der Vorlesungsbetrieb.«

»Du wirst davon befreit. Weißt du noch, wie oft ich dir Entschuldigungen getippt hab für die High School?«

»Ja, und Dads Unterschriften gefälscht ... Jero, du hast wieder diese Art, als ob du dir noch nicht schlüssig wärst, mir etwas zu sagen oder nicht.«

»Also gut, ich laß es 'raus: Wenn du dich absolut nicht mehr wohlfühlst hier, bringe ich dich weg. In das Sanatorium am Stadtrand, in dem auch Tanjas Mann gewesen ist. Und ziehe selber mit dir da ein«, fügte er schnell hinzu, Einspruch befürchtend. »Wegen Florida zerbrich dir nicht den Kopf, das ist Routine, wird rasch abgespult ... Darf ich jetzt noch ein bißchen schlafen?«

Fügsam stand sie auf. »Laß dich von den Zöllnern nicht unterkriegen«, sagte er und schloß die Balkontür hinter ihr. Sie lächelte matt, winkte durch das Glas zurück.

Es war erst halb vier, Jerome aber schlief nicht mehr ein. Wie leicht es gewesen war, sie zu lenken. Er hatte den rechten Zeitpunkt erwischt; nicht nur an der Börse hing das meiste vom Timing ab. Wie beängstigend trotzdem, Jill neben sich zu spüren, zitternd und zerbrechlich. Ein Spalt klaffte zwischen seinem intakten und ihrem verletzten Gemüt. Was, wenn sie noch tiefer in die Schatten des Argwohns glitt? War es nicht vermessen von ihm, zu glauben, er könne ihr mehr nützen als ein Arzt? Er, der Laie, der Ignorant? Aber seelisches Leid war ja nicht, wie ein Tumor oder Nierenstein, nur dem Fachmann zugänglich; es forderte eher die Hilfe Nahestehender heraus.

Bis zum Sonnenaufgang bedachte Jerome die nächsten Schritte. Nicht alles mußte er selber tun. Unnötig für ihn, nach Anchorage oder Seoul zu fliegen, dort den Hergang zu erkunden. Er hatte Geld genug, ein paar findige Burschen loszuschicken; ohnehin war schon ein Schwarm von Reportern dem Rätsel auf der Spur. Anderes konnte nur er tun – zum Beispiel nach Washington fliegen, um einen Schulfreund zu treffen, der es zum Gehilfen des amerikanischen Luftwaffenattachés in Moskau gebracht hatte. Victor Cabot, genannt Doc, kam nächste Woche in die Hauptstadt. Von ihm erhoffte er eine Darstellung des Falls aus gegnerischer Sicht.

Während er sich noch rasierte, brachte man ihm mit dem Frühstück die Morgenpresse. Gestern hatte ihn deren nachschleppende Berichterstattung verärgert, heute las er sie so genau wie sonst nur Börsennotizen. Auch die Passagierliste, die zum Totenregister geworden war. Bei den 240 Fluggästen überwogen die Südkoreaner, Japaner und Chinesen aus Hongkong und Taiwan. Elfmal der Name Kim, fünfzehnmal die Silbe Li. Zehn Kanadier waren an Bord gewesen, ein Schotte, ein Schwede, ein australisches Ehepaar mit zwei kleinen Mädchen; 16 weitere Kinder, das jüngste acht Monate alt. 61 Bürger der Vereinigten Staaten, darunter *Cory, Tanja, Mrs.* (wo es *De Luca, Sandro, Mr.* hätte heißen müssen). Zwölf koreanische Stewardessen wurden genannt, 22 bis 27 Jahre alt, neun männliche Flugbegleiter, die dreiköpfige Crew im Cockpit und das abgelöste Team im Unterdeck.

Das nächste Blatt zitierte den Abgeordneten Hubbard, er hatte einem Reporter gesagt: »In Anchorage schauten wir uns nach Larry McDonald um. Wäre Larry ausgestiegen, hätte er uns im VIP-Raum vielleicht vorgeschlagen, mit seiner Maschine weiterzufliegen, weil die ja früher wieder startet, und wir könnten uns dazu entschlossen haben. Nie werde ich vergessen, wie ich diese Leute vom Flug KAL 007 an Bord gehen sah. Ohne es zu ahnen, sah ich todgeweihte Menschen. Noch nie bin ich unter Leuten gewesen, die so bald ihrer Ewigkeit begegnen sollten.«

Senator Symms erzählte über die australische Familie Grenfell: »Er war ein flotter Bursche, seine Frau blond und schön. O gütiger Gott, ihre beiden Kinder waren anbetungswürdig. Es bricht einem das Herz, sich ihrer zu erinnern – ein Bild zutraulicher Unschuld.« Senator Jesse Helms hatte sich in Anchorage zu den Grenfells gesellt, er sagte: »Die zwei Töchter, drei und fünf, waren bald auf meinem Schoß, und wir spielten ein kleines Spiel, das meinen Enkeln sehr gefällt. Diese beiden Mädchen hatten ein Recht auf Leben und Liebe, doch es wurde ihnen geraubt durch die verbrecherische, vorbedachte, brutale und feige Tat der Sowjetunion. Für immer werde ich mich an das Lachen der Kleinen erinnern . . .«

Kein Mangel an solchen Schilderungen. Zum Hergang kaum neue Erkenntnisse, bloß die amtliche Deutung aus Moskau. Sie ergänzte das erste, höchst dürftige Kommuniqué. Die Nachrichtenagentur TASS sprach jetzt von einem *nicht identifizierbaren Flugzeug;* es sei von der internationalen Route um 500 Kilometer abgewichen. »Die Maschine flog ohne Positionslichter, antwortete nicht auf Anfragen und nahm keinen Kontakt mit dem Flugleitdienst auf.« Sie habe erst Kamtschatka und später die Insel Sachalin rechtswidrig überflogen. Sowjetische Abfangjäger seien aufgestiegen, ihr Bemühen um Funkkontakt sei ignoriert worden, der Luftraumverletzer habe sämtliche Zeichen mißachtet – sogar *Warnschüsse mit Leuchtspurmunition parallel zur Flugrichtung.* Danach hatte, laut TASS, der Eindringling den sowjetischen Luftraum in Richtung auf das Japanische Meer verlassen. Zehn Minuten lang sei er noch in der elektronischen Kontrollzone verblieben, dann habe man ihn nicht mehr beobachten müssen ... Wohl auch nicht können, dachte Jerome. Das Flugzeug war vom Radarschirm verschwunden, weil es aufs Meer schlug und versank.

Über die Warnschüsse hinaus gab man nichts zu. Moskau tat, als sei es weder im Bilde über noch zuständig für das, was sich außerhalb seines Hoheitsgebiets abgespielt haben mochte. So verhielt sich ein Beamter, der etwas Peinliches vom Tisch schiebt, weg aus seiner Kompetenz. Kein guter Stil in der Öffentlichkeit. Dies rückte den Kreml in obskures Licht, zeigte ihn als eine Macht, die keinen Fehler gesteht. Eine so lückenhafte Darstellung stieß die Welt vor den Kopf. Und hier zog man daraus Gewinn.

Weiterblätternd fand Jerome die eigenen Politiker auch nicht besser. Das Minimum an verfügbarer Information münzten sie um in Haß auf den Feind. Das Repräsentantenhaus erklärte den Abschuß zu *einer der infamsten und verwerflichsten Taten der Geschichte* – mit 416 Stimmen. 19 Abgeordnete hatten gefehlt, ein paar waren in Seoul, andere noch im Urlaub, einer war tot; doch es gab keine Gegenstimmen, nur glasharte Verdammung! Das Urteil klang so, als stelle es den Jumbo-Abschuß mit dem Kindermord des Herodes, dem Archipel Gulag und dem Vernichtungslager Auschwitz auf eine Stufe. Larry McDonald wurde *ein Märtyrer* genannt. Das Capitol rief nach einem neuen Getreideembargo, wie es Jimmy Carter nach dem Einmarsch der Russen in Afghanistan schon einmal verhängt hatte.

Mit der Urkraft schwerer Gewitter entlud sich da die Wut.

Das kalifornische Parlament in Sacramento stimmte gegen die Teilnahme der Russen an den Olympischen Spielen in Los Angeles. Tausende von US-Bürgern zerrten Wodkaflaschen aus dem Kühlschrank und gossen sie angewidert aus. Ein Drittel der Bundesstaaten verbannte *Wodka made in USSR* aus dem kontrollierten Alkoholhandel. Und die Presse sparte nicht mit Beschimpfungen wie *Reich des Bösen* oder *kaltes Imperium.* Der Drang, die Sowjetunion aus dem Kreis gesitteter Nationen in die Zone der Barbarei zu stoßen, war offenkundig; eine *Macht der Finsternis.* Man wies darauf hin, die Untat sei am 1. September geschehen, dem »Weltfriedenstag des Ostblocks«. Von *USA Today* über das *Wall Street Journal* bis zur *Los Angeles Times* und zum *San Francisco Examiner* der Familie Hearst – das gleiche Bild. Vermutlich wich nur die *People's World* der Handvoll Kommunisten an der Westküste davon ab, aber dieses einflußlose Blatt kam ja nicht ins Haus.

Die schwerste Ost-West-Krise seit Afghanistan war da! Andere Vorwürfe konnte man verrechnen. Gegen Afghanistan ließen sich El Salvador und Nikaragua halten. Aber ein Passagierflugzeug abzuknallen, das sich verirrt hatte, war gräßlich und neu, es konnte – folgte man den Kommentaren – nicht Zufall sein, es lag im Charakter des Systems! Je mehr Jerome eindrang in den Stoß druckfrischen Papiers, desto klarer wurde ihm, mancher genoß die Tragödie auf verdeckte Art, weil sie zu beweisen schien, daß nur ein Weg blieb, dem Feind zu begegnen: Mehr Raketen, größere Schiffe und tiefere Bunker bauen als der; dazu noch den Schutzschild im All.

Und während Empörung die Welt ergriff, waren die Führer der Weltmächte noch in den Ferien, Ronald Reagan auf seiner Bergranch und Jurij Andropow im Kaukasus. Jener Mann, über den hier unter Berufung auf den Märtyrer McDonald stand: »Andropow ist eine tödliche Cobra, die ihre Opfer bannt und lähmt, ehe sie zustößt.« Das hatte McDonald, aus der Bibel zitierend, schon bei Andropows Amtsantritt gesagt.

Bizarr, dies in Zusammenhang zu bringen. Doch eine plausible Antwort auf die zwei Kernfragen der Affäre war nicht in Sicht. Weder gab es eine Erklärung für die Kursabweichung des Jumbos, noch leuchtete ein, weshalb die sowjetische Luftabwehr ihn nach stundenlanger Beobachtung nicht als Passagierflugzeug erkannt hatte. Allahs Tränen, dachte Jerome. Er schob die Zeitungen weg und stand auf in dem Gefühl, diesen Tag vor einem Hintergrund zu beginnen, der sich verdüsterte.

Sie fuhren zu dritt ins Zentrum, über den Santa Monica Freeway. Valentine am Steuer ihres knallroten Ferrari, Jerome neben ihr, sein Halbbruder hinten auf die Bank gezwängt, in seine Einsamkeit versponnen. Diese Sitzordnung entsprach Jeromes derzeitigem Rang, dem des rettenden Finanziers. Nach seinem Eindruck hatte Titi auch Howard zugeredet, ihm entgegenzukommen. Es verschaffte ihm Genugtuung, sich auszumalen, wie er der Familie in Florida und in Boston die Kastanien aus dem Feuer holte, ihr die Macht in der Firma erhielt; während der Thronfolger nicht viel mehr war als sein Assistent, dazu gut, ihm im Stadtbüro der MAC den nötigen Einblick zu geben.

Erst auf halber Strecke schwang sich Howard zu dem Satz auf, die City liege wieder mal im Dreck. Er hatte recht, unter der sengenden Sonne wurde die Luft schon bräunlich, links verschwammen die Hänge von West Hollywood und Beverly Hills im Dunst, noch ein Stück weiter und die Augen würden einem tränen. Sieben Meilen voraus ragten die Chefetagen von Downtown aus dem Smog. Von den Rieslettern HOLLYWOOD am oberen Rand der Schüssel, nachts durch 4000 Glühbirnen erleuchtet, war gar nichts mehr zu sehen, wie meist bei Windstille.

Der Großvater hatte ihm einmal erzählt, im Herbst 1932 sei ein Starlet, verzweifelt über den Mißerfolg beim Film, auf den 55 Fuß hohen Buchstaben H geklettert und in den Tod gesprungen. Warum gerade auf das H, weil es der erste Buchstabe des Zauberworts oder am leichtesten besteigbar war? Den eigenen Abgang inszenierten Schauspieler gründlich . . . Jerome ließ die Gedanken wandern. Seit wann stockte es in der Firma? Aus der Ferne hatte er das nie bemerkt, da wirkte das Unternehmen kerngesund, mit seinen 4000 Beschäftigten, rund zwei Milliarden Aktienkapital (zum Tageskurs), dem Jahresumsatz von 2,3 Milliarden und einem Gewinn von fast 25 Prozent des Umsatzes, der weitgehend in den Rücklagen verschwand, da sonst die Steuer zu sehr griff. Diesen Zahlen nach ein Werk an der Untergrenze der hundert Giganten, die Amerikas Wirtschaft beherrschten. Gab es persönliche Gründe für die Stagnation?

Rätselhaft. Denn noch in den siebziger Jahren hatten die Laskys zur Creme gehört, zum Zirkel derjenigen, die dem Gouverneur nahestanden. Ein Kreis von Millionären hatte im Herbst 1964 das patriotische Komitee *Freunde für Ronald Reagan* aus der Taufe gehoben. Winston war eines der Gründungsmitglieder gewesen, neben Holmes P. Tuttle, dem führenden Ford-Händler der Stadt, A. C. Rubel, dem inzwischen verstorbenen Chef der Union Oil Company, und Henry Salvatori, einem Waffen- und Ölmagnaten (in Rom geboren, sein Daddy hatte noch Gemüse in Philadelphia verkauft). Mit von der Partie waren der Filmmogul Jack Warner, der Plantagenherr Walter Knott, der Industrielle Justin Dart, der Reifenfabrikant Leonard Firestone und andere Aufsteiger aus Südkalifornien gewesen; darunter ein Fuchs wie John A. McCone, der es unter Kennedy zum CIA-Direktor gebracht hatte.

Jerome erinnerte sich des Aufmarschs von walfischhaften Autos, der Chauffeure und Leibwächter am Westende des Grundstücks – dort, wo jetzt Howards Flagge wehte – bei Empfängen im *Vatikan.* Irgendwann aber war man an den Rand dieses schillernden Kreises geraten, durch wen oder was? Er wußte es nicht. Bei den Festen ging es immer hoch her, kein Mensch liebte steifen Pomp, die Elite von L. A. verschmähte den feinen Stil Geldaristokratie des Ostens. Waren die Gäste doch Kinder der Depression, des mühsamen Neubeginns der dreißiger Jahre; sie fühlten sich als Pioniere und verdankten ihre Millionen der eigenen Kraft. Statt mit dem Reichtum zu protzen, mehrten sie ihn still. Ihren Rang signalisierten weniger die Rennpferde als die Politiker, die auf sie hörten. Auf lange Sicht auch viel gescheiter! Anfangs bezahlten sie Fernsehprogramme für den Senator Joe McCarthy, ihr größter TV-Coup aber hieß Ronald Reagan.

Und ausgerechnet als der Mann, den man da acht Jahre lang als Gouverneur in Sacramento hatte walten lassen, triumphal ins Weiße Haus einzog, sah der Vater sich nahezu kaltgestellt, von anderen überflügelt und um einen Teil der Früchte geprellt, die nun erst richtig reiften. Gewiß, auch das kalifornische »Küchenkabinett« der Tuttle und Salvatori verschwand 1981, im ersten Amtsjahr, unter dem Druck der Ostküstenpresse aus Washington. Doch privat hatten diese Leute weiter Zugang zum Präsidenten, ihnen blieb er treu, Winston aber nicht. Wollte der ein Stück vom großen Kuchen, mußte er die Dienste eingesessener Lobbyisten in Anspruch nehmen. Der Erfolg blieb trotzdem mager; kannte Titi wohl den Grund?

»Es ist meine Heimat, aber ich mach mir nichts aus Los Angeles«, sagte sie da. »Wo mal die City war, verhunzen Senkrechtsärge das Stadtbild.«

»Das sind die Banken; die Hauptsache hier.«

»In San Francisco ist die Skyline gleichfalls hin.«

»Nur bis zum nächsten Erdbeben. Aber du hast recht, Reagan hat schon gewußt, weshalb er wegging.«

»Doch nicht wegen der Silhouette«, sagte Howard aus dem Heck. »Er hatte einfach genug vom Film.«

»Im Weißen Haus spielt er doch auch in einem mit.«

»So kann man das nicht sehen.«

»Wie dann? Warum tut er so wenig für euch?«

Keine Antwort. Der brave Howard, das überstieg wohl seinen Horizont. Alles war bei ihm in Ehrbarkeit und redlichen Fleiß getaucht. »Manches an ihm müßte dich doch stören«, sagte Jerome. »Zum Beispiel, daß er gleich nach dem Weltkrieg, an dem er übrigens nicht teilnahm, ziemlich links gewesen ist.«

»Ein Roter war Ronny nie.«

»Doch, als Gewerkschaftsboß. Er hat die Gewerkschaft der Filmschauspieler angeführt. Sein Held hieß da noch Franklin D. Roosevelt. Er stand den ›Roten von Hollywood‹ verdammt nahe.«

»Von denen ist er restlos abgerückt.«

»Klar, vor dem Untersuchungsausschuß. Da gab er zu Protokoll, er verabscheue die Kommunisten.«

Valentine sagte: »Soviel ich weiß, hat er erklärt, gerade als Gewerkschafter habe er den Zynismus der Kommunisten gespürt – bei deren Versuch, die Filmindustrie zu kontrollieren, kaltblütig und brutal.«

Jerome schwieg, das Gespräch lief auf ein falsches Gleis. Reagans Schwenk interessierte ihn nicht, vor dem Ausschuß waren viele Größen geschrumpft; auch stand es jedem frei, die Weltanschauung zu wechseln, mindestens einmal im Leben. Als Gewerkschafter hatte Reagan sich bloß angepaßt und die Erwartungen seiner Zeit erfüllt. Ähnlich wie der junge Kongreßmann Richard Nixon damals – jeder, der etwas werden wollte ... Nur, weshalb entzog er drei Jahrzehnte später den Laskys seine Gunst?

Bei dem Wort *brutal* fiel Jerome ein, was der Gouverneur einmal Winston erzählt hatte: Um 1947 hatte Reagan es abgelehnt, einer kommunistisch gelenkten Nachbargruppe zu helfen, der Gewerkschaft der Bühnenarbeiter. Kurz darauf rief man ihn von den Dreharbeiten weg ans Telefon; es verband ihn mit der wirklichen Welt. »Ein paar Jungs wollen mit dir abrechnen«, sagte ein Unbekannter. »Die werden dich dermaßen zurichten, daß du deinen Beruf vergessen kannst.« So bedroht, hatte Reagan sich an die Polizei gewandt und auf deren Rat einen Revolver Marke Smith & Wesson beschafft, bis dahin für ihn bloß ein Requisit. Hier lag der Keim seiner Militanz. Die Episode, fand Jerome, hätte aus dem Drehbuch eines B-Films sein können. Denn anders als bei den teuren A-Produktionen, die zuckrige Traumwelten schufen, lag der Inhalt von B-Streifen oft dicht bei der Realität. Die Drohung am Telefon hatte den Nerv getroffen; die Furcht jedes Filmstars, entstellt zu werden, trieb Reagan in die Politik. Er beschloß, dem Kommunismus Halt zu gebieten: hier er selbst und Amerika als Sheriff, dort die anrückende Verbrecherbande! Diese Idee ließ ihn nie mehr los.

Valentine sah in den Rückspiegel, sie ordnete sich links ein. Unten glitt der Harbor Freeway mit seinen Autoströmen und dem Schwung der Abfahrten weg. Wie im Schlaf fand sie in dem Gewirr den Ausweg zur Figueroa Street. Ihr Ferrari – 150 Meilen schnell, wo das Limit bei 55 lag – war zwar ein Witz, grelles Signal ihrer Naivität. Aber er paßte her. Prestige war hier alles, und sie selber eine Wucht. »Ich liebe Kalifornien«, sagte Jerome. »In L. A. kamen nur die Besten an, die Schwachen sind gar nicht erst aufgebrochen.«

»Du magst diese Särge? Mich erschlägt das immer – schon der Gedanke an die Macht und den Reichtum darin.«

»Das ist doch ganz okay, Stiefmutter. Dem Tüchtigen gehört das Geld.«

Dic City war von großem Reiz. Ungeachtet mancher Häßlichkeit zog sie Jerome magisch an. Eisig schön die fünf Rundtürme des Bonaventure Hotels, das düstere Spiegelglas der Bankpaläste, das World Trade Center gegenüber dem *Sheraton* und selbst noch die Zentralbibliothek, eine Festung aus den zwanziger Jahren, unter der Mosaikpyramide. Seit jeher hatte er ein Faible für Architektur. Soviel neuer Glanz vor alter Schäbigkeit, etwa des Figueroa Hotels, in dessen Hallen die Malcolm Aircraft einst ihre Kunden zu bewirten pflegte. Flache Hecken aus Efeu und subtropischem Grün girlandenartig auf Dachkanten oder Etagensimsen, hübsche Wasserfälle vor Portalen aus Marmor und Panzerglas milderten die Härte, täuschten Frohsinn vor, ein mediterranes Idyll. All diese Hauptquartiere mit den Skulpturen aus Stahl, die Gott weiß was bedeuten mochten, kündeten von einem unerhörten Boom, vom Triumph der Ölkonzerne, der Raumfahrt und der beutelüsternen Hochfinanz, die das Chaos zu ordnen schien; kurzum von der Zukunft.

Zeichen von Frische für Jerome, von Tempo und Mobilisierung. Diese Wirtschaft, so jung wie er selbst, startete durch, sie fuhr schneller aus dem Tal, aus der Stagflation der siebziger Jahre, als im übrigen Amerika. Ja, man gab Gas, trat voll drauf unter der trüben Sonne. Trotz seiner Zweifel an den Verteidigungsausgaben, an dem Pentagon-Dollar als Treibsatz des Aufschwungs – auch den Effektenbörsen! –, sooft es ihn herführte, erlag er dem Zauber der vibrierenden Atmosphäre. Berauscht vom Fludium geballter Kraft, trank er sich daran satt. Weiter, weiter, weiter, flüsterte es in ihm. Hieß Weitergehen denn nicht Fortschritt? Zwölf Millionen Menschen, die Hälfte der Bewohner des Goldenen Staates, lebten im Umkreis von 60 Meilen; ihr Verdienst lag bei 14 000 Dollar monatlich, ein Fünftel über dem Durchschnittseinkommen in den Vereinigten Staaten. Nur die Schweiz übertraf diesen Standard, sah man von Katar, Kuweit und den Vereinigten Arabischen Emiraten ab, glückbegünstigte Ölstaaten alle drei. Bei soviel Rasanz schlug Kalifornien in zwei bis drei Jahren mit seinem Sozialprodukt ganz Großbritannien, wo doppelt soviel Menschen lebten. Dann stand man, bloß ein Teil der USA, wenn auch der phantastischste, in der Weltwirtschaft auf Platz acht! Ein Wunderland. Und dies hier, das war sein strahlender Mittelpunkt, der stählerne Kern.

Nein, es gab kein schlechtes Gewissen. Zum Teufel mit dem Lamento, der Kritik am Smog, an den Rüstungslasten, an der Explosion des Haushaltsdefizits! In Los Angeles zeigte der gute alte Kapitalismus sich noch wunderbar vital, trug er ein unverwüstliches Gesicht. Hier war er jung und stark geblieben, eine göttliche Selbstverständlichkeit, fand Jerome – verführerisch wie die Frau an seiner Seite. Wachstum hieß Fortschritt, hieß Lebenskraft und

Lebenslust, gerade auch für ihn. Profit, das war schließlich nur ein Motiv von mehreren, ein anderes hieß Spaß, ein drittes Eitelkeit. Mächtiger noch als die Habsucht war der Ansporn, Pionier zu sein. Das Ufer des Pazifiks als letzte Grenze, weiter ging's nicht mehr, es sei denn aufs Meer hinaus – oder man schwang sich in die Luft empor wie das Imperium der MAC.

Ein Mythos, gewiß. Er wußte es eigentlich besser. Der Mensch neigte nun einmal dazu, sein Tun zu verklären. Doch als er aus dem Auto stieg, vor dem Hochhaus seines Vaters, fühlte er sich dazugehörig. Tatendrang erfüllte ihn, Lust auf das Wagnis, auf riskant erkämpften Erfolg. Ja, er war dabei – einer von ihnen! Wenn sie das Bauwerk nicht räumen mußten, dann verdankten sie's ihm. Er mußte nur herausfinden, wo der Fehler lag, weshalb es derzeit nicht vorwärtsging. Er würde das Firmenschiff flottmachen, allen zeigen, was in ihm steckte. Nicht länger mehr war er der kleine Bruder, sondern Jerome, der Finanzjongleur.

XIV

Valentine Lasky sah auf das Zahlenspiel oberhalb der Tür. Da fuhren sie zu dritt hinauf, glitten durch sämtliche Etagen, vermietet an Unternehmen des Maschinen- und Fahrzeugbaus, der Elektrotechnik, der Chemie- und der Agrarindustrie, die Zitrusernten vermarktete. Das 24. Stockwerk. Mit einem Glockenton hielt der Lift, als einziger im Building fuhr er bis oben durch. Man ließ ihr den Vortritt. Neben Jeromes winzigem Büro die Räume von Scanlan, den sie verabscheute. Mit der elektronisch kodierten Karte öffnete Howard seine Tür.

Wie immer fand sie das Büro höchst einfallslos möbliert. Bei Winston hatte sie Wandel schaffen dürfen, Howards Reich blieb ihr so fern und kalt wie der Mond. Die wenigen Zeichen, die er gesetzt hatte, galten seiner Kriegsvergangenheit. An der Wand das Bild eines Admirals, des einstigen Befehlshabers der 7. Flotte. Und auf dem Schreibtisch ein Modell des Flugzeugträgers »Intrepid« nebst einem Foto seines Kommandanten mit persönlicher Widmung. Howard hing an diesen Insignien, bestimmt hatte es ihn Überwindung gekostet, auf Fahnenschmuck zu verzichten.

Valentine griff nach den Prospekten, die auf dem runden Tisch der Sitzgarnitur lagen. Lieber hätte sie unten im Jonathan Club gewartet, wo man sich ihr respektvoll näherte, sie geradezu hofierte im Hinblick auf ihren Rang, was sie heimlich genoß. Oder schräg gegenüber an der Drehbar im Dachgeschoß des *Bonaventure* einen Cocktail geschlürft und auf die City herabgeblickt, die ihr zu Füßen lag. Besser aber, die Brüder nicht allein zu lassen; denen fiel der Umgang miteinander schwer, schon ihr Dabeisein wirkte mäßigend.

Das Heft, in dem sie da blätterte, schien für den Hausgebrauch bestimmt. Porträts von Direktoren und Bilder verdienter Mitarbeiter, die einem vor Augen führten, daß hier der Mensch noch etwas galt. Der Neuling sollte sehen, er war in eine Gemeinschaft aufgenommen, die fair und überschaubar war. Es gab ein Organisationsschema, Lagepläne des Werks in Van Nuys und ein Verzeichnis der Sozialeinrichtungen. »Das Management ist sich bewußt«, hieß es, »daß es ebensowenig ohne die Arbeiter wie diese ohne die Leitung zu Rande kommen kann. Beide gehören zum gleichen Geschäft, und dessen Erfolg ist für alle lebenswichtig. Dies verlangt, daß Sie und wir zusammengehen mit dem Ziel, Güte und Kosten unserer Produkte immer anziehender zu machen. Wir glauben, die Grundinteressen von Unternehmern und Arbeitnehmern sind gleich. Jedoch haben zuzeiten beide verschiedene Ansichten über Details ihrer Beziehungen. Die Leitung sieht keinen Grund, weshalb solche Differenzen nicht ruhig und sachlich ausgeglichen werden können . . .«

Winstons schnörkelloser Stil, nicht der seiner Personalabteilung. Gott, war das seine Antwort auf die Gewerkschaftsproteste kürzlich in Washington? Gab es zu all den Sorgen da noch ein Problem? Das glaubte sie eigentlich nicht. Die Gewerkschaft saß doch im Aufsichtsrat mit dem Aktienpaket, das sie erworben hatte. Sie trug dessen Beschlüsse mit, war laut Winston da *fest eingebunden.* Auch litt sie unter Mitgliederschwund, wie sie ihn hatte sagen hören. Nur noch 15 Prozent der Belegschaft in Van Nuys gehörten ihr an; 40 Prozent waren es einmal gewesen. Die hohen Löhne und Furcht vor dem Verlust des Jobs wirkten wohl zusammen mit Winstons Abneigung, Gewerkschafter zu empfangen, die er für korrupt hielt . . . »Falls jemand eine echte Beschwerde hat, bin ich stets bereit, ihn persönlich anzuhören«, hatte er ihr dazu erklärt. »Aber man mute mir nicht zu, daß Agitatoren in den Laden hineinreden, die keiner ernsthaften Arbeit nachgehen und auf Kosten ihrer falsch informierten Mitglieder leben. Erkennt man sie an und spricht mit ihnen, Titi, wird man solche Erpresser nie mehr los.«

Wahrhaftig ein Manneswort. Das hatte ihr imponiert, obgleich sie die Kehrseite kannte, die Sicht von unten. Winstons starker Wille, sein Sachverstand und Sinn für Fairplay waren bewundernswert. Sie billigte seine Autorität, unter ihm war das Werk aufgeblüht, da hielt er die Fäden straff in der Hand. Aber durfte er auch privat so sein, im Umgang mit der Familie? Ihr gegenüber war er ziemlich rücksichtsvoll, vergriff sich nur selten im Ton. Doch wie er vorgestern seine Tochter behandelt hatte, das war bestürzend gewesen, sie hatte es nicht mitansehen können und sich zurückgezogen, bevor es zum Schlimmsten kam.

Valentine legte das Heft hin und versenkte sich in das Geheimnis ihrer Ehe. Kein Zweifel, Winston brauchte sie genauso wie sie ihn, trotz des Abstands von 40 Jahren waren sie ein Paar. Diesen Mann hatte der Lebenskampf geprägt, ihn unerbittlich gemacht – wenn er annahm, es müsse sein –, jeder Härte fähig. Als sie einander kennenlernten, ließ sich das nicht ahnen. Erst der Druck, unter den er in jüngster Zeit geriet, legte in ihm den Stahlkern bloß; das Unzerstörbare, an dem andere dann zerbrachen.

Sie waren sich im J. Paul Getty Museum begegnet, vor zwei Jahren. Nach einem Empfang hatte Valentine Gruppen älterer Herren umherführen dürfen. Eine Auszeichnung für sie, handelte es sich doch um Persönlichkeiten aus dem elitären Kreis des *Business Roundtable,* der nur ein paar hundert Mitglieder hatte, nämlich die Präsidenten der bedeutendsten Firmen des Landes. Die Wahl war wegen ihres Äußeren auf sie gefallen, schlank, vollbusig, langhaarig (rotbraun, ihre natürliche Haarfarbe). Sie sah sich wieder vor den sechs Quadratmetern Aufruhr, Faszination und Peinlichkeit stehen, dem riesigen Picasso-Gemälde *Les Demoiselles d' Avignon,* Leihgabe des New Yorker Museum of Modern Art. Es war weiß Gott nicht leicht, als Kunststudentin das barbarische Werk diesem Publikum zu erläutern, wenn man wußte, daß der Titel auf ein gewisses Haus der Calle de Avignon wies in Picassos Heimatstadt Barcelona. »Mit Rückgriffen in andere Kultursphären und Zitaten von El Greco bis Degas«, hatte sie in der Kunstsprache ihrer Zunft gesagt, »malte er nach Hunderten von Vorstudien diese fünf schockierenden Frauen, Huren allesamt, so überwältigend wie beklemmend. Ihre primitiven Gesichter gleichen Masken, für mein Empfinden stellen sie die menschliche Gesellschaft in Frage.«

Und so weiter. Die Herren nickten stumm und begriffen nichts, bis auf ein paar Kenner, die es vielleicht unter ihnen gab. Als Valentine den Marmorpalast verließ, trat einer davon auf sie zu und bot ihr an, sie heimzufahren. »Gern«, sagte sie, »wenn's für Sie kein Umweg ist?«

»Ich wohne in der Nähe, hab aber in Downtown zu tun. Falls es Ihnen nichts ausmacht, in ein altes Auto zu steigen.«

Offenbar kannte er ihre Adresse. Sein Wagen war ein Cadillac, schwarz, majestätisch, es fehlte nur noch die Krone an der Tür. »Alt, aber kostbar«, sagte sie keck. »Bei einer Bildbetrachtung würde es heißen: Vor dem Hintergrund des Museums, einer Nachbildung der pompejanischen Villa, die man 1750 bei Neapel ausgrub, setzt der Luxusliner einer pompös-dramatischen Akzent.«

Amüsiert öffnete er ihr den Schlag, ließ das Verdeck zurückgleiten und fuhr ganz sanft an. So ohne Dach war es kein Bestattungsfahrzeug mehr, sondern ein *Fleetwood Eldorado Convertible*, Baujahr 1974. Band ihn eine romantische Erinnerung daran? Sonst hätte er das Auto wohl kaum so lange benutzt. »Ihr Vortrag hat mir gefallen«, hörte sie ihn neben sich sagen, während der Wind ihr ins Haar griff. »Sie haben sogar den vertrackten Picasso sehr schön erklärt, ohne ein Blatt vor den Mund zu nehmen.«

»Weshalb sollte ich? Kunst und Wahrheit sind untrennbar.«

»Ich schätze es, wenn man die Dinge beim Namen nennt.«

Das klang, als verstehe er etwas davon. Doch sie hörte eine Anspielung heraus, fühlte sich von seinem Blick gestreift und glaubte zu wissen, was nun käme. Die Gedanken der Männer, gleich welchen Alters und welcher Stellung, schienen stets in eine Richtung zu gehen. Mehr als von dem Bild, das spürte sie, war von ihr selber die Rede. »Mir ist das Werk fatal«, sagte sie. »Angsteinflößend, destruktiv, irgendwie auch unvollendet.«

»Es wirkt unheimlich. Eine Ikone der modernen Malerei.«

»Sein Freundeskreis war entsetzt, damals 1907. Matisse schwor, sich für diese Verhöhnung der Kunst zu rächen, und Derain hat gesagt, eines Tages werde man Picasso erhängt hinter diesem Bild finden.«

»Na, der dachte nicht daran.«

»Nein, er malte sich die Zerstörungswut von der Seele, das hielt er für subversiv. Von ihm ist das Wort überliefert: Man muß keinen Mann mit einem Gewehr malen, ein Apfel kann genauso revolutionär sein.«

»Erst recht natürlich ein Bordell.«

Ihr Argwohn wuchs. Sie merkte, sein Verhältnis zur Kunst war intuitiv, kaum durchdacht. Er hatte zwar Gespür, konnte jedoch kein Urteil formulieren. Viel klarer war ihm der finanzielle Rahmen. Sie erfuhr von ihm, daß 1976, bald nach Gettys Tod, aus dem Verkauf seiner Öl-Aktien eine 2,2-Milliarden-Stiftung entstanden war. Davon erhielt das Museum jährlich 92 Millionen für Ankäufe, Anbauten und die Verwaltung; das Zehnfache dessen, was der Staat Kalifornien zur Kunstförderung ausgab.

»Zu weich in den Kurven«, sagte er, als die Reifen schrill wurden. »Sie mögen mein Auto nicht, wie?«

»Doch, durchaus. Es ist bequem wie eine Sänfte.«

»Was wär denn wirklich Ihr Geschmack?«

»Zum Beispiel ein Jaguar oder ein Ferrari.«

»Mit so einem Bolzen von vierhundert PS würden Sie sich auf die Straße trauen? Der kann doch den Eiffelturm verbiegen. Das nenne ich Verherrlichung von Gewalt.«

Sie ging darauf nicht ein. Am Pico Boulevard bog er in die südliche Hope Street und fragte eine Spur zu beiläufig: »Würde fernöstliche Kunst Sie reizen? Demnächst hab ich geschäftlich in Tokio zu tun.«

»Leider . . . Durch mein Prüfungsthema bin ich festgelegt auf Kubismus und den französischen Jugendstil.« Das war's also gewesen. Sie dankte ihm fürs Mitnehmen und stieg aus.

Drei Tage später stand ein Ferrari Testarossa knallrot vor ihrer Tür. Der Mann, der ihn dort parkte, übergab ihr die Schlüssel und Papiere. In dem Kuvert war auch das Flugticket nach Tokio nebst der handschriftlichen Bitte Winstons, ihm Gesellschaft zu leisten. Das Auto habe damit nichts zu tun, es gehöre ihr, unabhängig davon, ob es ihr möglich sei, ihn zu begleiten. Wenn nicht, möge sie ihn als Verehrer ihrer Schönheit und Intelligenz in Erinnerung behalten. Überrumpelt und unfähig zu reagieren, nahm sie den Abgang des Boten gar nicht wahr.

Was nun? Ihr Gesicht brannte wie nach Ohrfeigen, sie war empört und schockiert. Dann aber überkam sie Verlangen, die heftige Sucht, ihr Leben zu ändern, so sehr sie sich auch dagegen wehrte. Ein Impuls, so stark wie ihr Zorn über die schamlose Demütigung. Das Verlangen schnürte ihr die Kehle zu, bis ihr aufging, daß es unwiderstehlich war. Ihr zermürbender Kampf gegen die Armut war niemals frei von Kompromissen und Rückzügen gewesen, nun schien er zu Ende. In ihr war der unglaubliche Wunsch, sich dem Willen dieses mächtigen Mannes zu fügen. Sie hatte den Kampf verloren. Oder gewonnen, wie Rita fand, mit der sie die Wohnung teilte.

Zu Winstons Gunsten ließ sich sagen: Derart überhäuft, wie er war, blieb ihm für ein normales Vorgehen keine Zeit. Statt Blumen und des üblichen Brimboriums der italienische Sportwagen, schon gut.

Und die eigene Entschuldigung? Valentine wußte, sie war doppelt verführbar, durch schöne Dinge und ihr Erschauern vor der Macht. Überschallflugzeuge wie die F-16 von General Dynamics wirkten auf sie wie Skulpturen, als Glanzpunkt der Formgestaltung. Der Ferrari beflügelte ihre Phantasie, ein Stück moderner Kunst, zu schade, es profan zu nutzen; ein so edles Geschenk schlug man nicht aus. Und der Mann, der ihr dies darbrachte, hatte gewiß Anspruch auf ein paar Umarmungen. Dann aber würde sie das Kultobjekt verkaufen und sich von dem Erlös, 95 000 Dollar, den größten Wunsch erfüllen: Abschluß ihres Studiums am *Art Center College of Design,* auf Jahre sorgenfrei. Die Freundin bestärkte sie in dem Entschluß.

Tags darauf rief Winston an. »A propos Tokio, können Sie es einrichten, mich zu begleiten?«

»Als was, Sir?«

»Wenn Sie nicht erschrecken, als meine Frau.«

»Ich fürchte, dazu fehlt mir einiges.«

»Was fehlt Ihnen denn, der Mut?«

»Ja, unter anderem. Und auch etwas anzuziehen.«

»Das ist kein Hindernis, Valentine. Ich bedanke mich für Ihre Zusage. Meine Sekretärin kommt, um Ihnen behilflich zu sein.«

In der Hope Street erschien eine Dame um die Fünfzig, Elizabeth Chalmers, in der Firma Tin-Lizzy genannt, nach dem uralten Ford-Modell, wie sich später herausstellte. Sie musterte Valentine, warf einen Blick in ihren Kleiderschrank und sagte gebieterisch:

»Tun Sie mir einen Gefallen, Kind, erklären Sie mir nichts, wir verlieren nur Zeit. Darf ich Ihr Telefon benutzen?«

Sie rief die Filiale von Bloomingdale an und orderte mit blecherner Präzision Damengarderobe zum Anprobieren, lieferbar sofort, nebst passendem Modeschmuck. »Haar kastanienbraun, Augen samtbraun«, fügte sie hinzu, legte auf und befahl: »Holen Sie mal Ihre Schuhe vor, damit wir sehen, was noch fehlt.«

Widerwärtig, diese Szene, man kam sich vor wie ein Gegenstand. »Kopf hoch«, hatte Tin-Lizzy gemahnt, »bleiben Sie positiv! Es leuchtet doch ein, der Präsident muß Ihnen die Hand noch anders öffnen, wenn er Wert auf Ihre Gesellschaft legt, Kind. Also seien Sie kooperativ.«

Die Hand noch anders öffnen. Den Satz hatte sie nie verschmerzt und dafür gesorgt, daß ihr die Frau nicht mehr begegnete. Sie wurde bei gleichem Gehalt Howards Chefsekretärin in Van Nuys. Denn in Japan war alles anders gekommen, Winston wollte kein Abenteuer, er nahm Valentine zur Frau. Und er ging viel taktvoller vor, als sie es ihm zugetraut hatte. Hemmschwellen senkte er durch gutes Benehmen, ihre Angst vor dem Betreten der Präsidentensuite verflog, hatte er ihr doch eine eigene gebucht. All dies nicht im Niko Hotel, sondern im 42. Stock des *Sheraton*, mit Blick auf das Gebiß der Stadt, das den Smog durchstieß mit seinen ungleich langen Zähnen.

Tokio war brutal gewesen, ein Alptraum, ein Chaos, kein Mensch lief oder fuhr zielstrebig wie daheim, man huschte durcheinander wie in einem Mickymausfilm. Das *Sheraton* ein Fels in der Brandung, an den Wänden idyllische Bilder von blühenden Kirschbäumen und reispflanzenden Bauern. Und im Bett Winston Lasky zart und tolerant, wohltuend verhalten, von schier japanischer Höflichkeit. Wirklich, er nahm sich Zeit, bis sie soweit war und seinen Zugriff ertrug, ja genoß. Danach ließ er eine Alka-Seltzer im Glas zerfallen, hielt das sprudelnde Wasser ans Licht und trank es zufrieden auf einen Zug – ein Sieger, der sich wie ein Gentleman aufgeführt hat, mühsam wohl, doch immerhin. Väterlich, als müsse das so sein, brachte er sie in ihre Suite zurück. Der perfekte Souverän. Unter seinem Zepter regte sich kein Widerspruch.

Nie vergaß Valentine, was nun mit ihr geschah. Sie war ziemlich willenlos gewesen, ihm ergeben, fast im Taumel des Gehorsams: der Tycoon hatte sie erwählt. Nur, sie liebte ihn nicht, zahlte bloß Schulden ab und horchte in sich hinein, auf den Rückschlag lauernd, Ekel womöglich, die Stimme des Gewissens. Die blieb stumm, wie ging das zu? Der Wunsch, sich zu säubern, schien doch das Mindeste zu sein. Aber nichts zog sie unter die Dusche. Vielmehr trat sie nackt vor den Spiegel, im Licht des japanischen Papiers, und fand sich anziehender denn je. Der Titan begehrte sie, wie schmeichelhaft, sie sah sich mit seinen Augen, und kein Zweifel, das Erlebnis hatte sie verschönt. Sie nahm den Kimono des Hotels, schlang ihn um und dachte, so fühlt man sich als Geisha, schlimmer ist es nicht?

Ihr Bett war aufgeklappt, unberührt, freundlich kühl. Erst beim Hineingleiten entdeckte sie auf dem Nachttisch, verpackt wie ein kleines Souvenir, den Ehering. Winston hatte sie also hergebracht, um wortlos dies zu hinterlassen – nun überzeugt von seiner Wahl. Es war demnach für immer! Fassungslos las sie die Inschrift und spielte mit dem Ring, der ihr Märchenhaftes versprach. Dienstbare Geister würden erscheinen wie dem Magier in Tausendundeiner Nacht! Der süße Lohn ihrer Neigung, sich zu beugen, und der Bereitschaft, positiv zu sein, nach Tin-Lizzys strengem Wort.

Am nächsten Morgen fragte sie: »Was muß ich eigentlich noch lernen, um an deiner Seite zu bestehen?«

Winston winkte ab. »Benimm dich nur wie Ava Gardener in der ›Doppelten Gräfin‹, dann liegen dir alle zu Füßen.«

Sie besann sich nicht auf den alten Film. »Bitte gib mir ein anderes Beispiel.«

Ihr Mann überlegte; erstmals ging ihm auf, daß mehr als eine Generation sie trennte, was mitunter lästig war. »Nun, dann wie Lady Chatterly«, sagte er über seinem Rührei, »aber ohne den Liebhaber.«

Kein Rückschlag, kein Gewissensbiß damals. Der einzige Wechsel betraf ihre Haarfarbe; das war die ganze Reaktion. Noch in Tokio wurde Valentine hellblond, aus einem ihr unbekannten Grund. Hatte Winston das angeregt, reizte ihn der Kontrast zum Braun ihrer Augen? Seltsam, sie wußte es nicht mehr. Nachträglich kam es ihr so vor, als sei sie in Japan aus einer Larve geschlüpft, als habe sie dort die Schlangenhaut der Armut abgestreift, für immer.

Soviel stand für sie fest, Winston war ein außergewöhnlicher Mensch; nie war ihr ein stärkerer begegnet. Ohne jedes Zögern, das in solchen Fällen üblich war, betrieb er die Auflösung seiner Ehe. Er ließ wissen, sie bestehe nur noch auf dem Papier. Von Valentine fast unbemerkt, schimmerte dabei schon jene Härte durch, die sie neuerdings an ihm wahrnahm. Er brachte Lester Scanlan ins Spiel, den Mann für alle Fälle. Als großer Stratege vor Gericht quetschte Scanlan die Anwälte der Gegenpartei an die Wand. Und für ihr Empfinden ging er dabei ein Stück zu weit.

Fernab jeder juristischen Beweisführung beutete Scanlan Pamela Laskys Nervenleiden aus. Die Epilepsie war eines der Asse, die er gern aus dem Ärmel zog. Er stellte sie als schwere Belastung für einen Mann in Winstons Position hin. Hatte er bis dahin in seiner lukrativen Praxis Skandale und Sensationen bevorzugt, so verstand er es diesmal, im Dienste seines Klienten das Echo zu dämpfen. Dennoch drang viel von seinen Tiraden in die Spalten der Klatschpresse – Valentine las es und war entsetzt. In seinem Wortschwall gingen Winstons Eheverfehlungen unter, mit dem Ergebnis einer Scheidung, die Pamela nur zwei Prozent der Firmenwerte beließ, nach 29 Ehejahren. In Valentines Augen zwar trotzdem ein Riesenvermögen. Erstmals aber fühlte sie sich abgestoßen. Weshalb ließ Winston das zu? Er hatte ihr erklärt, das sei nötig, wolle er weiterhin in Van Nuys das Sagen haben.

Das Kommando in der Firma, darum ging es ja immer, dies stand an erster Stelle. Damals hatte sie ihm zugestimmt, denn er tat all das auch für sie. Doch nun, zwei Jahre später, passierte es erneut. Es war an ihr, Winston zu bremsen und Jill vor seinem Zorn zu schützen; zu verhindern, daß er Jill ausschloß, sie aus dem *Vatikan* verbannte, wenn sie nun in Behandlung ging.

Valentine trat ans Fenster. Ihr war klar, sie maß dieser Sache eine sentimentale Wichtigkeit bei, um ihrer Selbstachtung willen. Moralischer Eifer aber schadete leicht, sie mußte kühl sein, sich beruhigen. Während sie hinabspähte in die Straßenschlucht, um sich abzulenken, fing sie mit einem Ohr auf, was die Brüder besprachen. Deren Stimmen wurden lauter. »Warum zeigt er uns die kalte Schulter?« fragte Jerome. »Seit er in Washington sitzt, sind wir für ihn Luft.«

»Für die Verteidigung tut er mehr als seine Vorgänger. Du kennst doch die Zahlen, glatt ein Fünftel geht hierher, dreiundzwanzig Milliarden dieses Jahr. Er hat den B-1-Bomber durchgesetzt und zwölftausend Cruise Missiles im Plan, mehr kann er nicht tun.«

»Den Bomber baut Northrop, was hast du davon? Ich meine nicht, was nach Kalifornien geht, sondern an dich! Bevor er ins Amt kam, hat Hughes Aircraft zwei Milliarden umgesetzt wie du, heute sind es fünf. Die Wachstumsziffer der Branche liegt bei acht Prozent, und in deinem Laden?«

»Knapp bei vier...«

»Was also ist los, Howard, was wird da gespielt?«

»Wir müssen halt wachsen. Die Großen machen den Schnitt.«

»Hughes zählt nicht ganz dazu, Northrop erst recht nicht – ein Außenseiter all die Jahre. Nur ihre T-38 flog für die Luftwaffe, sonst nichts, kaum ein Staatsauftrag, den ›Tigershark‹ haben sie selber entwickelt. Und plötzlich sind sie da, setzen zweieinhalb Milliarden um, kriegen den Export des ›Tigershark‹ in vierzig Länder durch, sogar in Spannungsgebiete. Sag nicht, da hätte keiner dran gedreht.«

»Wir wissen ja, wer. Es sind der alte Tuttle und Kermit Roosevelt.«

»Schlagt doch deren Partner in Washington, setzt Scanlans Crew auf sie an. Die Wähler legen bei Staatsbeamten keinen gesteigerten Wert auf Fleiß oder Können, verlangen aber ein intaktes Privatleben, zumindest ein glaubwürdiges Bild von Sauberkeit.«

»Hinter ihnen steht der Präsident, das macht sie immun.«

»Und wo ist euer Zugang zum Weißen Haus? All die Burschen sind einmal bei uns in Malibu ein und aus gegangen!«

»Nimm die Menschen so, wie sie sind, es gibt keine anderen.«

»Zu Nixons Zeiten hat der Draht funktioniert.«

»Jero, daran liegt es nicht. Wir sind für manches einfach zu klein. Es gibt in bestimmten Geschäftsfeldern kritische Massen. Die muß man erreichen, will man wettbewerbsfähig sein.«

Männer bei der Arbeit! Valentine hörte kaum hin. Es genügte ihr, daß der Wortwechsel ohne persönliche Schärfe blieb. Sie begriff übrigens durchaus, worum es da ging. Winston hatte ihr beigebracht, daß man im Lande drei Firmentypen unterschied: die *Großen* mit mehr als drei Milliarden Umsatz, die *Kleinen* mit 20 bis 800 Millionen, darunter das Handwerk und die *Mittleren* dazwischen. Im Oberstock der *Mittleren* schwebten die *Entwickler*, Aufsteiger wie die MAC, aus dem Mittelfeld nach oben, falls es gelang. Darum drehte sich jetzt alles. »Es nützt einem nichts, Teile für Raketen und Cruise Missiles zu bauen«, hatte ihr Winston erklärt. »Man muß für ein Gesamtprojekt, an dem mehrere arbeiten, der Systemführer sein – derjenige, bei dem die Fäden zusammenlaufen, Titi. Wer diese Führerschaft nicht ergattert, der wird auf eine Handlangerrolle zurückgestutzt.« Das Ergattern hieß bei ihm *Geschäftsfeldstrategie*, fast militärisch. Ach, die Angriffslust der Männer!

Beim Blick in die Figueroa Street fiel ihr der letzte Besuch bei Rita ein, mit der sie manches Jahr die Telefonrechnungen und die Badewanne geteilt hatte. Die Freundin, ein Starlet ohne Namen und Engagement, schlug sich als Fotomodell durch. Es ging ihr gar nicht schlecht, doch das Band zwischen ihnen war dünn geworden. Valentine warf sich dies vor, sie war von Natur ideal gesinnt und legte an ihr eigenes Verhalten strenge Maßstäbe an. Doch ob man will oder nicht, dachte sie, die Umwelt verändert einen. Rita in der Hope Street aufzusuchen hieß, mit verstellter Stimme in den Wald zu rufen. Es schallte dann ein Echo zurück, aus dem man nicht recht schlau wurde.

Danach hatte sie das Auto stehenlassen. Um die alten Zeiten der Bescheidenheit und des Ungebundenseins zu beschwören, war sie im sinkenden Abend allein durch Downtown gestreift, bis zum Pershing Square. Der Weg zur inneren Vision führte meist über die äußere. Aus den Banken, deren Schalter schlossen, drängten junge Angestellte. In ihren akkuraten Anzügen wirkten sie fremd im Gewühl, wie beflissene, noch stellvertretende Zirkusdirektoren. Eine virile, fußgängerfeindliche Atmosphäre, nichts stand still außer der Luft über den Abgasen. Sie fand das Zentrum schrecklich verkommen. Wie hatte sie darin so lange ausgehalten, das war ja ein Slum geworden! Im Schatten der Glastürme wohnte doch keiner, der halbwegs bei Kasse und bei Verstand war.

Das Lokal von McDonald's an der Ecke 9th Street und Olive Street bot ihr Zuflucht, ein Ort der Erinnerung. Man konnte es von beiden Straßen her betreten. Wie oft hatte sie sich dort für vier bis fünf Dollar an Salaten und warmem Apfelkuchen gestärkt. Der Chef-Salat war die Antwort der Imbißkette auf Vorwürfe gegen den Vitaminmangel ihrer Kost, er bestand aus Gemüsen, Ei- und Wurststreifen sowie getrockneten Schinkenwürfeln. Während sie den Beutel mit der Sauce aus Käsecreme aufriß und sich vorstellte, daß es auf der Welt bereits 9000 solcher Lokale gab, alle 17 Stunden eröffnete man angeblich ein neues, trat ein Neger demütig an ihren Tisch, in hündischer Haltung. Kaum aber griff sie zur Handtasche, da wurde der Bettler verjagt, von einem gleichfalls schwarzen Polizisten; der knallte seinen Gummiknüppel drohend auf den Nebentisch.

Gräßlich. Gewiß hatte sich so etwas auch früher abgespielt, ohne sie derart anzuwidern, sich ihr überhaupt einzuprägen. In den Palisade Highlands vergaß man das, hier schlug es auf den Magen. Schärfte Reichtum den Blick? Plötzlich bemerkte sie die abgewrackten Gestalten auf den Holzbänken, die Alkoholiker und Drogenkranken, auch das jämmerliche Personal hinter der Theke – farbige Jugendliche, wohl Analphabeten. Vielleicht bekamen sie nicht mal den gesetzlichen Mindestlohn von dreieinhalb Dollar ... Valentine verging der Appetit. Gegenüber saß eine verhärmte Frau, ihr Gesicht wirkte durchsichtig, eine zerknitterte Leinwand. Es war, als könne man durch die zuckende Haut flakkernde Signale wahrnehmen, die das Gehirn an die Innenseite des Schädels warf. Hastig stand sie auf, kippte das Essen weg und verließ das Lokal; ihre Reise in die Vergangenheit war mißglückt.

Es kam aber noch ärger. Einmal heraus aus dem Schutz der Polizisten, die den Ort bewachten, wurde sie von Bettlern so zäh verfolgt, wie es früher nie geschehen war. Sah man ihr Winstons Millionen an? Sie trug keinen Schmuck bis auf die goldene Halskette, etwa tausend Dollar wert. Was tun? Wenn sie anfing, Geld zu verteilen, würde sie gleich umringt sein, echt in Gefahr. Also ging sie schneller, stellte sich taub oder sagte, sie habe nichts bei sich. Die Kette war leider nicht zu übersehen; zu spät, sie abzunehmen.

In der 9th Street lösten sich Schatten aus den Winkeln. Man lief ihr nach – lautlos, auf Turnschuhen –, wollte *nur einen Dollar*. Ein Neger, den sie abwies, rief höhnisch hinter ihr her: »Danke, Madam, für Ihre barmherzige Gabe!« Das tat weh, da wurde in ihr ein Nerv berührt. Wie konnte sie mitfühlend und zugleich so hartherzig und ängstlich sein? Und andererseits, wo war der Stolz dieser Menschen hin? Was hatte sie denn besiegt, sie mitten im reichsten Land zu Verlierern gemacht, zu charakterlosen Wesen, bald winselnd, bald aggressiv?

Erst im Glanz der Figueroa Street verlor sich der unheimliche Schweif. Abgehetzt erreichte sie den Parkplatz, in Furcht, man sei ihr vorausgeeilt, lauere ihr am Auto auf, habe dessen Reifen zerstochen, die Scheiben zerstört. Doch der Ferrari war heil. Sie stieg ein und legte die Stirn aufs Lenkrad, unfähig zu starten. Die am eigenen Elend Erstickenden hatten die Chance, sie zu berauben, nicht genutzt. Aber durfte ein sensibler Mensch wie sie sich bedenkenlos in solchen Reichtum hüllen? Und konnte sie sich Gefühle leisten, die eigentlich die Basis des Lebens erschüttern mußten, an dem sie hing, das sie so sehr genoß?

Genoß sie es wirklich? Das fragte sich Valentine, während im Hintergrund die Brüder erörterten, wie die Firma zu stärken sei. Tatsache blieb, Winston hatte gleich nach Tokio aufgehört, Zärtlichkeit zu entwickeln. Die Rücksichtnahme der ersten Nacht hielt er nicht lange durch. Sie war ja nun seine Frau, sein Eigentum, mußte nicht mehr umworben sein. Er bot ihr kein Vorspiel mehr, pflegte sie einfach zu nehmen, jeden zweiten Tag. Sie hatte bald gemerkt, es war ihm völlig schleierhaft, was in einer Frau vorging. Es kümmerte ihn auch nicht, sagte er doch oft: Jeder ist für sich selbst verantwortlich. Der Standpunkt des Unternehmers, richtig im Wirtschaftsleben, für die Partnerschaft tödlich. Das Ergebnis waren Anfälle von Migräne, ihr bis dahin unbekannt, hinter denen sich sich nackte Furcht verbarg. Die klassische Flucht aus Beziehungsängsten, wie der Doktor fand – vor der Vergewaltigung in die Krankheit.

Aussprachen blieben fruchtlos. Statt sein Verhalten zu ändern, es wieder auf Japan-Niveau zu heben, *Sheraton* 42. Stock, schickte Winston sie zum Psychiater. Und Dr. Steed gelang es, ihr zu helfen, wenn auch auf eine Weise, die es verbot, jemandem davon zu erzählen. Selbst ihrer besten Freundin konnte sie das nicht anvertrauen. In endlosen Gesprächen nämlich wurde er bei ihr fündig, grub etwas aus dem Bodensatz der Seele, gestand sie ihm ihren einzigen wahren Defekt, einen Hunger nach Gruselfilmen, für den sie sich schämte. Von klein auf hatten Katastrophen sie gereizt, erregte sie sich vor Ungeheuern; mitten in einem Drakulafilm war ihr die erste Regel gekommen.

Wie blitzte es da in Steeds Augen! Das war der Schlüssel für ihn, darauf hatte er sich gestürzt, seine Therapie daran geknüpft. Jedwede Erotik und Sexualität, predigte er, spiele sich im Kopf ab, nicht etwa im Unterleib, wie alle Welt glaube. Ganz ernsthaft riet er ihr zu dem Versuch, in Winston künftig eine Art Frankenstein oder King Kong zu sehen. Das habe sie, so suggerierte er ihr, unbewußt schon von Anfang an getan. Jetzt aber sei Absicht nötig, aktive Konfliktlösung und Lebensgestaltung, Selbstinszenierung des Horrors, also Wiedererweckung und planmäßiges Zuschalten ihrer pubertären Phantasien, der Bilder des Grauens, wollüstiger Ohnmacht und des Erschauerns vor männlicher Gewalt. »Wenn er über Sie herfällt, Mrs. Lasky«, hatte Steed gesagt, »dann stellen Sie sich vor, man opfere Sie, liefere Sie nackt einem Monster aus. Genießen Sie den Akt als Schändung, das öffnet Ihnen das Tor zur Lust. Denken Sie immer, der Unhold entwürdigt mich, besudelt meinen Mädchenleib!«

Das funktionierte. Es ging so seit einem Jahr. Steed hatte ihr die Aufgabe gestellt, willfährig jedem Wink des Unholds zu gehorchen, sich im Bett zu erniedrigen, ja nach Unterwerfung süchtig zu sein. Er hatte ihre Migräne geheilt, ihr Orgasmen verschafft, den Frieden ihres Heims gerettet, und sie haßte ihn dafür. Ihm zu begegnen, seinem wissenden Blick, das war die tiefste Erniedrigung ... Welch ein obskurer Weg zum Glück!

XV

Jerome sortierte das Papier in dem Aktenkoffer auf seinen Knien, gestärkt von den Details, optimistischer als zuvor. Es lohnte sich, die Unabhängigkeit einmal aufzugeben und sich der MAC zu widmen, für begrenzte Zeit, denn die Firma war wider Erwarten kerngesund. In der undurchsichtigen Art, die man an ihm kannte, hatte Winston vorgestern die Tatsache verwischt, daß er dabei war, sich auszudehnen. Er hatte zwei fremde Werke gekauft, durch unfreundliche Übernahme, heimlichen Erwerb der Aktienmehrheit! Technikbetriebe in Burbank und San Pedro, deren Aufkauf ihm das Monopol beim Fertigen bestimmter Steuermechanismen brachte. Das waren seine Zulieferer gewesen, jetzt gehörten sie ihm. Der Schritt hatte die Rücklagen der MAC strapaziert, nur daher rührte sein Kapitalbedarf. Das Imperium wuchs, erst im

Stadtbüro war ihm, Jerome, das aufgegangen. Er konnte da durchaus Wege weisen. Die Rolle des Unternehmensberaters ging zwar über das hinaus, was Dad von ihm wünschte, gefiel ihm aber sehr. Howard war im MAC-Building geblieben, um ihm weiter zuzuarbeiten, Titi chauffierte. Und er genoß es, wie all das lief, seit ihn die Aura des Helfers umgab.

Erster Gehilfe des Präsidenten. Jetzt hatte er den vollen Durchblick. Das Verzeichnis der Großaktionäre, ihre Anteile, für strategische Überlegungen hinreichend genau. Schachteln von 23, 19 und 13 Prozent bei den Malcolm-Erben, bei der Bank of America und der Gewerkschaft. Wie dick war Winstons Paket? Die Zahl fehlte auf der Liste, Dad hielt sie geheim, doch bei der Scheidung hatte er's offengelegt. Da waren es 18 Prozent gewesen, von denen zwei an Pamela fielen (ein Zubrot von tausend Dollar täglich versüßte ihr die Abfindung). Inzwischen hatte Dad zugekauft, mochte bei 17 Prozent stehen. Zusammen mit den neun Prozent der drei Kinder, die ihm sicher waren, eine Bastion von 26 Prozent – das erhielt ihm die Macht. Brachte er, Jerome, dazu nun das Stimmrecht Pamelas und der beiden Onkel ein, schwoll dies massiv an zu einer komfortablen Sperrminorität. Genug für den Papst, das Kapital um zehn Prozent aufzustocken, 2,2 Milliarden. Und noch darüberhinaus, wenn er Aktien ohne Stimmrecht ausgab.

Dads Kurs war goldrichtig, davon hatten Howards Auskünfte ihn soeben überzeugt. Die MAC mußte expandieren, wie unter Zwang. Entweder das Unternehmen wuchs, oder es wurde zunehmend überflügelt, konkurrenzunfähig, verlor Aufträge und sein Marktanteil schrumpfte. Aufstieg oder Fall, ein Drittes gab es nicht.

Logisch auch der nächste Schritt. Dehnte man sich aus, war es günstig, fremde Firmen zu erwerben. Denn durch zweistellige Inflationsraten und entsprechend hohe Zinsen war es recht kostspielig geworden, selber neue Produktionsstätten zu schaffen. Zugleich hatte die Inflation das Vermögen der Betriebe, die Immobilien und den Maschinenpark, kräftig aufgewertet; ihre Aktiva stiegen weit schneller als die Aktienkurse. Seit den siebziger Jahren gaben die Kurse unter dem doppelten Ölpreisschock und anderen Einflüssen ein wenig nach. Viele amerikanische Unternehmen waren an der Börse unterbewertet. Das galt übrigens auch für die MAC, deren Aktien dümpelten bei 250 Punkten, da rührte sich wenig. Wollte sie also expandieren, war es nur gescheit, eine bestehende Firma dem eigenen Reich anzugliedern; viel besser, als Geld in das innere Wachstum zu stecken.

Eine Flut von Fusionen und Übernahmen war die Folge dieses simplen Fakts. Die Investmentbanken der Wall Street zogen da kräftig mit. Es war ja ihr Geschäft, diese Entwicklung zu fördern. Aber Jerome hatte dabei in letzter Zeit etwas Merkwürdiges beobachtet: Unternehmen, die stattliche Reserven angehäuft hatten, hingen nicht mehr so wie einst am Rockzipfel der Großbanken. Hundert Jahre lang hatten die das Geld aufgetrieben und enorm daran verdient. Sie hatten zur Finanzierung industrieller Vorhaben Konsortien gebildet, die Aktien emittiert, das Plazierungsrisiko breit gefächert und sich ihre Führerschaft im Konsortium extra vergolden lassen. Doch neuerdings machten kühne Unternehmer das Geschäft am liebsten selbst. Ihre Finanzdirektoren hatten einst schüchtern nach Wall Street geblickt, zitternd vor Respekt, wenn Namen wie Morgan Stanley oder First Boston fielen. Jetzt schienen sie schon bereit zu sein, sich von solchen Giganten zu lösen – offenbar gerüstet, Transaktionen in eigener Regie zu planen und abzuwickeln.

Bis in den Oberstock der Hochfinanz hinein tobte der Kampf, ehrwürdige Bankherren liefen der Kundschaft nach. Was früher keinem Unternehmer einfiel, weil man es einfach nicht tat, galt nun als seriös und akzeptabel. Längst hatte Jerome gemerkt, was hier geschah: Firmen lösten sich aus dem Griff ihrer Banken, die Loyalität schwand, wenn ein starker Mann führte, jemand von Dads Format. Der nahm die Sache selber in die Hand, als echter Tycoon fähig, Herr im Haus zu bleiben, sein Reich abzurunden und die Früchte mit keinem zu teilen. Der Zauber von Geld und Macht! Und Jerome fiel es zu, ihm dabei den Rücken zu decken – geschickt, gut ausgebildet und familientreu, wie er war.

Alles lief wie am Schnürchen; Jerome vermißte nur Tanja. Seit der Tod sie gestreift hatte, dämmerte ihm, daß sie zum Zentrum seines Daseins geworden war. Bis er sie wiederhatte, bot Valentines Nähe etwas Trost. Es freute ihn, wie glatt sie sich am *Stack*, dem Autobahnkreuz beim Civic Center mit der Verkehrsführung auf vier Ebenen, in den Pasadena Freeway fädelte. Unter dem

Sunset Boulevard hinweg fuhr sie durch New Chinatown, in bravem Tempo, sie hatte keinen Radarwarner und beachtete das Limit. Er schloß den Aktenkoffer und fragte sich, was für Menschen wohl in den schauderhaft kleinen Reihenhäusern dort im Schatten des nächsten Freeway-Kleeblatts lebten. War das nicht Titis alte Gegend? Ihr Vater sollte doch – er wußte es von Pamela – so ein Klinkenputzer sein, der Versicherungsabschlüsse oder sonstwas feilbot? Doch es war ihm nicht wichtig genug, danach zu fragen.

Er hatte schon zuviel im Kopf. Sein Leben verwirrte sich in höchst anregender Weise, durchaus zur rechten Zeit. Auf lange Sicht war die Devisenbörse kein Ort der geistigen Erbauung. Nicht mal die Schreiberei bedeutete ihm noch viel, Kommentare zu Aufschwüngen und Pleiten, ewiger Kreislauf der Banalität. In seinem Ausdruck hatte er den Grad zwangloser Eleganz erreicht. Er hatte die Keuschheit der Sprache besiegt, sie bot ihm keinen Widerstand mehr. Die verblüfften Leser nahmen die Brillanz seiner Wendungen für Gedankenreichtum, den journalistischen Schmiß für Sachkenntnis und Tiefe, für die Kunst der Analyse – als gäbe es einen, der fähig gewesen wäre, das Chaos der Weltwirtschaft zu durchschauen. Der Zirkusgaul hört die Musik und trabt von selbst in die Manege.

Nun aber die Herausforderung. Schon der Versuch, den beiden Gaunern in Florida das Stimmrecht abzulisten, war abenteuerlich. Dann der Griff nach dem Schatz der rachlüsternen Mutter, die noch zwischen dem Nordkap und Grönland kreuzte. Doch ihn mochte sie ja, er war immer ihr Liebling gewesen – einfühlsam genug, es zu bleiben. Blut ist dicker als Wasser. Selbst wenn uns der Vater verstößt, die Mutter steht uns bei. Ihr Segen ist mit uns, wohin wir den Fuß auch setzen.

Am Arroyo Seco Park merkte Jerome, neben Jills Problem hielten ihn zwei weitere Dinge in Atem, subtil miteinander verknüpft. Erstens das Rätsel des Fluges KAL 007. Löste er es gemeinsam mit Jill, würde ihre Verstörtheit weichen; der Zusammenhang war klar. Hinzu kam, seit dem Einblick im Stadtbüro, die Frage nach dem mangelhaften Auftragsstand. Woher die Ebbe im Auftragsbuch, weshalb stagnierte der Umsatz? Er sah keine Verbindung, glaubte aber zu fühlen, daß es eine gab. Wieso zog die Konkurrenz an einem vorbei, war in puncto Produktion der eigene Zuwachs so gering? Nur die saftigen Gewinnspannen (und das Fehlen von Werbe- und Vertriebskosten mit dem Staat als sicherem Abnehmer) retteten die Finanzlage, hatten soviel stille Reserven aufgetürmt, daß Expansion möglich war, zwingend geboten ... Howards Konstrukteure traf keine Schuld, ein erstklassiges Team. Der Weg jeder Waffe vom Reißbrett bis zur Serienreife war mit Pannen gepflastert. Woran lag es dann?

Wohl an der Präsenz in Washington. Die MAC schien dort nicht wirksam vertreten; Howard hatte ihm keinen schlüssigen Grund dafür genannt. Blieb die Ursache dunkel, ließ sich kaum Abhilfe schaffen; und wie schnell glitt man ins Minus. Die Aktien konnten ins Trudeln kommen, allein durch ein Gerücht. An den Effektenbörsen geschah viel, da wurde aus geringen Kursschwankungen heute leicht ein Rutsch, wenn vorausrechnende Computer die Entwicklung dramatisierten. Und jeder Einbruch erschwerte es ihm, Winstons Feldzug zu flankieren. Ganz abgesehen von dem Verlust, der seinem eigenen Paket bei einer Wertminderung drohte.

Er warf Valentine einen Blick zu. Sprach Winston mit ihr über dergleichen, war sie halbwegs eingeweiht? Die Privatsphäre war tabu, das hatte sie gestern im Gewächshaus klargestellt, doch ein Geschäftsgeheimnis mußte sie vor ihm nicht hüten. »Du fährst phantastisch«, sagte er in der Aufwärtskurve vor dem Arroyo Parkway.

»Kunststück. Das ist meine tägliche Milchmannstour.«

»Ja, natürlich. Hast du irgendeine Idee, Titi, warum Hughes und selbst Northrop uns derart hinter sich lassen?«

»Sprichst du von Autotypen? Mich stört es nicht, überholt zu werden.«

»Nein, ich meine die anderen. Douglas, Lockheed, Ryan, Curtiss, Hughes und wie sie alle heißen. Das schöne Wetter hat sie vor vierzig Jahren nach L. A. gelockt, wo wir lange vor ihnen saßen, und nun sind sie fröhlich an uns vorbeigerauscht.«

»Danach müßtest du Winston fragen.«

»Sagt er dir nie etwas?«

»Er spricht von nichts anderem, aber ich kann's mir nicht merken.«

»Okay. Selber formvollendet, bist du ganz auf das Gestalten fixiert.«

»Ein paar Millionen mehr, ist euch das wirklich wichtig?«

»Häng zwei Nullen an, das käme den Dingen schon näher.«

Ihre Augen wurden rund. Soviel Unschuld unter dem weizenblonden Schopf! Durch die Ehe hatte sich ihr Lebenskreis enorm erweitert. Statt aber mit den Vorteil auch die Sorgen ihres Mannes zu teilen, fuhr sie zur Schule, auf diese Hochburg der Formgestaltung, und frönte ihren ästhetischen Neigungen ... Umgekehrt bei ihm, er war im Luxus aufgewachsen, hatte immer alles gehabt, was er sich wünschte; meist überstieg das Taschengeld seinen Bedarf. Als dann der Großvater ihm Aktien hinterließ – wie jedem Enkel, um Winston einen Dämpfer zu verpassen –, da machte ihn dies endgültig zum freien Mann. Howard war der Kronprinz, und er, Jerome, folgte seinen vagabundierenden Interessen. Jetzt aber, vom Ernst des Lebens gestreift, zog er ins Feld und brauchte Gefährten.

»Design ist etwas Wunderbares«, versicherte sie ihm. »Hauptsache, du bist glücklich mit dem, was du tust.«

»Bist du glücklich?«

»Selbstverständlich, Jero. Warum fragst du?«

»Auch ihr Designer müßt ein Feeling für den Markt haben.«

»Mehr noch Gefühl für das Schlichte und Schöne.«

»Eure Bibel heißt, ›Häßlichkeit verkauft sich schlecht‹.«

»Das Buch ist dreißig Jahre alt. Noch heute predigt man uns, ein Produkt muß funktionell, sicher und verkäuflich sein; perfekt wie dieses Auto. Das mußt du mir nicht auch noch sagen.«

Er gab es auf. Sie war ahnungslos. Von der Hughes Aircraft wußte sie wohl nicht mehr, als daß deren Gelände gleich neben LAX lag, dem International Airport. Oder daß ein schrulliger Ingenieur sie gegründet hatte, vereint mit Bananenhändlern und Eselstreibern; ein begabter Paranoiker, der für seine Geliebte, den Filmstar Jane Russell, persönlich einen Büstenhalter schuf, wegen Janes extremer Formen. Womöglich war ihr noch bekannt, dieser Mann hatte mal ein achtmotoriges Wasserflugzeug gebaut, das niemals flog, die »Sperrholzgans« mit ihren 120 Yards Spannweite war in Long Beach zu bestaunen. Und vielleicht hatte sie sich dank *Reader's Digest* noch gemerkt, daß Howard Hughes einst halb Las Vegas für 50 Millionen gekauft und seine Luftlinie, die berühmte TWA, für das Elffache dieser Summe abgestoßen hatte, ehe sie in ihren Schulden ertrank und er selber einsam in seiner

Hotelsuite weggedämmert war, die er aus krankhafter Furcht nicht mehr verlassen hatte. Unter solchem Klatsch und biographischem Geröll verschwand ein blanker Fakt wie der, daß die Hughes Aircraft mit High-Tech ihren Umsatz von zwei auf fünf Milliarden hievte, seit Ronald Reagan im Weißen Haus saß, so daß es – gerüchtweise war's zu hören – General Motors bereits lockte, Hughes zu übernehmen, so oder so, einvernehmlich oder unfreundlich ... Und daß ein früherer Branchenzwerg wie Northrop mit dem Export seines kleinen F-5-Jägers, des billigen Vorläufers von *Tigershark,* drei Milliarden eingefahren hatte. 1300 Stück F-5 waren schon verkauft, weitere 1100 standen im Auftragsbuch.

Aber so etwas kümmerte die Stiefmutter ja nicht. Wie es kam, daß die eigene Firma nachhinkte, darüber zerbrach Titi sich nicht den hübschen Kopf.

Sie langten vor der Nervenklinik an. Der Name auf dem Messingschild am Gitter, *Merry-go-round,* war sonderbar. »Glücklich im Kreis herum« hieß das, auch Karussell – unseriös, zu salopp für ein Sanatorium. Es ließ an ein Wiederkehren der Patienten denken und schloß sogar, durch das Bild des Drehens, noch ärgere Assoziationen ein. Jerome war überzeugt, man könne kaum beabsichtigt haben, auf das Fragliche einer Heilung oder die Sinnlosigkeit des Daseins anzuspielen.

Von den San Gabriel Mountains wehte ein Hauch auf ihn zu, der Atem bewässerter Hänge, angefüllt mit dem Duft all der Blüten ringsum und dem Harzgeruch der Koniferen, hinter denen sich die Pavillons und Cottages verbargen. Der Park war ein Paradies, und trotzdem, als er nun an Valentines Seite auf das Haupthaus zuging – es glich einem fernöstlichen Tempel –, ließ ihn etwas zögern. Hier sollte er Wochen mit Jill verbringen? Bei dem Wort *Merry-go-round,* das er ungewollt wiederholte, drängte sich ihm die Vorstellung eines Strudels auf. Er kannte die Strudel vor der Küste von Malibu und hatte als Schwimmer noch stets über den Sog triumphiert. Er scheute keine Gefahr. Was war schon ein Strudel? Schmatzend kreisendes Wasser mit hinabsaugendem Schlauch, halt ein Stück Natur. Man sollte positiv sein und die Schöpfung Gottes nicht dämonisieren.

Professor Swedenborg trat ihnen im hellgetäfelten Chefzimmer entgegen, hochgewachsen, weißhaarig, so verbindlich wie gelassen. Ein wohl erst fünfzigjähriger Herr, dessen Versuch, sich eine jugendliche Figur zu erhalten, nicht eben sehr erfolgreich war. Jerome beschrieb ihm den Zustand seiner Schwester eher zurückhaltend. Mochte es auch Zank in der Familie geben, der Stolz gebot, daß die Laskys den Schein von Eintracht wahrten. Deshalb schob er Jills Schock ganz auf den Verlust, den sie erlitten hatte, und Valentine widersprach ihm nicht. Von ihr wußte er, Swedenborg war gar kein Mediziner, sondern Mathematiker, im übrigen ein Mann wie er selber, der von Geburt an alles besessen hatte und nun nichts mehr für sich wollte. Sein ruhiges Zuhören vermittelte den Eindruck, er sei hauptsächlich für andere da. Die Gründe für sein Umsatteln lagen im dunkeln. Tanja hatte gesagt, das sei seine Art gewesen, dem freien Fall in die Geisteskrankheit zu entkommen.

Aber dies mußte nicht mehr sein als eine ihrer Sottisen. Nach Tanjas skeptischer Vermutung hatte Swedenborg die Klinik um sich selbst herum gebaut, als Festung gegen den Wahnsinn der Welt, wobei ihm ein halbes Dutzend approbierter Nervenärzte zur Seite stand. Aber brauchte er sie denn? In seiner Art, sich die Pfeife zu stopfen, lag die Botschaft: nicht eigentlich. Ihn überforderte so bald kein Fall. Sein Anblick widersprach Jeromes Bild vom Seelenarzt als Scharlatan. Weder glich dieser Mann dem widerlichen Dr. Steed noch jenem Psychiater, der ihm im New Yorker *Plaza* begegnet war – ein fahriger Mensch, abweisende Blicke über dem Zeitungsrand oder Briefe zerreißend und vor sich hin murmelnd. Swedenborg paßte in kein Klischee. Tanja hatte betont, die Marotten der Nervenärzte gingen kaum darauf zurück, daß sie allmählich vom Verhalten ihres Patienten angesteckt würden. Sie seien erblich belastet und studierten das Fach, um Klarheit über sich selbst zu gewinnen. Aber der Professor war Autodidakt, keine Spur einer wunderlichen Neigung haftete ihm an.

»Sie können hier ohne weiteres Ihr Telex oder Telefax einstöpseln, Mr. Lasky. Es wird Ihnen bei uns an nichts fehlen.«

»Danke. Halten Sie es für nützlich, daß ich mit meiner Schwester versuchen will, diesen Luftzwischenfall darzustellen?«

»Ja, vielleicht. Gewöhnlich entwickeln wir nach dem Stand der Dinge gern unsere eigene Therapie. Es soll ein Buch werden?«

»Ein glänzendes! Auch wenn die Recherchen schwierig sind.«

»Recht so. Alle, die ihren Ehrgeiz auf das Mögliche beschränken, sind nie einen Schritt vorangekommen.«

»Ein Buch soll vortrefflich sein oder gar nicht erscheinen.« Jerome merkte, neulich hatte er noch das Gegenteil gesagt: Ehrgeiz sei die letzte Zuflucht des Versagens. Was für ein Wandel ging da bei ihm vor?

»Jede Arbeit baut Dämme gegen die Verzweiflung, auch geistige«, teilte Swedenborg mit. »Soweit ihr Resultat nicht als schmerzhaft empfunden wird.«

»Befürchten Sie das etwa?«

»Offen gesagt, ja; zunächst jedenfalls. Es wäre nicht ganz unbedenklich. Über dem Abgrund der Psychose ein rationales Podest, wie belastbar ist das? Bricht es ein, kann sein Sturz in die Wahnwelt folgenschwer sein. Klingt Ihnen das plausibel?«

»Sie drücken es recht bildhaft aus.«

»Bitte handeln Sie nicht übereilt. In ein, zwei Wochen kann Ihre Idee bereits sehr willkommen sein. Natürlich muß ich die Patientin sehen, ehe solche Zeitangaben sinnvoll sind.«

Enttäuscht fand Jerome, der Professor beginne, ihm den Einfall auszureden. Sein Interesse ließ nach, er erlaubte Valentine, für ihn zu sprechen. Sie schien sich gut mit Swedenborg zu verstehen, nachdem sie an der Formung des Rahmens seiner Arbeit mitgewirkt hatte. Dem reichen Menschenfreund hatte sie das Spielzeug poliert, oder noch mehr? Sollte sie selbst ihm verfallen, seine Gespielin gewesen sein? Ihr Schwärmen klang Jerome fatal im Ohr. Die Nachbarschaft von College und Klinik sprach für seinen Verdacht. Was steckte hinter dem milden Gehabe, ein Wohltäter oder ein Schlitzohr?

Das *Merry-go-round* nämlich, er sah es auf einen Blick, war kein philanthropischer, sondern ein rundum kommerzieller Betrieb! Während man weitersprach, rechnete etwas in ihm die Eckdaten durch. Zweifellos rentierte sich der Laden. Die Investition schätzte er auf zehn Millionen, was bei ein bißchen Eigenkapital eine monatliche Zinslast von 30 000 Dollar ergab. Schlug man 125 000 Dollar Lohnkosten dazu – zehn Akademiker und 50 sonstige Personen –, ferner 15 000 für Lebensmittel, Energie- und Nebenkosten, so waren im Monat 170 000 Dollar fällig. Falls Swedenborg den großen Park gepachtet oder auf Kredit gekauft hatte (zinsgünstig bei diesem Grad an Sicherheit), stieg die Belastung auf 200 000 an. Aber da er pro Tag und Patient um tausend Dollar nahm, war sein Unternehmen schon mit zehn Kranken gut bedient, ab 15 Patienten stand er prächtig da, und bei den zwei Dutzend, die sein Reich derzeit füllten, konnte man ihn bloß beneiden! Zu den üblichen Konditionen wurde das Grundstück nach 50 Jahren Eigentum seiner Firma, ein Imperium en miniature. Der Dienstleistungssektor war im Aufwind, wie an *Disneyworld* zu sehen. Sanatorien . . . Man sollte einmal in diese Wachstumsbranche gehen.

Nun hörte er den beiden kaum noch zu. Sein Blick schweifte zur Fensterfront, die nach Norden lag, zu den Bergen hin. Wo man sie nicht bewässerte, waren sie so trocken, daß im Sommer die Wildkaninchen verdursteten. Und 50 Meilen hinter dem Kamm, inmitten der braungelben Wüste, die Betonbahnen von Edwards Air Force Base. Zwischen Dornbüschen und Dünen hatte die Verteidigungsindustrie der Stadt ihre fliegenden Produkte aufgereiht. Dort stand der Bomber B-1 B, sagenumwoben, dessen Bau unter Jimmy Carters Schwanken schwer gelitten hatte. Jerome wußte nicht genau, wer ihn entwickelte, Rockwell oder Northrop, er las sich ja erst in die Materie ein. Jedenfalls ein weißlackiertes Wunder, elegant wie ein Seerochen, Kostenpunkt 400 Millionen; und stets wurde es am Schluß viel mehr.

Die Grenze zwischen Politik und Kommerz, zwischen Nationalstolz und Profit, wie sie in der flirrenden Sonnenglut Kaliforniens zerfloß! Sie verschwamm wie das Signal der B-1 B auf dem Radarschirm des Gegners, falls die Tarnkappe saß. Der schöne, strenggeheime Schwenkflügler, den kein Feindesauge fand, der Russe blind, wenn *Stealth* in seinen Luftraum drang. Systempreis 20 Milliarden, wer zog die an Land? Nicht die MAC, doch auch mit der konnte es nur aufwärtsgehen. Die Welt blieb ja so waffennärrisch, wie sie es immer gewesen war. Entwicklungskosten durfte man vergessen, die Rechnung zahlte der Staat. Hatte Dad eigentlich ein paar Militärs im Aufsichtsrat? Das gehörte sich doch so. Die Generäle mußten gestreichelt werden, damit ihre Szenarios und Bedrohungsanalysen dem Auftragsbedarf der Industrie entsprachen. Verteidigung als Kick für die Konjunktur: Der Feind war um so gefährlicher, je mehr Arbeitsplätze es zu verteidigen galt.

Konzernwünsche und Militärstrategie, dahinter steckte keine

Verschwörung, das war normales Geschäft. Es ging ganz offen zu. Wenn Reagan gleich in seinen ersten 100 Tagen 15 Milliarden Rüstungsdollar angewiesen hatte, dann war das auch Arbeitsplatzsicherung für Kalifornien gewesen; und ein Bonus für die alten Freunde von L. A. dazu. Blitzneue Waffen stoppten den Verfall der amerikanischen Macht im Ausland, ihr Export wurde zur Scheidemünze der Außenpolitik; ein rundum nützliches Arrangement. – »An die Stelle der Carter-Theologie tritt endlich der Selbsterhaltungsinstinkt«, hatte Dad damals gesagt. »Die Politiker setzen durch, was die Manager wünschen. Sie bestimmen die Rhetorik, wir die Realität.«

Nur, warum gab man ihm so wenig ab von dem Segen? Die Konkurrenz war mörderisch, Firmen schnappten sich Aufträge weg und verschlangen auch einander. Wer überleben wollte, der mußte wachsen und sich rühren, in Washington und anderen Hauptstädten dieser Welt! An manchem Flugzeug oder Waffensystem, das da auf Edwards Air Force Base in der Sonne stand, hing – wie am Papierdrachen der Schwanz – eine Girlande internationaler Bestechungsfälle.

Jerome rief sich zurück. Schändlich, daß ihm dies beides, Jills Schicksal und das der Firma, derart durcheinanderging. Wenn da überhaupt, wie auf dem Hinweg vermutet, ein Zusammenhang bestand, dann der einer Rivalität. Die zwei Ziele, die er hatte, verdrängten einander; der Konnex lag bloß im Kontrast, im Gerangel um seine Aufmerksamkeit, die hier der Schwester gelten mußte. Ansonsten hatte das eine mit dem anderen nichts zu tun.

»Wir beantworten solche Fragen weder mit ja noch mit nein«, hörte er den Professor sagen – wovon sprachen die zwei? »Mich stören weder Besucher noch Dauergäste meiner Patienten. Alles, was deren Befinden hebt, ist willkommen. Gewiß, Mrs. Lasky, auch wir können irren. Wer ist schon fehlerfrei? Keiner von uns lebt in einer erlösten Welt.«

Jerome fragte: »Keine Chance für meinen Vorschlag?«

Swedenborg stand auf, als sei längst alles gesagt und das Gespräch beendet. »Geben Sie mir Zeit, darüber nachzudenken.«

In der Vorhalle des »Tempels der Heilung«, wie Jerome das Haupthaus nannte, stand mit verschränkten Armen lang, schmal und bärtig ein Mensch von Mitte Dreißig in der Haltung einer Trauerweide. Alles an ihm wies abwärts, der Mund, die Schultern, der Kopf. Als sie näher kamen, richtete ihn das ein wenig auf. »Hey, Valentine«, sagte er matt.

Sie blieb stehen und gab ihm mitfühlend die Hand. Hinter einer Brille, die ein dünner feldgrauer Metallrahmen hielt, hatte er große tragische Augen, eine jungenhaft glatte Haut und dunkles, militärisch kurzgeschnittenes Haar. »Seit drei Wochen bin ich wieder hier«, erklärte er auf ihre Frage. »Wie letztes Mal im Pavillon ›Peter Pan‹. Besuch mich doch mal, wenn es dir paßt.«

Sie versprach es, stellte ihn aber Jerome nicht vor.

»Jemand von deinem College?« fragte er draußen.

»Nein, das war Andy Peel, ein Physiker aus Livermore.«

»Vorsicht, Physiker mögen Blondinen.«

»Andy ist ein netter, ganz harmloser Kerl.«

»Ein Gesicht lang wie der Mississippi; das macht sein hängendes Kinn.«

»Ab morgen hast du solche kranken Menschen um dich.«

»Er muß toll bezahlt sein, wenn er sich das hier leistet.«

»Was macht dich bloß so bissig, Jero?«

»Ist meine Frage denn absurd?«

»Nein, nur aggressiv. Seit wir im Stadtbüro waren, bist du wie verwandelt. Nicht mehr so locker wie sonst.«

Hut ab vor ihrem Scharfblick. Wie oft war er schon im Büro gewesen, ohne viel vom Zauber des Geschäfts zu spüren. Heute aber, als Howard ihm Einblick gab, war's geschehen, da hatte Downtown ihn elektrisiert. »Es stimmt, ich hab dort Blut geleckt, Titi. Den Ruf des Dschungels gehört. Das Raubtier, das in uns knurrt, wetzt seine Krallen.«

»In uns? Du übertreibst! In mir knurrt kein Raubtier.«

Auch du bist keine Heilige, dachte Jerome, während sie auf den Ferrari zugingen. Dein Instinkt hat dir nur gesagt, daß es ein schlechtes Geschäft gewesen wäre, diesen Körper allzu freigiebig dem Publikum darzubieten, für vier Dollar im *Penthouse* oder im *Hustler* verstohlen genießbar. Was haben deine Eltern eigentlich dazu gesagt, der Klinkenputzer und sein braves Weib? Und was zu der Ehe mit dem vierzig Jahre älteren Mann? Nun, was die betraf, so ließ sich denken, daß der Respekt vor Winstons Reichtum ihre Einwände gemildert hatte. Die Hochachtung vor den 340 Millionen etwa, die Dads MAC-Paket wert war. Auf dieser Welt, Stiefmutter, greift ein jeder zu den Waffen, über die er verfügt. Wobei eingeräumt sei, daß deine Waffen die ältesten und schärfsten der Menschheit sind.

Auf dem Heimweg nahm Jerome sich zusammen. Er begriff, daß solche Bemerkungen sie auf die Idee bringen mußten, er sei auf jeden eifersüchtig, der ihr nahekam. Frauen witterten das, zumal wenn es halbwegs zutraf. Wieder einmal fragte er sich, was sein Vater ihr bedeutete. Wie gingen die zwei unter vier Augen miteinander um? Entschädigte sie seine Position für den Mangel an Zuwendung und Zärtlichkeit? Alle Welt hofierte sie, bestimmt genoß sie den Abglanz seiner Macht. Zu Weihnachten schenkte er ihr immer 300 Aktien der Goldmine in Südafrika, auch das zählte, konnte aber kein Ersatz für Liebe sein.

Momentaufnahme: Vor einem Vierteljahr, bei Jeromes letztem Besuch im *Vatikan,* war er eines Morgens ins Bad geplatzt – Titi stand trällernd da, nackt vor dem Spiegel, der die ganze Wand einnahm. »Oh, entschuldige«, hatte er gesagt, »tut mir schrecklich leid!« – »Mir nicht«, gab sie zurück und legte sich das Badetuch so langsam um, als gefalle es ihr, von ihm begafft zu werden ... Eine fünf-Sekunden-Episode, die gar nichts bedeuten mußte.

Der Witz fiel ihm ein, den er Jill erzählt hatte vor drei Tagen in San Francisco: Der Papst hat seinen Computer gefragt, ob er mit Titi fusionieren soll, und die Antwort ist, kaufen Sie zuerst zehn Prozent und dann das Management; also küßt er sie auf die Stirn und streichelt ihre zehn Prozent ... Wie gern hätte er, Jerome, dies selbst einmal getan. Daß da bei ihr ein Manko war, lag für ihn auf der Hand. Dads erotische Attacken sich als gekonnt vorzustellen, das strapazierte die Phantasie. Derb dürften sie sein, energisch wie alles, was Winston tat, einfallsreich kaum; sein ganzes Feingefühl steckte im Geschäft. Im Bett war eher Vehemenz als Raffinesse angesagt, er würde rhythmisch über sie kommen, unabwendbar wie Ebbe und Flut. Und das, was er ihr dort bot, würden kaum Fusionen sein, kaum Einvernehmliches, mehr Forderndes, nachdrücklich wie das Brustgetrommel des Gorillas – an unfreundliche Übernahmen mußte man da denken.

»Erzähl mir von früher«, bat sie. »Wie war das in Malibu, bevor es mich dort gab?«

»Du weißt, mir prägen sich bloß schlimme Sachen ein. Ich

möchte nicht boshaft erscheinen.« Der Vatikan in den sechziger und siebziger Jahren, das war im Umgang mit ihr vermintes Gelände.

»Und die Gäste? Von denen kannst du doch reden.«

»Walt war lange Zeit der King«, sagte Jerome. »Es galt als Auszeichnung, mit Disney befreundet zu sein, obwohl er nie sehr unterhaltsam war – aus meiner Sicht. Bis auf die elektrische Spielzeugbahn natürlich bei ihm in Beverly Hills, ein ungeheures Ding. Ich hab ihn schon gemocht, diesen mediterranen Typ mit seinen warmen Augen, dem Menjoubart und der breiten Stirn unter dem schwarzen Haar, das so schön fiel. Hände wie ein Pianist, weißt du, alles an ihm war wohlgeformt. Das Finanzgenie ist sein Bruder Bob gewesen, mit dem Geschäft hatte Walt nichts zu tun. An Jill gefiel ihm übrigens die Stellung der Augen, ihre leichte Axialverschiebung hat ihn immer fasziniert. Aber eigentlich kam er bloß wegen der Tiere zu uns.«

»Welcher Tiere?«

»Wir hatten eine Menge. Walt war vernarrt in einen Hund mit Silberblick, mit dem gab er sich dauernd ab. Er warf Bumerangs über den Rasen, auch Kaminholz, der Hund apportierte. Einmal trat Dad überraschend aus der Tür, da flog ihm ein Buchenscheit an den Kopf. Er ging fast in die Knie, das Blut lief, er war nahe daran, die Hunde auf Walt zu hetzen. Aber er blieb cool und rief, das Taschentuch an der Stirn: Ist das nicht großartig, wie exakt er trifft . . . Na siehst du, ich hab dich gewarnt, es klingt noch heute schadenfroh.«

»Nein, Jero. Das zeigt doch nur seine Willenskraft.«

»Ach, mit Walt war er sanft, bei keinem anderen hätte er sich so beherrscht. Denn wie gesagt, man riß sich um den. Übrigens hat Dad von ihm gelernt, mit der Wurfangel zu zielen, im Airport. Darin ist er Meister gewesen. Sein Wohnzimmer war noch ein Stück länger als das im Vatikan.«

Unter solchem Geplauder langten sie daheim an. Jerome spürte, Titi war ihm dankbar für sein Taktgefühl. Herzlichkeit ohne Annäherungsversuch, eben das wünschte sie sich von ihm. Aber das Beieinander im Auto hatte ihn aufgeputscht, all die Zurückhaltung, sensibel, wie er da war. Im Geheimfach seines Bücherschranks grub er nach der alten Nummer des Herrenmagazins. Unter dem Titel *Venus Delight* die Aktfotos, Valentine mit neunzehn, kastanienbraun, ein Gesicht, das ahnen ließ, es habe ihr teils widerstrebt, sich darzubieten, teils aber doch behagt. Der Reiz lag in diesem Ausdruck, dem Gemisch von Pein und Lust. Als sei da auch ein Kitzel gewesen, der ihr die Schaustellung versüßte.

Dazu nun ihre Stimme hören! Ende Mai hatte er noch am Tag seines Abflugs in ihrem Atelier ein Bandgerät versteckt, sang sie doch gern vor sich hin, wenn sie Schmuck entwarf. Und was ihm damals beim Aufbruch entgangen war – das Band enthielt mehr als ihr Geträller. Nach einer Pause, die er für den Schluß gehalten hatte, ging es weiter, Motorradgeräusch, Schritte, dann hörte er sie sagen: »Howard, du hinkst ja, was ist passiert?« – »Ach, nichts. Bin gerutscht in der Kurve, hab mir die Wade aufgeratscht.«

Ein Stuhl wurde gerückt, offenbar besah sie seine Wunde. »Du bist ja auch verrückt.« – »Stimmt; verrückt nach dir.« – »Bitte sei nicht albern.« – »Valentine, jeder liebt dich.« – »Aber nicht jeder sollte ... Was fährst du denn selbst sonntags Motorrad, am Tag des Herrn?« – »Welches Herrn?« – »Soll das eine Anspielung sein?« – »Allerdings. Meinst du, man sieht nicht, daß du Jero schöne Augen machst?« – »Merk dir mal, für mich existiert nur dein Vater.« – »Ah so? Dann geh ich mal mich verpflastern.« – »Es ist wirklich besser, du gehst.« – »Es ist das Beste ... Oder sagen wir, das Zweitbeste.«

Hier brach das Hörspiel ab.

DAS KARUSSELL

Der Zweck rechtfertigt die Mittel . . .
Denn Fortuna ist ein Weib,
und wenn man sie unterwerfen will,
muß man mit ihr streiten und kämpfen.

Niccolò Machiavelli

XVI

Am dritten Tag ihres Aufenthalts im Sanatorium fand Jill Lasky einen Stoß kopierter Seiten vor, bebilderte Blätter aus den Zeitschriften *Time* und *Newsweek*. Die erschienen sonst immer montags, aber dieser war ein Feiertag, Labor Day, der 5. September 1983. Offenbar hatte Jerome die zwei Titelgeschichten per Telefax hergezaubert, sie ausdrucken lassen und ihr auf den Tisch gelegt – wozu? Um sie an Tanja Corys Tod zu erinnern? Beide Artikel handelten von diesem Zwischenfall, dem schrecklichen Abschuß bei Sachalin.

Jill sah sie durch, unangenehm berührt. Daß sie so wenig für Tanja empfand, war ihr nicht mehr peinlich, seit sie wußte, wie die sie hintergangen hatte. Aber Sandros rätselhaftes Schweigen! In vier bis fünf Tagen hatte er zurück sein wollen, und jetzt begann der fünfte Tag. Anfangs war ihr klar gewesen, warum er nicht anrief; ihm fehlte halt das Geld. In dem Chaos, das der Katastrophe folgte, sollte die Busverbindung drüben versagt haben, und die 30 Meilen Taxifahrt von Kimpo Airport nach Seoul hatten ihn vermutlich ruiniert. (Man würde ihm das Geld auch kaum erstatten, die Institutskasse schätzte erhöhte Spesen nicht.) Seltsam nur, daß er kein R-Gespräch führte und daß es Jerome nicht einmal geglückt war, ihn an den Apparat zu holen.

Der sensationelle Inhalt der Artikel stieß sie ab, auch der Ton. Die ganze Geschichte gab den Rechtskräften Auftrieb – der Text weithin verfaßt in deren Geist. Nur an einer Stelle las Jill sich fest, da verglich man die Affäre mit drei früheren Fällen. Schon vor 15 Jahren nämlich, im Juni 1968, hatte sich das Flugzeug einer amerikanischen Chartergesellschaft namens »Seabord« auf derselben Route verirrt. Mit Zwischenlandung in Japan sollte es an die 200 US-Soldaten nach Vietnam bringen, doch über den Kurilen fingen sowjetische Jäger den Jet ab.

»Plötzlich in der Morgensonne«, schrieb das Nachrichtenmagazin, »tauchte an Backbord eine MiG 17 auf und gab Feuerstöße ab – parallel zur Flugbahn, ungefährlich, aber doch als grimmige, vielleicht schon letzte Warnung. Der *Seabord*-Pilot tat das einzig Mögliche, er wackelte mit den Tragflächen. So ließ er die MiG wissen, daß er ihr folgen werde. Sie führte ihn nach Iturup, einer Basis der roten Luftwaffe auf den Kurilen. Einen Tag lang hielt man die GIs dort fest, verhörte den Piloten, dann waren die Russen überzeugt, er hatte sich verflogen. Seiner DC-8 fehlte ein Wetter- und Navigationsradar. Das war damals schon international vorgeschrieben, damit hätte er die Küstenlinie der Inseln rechtzeitig erkannt und die Verletzung des gegnerischen Luftraums vermieden. Der Vorfall fand wenig Beachtung, es war ja weiter nichts passiert.«

Der zweite Fall hatte sich vor zehn Jahren über dem Sinai abgespielt. Im Februar 1973 schoß eine israelische »Phantom« bei strahlender Sonne ein libysches Passagierflugzeug vom Typ Boeing 727 ab. Dessen Pilot war Franzose, er hatte sich auf dem Weg nach Kairo über der Wüste verirrt und ignorierte die Funkwarnung, weil er die Israelis für Ägypter hielt. Obwohl 108 Menschen starben, blieb die Entrüstung gedämpft. Den bedrängten Israelis wurde im Westen vieles verziehen.

Der dritte Fall lag fünf Jahre zurück, er trug sich am 20. April 1978 gegen Abend zu. Noch bei Tageslicht war eine Boeing 707 der KAL auf dem Weg von Paris nach Anchorage südwärts abgeschweift, tief in sowjetischen Luftraum über der Halbinsel Kola mit all ihren Militärbasen. Es verging eine Dreiviertelstunde, dann erst fing eine Suchoi-15 den Koreaner ab. Im Pentagon habe man damals gescherzt: »Vergeßt den B-1 Bomber, nehmt die gute alte Boeing 707 mit koreanischer Crew.« Denn was die sagenhaft teure B-1 leisten solle an verbesserter Eindringfähigkeit in den roten Luftraum, das sei dem Flugkapitän Kim Chang Kyn mit seinem ältlichen Düsenklipper auch geglückt.

»Für Kims Passagiere allerdings schockierend«, hieß es weiter. »Als die Besatzung auf kein Signal reagierte, nicht mal auf Warnsalven, sondern stur weiterflog, folgte gezieltes Feuer. Ein Geschoß aus der Bordkanone durchschlug den Rumpf und verletzte zwei Fluggäste. Nun ging der Pilot auf 3000 Fuß herunter, dazu zwang ihn der Druckverlust. Er fand einen See, verschneit und zugefroren. Immerhin war es noch hell und das Eis trug sogar, nur, während man da mit fliegerischem Können landete, verbluteten die zwei Angeschossenen, da ihnen niemand fachgerecht half.«

Schuld des Kabinenpersonals, befand das Magazin. Die Crew sei erstklassig gewesen, wie üblich bei der KAL. Wer immer da im Cockpit sitze, er komme aus der Luftwaffe Südkoreas, und zwar aus deren Elite. Es seien schlechthin die Besten des Landes. Gegen den Zivileinsatz ehemaliger Militärpiloten lasse sich vielleicht sagen, sie neigten dazu, mehr als andere zu wagen. Man halte ihr Sicherheitsbewußtsein für unterentwickelt, wie bei Rennfahrern oder Artisten. Aber die riskante Landung auf dem See zeige, dies habe auch schon mal sein Gutes.

Die Story schloß mit einem Hinweis auf die Intervalle: 1968, 1973, 1978 und 1983 – alle fünf Jahre scheine sich ein Luftzwischenfall zu ereignen, in den mehr als hundert Fluggäste verwickelt seien. Sollte sich der Rhythmus fortsetzen, drohe die nächste Katastrophe solchen Kalibers im Jahre 1988 ... Reines Geschwätz. Jill legte die Seiten aus der Hand.

Am selben Vormittag brachte ihr ein Bote Luftfracht aus San Francisco: die kleine Mädchenkiefer, ihr von Sandro telefonisch angekündigt, trotz der 25 Jahre kaum einen Fuß hoch. Jill erinnerte sich, gehört zu haben, das Bonsai sei durch buddhistische Mönche einst über Korea nach Japan gelangt – die Kunst, Zwergbäume im Blumentopf zu züchten. Das Bäumchen stammte wohl aus Seoul. Wie aufmerksam von ihm, und teuer dazu, darin lag ein Widerspruch ... Sie dachte gleich an seinen Rat, unter dem Zierstein im Moos nach einem Schatz zu graben, und stieß dort auf ein Medaillon.

Als der silberne Deckel aufsprang, fand sie innen sein Bild und, vielfach gefaltet, einen Zettel, auf dem stand, er liebe sie. Die Zeit, die er mit ihr verbracht habe, sei die glücklichste seines Lebens. Oft seien ihm Zweifel am Sinn seines Tuns gekommen, wenn junge Leute vor ihm säßen und, falls sie nicht gerade schliefen, ihn sagen hörten, daß er die eiserne Herrschaft einer Klasse, ob in Amerika oder der Sowjetunion, höchst deprimierend finde. Er argwöhne nämlich, die Studiosi gingen fast so gedankenlos aus seinem Vortrag wieder weg, wie sie gekommen seien. Da habe der Schöpfer ihm noch rechtzeitig eine Miss Lasky gesandt, bei ihr wenigstens zünde der Funke. »Aber eines Tages wird sie ihren Doktor machen und in die Ferne ziehen, dann sitze ich da mit meinen Erinnerungen.«

Sie versenkte sich in die Perlschrift, gerührt von der Mühe, die er sich mit ihr gab. Gerade hatte sie das Bäumchen ins Fenster gestellt und gab ihm Wasser, da kam Jerome, um sich zu entschuldigen; er habe eine Weile in der Stadt zu tun. – »Sandro hat endlich geschrieben«, teilte sie ihm mit.

»Wieso? Ich hab doch die Post geholt.«

»Der Brief war unter dem Stein. Ich bin so froh, daß er sich meldet! Heute müßte er zurück sein, laß dir doch bitte den Flugplan geben.« Sie spürte sein Zögern und bemerkte wieder den Blick, der so an ihm störte. »Glaubst du mir nicht? Lies doch, was er mir schreibt.«

Jerome nahm den Zettel. »Kein Datum«, sagte er. »Das kann schon früher geschrieben worden sein, zum Beispiel in Las Vegas, wo er dir das bestellt haben wird.«

Er bückte sich nach der Verpackung, offenbar dabei, ihr die Herkunft des Geschenks zu beweisen, doch sie war schneller. »Laß die Finger davon, das gehört mir.«

»Jill, das kommt aus einer Gärtnerei in Berkeley, wie soll da ein Brief aus Seoul drin sein?«

»Meinst du nicht, daß brüderliche Sorge ihre Grenzen hat? Schließlich weiß ich genau, wo solche Bäumchen her sind.«

»Ich wollte nur ein Mißverständnis aufklären.« Er hatte die Hand schon an der Klinke.

»Und ich hab deine Bevormundung satt.«

Aufgebracht blieb sie zurück. Welch ein Getue! Die ganze Umgebung, so kultiviert sie auch war, ging ihr auf die Nerven. Alle waren sehr besorgt und mühten sich, das zu verbergen, tatsächlich aber wurde man von ihnen wie ein Kind behandelt. Nur der Professor nahm sie ernst, ansonsten lag ein Hauch nostalgischer Komik auf seinem Reich. Die Pavillons waren närrisch benannt, *Robin Hood, Peter Pan* und *Märchen meines Lebens.* Das klang besonders lächerlich, fußte aber, wie Swedenborg ihr erklärt hatte, auf einem Dichter seiner skandinavischen Heimat; es sei der Titel der Memoiren von Hans Christian Andersen, des Verfassers romantischer Märchen wie »Des Kaisers neue Kleider« und »Das häßliche Entlein«. Der Name ihres Hauses gehe auf das Kinderbuch von Lewis Carroll zurück, schon 120 Jahre alt, doch wenn er ihr mißfalle, möge sie einen anderen wählen.

Jill wünschte *Die Prinzessin auf der Erbse,* und ehe sie's sich versah, hatte er den nötigen Befehl erteilt.

Man gab ihr nach, und doch war da ein Geist der Entmündigung, das Klima feiner Manipulation, darauf gerichtet, sie in die behütete Welt der Kindheit zurückzutragen. Swedenborg hatte ihr neben etwas Sport und freundlich getönter Dragées ein wenig Heimatkunde verschrieben. Ja, sie war gebeten worden, über die Geschichte Kaliforniens zu sprechen, vor Ärzten, Helfern und interessierten Patienten. Nun, warum nicht? Es lockte sie schon, die Zuhörer aufzustören und den Schleier von Harmonie zu durchlöchern, der wie Smog über dem Tal von Los Angeles hing.

Auf dem Tisch lagen Werke, von ihr selbst in der Bücherei des Sanatoriums ausgewählt oder durch Jerome aus der Huntington Bibliothek hergeschafft. Sie legte Zettel ein, schrieb Passagen heraus. Der Goldene Staat, bevölkert mit knorrigen Figuren. In dem Jahrzehnt nach 1849 hatten sie rund um Sacramento Gold für 600 Millionen Dollar geschürft, nach dem heutigen Unzenpreis zwölf Milliarden. Die ersten kamen zu Schiff aus dem Osten, in fünf bis acht Monaten um Kap Hoorn. Die nächsten im Planwagen über die Rocky Mountains, daraus war der Wildwest-Mythos geworden, all die Lieder und Filme und das Wandgemälde *Westward ho!* im Capitol. Was für Plagen, und welcher Lohn! Da hatten am Fieberfluß vier Digger in vier Wochen dem Boden Gold für 1 1/2 Millionen entrissen, dabei ein Klumpen von 6 1/2 Pfund. Die Mexikaner, eben noch war es ihr Land gewesen, hatten kein Schürfrecht, ebenso Chinesen und Indianer; die durften helfen, aber nichts behalten.

Jill legte den Schreibstift hin, wozu das notieren? Sie begriff doch, was gespielt wurde: Beschäftigungstherapie. Aber man täuschte sich in ihr. Locker würde sie beginnen, bis das dicke Ende kam. Da erhitzte man sich über die Apartheid in Südafrika und vergaß, was während des Goldrauschs mit der Viertelmillion Indianer hier geschehen war. »Nie zuvor in der Geschichte«, stand in einem Regierungsbericht von 1877, »wurde ein Volk so schnell wegradiert.«

Sie nahm ein neues Blatt, zwei waren schon bekritzelt. Warum nicht das Grausame des Ablaufs am Bild der Eisenbahnkönige zeigen? Jener Männer, die bis 1869 das schufen, was noch fehlte, nämlich die Nabelschnur des pazifischen Westens zur übrigen Nation. Drei einstige Goldgräber und ein verkrachter Lokalpolitiker, Leland Stanford sein Name, zeichneten die ersten 800 Aktien der Central Pacific Railroad. Das Startgeld hatten sie im Lebensmittel- und Eisenwarengroßhandel von Sacramento verdient. Und am Ende des Jahrhunderts je 65 Millionen Dollar Profit gemacht, eine Milliarde nach heutigem Wert. In einer Person Schurken und Lichtgestalten des amerikanischen Traums vom Aufstieg aus eigener Kraft.

Die vier Tycoons kauften Richter, Polizisten, Senatoren, sie hatten die Macht im Staat. Die Politische Abteilung ihrer Central Pacific setzte in den neunziger Jahren den Gouverneur Kaliforniens in seine schmalen Rechte ein. Die Regierung im fernen Washington schenkte ihnen alles Land beiderseits der Gleise, 18 Millionen Hektar. Da sie die Frachtraten bestimmten, konnten sie den Farmern mehr Land abpressen. Und das reichte bis in die Gegenwart! Heute hießen die größten Farmer im Staate Getty Oil, Tenneco und Central oder Southern Pacific Railways. Nur sechs Prozent der Grundeigentümer besaßen drei Viertel des fruchtbaren Bodens.

Unglaublich die Prunksucht, der Lebensstil dieser Schufte. Steil protzten ihre Paläste auf dem Nob Hill von San Francisco, bis das Erdbeben von 1906 sie begrub. Einer von ihnen, Crokker, zog einen 50 Fuß hohen Zaun aus Rotholzkiefer um das Haus seines Nachbarn, des Bestattungsunternehmers Yung. Der hatte nicht verkaufen wollen, nun sah er die Sonne nicht mehr. Leland Stanford (nach Auskunft seines Rechtsanwalts »ein Mann mit dem Ehrgeiz eines Kaisers und der Rachsucht eines Erdnußhändlers«) stiftete zur Erinnerung an seinen früh verstorbenen Sohn die Universität bei Palo Alto, das *Harvard des Westens* mit dem düsteren Turm der Hoover-Institution. Die heiligen Hallen, in denen Jerome und, acht Semester vor ihm, Tanja Cory studiert hatten. Ein Born des Wissens, drauf und dran, Harvard auf den zweiten Platz zu verweisen, es zum *Stanford des Ostens* herabzumindern.

Und so weiter. Es erschien uferlos, nur dies würde sie noch anführen: Stanfords Kumpan Huntington, nach dem Urteil von Zeitzeugen »gemein wie ein Krokodil«, hatte das Wesen der Preisbildung schon beim Goldrausch erfaßt. In seinen Anfängen kaufte der Mann sämtliche Schaufeln Nordkaliforniens auf; später gehörte ihm dort die einzige Eisenbahn. »Was ist das Geheimnis Ihres Geschäftserfolgs?« wurde er einmal gefragt, und seine Antwort war: »Bring Geld auf die Bank – auf die eigene.« Ein Wohltäter auch er. Das Buch, in dem sie das las, kam aus der Bibliothek unten in San Gabriel, die er gestiftet hatte.

Aber all dies war ja kaum neu. Das hatte doch wenig Biß, damit stieß man kein Auditorium vor den Kopf. Nicht in Kalifornien und schon gar nicht an diesem Ort. Denn natürlich sah sie, wo sie war, in einer Heilstätte für Betuchte. Den Zuhörern dürfte ihre Person wichtiger sein als ihr Standpunkt; die würden ihr auch applaudieren, wenn sie Verschrobenes vortrug. Vielleicht war das alles ja verschroben, ein Ventil für den inneren Stau, von Swedenborg auch so gedacht: Entsorgung vom Seelenmüll . . . Schwebte ihr, wenn sie über Crokker, Stanford und Huntington sprach, nicht heimlich der eigene Vater vor?

Vermutlich ja. Unverkennbar die Ähnlichkeit der Charaktere. Noch immer hörte sie ihn sagen: »Als Frau De Luca komm mir nicht mehr her. Falls du je in Schwierigkeiten bist, ruf meine Sekretärin an, wir kümmern uns darum. Und sobald du dich von De Luca trennst, woran ich gar nicht zweifle, bist du hier wieder gern gesehen. Dann heißen wir dich im Vatikan willkommen – und reden auch gar nicht mehr davon.«

Ihre Stimmung schlug um, sie spürte die Freude am Detail schwinden, an dem historischen Bilderbogen, den sie entrollen wollte. Der ganze Vortrag schrumpfte zum Therapieschritt. Als Frustabbau ihr zugedacht von denen, die sie manipulierten, sollte er ihr gestohlen sein! Die Anstrengung sinnlos ohnehin, die Apathie des Publikums, seine politische Abstinenz, war unbesiegbar. Wie hatte Sandro doch gesagt: Wenn der amerikanische Durchschnittswähler über sein Amt als Bürger nur ein Zehntel dessen wüßte, was er über sein Amt als Geldverdiener weiß, sähe die Welt anders aus. Wie der schweigenden Mehrheit geschichtliche Zusammenhänge nahebringen, wo sich sogar die Studentenschaft weitgehend davor verschloß? Der endlose Weg zur staatsbürgerlichen Reife! Die Dinge entglitten einem. Neuerdings rollten sie zu schnell ab, als daß ihr Lauf sich von der (angeblich mündigen) Wählerschaft noch begreifen, geschweige denn ändern ließ. Einem Auto ähnlich, das talwärts rast, nachdem der Fahrer herausgefallen ist.

Jill trat in den Park hinaus. Ein strahlender Septembertag hier oben, zwitschernde Vögel und uralte Baumkronen, das Laub vom Sonnenlicht durchschossen. Sollte sie schwimmen gehen oder Tennis spielen? Blumenrabatten bildeten geometrische Figuren, faßten den gestutzten Rasen ein, Düfte stiegen ihr ermunternd in die Nase. Was zog sie überhaupt nach Berkeley, solange es dort keinen Sandro gab? Die Seminargruppe etwa, mit dem aufsässigen O'Brien und dem korrekten Liu Peng? Baldwin doch kaum – intelligent und kritisch gegenüber dem Rüstungskurs, aber durch seinen Verzicht auf Widerstand nützlich für Westerling. Auch Stolzenberg nicht. Der würde sie allenfalls wieder in Schroeder's Café locken und über herzhaften deutschen Gerichten den Versuch machen, sich mit ihr gegen den spießigen Direktor zu verbünden. Ach, im Grunde hatte sie all das ziemlich satt.

Sie bog um eine Wacholdergruppe und sah unter der Eiche, die den nächsten Pavillon verdeckte, denselben jungen Mann wie gestern sitzen. Er trug Jeans, Joggingschuhe und ein buntkariertes Hemd nach Holzfällerart. Ihr war aufgefallen, daß er mitunter abrupt den Kopf kreisen ließ oder die Arme bewegte, als trainiere er bestimmte Muskeln; das hatte sie veranlaßt, einen Bogen um ihn zu machen. Jetzt aber hielt er still und blickte ihr entgegen, als hoffe er, sie werde sich zu ihm setzen. Eine lange, dünne Figur mit dem verwegenen Vollbart eines Möchtegern-Piraten. Die Frisur gefiel ihr nicht, das schwarze Haar gestutzt wie Howards Bürste; doch man durfte nicht zuviel verlangen.

»Hey«, sagte er, als sie näher kam, »nett von Ihnen, diesmal nicht auszuweichen. Bitte nehmen Sie doch Platz ... Ich bin Andy. Darf ich Sie Prinzessin nennen? Das Schild an Ihrem Cottage bringt mich darauf.«

Es klang, als habe er sich dies zurechtgelegt. Jill setzte sich ans andere Ende der Bank. Sein Frohsinn schien aufgesetzt, er suchte dem Käfig seiner Schüchternheit zu entrinnen und war ihr dankbar für den ersten Schritt. »Das dürfen Sie, wenn ich Caballero zu Ihnen sagen darf.«

»Bitte sehr. Obwohl, ein Kavalier ist nicht so recht aus mir geworden, trotz der Ermahnungen meiner Mutter.«

»El caballero de la triste figura.«

»Oh, ich bin aus dem Nordosten und kann kein Spanisch.«

»Der Ritter von der traurigen Gestalt.«

»Warum das?« Hinter der Brille hatte er ausdrucksvolle Augen.

»Na, ein bißchen wirken Sie, als gehörten Sie einer Sekte an, in der alles, was Spaß macht, verboten ist.«

»Das merkt man mir an?«

Jill freute sich, er war noch scheuer als sie selbst. Sein Ton verriet, er ordnete sich ihr unter. Und der Eindruck, ein wenig Macht über ihn zu haben – einen netten, harmlosen Mann, sechs bis acht Jahre älter als sie –, gab ihr etwas von dem Selbstvertrauen zurück, das sie vorhin am Schreibtisch verloren hatte.

»Sind Sie immer so aufrichtig, Prinzessin?«

»Nur wo Frechheit straflos bleibt.«

»Ihr Bild entspricht dem, das Swedenborg von mir hat. Übrigens, es geht schon aufwärts. Aber irgendwo da drin« – er berührte sein Hemd – »tut's doch weh, das so hart gesagt zu kriegen.«

»Bitte entschuldigen Sie, Caballero.«

»Wenn Ihnen Andy zu persönlich klingt, bleiben Sie getrost dabei.«

Das Gespräch, fand Jill, enthielt Töne falscher Munterkeit, von beiden Seiten. Andy begann, von sich zu erzählen, doch er sprach zu leise, teilte die Luft schlecht ein, manchmal erstarb seine Stimme oder kippte ihm nach unten weg. Zumal wenn sie ihm in die Augen sah. Sie kannte die Wirkung ihres Blicks auf fast jeden sensiblen Mann, da ließ sie es lieber, Andy anzusehen. Nun wußte sie gar nicht mehr, wie ihn anreden, doch bis zu Jeromes Rückkehr war sie allein, und so sagte sie: »Genießen Sie es, wie ein Frührentner auf der Parkbank zu sitzen, oder hätten Sie zum Tennisspielen Lust?«

»Mit Ihnen gern, jederzeit. Falls Sie keine übertriebene Hoffnung in meine Künste setzen.«

»Gut, ich ziehe mich um. In zehn Minuten am Sportplatz, paßt Ihnen das?«

Er nickte, dabei schlossen sich seine Augen; das wirkte mehr ergeben als begeistert. Sie fühlte, ihm wäre auch anderes recht gewesen, er ließ sich von ihr führen. Jeder Vorschlag schien ein Strohhalm auf dem Meer seiner Melancholie zu sein.

XVII

Tanja Cory sah auf die Uhr; vor Stunden hatte sie das Datum zurückgestellt auf Dienstag, den 6. September. Noch 40 Minuten bis zur Landung in Los Angeles. Sie kehrte siegreich heim – mit der

Pan Am, den Koreanern war doch nicht zu trauen. Ihr Erfolg in Seoul rechtfertigte die Kosten der Umbuchung. Winston Lasky durfte sich die Hände reiben, und sie selber noch viel mehr.

Zufrieden zündete sie sich eine der langen Zigaretten an, im Kopf den japanischen Spruch: Für das Nach-oben-Schauen gibt es keine Grenze. Das galt den Hochhäusern ebenso wie der eigenen Laufbahn, die kometenhaft durch Wolkenkratzer führte. Auch Frauen begannen, in die Chefetagen vorzudringen, wenngleich erst vereinzelt, in bescheidener Zahl. Immerhin, sie war dabei, sie wußte, wo es langging und daß Erfolg daran gemessen wurde, wieviel man verdiente und was man besaß. Sie hatte Charme und jene Chuzpe, die ihr bei Kontaktgesprächen das Lockere im Umgang mit den Leuten gab, wichtigen Männern, auf die man zugehen mußte.

Zwar, nicht alles hatte funktioniert; nie erfüllte sich einem jeder Wunsch. Ihre Absicht, die Damen der fernöstlichen Größen zum Cocktail zu laden, war geplatzt; sie wußte selbst nicht recht, wie. In erster Linie dadurch, daß ihr die mitgereisten Ehefrauen der Kongreßführer die Gefolgschaft verweigerten. Oft stieß sie auf Neid, auf weiblichen Widerstand, kein Wunder bei ihrer Ausstrahlung. Weder die Amerikanerinnen noch den Handelsrat der US-Botschaft hatte ihr Plan überzeugt, gut, sollte der sehen, wer ihm so zwanglos, günstig und elegant Sympathiewerbung lieferte.

Der Rest aber war rundum geglückt. Der Riesenabschluß mit Miotoshi stand fest, schien endgültig verzurrt, seit ihr Oshima, der Chefeinkäufer von Miotoshi, seinen intimsten Wunsch zugeraunt hatte: 0,2 Prozent der Kaufsumme auf ein gewisses Nummernkonto beim Bankhaus Barclays auf Grand Cayman. Das war der Durchbruch, die Garantie des Gelingens, welch ein Moment, als der kleine Herr ihr sein Verlangen gestand! Es verriet ja, er hielt sie für Winston Laskys *großes Ohr*, in dem man Herzenswünsche flüstert – etwas also, das sie erst zu werden hoffte: Laskys rechte Hand, sein Akquisiteur im internationalen Geschäft. (Aber wollte sie's noch werden? Gott, das hing davon ab, was sich ihr ansonsten bot.)

Dem Mutigen gehört das Geld, wie der kleine Jerome zu sagen pflegte. Null Komma zwei Prozent des Volumens, das klang fast zaghaft, war aber keineswegs bescheiden, sondern lag im Rahmen des Üblichen. Die Malcolm Aircraft würde Miotoshi ja Lizenzen und Bauteile für das Waffensystem *Hotspur* im Wert von 600 bis 900 Millionen Dollar überlassen. Das waren 1,2 bis 1,8 Millionen für den gelben Herrn, steuerfrei geparkt in der Karibik. Demnächst flog Oshima, bestens motiviert, mit zwei seiner Juristen nach L. A., um die Details auszuhandeln. Das Trio entschied mit dem Umfang des Deals ein bißchen auch über ihren, Tanjas, Bonus – der sehr viel kleiner war, gewiß kein Zwanzigstel dessen, was der Japaner einstrich.

Daraus folgte als nächstes Ziel: erreichen, daß Lasky ihre Provision anhob. Vor einem Vierteljahr, bei der Einstellung, hatte er ihr neben dem schmalen Grundgehalt (60 000 Dollar jährlich) einen »interessanten Bonus« versprochen, zwischen 30 000 und 70 000, je nach ihrer Leistung. Das reichte nicht für die Wohnung in Washington mit rundem Becken und elektrischem Handtuchwärmer im Marmorbad, da blieb sie auf Hotels angewiesen. Sie fühlte sich von ihm arg unterschätzt. Er ging wohl davon aus, daß sie kaum jemals selbständig Kunden gewann und lukrative Tips gab, sondern bloß Papiere hintrug, die seine Verkaufsstrategen erarbeitet hatten – Exportlizenzen und Verträge, zurechtgefeilt und unterschriftsreif. Derart Fertiges nett zu überbringen, den Umgang mit Partnern lieblich zu gestalten, ihn leicht zu erotisieren, mehr schwebte dem Papst wohl gar nicht vor, was sie betraf, im Auslandseinsatz. Doch das, bloß sexy zu sein, ein anmutiger Bote, entsprach nicht ihren Möglichkeiten, es war schlechterdings frustrierend.

Um daheim klarzumachen, was in ihr steckte, war sie mit dem verdutzten Oshima ins Bett gegangen. Der hatte das nie erwartet, es kaum erträumt, dem mochte es bloß als Zutat erschienen sein, reizende Beilage dessen, was auf Grand Cayman seiner harren würde und natürlich Hauptsache blieb. Die Prise Leidenschaft, Reichtum mit Liebe gewürzt, was wollte er eigentlich mehr? Sie hatte ihn tüchtig angehimmelt und planmäßig verführt. Denn das erst – so sollte der Präsident es sehen – besiegelte den Handel. Gelang es ihr nachher, Winston Lasky dies zu suggerieren, wurde der Deal zu ihrem eigenen Erfolg: Triumph durch persönlichen Einsatz, Selbstopfer auf dem Altar des Geschäfts. Etwas, das kein noch so guter Mann seiner Vertriebsabteilung je für ihn hätte tun können.

Falls aber der Papst den Einsatz nicht würdigte, wollte sie das überdenken, was ihr von dritter Seite angetragen worden war. Durch Frank Norris, der die Begegnung in Seoul absichtsvoll gesucht und so diskret angebahnt hatte, daß sie ihn zuerst für einen Staatsdiener hielt, um seinen Ruf besorgt, zumal es ihr vorkam, als habe sie ihn schon in Washington gesehen. Ein stattlicher Sechziger mit wellig-grauem Haar und rötlich zerfurchtem Gesicht, vom Habitus eines Botschafters oder höheren Ministerialbeamten.

Himmel, hatte sie gedacht, es würde sie Überwindung kosten, anstrengender sein als mit Oshima; doch wenn Geschäft und Aufstieg es verlangten? Diese Herren aus der Hauptstadt! Für gewöhnlich reichte es ja, ihnen mit Spenden unter die Arme zu greifen (Wahlen zum Repräsentantenhaus gab es jedes zweite Jahr) und den sexuell Enttäuschten oder Schüchternen auch mal Callgirls aufs Zimmer zu schicken; eine ganz normale Freundlichkeit. Bis auf die Empfindsamen und Aufgeblasenen, denen das eigene Wertgefühl solch ein verschwiegenes Arrangement verbot. Das waren schwierige Kunden. Ihr Ego brauchte die Illusion, daß man sie großartig fand und um ihrer selbst willen umarmte. Nur eine nicht käufliche Frau stellte derart Anspruchsvolle zufrieden.

Tanja Cory hatte das längst erfaßt und wenig Lust, rein pragmatisch ein solch zufälliges Verhältnis anzufangen. Denn das wurde meist daraus, weil man den Kerl in Washington unvermeidlich wiedersah und die geschäftliche Bindung in der Regel fortbestand. Ein Bruch war äußerst unerwünscht. Fast immer aber waren diese Männer verheiratet, es gab Krisen in ihrer Ehe und noch ernstere Krisen in ihrem Seelenleben. Oft gingen sie zum Psychoanalytiker, und manchmal waren ihnen auch Reporter oder Detektive auf der Spur, die nicht einmal vor Einbrüchen bei den Ärzten zurückschreckten, um an die Unterlagen der Leute zu kommen und das Krankenblatt womöglich abzudrucken. All dies erhöhte das Risiko für sie. Jede Verstrickung in einen Skandal hätte ihren Wert für die Geschäftswelt zerstört.

Der gute Ruf war Tanjas Kapital, neben ihrer Erscheinung und dem Stanford-Abschluß, seit sich beim Tod ihrer Eltern herausgestellt hatte, wie geringfügig das Erbe war. Sie begegnete Frank Norris entsprechend kühl, bis er zu erkennen gab – zögernd und vorsichtig –, was er ihr eventuell bieten konnte: die Teilhaberschaft bei einem großen Coup. Norris war leitender Angestellter der renommierten Investmentfirma Drexel Burnham Lambert.

Meist saß er als einer von fünf Direktoren in der Broad Street 55, zwei Blocks von der New Yorker Börse entfernt. Drexel galt als Hafen der »Piraten in Nadelstreifen«, als »heißestes Haus« aggressiver Investmentbanker. Sie ritten auf der größten Fusionswelle, die Wall Street je erlebt hatte, und Norris – so ließ er durchblikken – war ihr As für den Geschäftsbereich *unfreundliche Übernahmen.* Schrittweise skizzierte er Tanja den Geheimplan, ein mittleres, doch namhaftes Unternehmen aus dem Verteidigungssektor hinter dem Rücken des Managements aufzukaufen. Eine Aktion, für die 2 1/2 Milliarden Dollar bereitstanden, nach seinen Andeutungen. Das Angriffsziel liege in Südkalifornien, genauer in Los Angeles, der Umsatz der Firma stagniere wegen mangelnder Betriebsgröße, sonst sei sie gesund, widme sich einträglichen Projekten, nur ginge ihr der Atem aus . . . Sie heiße Malcolm Aircraft, ihr Management dürfe nichts merken, bis es ausgehebelt sei.

Tanja war so perplex gewesen, daß sie vergaß, sich auszuziehen. In Kürze falle der Hammer auf die MAC, vertraute Norris ihr zwischen Bad und Bett lächelnd an. Wer hinter ihm stand, in wessen Auftrag Drexel den Angriff führte, das verriet Norris allerdings nicht. Er betonte bloß das Unabwendbare des Schritts und warnte sie vor jedweder Indiskretion, die verteuere den Handel und schmälere ihren Anteil. Sollte es öffentlich bekannt werden, daß Malcolm Aircraft demnächst in andere Hände überging, würden die Aktien anziehen und der Preis böse steigen, den Drexel zu zahlen hatte. Eine unnötige Erklärung, der Vorgang war ihr geläufig, das Einmaleins des Börsianers.

Weshalb enthüllte er ihr das? Weil er sich viel davon versprach, eine Vertraute in der feindlichen Festung zu haben, ein Trojanisches Pferd. Aber, wer gewann die Schlacht? Der Papst würde sich mit allen Mitteln wehren, ihn täuschte man doch nicht! Der Ausgang des Kampfes schien völlig offen. Norris konnte ihr nicht garantieren, am Ende auf seiten des Siegers zu sein; und nur dort wurde kassiert. Sie hatte ihm also versprochen, zu schweigen, und zwei Tage Bedenkzeit verlangt. Das gab ihr das Gefühl, sie befinde sich ihm gegenüber im Vorteil, doch es war auch eine Qual. Er hatte einen Teil seiner Karten aufgedeckt, sie nicht, aber bald mußte sie es – in 18 Stunden, am nächsten Vormittag, lief die vereinbarte Frist ab.

Jetzt, während das Flugzeug sank, rief sie sich die Umstände der Begegnung zurück, gepeinigt von dem Argwohn, all dies könne auch Bluff gewesen sein. Am Ende war es nur ein Test, und Lasky fühlte ihr auf den Zahn, prüfte durch Norris ihre Loyalität. Und wenn das nicht, war Norris vielleicht bloß auf Kurssteigerung aus? Ein Wertpapierhändler, der à la hausse spekulierte und durch Gerüchte die Aktien der MAC hochtreiben wollte. Getuschel um Übernahmeabsichten wirkte immer stimulierend ... Andernfalls riskierte er ja, daß sie redete – und mit ihrem Verrat doch das Scheitern des ganzen Plans, wenn es den gab.

Was nun glauben? Sie suchte sich an den Anfang zu erinnern, seinen Eröffnungszug. Norris hatte sie am Lift abgepaßt und sich ihr beim Hochschweben, allein in der Kabine, manierlich vorgestellt. »Wie Sie Ihre Sache hier vertreten, Mrs. Cory«, fügte er galant hinzu, »mein äußerstes Kompliment!«

»Vielen Dank, sehr freundlich, das zu sagen, aber ...«

»Wie die meisten guten Leute«, fuhr er gewinnend fort, dies war schon sein zweiter Zug, »sind gewiß auch Sie unterbezahlt.«

Der Lift hielt, sie wohnten auf derselben Etage, auch das kein Zufall, er ließ ihr den Vortritt. »Sie sind zu bescheiden und auch zu gut für Ihre Firma, das spürt man«, murmelte er neben ihr. »Zuviel Format! Aber Gefühl für den eigenen Wert haben die wenigsten, die wertvoll sind. Einer, der es hatte, war Rockefeller.«

Die üblichen Sprüche. Doch an diesem Punkt, genau vor ihrer Zimmertür, horchte sie auf. Dies war keine männliche Annäherung, hier warf jemand ein glitzerndes Netz nach ihr aus. Sie schloß auf und fragte: »Würden Sie das noch mal langsam wiederholen?«

»Langsam, zum Mitschreiben?«

»So, daß klar wird, ob dies ein seriöses Angebot ist.«

»Ein ganz phantastisches sogar. Darf ich eintreten?«

»Steigen damit etwa meine Chancen?«

»Unbedingt. Bis in den siebten Himmel.«

Ein offensiver, völlig kompetenter Mann, strotzend vor Selbstsicherheit und Präsenz. Sie spürte seine Kraft, die eigene Begeisterung auf andere zu übertragen; ein wichtiges Plus im Geschäftsleben. Drinnen hatte sie ihm einen Drink kredenzt und nüchtern gesagt: »Bleiben wir lieber auf der Erde, Mr. Norris.«

»Cheers! Bitte nennen Sie mich Frank.«

»Wo liegt denn meine Chance, Frank?«

»In einem ganz neuen Spiel.«

»Was bedeutet das für mich?«

»Verdoppeln Sie den Einsatz oder steigen Sie aus.«

So graziös, tastend und rätselhaft hatte das begonnen, was am nächsten Tag erst weiterging und sie bis jetzt in Atem hielt. Norris war peinlich darauf bedacht gewesen, daß man sie nicht beisammensah, weder in der Lobby noch in der Bar. Sein Verhalten war konspirativ, auch auf dem Zimmer sprach er nur wenig von sich. Dabei vermittelte er ihr den Eindruck, in Armut aufgewachsen zu sein. Als Halbwüchsiger habe er in Kinos Popcorn, Kaugummi oder Eis verkauft und in dem trüben Jahr 1938 ganze tausend Dollar verdient, in Fünf-Cent-Münzen; das habe ihn gelehrt, Banknoten zu lieben.

Nicht der leiseste Hauch dieser Vergangenheit haftete ihm noch an. Es war, als kleide er sich derart sorgfältig und benehme sich so tadellos, um zu vermeiden, daß man aus einer äußeren Nachlässigkeit auf seine unzulängliche Herkunft schloß. Ehe am letzten Abend dann der Schleier fiel, hatte er ihr manches gesagt, das seiner Werbung Gewicht verlieh. Sein Vortrag handelte von der Umschichtung des Bankwesens als Ausdruck einer Neugestaltung der Wirtschaft Amerikas, von den veränderten Produktions- und Marktbedingungen der achtziger Jahre, der Rolle des Arbitrageurs bei der Neuformierung, die ein ökonomischer Verdauungsakt sei, und von der Faszination durch Geld und Macht. Die alten Investbanken hätten sich verschlissen, ihr Instrumentarium sei verbraucht, ein neuer Typ des Finanziers steige auf: der ausgefuchste Übernahmespezialist, jemand mit Mut, Verve und Erfahrung, der durch feindliche Aufkäufe neue Imperien schaffe und selber dabei berühmt und reich werde.

Es klang völlig überzeugend. Ein normales Rekrutierungsgespräch, so gepflegt wie fundiert, das er höchst unverblümt mit der Bemerkung schloß: »Meine Firma legt weniger, als sonst an der Wall Street üblich, Wert auf Herkunft, Werdegang und sozialen Status ihrer Mitarbeiter. Sie sucht Kandidaten mit zupackender Intelligenz, bestechender Ausdrucksfähigkeit und optischer Attraktivität, unabhängig vom familiären Hintergrund. Dynamisch genug, um zögernde Partner mitzureißen und aus der schwelenden Glut ihrer Wünsche ein Geschäft zu entfachen. All das findet man bei Ihnen, Tanja, in hohem Maße vor. Und noch etwas kommt hinzu: Ihr Insider-Wissen.«

»Sehr geschmeichelt, Frank. Ich bin aus der Filmbranche.«

»Eine Schule der Phantasie. Und jetzt ist Ihre Kenntnis sehr gewachsen. Seit drei Monaten sind Sie im Verteidigungssektor, bewegen sich auf einem Feld, das Drexel aufmerksam beobachtet.«

Durch den schwebenden Tunnel lief Tanja Cory ungeduldig in die riesige, nichtklimatisierte Empfangshalle von LAX. Ausländer wurden nach links geschickt, mußten sich einer Befragung unterziehen, US-Bürger gingen nach kurzem Blick in den Paß gleich zum Zoll. Formalitäten beides, doch ihr war klar, noch auf ein drittes Hindernis zu stoßen, auf Jerome. Und richtig, am Ausgang der Pan Am lauerte er ihr auf in seinem schwarzgelben Freizeitdreß, erspähte sie und schoß raubvogelhaft herbei.

»Tanja!« Aus der schwitzenden Menge, die Gepäckkarren schob, rief er ihren Namen und fiel ihr im Gedränge um den Hals. »Was bin ich froh ... Um ein Haar, und du wärst bei den Opfern, wir hätten uns nie mehr gesehen!«

»Im Himmel schon. Seid ihr nicht katholisch?«

Er nahm den Koffer und bahnte ihr einen Weg ins Freie. Hinter den Warteinseln für die Taxis, Stadtbusse und Pendelfähren zu den Hotels schmorte sein Wagen in der Glut. Wie ein Lausbub pfiff Jerome vor sich hin, ließ die Scheiben herab und fuhr durch das Gewühl in die Kurve zum Century Boulevard – war er nicht dennoch süß in seiner leicht lästigen Anhänglichkeit? »Wohin denn nun?« fragte sie, als er hinter den ersten Hoteltürmen in den Airport Boulevard bog.

»Wir haben ein Zimmer im *Marriott,* Liebling.«

»Du, ich bin seit fünfzehn Stunden unterwegs!«

»Um so nötiger die Rast. Jetzt kommt man sowieso nicht durch nach Downtown, sieh mal den Verkehr, mein Schatz.«

Sein Benehmen reizte sie, das augenzwinkernde Gehabe, die alberne Vorfreude auf den Bettgenuß. Stoßzeit, Hauptverkehr, in dem man zwar nicht die Blechlawine, wohl aber eine Frau penetrieren kann, ob es der paßt oder nicht. Sie hätte wissen müssen, wonach es ihn sogleich gelüsten würde. Kurz vor dem *Viscount,* das ihnen früher als Liebesnest gedient hatte, hielt er in der Auffahrt des *Marriott,* sie aber blieb sitzen. »Fahr weiter, ich bin zu abgespannt.«

Verblüfft fuhr er los, lenkte aber nur um den Block herum und flehte: »Tu mir doch das nicht an, Honey! Eine Woche warst du weg, davor in Washington, wir haben schon ewig keine Zeit mehr für uns gehabt.«

Tanja wog das ab. Die vage Zuneigung, die sie für ihn empfand, schien ja das einzige zu sein, was ihre Gefühlswelt bewegte, abgesehen vom Geschäft. Was das betraf, war freilich mit ihm zu rechnen. Jerome hielt drei Prozent des Firmenkapitals, derzeit 60 Millionen, angelegt in festverzinslichen Wertpapieren, Hypothekenfonds und Spielgeld; so nannte sie das Drittel, mit dem er spekulierte, übrigens eher risikoscheu. Sein 20-Millionen-Depot lag ihres Wissens bei der Investmentbank Merrill Lynch & Co., es war auf 50 Aktientitel verteilt, wurde ständig umgeschichtet und warf jährlich rund zwei Millionen ab; eine nahm ihm die Steuer weg. Einen so reichen Freund hatte sie noch nie gehabt. Ihn vor den Kopf stoßen? Doch er sollte sich nicht zuviel einbilden auf das, was andere ihm hinterlassen hatten. Sie pfiff darauf, Püppchen eines Millionärs zu sein, das sich hinlegt, wenn er mit dem Finger schnipst. – »Erst ins Stadtbüro, bitte. Bis dahin fühle ich mich noch absolut im Dienst.«

»Mit deiner Haltung wärst du im Pentagon richtig.«

Gekränkt bog er rechts ab in den Manchester Boulevard und nahm durch Inglewood Kurs auf das Zentrum, 15 Meilen verstopfte Straßen vor sich. Von der Brücke aus sah sie, sogar auf dem achtspurigen San Diego Freeway dort unten ging nichts mehr. Wie dumm, natürlich nahm er ihr das übel. Es störte sie, als lieblos und starrsinnig dazustehen. Würde er eventuell mit ins Feld ziehen gegen seinen Vater? Frank Norris hatte sie gefragt, ob sie sich zutraue, ihn umzudrehen – und angedeutet, daß ihr Wert für Drexel gewaltig stieg, wenn sie Jerome herausbrach aus der Front, das Stimmrecht für seine drei Prozent ... »Ich schulde dem Papst einen sofortigen Bericht.«

Jerome zuckte die Achseln. Um ihn zu besänftigen, fragte sie nach Jill. Von den Überseegesprächen haftete in ihr das Bild eines Familiendramas. Winston Lasky hatte zäh versucht, seiner Tochter einen Mann auszureden, der bereits tot gewesen war, und sie damit buchstäblich verrückt gemacht. Höchste Zeit, ihr die Augen zu öffnen, schon damit Jill nicht sie, Tanja, für ein Werkzeug in der vermeintlichen Intrige hielt. »Ich besuche sie gleich morgen und sage ihr, wie es wirklich gewesen ist.«

»Laß das, hörst du? Spiel nicht auch da noch die Eiserne. Oder legst du Wert darauf, deinem Ex-Gatten zu begegnen?«

»Maurice? Ist er wieder im ›Merry-go-round‹?«

»Ja, seit gestern. Er hat schon nach dir gefragt.«

»Ihn will ich nicht sehen, aber deine Schwester. Je später sie die Wahrheit hört, desto schlimmer für sie.«

Er warf ihr einen zornigen Blick zu, im Nu begann ein absurder Streit, nur weil sie seinen Namen französisch aussprach, Jérôme zu ihm sagte und damit kundtat, daß er in ihren Augen schwach war. Er ging immer hoch, wenn sie ihn mit dem Bruder Napoleons verglich – nach ihrer Geschichtskenntnis ein harmlos-schlapper Mann, der als »König Lustik« in Wein gebadet und die Provinzen, vom Kaiser erobert, schlecht betreut haben sollte.

»Aus Seoul sind Klagen gekommen«, hielt er ihr vor. »Der Handelsrat hat sich über dich mokiert. Du hast ihn mit der Idee, diesen Cocktail zu geben, mächtig genervt.«

»Ich wollte mich lediglich um die Frauen kümmern.«

»Ja weißt du denn nicht, daß die in Fernost keine Rolle spielen, bloß Anhängsel ihrer Gebieter sind? Zu deinem Vorstoß hat Dad gemeint: Da ist die Dame auf dem Hollywood-Trip.«

»Was heißt das nun wieder?«

»Nimm's ruhig wörtlich: auf dem heiligen Holzweg.«

»Werd nicht frech, Jero. Die Sache war anstrengend genug.«

»Was denn, dein Herr Oshima? Du sollst ihn regelrecht bezirzt haben. Interessiert dich dazu Howards Ansicht?«

»Hat dein Bruder eigene Ansichten oder legst du ihm da etwas in den Mund?«

»Das erübrigt sich diesmal. Heute früh hieß es im Vatikan: Tanja hat sich von Oshima mit Eßstäbchen in den Arsch zwicken lassen, nun liegt er ihr zu Füßen, ist daheim völlig impotent, und solch kastrierter Zwerg, das ist jetzt unser Partner.«

»Wie dreckig und gemein, so über mich herzuziehen!«

»Ach, das ist noch nicht alles. Jede Menge Kommentare in der Firma. Tin-Lizzys Urteil war: Laßt die Cory nicht mehr von der Leine, laut Telex aus Tokio hat sie in Seoul mit ›Tomahawk‹ eine Art Nackttanz aufgeführt.«

Tanja erstickte fast vor Wut. Es konnte nicht wahr sein, er dachte sich das aus. »Halt den Mund«, rief sie, »laß die niederträchtigen Reden, sonst hörst du von mir, was du für mich bist!«

»Ja was bin ich denn, mein Schatz?«

»Ein Genuß zweiter Wahl.«

Das saß, er war baff. »Bisher ist das nicht mein Eindruck gewesen«, sagte er kleinlaut. »Was hast du an mir auszusetzen?«

»Ganz einfach – Mangel an Ehrgeiz. Kein bißchen Mumm! Nicht mal Kronprinz bist du, wo dein Bruder solch eine Niete ist. Auf diese Weise wirst du niemals Boß. Aber das willst du ja auch gar nicht!«

»Wieso sollte ich?« Er grinste betroffen.

»Weil ein richtiger Mann das will – nichts anderes, genau das! Aber du zitterst ja vor dem Papst, siehst ihn in ganz falschem Licht. Sein einziges Verdienst ist es, dein Vater zu sein.«

Jerome schwieg einen Augenblick, dann stieß er heraus: »Komm, laß uns miteinander schlafen ...« Die Stimme sackte ihm weg.

»Gleich im Auto, hier im Stau?« fragte sie spitz. Das hatte sie schon erlebt, wenn sie ihn beschimpfte, heizte ihn dies auf. Je ordinärer ein Wort, das ihr in gewissen Momenten über die Lippen kam, desto wilder seine Reaktion. Er brauchte die Peitsche. Sie mußte nur zupacken, ihre Herrschaft über ihn errichten, dann tat er alles, was sie wollte – stieß den Papst vom Thron oder ging sogar mit ihr zu Drexel über, vielleicht. Nichts war unmöglich, wenn sie ihn richtig nahm. »Keine Zeit zum Schlafen, Jero, es ist Zeit, hellwach zu sein! Hellwach, verstehst du mich?«

»Nein. Was willst du von mir?«

»Fang mit dir was an, mit deinem Leben und den drei Prozent, mach etwas daraus!« Sie hielt inne, ein Instinkt warnte sie davor, deutlich zu werden.

»Meine drei Prozent? Mich interessieren nicht mal Winstons siebzehn – einzig hundert Prozent von dir.«

Gefühlsüberschwang war ihr zuwider, da half auch kein Scherz. Über ihnen, auf dem Harbor Freeway, schob sich eben der Verkehr zusammen, ein Akkordeon aus buntem Lack. Resignierend fuhr Jerome an der Auffahrt vorbei und bog links in den schnurgeraden, vollgeparkten Broadway. Sie hatte den Eindruck, daß er sich als Person verflüchtigte, sobald sie aufhörten, zu streiten. –

»Stell dir mal vor, ich hätte mit Oshima geschlafen, um diesen Abschluß perfekt zu machen ...«

»Hör auf«, fauchte er. »Verdammich, es reicht!«

»Also um etwas zu erreichen, wo du überhaupt nicht kämpfst.«

»Wenn es noch mal passiert, bringe ich dich um.«

»Er ist nicht so hübsch wie du, Jero, aber ein Mann, der genau weiß, was er will. Falls du mich umbrächtest – oder besser ihn –, wärst du auch einer.«

»Ich weiß schon, was ich will«, versicherte er dumpf.

»Ja, mich! Du, das ist nicht genug.«

Das Getümmel wurde dichter, bei der Vernon Avenue folgte wieder ein Stau. Die Masse des Blechs trieb vom Zentrum weg, ihnen entgegen. Plötzlich scherte Jerome aus, er hatte auf dem winzigen Parkplatz eines Hotels, von dem sie noch nie gehört hatte, eine Lücke entdeckt. Dort quetschte er sich hinein und zog triumphierend die Handbremse an.

Es war jedoch kein Zimmer frei. Andere Paare hatten auch die Idee gehabt, hier unterzuschlüpfen, zum Glück. Die Neigung, dem Stau auf diese Weise zu entgehen, schien in L. A. weitverbreitet.

Während Jerome Geld hervorzog, es dem Portier unter die Nase hielt und auf ihn einredete, fragte sich Tanja, wie es weiterging. Würde die Malcolm Aircraft einer Attacke widerstehen, hinter der 2,5 Milliarden standen? So, wie Norris das beschrieben hatte, war es unwahrscheinlich, doch wer konnte sicher sein? Und wie sich entscheiden bei ungewissem Ausgang? Ihr Problem war von ganz anderer Dimension als das Jeromes, dem es übrigens jetzt gelang, mit seinen 100 Dollar den Mann zu erweichen. »Abschließbar ist es schon«, hörte sie den Angestellten sagen. »Aber leider ganz unvollständig möbliert.«

»Für uns wird's schon reichen.«

Der Portier verließ seinen Posten, schweigsam fuhr er mit ihnen hoch in den achten Stock. Tanja fühlte sich wie ein Verurteilter auf dem Weg zum Richtplatz, der Hotelmensch – als Handlanger des Henkers – kam ihr vor wie eine Verkörperung des schlechten Gewissens. Am Ende des schmalen Gangs schloß er ein Zimmer auf, und sie begriff seine Scheu. Bis auf einen Stuhl, das Telefon und die Bilder an der Wand war es leer, das winzige Bad verwüstet – Zement und Werkzeug lagen herum, die Installation wurde erneuert, deshalb hatte man das Zimmer ausgeräumt. »Paradiesisch«, rief sie aus.

»Leider geht die Dusche nicht«, sagte der Portier bedrückt. »Aber ein Spiegel ist vorhanden, und . . .«

»Was soll mir der?« unterbrach Jerome. »Ich brauche eine Couch.«

»Ich will sehen, was ich für Sie tun kann.«

Das Telefon zog Tanja magnetisch an. Der Aufenthalt störte ihren Zeitplan, wenn sie im Stadtbüro eintraf, war der Papst womöglich schon weg. Sie hob ab und wählte seine Nummer, begierig, ihm den Durchbruch in Seoul genauer zu schildern, als es per Fernschreiben geschehen war. Hier ging es um die Nuancen. Es meldete sich das Vorzimmer, dann hörte sie ihn selbst. »Herr Präsident«, sagte sie gepreßt – aus irgendeinem Grund schüchterte Laskys Stimme sie diesmal ein –, »ich stecke im Stau und will Ihnen nur versichern, der Auftrag ist praktisch unter Dach und Fach. In Kürze schickt Miotoshi drei Herren zur Unterzeichnung, geleitet von Oshima.«

»Das habe ich Ihrem Telex entnommen.«

»Der Fortschritt besteht darin, Sir, daß Miotoshi sich verpflichten wird, nach unseren Gütenormen abzunehmen. Ohne Rücksicht auf den japanischen Standard, so daß kein Raum für Fehlinterpretationen bleibt.« Das war ihr Verdienst, niemand sollte es ihr schmälern. Irritiert von dem Wortwechsel im Hintergrund – Jeromes Nörgeln und den Beteuerungen des Portiers –, fuhr sie nervös fort: »Um im letzten Moment diese Entscheidung zu fördern und das große Plus zu fixieren, bin ich weitergegangen als üblich, als ich es vor- und bisher nötig hatte . . .«

Tanja verhedderte sich in dem Satz, fand kein rechtes Ende und ließ ihn in der Schwebe. Unruhig wartete sie auf die Reaktion, seine Anerkennung. Klarer war ja im Rahmen einer geschäftlichen Mitteilung kaum auszudrücken, welches Opfer sie gebracht hatte. Was war dagegen Oshimas Provision? Die konnte Lasky von der Steuer absetzen, wenn er sie unter diskreter Aufsicht des Finanzamts übergeben ließ, deklariert als NA (nützliche Ausgaben) und entsprechend verbucht. Der Wegfall des japanischen Standards – unübersetzbar, Quelle böswilliger Auslegungen und latenter Streitpunkt – hingegen, die Bindung an US-Normen war für ihn von unschätzbarem Wert.

»So, aha«, bemerkte er kühl. »Nun sagen Sie mir auch gleich, was Sie sonst noch getan haben, Mrs. Cory, damit wir das in Ihrem Bonus richtig unterbringen.«

»Das ist schon alles, Sir, und mir scheint, wenig ist es nicht«, gab sie zurück und sah, daß er das Gespräch mit ein paar Floskeln beschloß. Kein Wort des Dankes, seine Sachlichkeit traf sie wie ein kalter Guß. Wie würdigte er denn ihren Erfolg? Sie ersparte ihm Millionen und wurde mit dem Hinweis auf ihren lächerlichen Bonus abgespeist.

Wut stieg in ihr hoch, noch mal an diesem Nachmittag, halb fühlte sie sich gedemütigt, weit unter Wert behandelt, halb außerdem durchschaut, was sie noch mehr erniedrigte. Umsonst war sie mit Oshima intim gewesen, mißlang es ihr doch, dies hier als den Impuls darzustellen, der das Geschäft erst besiegelt hatte. Lasky nahm ihr das nicht ab, er verhöhnte sie sogar – oder steckte hinter seiner Frage nach dem, was sie *sonst noch getan* hatte, kein Spott, sondern ein Verdacht? Tanja erschrak. War das eine Anspielung gewesen? Sollte trotz aller Vorsicht ihr Draht zu Norris entdeckt worden sein? Was wußte Lasky von dem Kontakt? War Norris vielleicht gar sein Mann? Und während sie erschüttert hinabsah auf die Straße, ohne etwas zu erkennen, sagte eine Stimme heiser hinter ihr: »Zieh dich aus.«

Schockiert drehte sie sich um. Alles, was Jerome aufgetrieben hatte, war ein Tisch, auf dem Badetücher lagen. Das mutete er ihr ernstlich zu? Aber ja, für die Laskys, ob Vater oder Sohn, gab es doch keine Hemmung. Denen gehörte das große Geld, folglich machten die mit ihr, was sie wollten, kommerziell wie sexuell mußte sie denen dienen. Sich ihnen fügen oder gegen sie kämpfen, das war die Alternative.

»Mach schon, Liebling, zier dich nicht«, drängte Jerome. Sie spürte seine Finger fiebrig am Hals, er half ihr aus der Bluse. »Wo ist denn die schöne Rose hin?«

»Zum Teufel, welche Rose?«

»Die Tätowierung unter deinem Arm.«

»Ach, die . . . Denk dir, die hat Herr Oshima gepflückt.«

Als sie aus dem Lift traten, war der Portier nicht mehr da. Das Personal hatte gewechselt, und Tanja hörte, es an der Kasse hieß: »Zimmer achtnullsechs mit Frühstück, fünfundneunzig Dollar, Sir.«

Klaglos legte Jerome einen Hunderter hin, natürlich, was machte ihm das schon? Er war ganz gelöst, rosig und dankbar, vergnügt wie ein Baby, das gestillt worden ist. Im Auto erzählte er ihr, sein Vater habe ihn gebeten, das Stimmrecht Pamelas und der zwei Onkel in einem Pool zu sammeln. Es erleichterte sie, das von ihm zu hören. Zwar klang es, als rüsteten die Laskys zum Kampf, doch konnte sie ihnen nicht verdächtig sein, wenn man ihr so etwas verriet. Sie triumphierte – er ahnte ja nicht, wem er da Hinweise gab, falls sie sich entschloß, Norris' Ohr zu sein. In der Rolle des Unternehmensberaters wog er ihr wenig, da nahm sie ihn nicht ernst. Nur in seinem Kern, der Bindung an sie, wirkte er überzeugend; dazu noch in dem selbstgestellten Ziel, der Schwester zu helfen.

»Ich besuche Jill und vertrete dich dort morgen«, schlug sie vor; diesmal widersprach er nicht. »Nimm das Frühflugzeug nach Florida, das ist der Job, den nur du tun kannst.«

Sie kamen jetzt gut voran, der Verkehr floß zügig stadteinwärts. »Wie war nur dieser Irrtum möglich?« fragte er. »Die Falschmeldung von der sicheren Landung auf Sachalin?«

»Kein Irrtum, Jero. Man hat den Nachrichtenfluß gestoppt; das Werk von Profis. Die Welt wurde getäuscht, damit das Ding nicht verpufft. Es sollte nicht losgehen, während Amerika schlafen ging und Europa schon schlief. Shultz mußte seinen Auftritt kriegen.«

»Woher weißt du das?«

»Es war in Seoul das Thema Nummer eins. Ein japanischer Reporter sagte uns, daß er durch eine Quelle bei den Selbstverteidigungskräften, so heißt deren Armee, sehr rasch die Fakten hatte. Aber er konnte sie nicht verwerten. Kein japanischer Sender und keine Zeitung durften den Abschuß auf eigene Faust melden, solange noch die Sprachregelung galt, die wir verbreitet hatten. So entging ihm die Sensation. Er mußte auf das Kommuniqué aus Washington warten, zwanzig Stunden. Die japanischen Aufzeichnungen des Sprechfunks der Russen blieben auch unter Verschluß, auf Wunsch des State Departments.«

»Ich dachte mir gleich, daß die Regierung lügt.«

»Das Klima wurde rauh. Für die Konferenz war das ganz gut.«

»Du bist gründlich eingeweiht, ja?«

»Ihr braucht doch informierte Mitarbeiter.«

»Schon, aber trumpf damit vor Jill nicht auf. Sie weigert sich, De Lucas Tod zur Kenntnis zu nehmen, hat den total verdrängt.«

Tanja schwieg, sie zählte die Schwachpunkte. Wie er sich da, hochgestimmt, eine Blöße nach der anderen gab, ohne Nerv dafür, daß er sie eben erst benutzt hatte, ohne einen Gedanken daran, sie könne ihm dies heimzahlen wollen. Ohne die leiseste Ahnung, wie auch sein Vater mit ihr verfahren war. Den Tisch in der Absteige verzieh sie ihm nie, so sprang man mit kleinen Angestellten um ... Was nun, ihn weiter aushorchen? Doch da leuchtete ein Warnlicht in ihr auf. Er war nicht dumm, mit Fragen legte man leicht eine Spur. Sein Bericht ließ erkennen, daß die Laskys, so wenig sie einander mochten, jetzt zähneknirschend zusammenstanden.

Vom Jefferson Boulevard an war die Fahrt frei. Wo die Main Street auf den Broadway stieß, bogs Jerome links in den Olympic Boulevard, sechs Blocks von der Figueroa Street. Noch mal über die Firma sprechen? Wieder blinkte das Warnlicht auf, riet zur Vorsicht, und schon hielt er im Parkverbot vor ihrem Hotel. Uff! Die 17 Meilen vom Airport hatten sie zweieinhalb Stunden und eine halbe Vergewaltigung gekostet. »Wo wollen wir essen?« fragte er.

»Nirgends, Jero. Ich bin todmüde. Schönen Dank fürs Abholen! Bis später.«

Tanja Cory wohnte, wenn sie in Los Angeles war, auf Kosten der Firma im alten *Figueroa.* Zornig lief sie um das Geländer herum, das inmitten der Halle die Cafeteria störend umgrenzte, fuhr hoch auf ihr Zimmer und wählte Norris' Nummer. Ein Boy brachte ihr den Koffer, sie sperrte hinter ihm ab. In Washington ging es auf zehn, Norris war vor ihr geflogen und hätte daheim sein sollen. Doch sie konnte ihm nur auf Band sprechen, daß er zurückrufen möge.

Beim Lärm des Klimageräts am Fenster und in dem schäbigen Bad gingen ihr all die Schmähungen durch den Kopf. Auf dem heiligen Holzweg. Von Oshima mit Eßstäbchen zwicken lassen. Was Sie sonst noch getan haben, Mrs. Cory. Mit ›Tomahawk‹ einen Nacktanz aufgeführt. Aber das sollte man ihr büßen.

Endlich schrillte das Telefon, Norris war in der Leitung. »Frank«, sagte sie, »ich denke, ich hab etwas für dich.«

»Was denn? Das große Ja?«

»Lieber nicht. Ich fürchte, ihr werdet kein Glück haben, der Clan macht sich stark. Morgen fliegt der jüngere Bruder nach Orlando, er baut einen Pool für das Stimmrecht, in dem werden dann sechsunddreißig Prozent sein.«

»Fein, das zu wissen. Gute Arbeit, Tanja.«

»Den Rest halten die Erben des früheren Partners, die Hausbank und die Gewerkschaft, geschlossene Schachteln. Es sind kaum zehn Prozent am Markt, Frank, ihr habt keine Chance.«

»Du täuschst dich. Und deine große Chance ist hier.«

»Auch wenn es fehlschlägt?«

»Selbst dann sehe ich deine Zukunft bei uns rosig. Das Gehalt verdoppelt sich, und der Bonus – in einem Jahr machst du leicht eine halbe Million.«

»Kannst du mir das schriftlich geben?«

»Ja, komm nur her. So etwas geht nicht am Telefon.«

XVIII

Jill Lasky erwachte vom Vogelgezwitscher, im Kopf noch den Traum, der sie wieder an Sandros Seite versetzt hatte. »Ist dir schon mal die Idee gekommen, daß wir heiraten könnten?« hatte sie ihn gefragt. »Viele Leute tun das.« – »Hast du je von etwas gehört, das man Liebe nennt?« fragte er zurück. »Es funktioniert auch ohne Ehe . . .« Vor dem leuchtenden Hintergrund ihrer Reise ein Geplänkel, und es endete wie immer. Sie hoffte auf Zweisamkeit, waffenfreie Zonen des Umgangs miteinander, Abrüstung auch in der Familie. Eine Lösung schwebte ihr vor, die den Lasky-Clan sprengte und die Laskys leben ließ. Sandro aber nahm sie bei der Hand, er zeigte ihr die Realität. Er führte sie vor jenen Panzerschrank, in dem das Telefon stand, die Weiterschalter und Allahs Träne, das entsetzliche *Nucy.* »Bei Anruf Genozid«, hörte sie ihn sagen. »Die Selbstbestattungsurne.«

Das haftete in ihr, der Rest verblaßte, die schöne Harmonie. Beim Aufstehen konnte sie sich das Wiedersehen mit Sandro auf einmal nicht mehr deutlich vorstellen. Etwas verdunkelte ihr sein Bild, sie fühlte sich einsam und hilflos. Mit Brüchen ihrer Stimmung mußte sie leben, das war ein Teil des mütterlichen Erbes.

Heraus aus der Resignation, dem stumpfen Nichtbegreifen! Sie ging zum Schwimmbad und tauchte fröstelnd den Fuß ein. Das hübsch geformte Bassin lag jetzt, bei Sonnenaufgang, verlassen da. Auf der Oberfläche trieben ein paar Blätter, vom Bademeister noch nicht mit dem Kescher abgefischt. Jill ließ sich in das Wasser gleiten, wie um die Empfindung von der Haut zu spülen, irgend etwas stimme nicht mit Sandro oder mit ihr selber. Das erquikkende Morgenbad. Dann rief sie den Kellner an und frühstückte allein.

Jerome war nicht nach Haus gekommen, erstmals ließ er sie im Stich. In seinem Zimmer fand sie eine Anderthalbliterflasche Kentucky Straight Bourbon Whiskey mit Glashenkel, schon halb leer. Ein schlechtes Zeichen, er trank gewiß nicht viel, doch still für sich; die asoziale Form des Trinkens. Auf dem Tisch lag ein Stoß von Fachblättern aus dem Bereich der Luftfahrt und Seeverteidigung, Prospekte der MAC ... Aha, er arbeitete sich ein. Die Flugkörper hießen *Tomahawk, Hotspur, Maverick* oder *Mustang,* das klang nach Autonamen und verharmloste Waffen, widerlich nüchtern als »luftgestützt«, »bodengestützt«, »seegestützt« und »unterwassergestützt« bezeichnet, je nachdem, von wo man sie abschoß. Es gab *Langsamflieger* im Unterschallbereich und *Schnellflieger* – echte Raketen, zwanzigmal schneller als der Schall. Man pries die Eindringfähigkeit und Zerstörungskraft, Dad baute *Langsamflieger,* wozu? Ein Volk, das auf den Schnellimbiß von McDonald's oder Burger King schwor, sollte sich auch in den Schnelltod stürzen. *Allahs Tränen* hieß die effektivste Lösung.

An die Arbeit! Im letzten Gespräch hatte Swedenborg sie ermahnt, nicht aufzugeben, man freue sich auf ihre Sicht der Geschichte Kaliforniens. Möglich; es mochte ja sein. Aber sie glaubte nicht, daß ein historischer Abriß jemanden länger als zehn Minuten fesselte. Es fiel ihr ja selber schwer, sich darauf zu konzentrieren. Verstört durch eine Neigung zur Gedankenflucht, ging sie an ihren Schreibtisch zurück. Diese Schwäche war ihr neu, gewiß eine Nebenwirkung der Dragees, die sie dreimal täglich schluckte.

Das 19. Jahrhundert, so bunt es auch war, mußte verschwinden. Weg in den Papierkorb! Große Schurken wie die Eisenbahnkönige, deren Namen fortlebten, waren dem Publikum schon so fern wie Kaiser Nero oder der Mongolenfürst Tamerlan. Deren Tun erheiterte mehr, als daß es noch erschreckte. Da wurde höchstens ein Nerv gekitzelt, Erkenntnis folgte daraus nicht, glaubte man doch, alles Üble läge weit zurück, die Menschheit habe es längst hinter sich gelassen. Vor der Wahrheit floh man in lustige Sprüche, Patriotismus und Konsumwut.

Ein Paukenschlag mußte her. Jill beschloß, die Erschließung Kaliforniens als Wettlauf zwischen dem barbarischen Asien und dem christlichen Abendland zu zeigen. Ein Bild in traditioneller Schwarzweiß-Manier, die Mächte des Lichts und der Finsternis. Waren die Russen nicht schon 1812 gelandet, 60 Meilen nordwestlich von San Francisco? Einen Stützpunkt hatten sie gebaut, Fort Ross, das sie erst 1841 wieder räumten. Alaska, gleichfalls von ihnen besetzt, hielten sie noch viel länger fest. Auch konnte das Einsickern all der Chinesen leicht der Auftakt gewesen sein. Oder war bereits die Erstbesiedlung durch mongolische Indianer ein Schritt im Ost-West-Konflikt?

Geschichte war Wachs in den Händen derer, die ein Interesse und die Befugnis hatten, sie darzustellen – das wollte Jill ihren Zuhörern sagen. Von Sandro wußte sie, dessen Vater erzählte den italienischen Touristen gern, Los Angeles sei von den Spaniern einst hastig gegründet worden, um dem russischen Bären zuvorzukommen. In letzter Minute hatten 46 Spanier, Mestizen und Schwarze in einem Gewaltmarsch von Mexiko herauf die Gegend um das heutige Stadtzentrum erreicht, wo schon Indianer hausten, und ihr Nest *Stadt unserer Herrin, der Königin der Engel* genannt. Ein ähnlich defensiver Akt war ihm die Gründung San Franciscos durch 30 spanische Militärkolonisten um 1775. In dem Zusammenhang wies De Luca senior die Reisegruppen stets auf ominöse Funkantennen hin, die vom Dach des Sowjetkonsuls hochspießten, schamlos benutzt zum Ausspähen des Schiffsverkehrs durch das Goldene Tor ... Wie viele Einwanderer war Sandros Vater halt Nationalist.

Wieder hatte Jill das Gefühl, die Gedanken liefen ihr weg, zerstreuten sich in alle Winde. Sie trat ins Freie, wo Frieden sie umfing. Unter den Eukalypten, Pfefferbäumen, Königspalmen, Zypressen und Eichen öffneten tausend Blüten dem Morgenlicht ihre Kelche. Am Nachbarpavillon sah sie ein Holzschild, frisch geschnitzt, statt *Peter Pan* stand nun *el caballero de la triste figura* über der Tür. Es freute sie, daß Andy ihre Neckerei aufgriff und mutig seiner Melancholie ins Auge sah. Auf subtile Art verbeugte er sich damit vor ihr.

Den menschenleeren Park durchstreifte Jill in einem Vorgefühl von Inspiration. Und plötzlich ahnte sie, wie ihr Publikum sich packen ließ. Sie würde mit Fort Ross beginnen und dann das Unwesen des Westküsten-Kommunismus als zweiten Versuch der Russen schildern, im Garten Eden Fuß zu fassen. Neunzig Jahre, nachdem der Feind das Fort geräumt hatte, hob er in Hollywood sein Haupt! Das war die Erleuchtung, es sicherte dem, was folgen würde, einige Aufmerksamkeit. Wie sagte doch Jerome: Was Wirkung hat, ist stets auch wahr. An der Börse ein treffender Satz. Das nannte man Pragmatismus.

Also die *Roten von Hollywood.* Zwei Drehbuchschreiber, beides Mitglieder der KP Amerikas, hatten 1933 eine Autorengilde gegründet. Kurz darauf organisierten sich die Schauspieler, ganz im Geist der Sozialpolitik Roosevelts. Linke Ansichten waren *in,* ein antifaschistischer Ton herrschte in Künstlerkreisen; manch einer zog in den Spanischen Bürgerkrieg oder spendete für den Kampf gegen Franco. Triebkraft all dessen war die große Depression, und sie endete ja erst mit dem Kriegseintritt der USA ... Lange danach gestand Robert Oppenheimer, der Vater der Atombombe: »Bis 1942 hab ich so ziemlich jeder kommunistischen Tarnorganisation Kaliforniens angehört.« Seine alten Gefährten verriet er dann dem FBI.

Ab 1936 hatte die Partei Hollywood entdeckt. Vom Film versprach sie sich mehr Einfluß, als ihr die allenfalls 70 000 Mitglieder je geben konnten. Hollywood, das war der Glanz seiner Stars, Geldquelle und Chance, das Kino eines Tages als Waffe zu handhaben. Der Tag kam nie, die Anziehung des Marxismus verflog durch den Pakt zwischen Hitler und Stalin. Und als Churchill im März 1946 von der Ostsee bis zur Adria den Eisernen Vorhang niedergehen sah, kamen die *Roten von Hollywood* schwer unter Druck. Ein Kongreßausschuß zur Untersuchung unamerikanischer Umtriebe lud sie vor, um die Filmbranche zu säubern, das Sternenbanner fest einzurammen hier.

Die Mehrzahl der Verhörten strich die Segel, bedroht mit Berufsverbot. Walt Disney beklagte die Versuche von Mitarbeitern, seine Trickfiguren, die gegen Hitler gefochten hatten, in Klassenkämpfer zu verwandeln. Gary Cooper schwor, er habe viele Drehbücher wegen ihrer kommunistischen Tendenz zurückgewiesen. Bertolt Brecht floh vor dem Ausschuß nach Übersee, gefolgt von anderen ... Ein Klimasturz für zehn Jahre. Mit jener Zeit in Hollywood war später ja abgerechnet worden. In Streifen wie »Der Strohmann« hatte die Filmindustrie ihre Vergangenheit bewältigt. Schmerzlich blieb, daß dieser Einbruch von rechts in die liberale Geisteswelt Amerikas überhaupt möglich gewesen war.

An diesem Punkt galt es wohl, Farbe zu bekennen. Jill mußte den Leuten die eigene Haltung zum Kommunismus erklären, sonst gab es Mißverständnisse. Kommunismus war *out,* fast jeder verband dieses Wort mit dem biblischen Begriff *Sünde.* Blinder Eifer schuf Berührungsangst, ein Tabu, das die Klarstellung erschwerte. Doch wenn sie sich zusammennahm, würde es schon gehen. Sandro hatte das in seinen Vorlesungen auch geschafft.

Am Rande des Golfplatzes setzte sich Jill auf eine Bank. Sie teilte Sandros Standpunkt, der Sozialismus sei die historische Antwort auf krasse Fehlentwicklungen im Kapitalismus gewesen. Die Antwort auf Wirtschaftskrisen, Arbeitslosigkeit, koloniale Ausbeutung und die grausigen imperialistischen Kriege. Freilich eine recht mißglückte Antwort, leider. Denn die kommunistisch regierten Staaten wiesen andere Mängel auf, Schwächen ihrer beamtenhaften Planwirtschaft, der die Kraft des Unternehmergeistes fehlte, wenig Rechtssicherheit und ein starres System, das wahre Teilnahme der Bürger am Regieren noch spärlicher zuließ als die Demokratien des Westens. Auch hatten kommunistische Länder, etwa in Asien, untereinander schon Krieg geführt oder sich gegenseitig besetzt.

Jill sah den Golfspielern zu; unermüdlich trieben sie die Bälle vor sich her und folgten ihnen mit ihrem Elektrokarren durch die Landschaft. Der Sozialismus, so fand sie, lief weltweit in eine Sackgasse. Im Kreml lösten hinfällige Greise einander ab. Seit Chruschtschows Sturz vor 19 Jahren hatten sie weder Reformen riskiert noch Versuche geduldet, die Schrecken der Stalinzeit zu erörtern. Auf einigen Feldern der Wissenschaft gähnte ein Vakuum, Soziologie und Konfliktforschung lagen darnieder. So, wie die Konservativen hierzulande meinten, alle Schurkereien seien dem Kommunismus anzulasten, so wiegte der sich in der Illusion, auf so gutem Wege zu sein, daß umwälzende Änderungen sich einfach verboten. Für den Osten war Amerika der Sitz des Übels dieser Welt. Und der greisenhafte Starrsinn beider Führungsmächte, ihr Egoismus und die Arroganz, mit der sie einander verkannten – das barg den Keim eines Großkriegs, des letzten zweifellos. Ja, so erschien es ihr.

Aber sie schweifte ja ab, wieder zerflatterte ihr Vortrag. Die Stockung in der Sowjetunion erinnerte an den Stillstand in Amerika um 1933; auch an das Versanden der mexikanischen Revolution, die noch etwas älter als die russische war. Erfüllte sich da die Tragik der hochfliegenden Ideen von Freiheit, Würde und Gerechtigkeit? War es Schicksal, daß die Lehren aller großen Geister vom Moment der Fleischwerdung an den Weg allen Fleisches gingen? Hatte ihre Mutter recht, wenn sie den schlimmen Schwächen der eigenen Natur die Schuld am moralischen Zustand der Menschheit gab? Was war der letzte Grund? Aus Pamelas Äußerungen ging hervor, sie hatte sich einer Religionsgemeinschaft zugewandt, die das Übel in der eigenen Brust weniger durch innere Einkehr und stilles Gebet bekämpfte als durch tätige Nächstenliebe: Solidarität mit den Leidenden, wen auch immer sie darunter verstand. »Das ist der Glaube, zu dem ich mich bekenne«, hieß es in ihrem letzten Brief. »Mit Freuden zahle ich den Preis für meine Überzeugung ...« War das mehr als die Geste einer reichen Frau, der im Alter das Gewissen schlug, die ihren Frieden nun in der Wohltätigkeit fand?

»Hoffentlich«, hatte Jerome bemerkt, als sie ihm gestern den Brief zeigte, »streicht das Haupt dieser Sekte nicht Mutters Spenden für sich selber ein.« Pamela gehe doch jeder Geschäftssinn ab! Dem folgten Hinweise auf Jills Geld, ein Appell an den Familiengeist – sie möge in puncto Besitz, anders als ihre Mutter, stets klaren Kopf bewahren.

Jill hatte ihm kaum zugehört. Das Vermögen war ihr gleich, der Gedanke daran eher bedrückend, sie hatte auch keine Pläne damit. Ihr Paket lag auf der Bank, lombardiert und diversifiziert (in Jeros Jargon), sicherheitshalber auf fünf Positionen verteilt, die letzte ein Edelmetalldepot: zwölf Millionen in Gold und Silber. Da hörte sie lieber weg, all dem haftete etwas Peinliches an, die Ungerechtigkeit solcher Begünstigung. Den Seinen gab's der Herr im Schlaf. Die Bank schrieb ihre Steuererklärungen und überwies ihr monatlich 3000 Dollar aus dem Fonds, der – kaum beansprucht – von Jahr zu Jahr wuchs. Den Reichtum verdankte sie ihrem Großvater, genauer: fremder Arbeit; ein Ansporn für sie, im Dienst der Allgemeinheit etwas zu leisten. Ihre wissenschaftliche Laufbahn hatte einzig dieses Ziel.

Aus. Der Faden riß ab. Von ihrem Thema hatte Jill sich weit entfernt. Sie war hungrig, sah zur Uhr. Wirklich, es ging schon auf Mittag, sie hatte den Termin beim Professor verpaßt. Weshalb mißlang es ihr neuerdings, ihren Tag zu gliedern und den Plan auch einzuhalten? Es mußte an der Arznei liegen ... Beim Aufstehen fiel ihr ein, Jerome hatte erwähnt, daß der Kurs leicht anzog. Die MAC-Effekten notierten mit 251 1/8 laut Börsentext, der grün auf seinem Bildschirm flimmerte. Er hielt es für nötig, sie daran zu erinnern, daß ihr von den acht Millionen Aktien der Gesellschaft, ausgegeben einst zum Nennwert von 100 Dollar, genau 240 000 gehörten; so daß ihr Besitz um fast eine Viertelmillion wuchs, wenn der Wert des Papiers über Nacht um einen Dollar stieg. Da die Aktien verpfändet waren, wußte sie nicht, wie das zu Buche schlug; es war auch belanglos. Viel mehr bewegte sie die Frage nach ihrer Verpflichtung. Wo endete die Loyalität gegenüber der Familie, auf die stolz zu sein kein Anlaß mehr bestand? Sie hatte das Stimmrecht dem Vater übertragen, letzte Woche allerdings gedroht, es ihm zu entziehen, damit er davon absah, Sandro aus Berkeley zu vertreiben. Ihn schlicht dort wegzujagen, nachdem Dads Plan gescheitert war, ihn durch die Cory in jenen Flugzeugabsturz zu verwickeln.

Die mörderische, schier unfaßbare Absicht ... Lady Macbeth im hochzivilisierten Amerika. Noch immer ging es zu auf der Welt wie in Shakespeares Königsdramen. Kein aufgeklärtes, humanes Geschlecht! Hier, im *Merry-go-round*, nahm sie es hin, nahm es aus wohltuendem Abstand wahr. Der dämpfte das Entsetzen, gab ihr ein Gefühl von Geborgensein (trügerisch gewiß, medikamentös gestützt). Dabei war ihr doch klar, einem jeden hing das blutige Erbe der Urzeit an. Die Mythen blieben gegenwärtig, mit ihren Göttern, Helden und Dämonen; letzteren zumal.

Sie stand vor einem Gitter und merkte, sie hatte sich verlaufen. Kantige Stahlstäbe, drei Yard hoch, oben spitz. Nur unten gab es eine Querstange, auf die man den Fuß setzen konnte, der Zaun war unbezwingbar. Das wirkte ja seltsam, gerade so, als wäre dies kein Ort, an dem man sich ganz freiwillig aufhielt? Sie drehte um und stieß hinter Pferdeställen auf eine Reitbahn, begegnete auch Menschen, ohne sich aufzuraffen, nach dem Weg zu fragen. Schließlich wies ihr das Pagodendach der Residenz Swedenborgs die Richtung.

Unterwegs spielte ihr die Phantasie einen Streich. Vor den Anblick eines Tresors – die Stahltür offen, wohlgefüllt von Barren, schimmerndem Gold –, schob sich das Bild des Safes mit dem Telefon, ständig bereit, das *Nucy* zu zünden. Sie wußte, dies hatte nichts miteinander zu tun, trotzdem überlappten die Konturen wie bei einem Foto, das doppelt belichtet worden ist, schufen ein bizarres Bild: das eines Panzerschranks voller Sprengkraft und Gold. Es mißlang ihr, diese Vorstellung abzuschütteln; Namen für das, was sie da sah, gingen ihr durch den Kopf. Die Wahntrophäe, die Selbstbestattungsurne. Mit Mann und Maus. Das Ende des Siegers. Tod in der Luxusklasse. Begräbnis des Heiligenscheins . . . Abstruse Gedanken, doch sie setzten sich fest. Fröstelnd fand sie, *Endzeit der Sieger* passe am besten.

Noch einmal überschauerte es Jill. Als sie aus dem Schatten trat, wollte sie ihren Augen nicht trauen. Dort unter der Eiche, wo sie sich gestern zu Andy gesellt hatte, saß er jetzt wieder – und neben ihm Tanja Cory. Was tat sie hier, wieso lebte sie überhaupt? Wenn es ihr mißglückt war, mit Sandro den Platz zu tauschen, hätte sie doch beim Abschuß des Flugzeugs statt seiner umkommen müssen? Etwas stimmte nicht, schwerlich konnten beide am Leben sein! Ein Kribbeln stieg in ihr auf, sie hatte das Empfinden, jemand hauche sie aus nächster Nähe an. Flach atmend und kurzschrittig, mit weichen Knien, ging sie auf die beiden zu.

Sie erhoben sich vor ihr. »Grüß dich«, hörte sie die Cory sagen, unangenehm klangvoll und selbstsicher. »Ich komme, um deinen Bruder zu entschuldigen. Jerome muß nach Florida, in dieser Pool-Geschichte. Wenn du willst, leiste ich dir gern etwas Gesellschaft.«

»Danke, nicht nötig.« Nun war Jill nahe genug, um das Parfüm der Cory wahrzunehmen. »Um mich muß sich keiner kümmern.«

»Jill, seit Stunden warte ich auf dich . . .«

»Ich hatte nicht darum gebeten.«

Andy sagte: »Bitte, ich möchte mich verabschieden.«

»Bleiben Sie doch, Caballero. Frau Corys Zeit ist kostbar, sie ist schon dabei, zu gehen.«

»Um Himmels willen, was ist in dich gefahren? Du, ich muß mit dir reden.«

»Ich wüßte nicht, worüber.«

»Über sehr vieles, Jill. Zum Beispiel über Sandro De Luca.«

»Nehmen Sie diesen Namen nicht in den Mund, Mylady.«

»Wie sagst du da zu mir?«

»Haben Sie nicht versucht, ihn in das Flugzeug zu locken, Lady Macbeth? Im Auftrag derer, für die Sie tätig sind.«

»Das ist doch völliger Unsinn . . .«

»Wieso leben Sie eigentlich noch?«

»Du bist verwirrt, ich nehme dir nichts übel. Vielleicht trifft man sich mal in besserer Verfassung. Heute bleibt mir nur übrig, zu gehen.«

Jill sah sie im Park verschwinden. Diese Dreistigkeit! Ihr Herz hämmerte, doch es gelang ihr wieder, durchzuatmen. Sie hatte die Cory verjagt, es war ganz leicht gewesen, ein befreiender Sieg. Diese Frau bekam, was sie verdiente.

»Donnerwetter«, sagte Andy, »die haben Sie abfahren lassen.« Es klang respektvoll, doch sein Lächeln berührte sie sonderbar, so, als verblüffe ihn ihr Benehmen, als finde er sie zu barsch. Sie hatte nicht vor, es ihm zu erklären. Ihr Kummer ging keinen etwas an.

XIX

Auf seinem Erster-Klasse-Platz des Pan Am Fluges 042 von Los Angeles nach Miami machte Jerome Lasky es sich bequem, trotz der Müdigkeit zufrieden. Bis in die Nacht hinein hatte der Papst mit ihm über beide Onkel und den Geschäftsgang gesprochen, ihn erstmals tiefer eingeweiht; anscheinend leicht besorgt und deutlich bestrebt, sich auf ihn zu stützen. Noch nie waren sie einander so nahe gewesen. Seit gestern nämlich, als nach dem langen Wochenende (verursacht vom Labor Day) die Börse wieder öffnete, zog die Notierung der MAC-Aktien geringfügig an. Das war lange nicht geschehen, es legte den Gedanken nahe, da sei etwas von dem Deal durchgesickert, dessen Abschluß Tanja vorbereitet hatte, unter Einsatz der ganzen Person. Winston freilich hörte stets das Gras wachsen, er schien dahinter noch anderes zu vermuten, über das er sich wie üblich ausschwieg. Es hätte ihn doch freuen sollen, wenn die Nachfrage stieg und man an Wall Street seine Werte ein bißchen lebhafter handelte. Durch die Übernahme der zwei Zulieferer und den japanischen Großauftrag festigte sich Dads Marktposition.

Unter der Backbordschwinge sank die Stadt zurück. Downtown sagte ihm adieu mit all den Türmen, in Morgendunst gehüllt. Jill hatte ihm kürzlich ein erotisches Verhältnis zu Hochhäusern nachgesagt, ganz zu recht, diese Türme waren für ihn wirklich ein Ausdruck von Kraft, phallische Symbole der Fruchtbarkeit. Obwohl, das unter ihm war keineswegs der Gipfel. Erst der Anblick New Yorks riß ihn hin, das Gemisch der Stalagmiten auf dem Granit von Manhattan – bei Nacht ein Juwelenhaufen, tagsüber eine Mineralienschau, prismatische Schichten der Stadthistorie, des entfesselten Wachstums. Dauernd wurde etwas weggesprengt und neu errichtet. Wer solche Bauten auftürmte, der hatte nur im Sinn, nach den Sternen zu greifen.

Was für Dramen, 90 Jahre Wettlauf um das höchste Haus der Welt! Da war das Chrysler Building mit seiner Kuppel aus Stahlbögen im Art-Deco-Stil, dem letzten Schrei der zwanziger Jahre. Weil der Turm einer Bank in Wall Street höher zu werden drohte, krönte Chryslers Architekt sein Werk in letzter Minute mit einer absurden Spitze, hastig durch das Dach gehievt, und machte es zum höchsten Bau – für zwei Jahre. Dann lief ihm das Empire State Building den Rang ab, seinerseits erst 1972 vom World Trade Center verdrängt; auch das nun übertrumpft vom Sears Tower in Chicago.

Nie vergaß Jerome die Stunde, die er als Kind, öfter mal gnädig hochgehoben von Howard, staunend auf der Aussichtsplattform des Empire State Buildings verbracht hatte. Damals, als der Doppelturm des World Trade Center noch nicht den Schwung der Küstenlinie brach. Das flammende Abendrot, das die Turmspitzen vergoldete, die Düsternis der Nacht, wie sie über dem Ozean heraufzog, die Möwen, mit der Seebrise landeinwärts segelnd ... Und das Hochgebirge der gläsernen Büropaläste, in denen das Licht anging, die glitzernden Autoströme unten in den Schluchten, das Titanische der Brücken und die leuchtkäferhaft einschwebenden Flugzeuge – all das hatte in ihm ein tiefes Empfinden geweckt, ein Ahnen der Triumphe und Niederlagen, der Würde und Vulgarität, der Eleganz und Profitgier, der Phantasie und Gewalt, aus denen diese Stadt gemacht war, weil daraus (er wußte es inzwischen) das ganze Leben bestand.

Nicht einmal Howards dumme Sprüche konnten die Stimmung trüben. (»Weißt du, warum man keine Texaner herausläßt, Jero? Weil die immer versuchen, die Hubschrauber zu füttern.«) Als er später einmal über das Grand Canyon flog, da bewegte das Bild, so imposant es auch war, längst nicht soviel in ihm. Er fühlte, es hatte weit weniger mit ihm zu tun, es war bloß ein Stück Natur. Millionen Jahre hatte die Schöpfung für ihre Wunder gebraucht, New York, chaotisch und grandios, war erdgeschichtlich jüngsten Datums: geniales, himmelstürmendes Menschenwerk.

Da der Flug fünf Stunden dauerte – drei weitere verlor man durch den Zeitunterschied zur Ostküste, fast der ganze Tag ging drauf –, hatte Jerome vorgesorgt. Auf dem freien Platz neben ihm lag ein Stoß Zeitungen mit dem Neuesten zur Sachalin-Affäre. Der Jumbo erwies sich als Dauerbrenner, beide Seiten legten noch immer tüchtig nach. Während Moskau seine Vorwürfe, den obskuren Spionageverdacht, nun schärfer formulierte, war die eigene UNO-Botschafterin Jeane Kirkpatrick gestern mit einer Sensation hervorgetreten: dem Sprechfunk-Protokoll des Dialogs zwischen Jäger und Leitstelle, das in ihren Augen ein vorsätzliches Handeln der Sowjets bewies. Zu deren Ärger ließ die farbige Dame das Tonband als Dokument roter Niedertracht in den Sitzungssaal des Sicherheitsrates einspielen.

»Angreifen, angreifen«, bellte darauf eine russische Stimme, nachdem der Pilot gemeldet hatte, er sei drei Kilometer hinter dem Flugobjekt, könne es nicht identifizieren, jedoch das Blinklicht am Rumpfboden sehen – was preisgab, daß er sich ihm mit seiner Suchoi-15 nach moderner Jägerart von unten näherte und daß der Jumbo nicht, wie Moskau behauptete, gänzlich unbeleuchtet gewesen war ... »Ich hab's im Radar«, hieß es weiter. »Das Ziel antwortet nicht auf den Ruf. Mein Scheinwerfer ist angeknipst, sie sehen mich nicht, muß näher herankommen. Schieße mit Leuchtspur, bin auf zwei Kilometer an das Ziel heran ... Überhole es, verflixt, ich bin schon vor dem Ziel! Wohin soll ich es verfolgen? Hänge mich wieder an. Seine Flughöhe ist zehntausend Meter, zehntausend ... Jetzt versuche ich Raketen. Ziel vernichtet.«

Soweit die Übersetzung. In dem Gespräch gab es wirre Stellen und lange Pausen. Hauptsächlich redete der Pilot, ein Major Kasmin. Die Antworten und Weisungen der Bodenstationen fehlten durchweg. Einmal war von ihnen, eher unverständlich, etwas zu vernehmen, das als *wütendes Drängen* gedeutet wurde. Sie trugen spaßhafte Decknamen wie *Deputat, Karnaval* und *Trikotasch;* ein skurriler Stilbruch. Ein amerikanischer Militärfachmann schrieb dazu: »Der Funkverkehr sowjetischer Jäger mit ihren Bodenstellen wird, ähnlich unserer eigenen Praxis, von einem ›elektronischen Reißwolf‹ zerhackt und in Millisekunden auf ständig wechselnde Frequenzen verteilt. Man muß den Rhythmus der Frequenzen kennen, um die Tonfragmente wieder zu einem faßlichen Gespräch zusammenzufügen. Hierbei treten Streuverluste auf.«

Natürlich wies die Sowjetunion das Tonband mit dem mühsam nachgebildeten Dialog zurück. Kein Gerichtshof hätte es als Beweismittel anerkannt, zumal es außerdem frisiert sein konnte. Propagandistisch aber geriet Moskau durch den Text an die Wand, weil es anfangs zuviel geleugnet hatte. Es gab indes auch Gegenstimmen. Ein Kommentator hielt den Satzfetzen *verflixt, ich bin schon vor dem Ziel* für einen verblüfften Ausruf des Majors, der nun habe glauben müssen, das unbekannte Objekt wolle ihn austricksen. Habe der Jumbo ihn tatsächlich für ein, zwei Minuten ausmanövriert, nämlich durch Drosseln des Tempos unter sich wegflitzen lassen? Dann sei das als Versuch zu werten, der Suchoi-15 aufs offene Meer hinaus zu entkommen, ehe Major Kasmin sich wieder in Schußposition bringen konnte.

Ein zweiter Punkt war das Verständigungsproblem. Dazu versicherte Moskau, sein Jagdflugzeug habe den Eindringling mehrfach auf der internationalen Notrufwelle 121,5 Megahertz angerufen. Auch Kasmins Funksprüche ließen das vermuten. Amerikanische Experten bestätigten, den Sowjetjägern sei es möglich, diese Frequenz zu benutzen. Präsident Reagans Berater freilich widersprachen: Rußlands Piloten, so führten sie aus, würden mit ihren Maschinen desertieren, wenn sie sich derart verständigen könnten. Immerhin schrieb die koreanischen Luftlinie ihrem Personal vor, stets einen der drei UHF-Empfänger auf dieser Frequenz zu halten – wie bei Ozeanflügen allgemein üblich.

Jerome ließ sich das durch den Kopf gehen. Zwar wäre, so schien es ihm, die Verständigung wohl schwer gewesen mit dem schwachen Englisch des Russen, das allenfalls aus Befehlsbrocken wie *sinken, landen* oder *folgen* bestand, und dem vernuschelten Flieger-Esperanto der Koreaner. Aber daß gar kein Kontakt zustande kam? Ein Funkfachmann schrieb das »unterschiedlichen Stabilitätsmerkmalen« der westlichen und der östlichen Geräte zu. Weder das US-Tonband noch die Aufzeichnungen der Japaner enthielten einen Warnruf des Majors. War da etwas weggeschnitten worden, um Moskau noch mehr ins Unrecht zu setzen?

Dafür Erschütterndes aus dem Cockpit des Jumbos. Kurz vor dem Raketentreffer hatten sich die Piloten noch routinemäßig beim Kontrollturm Tokio gemeldet. Dann zwang der Druckverlust sie unter Sauerstoffmasken, während sie in steilem Sinkflug atembare Luft aufsuchten. Knapp eine Minute nach dem Einschlag vernahm der Fluglotse in Tokio eine Stimme, sie rief *Korean Air zero zero seven,* wurde zu wüstem Geplärr und ertrank in Störgeräuschen. Obgleich sie noch zwölf Sekunden weitersprach, hatte der Japaner nur dieses »null-null-sieben« verstanden. Auf seinen Vorschlag, die Frequenz zu wechseln, kam keine Antwort mehr. Das Tonband mit der letzten Nachricht von KAL 007 war später nachbehandelt worden. Als man den Lärm ausfilterte, so gut es eben ging, wurden ganze sieben Wörter hörbar: ». . . rapider Druckverlust . . . sinken auf eins-null-tausend.«

Diesen Abstieg auf 10 000 Fuß hatte der Crew noch geschafft. Das Radarbild sprach für ein kontrolliertes Niedergehen. In einer weiten Spirale sank der Jumbo nach dem Volltreffer rund zwölf Minuten lang von seinen 32 000 Fuß Gipfelhöhe auf schließlich 2000 Fuß. Dann erst sackte er jäh durch und schlug nach amerikanischer Darstellung wie ein Stein auf das Wasser der Tartarenbucht. Vor dem Südwestzipfel von Sachalin, außerhalb der sowjetischen Zwölfmeilenzone, versank der Jet im Meer. Es war in dieser Gegend hundert Faden tief.

Seitdem kreuzten Suchschiffe vor der kleinen Insel Moneron, um die *Black box* aufzuspüren, den schwarzen Kasten, der die Flugdaten des Jumbos enthielt. Die US-Flotte war mit fünf, die Sowjetunion mit zwei Dutzend Schiffen vertreten. Beide Seiten setzten Tauchboote ein. Viel Zeit, den Kasten zu finden, blieb nicht mehr; die Batterien seines Peilsenders erloschen demnächst.

Ohne den Kasten aber – darin stimmten die Kommentare überein – würde nie mit letzter Sicherheit zu klären sein, weshalb die Maschine um 275 Seemeilen von ihrem Kurs abkam, wann die Crew den Irrtum bemerkte, warum sie nicht von amerikanischen oder japanischen Bodenstellen gewarnt worden war und ob sie den Verfolger, die Suchoi-15, überhaupt wahrgenommen hatte.

•

Jerome schob die Zeitungen in den Aktenkoffer, fürs erste hatte er genug. Manches war recht verwirrend, die Lektüre wurde lästig; sie vertrieb ihm zwar die Zeit, doch sie strengte auch an. Mehr hoffte er von seinem Schulfreund Victor Cabot zu erfahren, dem Gehilfen des Luftwaffenattachés an der Moskauer Botschaft, mit dem er für Freitag in Washington verabredet war. Ihm traute er ein Wissen zu, das die Presse nicht zu bieten hatte: den Blick auf die Motive der Gegenseite, das Aufhellen des gesamten Hintergrunds, ja fast ein endgültiges Urteil, das seinen weiterführenden Recherchen die Richtung wies.

Dem Werk, das er mit Jills Hilfe schreiben würde, um ihr zu helfen, war ein Verkaufserfolg sicher. Und zwar von vornherein, denn er würde es schwungvoll starten, mit einem Werbeetat von einer Million, lag es erst einmal vor. Dieser Schub quetschte das Buch in die Regale eines jeden Supermarkts. Und das Schlußwort des Majors Kasmin im Funkverkehr mit »Trikotasch«, *Ziel zerstört,* diente ihm als Zündung – ein prächtiger Titel.

»Da sind Chancen«, hatte Tanja ihm gestern erklärt. »Der Fall verschwindet nicht so schnell aus dem Gedächtnis, der bleibt noch lange im Gespräch. Amerika hat ja auch die Versenkung der ›Lusitania‹ durch ein deutsches Unterseeboot im Ersten Weltkrieg nie vergessen. Ich glaube, das blieb haften, weil damals sämtliche Einwanderer per Schiff in die Neue Welt gekommen waren. Heute benutzen Millionen von uns das Flugzeug, es ist ein Massentransportmittel, deshalb geht der Schock so tief. Wäre ich noch in Hollywood, würde ich empfehlen, den Stoff zu verfilmen.«

Auf die Konferenz in Seoul hatte der Fall sich ausgewirkt, man rückte zusammen, scharte sich enger um die Schutzmacht USA. In Fernost wuchs die Bereitschaft, mehr für die eigene Verteidigung zu tun. In diesem Klima der Bedrohung war Tanja zum Zug gekommen, das hatte sie ihm angedeutet, während sie es Winston gegenüber unerwähnt ließ, um ihren Erfolg nicht zu schmälern.

Obgleich, was war daran zu schmälern? An einem Abschluß solchen Volumens kam kein Chef vorbei. Das Gerücht von jenem Großauftrag schien ja die Börse erreicht zu haben – irgendwie ihm, Jerome, schon ostwärts vorausgeeilt zu sein.

Oder sollte hinter dem Kursanstieg noch anderes stecken? Etwas in Dads Benehmen brachte ihn darauf; ein Hauch von Beunruhigung, dem Vater sonst ganz fremd. Es war, als habe er Witterung genommen, von was? Wie jeder Präsident verfolgte er aufmerksam die Entwicklung seiner Aktienkurse. Zog der Kurs an, konnte das ein Indiz dafür sein, daß jemand begann, ihn aufzukaufen, im schlimmsten Fall; normalerweise war es erfreulich, ein gutes Signal. Umgekehrt deuteten Stillstand oder gar ein Kursrückgang bei einer gesunden Firma an, daß sie an der Börse unterschätzt wurde. Derlei Unterbewertung war bedenklicher, lockten Zeichen von Schwäche doch oft die Haie an – expandierende Konzerne und deren Gehilfen, die aggressiven Makler, deren Job es war, bei der Übernahme solch einer Gesellschaft Handlanger zu sein.

Im Grunde bot jeder Blick auf die Notierungen heute Anlaß zur Besorgnis, so oder so. Erst die Bewertung des Umfelds und weiterer ökonomischer Daten gab den Zahlenreihen einen Sinn. Der Kurszettel selbst war mehrdeutig wie vieles im Leben, eine Menge schillernder Bedeutungen wohnte ihm inne, seit wann aber ließ Dad sich davon erschüttern? Das hatte er weder nötig noch war es seine Art. Zerbrach er sich jetzt dennoch den Kopf, mußte ihm etwas zur Kenntnis gelangt sein, das er einem vorenthielt. Ein Tip, eine Warnung, eine Information, die er wie üblich verschwieg.

An diesem Punkt seiner Gedankenkette schlug Jerome das *Wall Street Journal* auf, er verglich die Veränderungen bei anderen Firmen der Branche mit den eigenen. Boeing, General Dynamics, Hughes, Marietta, Northrop und so fort, sie alle hatten ein bißchen zugelegt seit Freitag, zwischen einem Viertelpunkt und zweieinhalb Punkten. Zog man die Zahlen von London, Frankfurt, Zürich und Tokio hinzu – der wesentlichen Börsenplätze, die auch am Montag, dem Labor Day, gehandelt hatten –, so ergab sich das gleiche Bild; auch hinsichtlich europäischer Verteidigungswerte. Demnach lag die Malcolm Aircraft ganz im Trend. Sehr beruhigend. Die Nachfrage verlief lebhaft, ein Aufschwung bahnte sich an, der Markttrend wies nach oben, in allgemein aufgehelltem Klima.

Und plötzlich sah er den versteckten Zusammenhang zwischen Jills Fall und dem Schicksal der Firma, der ihm neulich auf dem Weg zu Swedenborg wohl aufgedämmert, doch nicht klargeworden war. Beides ging auf den Abschuß zurück, zwei Folgen, die eine positiv, die andere negativ. Der Konnex bestand nicht bloß, wie er geglaubt hatte, im Kontrast, im Streit um seine Aufmerksamkeit, die eher der Schwester als der Firma gelten sollte. Er lag in der gemeinsamen Ursache. Das Unglück strahlte, wie jedes Geschehen, Wirkungsbündel aus, und mit zwei der Kausalreihen hatte er's zu tun: mit Jills Erkrankung und dem Wohlergehen der Branche. Licht und Schatten, die Vielfalt und Widersprüchlichkeit des Lebens.

Aber das war ja Philosophie. Er neigte doch sonst nicht zu empfindsamen Schnörkeln? Alles auf der Welt war doppelwertig, auch dieser Aufschwung – günstig für die Onkel, sie würden geneigt sein, Winston zu helfen, wenn ihnen das Dividenden versprach. Bedenklich, weil so der Appetit jener wuchs, die wie General Motors mit dem Rüstungssektor liebäugelten. Selbst Jills Leid hatte zwei Seiten, hier den verheerenden Schmerz, dort die Problemlösung; sie war mit De Luca das familiäre Drama los.

Nein, Jerome wollte nicht zynisch sein. Er hing an seiner Schwester, und er warf sich die Szene mit Tanja vor, den Mangel an Kultur. Sein Schuldgefühl war es ja, das ihn empfindsam und nachdenklich machte. Zwischen Hingabe und Unterwerfung verlief eine Grenze, über die hatte er Tanja hinweggedrängt. Eine der *unfreundlichen Übernahmen,* wie er sie dem Vater unterstellte; er war nicht viel besser als der. Er hatte sich einfach an ihr gerächt. Denn das freche Geständnis ihres Seitensprungs in Seoul hatte ihn bis aufs Blut gereizt. Etwas zwang ihn dann, die fremde Spur physisch zu verwischen, durch strafendes Eindringen den anderen zu vertreiben. Eine Art Geisterbeschwörung oder Teufelsaustreibung, archaisch und beschämend primitiv. Aber so war der Mensch, ein Wesen zwischen Gott und Tier, diesem weit näher als jenem – sündig, wie es in Mutters Briefen hieß.

Jill fragte: »Caballero, was hat Ihnen die Dame über mich erzählt?«

Andy nahm die Brille ab, behauchte das Glas und rieb es blank. Zwar war er nicht mehr so scheu wie gestern, doch hoffte sie, er werde sich ihr wieder fügen. »Nun«, sagte er endlich, »es ging um Ihr Institut in Berkeley. Sie glaubt, dort wehe ein linker Wind.«

»Sie hat mich dort mal besucht und dann das Institut angeschwärzt. Sie scheint Redefreiheit mit roter Propaganda zu verwechseln.«

»Frau Cory hat in Stanford studiert, das ist vielleicht bei ihr noch die alte Rivalität.«

»Wirft sie mir sonst noch etwas vor?«

»Ja, Ihren Widerstand gegen die nukleare Verteidigung. Und daß Sie dafür sind, Arbeiter an der Leitung von Unternehmen zu beteiligen.«

»Tatsächlich? Wie denken Sie selbst darüber?«

»Die unumschränkte Privatkontrolle der Industrie mag in Europa ein Thema sein. Bei uns ist sie einfach Faktum.«

»Das nicht erörtert werden darf.«

»Ich halte dies für rein akademisch. Es gehört mehr auf das Feld sozialer Theorie als in die wirtschaftliche Praxis.«

»Damit sind Sie Frau Corys Standpunkt näher als meinem.«

Er drückte sein Bedauern aus und fuhr zögernd fort: »Noch etwas sollten Sie wissen, Prinzessin. Frau Cory glaubt, sie würde von Ihnen irrtümlich mit dem Abschuß bei Sachalin in Verbindung gebracht.«

»Ganz recht. Sie konnten es ja selber hören.«

»Das klingt gewiß anmaßend von mir – aber fürchten Sie nicht, es könnte eine leere Vermutung sein?«

Jill hatte den Wunsch, das Gespräch zu beenden. Andys dauernder Widerspruch wurde ihr zuviel. Einer der Naturwissenschaftler, die sich um Politik kaum scherten . . . Beinah wäre sie gegangen. Aber sie wollte nicht ihren einzigen Gesprächspartner verlieren. Und so skizzierte sie ihm beim Essen im Haus *Ganymed* ihr persönliches Bild vom Zustand der Welt. Krieg, Armut und Ungerechtigkeit waren die Grundübel, nach wie vor, der Wandel des Menschen hielt mit dem seiner Umgebung nicht Schritt. Zwischen seiner sittlichen Entwicklung, die ziemlich stillstand, und seinen technischen Fähigkeiten klaffte ein Spalt, der rapide wuchs. Erfindungsgeist war mit urzeitlichen Trieben wie Habgier, Rachsucht und Machtlust fest verknüpft. Der Mensch eroberte die äußere Welt, ohne zu lernen, sich selbst zu beherrschen. In ihm wühlten wie eh und je Neid, Geiz, Mißgunst, Lüsternheit und Grausamkeit. Er fürchtete seinen Nachbarn, die Zukunft und den Tod, bestrebt, sich vor all dem zu schützen. Ein fatales, ja letales Gemengsel von Urinstinkten lenkte ihn. Es hatte seine Entwicklung ermöglicht, sein Überleben gesichert, eine Ewigkeit lang – nun nicht mehr. Das genetische Fehlprogramm würde seinem Dasein ein Ende setzen, wenn es nicht gelang, antiquierte Bewußtseinsinhalte durch zeitgemäße Begriffsketten zu ersetzen.

»Gestützt auf Computer«, schlug er vor.

»Warum nicht? Künstliche Intelligenz ist besser als natürliche Dummheit. Hauptsächlich aber durch Veränderung der prägenden Semantik. Ein tiefgreifender Umdeutungsprozeß, zäh und schwierig! Sie müssen vorgeprägte Denkverbindungen lösen, mit geheiligten Traditionen brechen.«

»Überholte Texte im Bewußtseinsspeicher löschen, die Diskette neu belegen?«

»Ganz recht. Ein banales Beispiel, ›Krieg‹. Bei diesem Reizwort wirft unser Kopf noch heute folgendes aus: ›Vaterland, Heroismus, Glorie, Zukunft, Gewinn, Bekränzung des Siegers‹. Der revidierte Speicher würde antworten: ›Kultisierte Negativhandlung, verlustreich bis generell tödlich, aus der Vorelektronik‹. Früher zog man in den Kampf, um den Feind zu versklaven, ihm die Frauen und das Vieh wegzunehmen. In der Agrargesellschaft ging's um die Anbauflächen, die vorelektronische Industriegesellschaft war auf Eroberung von Rohstoffquellen und Märkten aus – heute winkt keinerlei Beute mehr . . .«

Andy hörte ihr aufmerksam zu. Von seiner chinesischen Lotossuppe bis zu der Linzer Torte, mit der er den Lunch beschloß, schien er ihr gern zu folgen. Seine Unwissenheit in den Politik- und Sozialwissenschaften war groß, das gab er zu, bereit, das Versäumte nachzuholen, es von ihr zu erfahren. Er war ein anregender Zuhörer, sie öffnete ihm ihr Herz. Ganz in ihren Vortrag versenkt, fragte sie sich nicht, ob er von seinem eigenen Beruf wohl auch so gern berichtet hätte; weshalb er keinen Versuch unternahm, ihr etwas davon mitzuteilen. Statt dessen kam ihr der echt weibliche Verdacht, er lasse sie reden, um ihr zu gefallen. O Gott, suchte er bloß eine erotische Annäherung? Manche seiner Blicke und Worte führten sie zu dem Schluß, daß ihm mehr an ihrer Person lag als an dem, was sie sagte.

Schon der Namenswechsel seines Pavillons hatte da ihren Argwohn geweckt, nun wies noch mehr in diese unerwünschte Richtung. Er hatte sich aus der Bibliothek Cervantes' Roman *El ingenioso Hidalgo Don Quijote de la Mancha* beschafft, modern übersetzt, und war auf eine Bedeutung seines Spitznamens »Caballero« gestoßen, an die sie überhaupt nicht gedacht hatte. Don Quijote, Ritter von der traurigen Gestalt für seinen bäuerlichen Schildknappen Sancho Pansa, war in dessen Augen lebensuntüchtig und lächerlich gewesen, ritt er doch gegen Windmühlenflügel an!

Nur schwer ließ Andy sich davon überzeugen, sie habe gestern einzig sein trübsinniges Äußeres gemeint. »Oder streiten Sie etwa für eine verlorene Sache?« fragte sie, als der Kaffee kam. »Für eine rückwärtsgewandte Utopie?«

»Was bitte ist eine rückwärtsgewandte Utopie?«

»Nun, der Held des Romans zog bekanntlich aus in dem Wahn, für die Ideale des Rittertums zu fechten. Die hatten sich aber damals, als das Buch erschien, schon genauso überlebt wie heutzutage der Mythos des Krieges insgesamt.«

»Erklären Sie mir, wieso.«

»Von Afrika her hatten die Mauren einst die iberische Halbinsel besetzt; es war der Ort und die Zeit ihrer Hochkultur. Dann, im elften Jahrhundert, begann von Norden her die *reconquista,* die Rückeroberung Spaniens für das christliche Abendland. Dazu war der Kleinadel nötig, die Hidalgos, die armen Ritter. Zweihundert Jahre später hatten sie's vollbracht, ihr Ruhm verblich, und um 1600, als Cervantes das Buch schrieb, fielen sie bloß noch dem Volk zur Last. Soweit sie nicht nach Übersee gingen, um Gold zu finden und fremde Völker zu besiegen.«

»Na, ich hoffe doch, das trifft auf mich nicht zu.«

»Daß Sie dem Volk zur Last fallen oder andere versklaven?«

»Ach, dies wär vielleicht noch zu verschmerzen. Nein, daß mein Ruhm verblaßt.«

»Worauf gründet sich der?« fragte sie etwas nervös, denn offenkundig schweifte er vorsätzlich ab. Er war an dem Roman oder gar der Geschichte Spaniens kaum interessiert, vielmehr lag ihm daran, sie durch vorgetäuschten Eifer zu betören und sich vor ihr aufzubauen, als As in Physik. Studenten machten das so, ein Weg zum Flirt, sie war ihn selbst schon gegangen, als sie in stummer Verehrung um Sandro warb. Doch dies war es ja nicht, was sie bei Andy suchte: klebrige Nähe, die Intimität des Zauberbergs. Mochten Patienten im Müßiggang treiben, was sie wollten oder wozu die Natur sie zwang, ihr blieb das fern. Es war ganz unvorstellbar, bis Sandro sie wieder in die Arme schloß.

Beim Aufstehen ließ Andy sie beiläufig wissen, der Nobelpreis sei ihm nicht unerreichbar. Es klang, als forsche er auf dem Gebiet des Röntgenlasers, doch da er nicht ins Einzelne ging, verband sie keine Vorstellung damit. Es schien ein weites Feld zu sein, verstellt mit rätselhaften Apparaturen, sie übersah es noch viel weniger als er den Gang der Weltgeschichte. Während aber in ihren Augen die Kenntnis vergangener und gegenwärtiger Politik unerläßlich war, mußte man in den naturwissenschaftlichen Fächern durchaus nicht Bescheid wissen, um Mensch und Staatsbürger zu sein. Es genügte, das, was dort geschah, vom Ergebnis her zu beurteilen. »Hat es etwas mit Todesstrahlen zu tun?« fragte sie, damit das Gespräch nicht einschlief.

»Ich weiß, was Sie meinen. In ein paar Zeitungen stand ja, die Russen hätten so etwas benutzt, um den Jumbo zu verhexen und Larry McDonald loszuwerden, ihren schärfsten Kritiker. Das KGB besitze ein Geheimgerät, das durch Strahlen aus weiter Ferne die Navigation eines Flugzeugs lähmt. So hätten sie es ohne Wissen der Crew in den eigenen Luftraum gelockt.«

In Jills Kehle zog sich etwas zusammen. »Wäre das möglich gewesen?«

»Undenkbar ist das nicht; kann sein, man arbeitet daran. Nuklear gepumpter Laser, der bringt schon echte Waffenstrahlen.«

»Nuklear gepumpt, was heißt das?«

»Statt der chemischen Energiequelle ein *Nucy,* eine kleine Atomladung vom Umfang einer Nuß.« Für ihr Empfinden glitt er rasch darüber weg, als lohne es nicht, davon zu sprechen. »Der Einfall ist uralt, ich glaube, er geht auf Wells und seinen ›Krieg der Welten‹ zurück.«

Es wunderte sie, daß er das Buch kannte, einen utopischen Reißer der Jahrhundertwende. Vielleicht suchte er die phantastische Literatur nach Verwertbarem ab. Gewisse Wellen (Ultraschall,

Funk- oder Lichtwellen, das hielt sie schwer auseinander) wurden im Buch zum Todesblitz. Eine Lichtkanone, deren Strahl den Feind zu Staub verglüht. Vor sechs Jahren hatte Hollywood einen Volltreffer erzielt, *Star Wars* hieß der Film, und schon wird daran gearbeitet. Wieder einmal erfüllt der Mensch sich einen obsoleten Traum . . . Wozu aber *Nucys* in Strahlen verwandeln, wo doch die *Nucys* selbst schon die letzte Waffe sind?

Nach dem Essen spazierten sie im Schatten von Eukalypten und Zypressen träge auf das Schwimmbad zu. Sehr sportlich schien Andy nicht zu sein, sonst hätte er vorgeschlagen, mit ihr zu schwimmen. Auch gestern beim Tennis hatte sein Spiel wenig überzeugt. »Bereits vor dem Zweiten Weltkrieg«, hörte sie ihn sagen, »haben Militärs auf dergleichen gehofft, zur Luftabwehr, natürlich vergebens. Licht ist halt ein rohes Gemisch aus ungerichteten Strahlen verschiedener Wellenlänge. Man kann es nicht wie Radiowellen handhaben oder gar mit Energie befrachten. Höchstens bündeln, mit Brenngläsern und Parabolspiegeln. Das hat auch Archimedes schon gekonnt. Waffenstrahlen ergab das noch lange nicht.«

»Allahs Tränen«, sagte Jill und spürte wieder seinen Blick. Für einen Moment sah er aus, als zweifle er an ihrem Verstand. Am Swimmingpool tummelten sich, behütet vom Bademeister, ein halbes Dutzend sonnenbrauner Herren. Einer war Frau Corys früherer Ehemann, der Filmstar Maurice Lagonda. Eben bestieg er den Sprungturm und ließ auf dem oberen Brett seine Muskeln spielen. Zwar bewunderte ihn niemand, doch er bedachte wohl, daß man eine Persönlichkeit nur in harter Arbeit aufbaut und es ständige Übung braucht, jene Fitness zu erhalten, die einen Star befähigt, von einer Sekunde zu anderen vor die Kamera zu treten. Jill hatte ihn auf der Leinwand und dem Bildschirm gesehen, sie war froh, ihm unbekannt zu sein. So blieb ihr wenigstens dies erspart – die Berührung mit der Geistlosigkeit.

»Erst um 1960 hat die Physik es geschafft, im Laser verstärktes Licht einheitlicher Wellenlänge zu erzeugen. Gleichzeitig bei uns wie in Rußland. Als man damals das Laserlicht scharf bündelte, entstand ein Strahl, so heiß wie die Oberfläche der Sonne. Er zerschnitt eine Rasierklinge, als wäre sie aus Papier gewesen.«

Im Bassin spritzte das Wasser hoch. »Maurice Lagonda«, sagte

Andy. »Frau Cory kam nur zu mir, um ihn abzuschütteln. Er wich ihr nämlich nicht von der Seite, und es endete damit, daß sie ihm einen Scheck ausschrieb.«

»Das sollten Sie einer Filmzeitschrift mitteilen. Wer zahlt denn Ihnen den Aufenthalt?«

»Mein Professor. Sie haben recht, mein Gehalt gibt das nie her.«

»Dem müssen Sie ja unentbehrlich sein.«

»Ohne mich, findet er, geht manches schwer voran. Drei bis vier Wochen, dann bin ich jedesmal wie neu. Swedenborg trimmt mich bestens hin.«

Trotz des forschen Vokabulars schleppte er einen elegischen Grundton mit. Jill fühlte, es lastete Melancholie auf ihm, so munter er sich auch gab. Zugleich begriff sie ihre Taktlosigkeit. Er tat ihr doch nichts, weshalb war sie da so spitz? Er war kein Mensch, gegen den man sich wehren mußte. Beklommen fragte sie nach seiner Tätigkeit.

»Sie meinen den Röntgenlaser?« Andy winkte ab. »Da hat sich seit den sechziger Jahren mancher dran versucht. Eines Tages wird er ja Tolles zuwege bringen. Dank seinen extrem kurzen Wellen kann er alle möglichen Vorgänge in uns ›sehen‹, sogar Zellstrukturen und Moleküle, bisher noch unsichtbar. Auch dreidimensionale holographische Bilder wird es geben, Einblicke in die Miniaturwelt der Atome. Das dürfte uns die innerste Struktur des Lebens enthüllen.«

»Eine wunderbare Perspektive«, sagte Jill. In Wahrheit begriff sie nichts. *Holographisch* hieß für sie »eigenhändig geschrieben«. Die Sprachbarriere zwischen Natur- und Geisteswissenschaften war hoch.

»Die Biologen wünschen sich solche Bilder«, fuhr er verhalten fort. »Zur Klärung der Frage, was im Zellapparat schiefgeht, wenn sich Krebs bildet. Aber ich langweile Sie, Prinzessin. Wollen wir von was Netterem plaudern oder Badezeug holen?«

Sie schüttelte den Kopf. Vorhin hatte sie diesen Vorschlag erwartet, jetzt aber deutete sein unsicherer Ton und ein begehrlicher Blick ihr an, was dahintersteckte: der Wunsch, sie im Bikini zu sehen. »Das ist also Ihr Problem.«

»Im Augenblick nicht. Da beschäftigt mich die Frage, wie es kommt, daß sich meine Sicht auf den eigenen Beruf verändert, nur weil Sie mir zuhören. Das ist gerade so, als wenn man etwas unters Mikroskop steckt, aber das Licht und die Wärme, in die man es dabei taucht, verändern es. Ein Ärgernis für jeden Biologen.«

»Demnach ärgert Sie die Unterhaltung?«

»Nein, Ihr Dabeisein und Ihre Sicht der Dinge fesseln mich, ich spreche wirklich gern mit Ihnen. Nur leider in dem seltsamen Gefühl, mich ständig irgendwie rechtfertigen zu müssen.«

»Mein Gott, wofür denn?«

»Keine Ahnung. Vielleicht schon dafür, daß ich so ein Fachidiot bin, jemand ohne Ihren philosophischen Horizont. Also im Grunde gar kein richtiger Mensch.«

»Wie können Sie solchen Unsinn reden?«

»Mir ist halt so zumute. Da reite ich auf medizinischen Anwendungen herum, spreche vom Kampf gegen den Krebs, und warum?« Fast blieb ihm die Stimme weg. »Einzig um vor Ihnen besser dazustehen.«

Scheu lächelte er ihr zu, Angst vor dem eigenen Mut im Gesicht. Jill spürte, wie sie die Geduld mit ihm verlor. »Bitte hören Sie auf, Andy. Ich mag keine Andeutungen.«

»Vielleicht verstehen Sie mich falsch?«

»Nein, das glaube ich nicht. Ich bin kein Kind mehr und weiß, was Sie meinen. Wenn Sie mich anziehend finden, dann sagen Sie's doch frei heraus. Das wär gescheiter, als durch die Blume zu reden. Dabei kämen wir beide bald ins Stottern.«

»Sie nehmen es mir nicht übel?«

»Wie käme ich dazu. Es passiert doch jedem, daß er sich mal in wen verguckt.«

»Das erleichtert mich sehr. Und was ist Ihre Antwort?«

Jill zuckte die Achseln. »Sie sind es los und werden sich besser fühlen.« Es tat ihr gut, Herr der Lage zu sein. Sie war nicht erpicht auf Komplimente eines zufälligen Verehrers. Behutsam, ohne ihn zu verletzen, löste sie sich von ihm. »Muß man eigentlich unbedingt flirten? Ich finde, wir können es nicht und sollten es gar nicht erst versuchen.«

»Aber warum? Bitte nennen Sie mir den Grund.«

»Hat Ihnen das Frau Cory nicht gesagt? Ich erwarte hier meinen Freund.«

Sie nickte Andy schonend zu und ließ ihn stehen. Es war nur fair, ihm die Peinlichkeit zu ersparen – das Gefühl, sie genieße es, für ihn begehrenswert zu sein, während er vergebens um sie warb. Manche Frau reizte das, sie zog es vor, zu pausieren, bis er wieder im Gleichgewicht war ... Störend nur das Lächeln, das ihm aus dem Bart kroch! Wohl ein Ausdruck verlegen bemäntelter Enttäuschung.

XXI

Gegen drei Viertel fünf langte Jerome Lasky auf dem International Airport Miami an. Onkel Ralph hatte versprochen, ihm den Wagen zu schicken. Zu seiner Überraschung stand er jedoch selber da, um ihn in die Arme zu schließen: ein alter Herr mit Pflaumennase, füllig und pfiffig, rosig und großohrig. Er zeigte Jerome einen cremefarbenen Jaguar *Sovereign V 12* und wies auf die Vorzüge der Neuerwerbung hin: ein Zwölfzylindermotor, der aus reichlich fünf Litern Hubraum lautlos fast 300 PS schöpfe. Mit dem Wagen hatte der Chauffeur gewechselt, er hieß Rich und sah dank der niedrigen Stirn wie ein mexikanischer Ringer aus. Sein wirklicher Name, Ricardo Colasante klang eher italienisch.

Das Auto stand im Halteverbot. Sie nahmen im Fond Platz, auf Connolly-Leder, wie Ralph hervorhob, während er den Kühlschrank öffnete, furniert mit Walnuß-Wurzelholz, und den Begrüßungsschluck mischte. Sanft lenkte Rich auf die Okeechobee Road, eine Schnellstraße, doch er beschleunigte so lahm, daß Jerome fragte, ob Rich nicht fahren könne oder ob der Jaguar gepanzert sei.

»Beides«, erwiderte Ralph. »Na ja, vielleicht kann er fahren, man darf sich nur nicht darauf verlassen, daß er auch imstande ist, das Ersatzrad zu finden.«

»Was fehlt ihm, Verstand oder Temperament?«

»Er will bloß nicht, daß du deinen Drink verschüttest. Mit der Waffe ist er flink.«

»Bist du sicher, daß er kein Mafioso ist?«

»Kannst du nie sein. Der Club gibt keine Mitgliedskarten aus.«

»Ich hoffe, er entführt uns nicht.«

»Sei unbesorgt, ich selbst bin doch der Boss.«

Die Scherze gingen weiter. Jerome nippte an seinem Glas, in dem das Eis klirrte, Ralph nahm eine Pille ein. Das paßte ins Bild, Dad hatte ihn stets als Schwächling hingestellt, der unter der Einbildung litt, alle möglichen Krankheiten drohten ihm. In Malibu hieß es, von früh bis spät messe er seinen Blutdruck und die Temperatur und hoffe wider besseres Wissen, den Tag noch zu überleben. Für einen Hypochonder war er aber recht fidel. Ambivalenz auch bei ihm. Sein Faible für die Vergnügungsparks in Florida, dem Sonnenland der Rentner und Touristen, kam nicht von ungefähr. Hier hatte er seine Identität gefunden; den Frieden, schmucklos gesagt. In der Freizeitbranche ein großes Licht. Sein Werk verkörperte den Anspruch auf Glück, den Jefferson in die Unabhängigkeitserklärung hineingeschrieben hatte.

Sie kreuzten die Florida's Turnpike, eine gebührenpflichtige Autobahn, die South Miami mit Palm Beach verband, dem Ruhesitz der Millionäre. Jerome merkte, daß er *Ballantine's 30* trank, feinen dreißigjährigen Scotch, noch eine Spur milder als der *Royal Salute* von Chivas Brothers, 21 Jahre alt, den es gewöhnlich bei Winston gab. Auch ein Whisky, mit dem man sich besaufen konnte, ohne daß es einen Tags darauf reute. Auf die Reinheit kam es an . . .

»Wo denn hin?« fragte er, als Rich nach links in die Straße 84 bog, bei dem Kontrollpunkt hielt und das Wegegeld hervorzog. »Ist das nicht der Everglades Parkway?«

»Genau«, sagte Ralph. »Die Alligator Alley. Es geht durchs Indianer-Reservat, zur Krokodilfarm. Die gehört mir allein, nicht mal Steve ist da mit drin. Wir übernachten dann in Fort Myers, die Mädels freuen sich auf dich. Westflorida ist verschlafen, weißt du, nur die Girls kommen so schnell wie überall.«

»Muß das sein? In einer Stunde wird es dunkel.«

»Die Boote haben Licht, der Sumpf ist illuminiert.«

Ralphs Schwäche war, er mußte ständig etwas zeigen, das gehörte zu seinem Glück. Was er schuf, schien für ihn wertlos, solange er es denen, die er mochte, nicht vorführen durfte. Jerome ahnte, was ihn erwartete: ein nachgebautes Indianerdorf im Big Cypress Swamp. Der mangelnden Tiefe wegen hatten die Boote statt des Schraubenantriebs mannshohe Propeller am Heck. Flache Stahlsärge für Touristen, unter betäubendem Lärm preschten sie durchs Schilf, halsbrecherisch an Treibholz, Buschgruppen und Korallenkalk vorbei. Nach der Tortur bekam man träge Krokodile und Folklore von Miccosukee-Indianern serviert; so fiel auf die ein Schimmer des Dollarstroms, der ihr Schutzgebiet durchquerte.

»Lieber nicht«, bat er. »Ich hab den Kopf voll, Ralph, das würde mich jetzt töten.«

»Kehr um«, befahl der Onkel dem Chauffeur. »Zum ›Silver Shadow‹, über La Belle.«

Kein Zweifel, er war eingeschnappt. In der schrägen Abendsonne blitzten die Sümpfe auf – Everglades, der passende Name. Jerome wagte nicht zu fragen, was *Silver Shadow* sei. Wohl ein anderer Ort volksnaher Lustbarkeit. Den mußte man ertragen; schließlich hatte Ralph für sein Entgegenkommen bei den Aktien ein Recht auf verwandtschaftliche Zuwendung.

Über dem ungeheuren, urwelthaften Lake Okeechobee sank die Dämmerung. Hinter South Bay hatte Ralph die Enttäuschung verwunden, er bot eine *Romeo & Julia* an – Nummer 3, mittellang –, und Jerome gab ihm Feuer. »Silver Shadow, das ist die Krone«, kündigte der Onkel an. »Steve hat mich erst ausgelacht, nun drängt er hinein, aber da läuft er bei mir gegen 'nen heißen Ofen.«

»Ein neuer Typ Vergnügungspark?«

»Der beste, den ich je gebaut hab. Wir sind gleich da. Die Japaner haben billigere Autos, die Europäer bessere, aber in puncto Spaß sind wir Meister.«

Alles wie gehabt, dachte Jerome, Zechtour mit fröhlichem Ausklang in Damengesellschaft als Gipfel der Kumpanei. Firma und Familie wollten ihr Menschenopfer ... Irgendwo zwischen Lake Placid und Arkadia hielt Rich an einem Orangenhain. Ein Sprühregen war gefallen, hatte dem Abendrot Grautöne beigemischt und die Düfte der Erde geweckt. Beim Aussteigen spürte Jerome etwas vom Zauber Floridas, es lag tiefer im Süden als Los Angeles, umspült vom Golfstrom. Die Bäume am Parkplatz hatten Bärte wie im Dschungel, die Luft war schwer von Feuchtigkeit, Autodunst und Kindergeschrei – oder sollten das die Lockrufe subtropischer Vögel sein? Drei oder vier Glas *Ballantine's 30* trennten ihn von der Wirklichkeit.

Für zwölf Dollar kam man hinein. Am Einlaß wies Ralph auf ein Freigehege für Kinder. Hier gab man die Kleinen, gleich welchen Alters, in die Obhut geschulten Personals, um *Silver Shadow* unbeschwert zu genießen. Alkoholisch weich gestimmt, sah Jerome ein gewaltiges Wasserbett, gepolstertes Spielfeld für Ein- bis Fünfjährige, da konnten die Springteufel einander bewerfen, Schaumstoff auftürmen, sich schmerzlos kugeln. Nebenan ein Piratenschiff für Größere, durch Netze gesichert, bis unter die Toppen gefahrlos zu erklettern ... »Disneys Leute sind vor Neid geplatzt«, teilte Ralph mit. Selber kinderlos, hatte er doch an all die kleinen Menschen vom Krabbelalter an gedacht.

Der Lustgarten war einmal ein Zoo gewesen. Man durchfuhr ihn im Motorboot, sah durch den Glasboden auf bunte Fische und Korallen. Ralph aber hatte mehr daraus gemacht, hübsche Pavillons aus dem Boden gestampft und sie in stilistischer Vielfalt über die Inseln verstreut. Jeder trug außen eine Jahreszahl, und innen wurde dem Automobil gehuldigt, dem Liebling der Nation. Es begann bei einer weinroten Chaise mit Kupferscheinwerfern, Baujahr 1910. Die Halle war zeitgemäß möbliert und mit jungen Damen in Kleidern von damals belebt worden; dazu ertönte passende Musik.

Der Onkel riet ihm, unter diesen Mädchen zu wählen. »Du lebst nur einmal, Junge, nimm dir, was du kriegen kannst.«

Touristen liefen durch die Pavillons, sie bestaunten die Welt von gestern, blickten zurück in die Vergangenheit, auf blanke Karossen, altertümliche Eisschränke, die ersten Radios und seltsam kostümierte Damen. Es gab auch ebensolche Herren, doch künstlich hergestellt zur Senkung der Personalkosten, wie Ralph sagte. Zwar könnten sie zu der Tonbandstimme in ihrer Brust den Mund bewegen und ein paar Bewegungen machen, aber nicht jene, auf die das Weibervolk erpicht sei, haha.

Jerome trank kaltes Bier, dazu drang ihm der Saint Louis Blues ins Ohr. Er lächelte dem zimtfarbenen Mädchen hinterm Tresen zu, es sah appetitlich aus, er war sich seiner Schwäche für schlanke Negerinnen bewußt – doch gleich die erste? Das sähe so aus, als hätte er's dringend nötig. »Was gibt man ihnen, Ralph?«

»Du bist mein Gast. Das sind nette, anständige Mädchen, wir stellen keine Nutten ein. Sie tun's nur mir zuliebe, ab und an, für mich und zwei, drei gute Freunde.« Ralph fingerte eine Visitenkarte aus dem Hemd. »Die gib ihr, das ist schon alles.«

Das Schlaraffenland, die größte Bonbonniere, die Gott oder Ralph je geschaffen hatten. Der genoß an seiner Seite die Freuden eines Gönners. Gefolgt von *Whispering*, dem Ohrwurm von 1921, strichen sie im nächsten Bau an spinatgrünen Oldtimern vorbei, an Herrenpuppen in Shimmyschuhen, Knickerbockern, karierten Sportmützen. Den Damen glitt die Taille auf die Hüftknochen hinab, an ihrer röhrenförmigen Silhouette schrumpfte der Busen zur Belanglosigkeit. Wie hatte man es geschafft, im Land der Orangen solch flachbrüstige Frauen aufzugabeln? Jerome schnupperte an einer; ob sie wohl Qualitäten hatte, die für das Fehlende entschädigten? Er kippte noch ein Bier und las über dem Ausschank die Preistafel von 1928. Sie verriet, daß der Dollar inzwischen neun Zehntel seiner Kaufkraft verloren hatte. Harte Drinks gab es nicht, wegen der Staatsaufsicht oder weil Ralph keine Betrunkenen wünschte, die ihm dies versauten, das Bild der Harmonie? Machtvoll kam die Botschaft über, daß es einem immer besser ging, da man von Jahr zu Jahr flottere Autos, Kühlschränke und Staubsauger bekommen hatte.

Aber auch Frauen? Weiter, weiter! Ehe er zugriff, mußten pralle Formen her oder ein Schnaps als letzter Kick. Es ging auf sieben, langsam leerten sich die Pavillons, ihn packte die Furcht, kein akzeptables Weib mehr zu erwischen. Den Glanz des lackierten Blechs und die süßen Melodien im Kopf, die gnadenlos vom Tonband flossen, eilte er, den Onkel hinter sich, in alkoholischem Argwohn über Holzbrücken, die von Insel zu Insel führten. Im Dunkeln, zwischen Besuchern aus Japan, verlor er Ralph und lief ohne ihn auf die späten dreißiger Jahre zu, als nach Art eines Zapfenstreichs der Gong erschallte.

Aus, Schluß! Eine Handvoll Touristen kam Jerome entgegen, ihm war, als ziehe mit denen das Leben vorbei. Die Glastür des Pavillons 1940 fand er versperrt. Von drinnen sah ihm ein Mädchen zu, schüttelte höflich den Kopf – ein damenhaft aparter Typ, kühl, langbeinig, wattierte Schultern, eng anliegender Rock bis zum Knie. Ob sie seidene Unterwäsche trug? Ihr weißblonder Schopf war hochfrisiert, straff wie bei Valentine, der sie verblüffend ähnelte. Durch das Glas sickerte, betörend wie Rauschgift, die *Moonlight Serenade,* Originalton Glenn Miller . . . »Die oder keine«, sagte er zu Ralph, der wunderbarerweise wieder bei ihm war.

»In einer Stunde am Wagen, reicht dir das?«

»Ich komme mir vor wie ein Narr, aber . . .«

»Dann mußt du dich wenigstens nicht verstellen.«

»Aber wie komm ich ’rein? Krach schlagen? Was ist dein Sesamöffne-dich?«

»Warte, bis sie sich umdreht, Junge.«

Drinnen sang eine helle Männerstimme: *Life can be so sweet on the sunny side of the street.*

»Ach was«, sagte Jerome, »schlagen wir die Tür ein, das schont die Stimme.« Er trommelte gegen das Glas. Die Dame sah hin, erkannte den Chef und schloß ihm respektvoll auf.

»Der Herr hat vorhin etwas vergessen«, erklärte Ralph und wich zurück in die bunten Kleckse, von Lämpchen auf dem Weg getupft.

Jerome trat ein. Das Mädchen war ein wenig größer als er. »Wissen Sie ungefähr, Sir, wo es war?«

»Wissen nicht. Aber Phantasie ist stärker als das.« Ihr Parfüm stieg ihm in die Nase. Ach, weibliche Lockung und Entflammbarkeit der Männer, ihr Mangel an Treue, die Flatterhaftigkeit! Man sprach von Sex-Appeal, als entschuldige das den Verrat . . . Seit jeher zog es ihn zu leicht dominierenden Frauen. Das Grau der Augen stimmte nicht, sonst war es durchaus Valentine. Er dachte an das Hörspiel, Howards mißglückte Werbung, ihn wies Titi wohl genauso ab, aber dieses Mädchen war zu haben.

»Was ist es denn gewesen?«

»Sind Sie ein bißchen romantisch gestimmt? Dann würde ich sagen, mein Herz.«

»Ich heiße Helen«, erwiderte sie. Mit dem Schmelz der Swing-Ära sang es hinter ihr: *I found my thrill on blueberry hill.* Helen – Vision der Schönheit und Reinheit, die Aussicht, eine verbotene Welt zu betreten, in der freie Sexualität zu höheren Formen des Daseins führt.

»Und ich bin Jerome . . .« Er suchte seine Erregung zu zügeln, als sie ihn nach hinten winkte. Ein tiefes Wohlbefinden überschwemmte ihn. Ob man's nun zugibt oder nicht, dachte er, jeden zieht es zu einer Frau, die einen auch mal bei der Hand nimmt. Sie stoppte das Tonband, bevor die Evergreens sich wiederholten. Es waren nirgends mehr als drei, entsprechend der durchschnittlichen Verweildauer der Besucher, wie hielten die Angestellten das aus? Er drehte Helen herum und preßte einen Kuß auf ihre Lippen. Sie bot ihm keinen Widerstand. Als er losließ, lehnte sie schwer atmend an der Wand, bereit, sich zu ergeben. Er hätte sie gern selbstbewußt gehabt, weniger verschreckt. Er würde »Titi« zu ihr sagen, wenn er in sie eindrang, das wäre die Vollendung der Illusion.

Doch plötzlich verflog der Zauber, ihm ging auf, er konnte von ihr nicht mehr erwarten, nur einen Genuß zweiter Wahl (von wem war dieses Wort?). Wie sollte sie Charakter haben, wenn sie, müde von der Arbeit, auf einen Wink zur Verfügung stand – für einen Bonus, den Ralph ihr zahlte, falls sie ihm die Visitenkarte gab? Irgendwie war es doch schändlich ... Jerome legte die Karte vor sie hin, stammelte eine Entschuldigung und ging. Hatte er Tanja schon schlecht behandelt – so wie sie ihn –, mußte er nicht auch noch die persönliche Würde dieser jungen Frau verletzen; oder das, was davon übrig war.

»Schon?« fragte ihn Rich, als er durch die illuminierte Nacht zum Parkplatz kam. Es klang ein bißchen frech.

»Wo steckt mein Onkel?«

»Bei ihm dauert es länger, Sir. So schnell läßt ihn das Personal nicht weg.«

»Ist er hier dermaßen beliebt?«

»Na, Kunststück! Bei dem, was er für die Gegend tut.«

»Was tut er denn für die Gegend?«

»Er schafft Arbeitsplätze, Sir. Und zwar bessere als auf den Plantagen. Jeder ist froh über 'nen Job bei ihm. Vorher war das die reinste Wildnis, das können Sie mir glauben.«

Jerome sagte nichts, er glaubte es ihm. Seine Onkel zivilisierten Florida. Wie schön, ein Lasky zu sein.

XXII

Jill Lasky saß brütend am Schreibtisch, ihre Stimmung war umgeschlagen. Andys Lächeln hatte sie peinlich berührt und bis in den Pavillon verfolgt. Vor ihr, zwischen den Büchern zur Geschichte Kaliforniens, lag ein Stapel Zeitschriften; die fünf wichtigsten Nachrichten- und Wirtschaftsmagazine, anscheinend von Frau Cory. Es lagen Zettel ein, Hinweise auf das, was sie lesen sollte ... All das gefiel ihr nicht. Doch die fünf Hefte waren da, von *U. S. News & World Report* bis zu dem Managerblatt *Fortune,* krochen in ihr Blickfeld zurück, bis sie begann, die markierten Seiten aufzuschlagen.

Alle Texte behandelten den Absturz, die Tragödie von Sachalin. Illustrierte Artikel, die sie wahllos überflog. »Es war wie ein fernes Feuerwerk«, hieß es da. »Erst ein orangefarbener Ball, dann ein Knall. Gefolgt von einem zweiten Ball, tiefer am Himmel, darauf orangefarbene Funken. Zwölf Minuten nach dem ersten Knall schlug etwas aufs Wasser ...« Der Bericht eines japanischen Fischers, des einzigen westlichen Augenzeugen, wie es hieß. Jill schob das Heft weg. Das ganze Thema war ihr so zuwider wie die journalistische Ausbeutung des Falls.

Eher nüchtern schrieb *Business Week*: »Grob fahrlässig hätte die Jumbo-Crew gehandelt, wäre sie in Kenntnis des Risikos direkt auf Heimatkurs gegangen. Denn die Gerade zwischen Anchorage und Seoul schneidet auf 1000 Meilen sowjetisches Hoheitsgebiet. Man weiß, die KAL fliegt außerhalb des Tarifverbunds der International Air Transport Association (Iata). Sie bietet Flüge von Westeuropa und den USA nach Fernost für ein Drittel des Iata-Tarifs an. Das geht nur, weil sie überall spart – am Fußraum für die Passagiere wie am Sprit für die Flugzeuge. Ob ein KAL-Kapitän von seinem Kurs abweichen würde, um ein paar tausend Liter Sprit zu sparen und firmenintern eine Prämie zu kassieren? Unwahrscheinlich, aber nicht undenkbar.«

Ein neuer Gesichtspunkt. Erstaunt las sie weiter: »KAL-Piloten benutzen der Rentabilität wegen gern die *Red Route 20,* die nördlichste und kürzeste der fünf Luftstraßen, die im Nordpazifik mit 60 Meilen Abstand parallel laufen. Sie fliegen auch nicht wie üblich in der Mitte der Bahn, sondern am nördlichen Rand, weil dort noch ein paar Dutzend Meilen zu sparen sind. Doch Kapitän Chun galt mit seinen 10 500 Flugstunden als besonnener Mann. Hundertfach war er von Alaska nach Japan geflogen und kannte die Luftkarte ebenso auswendig wie den Artikel 36 des Gesetzes über die Staatsgrenze der Sowjetunion, in dem es heißt: Die Luftabwehr wendet gegen Grenzverletzer Waffen und Kampftechnik an.«

Das blieb alles hypothetisch, fand sie. Man warf etwas auf und nahm es wieder zurück, wie besessen davon, die Schilderung anderer Blätter an Vielfalt zu übertreffen. Es wimmelte von Nebensächlichem. *Newsweek* etwa hielt fest, das Flugzeug habe der Lufthansa-Tochter »Condor« gehört, es sei vor vier Jahren an die Koreaner verkauft worden. Über die Zwischenlandung in Anchorage stand da: »Fünf Passagiere stiegen aus, einer stieg zu; der war mit dem Flug KAL 015 aus Los Angeles gekommen, er wechselte den Jumbo auf Grund eines privaten Platztauschs, so daß sein Name nicht auf der Passagierliste war, die dann zur Totenliste wurde.«

Jill blätterte weiter, das ungute Gefühl nahm zu. Bilder der Boeing 747, des Jagdflugzeugs Su-15, des Abgeordneten McDonald, des Außenministers Shultz, des Parteichefs Andropow; Skizzen der Flugroute, Fotos von den weinenden Angehörigen auf Kimpo Airport und von vielen Grabsteinen. *Time* schrieb auf dem Titelbild: *Schießen um zu töten,* das *Newsweek*-Cover trug die Schlagzeile *Mörder in der Luft.* Überschwemmt von dieser Flut, hörte Jill sich plötzlich stöhnen. All das nahm sie doch sehr mit. Die armen, ahnungslosen Menschen! Tränen brannten ihr in den Augen. Jemand hatte *einer stieg zu* unterstrichen, warum? Es war auch manches angekreuzt.

Das letzte Heft stellte den Absturz aus der Sicht der Opfer dar. »Sie ahnen nicht, was ihnen da geschieht, werden es nie erfahren. Die Reisenden wissen nicht, daß sie über Sachalin schweben. Unvorstellbar für sie, daß ein Sowjetjäger zwei Raketen auf ihr Flugzeug abgefeuert hat, deren hitzesuchender Zielkopf sich in die heiße Abgasöffnung der Triebwerke bohrt und detoniert. Die Passagiere erwachen von einem tosenden Schlag, der gegen den Jumbo schmettert und die dünne Metallhaut aufreißt . . .«

Das Telefon. Jerome, dachte sie, endlich meldet er sich. Sie hob ab und hörte Swedenborg fragen: »Alles okay bei Ihnen?«

»Wieso nicht, Professor?«

»Nun, wir waren doch verabredet, wo sind Sie denn geblieben?«

»Verzeihen Sie, ich hab an meinem Vortrag gearbeitet und den Termin verschwitzt.«

»Nicht so schlimm, Jill. Kommen Sie gut voran?«

»Ich denke schon. Die Idee ist, Kaliforniens Geschichte als Teil des Ost-West-Konflikts zu schildern. Was halten Sie davon?«

»Ausgezeichnet. Ich werde mich hüten, Ihnen stümperhafte Ratschläge zu geben. Sie hatten außerdem Besuch?«

»Die Dame hat mir viel Lesestoff mitgebracht, aber ich hab sie weggeschickt und mich lieber mit Andy unterhalten.« Es störte Jill, daß sie sich wie ein Schulkind benahm, doch bei starken Persönlichkeiten passierte ihr das selbst am Telefon.

»Andy Peel? Das dürfte ein guter Mitspieler sein.«

»Ja, es sieht so aus.«

»Jill, was bedrückt Sie? Gab es Ärger mit Frau Cory? Wen Sie nicht sehen wollen, den lassen wir künftig nicht zu Ihnen vor.«

»Sehr freundlich von Ihnen, mich so zu behüten.«

»Ansonsten sind Sie wohlauf? Dann bis morgen um elf bei mir, Jill. Schlafen Sie gut.«

»Vielen Dank und gute Nacht, Professor.« Nervös legte sie auf. Es war ihr geglückt, die Unrast zu verbergen. Sie hatte es eigentlich immer geschafft, die Umgebung zu täuschen, wenn ihr elend war. Sie griff wieder nach dem Heft und las: »Das Loch entfacht im Innenraum einen Orkan. Der Überdruck der Kabinenatmosphäre entweicht wie die Luft aus einem defekten Reifen. Und zugleich mit dem Fauchen der Triebwerke, die noch laufen, dringt der Eissturm von 50 Grad minus in den eben noch wohltemperierten Hohlraum ein.«

Die Zeilen sackten weg, verschwammen vor ihren Augen. Statt dessen sah sie Andy wieder lächeln – Peel hieß er, wie sie nun erfuhr –, auf diese unpassende, sonderbare Art. Für sein Frohlokken gab es keine Erklärung . . . Oder etwa doch?

Ein gewisser McCormick beschrieb den Vorgang so: »Die Sauerstoffmasken, die nach jedem Start vorgeführt werden, mögen automatisch aus ihren Behältern herausgefallen sein. Aber die Menschen im Jumbo waren völlig verstört, in Todesangst und kaum mehr fähig, sich eine der Masken zu greifen und ›fest auf Mund und Nase zu pressen‹, wie die Anweisung lautet. Du kannst das nicht tun und dann gleichmäßig durchatmen, wenn dir der Druckverlust die Kehle zuschnürt und dir vor Entsetzen das Herz im Leib zerspringt.«

McCormick war Fachmann, ein Flugkapitän, der 1972 einen rapiden Druckverlust, wenn auch nur in 11 000 Fuß Höhe, mit seinen Fluggästen überlebt hatte, als die Tür zum Gepäckraum seiner DC-10 aufsprang. In dieser Höhe war der Druckunterschied viel geringer als bei 33 000 Fuß, und Sauerstoffmasken brauchte man gar nicht. »Was haben die Eltern an Bord mit ihren Kindern getan in dem Chaos?« fragte er. »Gelang es ihnen noch, den Kleinen die Masken aufzuzwingen? Oder haben sie die einfach nur noch an sich gedrückt und einander ihre Todesangst zugeschrien, unhörbar in dem Höllenlärm, bis sie das Bewußtsein verloren? Wer über ihre letzten Minuten nachdenkt, der kann nur hoffen, daß dies bald geschah. Aber zwölf Minuten, da hat mancher in der jähen

Gewißheit, daß es nun aus sein soll, doch noch Zeit gehabt, sich all die vergeblichen letzten Fragen zu stellen: Warum ich? Warum wir und unsere Kinder? Warum sind wir in diesem Flugzeug – unter den Tausenden, die sicher landen? Warum kein milderer Tod?«

Jill warf sich im Sessel zurück, ihre Hände umkrampften die Armlehnen – so mußte es die Passagiere gewürgt und geschüttelt haben. »Zwölf Minuten, da haben viele in grauenvoller Ohnmacht darauf warten müssen, daß ihre Köpfe in der berstenden Maschine zerplatzen wie Kürbisse, die aus dem fünften Stock auf die Straße fallen.«

Sie schlug die Stelle auf, wo es hieß, *einer stieg zu, er war mit dem Flug KAL 015 aus Los Angeles gekommen und wechselte den Jumbo auf Grund eines privaten Platztauschs, so daß sein Name nicht auf der Passagierliste war.* Oh, sie begriff, weshalb man ihr das angestrichen hatte, von wem da die Rede war! Alles um sie her zerfloß, das Interieur und die düsteren Bäume draußen verschwammen ihr. Sie hörte Swedenborg fragen, ob alles in Ordnung sei, zugleich aber sah sie Sandros Gesicht, seine flackernd erlöschenden Augen und wußte, wie grausam er zugrunde gegangen war. Ja, er war tot, qualvoll gestorben in dem Flugzeug. Seit vielen Tagen ahnte sie es. Eigentlich war ihr das immer klar gewesen. Seit der Nacht im Vatikan hatte sie es heimlich gewußt, war der Wahrheit nur ausgewichen, weil sie die nicht ertrug. Und nun die schreckliche Gewißheit, endgültig.

Was jetzt? Es gab kein Zurück in den Schutz der Lüge. Sandro war tot, sein Körper zerschellt. Sie hatte das Empfinden, selber abzustürzen. Nein, das überstand sie nicht. Ein Weinkrampf schüttelte sie, der nahm kein Ende. Was sie geplant und gehofft hatte – alles, aber auch alles war vorbei. Die Zukunft lag leer vor ihr, die Gegenwart war beschmutzt und in der Vergangenheit, mit der sie sich abgab, lag erst recht kein Trost. Was sollte ihr das Leben noch? Es war besser, diese Sinnlosigkeit zu beenden. Das würde sie wenigstens von dem Leidensdruck befreien.

Nur, wie es tun? Jill hatte keine Schlaftabletten, in dem Punkt war man bei der Aufnahme streng gewesen. Ihr fiel ein, sich in die Wanne zu legen und den Fön hineinzuwerfen. Sie ging ins Bad, ließ Wasser ein und zog den Bikini an, damit man sie nicht unbekleidet fand. Doch im Bad fehlte eine Steckdose, die war – absichtsvoll? – erst nebenan, beim Frisierspiegel, installiert, und die Schnur reichte nicht, den Abstand zu überbrücken.

Immerhin gab es noch das Schwimmbad, darin konnte sie unbehelligt sterben, nach Mitternacht, wenn keiner mehr auf war. In Jeromes Schlafraum suchte sie nach dem Bleigurt seiner Tauchausrüstung, der würde ihr helfen, unten zu bleiben. Sie fand ihn nicht, ihr Bruder hatte auf den verzichtet. Dafür nahm sie seinen Whiskey, sank im Bademantel auf die Couch und trank gleich aus der Flasche. Es schmeckte abscheulich, beizte die Gurgel, das war sie nicht gewöhnt; um so stärker die Wirkung. Der Druck ließ nach, sie mußte nicht mehr so laut jammern. Manch einer, dachte sie, erträgt so sein Schicksal, im Dauerrausch. Du nicht, du bist ganz am Boden, dein Leben ist zerstört.

Das Plätschern nebenan, sie hörte es schon einige Zeit. Ächzend hob sie den Kopf, unter der Tür kroch Wasser durch, ach so, die Wanne lief über. Sie taumelte ins Bad, schloß den Hahn und kam über triefende Teppiche zurück. Du bist wie Sandro geworden, sagte sie sich; sein Sparsinn hätte es ihm nicht erlaubt, noch Schaden anzurichten, wenn er aus dem Leben ging. Er starb, weil er den Billigflug nahm ... Welch Wirrwarr in ihrem Kopf! Wüst wälzten sich Gedanken dahin, trieben in diesem Strom Erinnerungsbilder, grau und beschmutzt, bis sie einschlief – von einem Moment zum anderen, wie narkotisiert.

Jill Lasky erwachte gegen halb zwei. Für ihr Vorhaben die beste Zeit. Sie tappte ins Freie, gelähmt von schwerer Müdigkeit. Der Boden wankte unter ihr wie nach einem Segeltörn auf rauher See. Weder der Mond noch die Bäume standen still, trotzdem fand sie sich zurecht und wich einem der Wachtmänner aus, die nachts den Park durchstreiften. Der Pool war schwach beleuchtet, das kam ihr entgegen. Sie stieß an ein Schild, es fiel ins Gras – nein, niemand hatte das gehört. Gewiß verbot es, ohne Aufsicht zu baden.

Sie wollte vom oberen Brett springen, um gleich im Tiefen zu sein, vom Kälteschock betäubt. Den Bademantel warf sie ab und erklomm die Leiter, ein Frösteln zwischen den Schulterblättern. Würde sie es schaffen? Vor dem Sprung ausatmen, das war klar ... Die Leiter driftete weg, sie umklammerte den Stahl, über ihr hing der Turm wie ein Bootsmast bei Wellengang, auch das Sprungbrett schwankte. Auf allen vieren bis ans Ende kriechen, sonst stürzte sie ab, auf den Beckenrand. Das Wasser sah seltsam aus, starr, grünlich, weit entrückt. Gleich aber nahm es sie gütig auf, sie tauchte in die Ewigkeit.

Kaum jedoch hatte sie das Brett ertastet, da rief man sie von unten an. Erwischt! Sie konnte nicht schon loslassen, ohne das Wasser zu verfehlen. Auch wäre der Kerl ihr ja nachgesprungen. Während der zu ihr hochturnte, beschloß sie, die Absicht zu leugnen; sonst kam sie unter Aufsicht und hatte keine Chance mehr. »Was ist los?« rief sie böse. »Darf man nachts nicht mehr hinein?«

Der Mann langte bei ihr an, umspannte sie schützend mit seinem Körper, der süßlich roch, nach einem Spray, und löste ihre Finger behutsam von den Sprossen. »Nicht wenn man getrunken hat.«

Unter seiner Berührung drehte sich ihr schier der Magen um. Sie stieg mit ihm ab, zitternd vor Ekel und Empörung. Unten erst, im grünen Hauch der Bassinlämpchen, sah sie, es war kein Wächter, sondern ein Patient – Maurice Lagonda. »Was fällt Ihnen ein!« Sie riß sich von ihm los. »Was zum Teufel tun Sie hier?«

»Danken Sie Ihrem Schöpfer, daß ich vorbeigekommen bin.«

»Sie spielen Polizist und wollen auch noch Dank«, schrie sie verzweifelt, obschon das seinen Argwohn wecken konnte. Sie war sich ihres Fehlers bewußt, doch die Wut trieb sie zu weiteren Ausschreitungen, und in der Hoffnung, den Mann noch zu verjagen, beschimpfte sie ihn. »Hauen Sie ab und kümmern Sie sich um Ihren eigenen Kram.«

Weder war das ihre Sprache noch der Ton, den man hier anschlug. Von ihrer Grobheit selbst erstaunt, sah sie, daß Lagonda zum Becken trat und hinabwies. »Der Pool ist leer«, sagte er gedämpft wie jemand, der es versteht, Pointen trocken zu servieren. »Man hat das Wasser abgelassen. Ohne meine Einmischung . . .«

Sie starrte ihn verständnislos an. Was faselte er da? Dann dämmerte es ihr, sie begann übergangslos zu schluchzen, der ganze Jammer brach aus ihr heraus. Lagonda bückte sich nach dem Bademantel und legte ihn ritterlich um ihre Schultern. »Sie bibbern ja! Das wäre leicht schiefgegangen, wie?«

»Bemühen Sie sich nicht«, stieß sie hervor.

»Ich bringe Sie jetzt heim, zu Bett, wenn Sie gestatten.«

Was hatte er mit ihr vor, wollte er Retterlohn kassieren? Am Ellbogen geführt, wankte Jill ihrem Quartier zu. Dabei fing sie an, das Scheitern des Plans und die ganze Hoffnungslosigkeit als quälende Dinge hinzunehmen, die zu ihrem kaputten Dasein gehörten. Nicht einmal Lagondas Zugriff, seine übelkeiterregende Nähe schreckten sie noch sonderlich. Vielleicht sah er ja davon ab, sie zu belästigen? Hatten doch die Figuren, die er zu verkörpern pflegte, durchweg einen sauberen Kern gehabt ... Der Gedanke bewahrte sie vor Hysterie. Zog sie ihn in ein ruhiges Gespräch, blieb er am Ende gesittet. »Schlafen Sie so schlecht, daß Sie nachts spazierengehen?« fragte sie ihn nahe dem Pavillon.

»Ich hab auch ein Alkoholproblem«, erwiderte er liebenswürdig. »Nur, im Unterschied zu Ihnen, mich hat man trockengelegt.«

»Also, falls es Ihnen etwas nützt, da ist noch ein Rest in meiner Flasche.«

»Das ist lieb von Ihnen, aber ich will doch versuchen, es durchzustehen.«

Er sprach kultiviert und benahm sich so korrekt, daß sie einsah, ihre Befürchtung war grundlos gewesen. Womöglich lag es auch an der Dunkelheit, er konnte ihren Blick nicht sehen, der viele reizte – wegen dieses albernen Details, der Asymmetrie ihrer Augen. Beschämend für die Männerwelt, daß so etwas auf sie wirkte.

Vor der Tür wünschte er ihr eine gute Nacht und kehrte manierlich um. Offenbar wollte er die Rolle des Retters mit Anstand spielen. Vor ihm mußte sie nicht auf der Hut sein, und das Motiv seiner Zurückhaltung schien tatsächlich in seinem Beruf zu liegen. All die positiven Gestalten hatten auf ihn abgefärbt, er strebte denen nach. Die Macht der Schauspielkunst über den, der sie ausübte, war augenscheinlich so stark, daß Jill von seiner Seite jede weitere Belästigung erspart blieb.

Aber ach, was half das schon.

DIE ENTRÜSTUNG

Auf den leuchtenden Schwingen der Wissenschaft
kann die Steinzeit zurückkehren . . .
Die Arsenale jeder Seite reichen aus,
um die Trümmer tanzen zu lassen.

Winston Churchill

XXIII

Kurz vor neun wurde Jerome durch das Telefon wach. Tanjas Stimme drang an sein Ohr, tief und bestrickend. Da es in Kalifornien erst sechs war, argwöhnte er, von ihr Unangenehmes zu hören. Doch sie fragte ihn nur, wie er vorankomme und ob er ihr treu gewesen sei. Er hatte von dem Lebensstil seiner Onkel erzählt und bereute das nun; es zwang ihn zu Erklärungen, deren defensiver Ton Tanja eher aufhorchen ließ. Ihr Spürsinn war hoch entwickelt.

»Man erreicht dich schwer, Jero. Weshalb versteckst du dich?«

»Weil Ralph mir dauernd etwas zeigt. Er schleppt mich durch halb Florida, von den Krokodilen bis Orlando.«

»Warum bist du in keinem der Best Western Hotels?«

»Das eine ist zu weit ab, die zwei anderen sind mitten in der Stadt und zu laut.« Dumm, sich rechtfertigen zu müssen. »Jetzt sind wir im ...« Er schielte nach der Reklame auf dem Nachttisch, um zu sehen, wie das Haus hieß.

»Im *Colony Plaza* von Ococee, ich weiß es besser als du. Paß auf, die Sache ist, ich kann dich im ›Karussell‹ nicht ersetzen. Deine Schwester lehnt mich ab, sie ist recht ausfallend geworden.«

»Das tut mir aber leid, Liebling.«

»Es sollte jemand von der Familie bei ihr sein.«

»Ich will mein Bestes tun, es zu beschleunigen.«

»Komm zurück, Jero, mit ihr stimmt etwas nicht.«

»Deshalb ist sie ja dort, in guten Händen. Mir steht das Gespräch mit Steve bevor; bei ihm liegt die Entscheidung.«

»Macht er Schwierigkeiten?«

»Ich hab den Eindruck, er gibt das Stimmrecht nicht ohne weiteres her. Ralphs Getue läßt vermuten, er will etwas dafür.«

»Was kann das schon sein? Ein Ehrenplatz im Clan! Er ist doch der älteste von den Häuptlingen.«

»Du kennst ihn nicht, der Clan ist ihm schnurz.«

»Jedenfalls, du bist hier dringend nötig.«

Tanja legte so schnell auf, daß er sich unter Druck gesetzt fühlte. Sie zeigte ihm die Krallen. Durch 3000 Meilen Draht spürte er, sie wollte ihn aus Florida weghaben, nachdem sie ihn vorgestern noch gedrängt hatte, zum Wohle der Firma hinzufliegen. So sprunghaft konnte sie sein.

Verärgert trat er unter die Dusche. Was Jill auch zu ihr gesagt haben mochte, ihm war, als bausche Tanja es auf, um seine Rückkehr zu betreiben, die erst für Dienstag vorgesehen war, zu Dads Geburtstag. Am Wochenende stand Washington auf dem Programm, das Gespräch mit Cabot, und dann wollte er Pamela sehen. Am 12. September legte ihr Schiff im New Yorker Hafen an. Sosehr ihn Jills Zustand betrübte, der Flug nach Norden war gebucht, der Termin von Cabot bestätigt. Er konnte nicht noch einen Abstecher nach L. A. in den Reiseplan quetschen.

Die subtropische Luft auf dem Balkon besänftigte ihn. Der Atem Zentralfloridas, seiner Wiesen, Zitrushaine und tausend Seen, von Wildnis gesäumt. Was zum Teufel fiel Tanja ein, ihm, der sich hier ein Bein ausriß, Schuldgefühle zu vermitteln? Sie hatte es weiß Gott nicht nötig, auf Ralphs Mädchen eifersüchtig zu sein.

Der Schatten des Hotels schrumpfte schon. Es stand an der Interstate 50, die den Atlantik mit dem Golf von Mexiko verband; nordwärts zweigte die Nebenstraße nach Ococee ab. Eine Weggabelung wurde Keim einer Ortschaft. Rings um den Parkplatz, mit dem es stets begann, lagen schon ein Supermarkt, eine Bankfiliale, die Pizzeria, der Autoladen nebst Tankstelle und das unvermeidliche Lokal von McDonalds sowie vier, fünf leere Läden. Jedem stand es frei, sie jederzeit zu mieten, ohne den Stempel einer Behörde, um eine Videothek oder einen Waschsalon zu eröffnen und je nach Talent und Glück darin Geld zu machen oder Pleite, bis zum nächsten Anlauf. Mach's noch einmal, Sam!

Das war Amerika, sein Pioniergeist, seine Lebenskraft, das Gefühl der Weite. Mit dem Autodunst die Freiheit atmen, ja, hier ließ sich's leben. Die beiden Onkel waren so schlau gewesen, zeitig herzukommen und ihr Geld in spottbilliges, unerschlossenes Land zu stecken. Ein enormes Monopoly, lustiger wohl, als Waffen zu schmieden. In den sechziger Jahren hatten sie diesen Reibach gemacht, daher ihr heiteres Gemüt. Dad hielt sie für Banausen, aber der Erfolg gab ihnen recht.

Nach dem Frühstück fuhr Rich sie in dem cremefarbenen Jaguar über die Florida's Turnpike und die Interstate 4 einige zwanzig Meilen südwärts ins *Magische Königreich.* Sie passierten das hübsche Neuengland-Viertel von *Disneyworld,* parkten an einem Restaurant, das Coca-Cola betrieb, und liefen ins Abenteuerland mit seinem Baumhaus, dem Urwald-Trip im Dampfboot und den verzauberten Tiki-Vögeln in Regie der Zitruserzeuger Floridas. Dem Onkel hatten es die karibischen Piraten angetan, nie sah er sich satt an den malerischen Kulissen. Jetzt saß man im Boot, es lief durch flache Kanäle auf Schienen, und Ralph wies auf bizarre Einzelheiten hin.

»Was ist mit Steve?« fragte Jerome. »Wird er zustimmen?«

»Wir treffen ihn gleich im Berg der Raumfahrt. Sieh mal dort, Junge, der Henry Morgan ist neu. Auch die Hinrichtung und der Folterkeller sind verbessert worden.«

»Bezaubernd! Was sind seine Wünsche?«

Den Onkel beanspruchten die dramatischen Bilder so, daß er sich allein dazu äußern mochte. Danach genossen sie die Aloha-Insel, geführt von Dole Ananas. Das Tremolo schluchzender Geigen und Gitarren verklang erst am Grenzland – abgelöst von Hillbilly und Westernsongs, rauh untermalt durch Banjos. Jerome seufzte, der Marsch nach Golgatha hatte schlimme Etappen, und das Gewühl! Die Menschenmassen auch noch nach der Urlaubszeit! Alte Ehepaare, Touristen, Leute jeder Hautfarbe mit Kindern und Fotoapparaten drängten um die Attraktionen, standen Schlange vor einer Schießbude, die beharrlich *in Dixieland I take my stand* spielte, das freche Lied der Südstaatler im Bürgerkrieg. Der Liberty Square sah aus wie eben von General Lee erobert, Pappbecher, Popcornschachteln und Orangenschalen bedeckten ihn knöcheltief. Jerome wünschte, die Lagune möge über die Ufer treten und all das hinwegschwemmen, mitsamt den schwitzenden, schlampigen, lutschenden und kauenden Menschen.

Ralph hatte überall Vortritt. Gitter öffneten sich ihm geheimnisvoll, die Schlange wand sich noch am Strand, da war man schon auf dem Mississippi-Flußschiff, das zu den Akkorden seines Nebelhorns die Tom Sawyer Insel umkreiste. Fette Frauen beherrschten das Oberdeck, an der Reling kämpften ihre Hinterbacken und schwabbelnden Brüste um Platz. »Schau dir das an!« Ralph breitete die Arme aus. »Alle genießen es. Ist das nicht wunderbar, Junge? Willst du wirklich schon morgen wieder weg?«

»Ich muß. Oder meinst du, es bringt Unglück, an einem Freitag zu fliegen?«

»Selbstverständlich. Es ist immer schlimm, Florida den Rücken zu kehren, weshalb soll das freitags anders sein?«

Am Spukhaus nahmen sie die Schwebebahn, das kürzte den Weg ab. Hoch über das Phantasieland mit Dumbo, dem fliegenden Elefanten, Cinderellas Goldenem Karussell, Peter Pans Mondfahrt und noch mehr Spektakel trug die Gondel sie wohltuend hinweg. Für kurze Zeit blieb das Getümmel zurück, der Geruch nach Gurke, Zuckerwatte, Würstchen und Pfefferminz. Rich leckte Erdbeereis, der Umriß einer Waffe beulte ihm das Jackett.

An der Endstation erwartete sie Steve, das Ananasgesicht. Untersetzt wie sein Bruder, aber drahtig, knochig, mit schmerzhaft festem Händedruck, ein viriler Siebziger, das Haar schwarzgefärbt. Um ihm zu gefallen, hatte Jerome vor Jahren erklärt, er liebe den Berg der Raumfahrt. Seitdem büßte er für seine Lüge. Am Einlaß warnten Schilder kreislaufschwache Besucher vor dieser Sensation. Gefolgt von Steve, betrat er die kegelförmige Halle wie ein Verurteilter das Schafott. Der Onkel schnallte ihn fest und bestieg selber das nächste Fahrzeug.

Der Wagen schoß los, hinein in tiefe Nacht, umhüllt vom Donner des Raketentriebwerks. Er fauchte auf und ab, durch derart enge Kurven, daß Jerome seine Muskeln anspannte, um nicht in die Schwärze des Alls geschleudert zu werden, das durch flimmernde, jäh wegkippende Sternbilder noch trostloser wurde. Nie sah man die nächste Kurve, den nächsten Aufstieg oder Absturz kommen! Es war eine einzige Strafe und Qual. Als das Fahrzeug endlich hielt, kroch er zermalmt heraus, einen Würgereiz im Hals.

Steve schlug ihm auf die Schulter. »Noch mal?« fragte er, bereit, seinem Neffen den Wunsch zu erfüllen, auch wenn sich draußen eine Schlange von Todeskandidaten um das Bauwerk wand.

»Danke, es war phantastisch, aber wir sollten reden, solange uns das Hirn noch nicht ganz zentrifugiert ist . . .« Er zwang seine Übelkeit nieder. »Erst das Brot, dann der Kuchen.« Vor dem Onkel nahm Jerome zu seinem Verdruß dessen Sitte an, sich in Sprichworten mitzuteilen.

»Spaß muß sein! Wo bliebe sonst der Sinn?«

Was immer etwas lästig war: Steve faßte Menschen, die er mochte, gern mit seinen großen harten Händen an. Draußen lockte ihn neuer Nervenkitzel, die Rennbahn von Goodyear, das 360-Grad-Kino von Black & Decker mit dem Film »Amerikanische

Reisen« und die Show »Wenn du Flügel hättest« der Eastern Airlines. Aber Ralph drängte zum Lunch ins *Epcot Center.* »Gut amüsiert?« erkundigte er sich.

Jerome rang nach Luft, der Gedanke an Essen stülpte ihm fast den Magen um.

Zwischen der »Marsmission« und dem »Fortschrittskarussell« stand Steves Wagen, ein blankpolierter Rolls Royce Silver Cloud. Zu dritt stiegen sie in den Fond. Steves Chauffeur, vor schalldichtem Glas, rollte sacht zur Main Street; hinter ihm Rich und zwei weitere Männer im Jaguar. Man hörte den Motor kaum flüstern. »Du hilfst der Firma«, fragte Steve. »Was hast du davon?«

»Ein gutes Gefühl. Blut ist dicker als Wasser.«

»Auch wir«, sagte Ralph, »gedenken der alten Zeiten.«

»Nicht oft«, merkte Steve an. »Aber ab und zu darf das sein.«

Jerome sah von einem zum anderen. Ihm war, als legten die beiden etwas von ihrer Haltung ab, so wie man den Schlips lockert, und was lugte hervor? Verschlagenheit! Bisher war er ihnen stets nur privat begegnet, geschäftlich nie . . . Es galt, auf der Hut zu sein.

Der Rolls Royce hielt an einem Orangenhain, Steve wollte pinkeln, die schwache Blase war sein Handicap. Im Hintergrund stoppte der Jaguar, umwölkt von Staub. Ralph wies hinaus auf die wogenden Blätter, er fragte: »Gefällt dir das?«

»Hm«, machte Jerome. »Es erinnert mich irgendwie an Frauen.«

»An Frauen?«

»Alles erinnert mich an Frauen.«

Ralph grunzte, diese Art Humor kam immer bei ihm an. Steinzeithumor, Machismo, Protzerei der Urahnen. »Mir bringt das Zeug kein Glück«, klagte er. »So hab ich mal angefangen, mit Saftorangen, Plantagen aus 'nem schieflaufenden Geschäft, und du wirst sie einfach nicht wieder los. Inzwischen kann ich Apfelsinen nicht mehr ausstehen.«

»Ist die Rendite so schlecht?«

»Nein, 13 Prozent. Außer bei Dürre oder Frost. Nur der Ärger mit den Saisonkräften, Jero. Und den schmierigen Vermittlern.«

Worauf lief das jetzt hinaus?

»Einer von diesen zwielichtigen Burschen hat's auch geschafft, uns das einzubrocken. Steve und mich in ein krummes Ding zu ziehen. Der Kerl sah aus wie ein Revolutionär in Zivil, und weißt du, wie er mich angesprochen hat? ›Wollen Sie eine Million Dollar in zehn Minuten machen‹, fragt der doch eines Tages. ›Das ist leider unmöglich, Sir, aber die Voraussetzungen sind folgende‹ . . .«

»Was für ein Ding?«

»Waffen. Wegen unseres guten Namens. Natürlich fehlte es ihm an Kapital, und als ich von ihm wissen wollte, warum er gerade zu mir damit kommt, sagt doch der Kerl: ›Ich mag Geld, das nach Orangen riecht.‹ Das hätte mich warnen sollen, aber da es so witzig klang, kamen wir ins Geschäft.«

Steve kehrte zurück, die Hand noch am Hosenschlitz.

»Ich erzähle es ihm gerade«, sagte Ralph.

»Tu das.« Unter der pockennarbigen Lederhaut regte sich kein Muskel. Jerome fiel die fehlende Mimik seines Bruders ein; Howard hatten die gleichen Gene geprägt. Sie wollten doch wohl nicht, daß er im Gegenzug für ihr lausiges Stimmrecht mit ihnen in den Waffenhandel stieg? Ein Lasky, hatte Dad ihm eingeschärft, tut niemals Ungesetzliches. Auch war, wie man hörte, in der Branche die Lebenserwartung recht gering.

Der Handel, den Ralph ihm nun beschrieb, war freilich ganz legal gewesen, zumindest bei Beginn. Die Onkel hatten nur den familiären Hintergrund genutzt, das Ansehen der Laskys bei der einheimischen Luftfahrtindustrie. Sie hatten im Auftrag der Saudis 20 Zivilmaschinen vom Typ Cessna *Citation* gekauft, zum Stückpreis von sechs Millionen. Der vierstrahlige, viersitzige Jet konnte zwei Tonnen Elektronik tragen. Baute man ihm ein Gerät ein, das *Lear Pandopter* hieß und zehn Millionen kostete, wurde daraus ein Radarspion. Das Gerät spürte Radarstationen auch dann auf, wenn sie gar nicht arbeiteten.

Mit dieser militärischen Abart der Cessna *Citation* war der Rubikon überschritten, man operierte in der Grauzone, außerdem zerschlug sich das Geschäft. Saudiarabien wollte die Maschinen für den Irak haben, dessen Piloten aber konnten sie nicht fliegen, und so bat man Ralph und Steve, die 20 Jets woanders loszuschlagen, obwohl die Ausfuhrgenehmigung, dem Hersteller Cessna von Washington erteilt, auf Saudiarabien lautete . . . Jerome fühlte mit ihnen, ein Abschluß im Umfang von 320 Millionen schien geplatzt, bei einer Provision von 30 Prozent.

Aber nun hatten die zwei Laskys, traute er ihrem Bericht, an Bolivien verkauft, ungeachtet der nur für Nahost gültigen Exportlizenz. Und damit tauchte der Vorgang ins kriminelle Dunkel ein. Denn die Regierungsmafia in La Paz, tief in den Rauschgifthandel verstrickt, schob die 20 Cessnas an kolumbianische Drogenschmuggler weiter, die damit Kokain nach Florida schafften! Das war Beihilfe, damit verstieß man schwer gegen das amerikanische Strafgesetz. Ralph und Steve waren wider Willen in etwas Haarsträubendes hineingerutscht, ebenso gelenkt von fremder Hinterlist wie von der eigenen Habgier. Mit dem *Lear Pandopter* in Jets, die 560 Meilen pro Stunde flogen, wurde die Abwehr der US-Drogenfahnder zum Witz.

Was war zu tun? Den Mantel des Schweigens darüber – nicht so einfach! Die Onkel hatten ihre Provision zwar nun kassiert, aber in kleinen Scheinen, wie sie halt im Straßenhandel mit Rauschgift zusammenkamen. Es war schmutziges Geld, Narco-Dollar, und er, Jerome, sollte es ihnen waschen, irgendwie. Das übertraf seine Befürchtungen, es verschlug ihm die Sprache. Die beiden muteten ihm zu, mitschuldig zu werden bei einer Tat, für die hohe Geld- und Freiheitsstrafen drohten. Daß er sich einließ auf etwas, das schlimm enden konnte, in einem markerschütternden Skandal.

»Es sind bloß fünf kleine Postsäcke«, sagte Ralph. »Damit wirst du doch fertig, Jero. Nimm einen Kombi und fahr nach Las Vegas, das ist der beste Waschsalon.«

»Auch Winston sitzt in der Tinte«, erinnerte Steve. »Wir greifen ihm unter die Arme, mit dem Stimmrecht und diesen hundert Millionen, gegen Vorzugsaktien. Obwohl man jetzt vielleicht riskiert, was man ihm gibt.«

»Er sitzt in keiner Tinte. Er expandiert, das ist der Grund. Da kommt ein Auftrag aus Japan herein, rund eine Dreiviertelmilliarde, das hat ihn veranlaßt, die Kapazität zu erweitern. Ihr könnt ihm vertrauen, keiner schmeißt den Laden so wie er, da ist euer Geld gut aufgehoben.«

»Erst muß es mal sauber sein.«

Der Rolls Royce langte vor dem *Epcot Center* an, die Preistafel erschien in Jeromes Blick. Ein Tag in der Zukunftsstadt kostete, ganz wie im Magischen Königreich, 24.50 Dollar, für Kinder von drei bis zwölf 19.50 Dollar, das ergab bei dreizehn Millionen Besuchern im Jahr ... Wieso fiel es ihm schwer, dies auszurechnen, warum versuchte er es überhaupt? Was ging ihn die Rentabilität von *Disneyworld* mit ihren 20 000 Bediensteten an? Eine schwere Komplikation! Er merkte, das Ansinnen der zwei hatte ihn aus der Fassung gebracht.

»Geschäft ist Geschäft«, teilte Steve mit. »Die Kunst des Unmöglichen, genau wie Politik.«

»Winston hat schon als Kind den Mund weit aufgerissen«, sagte Ralph. »Weshalb schickt er eigentlich dich?«

»Man hat ihm von meinem Glück an der Börse erzählt.«

»Wie hast du dir da die große Nummer gemacht?«

»Eines Tages wachte ich auf und fand, ich war es.«

»Gut gebrüllt, Superbastard.«

»Mein Erfolg besteht nur zu einem Prozent aus Inspiration, der Rest ist Transpiration und Transkription – abschreiben, schlicht gesagt.«

Sie rösteten ihn auf kleiner Flamme, während man in die Vergnügungshölle fuhr. *Epcot Center* war brandneu, noch unfertig, beim letzten Besuch hatte Jerome nur Fundamente und Baugruben gesehen. Fast dreimal so groß wie *Magic Kingdom,* war es titanisch, das teuerste Unterhaltungswerk aller Zeiten. Das Entree wurde vom »Raumschiff Erde« beherrscht, einer 180 Fuß hohen Kugel aus silbrigen Waben. Ein Bau von AT & T, der Konzern bot darin die Geschichte der Kommunikationstechnik dar, von den Buschtrommeln bis Telefax. Alles war eine Nummer größer, auch die Firmen, die sich vorstellten. Statt Florida Citrus Growers und Dole Pineapple hießen sie Sperry, Exxon, Kodak, General Electrics oder United Technologies; lauter erste Adressen.

Der Rolls Royce umfuhr eine Fontäne, wispernd rollte er der Sonne entgegen in das »Schaufenster der Welt« und begann, den prächtigen See zu umrunden, der es ausfüllte. Fähren durchschnitten das glitzernde Wasser mit seinen drei Inselchen. »Der Himmel auf Erden«, sagte Ralph. »Kein Mensch muß mehr in die Ferne ziehen, Florida genügt. Hier liegt alle Schönheit dieser Welt. Sieh den Tempel der Japaner ...«

Jerome merkte, ihm wurde eine Pause gegönnt, er mußte sich jetzt nicht wehren, nur auf das schauen, was vorüberzog: die

»Wunder Chinas«, die deutsche Altstadt, Fachwerk mit bayrischem Biergarten, der italienische Renaissance-Palast und das »Amerikanische Abenteuer«, inszeniert von Coca-Cola und American Express. Sie umkreisten den See, ließen das marokkanische Kunsthandwerk, das Festival der französischen Küche, englische Gotik und kanadische Einkaufsstraßen hinter sich. Vor der *Cantina de San Angel* hielt man, sie stiegen aus, begleitet von den Männern, die ihnen im Jaguar gefolgt waren.

Die Leibgarde, dachte Jerome, Dad hat so etwas auch. Außer den Wächtern im Vatikan den Werkschutz in Van Nuys, 40 Mann mit Maschinenwaffen, Handgrananten, Panzerspähwagen. Der Unterschied: Seine Privatpolizei ist legal, sie entspricht dem Sicherheitsgrad *cosmic,* ihm und der Firma behördlich zuerkannt, als Objekt der Landesverteidigung. Ralph und Steve aber stehen mit einem Bein außerhalb des Erlaubten. Es ist unglaublich, die CIA und das Außenministerium haben ihren Deal gebilligt, weil feststand, daß die 20 Jets nicht gegen Israel fliegen würden, bloß gegen den Iran. Und jetzt fliegen sie nach Florida, voller Kokain, vergiften das eigene Volk.

»Gönnen wir uns das«, sagte Steve. Auch er liebte Mexiko. Dessen Palast erhob sich gegenüber der *Cantina* ockerbraun in Gestalt einer Maya-Pyramide. Jerome trat aus der Glut in den kühlen Vorsaal, wo man *El caballo blanco* spielte, Gitarren und schmerzlicher Gesang. Eine Riesenschweinerei, in die man ihn hineinziehen wollte! Wie das umgehen?

In der Haupthalle faßte er sich, der Wechsel vom grellen Mittag in die liebliche Nacht Mexikos tat ihm wohl. Er stand unter dem sternklaren, mondlos schwarzen Himmel auf einer Plaza, im milden Schein der Laternen. Lebhaft breitete sich vor ihm ein andalusischer Markt bis in die rosa und gelb getünchten Häuser aus. Ringsum wurde gefeilscht, Stoffe und Blumen, Früchte und Gewürze veströmten ihr Aroma. Und vorn, am Gestade eines künstlichen Sees, erklang zigeunerhaft feurig ein Flamenco. »Alle Wohlgerüche Arabiens«, sagte Steve. Er lud sie in das Lokal am Seeufer, wo ihnen der Lunch gereicht wurde, *pollo en pipian,* zu jungem kaltem Wein, der auf der Zunge perlte. Ein Indioweib trug *tequila* auf, scharfen Schnaps, und Salat aus geraspelten Palmenherzen.

»Schwarz ist schön«, sagte Ralph, angesteckt von Steves Hang zu formelhaften Sätzen. Die Männer aus seinem Jaguar saßen am Nebentisch, sie tranken ihm höflich zu.

»Besser, schön zu sein als gut«, bemerkte Jerome. Und besser, schlecht zu denken als auf die Schnauze zu fallen, fügte er für sich hinzu. Steves behaarte Finger zerrissen das Huhn, Fettdunst stieg ihm in die Nase, o Gott, kam der Brechreiz wieder? Er hätte, wenn überhaupt, lieber kanadischen Lachs gehabt oder französisch gespeist ... Über den See glitten Boote voller Touristen zum *rio del tiempo,* dem Fluß der Zeit. »Empfindsame Reise«, sagte Ralph. Hinter ihnen blies, zupfte und sang ein halbes Dutzend Musiker, wie Toreros kostümiert, tränenschwer die *Guadalupana.*

»Wohin mit dem Geld?« fragte Ralph. »Auf die Bahamas oder nach Panama?«

»Ich mag die Schweiz«, erklärte Steve. »Schließlich lebt meine Tochter dort ganz gut. Man steuert dir zwar ein Drittel der Zinsen weg, aber das Bankgeheimnis ist heilig.«

»Das ist es auch anderswo«, nörgelte Ralph. »Du brauchst nicht bloß Verschwiegenheit, sondern auch Qualität bei der Vermögensverwaltung.«

»Dann Luxemburg! Keine Steuern auf Zinsen und Dividenden, kein Preisaufschlag bei Gold, weder Vermögens- noch Erbschaftssteuern ... Der Zinssatz ist auch akzeptabel.«

Jerome schwieg, er sah ja, das galt ihm. Die beiden spielten ihm etwas vor. Sie taten so, als wollten sie die Beute nach Europa bringen, an die sie das Stimmrecht geknüpft hatten, damit er gierig wurde und anbot, ihnen dienstbar zu sein – um die 100 Millionen mit den Stimmen von 640 000 MAC-Aktien für Dad zu rekrutieren. Nun, er dachte nicht daran. Es mochte ja kein Problem für sie sein, die fünf Postsäcke herauszuschaffen, etwa auf einer Jacht. Es war nicht strafbar, man kam mit Bargeld sogar durch den US-Zoll, durfte es unbeschränkt ausführen, wurde ab 10 000 Dollar freilich im Zollcomputer erfaßt. Unauffällig, daher wußte das nicht jeder. Falls Riesenbeträge die Grenze passierten, noch dazu in gemischten Scheinen, gab es bei der Steuerfahndung und den Drogenschnüfflern mit Sicherheit Alarm. Aber selbst wenn Ralph und Steve diese Klippe umschifften, gingen sie noch immer drüben in Europa ein hohes Risiko ein, seitens der Behörden und ihrer eigenen Helfer. Der Versuchung, solche Summen zu unterschlagen, würden die vielleicht nicht widerstehen. Er, Jerome, bot ihnen diese Gewähr, deshalb wollten sie ihn ködern. Ihr Plan hatte nur den Fehler, daß er kein Ganove war – und zu reich, als daß es ihn gelockt hätte, dies zu werden.

Nach dem *cafecito* stand man auf. Steve zog ihn ans andere Ende der Plaza. Die Toreros waren unter Applaus verschwunden, nun spielten dort Indios auf einem xylophonartigen Instrument, der Marimba. Ralph sagte: »Das zieht dir die Schuhe aus.«

Am Sockel eines kleinen Springbrunnens blieb Steve stehen, die Zigarre in seiner Hand folgte der Melodie. »Winston wird alt, er packt's nicht mehr ... Sein oder Nichtsein, Junge.«

»Lobbyisten springen ab«, äußerte Ralph etwas rätselhaft. »Laufen über, verkaufen sich ... Da liegt der Hund begraben.«

Jerome sagte: »Jeder Mensch hat seinen Preis.«

»Ein Bömbchen im Herrenklo des Senats würde euch schon Respekt verschaffen.«

Gräßlich platt, ihre Witze, dachte Jerome; sie können es nicht lassen. »Auch eine Lösung des Absatzproblems.«

»Es gibt kein Problem, das eine Combat Magnum nicht löst.«

Die Späße gingen weiter, bis die Marimba schwieg. Dafür erscholl nun hinten am See das berühmte Lied *Cu-cu-rru-cu-cu, paloma,* Kopfstimmen und Gitarren. Steve lauschte wie hypnotisiert. »Das ist Mexiko!« Wie ein Süchtiger sog er die Töne ein und lief erst nach dem letzten los.

Wieder der knochig klammernde Griff des Onkels, der schob ihn zum *río del tiempo,* durch lehmfarbene Gassen aus Häusern à la Santa Fe mit ihren vorstehenden Balken. Wie bei den Karibischen Piraten glitten die Boote im Flachwasser auf Schienen. Man stieg ein, Jerome tat der Kopf weh, sein Magen rumorte. Er fühlte sich gegängelt, in ihm regte sich Widerstand. »Über das Geld reden wir noch«, sagte er. »Aber eure Stimmen müssen in den Pool, dafür bitte ich dich herzlich um Verständnis.«

»Da besteht ein Junktim.«

Die Zigarre war Steve ausgegangen, Jerome gab ihm Feuer. »Irgendwie helfen wir euch schon, kommt nur mit dem Stimmrecht 'rüber!«

»Klingt ziemlich vage, wie? Bei uns geht das Zug um Zug. Ihr seid es doch, die's eilig haben! Uns brennt das nicht auf den Nägeln.«

Jerome starrte den Onkel an, als sähe er ihn zum erstenmal. War das noch Steve? Glaubte er denn, ihn manipulieren zu können, zu gesetzwidrigem Handeln bringen . . . Die kalten dunklen Augen in der Lederhaut! Jetzt fand Jerome, daß Steves Kopf mehr dem eines Neandertalers als einer Ananas glich. Augenscheinlich war dem die Familie nichts mehr wert – ein Dreck bei achtstelligen Summen.

Zu einem Lied, dessen Naivität ihn sonst betört hätte, trieb das Boot durch die wilde Szenerie der Vergangenheit Mexikos. Man sah die Menschenopfer der Azteken, Cortez' heroische Reiterschar, blutige Aufstände gegen die Spanier und gegen eigene Tyrannen, die märchenhafte Krönung Iturbides zum Kaiser und den Krieg mit den Vereinigten Staaten, der Mexiko um die Hälfte verkleinerte. Ringsum entfesselte Leidenschaften, Mord und Verrat. Bilder vom argen Lauf der Welt, stets war der Weg zur Hölle mit Gold gepflastert. Beim Kampf gegen das englisch-französische Expeditionskorps angelangt, drehte sich Steve nach links, um die Erschießung des Kaisers Maximilian genau zu sehen. Dabei rückte er Jerome so auf den Leib, daß der an der Brust des Onkel etwas Hartes spürte.

»Du bist bewaffnet?« fragte er, gereizt durch die neuerlich rücksichtslose Berührung. Plötzlich widerte ihn all dies an, lange hatte er stumm gelitten, die Launen der zwei erduldet, ihre Schlitzohrigkeit erlebt, nun war es genug. »Seine Männlichkeit trägt man doch nicht unter der Achsel, die hat man zwischen den Beinen.«

»Wer hat dir erlaubt, so mit mir zu reden?« Entrüstung lag in Steves Stimme, jäh flog seine Hand hoch, die Zigarre wie ein Dolch, dabei fiel sie ihm über Bord, und er selber sank ächzend im Sitz zurück.

Jerome frohlockte, er hatte sich Luft gemacht. Erst bei den Revolutionsszenen von 1910 merkte er, der Onkel war ohnmächtig geworden, das Kinn lag ihm auf der Brust, er atmete röchelnd, seine knochigen Finger steckten zwischen Hals und Kragen.

Das Boot legte an, Jerome rief um Hilfe. Gemeinsam mit Ralph und zwei Leibwächtern hob er Steve heraus. Sie trugen ihn zur nächsten Bank und öffneten sein Hemd, so daß der Revolver zutage kam. Man versuchte es mit Beatmung und Herzmassage. Aber nichts half mehr, Steve Lasky war tot.

XXIV

»Bitte, Herr Lagonda, nehmen Sie doch Platz«, sagte Professor Swedenborg. Er hatte den Schauspieler zu sich bestellt, nachdem ihm vom Wachtdienst gemeldet worden war, letzte Nacht sei am Schwimmbad etwas Seltsames geschehen, zwischen Miss Lasky und dem Filmstar. »Darf ich Ihnen einen Kaffee bestellen?«

Maurice Lagonda lehnte freundlich ab. Er war um die vierzig – gut gebaut, braungebrannt, glattrasiert – und wirkte stets vital, selbstsicher, ja auf geheimnisvolle Art begnadet dank seiner etwas wäßrig funkelnden Augen, hellblau, die Komplementärfarbe seines Teints. Sein Wertgefühl war so stark, daß es unmöglich schien, ihn zu beleidigen. Es beruhte auf dem Bild, das er bot, dem unbestreitbaren Sex-Appeal. Er hatte viel Haar auf der Brust, trug deshalb das Hemd weit offen, um den Hals hing ihm ein goldener Davidstern, am Handgelenk blitzte ein Goldarmband. Trotz der hundertfach erprobten Wirkung auf Frauen war, laut Krankenblatt, sein Stoßgebet: *Ich bin der heißeste Bursche in der Stadt.* Der Glaube versetzt Berge, dachte Swedenborg, er ist's tatsächlich, es funktioniert durch Autosuggestion.

»Wie man mir sagt, sind Ihre Fortschritte fabelhaft. Meine Hochachtung! Bei all unserer Hilfestellung, ich weiß, wie hart es ist, abstinent zu sein.«

»Das bin ich Ihnen schuldig, und auch dem eigenen Ruf«, erklärte Lagonda. Ein klangvoller Name! Sein Agent, Billy Cohner, hatte ihm den verpaßt (eigentlich hieß er Dutombé) und versucht, seine Ausstrahlung zu fächern, ihm durch ein Multi-Image mehr Verwendbarkeit zu sichern. Lagonda, ursprünglich Liebhaber par excellence, stellte seitdem für Mädchen den Traum vom großen Bruder dar, für Jünglinge das Macho-Vorbild, für Matronen den Sohn, den sie gern gehabt hätten, und auch in dem wachsenden Kreis derer, die sich zur Homosexualität bekannten, stieg seine Akzeptanz. Nach Swedenborgs Befund hatte das Lagonda psychisch überfordert. Von solch breiter Vermarktung aus dem Tritt gebracht, wußte er bald nicht mehr, wer er war, und brachte bei sieben Filmen im Jahr die Charaktere durcheinander, die er verkörpern mußte; womit sein Abstieg begann.

»Nun erzählen Sie mir mal, was letzte Nacht passiert ist«, bat der Professor, und Lagonda tat es, ohne sich zu zieren. Er war knapp bei Kasse und auf den großzügigen Rabatt aus, den die Klinik in solchen Fällen gewährte. Von daher durfte Swedenborg auf ihn zählen. Die Sache selbst war recht besorgniserregend, doch er ließ sich nichts anmerken. Vielmehr verbreitete er wie jeder gute Chef um sich eine Aura ruhiger Zuversicht und völliger Gewißheit.

Offenbar hatte der Mann Jill Lasky vor einem Sprung ins leere Bassin bewahrt. Sie war betrunken gewesen und hatte das Warnschild umgeschuppt, wie gräßlich, wäre ihr etwas zugestoßen! Dazu die Vorwürfe in der Lokalpresse ... Während Swedenborg dem Bericht folgte, merkte er, daß Lagonda sich ihm bisher eher negativ dargestellt hatte, als ein Schönling, der bei jeder Enttäuschung zur Flasche griff. Trotz des kantigen Gesichts mit dem Kinngrübchen, der kraftvollen Schultern und des sieghaften Lächelns, mit dem er über die Leinwand schritt und Frauenherzen brach – was er tat, hatte doch wenig mit Schauspielkunst zu tun. Die schien beim Fernsehen, das ihm noch Rollen gab, auch gar nicht weiter gefragt zu sein. Vor Jahren hatte er den Sprung von Frankreich nach Hollywood geschafft und war zu flüchtigem Ruhm gelangt, nun hoffte er auf ein Comeback.

War da bei ihm, Swedenborg, männlicher Neid im Spiel? In seinen Augen war Maurice Lagonda bloß ein blendend wirkender Mensch, dessen körperliche Anziehung von geschickten Filmhandwerkern ausgebeutet wurde. Sie nahmen ihn, um ihrem Ensemble eine fremdländische Figur hinzuzufügen, mehr steckte nicht dahinter. Aber nun hatte er beherzt gehandelt, fast wie im Kino, und durch sein Dazwischentreten ein Versäumnis des Personals wettgemacht. »Ich bin Ihnen sehr dankbar für Ihr Eingreifen. Nur, weshalb sind Sie nicht von selbst damit zu mir gekommen?«

»Sie hatte zu tief ins Glas geguckt, da war mir ihr Irrtum verständlich.« Lagonda lächelte entwaffnend, jungenhaft charmant. »Wer petzt denn gern, Professor?«

Ein Gentleman. Wer ihn so sah, der begriff, daß der Mann die Phantasie der Leute erregt und Triumphe gefeiert hatte, in Filmen und TV-Serien, die von Tokio bis Buenos Aires und Rom, ja selbst noch in kommunistischen Ländern ihr Publikum fanden. Brachten sie es doch dazu, all die häuslichen Sorgen, Nöte im Beruf und sogar Kriegsängste zu vergessen, um für anderthalb Stunden mit Maurice Lagonda zu leben, zu lieben und zu siegen: so unschlagbar wie er zu sein. – »Hat Miss Lasky sich eigentlich gewehrt?«

»Aber ja. Sie war wütend und beschimpfte mich wie jemand, der sich etwas in den Kopf gesetzt hat und den man dabei stört.«

Der Professor fragte weiter nichts, dies sagte ihm genug. Anscheinend hatte Jill Lasky versucht, sich das Leben zu nehmen. Ihr Krankenblatt enthielt keinen Hinweis auf Trunksucht. Als er sie gestern abend gesprochen hatte, war sie nüchtern gewesen. Ihre Stimme hatte ihm zwar nicht ganz gefallen, doch wie viele Introvertierte schien sie fähig, auch ein Übermaß von Kummer zu verbergen. Sie hatte ihn am Telefon getäuscht und konnte sich jederzeit dazu aufschwingen, den Versuch zu wiederholen. Es reichte nicht, die Kombination der Medikamente zu ändern, ihre Stimmung aufzuhellen und den Antrieb zu dämpfen; er mußte selbst zu ihr.

Unterwegs kam Swedenborg am Pavillon *Seltsame Schleife* vorbei, dem Haus dreier Naturwissenschaftler, die mehr Gäste als Patienten waren. Sie hatten bei ihm Zuflucht gesucht, forschten intensiv weiter, frei von den Störfaktoren einer Umwelt, die noch gar nicht reif war für das, was sie ihr boten. In den Augen seiner Ärzte hatte das Trio sich schlau ins Verrücktsein geflüchtet. Dabei waren die drei hochbegabt – verrückt aber jene, die sie zur Verzweiflung gebracht hatten: das Umfeld, ihre Familien und die unvermeidlichen akademischen Narren, die intrigierenden Rivalen. Beschützt von ihm, schlugen sie der Welt ein Schnippchen.

Er sah hinein, traf aber keinen an; es war ihre Sportstunde. Auf dem Tisch des gemeinsamen Wohnzimmers lag ein Blatt Papier, bedeckt mit mathematischen Formeln, darunter stand als Resultat: »Das ergibt die Existenz einer dreifachen Realität: I. – mathematische Logik der Grundrechnungsarten (Adam Riese), II. – Logik der hohen Mathematik (Albert Einstein), II. – Logik chaotischer Paradoxa (Kurt Gödel). Von Stufe zu Stufe gekoppelt an Erkenntnisse aus der wissenschaftlich-technischen Entwicklung. In puncto Krieg sind den drei Stadien entsprechende Arten von Angriffs- oder Verteidigungssystemen zugeordnet, nebst möglichen Methoden von Auf- oder Abrüstung. Rüstung I reicht vom Faustkeil bis zum MG, den See- und Luftstreitkräften. Rüstung II umfaßt Nuklearraketen und Weltraumwaffen einschließlich Laser und SDI. Rüstung III trumpft auf mit Umweltvergiftung, gelenkten und außer Kontrolle geratenen Epedemien (Aids), Wirtschaftsgenozid durch Ausplündern der Dritten Welt, Entmenschlichung durch Roboter-Technologien und letztlich mit der Ablösung von Organischem durch Anorganisches.«

Mit Rotstift hatte jemand *Aids* und *Entmenschlichung* unterstrichen, lehrerhaft Fragezeichen an den Rand gemalt und zu beiden Punkten Zweifel vermerkt: Daß der Aids-Erreger einem US-Waffenlabor entschlüpft sei, gehöre nicht hierher, da es als rein hypothetische, wohl gar östlich inspirierte Behauptung zu gelten habe. Auch verbiete es sich, neueste Technologien mit Entmenschlichung gleichzusetzen.

Swedenborg lächelte, ihm war klar, das hatte Dr. Gordon notiert, ein Jünger des deutschen Mathematikers Kurt Gödel und feuriger Verfechter der künstlichen Intelligenz. Gordon schwor darauf, die jüngste Computer-Generation stehe fast schon auf dem Sprung, eigenständig neue, wunderbare Programme zu entwerfen und sich demnächst selbst zu vervollkommnen. Wackere neue Welt! Vor solch einer Vision war hier keinem angst.

Auch ihm nicht, Swedenborg. Er wußte, die besten Köpfe der KI-Forschung teilten längst diese Meinung; man las es bei ihnen zwischen den Zeilen. Nur waren sie vorsichtig genug, es nicht öffentlich zu äußern. Dr. Gordon aber hatte tollkühn auf die übliche salvatorische Schlußklausel verzichtet, wonach der Mensch für ewig und immerdar Herr des Computers blieb. Seine Studenten hörten von ihm die Wahrheit – so war er gescheitert, aus dem Lehramt verjagt worden, unglücklich, bis er hier seinen Frieden fand, im beharrlichen Lösen seiner Aufgabe. Abgeschirmt gegen Haß und Feindschaft derer, die jeder Ansatz zu neuem Denken in Panik trieb.

Draußen hatte man ihm schrill vorgeworfen, seine Lehre sei bösartig, schließe sie doch den Irrtum ein, der Mensch werde überflüssig, die Welt schreite ohne ihn fort, so daß sie, nach einem dritten Großkrieg zerstört und verstrahlt, dennoch nicht bar aller Intelligenz zurückbleibe. Die werde ja – laut Dr. Gordon – von Computern bewahrt und glorreich weitergeführt . . . Die Angriffe hatten ihn wundgerieben, daher diese Notiz mit dem

Rotstift. Es waren nicht nur die Haßtiraden, er litt sowieso an seiner Erkenntnis. Denn es ließ sich doch nicht leugnen, die Entwicklung der Erde hatte im Anorganischen begonnen, bis nach Milliarden Jahren endlich Leben darauf keimte. Das hatte in seiner Endphase, der Menschwerdung, den Fortschritt dermaßen beschleunigt, daß nun die künstliche Intelligenz nahezu bereitstand, ihn in die Roboterhand zu nehmen und über die menschliche Selbstvernichtung hinaus fortzuführen – sollte sie erfolgen, geplant vielleicht von einem übergeordneten System. Die Entwicklung der Welt konnte also auf hoher Stufe dort weitergehen, wo sie begonnen hatte, im Anorganischen.

Auch für Gordon selbst kein schöner Gedanke. Seit wann aber schloß die Wissenschaft eine Möglichkeit aus, nur weil man davor erschrak? Tat sie dies, verkam sie zum Wunschdenken und verdiente ihren Namen nicht. All das betuliche Verhüllen breitete nur den Mantel der Lethargie über die vermeintliche Ohnmacht. Kleinmütige Forscher scheuten die öffentliche Meinung, aus Angst vor der Entrüstung erhielten sie den Gemütvollen die Illusion, es ginge nicht ohne die Menschheit weiter, obgleich schon ein Blick auf den Sternenhimmel das Gegenteil bewies. Ihr Zögern lähmte den Drang nach befreiender Veränderung, es vertat eine Chance zur Selbstbesinnung, zur *Entrüstung* im Militärischen, davon war Swedenborg überzeugt.

Treue wahre dir selbst. Erkenntnis war wichtiger als Besänftigung. Über jeder Taktik standen Mut und Konsequenz. Die Wahrheit hatte höchste Priorität ... Er setzte sich und schraubte seinen Federhalter auf, um den Freunden diesen Trost zu hinterlassen. Doch dabei ging ihm auf, daß er dabei war, Banales zu Papier zu bringen. Besser schien der Versuch, direkt an ihre Thesen anzuknüpfen.

»Einzige Chance für eine sich ständig erweiternde Zukunft (nach dem thermodynamischen Gesetz Nr. 2) ist Abrüsten von R I und R II und restlos waffenfreier Eintritt in R III«, schrieb er mit grüner Tinte. »Diese Transformation ist unabdingbar. Offene Frage: Was darf es kosten? Logische Antwort: Bis zu 10 bis 12 % des Sozialprodukts – soviel ist zu fast allen Zeiten, die Grauzahlen einbezogen, für das Rüsten gezahlt worden. Abrüstung von R I und R II ist überfällig: kein idealistischer Akt von Humanitätsaposteln, sondern ein normaler Verdauungsvorgang des Programms, genannt Weltgeschichte, soweit es von uns Menschen handelt.«

Swedenborg hielt inne, sollte er dem noch etwas hinzufügen? Sein Blick fiel auf zwei Lithografien des holländischen Zeichners Maurits Cornelis Escher, *Wasserfall* und *Treppauf, Treppab,* beide um 1960 entstanden. Das Raffinement einer optischen Täuschung, die einem vorspiegelte, da fließe Wasser im Kreis, also irgendwo doch bergauf; oder Mönche stiegen treppan, ohne letztlich höher zu kommen. In zwei Werken dieselbe versteckte Botschaft des Begriffs der Seltsamen Schleife, der hinwies auf das Wesen der Unendlichkeit. Beispiele für diese Denkfigur fand man auch in der Musik, in Kanons und Fugen von Bach etwa. Und kürzlich hatte Swedenborg bei einem deutschen Autor, der gar hinter dem Vorhang lebte, den Satz entdeckt: »Der Sinn meines Lebens scheint mir darin zu bestehen, hinter den Sinn meines Lebens zu kommen.« Also ließ sich die Seltsame Schleife auch sprachlich fassen; das gefiel ihm sehr.

Er schrieb: »Der Mensch, seine körperliche und geistige Existenz. Die erste ist mathematisch nachweisbar, die zweite nicht. Dennoch ist Geist an den Körper gebunden, bis jetzt noch an organisches Leben. Anorganisches ›Leben‹ (im elektronischen Rechner) will in die Sphäre des Geistigen abheben. Synthese zwischen beiden nicht möglich, Synergese (Zusammenwirken) durchaus. Hier liegen Gefahr und Chance, das Feld der Psycho-Ingenieure, die Aufgabe, kommunizierende Systeme zu entwickeln: Spielplatz von KI-Technik und Psychologie.«

Aber dies wurde ja uferlos. Der Professor steckte sein Schreibzeug weg, er vertrödelte zuviel Zeit. Von dem, was ihn da so bewegte, galt es zurückzufinden zu denen, die ihm anvertraut waren. Beides mußte sein, es stand in Wechselwirkung. Ohne den Dingen nachzuspüren, die ihn in Atem hielten, hätte er die Not und den Wahn mancher Patienten kaum erkannt und ihnen schwerlich helfen können.

So im Einklang mit sich selbst schritt er auf Jill Laskys Pavillon zu. Letzte Nacht hatte er in dem Roman *Die Iden des März* von Thornton Wilder geblättert. Sehr fesselnd die Sammlung fiktiver Briefe, sie ergaben ein Zeitbild Roms vor Cäsars Tod, und in einem davon ließ Wilder den Staatsmann Cicero schreiben: »Ich neige zu der Theorie, nach der es für jeden von uns ein bestimmtes Lebensalter gibt, auf das es ihn hinzieht wie Eisenfeilspäne auf den Norden. Marcus Antonius ist ewig 16, und die Differenz zwischen diesem Alter und seinen gegenwärtigen Jahren bewirkt einen immer traurigeren Anblick. Mein guter Freund Brutus ist schon seit seinem zwölften Lebensjahr ein bedächtiger und gesetzter Fünfziger. Cäsar hält bei 40 – ein Janus, der unentschlossen zur Jugend wie zum Alter hinblickt.«

Das lud dazu ein, es auf sich selbst und die Umgebung anzuwenden. Schon immer hatte Swedenborg gespürt, daß der Charakter des Menschen – die Summe seiner Eigenschaften – auf der Basis des Gemüts ruhte. Das schien von Kindheit an geprägt, es alterte wirklich nicht, soviel Erfahrung man auch sammeln mochte, sosehr der Verstand allmählich reifte. Er selber hielt, wie Cäsar, wohl bei 40, sein Freund Gordon um die 50. Andy Peel, der Mitte Dreißig war, hatte das Gemüt eines Zwanzigjährigen, und Jill Lasky schien mindestens 30 zu sein. All das heuristisch über den Daumen gepeilt. Er nahm gern versuchsweise etwas an, das falsch sein konnte, wenn es ihm nur weiterhalf, zu besserer Erkenntnis. Problematisch war die schwankende Befindlichkeit der Patienten. Oft lenkte ihr Gestimmtsein derart nach oben oder unten aus, daß der Zusammenhalt schier verlorenging. Dann ging der Riß in ihrem Gemüt schrecklich tief, er spaltete die Persönlichkeit, bis sie kaum noch erkennbar war.

Bei seinem Eintritt bot Jill Lasky nicht das Bild eines Menschen, der Hand an sich legt. »Wir sind doch um elf erst verabredet?« fragte sie ruhig, leicht gehemmt oder medikamentös besänftigt, lächelte ihm sogar zaghaft zu, doch er rechnete mit ihrer Schauspielkunst und ließ sich nicht täuschen. »Nun, ich komme eben vorbei und will Ihnen den Weg ersparen.«

»Das ist sehr freundlich von Ihnen, danke.«

Swedenborg zog ein Papier hervor, das einem Krankenblatt glich, und tat, als läse er daraus vor; jetzt schauspielerten sie beide. »Alter 24 Jahre und 10 1/2 Monate, Größe 5 1/2 Fuß, Gewicht 106 Pfund, Atmung normal, Puls normal, Appetit könnte besser sein, Gesichtsfarbe blaß. Die Patientin bewahrt über die Vorgänge der letzten Nacht Stillschweigen. Gefragt, was sie am Schwimmbad tat, erklärte sie: nachsehen, ob es wirklich leer gewesen ist.«

»Aha, der Franzose hat geklatscht.«

»Ich weiß von keinem Franzosen. Mir liegt ein Bericht des Nachtwächters vor. Was soll ich damit machen, ihn abheften? Helfen Sie Ihrem Doktor!«

Sie wich seinem Blick aus und senkte den Kopf. »Es kommt nicht wieder vor.«

Ihr halbes Geständnis genügte ihm. »Darf ich mich setzen?«

»Aber ja, bitte verzeihen Sie meine Schlaksigkeit.«

»Jill, Sie sind einen Schritt vorangekommen. Egal, wem es gelang, Ihnen das beizubringen – ich war's nicht, mir fällt Frau Cory ein –, Sie verstehen jetzt, Ihr Partner lebt nicht mehr. Das ist sehr bitter, es hat Sie beinah umgebracht, aber immerhin, Sie sehen es nun als Faktum. Hauptsache keine Täuschung mehr! Als Wissenschaftlerin ist Ihnen ja klar, wie nutzlos Illusionen sind.«

»Sie mögen recht haben, Professor. Was mich jedoch nun besonders schmerzt, abgesehen von dem Verlust . . .« Ihre Stimme glitt weg, in den Strom eines Jammers, der sie überschwemmte.

»Ja, was bedrückt Sie außerdem?«

»Daß der Clan gesiegt hat. Der hat's doch geschafft, mir Sandro wegzunehmen . . . Für immer.«

Swedenborg begriff, sie sprach von ihrer Familie, und zwar so feindselig, daß sich ihr die Oberlippe hob; eine mimische Reaktion aus der Urzeit. Ach, wie oft erging es ihm so, kaum löste sich ein Trugbild auf, da floh der Patient zur Tür hinaus in die nächste Zwangsvorstellung. »Ich wende mich an Ihre Vernunft«, sagte er. »Der Grund Ihrer Vermutung ist mir durchaus klar. Das ganz unverzeihliche Interesse Ihres Vaters daran, daß diese Partnerschaft enden sollte, ist eine traurige Tatsache. Aber dies bedeutet ja noch nicht, daß er so weit gegangen wäre, Ihren Freund zu beseitigen; selbst wenn er das gekonnt hätte.«

»Sie kennen ihn eben nicht.«

»Zugegeben. Sie trauen es ihm demnach zu.«

»Unbedingt. Er rollt über Leichen, wenn nötig.«

»Über so viele, um einen Menschen loszuwerden?«

»Nach Stalins Motto: Ein Tod ist Tragödie, tausend Tode sind Statistik.«

»Ihr Vater ist Privatmann, kein allmächtiger Diktator.«

»Auch Privatleute morden, Professor. Haben Sie nie von den Ehemännern gehört, die ihre Frauen lossein wollten und sie zum Flugzeug brachten, mit einer Zeitbombe im Gepäck?«

»Doch, in den fünfziger Jahren ist das vorgekommen.«

»Auch später noch, bis zu den Kontrollen am Flugplatz. Die übrigen Passagiere sind den Tätern immer schnurz gewesen, die haben sie ja gar nicht gekannt. Und von dem einzigen Fluggast, den sie kannten, hatten sie genug.«

»Ihr Vater ist bis zum Mord gegangen, meinen Sie, um eine ihm unerwünschte Ehe zu verhindern? Lassen Sie uns überlegen, Jill, ob diese Annahme realistisch ist.«

»Aber das war's doch nicht allein! Es gab noch ein zweites, wesentlich stärkeres Motiv.«

»Können Sie mir dazu etwas sagen?«

»Gewiß. Mein Freund hatte entdeckt, daß die Großmächte sich sehr wahrscheinlich längst nuklear unterwandert haben, gegenseitig durch Saboteure hochbrisant unterminiert. Die Sprengsätze sind kaum größer als eine Nuß, man kann sie aus weiter Ferne zünden. Damit ist es sinnlos geworden, den Feind mit Atomraketen einzuschüchtern. Wozu komplizierte Flugkörper bauen, die Sprengköpfe zum Feind tragen, wenn Agenten das längst getan haben? Wozu eine teure Raketenabwehr schaffen, wenn die *Nucys* schon im Lande sind? Die Details wollte Sandro der Konferenz in Seoul vortragen; das hatte mein Vater, übrigens auch Frau Cory, von mir selbst gehört. Sein Geschäft war damit in Gefahr, und das heißt, die Welt stürzte für ihn ein. Da ist er rabiat geworden, vielleicht im Komplott mit anderen. Er ist ja nicht der einzige Verlierer, wenn das in der breiten Öffentlichkeit bekannt und von ihr ernstgenommen wird. Was ist denn ein Menschenleben gegen den Profit der ganzen Branche?«

Swedenborg widersprach nicht gleich, er ließ sich De Lucas Theorie erläutern – unter dem stillen Vorbehalt, womöglich eine deformierte Version zu hören. Ob Miss Lasky die Thesen des Konfliktforschers, falls der sie je geäußert hatte, korrekt wiedergab, stand dahin. Berief sich ein Patient auf fremde Quellen, war wahnhafte Verzerrung die Regel. Swedenborg kannte zahllose Wahninhalte, man hatte ihm schon viel Bizarreres erzählt. Stets ließ er die Patienten reden, ihre Gedanken entwickeln, hörte ihnen geduldig zu, anders keimte kein Vertrauen. Daß diese Idee vergleichsweise plausibel klang und von Miss Lasky auch logisch dargelegt wurde, bewies ihr weitgehend intaktes Denkvermögen und das wissenschaftliche Rüstzeug, über das sie verfügte – nach wie vor. Ihm aber erschwerte es die Behandlung in dem Maße, wie es seinen Zugang zu der Wahnwelt zu erleichtern schien; eines der Paradoxa seines Metiers.

Schließlich sagte er: »Was mich an der Existenz der *Nucys* zweifeln läßt, die Sie beschreiben, ist die offenkundige Illegalität solch einer Waffe, der Charakter des Heimlichen und verbrecherisch Bösartigen. Sie müßte von Agenten eingeschleppt und installiert werden, das brächte sie total in Verruf.«

»Welches Massenvernichtungsmittel verdient einen besseren Ruf?«

»Sie haben recht, Giftgas, bakteriologische Bomben und Atomraketen sind auch nicht besser, aber an die hat man sich irgendwie gewöhnt. Ihre Waffe würde eine neue Kategorie eröffnen, eine Steigerung des Bösen sein, zur allgemeinen Entrüstung . . .«

»Entrüstung, darum ging es Sandro ja!«

»Bitte lassen Sie mich ausreden, Jill. Da die Waffe auf fremdem Territorium stationiert wäre, außerhalb jeden Völkerrechts, könnte der Besitzer sich niemals zu ihr bekennen, ohne sogleich international geächtet zu sein. Damit fehlte ihm die Möglichkeit, den Feind damit offen zu schrecken. Die *Nucys* hätten kein Drohpotential. Das ist es, was mir ihr Vorhandensein fragwürdig macht.«

»Sie müssen als Staatsmann heute keinem Gegner offen drohen. Die Welt taucht zunehmend zurück in das Zeitalter der Kabinettspolitik und Geheimdiplomatie. Es genügt, den Feind durch bewährte Kanäle vertraulich wissen zu lassen, daß man in der Lage ist, seine Zentren hochzujagen, um unerhörten Druck auf ihn auszuüben. Zerstört man ihm dann noch demonstrativ ein Stück Land, in einer unbewohnten Gegend, ist die Erpressung komplett.«

Swedenborg sah, auf diesem Feld war sie ihm überlegen. Kein Wunder, sie befaßte sich seit Wochen mit der Idee, er hatte erst vor zehn Minuten davon gehört. »Gibt es denn den Schatten eines Beweises«, fragte er, »daß Ihr Vater nicht bloß ein Motiv hatte, sondern auch praktisch dazu fähig war?«

»Wozu, bitte? Den Jumbo abstürzen zu lassen? Das brauchte er doch nicht, dafür haben andere gesorgt. Er mußte nur davon unterrichtet sein, daß eben diese Maschine gefährdet war.«

»Und dafür haben Sie Anhaltspunkte?«

»O ja, die gibt es.« Sie nahm vom Schreibtisch eine Zeitung und wies auf ein paar Zeilen. »Da haben Sie schon ein Indiz.«

»Washington, 8. September«, las der Professor. »Erst jetzt wird bekannt, daß Richard M. Nixon, 37. Präsident der USA, gleichfalls zu der Konferenz des *Asiatic Research Center* am Monatsanfang in Seoul geladen war. Neben ihm sollten vier Sicherheitsexperten aus dem Weißen Haus, dem Pentagon und dem State Department sowie je zwei Senatoren und zwei Kongreßabgeordnete teilnehmen. Während aber einer davon, der Kongreßmann Larry McDonald, wegen eines Unwetters in Atlanta den Flug KAL 007 am 28. August verpaßte und zwei Nächte später den Unglücks-Jumbo in New York bestieg, hatte Ex-Präsident Nixon diesen Flug von vornherein gebucht. Kurz vor Antritt der Reise anullierte er ihn ersatzlos. Dazu verlautet, Nixon habe ein Wink der CIA erreicht, den Flug KAL 007 am 30. August zu meiden, weil die Maschine für einen Geheimauftrag ausersehen sei. Da dies das letzte Flugzeug war, das ihn noch bis zum Konferenzbeginn nach Seoul gebracht hätte, verzichtete er auf die Teilnahme.«

Swedenborg ließ das Blatt sinken. Dies hatte gerade noch gefehlt. Wie störend, daß es den Patienten freistand, sich aus allen möglichen Quellen zu bedienen! Das hatte ihn schon oft behindert, doch er konnte sich nicht zu der Zensur entschließen, die in anderen Heilanstalten üblich war. Fing man erst einmal an, die Rechte der Menschen zu beschneiden, endete es meistens damit, daß man in ihrer Post stocherte, ihre Zimmer durchwühlte und zuletzt sie selber darin einschloß. Jede Isolation mußte freiwillig sein, sonst lief es auf Inhaftierung hinaus; allenfalls schöpferisches Tun rechtfertigte selbstgewählte Einsamkeit.

»Das klingt aber rein spekulativ«, sagte er verbindlich. »Es scheint nur ein Gerücht zu sein.«

»Es ist zunächst mal ein Verdacht. Man kommt um das Problem, ob der Irrflug Absicht war, nicht herum. Im Grunde sind es zwei Fragen: Ließen unsere Geheimdienste, die den Kurs der Maschine verfolgten, sie fahrlässig ins Verderben fliegen? Oder haben sie das nicht nur geduldet, sondern es sogar veranlaßt, zu einem noch unbekannten Zweck?«

»Beides mag durchaus möglich sein, Jill. Ein Historiker soll aber weniger spekulieren als das bedenken, was sich nachweislich ereignet hat. Für eine Analyse ist es wohl noch zu früh . . .« Während er so auf sie einsprach, dämmerte ihm, die Zeit war im Gegenteil reif, der Idee ihres Bruders zu folgen und sie zu bitten, sich dem Vorfall zu widmen. In Abwesenheit Jerome Laskys wollte er selbst ihr zur Verfügung stehen. Das mußte sein, auch wenn es ihn den halben Tag kostete. Er war nicht kompetent? Die Patientin brauchte einen Gesprächspartner, keinen Fachmann. Mit dem unendlichen Fingerspitzengefühl, das ihm oft half, lenkte er sie zu der Frage hin, ob denn ihr Vater, falls der Jumbo in geheimer Mission flog, dies habe wissen können. Gingen seine Kontakte so weit wie die eines Richard Nixon, reichten sie bis an die Schaltstellen der Macht?

Das war ein Schwachpunkt in ihrem Wahngebäude, dem wich sie aus, zäh und geschickt, mit Gespür für Fallen. »Überdenken Sie es«, riet sie ihm, wieder den Tränen nahe und dennoch unbeirrt. »Den Schlüssel kann ich Ihnen nicht geben. Nur soviel: Der Präsident ist, als er noch Gouverneur war, häufig bei uns zu Gast gewesen. Und im letzten Dezember war mein Vater zum Abendessen im Weißen Haus. Er hat uns davon nur erzählt, daß Reagan schließlich das Personal entließ und selber den Wein eingoß, mit den Worten: ›Sagen Sie's keinem in L. A., Winston, man hat hier im Keller noch ein paar Flaschen aus Frankreich entdeckt. Meine Freunde an der Westküste würden sich ärgern, wenn sie hören, was für Wein ich euch Jungs vorgesetzt habe!«

»Ein Dinner für die Spitzen der Geschäftswelt?«

»Zwei Dutzend Politiker und Topmanager, ja.«

»Sie deuten mir an, Ihr Vater habe Zugang zu diesem Kreis, und damit zu Geheiminformationen?«

»Ich deute Ihnen gar nichts an«, sagte sie streng. »Sie müssen selbst nachdenken, Professor. Ich ziehe meine Schlüsse . . .«

Ja, zweifellos. Swedenborg spürte seine Kraft schwinden. Ihr Beharren laugte ihn aus, trotz seiner Reserven. Er war ein sensibler Mensch, bewegt von vielen Stimmungen und Motiven, oft in sich gekehrt, obgleich er gesellig wirkte und ein frohes Gemüt zu zeigen pflegte. In den Augen seiner Mitarbeiter stand er weniger strahlend da. Er wußte, daß seine Gehilfen ihn oft genug verwirrend oder undefinierbar fanden. Patienten aber wandte er intuitiv stets die passende Seite zu, so daß sie ihn schließlich akzeptierten – dem vertrauten, was er sagte. Im Umgang mit ihnen kannte sein Humor keine Grenzen, auch das war ein Weg zum Heilerfolg.

Doch gegen Mittag, nach Stunden in diesem Pavillon, wurde ihm klar, er hatte nicht mehr erreicht, als Jill Lasky manchmal aufhorchen zu lassen, ihre Starrheit hier und da zu lockern – vorübergehend, immer wieder glitt sie in die zurück. Zwar hatte er sie beschäftigt, von ihrem Elend abgelenkt, dennoch fühlte er sich wie Sisyphos und stand endlich auf, nicht ohne ihr zu versprechen, anderntags wieder für sie dazusein.

Draußen in der Herbstsonne rieb er sich die Augen, und dabei war ihm, als streiche er sich Schminke aus dem Gesicht. Ein verzweifelt schwieriger Fall! Seine Zauberkunst hatte versagt ... In diesem Augenblick war er ein tief enttäuschter und erschöpfter Mann. Aus Homunkulus war Frankenstein und zuletzt er selber geworden; ein Klischee seiner eigenen Vorstellungen, eine Parodie auf die sanfte Variante der Nervenheilkunst.

XXV

Winston Lasky erwachte wie immer beim ersten Sonnenstrahl. Palmwedel, im Seewind schwingend, filterten das Licht. Um ihn bewegte Halbschatten; vom Balkon her, durch den Moskitoschutz, laue Dämmerung, salzig-aromatisch, der Reflex fernen Wellenschlags und die Atemzüge Valentines. Freitag, 9. September, sagte ihm die Digitaluhr am Bett. Vor genau einer Woche hatte man Jill ins »Karussell« gebracht, und gestern mittag war, nach Auskunft Jeromes, Steve an einem Herzinfarkt gestorben.

Sein Bruder tot. Der Weg allen Fleisches, in Pamelas Sprache; das Zahnrad der Zeit, in Jeros Jargon. Alles ist im Wandel, die Namen auf der Lohnliste wechseln, das Werk bleibt – mit ihm, einstweilen. »Die Zeit läuft ab«, hat ihm neulich sein alter Freund Anthony erklärt, »was willst du bloß, dein Geld kauft dir keine Zusatzgarantie, das letzte Hemd hat keine Taschen.« »Wer zum Teufel sagt dir, man kann's nicht mitnehmen?« ist seine Antwort gewesen. »Ich habe schon 'nen Stoß Reiseschecks vorausgeschickt.« Wenn dermaleinst er selbst abtrat, das würde kein Erlöschen einer Zigarre im Mexiko-Palast von *Disneyworld* sein – eher wie ein Schiffsuntergang, weiß Gott, da kochte die See. Wo ein Ozeanliner sank, soffen viele mit ihm ab. Der Sog würde auch Valentine packen, das, was sie hatte und darstellte. Noch war sie

Mrs. Lasky, die Queen des Imperiums, über das er herrschte. Was blieb ohne ihn von ihr übrig?

Das Leben erschien ihm so rätselhaft, daß es zwecklos war, darin nach etwas anderem zu suchen als dem ungeheuren Spaß, den es machte, Erfolg zu haben und tätig zu sein. Sein Vergnügungspark hieß Malcolm Aircraft, dies Werk, das blieb von ihm, wenn er mal ging. Immerhin wurde Titi dann nicht wie eine indische Witwe verbrannt. Und vorläufig waren sie beide noch quicklebendig. Lasky drehte sich um, als brauche er Bestätigung dafür. Ihr Anblick war ein Beweis, das blonde Haar, gelöst auf dem Kissen, zugleich ein Signal – es verleitete ihn, sie zu berühren, ganz sanft. Er hatte nie erfaßt, warum sie es damals in Tokio hatte färben lassen, doch es gefiel ihm sehr. Er empfand es als Reiz, denn es hing mit ihm zusammen, sie hatte es gleich danach getan. Ein Symbol ihres Nachgebens, die Fahne der Kapitulation.

Er streichelte ihre Schulter und sah sie den Mund verziehen, das wohlbekannte Schmollen. Titi, er ahnte es längst, schätzte keinen Zugriff in der Frühe. Das verzieh er ihr, wer so jung war, der brauchte noch viel Schlaf. Aber gerade der stumme Protest, das scheue Widerstreben ließ ihn nicht ruhen, es weckte den Jäger in ihm. Das Spiel begann – mit ihr als der Beute. Gewiß, er wußte, sie profitierte nicht bloß hier, sie brachte auch Opfer, zum Beispiel in der Kinderfrage. Er war von Anfang an überzeugt gewesen, daß es in seinem Alter nicht gescheit wäre, mit ihr noch Kinder zu haben; sie hatte eingewilligt in diesen Verzicht. Auch sie mußte den Dingen ins Auge sehen und mit den Karten leben, die auf sie gefallen waren. Viel mehr freilich wurde ihr nicht auferlegt, sonst war sie bei ihm auf Rosen gebettet, bis auf dieses eheliche Spiel, zu dem er alle zwei, drei Tage einlud und das sie letzten Endes doch auch genoß? Er stupste sie noch mal zärtlich an und flüsterte ihr das übliche zu, sein Sesam-öffne-dich. Eben schlug sie die rehbraunen Augen auf, ein bißchen erschrocken und vorwurfsvoll, da ging das Telefon.

Alec Irvin war in der Leitung, sein Finanzdirektor, der fähigste Mann in dem zwölfköpfigen Vorstand. »Mr. President«, sagte er, »bitte entschuldigen Sie die frühe Stunde, aber ich denke, Sie sollten wissen, was ich heute nacht unter der Hand erfahren habe.«

Lasky setzte sich auf, eine Hiobsbotschaft witternd. Vor zehn Tagen schon hatte ihn Irvin mit der Nachricht erschreckt, John

McCoy – ein Anhängsel des Malcolm-Clans – ziehe sein Paket aus dessen Schachtel heraus, um es zu veräußern; an wen, das blieb schleierhaft. Es mußte nicht mehr bedeuten, als daß McCoy mit dem Kursstand und der Dividende seiner MAC-Papiere unzufrieden war. Er besaß davon 100 000 Stück, 1 1/4 Prozent. Trotzdem leuchtete bei ihm, Lasky, ein Warnlämpchen auf; er fragte sich, ob seine Politik, möglichst viel vom Gewinn in die Rückstellungen zu geben, auf Kosten der Dividende, nicht an Grenzen stieß. Und er hatte nicht gezögert, den Familienrat zu versammeln und Jerome damit zu betrauen, die acht Prozent von Orlando und die zwei Prozent von Boston hier fest anzubinden. »Von McCoy?« fragte er. »Hat der Kerl verkauft?«

»Es sieht so aus, Sir. Doch nicht deswegen rufe ich an, das kommt mir jetzt eher unerheblich vor. Wichtiger ist, Ray Burke hat etwas ähnliches angedeutet für den Block, den er vertritt.«

»Was sagen Sie da, Alec?«

»Im Moment ist es nur ein Gerücht. Ray ist sich keineswegs sicher. Seine Oberen lassen ihn im unklaren, weil sie ja wissen, wie er zu uns steht. Aber er meint, da etwas zu riechen, also sollten wir es in Betracht ziehen, mit allem, was es heißen kann.«

Lasky war elektrisiert. Ohne es zu merken, nahm er die Füße heraus auf das Fell, das die Betten umgab. Ray Burke, der Bonze! Burke saß im Aufsichtsrat – neben dem Anwalt der Malcolms, der Bank of America, den zwei Wirtschaftsprüfern, Lester Scanlan, den drei Militärs und dem Notar aus Nixons einstiger Kanzlei – als Vertreter der Gewerkschaft. Sein Stammplatz war dort zwischen Kitty Roosevelt und den pensionierten Generälen Bear, Trescot und Klein. Er verkörperte den drittgrößten Aktionär außerhalb der eigenen Reihen, 13 Prozent der Stimmen. In den sechziger Jahren, als die Branche prosperierte und seine Belegschaft noch zu zwei Fünfteln organisiert gewesen war, hatte die Gewerkschaft viel Geld bei ihm angelegt – nach seiner Schätzung die halbe Pensionskasse –, um klammheimlich Einfluß auf die Betriebsführung zu nehmen, wie er argwöhnte.

Natürlich war das eine Illusion, die 13 Prozent blieben belanglos. Burke war ein netter Mensch, so angenehm wie die übrigen. Es gab nie Kontroversen im Aufsichtsrat, der zweimal jährlich tagte, bei 1000 Dollar Aufwandsentschädigung plus Spesen. Sondersitzungen berief er, Lasky, selber ein; er hielt die Aktenlage sauber, ließ alles abzeichnen und mußte von diesen Leuten überhaupt nichts fürchten. Mehr oder minder wurden sie von ihm berufen. Nixons früherer Notar etwa gehörte nur dazu, weil er ihn als Golfpartner schätzte und ihm halt was Gutes hatte tun wollen. Das Gremium folgte ihm fast so wie sein Vorstand; dort gab es eh keine Opposition, Querulanten hätte er entfernt. Bei ihm war der Aufsichtsrat im Geschäftsgang ganz entbehrlich, eine Quantité négligeable – weit weniger lästig als die Oberste Kommission aus Verteidigungsexperten, die das State Department ihm vor die Nase gesetzt hatte. Deren Beamte liefen in Van Nuys umher, zählten Sprengköpfe und maßen sich mehr Wichtigkeit bei als Vorstand und Aufsichtsrat zusammen.

Aber nun! Sollte das die Rache der Bonzen für seine Geringschätzung sein? Er hatte mit ihnen in puncto Sozialleistungen konkurriert, Treuegelder gezahlt und einen Rentenfonds für verdiente Arbeiter geschaffen, die von der Gewerkschaft im Alter nichts bekamen, weil sie der nicht angehörten. So hatte er die im letzten Jahrzehnt von 40 Prozent der Belegschaft auf 15 Prozent gedrückt, Tendenz gegen Null. Zahlte man ihm das heim? Weshalb nicht schon früher? Die Bonzen verscherbelten ihr Paket doch bloß bei einem lukrativen Angebot, das war der springende Punkt. Jemand überbot den Tageskurs der Papiere, kaufte ihn, Lasky, in aller Stille auf. Nicht an der Börse, sonst hätte sich ja dort viel mehr bewegt. Kein Zweifel, jemand zielte auf ihn aus dem Hinterhalt. Der große Unbekannte hatte ihn im Visier. Das war ein Überfall, der Beginn eines Angriffs auf sein Geschäft, der Versuch einer feindseligen Übernahme.

Irvin teilte diese Sicht, deshalb hatte er es auch riskiert, ihn, Lasky, zu wecken. Als er den Hörer auflegte, schrillten in ihm die Alarmglocken. Jemand schickte sich an, ihn zu schlucken, so wie er kürzlich zwei seiner Lieferfirmen übernommen hatte, um stark zu werden ... Seit zehn Tagen braute sich um ihn etwas zusammen, nun hörte er das Donnergrollen und sah den ersten Blitz am Horizont.

Gewißheit war besser als Argwohn, dennoch, ihm stieß das sauer auf, sein Magen schien sich zu verknoten. Er stand im Bad, vor dem Breitwandspiegel, das Wasserglas in der Hand; sprudelnd zerfiel darin sein Alka Seltzer. Die Haie, Spekulanten und Arbitrageure, jetzt sind sie hinter mir her, dachte er. Die Erpresser in Nadelstreifen, der Abschaum von Wall Street, erstmals in meinem Revier. Vielleicht muß das so sein, Irvin hat mich gewarnt, unsere Aktien bringen zu wenig, unterbewertet sind sie, das lockt die Haie an; es ist, als ob man Blut ins Wasser kippt. Ihre liebste Nahrung ist die solide Firma, der man nicht gleich ansieht, was in ihr steckt. Sie aber wissen, wo Geld liegt ... Na, ich mußte doch Reseven bilden, wie sonst expandieren? Ohne Wachstum keine Chance und kein Polster gegen Attacken, kein Überleben. Kampf bis aufs Messer, so oder so.

Lasky trank, rülpste verhalten, spülte den Mund aus, da war ihm schon besser. Die Firmenaufkäufer sollten ihn kennenlernen, er schlug sie auf die Schnauze, schoben sie die durch seinen Zaun. Mochten sie zuschnappen, ihn erwischten sie nicht, er hatte Gott sei Dank die Mittel, sich zu wehren. Es war ja Gesindel, das bei hartem Widerstand noch immer kniff. Raubritter der Gegenwart, so wie vor hundert Jahren hier die Eisenbahnkönige die Schufte gewesen waren. Doch die hatten wenigstens noch etwas geschaffen, den Schienenstrang. Die Schurken von heute hinterließen nur verwaiste Fabriken, Kummer und Not. Völlig gewissenlos, waren sie bloß scharf aufs große Geld. Das Privatflugzeug reichte ihnen nicht, ein eigener Flugplatz mußte es sein. Was für Verheerungen sie anrichteten, war ihnen gleich, wenn nur die Kasse stimmte. Ob sie eine Kaufhauskette plünderten oder ein Unternehmen der Landesverteidigung lähmten, wirksamer als ein Luftangriff, ließ sie kalt. Was ihr Überfall der Stadt oder dem Staat antat, wieviel Arbeitsplätze kaputtgingen, das scherte sie einen Dreck.

Sie kriegten Prügel, hatte er sie erst einmal erkannt und im Griff – nur, was würde es ihn kosten? Er kannte Firmen, die waren zwar Sieger geblieben, danach aber standen sie vor einem Berg Schulden, zwei Milliarden oder drei. Ihr Geld für Forschung und Entwicklung und Modernisierung der Produktion floß dann in den Zinsendienst! Irgendwo saß da der Wurm im System. Sinn der Hochfinanz war's doch gewesen, die Wirtschaft in Schwung zu bringen, der Industrie zu dienen. Das war die Front, da ging es um Aufstieg oder Verfall des Landes. Die Banken sollten Kapital beschaffen, damit das Volk arbeiten und seinen Standard halten oder heben konnte. Jetzt aber lief es umgekehrt, die Werke waren für die Finanzjongleure da, verkamen zu Kasinochips, zu Spielmarken der Hasardeure ... Die Welt der Wirtschaft stand kopf.

Und während man alle Hände voll zu tun hatte, die Haie abzuwehren, schickten Japaner und Deutsche sich an, Amerikas Märkte zu erobern! Das war ein nationales Trauerspiel, die katastrophale Schande, darauf hatte er Reagan hingewiesen bei dem Empfang im letzten Winter; doch bei allem, was gegen das freie Spiel der Kräfte ging, sprach man bei ihm in taube Ohren. Statt Wertmaßstäbe lauter Seifenblasen im Weißen Haus. Heute, da kein Kartellgesetz mehr griff und an Wall Street alles möglich war, bedurfte es einer starken Hand, um den Haien zum Beispiel das Stimmrecht jener Aktien vorzuenthalten, die sie sich frisch unter den Nagel rissen. Für ein, zwei Jahre nur, das reichte hin, sie abzuschrecken und daran zu hindern, ganze Branchen umzustülpen. Sollte das Recht, die Wirtschaft zu desorganisieren, leichter erwerbbar sein als die amerikanische Staatsbürgerschaft? Das Schicksal riesiger Produktionsstätten lag für Tage oder Stunden in der Hand von Halunken, die mit einem Koffer voll Aktien durch das Land flogen! Von Jongleuren, die Firmen kauften, ohne die Spur einer Fähigkeit, sie zu managen oder gar ein notleidendes Unternehmen wieder auf die Beine zu bringen; einzig beseelt von dem Drang, das Erraffte auszuschlachten, die Finanzierungskosten hereinzuholen und sich blitzschnell gesundzustoßen.

Schließlich war doch Führung, ob im Betrieb oder fürs ganze Land, das Produkt aus Wertvorstellungen und Urteilskraft. Man mußte sich treu bleiben, der Rest zählte nicht. Das hatte er dem Präsidenten, nach dessen bewegender Rede zur Weltraumabwehr SDI im März, noch mal schriftlich dargelegt, in schlichter Sprache ohne Schaum, auf einem einzigen Blatt DIN A 4 übrigens, denn mehr als eine Seite las der nicht, und das meiste ließ sich auch lakonisch sagen. Deine Rede sei kurz und beleidigend, wie Tricky Dick zu spaßen pflegte. Nun, er hatte da nicht auf den alten Freund Nixon gehört, sondern war manierlich geblieben, artig aber deutlich, ohne bis zum heutigen Tag eine Antwort zu erhalten. Offenbar hatten die Türsteher und Wachhunde im Weißen Haus sein Memorandum abgefangen.

Wieder im Bett, sah Lasky, auch Valentine hatte sich aufgemacht, ohne Pyjama lag sie da, bereit für ihn. Das war das Schöne an ihr, sie begriff sofort und parierte. Nicht gerade entzückt, mehr kindlich träge, blickte sie duldsam drein, leicht debil in solchen Momenten, mit naiver Fügsamkeit, einem Anflug von Umnachtung; so als habe sie früher einmal beim Murmel- oder Doktorspiel etwas völlig falsch gemacht und traue sich nun nie mehr was. Ihre Person, das Eigene darin, schien im Bett ziemlich entrückt, dicht am Verlöschen, ihr Charme war restlos zurückgenommen – fast sank sie da zur Puppe ab, zu seinem Spielzeug, doch das nahm ihm nicht den Spaß, im Gegenteil. In ihrem Mangel an Begeisterung und Sinnlichkeit lag ein Stachel, ein Vorwurf an seine Adresse, der ein Strafritual nach sich zog, den Geschlechtsakt als Mischung von Verführung und Gewalt. Sehr stimulierend für ihn selbst. Und rasch vollzogen, im Stil eines Reiterangriffs, versetzte er auch Titi nach seinem Gefühl höchst sonderbar in Rage, in ekstatische Ergebenheit. Weshalb erst das Getue, wenn sie es dann doch genoß? Weiberlist?

Dies fragte sich Winston Lasky seit anderthalb Jahren. Das Rätsel der weiblichen Seele war unergründlich. Den Widerspruch zwischen anfänglich schwachem Begehren und keuchendem Taumel – dem Rausch des Gehorsams, ihrer verzückten Unterwerfung –, hatte ihm auch Dr. Steed nicht deuten können, dem es immerhin geglückt war, Titi zu motivieren oder zu sensibilisieren, jedenfalls ihre erotische Empfindungslosigkeit zu heilen, die da erste Halbjahr verschattet hatte, so daß er damals schon glaubte, seine Ehe werde kein Erfolg ... All dies sollte ihn jetzt nicht kümmern, er hatte genug damit zu tun, das aus seinem Kopf zu drängen, was Irvins Anruf hineingepreßt hatte. Bloß nicht damit beschäftigen! Der ganze Zauber läuft im Kopf ab, hatte Steed ihn gewarnt, wenn es oben stimmt, geht unten nichts schief, Sorgen sind Gift für den Sex, nicht ans Geschäft denken im Bett, dann wird Ihre Gattin den Altersunterschied niemals spüren. Ein bißchen Selbstkontrolle, autogenes Training, das sichert Ihnen Libido wie Potenz, glückliche Entspannung und innere Hygiene, den rundum befriedigenden Verlauf. Ihre Sorgen schwinden dabei von allein, Beischlaf ist ja auch Staubeseitigung, Problemabfuhr für den Mann in Ihrer Position, Sir. Befreiung von Lebensangst, Minimierung von Komplikationen und Abgang des Rests durch das, wenn ich mal so sagen darf, klassische Überdruckventil. Aber das funktioniert nur, wenn es gelingt, ausschließlich bei der Partnerin zu sein. Ihnen fällt das natürlich leicht, bei dem Liebreiz von Mrs. Lasky, falls Sie mir dies offene Wort gestatten; weiß Gott nicht viele in der Stadt haben eine so attraktive Frau.

»Schlechte Nachrichten?« fragte Valentine.

»Ach, es geht, ich hab damit gerechnet.« Er schob ihr die Hand besitzergreifend auf den Bauch und wartete auf das Zucken, den kleinen Schauer des Unbehagens, mit dem es bei ihr stets begann. »Irvin hat alles unter Kontrolle.«

»Was war denn gemeint, als du ihm sagtest, sie sind hinter uns her?« Seine Hand glitt tiefer, bis der Schauer kam. Wozu ihr Geschwätz? Hoffte sie ihn abzubringen von dem, was er da anfing mit ihr zu tun? Sie sollte ihn doch besser kennen. »Das erkläre ich dir beim Frühstück. Jemand will uns fressen, aber wir passen auf, die Haie haben keine Chance.«

»Haie?« Sie lachte unvermittelt, ohne daß sich ihr Gesichtsausdruck veränderte. »Bist du nicht auch so einer? Ihr habt gleichfalls zwei Firmen geschluckt.«

»Um sie uns anzugliedern, ja, das war notwendig und sinnvoll. Titi, ich bin nicht grundsätzlich gegen feindselige Fusionen. Jeder muß sehen, wo er bleibt.«

Ihre Schenkel öffneten sich, brav gehorchte sie seinem Druck, fragte aber naiv: »Sinnvoll? Das Werk in Long Beach habt ihr doch stillgelegt.«

»Was willst du, Liebling, es war ein Wrack – siebzig Jahre alt, die Fertigung ineffektiv verteilt auf einige vierzig Häuser.«

»Weshalb mußtet ihr's dann haben?«

»Weil es bester Baugrund ist, gleich beim Hafen.«

»Achthundert Arbeiter sitzen auf der Straße.«

»Da ist ein Fonds, der ihnen hilft, über die Runden zu kommen, Schatz.«

»Und die Proteste in der Zeitung?«

»Es mögen Fehler passiert sein, aber die Stiftung ist mit drei Millionen versehen worden. Außerdem erhielt jeder dritte aus der Belegschaft durch uns Anspruch auf eine Betriebsrente.«

»Trotzdem, Winston, du warst der Schurke in dem Stück. ›Es sind Fehler vorgekommen‹ – das Passiv im Satzbau verrät dich.«

»Müssen wir das jetzt erörtern?«

»Mir fallen nur die Pressestimmen ein. Und die Leute im Fernsehen, die so traurig klangen wegen der Ausbildung ihrer Kinder, der Hypotheken- und Ratenzahlungen, weißt du?«

Endlich verstummte Valentine. Sie schloß die Augen, warf die Arme über den Kopf und ergab sich. Ein vager Friede verdrängte die Neugier von ihrem Gesicht, machte einem lasziven Ausdruck Platz, jenem leidenden Genießen, auf das er gewartet hatte, da es ihn stets zuverlässig stärkte. Titi wie mondsüchtig, hypnotisiert, das somnambule Opfer seiner Angriffslust . . . Da ging erneut das Telefon. Das Sanatorium meldete sich. Eine Ärztin namens Dr. Walker teilte ihm mit, sie rufe im Auftrag Professor Swedenborgs an, um ihn von einem Suizidversuch seiner Tochter in Kenntnis zu setzen. Jill sei nichts geschehen, doch ihre psychische Labilität auf Grund der paranoiden Störung lasse die Rückkehr ihres Bruders ratsam erscheinen.

»Damit ist kaum vor Dienstag zu rechnen«, sagte er kurz angebunden. »Geben Sie acht, Doktor, im Wiederholungsfall mache ich Sie, das heißt die Klinik, in vollem Umfang für die Folgen haftbar. Bestellen Sie das Ihrem Chef, ihm dürfte klar sein, was das bedeutet.«

Lasky tippte auf die Gabel und drückte eine Taste, die ihn mit dem Butler verband. »Nelson, ich wünsche keine weitere Störung, egal, für wie wichtig jemand seinen Anruf hält. Notieren Sie die Nummern, ich rufe in einer Stunde zurück.«

»Sehr wohl, Sir.«

»Das Frühstück bitte in zwanzig Minuten.«

Diesmal stellte Valentine keine Fragen, die Unterbrechung war kurz gewesen, sie schien noch in Trance zu sein. Kaum aber hatte er sich ihr wieder zugewandt, da kam ihm der Einfall, Irvin flink etwas zu fragen und ihm ein paar Winke zu geben. Nein, das duldete keinen Aufschub, in dieser Lage hing viel von schnellem Handeln ab.

»Alec«, sagte er, als sein Finanzdirektor abhob, »sehen Sie mal nach, was sich in Übersee tut.«

»Schon geschehen, Sir. London, Frankfurt und Zürich haben fünf bis sieben Achtel Punkt über dem gestrigen Schlußkurs eröffnet. Der Anstieg in Tokio ist etwas deutlicher . . .«

»Wieviel? Ich will die kleinste Bewegung auf dem Parkett.«

»Anderthalb Punkte. Eben hab ich mit Merrill Lynch und Drexel Burnham Lambert telefoniert, dort heißt es, der Interessent sei unbekannt, die Kauforder komme aus Singapur. Aber ich hab da Zweifel; Drexel könnte selbst beauftragt sein.«

»Animieren Sie Loew und Salomon, zu beobachten.«

»Jawohl. Das Gesamtbild ist verschwommen. Während der Dow Jones ziemlich konstant bleibt, spürt man ein leichtes Hoch bei Verteidigungswerten auf Grund der Sachalin-Geschichte. Davon hebt sich unser Kurs bisher nur wenig ab. Falls auf breiter Front gekauft wird, dann sehr vorsichtig und verstreut.«

»Bitte die genaue Übersicht, wenn Wall Street schließt. Das zum einen, Alec. Zweitens, damit's uns nicht auf kaltem Fuß erwischt, müssen wir die Kriegskasse füllen. In zwei Stunden rechne ich das durch, brauche bis dahin Ihren Plan.«

»Zum Verteidigungskapital? Selbstverständlich, der Entwurf liegt schon bereit.«

»Drittens, sagen Sie Wallace, er soll die Rechtsabteilung anspitzen – ringsum abklopfen, wo sich etwas anbahnt, das uns aufwertet. Ob die NATO zum Beispiel vorhat, ›Hotspur‹ als Vierzehn-Länder-Waffe zu empfehlen, oder sonst ein Schritt, der uns als Kaufobjekt interessant macht.«

»Ich verstehe, Sir . . .«

»Viertens, Vaughan soll mit seiner Internationalen Truppe den Punkt gleichfalls prüfen. Dazu schauen, wo sich das zusammenballt – in Singapur, Dubai oder Wall Street. Fünftens . . ., aber nein, das übernehme ich selbst. Bis nachher, Alec! Wir werden kämpfen wie die Bullterrier.«

Lasky berührte die Gabel und drückte einen Knopf, der die Nummer des Managing Direktors seiner Privatbank im Telefonspeicher auslöste. Ihm war eine glänzende Idee gekommen. Gut und schön, sich auf den Stab zu stützen, aber Heikles tat man besser ganz allein. »Anthony«, fragte er, als sein alter Freund sich meldete, »kannst du mir behilflich sein?«

»Jederzeit, Winston. Wo drückt der Schuh?«

»Bei mir verdichtet sich der Eindruck, irgend jemand will uns an den Kragen; aber keiner weiß, wer. Die Auskunft lautet, das In- und Ausland kauft behutsam und synchron, Klient nicht zu ermitteln.«

»Ein feindlicher Kampfverband kreuzt am Horizont?«

»Hinter einer Nebelwand. Die Gruppierung kauft über ein Dutzend Broker peu à peu, so jeden zweiten Tag, einen Schub MAC;

mächtig bemüht, keine Turbulenzen am Markt zu erzeugen. Deshalb ist das Schlachtschiff schwer zu orten.«

»Ich soll versuchen, herauszufinden, wer es ist?«

»Sei so gut, Anthony. Ist verdammt wichtig für mich.«

»Ja, wie stellst du dir das vor?«

»Ganz cool, auf die linke Tour. Du tust, als seiest du im Bilde und fragst per Telex herum, ob noch Kapitalbedarf ist für die Übernahme von Lasky. So, als wolltest du in die Aktion einsteigen, auf der Gegenseite.«

»Das klingt ja wie Geheimdienstarbeit.«

»Genau das ist es auch. Ich weiß es zu würdigen, wenn du dich dazu durchringst.«

»Mein lieber Junge, hast du denn irgendeinen Verdacht?«

»Zunächst mal die Konkurrenz, von Boeing bis Lockheed, meinem Nachbarn. Der hat kürzlich eine Ausschreibung verloren, der Auftrag ging an mich. Das könnte der Gegenzug sein.«

»Von Lockheed? Zwei Milliarden müßten bewegt werden!«

»Boeing legt die locker hin. Hat Probleme mit neuen Baumustern, will diversifizieren. Oder denk an Martin Marietta in Florida, der schwimmt im Geld, wenn er nicht zukauft, schnappt es ihm die Steuer weg.«

»Und was, wenn's Japaner sind? Mitsubishi ist bald doppelt so groß wie General Motors. Auch Daimler Benz schläft nicht, wandelt sich langsam vom Luxusverkäufer zum Technologiekonzern mit Rüstungskomponente. In Europa der gefährlichste Übernehmer, dank seiner Einsatzreserve von zwei Milliarden Mark ... Wie würdest du dich da eigentlich wehren, Winston?«

»Na, Daimler-Aktien kaufen! Nachsehen, was in meiner Brieftasche ist, und den Rest zusammenpumpen.«

Aus dem Hörer drang ein Glucksen. »Hast du schon mal einen Kanarienvogel gesehen, Winston, der eine Katze frißt?«

»Anthony, sei kein Defätist.«

»Mir hat ein Kunde mal erzählt, er habe eine Option auf das Beverly Hills Hotel gehabt, Kaufpreis hundert Millionen, leider sei der Deal im letzten Moment gescheitert. Und weißt du, woran? Sie bestanden auf tausend Dollar Anzahlung.«

Es war immer etwas schwierig, mit Anthony zu reden, bei dessen Hang zu Anekdoten. Hatte er die Pointe abgeschossen, war die Vorstellung aus, und man mußte sehen, wie man seine Aufmerksamkeit zurückgewann. »Wir sind noch nie in den Startlöchern verhungert«, sagte Lasky. »Du ahnst doch wohl, daß bei uns ein paar Dollar auf der hohen Kante sind.«

»Ja gewiß, wie das so geht – hier eine Million und dort eine Million, und ehe man es merkt, hat man wirklich Geld.« Dem folgte ein skeptisches Kichern. »Ach, Winston, weshalb werden wir bloß so schnell alt und so spät gescheit?«

»Junge, was ist los mit dir, was bedrückt dich?«

»Einfach das Klima im Lande. Früher galt die eiserne Regel, daß man nicht horizontal fusioniert. Diese feindseligen Übernahmen haben etwas Abartiges für mich, sie sind wider die menschliche Natur . . .«

»Na fein, dann hilfst du mir sogar aus Überzeugung.«

»Aber ja, ich versuch's. All das ist doch ein großer Jammer. Firmen verbunkern sich oder tauchen weg im hohen Gras, nur damit man sie in Ruhe produzieren läßt, nicht wahr? Die Landschaft ist verteufelt unübersichtlich geworden, Winston. Und es gibt keine Straßenkarte für die letzte Runde.«

Lasky verabschiedete sich, peinlich berührt von soviel Larmoyanz. Der Mann stand ihm zwar bei, kam aber spürbar in die Jahre und schien zu glauben, daß man mit zunehmendem Alter entweder jedem Kampf aus dem Wege ging oder nicht mehr ganz richtig im Kopf war . . . Er hatte ihm eben viel Zeit gestohlen. Anthony war empfindlich, man konnte ihn um nichts bitten, ohne drei Minuten mit ihm zu plaudern, und nun waren es sogar fünf geworden – nur noch zehn Minuten, und Nelson brachte das Frühstück. Die horizontale Fusion mit Titi wurde dringlich, heftig, ein vehementer Angriff aus dem Stand . . . Doch als er sich nach ihr umwandte, lag sie nicht mehr da in fügsamer Bereitschaft. Während des Telefongesprächs war sie ihm still entschlüpft.

»Valentine!« Er stapfte vom Bad in den Ankleideraum und rief ihren Namen. Keine Antwort. Stumm, ohne die leiseste Andeutung, war sie verschwunden, jedenfalls aus dem Oberstock. Sein Fehler, er hätte sie erst nehmen und dann mit Anthony reden sollen; so etwas passierte nur bei falsch gesetzten Prioritäten. Und doch, eine ganz unangemessene, überzogene Reaktion! Entfernung von der Truppe, wie Howard grimmig sagte, wenn seine

Fanny nach Europa flog. Ein Akt der Widersetzlichkeit, um so stürmischer die Züchtigung ... Was hatte er ihr eigentlich getan? War er plötzlich ein Ekel für sie, weil er das Werk in Long Beach hatte schließen und ein paar Mann auf die Straße setzen müssen? Bestrafte sie ihn deshalb mit Liebesentzug? Was fiel ihr ein, er war doch kein Sozialhelfer, er war verantwortlich für den eigenen Laden!

Er lief auf die Galerie und brüllte ihren Namen durch die Halle. Der Butler kam mit dem Frühstück. »Verzeihung, Sir«, sagte er von der Treppe aus, »Ihre Gattin hat das Haus verlassen, sie ist nach Pasadena gefahren.«

Ohne zu baden, etwas zu essen, also die reinste Flucht. Das war die Höhe, da verging ihm selbst der Appetit. Lasky fühlte sich betrogen, um einen erprobten Genuß gebracht. Zornig kehrte er ins Bad zurück und bestieg das Fahrrad, auf dem seine Morgengymnastik stets begann. Eine Zeitlang trat er zu, der Zeiger schlug kräftig aus, bis zur 20-Meilen-Marke. Dann fiel ihm ein, dieser Trainer war ein Teil der Sportgeräte, die Titi für ihn angeschafft hatte. Kleinere Dinge wie das lästige Rad, auf dessen Achse gestützt man am Boden turnen sollte, hatte er heimlich wieder entfernt, das Fahrrad war geblieben, um ihretwillen – die das nicht verdiente – mühte er sich ab.

Und während Lasky aus dem Sattel glitt, die Stirn schweißüberperlt, und wie immer nach dem Handtuch griff, geschah das, was ihm nur selten widerfuhr. Ein Seufzer stieg in ihm auf, vom Magen her, mit Sodbrennen vermischt, füllte würgend seinen Hals, sprengte ihm schier die Brust und löste sich in unaufhaltsamem Schluchzen. Ächzend stand er vor dem Breitwandspiegel, starrte sich an, und die Tränen liefen über sein Gesicht. Es schüttelte ihn, er heulte hemmungslos ... Laß es laufen, dachte er, das muß heraus, so oder so, dies ist meine Klagemauer, ich bin wie ein altgläubiger Jud, es reinigt mich, erleichtert kolossal, jetzt bin ich's los, nun ist es gut.

Er trat unter die Dusche, spülte sich die Spuren unbegreiflichen Leids prasselnd von der Haut, heiß und eiskalt. Diese Schwäche, ein- bis zweimal im Jahr, durfte er sich leisten. Wer so im Streß stand wie er, durfte sich das noch verzeihen. Eine Art Entleerung, seelische Müllabfuhr, manchmal mußte das sein. Verjüngt ging er daraus hervor, wieder der Alte, topfit.

Im Ankleideraum sah Lasky auf Valentines Seite in einem Schubfach, das halb offen stand, bunte Taschenbücher. Nichts von Greene, Maugham oder Longfellow wie bei Jill. Titis Bettlektüre waren Thriller mit Titeln wie *Angst, Hypnose, Wandernde Seelen, Tödliche Berührung* und *Der Präsident und das Medium.* Ja, wenn ihr das etwas gab? Jeder war für sich selbst verantwortlich, für den eigenen Horizont.

Lasky versuchte, sich im Spiegel mit den Augen seiner Frau zu sehen: drahtiger Sechziger, wenig Fett, kaum Gesäß, nur der Bauch trat leicht vor; kein Adonis, aber Sex passierte im Kopf, laut Dr. Steed, auch bei ihr! Für sie war er schön kraft des Eros, der ausging von der Macht. Wenn er nicht als Mann überzeugte, dann als Inhaber der absoluten Gewalt über so viele Menschen und Dinge, als Präsident ... Der Präsident und das Medium.

Unter einem Dutzend leichter Gabardineanzüge wählte er den hellblauen, dazu ein matt lachsrotes Oberhemd, zum Kampfgewand des Tages. Nebenan räumte Nelson das Frühstück ab, die Gesichtshaut so gespannt, daß man sich denken konnte, wie sein Kopf als Totenschädel aussehen würde. Er hinterließ eine seltsame Telefonnummer mit der Notiz, der Präsident erwarte seinen Rückruf. Welcher Präsident? Dies war nicht die Vorwahl von Washington.

Kaum hatte Lasky die Nummer eingetippt, da sagte eine schneidige Stimme: »Hier ist das Signalkorps. Der Präsident weilt auf seiner Ranch, wir stellen zu ihm durch.« Dann rief eine andere Stimme: »Bleiben Sie dran, Sir, er ist draußen und spaltet Holz.« Was wollte Ronald Reagan von ihm? Ach, das Memorandum! Er nahm endlich Stellung zu dem Brief, der Klage über die Haie von Wall Street.

Nach einiger Zeit war Reagan in der Leitung, er sprach so kurzatmig, als habe er tatsächlich Holz gehackt. »Winston, ich wollte Sie sprechen, um Ihnen zu sagen, wie leid es uns tut, daß Ihr Bruder Steve gestorben ist«, brachte er, nach Luft ringend, hervor. »Und daß Ihre Tochter in der Klinik ist, weil sie in diesem Flugzeug einen Freund verloren hat. Nancy und ich, wir beten für sie. Wir wissen, das sind Schicksalsschläge für Sie, Winston, und sind beide mit unseren Gedanken bei Ihnen.«

»Ich danke Ihnen, Ron«, sagte Lasky heiser. Er fühlte sich verstanden und gestärkt. Was für ein lieber Mensch, trotz seiner Fehler. Noch nie war ihm Reagan so nahe gewesen wie in diesem Augenblick.

XXVI

Bei Swedenborg trat, wie meist nach dem Lunch, Dr. Miguel Soto ein, sein Oberarzt, um mit ihm einen Fall zu besprechen. Dr. Soto war 42, ein Neurologe, der vor neun Jahren Chile verlassen hatte. Man kannte damals von ihm vielversprechende Experimente, tastende Schritte zur Erkundung des menschlichen Gehirns, dieser Terra incognita. Die Universität von Südkalifornien hatte ihn für ihre Forschungsgruppe engagiert. Doch als über Jahre hinweg bedeutsame Resultate ausblieben, verließ Soto das Team und ging an die Nervenklinik der USC. Er lehnte den Teamchef ab, der in dieser Flaute nur noch Fachblättern statistische Werte und Abstraktionen lieferte.

Als Kliniker genoß Dr. Soto um 1980 einen guten Ruf. Persönlich bedürfnisarm, galt er als glänzender Diagnostiker und Therapeut, ein rastlos tätiger Arzt ohne andere Passionen als die des Berufs und der Berufung. Nie wendete er Zeit an Ämter und Würden, an eitles Hervortreten; sein Dasein war so unauffällig, daß es von ihm hieß, er habe kein Privatleben. Das war ein Punkt, den Swedenborg – selber ein Gesellschaftsmensch – an ihm etwas rätselhaft fand. Ansonsten schätzte er Sotos ruhige Bescheidenheit sehr. Bei seinem Oberarzt fiel ihm manchmal ein, daß *Bescheidenheit* von *Bescheidwissen* kam.

Er hatte den stillen Mann nur gewinnen können, weil dem ein Mißgeschick passiert war, das in der Öffentlichkeit Wellen schlug. Eine begüterte Patientin hatte Soto eines Tages erklärt, ihr Mann habe sich verändert, er sei gar nicht der, für den er sich ausgebe, sondern ein Betrüger, der es auf ihr Geld abgesehen habe und ihr nach dem Leben trachte. Sie glaubte, der Austausch mit dem echten Ehemann habe stattgefunden, als dieser geschäftlich auf Hawaii war. Nicht nur die Stimme klinge anders, der Betrüger habe auch größere Ohren und derbere Hände; sie wies Fotos vor, um das zu belegen.

Dr. Soto fand, es liege eine esoterische Form von Verfolgungswahn vor, aus der Fachliteratur als *Capgras-Symptom* bekannt. Eine höchst seltene paranoide Störung. Ihm war noch niemand begegnet, der daran litt. Aber seit Capgras im Jahre 1923 von einer Frau berichtet hatte, die meinte, ihr Mann werde von vielen Doppelgängern ersetzt, die abwechselnd mit ihr schliefen, waren doch eine Anzahl ähnlicher Fallstudien erschienen. Er sah sie durch und glaubte seine Vermutung bestätigt. Alles wies auf Doppelgängerwahn hin, den er mit Phenothiazinen behandelte. Bald nach der vermeintlichen Heilung wurde die Frau in ihrer Badewanne tot aufgefunden. Ihre Zweifel waren neu erwacht, sie hatte die Scheidung eingereicht, worauf der Mann einen Unfall vortäuschte, die Konten plünderte und verschwand. Kurz danach kam er bei einer Schießerei in Honolulu selbst ums Leben. Ein zahnmedizinischer Vergleich ergab, daß er nicht der Ehemann der Ermordeten gewesen war; dieser blieb verschollen.

Für Miguel Soto ein schlimmer Schlag, hatte er doch mit dem Gangster gesprochen, der als Mann seiner Patientin auftrat, und sich von ihm täuschen lassen. Obgleich ihm klar war, daß auch größte Sorgfalt vor Irrtümern nicht schützte, wand sich seine feinfühlige Natur unter Selbstanklagen. Weshalb hatte er die Hände und Ohren des Mannes nicht mit den Fotos verglichen, warum ihm keine Kontrollfragen zur gemeinsamen Vergangenheit der Eheleute gestellt? Weil er Arzt war und kein Kriminalist! Wäre die Frau zur Polizei gegangen, lebte sie vielleicht noch. Man wurde blind, blieb man bieder in den Grenzen seines Fachs und hielt jeden gleich für krank, der zu einem kam ... Swedenborg war derselben Meinung.

Dr. Soto litt auch unter dem Ausschlachten des Falls durch Reporter, denen er damit ein Geschenk gemacht hatte. Sie lauerten ihm auf, drangen in sein Haus und stellten ihn bloß. Seine Zurückhaltung nahmen sie als Schuldbekenntnis. Bestürzt sah er Zeichen von Schadenfreude ringsum, Kollegen frohlockten, rückten tuschelnd von ihm ab ... All dem verdankte Swedenborg, in der Fachwelt selber verschrien, den hervorragenden Mann. Sie hatten sich damals verbündet, gegen ärztliche Borniertheit und menschlichen Verrat.

»Ich machte mir Sorgen um Andy Peel«, sagte Dr. Soto. »Zwar kommt er heraus aus dem Tal, doch es dauert jedesmal länger. Die Depression wird von Mal zu Mal bei ihm tiefer. Sie remittiert bisher unter hohen Dosen Imipramin relativ rasch ...«

»In einer Woche können wir ihn entlassen.«

». . . und es gibt auch noch keine krankhaften Veränderungen im Bereich des EKG, der Leberfunktion, der Nierenwerte und des Blutbilds. Aber es ist seine achte Episode, und ich frage mich doch, ob es nicht ein Kunstfehler ist, ihn ohne Lithium zu lassen.«

Swedenborg wiegte den Kopf. Was Soto vortrug, stimmte an sich. Peels Leiden war bipolar, manische und depressive Phasen wechselten ab, da galt Lithium als das vorbeugende Mittel der Wahl. Traute man der Statistik, wurden im ganzen Land jährlich gut eine halbe Million bipolarer Fälle diagnostiziert; weit höher noch war die Dunkelziffer. Aber die Behandlung verlief in der Regel befriedigend, obschon oft ein Suizid drohte. Der Impuls zum Selbstmord schlug am ehesten durch, wenn bei steigendem Antrieb der Leidensdruck noch wirkte und die Lebensmüdigkeit überwog – die Furcht vor dem Absturz ins nächste Loch. Das mußte man stets beachten.

»Ich hab das mit ihm besprochen, Miguel. Peel weiß, daß Lithium ihn schützt, allerdings auch seine manischen Phasen unterdrückt, und die sind ihm unentbehrlich. Er setzt sie so in Arbeit um, daß er nie manisch herkommt, immer nur depressiv. Peel geht auf den Nobelpreis los, es wäre verhängnisvoll, ihm diesen Anreiz zu nehmen.«

»Verhängnisvoll ist eher das Gegenteil. Man müßte seinen Ehrgeiz dämpfen, aus mehr als einem Grund. Ich hab versucht, ihn beim Aufschwung an unser Trio heranzuführen, leider ohne Erfolg.«

»Es ist halt eine andere Generation.«

»Und ein politisches Problem.«

Swedenborg ging darauf nicht ein. Politik lag ihm fern, ihn füllte anderes aus. Neben der Mathematik war er an Kunst und Philosophie interessiert. Von Jugend an hatte er oft in sich selbst versunken nach einem Schlüssel zur Welt von morgen gesucht: einer Synthese der Sehnsüchte des Menschen mit dessen Begrenztheit in puncto Nächstenliebe und Moral. Wie die hochfliegenden Hoffnungen mit den grausamen Zufälligkeiten des Daseins versöhnen? Von dem ungarischen Einwanderer Arthur Koestler stammte der verschrobene Rat, dem Leitungswasser weltweit eine Droge beizumischen, die den Aggressionstrieb hemmte. Solch ein Mittel ließ sich finden, doch das würde nur zur Vorherrschaft derer führen, die noch aus Brunnen tranken und angriffslustig blieben.

»Peel arbeitet am SDI-Programm, Professor. Er ist Rüstungsforscher, einer von Edward Tellers fähigsten Leuten.«

»Schön, wir mißbilligen die Ergebnisse seiner Arbeit, oder doch einen Teil davon. Aber das gibt uns nicht das Recht, ihm den Ehrgeiz zu nehmen, also einen Patienten zu manipulieren. Auch nicht, wenn wir uns einreden, es geschehe zum Besten seiner Gesundheit, Miguel. Wir sind keine höhere Instanz.«

Swedenborgs Gedanken wanderten. Während Dr. Soto höflich widersprach, kam ihm dessen alte Versuchsreihe in den Sinn. Die Hirnforschung war der Brennpunkt allen Bemühens um Heilung, wie auch des Strebens nach einer besseren Welt. Er wußte, weshalb sein Oberarzt das Trio aus der *Seltsamen Schleife* so mochte. Soto hatte sich mit den drei KI-Fachleuten verbündet, und jetzt planten sie, ein Experiment weiterzuführen, das an der Universität von Südkalifornien sang- und klanglos beerdigt worden war. Bei dem versandeten Versuch hatte man Testpersonen schwach radioaktive Substanzen injiziert. Vom Blutkreislauf ins Hirn geschwemmt, sandten die rasch zerfallenden Partikel Positronen aus, und ein Detektor ortete sie. So ließen sich feinste Regungen der Hirntätigkeit aufspüren, die Wege von Botenstoffen verfolgen, wenn es gelang. Welche Erwartungen und Probleme! Positronen-Emissions-Tomograph hieß der Apparat, ungenutzt stand er im Universitätslabor. Auf seinem Bildschirm hatte man damals bloß entdeckt, daß schon simple Aufgaben wie das Zeichnen geometrischer Figuren weit auseinanderliegende Hirnzentren beanspruchten. Hinter den flackernden Abbildern der Erregungsmuster vermutete das USC-Team viel komplexere Vorgänge als bis dahin angenommen.

Weiter war man nicht gekommen. Es schien auch nahezu aussichtslos. Das menschliche Gehirn arbeitete zwar fünftausendmal langsamer als ein elektronischer Rechner, doch mit seinen 140 Milliarden Nervenzellen war es ungleich verwickelter gebaut und stärker miniaturisiert. In einem Quadratmillimeter Großhirnrinde steckten 100 000 Nervenzellen, jede einzelne stand – über ein Gestrüpp von Leitungsbahnen – mit rund 5000 anderen Zellen in Verbindung! Wie solch dichtgeknüpftes Netz entwirren, seinen Arbeitsplan ergründen? Die Forscher fanden gerade noch heraus, daß aus den Köpfen schwach begabter Versuchsteilnehmer wild zukkende Farben auf den Monitor klecksten, während intelligente Testpersonen bei denselben Aufgaben ruhige Bilder lieferten, als besäßen sie bessere Schaltkreise ... Dann hatte das Team resigniert.

Inzwischen aber stellte man im Pavillon *Seltsame Schleife* einen Computer darauf ein, Signale aus der Tiefe des Gehirns verläßlicher auszuwerten, sie in scharfe Diagramme zu verwandeln. Es fehlte nur noch der Tomograph. Natürlich schlug die Universität naserümpfend jedes Angebot einer Zusammenarbeit mit dem Sanatorium ab. Sie weigerte sich auch, ihr ungenutztes Gerät ihm, Swedenborg, zu vermieten oder zu verkaufen. Er mußte halt sehen, wie es ohne die USC weiterging.

Dr. Kathleen Walker kam, eine erst 40jährige, bereits grauhaarige Frau von herbem Äußeren. Im *Merry-go-round* verfocht sie ironischerweise den Standpunkt der Schulmedizin, jener klassischen amerikanischen Psychiatrie, vor der sie eigentlich geflohen war. Wegen ihrer kühlen Erscheinung hatte Swedenborg sie anfangs nicht haben wollen. Die Referenzen beschrieben sie als »resolut«, »gewinnend« und »pedantisch«, eine recht diffuse Art der Charakterisierung. »Schätzt abstrakt-rationale Debatten und scheut jegliche Emotionalität«, hieß es über sie im Stil ihrer Wissenschaft. Er hatte gezögert, sie fest einzustellen, bis ihm aufging, daß sie den Patienten Vertrauen einflößte; vielleicht dank ihrer großen, ernst und mild blickenden Augen.

Frau Walker kam von Jill Lasky, sie äußerte sich dazu. Wie immer bei ihr geschah das sehr grundsätzlich, in klarer, fast druckreifer Sprache. »Heute ist Freitag«, teilte sie etwas überraschend mit. »Die Patientin ist den achten Tag bei uns, was dazu berechtigt, eine persistierende paranoide Störung anzunehmen; zumal schizophrene oder manisch-depressive Symptome bei ihr fehlen und eine hirnorganische Erkrankung auszuschließen ist.«

Es erstaunte Swedenborg immer wieder, wie genau Dr. Walker den Definitionen des »Diagnostischen und Statistischen Handbuchs der Geistesstörungen« folgte, dieses Standardwerks der *American Psychiatric Association,* das in seiner letzten Ausgabe eher die Unschärfe im Abgrenzen der Kategorien hervorhob. »Wie ist die momentane Verfassung?«

»Nun, Miss Lasky ist verwirrt. Meist läßt sie außerhalb ihres gut verkapselten Wahnbilds ruhiges Denken erkennen, dann wieder ist sie voller Tränen, wirkt desorientiert, hat kaum Krankheitseinsicht, kein Urteil über ihre Situation und kann ihre Affekte nicht steuern.«

Dr. Soto fragte: »Kein Ansatz zur Besserung?«

»Nein, das Gegenteil. Ihre Gedanken scheinen um die Wertlosigkeit ihrer Person und um den Tod zu kreisen. Sie pflegt drei fest miteinander verknüpfte Wahnsysteme und beginnt jetzt ein viertes zu entwickeln. Einmal ist sie überzeugt, das koreanische Flugzeug sei in geheimer Mission unterwegs gewesen, bei der es geopfert werden sollte. Zweitens glaubt sie, ihr Vater habe davon gewußt und durch eine seiner Angestellten, Frau Cory, ihren Geliebten in den Tod geschickt. Und zwar hauptsächlich – das ist schon Punkt drei –, weil dessen angebliche Entdeckung, die Großmächte hätten einander nuklear unterminiert, auf lange Sicht das Geschäft ihres Vaters zerstört hätte.«

»Und viertens?« fragte Swedenborg.

»Viertens fühlt sie sich neuerdings, da wir sie wegen des Suizidversuchs diskret überwachen müssen, von uns zunehmend beobachtet, beeinflußt und gelenkt, so daß wir ihr fast schon als Helfer ihres Vaters erscheinen. Das Beruhigungsmittel nimmt sie entweder mißtrauisch oder bloß scheinbar, also faktisch gar nicht mehr ein.«

»Kein Fortschritt in der Psychotherapie?«

»Ihr Bruder wollte uns dabei unterstützen, nur ist er seit drei Tagen abwesend. Ich hab bei ihr zu Hause angerufen und betont, daß er gebraucht wird, um nach seinem eigenen Vorschlag mit ihr den Wahninhalt aufzuarbeiten. Ein schroffer Hinweis Mister Laskys auf juristische Konsequenzen im Falle eines Suizids war leider die einzige Reaktion.«

»Was machen die geselligen Kontakte?«

»Ja, da bestehen zwei. Sie hat mehrmals mit Mister Lagonda gesprochen, doch immer nur kurz. Der Anstoß geht von ihm aus, er kommt auf sie zu, betrachtet sich ja als ihren Retter.«

»Das ist er sogar.«

»Jedenfalls scheint er es zu genießen. Sie selber neigt dazu, sich mit Andy Peel zu unterhalten, wenn überhaupt. Die zwei haben sich flüchtig angefreundet – derzeit der einzige Lichtblick. Sie dürften einander stützen.«

Miguel Soto sagte: »Beides Selbstmordkandidaten.«

»Und ihre Aktivitäten?« fragte Swedenborg.

»Die verlaufen sprunghaft und enttäuschend. Ihr Vortrag zur Geschichte Kaliforniens ist vergessen, nicht einmal der Luftzwischenfall beschäftigt sie mehr. Aus Mangel an authentischem Material, hat sie mir erklärt, und damit wohl Fakten gemeint, die ihr Wahnsystem stützen.«

»Was um Himmels willen tut sie dann?«

»Sie informiert sich über uns, Professor. Das hängt mit dem vierten Komplex zusammen, wonach wir der verlängerte Arm des kriminellen Teils ihrer Familie sind.«

»Aus was für Quellen schöpft sie da?«

»Ganz einfach aus der Bibliothek. Dort fehlt es ja nicht an Fachtexten. Sie schreibt einiges ab – zur wechselnden Behandlung aller möglicher Geisteskrankheiten im Laufe der Zeit.«

Swedenborg hörte Kritik heraus. Seine Art, Patienten auch zu gestatten, über ihr Leiden nachzulesen, wurde von ihr abgelehnt. Doch er hielt daran fest, niemandes Rechte zu beschneiden, solange es irgend ging. »Es wirkt vertrauensbildend«, sagte er. »Fördert die Krankheitseinsicht, nehme ich an.«

»Miss Lasky unterrichtet sich nicht über paranoide Erkrankungen, sie studiert die Geschichte der Psychiatrie. Wie wir wissen, sieht die noch unrühmlicher aus als der allgemeine Werdegang der Medizin. Ich konnte in ihrer Abwesenheit ein paar Passagen lesen. Nach meinem Eindruck baut sie da aus Fragmenten ein Feindbild auf, Professor. Sie fängt an, sich mit einer Pseudogemeinschaft von Verschwörern zu umgeben, der auch wir angehören.«

Swedenborg seufzte, ihm war, als hätte sie gesagt: Müßte man dem nicht Einhalt gebieten? Aber wie, ohne eben das zu tun, was den Argwohn nur noch steigerte? Wenn Jill Lasky in ihnen bereits Verschwörer sah, hatten sie das Spiel fast schon verloren. Der Ablauf war zwanghaft, sattsam bekannt. Zuerst brach die Verfolgungsangst aus, unter psychischem Schock, dann erfand der Kranke eine Gruppe von Feinden. Diese Einbildung half ihm, seine Angst zu erklären, das linderte den Schmerz. Der Patient konnte den Schrecken begrenzen, zu anderen Menschen freundlich sein und in Kontakt zu Lebenbereichen bleiben, die jenseits seines Zerrbilds lagen. Wie immer zerfloß die Grenze zwischen Krankheit und Normalität zu einer Grauzone, hier besonders breit. Paranoides Denken war eine allgemein menschliche Erscheinung wie Freude oder Traurigkeit. Beinah jeder trug ein Zerrbild in sich, ein mißdeutetes Stück Realität, *Vorurteil* genannt. Trat Besessenheit hinzu, wurde das Vorurteil so starr und bizarr, daß es Krankheitswert bekam: etwa bei Sektenmitgliedern, Rassisten, Patrioten, Terroristen, bei doktrinären Politikern jedweder Couleur.

Wo lag der Knackpunkt, wie wurde das Vorurteil zum Wahn? Im skandinavischen Bereich, den Swedenborg gut übersah, fußten die neueren Theorien noch immer auf der sechzig Jahre alten Pionierarbeit von Kretschmer. Der hatte unter anderem erklärt, empfindsame Persönlichkeiten mit pessimistischen und narzistischen Zügen würden paranoid, wenn etwas in ihr Dasein einbrach, das bei ihm *Schlüsselerlebnis* hieß. Grobe Verletzung der Gemütsbasis löste Besessenheit aus. Kretschmer meinte übrigens, diese Menschen würden nicht schizophren, sie hätten eine gute Prognose.

So zuversichtlich konnte man heute nicht mehr sein, abgesehen davon, daß die Wahnbilder politisch gefärbt und sehr resistent geworden waren. Hierzulande stellten Paranoiker sich das Rudel ihrer Verfolger oft als Kommunistische Partei, Mafia oder FBI vor, je nach dem eigenen Standort. Der Zeitgeist schlug auf den Wahninhalt durch. In den dreißiger Jahren hatten auch Bankiers oder Großindustrielle als Feinde gedient und ihren Rang im Kopf der Kranken mittlerweile verloren – bis auf Miss Lasky. Die klagte ihren Vater an, mit der Regierung der Vereinigten Staaten (und wohl auch schon dem *Merry-go-round)* gegen sie im Bunde zu sein. Das brachte ihr zunächst Entlastung, sie hatte nicht mehr alle gegen sich, nur jene Clique. Doch da die sehr mächtig war, verharrte sie vor ihr in Furcht und fragte sich, wer noch dazugehöre; die Feinde vermehrten sich tendenziell.

»Hoffen wir«, sagte er endlich, »daß die Patientin bei ihren Studien den Unterschied zwischen der üblichen Behandlung und dem erkennt, was diese Klinik ihr bietet. Das Fehlen von Zwang, von Bevormundung und autoritären Strukturen ist unser größtes Plus . . . Ich denke doch, Kathleen, es ist Ihnen geglückt, eine gewisse Beschwichtigung auszustrahlen? Glauben Sie, imstande zu sein, ein optimistischer Therapeut zu bleiben?«

»Würden Sie sich das selbst zutrauen, Professor?«

»Wir müßten es eigentlich schaffen.«

Dr. Soto sagte: »Der Fall wird erschwert durch die Nähe des Wahninhalts zur Realität.«

»Heißt das, Miguel, Sie möchten ihn übernehmen?«

»Ganz gewiß nicht. Ich wüßte Miss Lasky zum Inhalt ihres dritten Wahnkreises – nach Kathleens Nummerierung – kaum Alternativen anzubieten.«

Dr. Walkers große Augen verengten sich zu Schlitzen. »Sie schließen allen Ernstes eine atomare Unterminierung der Welt nicht aus?«

»Selbst auf die Gefahr hin, daß Sie nun auch mich für behandlungsreif halten – nein, nicht grundsätzlich. Regierungen sind zu allem fähig.«

»Auch dazu, Miguel, einander mitten im Frieden Atomköpfe zu unterschieben?«

»Ich fürchte ja, aus einer Kreuzzugsmentalität heraus. Wie der Präsident gesagt hat: ›Noch einmal gilt es, unseren lichterfüllten Tag gegen die Mächte der Finsternis zu verteidigen.‹ Auf der Gegenseite denkt mancher wohl ähnlich.«

Swedenborg hob dämpfend die Hände. Er wußte, daß Soto sich seit jenem Mißgeschick oft fragte, ob die Einbildung eines Patienten nicht vielleicht doch der Wirklichkeit entsprach. Auch wirkten in ihm Erinnerungen an seine Heimat nach, der Sturz Allendes mit Billigung Washingtons – gefroren zu Ressentiments. »Machtgier und Fanatismus können gewiß auch bei Staatsmännern zum Verlust ethischer Maßstäbe führen.«

Frau Walker sagte: »Wo Politiker fair ihr Mandat erringen und den Wählern Rechenschaft schulden und die Presse frei ist, sehe ich da nicht so schwarz.«

Swedenborg sah, Soto wollte etwas entgegnen, er kam ihm zuvor. »Skepsis erscheint trotzdem angebracht, Kathleen. Wie wählt man denn die Kandidaten aus? Viele der Wähler sind schon mal beim Psychiater gewesen, andere kennen das Problem, fast jede bessere Familie hat so einen Fall. Deshalb verlangt man von unseren Politikern den Nachweis einer stabilen Gemütslage. Dumm dürfen sie sein, auch aggressiv; letzteres gilt sogar als Empfehlung. Aber schwermütig – oder auch nur besonders nachdenklich – keinesfalls.«

»So skrupellos kann keiner sein, beim Gegner Sprengköpfe einzuschmuggeln. Das ist eine Wahnvorstellung.«

»Oder eine Glaubensfrage.«

»Nun«, bemerkte Soto, »ich hab versucht, nachzuprüfen, was es wirklich ist. Durch zwei Anfragen, in Berkeley und hier am Ort.«

»Wen haben Sie da konsultiert?«

»Zunächst Miss Laskys Arbeitsstelle, das Institut für Konfliktforschung. Dort hat mir ein Dr. Baldwin bestätigt, daß solch eine Theorie wirklich von Dr. De Luca entwickelt und hausintern vertreten worden ist. Dazu hat es kurz vor den Semesterferien in Berkeley eine Podiumsdiskussion gegeben, im Rahmen der sogenannten Roundtable-Gespräche über aktuelle Probleme und Themen, mit denen das Institut konfrontiert ist. Baldwin sprach von der ›*Nucy*-Hypothese‹. Es stimmt auch, De Luca wollte damit breit in die Öffentlichkeit, und zwar am 1. September. Die Konferenz in Seoul sollte ihm als Forum dienen.«

»Gibt es dazu schriftliche Unterlagen?«

»Danach hab ich mich auch erkundigt. Zumindest müßte ja von der Podiumsdiskussion ein Tonband existieren, da sind Mitschnitte üblich. Die Auskunft klang merkwürdig gedämpft. Dr. Baldwin gab sich ziemlich ausweichend, zuerst hieß es nein, De Lucas Aufzeichnungen seien mit ihm verschwunden, er habe sie offenbar bei sich gehabt, als das Flugzeug abstürzte. Und das Tonband, fragte ich – da verband er mich mit Dr. Stolzenberg, dem Vizedirektor des Instituts, und der räumte ein, es gebe noch Notizen von De Luca, auch ein Transkript des Tonbands.«

»Äußerte er eine persönliche Meinung?«

»Nein, er vermied es gleichfalls, die Thesen des Toten zu kommentieren; wenn auch seine Zurückhaltung rein wissenschaftlich bedingt schien und nicht wie bei Baldwin an ängstliche Vorsicht grenzte. Er sagte einfach, das falle nicht in sein Fach, dafür sei im Hause einzig Jill Lasky kompetent, die sich leider krank gemeldet habe. Er wußte ja nicht, daß es um sie geht. Ich gab das natürlich nicht an, sondern sprach ganz allgemein von den Behauptungen eines unserer Patienten, die wir auf ihren Wahrheitsgehalt hin prüfen müßten.«

»Sie wünschen doch nicht Miss Lasky zum Gutachter in ihrem eigenen Fall?« warf Dr. Walker ein. Sie lächelte dabei mädchenhaft, ein frisches Lächeln, das immer bei ihr aufkam, wenn sie sich in Bedrängnis fühlte – zugeben mußte, etwas nicht zu wissen oder sich geirrt zu haben.

»Seien Sie unbesorgt, Kathleen, das wär ja wohl absurd. Nein, ich bat Dr. Stolzenberg nur um eine Fotokopie der Notizen und des Transkripts. Die hat er mir versprochen, ich warte noch darauf.«

»Danke, Miguel«, sagte Swedenborg. »Sie gehen wieder einmal den Dingen auf den Grund.«

»Im Interesse der Patientin hab ich eine weitere Auskunft eingeholt, bei Andy Peel. Er hantiert nämlich mit diesen *Nucys*. Sie dienen seinem Team als Energiequelle beim X-Ray-Laser, einem Ansatz zu der Weltraumwaffe SDI. Von der technischen Seite her hat er zu meiner Verblüffung Punkt für Punkt bestätigt, was Miss Lasky da erzählt. Er meint, es sei praktisch machbar. Zu der ethischen Hemmung, die vorher fallen müßte, äußerte er sich nicht... Was mir recht bezeichnend vorkommt! Diese Spezialisten erfüllt ein elitärer Geist, ein Anflug von Gottähnlichkeit. High Tech fasziniert sie so, daß sie bereit sind, bedingungslos auszuloten, was Menschen technisch möglich ist.«

Wieder allein, las der Professor den Bericht, den Kathleen Walker ihm dagelassen hatte. Ihre präzise, bildhafte Sprache verriet den geschulten amerikanischen Nervenarzt. Das Befinden Jill Laskys beschrieb sie als einen Grundzustand angstbeherrschter, krankhaft veränderter Emotionalität. Auf diesem schwankenden Unterbau stand, einstweilen noch halbwegs unversehrt, das Denkvermögen der Kranken; es tarnte ihren psychotischen Wahn und den womöglich fortschreitenden Verfall der Gemütsbasis – bis auf Risse in der Fassade, bedingt durch die Erschütterung, und so weiter und so fort.

Swedenborg klang das zu mutlos, fatalistisch, auch dramatisch. Mit einer Kombination von Neuroleptika und Psychotherapie sollte doch eine Besserung möglich sein... Er gab zu, daß die Seele fünf Stockwerke hatte, neigte aber mehr zum untertreibenden Ausdruck, zur Kultur des mittleren Wortes, das seine Kraft aus der Mäßigung zog. Dr. Walkers Text zeigte ihm wieder die Schwäche solcher Darstellungen, die – mehr anschaulich als in sich schlüssig – den seelischen Prozeß als blinden Ablauf schilderten, als ein Geschehen von hoher Eigendynamik. Das wies dem Arzt fast nur die Rolle eines Sympathisanten, des Symptome lindernden Beobachters zu. Kausale Zusammenhänge fand er kaum beleuchtet, und Hypothesen wie die der vier Wahnkreise erleichterten es auch nicht gerade, den Kern zu finden, das Übel in der Tiefe zu erfassen. Er mußte selber sondieren, mit Fingerspitzengefühl, bestimmt gab es eine Lösung ... Ach, das Elend des Metiers! Allzuviel war Improvisation, Heuristik, Empirie, nahezu nichts exakte Wissenschaft; darin lagen der Reiz und die Gefahr.

Zum Teufel mit dem Reiz, er wollte helfen, wieso gelang das nicht in diesem doch keineswegs hoffnungslosen Fall, wo Teile des Wahninhalts sich als wahr oder doch als möglich erwiesen? Er legte die Hände unter das Kinn, stützte die Ellbogen auf und dachte über seine Assistenten nach, weder recht zufrieden noch wirklich enttäuscht. Sie taten zweifellos ihr Bestes, gute Arbeit im üblichen Sinn. Ihm aber genügte nicht das Hergebrachte, er war auf Herausragendes, auf Bahnbrechendes aus. Da hatte er sein Vermögen riskiert und das Sanatorium als Modell einer Heilstätte von morgen erbaut, als Antwort auf die beißende Kritik in den Medien eine psychiatrische Gegenwelt geschaffen – mit Überläufern wie Miguel Soto und Kathleen Walker, an der Spitze er selbst, der Nichtmediziner, im Besitz aller Vorzüge des Autodidakten, der ein Idealist und Millionenerbe ist –, und das Ergebnis blieb mäßig, beschämend konventionell.

Wie gern die Ärzte, Pfleger und Schwestern bei ihm waren! Welche Befreiung mußte es für Frau Walker gewesen sein, dem reglementierten Klinikbetrieb unten in der Stadt zu entfliehen. Weshalb kam dann nicht mehr heraus? Bei diesem Team, in dem jeder einzelne hoch motiviert war, die Herausforderung anzunehmen, die das vernichtende Urteil der Öffentlichkeit über die Art, Nervenheilkunst auszuüben und mit Kranken umzugehen, doch bedeutete ... Trotz des unerhörten Aufwands und all der klugen Köpfe hier, nicht einmal im Fall Lasky war der Erfolg gewiß.

Die Verdammung des Metiers, in den siebziger Jahren laut geworden, machte jedem Nervenarzt zu schaffen, dessen war er, Swedenborg, ziemlich sicher. Alle litten darunter, und nur wenigen bot sich eine Chance wie bei ihm, zu glänzenden Bedingungen frisch ans Werk zu gehen. Es ließ ja keinen kalt, was Filme wie *Einer flog übers Kuckucksnest* an Scheußlichem enthüllt hatten; oder was von Außenseitern der Psychiatrie wie Thomas S. Szasz so vehement vorgetragen wurde. Für den New Yorker Professor Szasz, einen Hitzkopf aus Ungarn, stand fest, daß die sogenannten Irren weniger gestört als störend waren, der Gesellschaft lästig. Für ihn war etwa die Schizophrenie, als Krankheit gesehen, nichts weiter als Erfindung der Ärzte, die der herrschenden Ordnung zuliebe sich mehr wie Polizisten aufführten – nämlich die Lästigen einsperrten, sie flüchtig untersuchten, mit Tabletten vollstopften oder sie ganz ohne Behandlung dahinvegetieren ließen, als Objekte ihrer *Verwahr-Psychiatrie.*

Unter dem Druck solcher Anklagen hatte man zum Beispiel in Italien vor fünf Jahren die großen Nervenkliniken auf gesetzlichem Wege sämtlich geschlossen. Ein Schritt, der mangels anderweitiger Pflege der Patienten traurig-skandalös gescheitert war. Zur selben Zeit, um 1978, entstand das *Merry-go-round,* Swedenborgs Pilotprojekt, sein so vielversprechender Beitrag. Die Heilstätte ohne geschlossene Stationen, vergitterte Fenster und klinkenlose Türen, ohne Elektroschocks und chemische Mißhandlung, dafür voller Helfer und sanftmütiger Seelenärzte. Das Gegenbild zur »Schlangengrube« alten Typs, lohnintensiv und kostspielig, gewiß, aber doch das Idyll einer Heilkunst in geselligem Kreis, im Ambiente eines reichen ländlichen Clubs ... Nur, ohne Durchbruch in der Forschung führte all dies nicht ans Ziel.

Der Professor schraubte seinen Federhalter auf. Dem Trio, das mit ihm Memoranden tauschte, schrieb er wie ein Ministerialdirektor in grüner Tinte: »Bitte die Frage der *Nucys* klären. Sollten kleine Atomköpfe beim jeweiligen Gegner placiert worden sein, würde Abrüstung zur Farce, da die *Nucys* kaum verifizierbar sind. Tödlich, denn zur militärischen Abrüstung gibt es keine Alternative. Weltweites Abrüsten ist Gebot der Stunde, es setzt den Abbau von Mißtrauen voraus, Gewaltlosigkeit bei größtmöglicher Freiheit der Menschen im staatlichen Innenraum. Die gewaltfreie Gesellschaft *entrüstet* sich auch gegenüber ihren Geisteskranken, schließt mit ihnen Frieden. Der Arzt mißt seinen Heilerfolg an dem Gelingen einer befriedigenden sozialen Wiedereingliederung; weniger daran, ob die Wahninhalte restlos verschwinden; was oft mit den heutigen Mitteln noch unerreichbar ist. Darüberhinaus muß der Psychiater dazu beitragen, die Frage zu klären, wie paranoische Mechanismen zu dem Anstieg von Gewalt und Leiden führen, den wir in vielen Länder sehen. Wenn künftig mehr von unserer Kraft dem psychologischen Verständnis von Massenströmungen und Machtstrukturen zufließt, werden wir dem Ideal einer friedlichen, zivilisierten Welt ein Stückchen näher kommen.«

DAS GEHEIMNIS

Der Mensch, der gar nichts liest,
ist besser unterrichtet als derjenige,
der nur Zeitung liest . . .
Der Herausgeber sollte seine Zeitung
in vier Rubriken unterteilen, erstens
Wahrheiten, zweitens Wahrscheinlichkeiten,
drittens Möglichkeiten, viertens Lügen.
Die erste Rubrik würde sehr kurz ausfallen.

Thomas Jefferson

XXVII

Jerome Lasky saß in der Badewanne, Tanjas Stimme noch im Ohr. Sie hatte eben aus New York angerufen und ihm erzählt, sie habe letzte Nacht im Flugzeug geträumt, die Sonne gehe gar nicht wieder auf, weil jemand die Erddrehung bremse, bis zum Stillstand. Der einen Welthälfte drohte daraufhin die Vereisung, der anderen ein Hitzetod durch Austrocknung und Verdampfen; nur in der Zwischenzone, über der die Sonne tief stand, konnte man überleben, für gewisse Zeit.

»Sei unbesorgt, die Russen schaffen es noch nicht, die Erde anzuhalten«, hatte er ihr erwidert. »Falls aber doch, gib mir rechtzeitig Bescheid, damit ich die Grundstücke in der Zwischenzone kaufen kann. Ihr Preis wird anziehen, du bekommst zehn Prozent Provision.«

Dann wollte sie wissen, ob es trotz Steves Tod gelinge den Lasky-Pool zu bilden. Darauf war er kaum eingegangen. Etwas an dem Anruf hatte ihn gestört, wohl eine gewisse Verbindlichkeit. Anders als vorgestern bei ihr keine Eifersucht, sie nörgelte nicht an ihm herum. Auch der Traum fiel aus dem Rahmen, wirkte irgendwie nicht echt – wie ausgedacht, zur Garnierung ihrer Anfrage. Ihm war, als habe sie nur erfahren wollen, ob er mit Ralph zum Abschluß kam. Warum?

Oder sollte er, irritiert von den Geschäften der beiden Onkel, zu mißtrauisch geworden sein? Hatte er übertrieben reagiert? Vielleicht war ihr das gar nicht wichtig gewesen und sie wollte nur seine Stimme hören. Letztlich hatte es Tanja auch nicht leicht. So eine Karrierefrau, fand er, muß immer voll dasein: denken wie ein Mann, aussehen wie eine Dame, sich geben wie ein junges Mädchen und arbeiten wie ein Pferd. Und herumschlafen wie eine Geisha? Das denn doch nicht . . . Ihm wurde klar, er hatte ihr Tokio noch nicht verziehen.

Jetzt hielt er die Dusche über den Kopf und sang vor sich hin *In Disneyland I take my stand to live and die for Disneyland.* Nach allem, was seit Donnerstag hinter ihm lag, brauchte es das, um ihn wieder ins Gleichgewicht zu bringen. Er hatte einen Tag angehängt und Ralph in dessen Trauer beigestanden, wer konnte es ihm verdenken, wenn er sich auch mal gehenließ? Das half ihm wieder auf. Solch ein Bad, ein Schuß Kognak im Kaffee und ein bißchen

Singsang hatten ihm noch stets Tatkraft und Zuversicht zurückgebracht. Die erste Pflicht im Leben ist es, man selbst zu sein; worin die zweite Pflicht besteht, das hat noch keiner entdeckt.

Da läutete es nebenan. Das Colony Plaza von Ococee war ein Haus der Mittelklasse, ohne Telefon im Bad. Naß lief er hinüber, hob ab und hatte Valentines Stimme kitzelnd im Ohr. »Jero, die Klinik bedrängt uns wegen deiner Schwester. Du hattest doch versprochen, mit ihr die Flugzeugstory zu schreiben.«

»Das wird hier miterledigt. Noch heute abend recherchiere ich in Washington den Fall aus gegnerischer Sicht ...« Etwas drehte sich in ihm, in einer akustischen Halluzination hörte er seinen Bruder stammeln: Valentine, jeder liebt dich, ich bin verrückt nach dir! Meinst du, man sieht nicht, daß du Jero schöne Augen machst? Und ihre Antwort: Merk dir, für mich existiert nur dein Vater ... »Man informiert mich über die Vorgänge in Rußland.«

»Das steht doch alles in der Zeitung.«

»Da steht, was die Russen sagen, nicht, was sie denken oder tun.« Obgleich ihn weiblich-tiefe Töne gewöhnlich mehr berührten, hörte er seiner Stiefmutter begeistert zu und versuchte instinktiv, das Gespräch auszudehnen. Seit sie ihm neulich im *Silver Shadow Park* als Helen erschienen und er gegenüber dem Abbild standhaft geblieben war, entwickelte er Gefühle lustvoller Intimität zu ihr. Mochte das auch Illusion sein, skandalöses Spiel der Phantasie, fast ein Schritt zum Inzest – in der Liebe, wer wußte es nicht, war die Einbildung Wirklichkeit. »Ich kann mich nicht teilen, Titi«, gab er ihr zu bedenken. »Übrigens, die Trauerfeier ist am Dienstag, da werden wir uns sehen.«

»Am 13. September? Gott, das paßt aber schlecht.«

»Ihr dürft nicht fehlen, das würde Ralph nie verzeihen.« Er selbst noch weniger. Sein Herz klopfte, Leidenschaft überkam ihn. Er war verrückt geworden, toll von der jähen Begierde.

»Reicht es nicht, wenn Howard die Familie vertritt?«

»Nein, keinesfalls ...« Jeromes Stimme starb weg, sein Mund war trocken, er trank einen Schluck Wasser aus dem Glas, das auf seinem Nachttisch stand. Ohne daß es ihm bewußt war, fuhr seine Zunge mehrmals über den Glasrand.

»Schließlich ist die Beziehung zu Steve doch kaum sehr eng gewesen, nicht wahr?«

»Kaputt war sie, ich hab's erst wieder aufgebaut, reißt es mir bloß nicht ein! Kein Stimmrecht ohne euer Kommen.« Ob sie etwas merkte von seiner Gier, sie zu sehen?

»Das muß dein Vater entscheiden. Er wird Dienstag dreiundsechzig, hast du seinen Geburtstag vergessen?«

»Ich hab ihn vergessen, aber sag es nicht weiter.«

»Okay. Winston hat Sorgen, seit er annimmt, da wäre eine Kaufaktion gegen ihn im Gange.«

»Na, er hat doch mich zur Seite.«

»Was ich nicht verstehe, ist, daß diese Aktionen einerseits nötig und andererseits so schlimm sein sollen. Kannst du mir das mal erklären?«

Gott, ihre Stimme, die unheimliche Eindringlichkeit ihrer Sprechweise! Hatte er sich ernsthaft verliebt? Ihm war, als erblicke er sie wieder nackt im Bad und höre sie sagen, es tue ihr nicht leid, daß er hereingeplatzt sei. Wollüstig stand sie vor ihm, für zwei Sekunden ohne Scham, als genieße sie es, von ihm bewundert zu werden. Er räusperte sich die Kehle frei. »Gewiß kann ich das. Wenn die Haie räubern, ernährt es bloß sie und zerstört den Rest. Sie nagen dich ab bis aufs Skelett, da schluckt halt einer den anderen. Ist der Angreifer aber ein Edelfisch, sorgt er für Ordnung und säubert das Revier. Dann wird die unfreundliche Übernahme zum nützlichen Verdauungsakt, zieht veraltete Betriebe aus dem Verkehr, hilft ganze Branchen zu modernisieren.«

»Das ist mir zu hoch, Jero. Ich glaube, der Unterschied ist einfach der: Angriffe sind gut, solange es die eigenen sind, und schlecht, wenn man selber das Ziel ist.«

»So kannst du's auch sehen.« Er lachte tolerant.

»Winston sieht's nicht so, er hat mich wegen meines Schwachsinns beschimpft.«

Es kam ihm vor, als seien sie dabei, sich heimlich gegen den Papst zu verbünden. »Das ist gar kein Schwachsinn, eher der sechste Sinn einer aufgeweckten jungen Frau . . .« Er erstickte an seinem Kompliment, noch ehe es ihm ganz über die Lippen kam. Nimm dich in acht!

»Und was deine Schwester betrifft, du, das geht vor! Die Ärztin hat erklärt, du bist die einzige Bezugsperson, die ihr geblieben ist, deshalb braucht sie dich so! Was nützt dir das Geld, dem du da nachjagst, wenn du darüber deine Jill verlierst?«

Jerome starrte auf den feuchten Fleck, der sich um seine Füße bildete. Er spürte, sie meinte es ernst; doch er konnte sich nicht vorstellen, was Jill drohen sollte, wenn sie in der besten Pflege war, die L. A. zu bieten hatte. Mehr als Titis Besorgnis sprach ihn erneut das Vibrieren ihrer Stimme an; durch 3000 Meilen Telefondraht teilte es sich ihm prickelnd mit. Da war sie wieder, die aufregende Naivität, eine akustische Botschaft, die in ihm unweigerlich das Bild mädchenhafter Frische und einer verbotenen Umarmung heraufbeschwor. »Danke, daß du mich angerufen hast, es ist reizend, mit dir zu sprechen«, sagte er, fügte Grüße an den Vater hinzu und legte in dem Gefühl auf, Floskeln zu benutzen, wo er ihr doch gern sein Herz geöffnet hätte.

Jerome schloß seinen Koffer und rief den Boy. Unten fand er die Rechnung wie üblich von Ralphs Büro beglichen; er ließ sich ein Taxi rufen. Statt die 25 Meilen zum Orlando Airport über gebührenpflichtige Straßen abzukürzen, nahm der Fahrer den Weg durch die Stadt. Auf dem Colonial Drive ging es ostwärts, dann bog er in den Orange Blossom Trail und wies auf das Tinker Field und die Citrus Bowl hin. In Orlando wimmelte es von Sportstätten, Vergnügungsparks, Sehenswürdigkeiten jeder Art.

»Hören Sie auf«, sagte Jerome. Offenbar hielt der Mann ihn für einen Touristen und wollte durch Geschwätz das Trinkgeld heben. Er aber mußte seine Gedanken sammeln. Klar war, Steves Tod warf ihn zurück, störte den Ablauf ebenso wie das Geldgeschäft, das ihm da zugemutet wurde. Der Betrag war gewaltig, noch dazu in unsortierten Noten, das stank weithin nach Kriminalität ... Seit fast zwei Tagen schob er die letzte Entscheidung vor sich her.

Zwar gab Ralph, dem Einfluß des härteren Bruders entrückt, sich nun sanfter und zugänglicher als zuvor. Wenn man ihm half, die dunklen Millionen gut getarnt anzulegen, würde er nicht zögern, sein Stimmrecht in den Lasky-Pool einzubringen. Steves Aktien freilich fielen dessen drei Haupterben zu: den Söhnen in Südafrika und in Australien sowie seinem Liebling, der Tochter in der Schweiz. Jerome hatte hübsche Fotos von ihr gesehen, sie lebte in Mürren, einem schmucken Gebirgsort im Kanton Bern, über 5000 Fuß hoch gelegen, von der eleganten Welt bewohnt oder besucht. Fashionabler Wintersport. Ihr gehörte ein halbes

Stockwerk in der Residence Eiger, der Dépendance des gleichnamigen Hotels, ein Vier-Sterne-Haus mit köstlicher Küche und vorzüglichem Swimmingpool, wie man auf den Bildern sah. Lag man am Schwimmbad, während die Sauna schon heizte, strömte Morgensonne zur Glaswand herein, und die Gletscher der Eiger Nordwand entboten ihren kalten Gruß.

Phantastisch. Diese Cousine und ihre zwei Brüder kannte er kaum, würde ihnen erst am Sarg begegnen und nach der Testamentseröffnung, die der Beisetzung folgte, mit seinem Vorschlag auf sie zugehen dürfen. Noch hatte er nicht ihr Vertrauen. Doch da er das Geheimnis der 50 Millionen kannte, die sie unversteuert erben würden, außerhalb der Legalität, hoffte er, sie geneigt zu finden, ihm verwandtschaftlich zugetan. Das Anrüchige der Sache verschloß ihnen ja den Mund. Sie würden die Abwicklung wohl gern ihm überlassen und nicht so schwierig sein, an das Stimmrecht weitere Bedingungen zu knüpfen – etwa daß er ihnen beim Absatz von Schweizer Uhren, Goldbarren oder Känguruhs zur Hand ging; so jedenfalls hatte Ralph gescherzt.

Aber es blieb fatal. Jerome hätte sich, was das Geld betraf, lieber bedeckt gehalten. Ralphs Idee, wie es *vorzuwaschen* sei, gefiel ihm keineswegs. Der Transport jener fünf Postsäcke – oder Seesäcke, die zog er vor – sollte in Steves *Lear*-Jet vonstatten gehen, einer zweistrahligen, zehnsitzigen Maschine, die einen in vier Stunden nach Las Vegas flog. Dort würde ein Caravan bereitstehen, das zum nächsten großen Spielkasino fuhr. An dessen Manager hatte man sich zu wenden, um unter gewissen Vorsichtsmaßnahmen die Säcke gegen Chips einzuwechseln (oder Kasinoschecks, sie würden ja nicht für 100 Millionen Spielmarken haben). Und nach ein paar halbherzigen Pro-forma-Spielen am Poker- oder Blackjack-Tisch, wo der Mindesteinsatz 100 Dollar betrug, würde der Manager im Hinterzimmer die Chips oder Schecks am nächsten Tag fast vollzählig rücktauschen in schön gebündelte große Noten. Er wußte natürlich, was da lief, wenn man seine vorzeitige Abreise bei ihm entschuldigte. Welchen Bonus er für seine Kulanz erwarten durfte, das war Ralph anscheinend genau bekannt.

Der Grobwaschgang, die dicke Klippe für Jerome! Die Feinwäsche nämlich, das Herumbugsieren des Betrags im internationalen Finanzgeschäft, bis das Geld ganz sauber war, erschien ihm eher als Kleinigkeit. Mit der Quittung des Kasinos geschah das bargeldlos auf Wegen, die ihm geläufig waren. Aber der Geldtransport nach Las Vegas und die Stunden dort! Daß er Leibwächter mitbekam, hatte seine Ängste mitnichten zerstreut, denn es fragte sich doch, wer schützte ihn vor denen? Soviel Geld rüttelte an deren Loyalität; in dem Beruf hörten Treu und Glauben nicht erst bei 100 Millionen auf. Ein riskanter Dienst wurde ihm da abverlangt. Er fühlte sich zum Geldboten degradiert, zu einem, der den Kopf hinhält und die volle Verantwortung trägt.

Das Taxi bog links in die Sand Lake Road, am Ende lag graugrün und meilenlang der Flugplatz. Heißes Geld, sehr unsympathisch – Narco-Dollar, wie es im Jargon der Drogenfahnder hieß. Wer damit hantierte, wurde erpreßbar. Jetzt verstand er besser, warum Winston mit Blick auf die Brüder zuweilen von Gangstern sprach; damit war nicht nur ihr Kulturniveau gemeint. Außerdem kam ihm der Verdacht, es sei am Ende gar noch etwas faul. Die Geschichte vom Hineinrutschen in den Dreck, über das zunächst ganz astreine Waffengeschäft, mußte ja nicht stimmen. Bei Licht besehen, boten sich gegenüber dem, was Ralph und Steve ihm aufgetischt hatten, zwei abweichende Deutungen an; eine noch unangenehmer als die andere.

Er bezahlte das Taxi und stieg vor dem Terminal aus. Orlando International Airport hatte zwei parallele Startbahnen, sie liefen exakt von Nord nach Süd. Während er darauf wartete, daß sein Flug an der Tafel erschien, war ihm, als höre er die Kopfstimmen wieder singen: *Cu-cu-rru-cu-cu, paloma.* Schwer ging das aus dem Sinn, ein akustischer Umweltschmutz; dieses Gurren verband sich mit dem alten Steve und seinem Tod im *río del tiempo,* dem Fluß der Zeit. Ein Schritt ins Jenseits, zwischen dem Tod Kaiser Maximilians und dem des Pancho Villa. Die verzischende Zigarre. Nicht jeder starb so hübsch umfangen von dem, was er liebte.

Im Sog südlicher Klänge. Rührend besangen die mexikanischen Lieder Bilder dörflichen Alltags, Dinge wie Tauben, Wanzen, Marihuana, weiße Pferde oder Henkelkörbe. Die Sujets waren so einfältig wie das Gemüt seiner Onkel, daher deren Huldigung Mexikos, ihr Traum vom ursprünglichen Leben. Darin gingen sie so auf, daß noch der Abklatsch von *Disneyworld* sie entzückte. Dennoch waren sie abgebrüht, womöglich Mafiosi, wie vertrug sich das?

Zur Erklärung ließ sich anführen, daß Steves erster Kontakt mit der Mafia bereits 40 Jahre zurücklag. Als Leutnant der amerikanischen 7. Armee war er im Juli 1943 am Fallschirm über Sizilien abgesprungen, um mit seiner Kompanie den Flugplatz Comisso bei Gela zu nehmen. Davon zeugten zwei Papiere, die Ralph ihm, Jerome, aus dem Nachlaß des Bruders gestern geschenkt hatte. Schon bei einem früheren Besuch war ihm erzählt worden, der Stab der 7. Armee habe sich im westlichen Sizilien vorwiegend auf die Mafia gestützt – eine straff organisierte, im Kampf gegen Mussolinis Polizei erprobte, also antifaschistische Kraft.

Im Flugzeug vertiefte er sich in die Andenken. Dem Onkel waren tatsächlich drei Kriegsauszeichnungen verliehen worden, darunter das *Purpurherz*. Er hatte nahe Comisso einen Vorstoß von Teilkräften der deutschen Elitedivision »Hermann Göring« gestoppt und mit der Bazooka eigenhändig einen schweren Panzer des Typs *Tiger* geknackt.

Eindrucksvoll auch das zweite Dokument, ein Tagesbefehl des Panzergenerals Patton, der seine Armee mit drei Sätzen in die Schlacht warf: »Wenn wir gelandet sind, werden wir auf deutsche und italienische Soldaten treffen, die zu vernichten unsere Ehre und unser Vorrecht ist. Viele unter euch haben deutsches und italienisches Blut in den Adern; denkt jedoch daran, diese eure Vorfahren liebten die Freiheit so sehr, daß sie Heim und Herd verließen, um jenseits des Weltmeers das Land der Freiheit zu finden. Die Vorfahren der Menschen hingegen, die zu töten uns obliegt, ermangelten des Mutes, solch ein Opfer zu bringen, sie blieben daher Knechte.«

Der Schwung des sagenhaften Patton gepaart mit Sendungsglauben, der militanten Gewißheit, nicht nur anders, sondern auch besser als die restliche Welt zu sein! Jerome erinnerte sich des Hollywoodfilms über den extrovertierten General; er wußte, in Stunden der Verzweiflung nach dem Watergate-Skandal pflegte Richard Nixon sich an Privatvorführungen dieses Films zu stärken. Und Tanja hatte ihm gesagt, Ronald Reagan habe dem *Patton*-Produzenten Frank McCarthy für sein Werk warm die Hand gedrückt. (»Ich danke Gott, daß es in Zeiten unserer Not Menschen wie Patton gab. Dank für dieses Geschenk an unsere Nation, Frank! Nancy stimmt mir darin zu.«) Aus alldem folgte, man konnte beides sein, patriotisch und kriminell. Für ihn ein Widerspruch, er war in dem Glauben aufgewachsen, dies schließe einander aus.

Nicht nur in der Figur von Kriegsverbrechern, auch in Gestalt Onkel Steves löste sich der Widerspruch verblüffend auf. All das nährte seinen Argwohn, man habe ihm hinsichtlich der 100 Millionen vielleicht nicht die Wahrheit gesagt. Eine düstere Alternative zu Ralphs Geschichte lag darin, daß es sich – ohne den Umweg über die Waffenschiebung – von vornherein um Mafiageld handelte. Dies würde heißen, Ralph dem organisierten Verbrechen Floridas zuzuordnen; auch Steve bis zu seinem Tod. Aber bei ihrer Herkunft, dem gesellschaftlichen Status? Das fiel doch reichlich schwer. Sie hätten es nicht nötig gehabt, sich zu beschmutzen. Obgleich man nie wissen konnte, wohin die Geldgier Menschen trieb.

Der zweite Verdacht, näherliegend, war fast noch häßlicher durch den Beigeschmack von Hinterhältigkeit und familiärem Verrat. Man hatte ihm, Jerome, noch keinen der Geldsäcke gezeigt, angeblich lagen sie an einem sicheren Ort. War es denkbar, daß es sie gar nicht gab? Sollte das ganze Problem bloß erfunden worden sein? Baute man dieses Hemmnis auf, um den Abschluß zu verschleppen – ihn zu beschäftigen und hinzuhalten? Ralph war es zuzutrauen, daß er so etwas erfand, um seine Unterschrift auf dem Poolvertrag, den sie gestern ausgehandelt hatten, hinauszuzögern und derweil hinter den Kulissen zu verhandeln.

Mit wem, das ließ sich ahnen. Seit Jerome von daheim gehört hatte, ein Schlag auf die Firma stehe bevor, dachte er öfter an einen *Orlando-Zug* des unbekannten Gegners. Genau wie der versuchte, die Aktien der Gewerkschaft zu kaufen, diese Schachtel von 13 Prozent vielleicht schon besaß, würden ihn auch die acht Prozent von Orlando locken. Es war allgemein bekannt, die Brüder Lasky hielten nicht sehr fest zusammen, da schien ein solcher Kaufversuch doch aussichtsreich zu sein.

Wer würde siegen, der Angreifer oder er, Jerome? Das stand in den Sternen. Es hing davon ab, wer in Orlando mehr zu bieten hatte und ob die 100 Millionen Schwarzgeld wirklich existierten. In diesem Augenblick wünschte er, es wäre so. Und ihm ging auf, er mußte sich entschließen, es zu tun – von Washington aus, gleich nach der Landung, Ralph telegrafieren, daß er bereit war, es zu wagen. Dann wäre dem der Vorwand genommen, die Karten kämen auf den Tisch, zumindest sähe man in dem Punkt klar. Es ging jetzt Zug um Zug.

Sofort entwarf er einen Text für das Telegramm und fand *Transfer Moby Dick nach Las Vegas akzeptiert* ganz passend. Die sieben Wörter saßen. Ihm gefiel auch der Schimmer des Gigantischen, der den Decknamen umgab. Moby Dick, der weiße Riesenwal aus dem Roman von Melville, ein populäres Symbol. Ralph hatte die High School besucht, so unwissend konnte er kaum sein, daß er dieses Tier nicht kannte.

Bevor er die Zeitungen auf die Sachalin-Affäre hin durchsah, las er den Börsenbericht im *Wall Street Journal* und die Kolumne »Auf der Straße gehört«, eine Quelle von Tips und Gerüchten – diesmal verfaßt von Foster Winans, einem befreundeten Reporter, von dem Jerome annahm, daß er öfter Informationen bis zur nächsten Ausgabe zurückhielt, um sie vorab gewinnbringend ein paar Maklern zu stecken. Winans erwähnte den Verkauf von 100 000 MAC-Aktien durch John McCoy, den Playboy, verschwägert mit den Malcolm-Erben. Kein Börsenvorgang, schrieb er, und nur 1 1/4 Prozent der MAC-Effekten, doch scheine der Handel die Notierung zu beflügeln; knapp zwei Punkte liege sie über dem letzten Schlußkurs.

Noch nichts über die Gewerkschaftsschachtel. Jerome war sicher, Winans wisse wieder einmal mehr; er beschloß, ihn anzurufen. Der Kurs kam in Bewegung, hob sacht ab, gestreift von einem leichten Hauch. Wessen Atem? Ringsum lauter Rätsel, wohin er auch sah ... Wer stand hinter dem Manöver? Weshalb verließ der Jumbo seinen Kurs? Warum schoß man ihn ab? Gab es die scheußlichen *Nucys* nur in Jills Phantasie? Liebäugelte Titi heimlich mit ihm, wie Howard meinte? Hielt Ralph ihn mit *Moby Dick* zum besten? Die Welt war voller Mysterien. Aber ein paar Dinge würden sich ihm doch enthüllen, wenn er am Ball blieb, immer scharf, cool und schnell.

XXVIII

An jenem Samstag war Jill Lasky so bedrückt wie noch nie. Trüb lag die Nacht hinter ihr, auf Schlaflosigkeit folgten nach dem Frühstück Magenschmerzen und Schüttelfrost, ihr Herz flatterte, und ein Vorgefühl von Weinen ätzte ihr die Kehle, ohne daß eine Träne floß. Die Alpträume hatte sie vergessen, dafür tauchten Verse einer Österreicherin in ihr auf, die so alt war wie sie, wohl auch manche Erfahrung mit ihr teilte. Denn das Gedicht – es beschrieb das Schweigen nach der Umarmung – schloß: »Jetzt bilden unsere Hände unentwirrbare Lianengeflechte, damit unsere erschöpften Körper nicht auseinanderdriften, und ich wünsche mir eine Totenmaske von meinem glücklichen Gesicht, für später.«

Sie gab den Medikamenten die Schuld an ihrem Zustand. Man zwang ihr keine Pillen mehr auf, doch sie war überzeugt, es werde ihr weiter etwas verabreicht, im Kaffee. Eines der psychiatrischen Lehrbücher hob diese Möglichkeit hervor. In flüssiger Form waren viele Psychopharmaka geruchlos, so ließ sich »das Mißtrauen des Kranken vermeiden«, während man ihm doch Cocktails gab, Neuroleptika in immer neuer Mischung, um seine Stimmung zu manipulieren. Oder sollten es, weil sie die Arznei zurückgewiesen hatte, im Gegenteil Entzugserscheinungen sein? Ich bin ein Wrack, dachte Jill, als sie unter der Eiche auf Andy wartete, mit dem sie verabredet war. Seit acht Tagen bin ich hier, nur Swedenborg und Andy stützen mich. Es ist zu Ende mit den guten Dingen des Lebens, vielleicht geschieht mir da recht. All die Jahre hindurch hab ich meinen Neigungen folgen dürfen, ein behütetes Dasein gehabt, jetzt geht's halt ans Bezahlen.

Starr saß sie da, ganz davon beansprucht, ihre Verzweiflung ins Erträgliche zu wenden, sie als schicksalhaft zu deuten, als Ausgleich für ihre Begünstigung anderen Menschen gegenüber. Man hatte sie stets gelehrt, aus allem das Beste zu machen. Und während sie versuchte, ihr Leiden hinzunehmen, näherte sich ihr anstelle Andy Peels der Schauspieler Lagonda. Nicht gehenlassen, niemals, schon gar nicht vor ihrem Retter! Sie würde auch den noch ertragen, eine Zeitlang wenigstens. Vielleicht lenkte sein Geschwätz sie sogar von ihrem Kummer ab.

Doch es verlief wie üblich, er ödete sie an. Sie wußte ja schon alles über ihn. Da trug er ein halbdurchsichtiges schwarzes Hemd und teilte ihr listig mit, es habe ihn viel gekostet, wie ein Homosexueller auszusehen, der er natürlich nicht sei ... Durch seine Geschichten schimmerte viel Enttäuschendes. Zum Beispiel, daß er vor nichts zurückschreckte, nur vor Pferden, und diese Angst übertrieb, um nicht als Filmcowboy verschlissen zu werden. Sein Agent, Billy Cohner, hatte ihm anfangs einen Vertrag verschafft, der jährlich einen Film der Güteklasse A vorsah, mit 30 Drehtagen für ihn, zehn Wochen faktisch; plus sechs höllische C-Western, an je sieben Tagen heruntergedreht, bei kleinstem Budget, 40 Einstellungen und drei erlaubten Versprechern pro Tag; harte Knochenarbeit! Seitdem ging er den Pferdeopern aus dem Weg, als Liebhaber – sein Standardwitz war: Valentino hat mich imitiert –, doch Cohner hatte offenkundig Mühe, ihn überhaupt noch zu vermitteln.

Der Rest schien eher Tristesse. Cohner bot ihm einen Militärfilm an, in dem er nach einem ahnungsvollen Abschiedsbrief (»Liebste, ich hab so ein Gefühl . . .«) am zweiten Drehtag auf eine Mine trat. Er hatte verlangt, die Rolle auszuweiten. Das Buch wurde auch umgeschrieben, nun aber bekam ein anderer das Mädchen, darüber war er noch immer empört. Übrigens hatte er selbst ein Drehbuch verfaßt, angeblich riß man sich darum, doch er bestand auf einem französischen Regisseur, obgleich alle ihn beknieten: der Regisseur wurde erst in zwei Jahren frei. Sein Buch handelte von einem Mann, der zwei Frauen liebte, in der Mitte verwundet wurde (die Mitte des Films war gemeint), aber durchhielt und zuletzt auf einer wunderschönen Wiese im Schatten eines Baumes lag, den Kopf auf dem Schoß des Mädchens, das zu ihm sagte: »Du Armer, Armer . . .« Dazu trank er kaltes Bier.

Das schien seine Vorstellung vom Paradies zu sein. Ansonsten träumte er davon, dermaleinst dem Zementboden des Vorhofs von *Mann's Chinese Theatre* am Hollywood Boulevard seine Hand- und Fußabdrücke einprägen zu dürfen, wenn es denn nicht für die Bronzetafel am *Weg des Ruhms* langen sollte, oder zu der lebensgroßen Nachbildung im *Wachsmuseum,* wie er blinzelnd hinzufügte. Sein Davidstern am Hals war nicht nur Dekor, sondern Kalkül, ging er doch samstags in die Synagoge, wo in einer Ecke der Ritus zelebriert wurde, während man hinten Geschäfte abschloß: ein Business-meeting von Filmagenten, man mußte zugegen sein.

Maurice Lagonda war stets gut gelaunt und voller Anekdoten, wenn er zu Jill stieß, ein Gespräch aber gelang kaum, und sein blendendes Äußeres schüchterte sie ein, es verdeutlichte ihr, daß sie neben ihm wie Aschenputtel aussah. Gemäß seiner Art, die eigene Person hintanzustellen, zunächst von anderen zu reden, erwähnte er einen Neuzugang, den man ihm zugemutet hatte. Der Kosten wegen teilte er seinen Pavillon mit wechselnden Gefährten, jetzt war es ein japanischer Geschäftsmann, und Maurice wurde sich nicht darüber klar, ob der tatsächlich hochgezüchtete japanische Toiletten in Kalifornien vertrieb, *high-tech-toire* genannt, oder sich das bloß einbildete.

Jedenfalls spreche der Mann von nichts anderem und quäle ihn mit seinem fernöstlichen Abtrittskult extravagant bemalter WC-Modelle. Der Entleerungsstil sei dem Japaner lebenswichtig. Vorhin erst habe er erklärt, die Amerikaner hätten ihren Sieg in der Schlacht um Guadalcanar Ende 1942 einem Fehler beim Abschätzen des Unrats der japanischen Verteidiger dieser Pazifikinsel zu verdanken. Ihre Luftbild-Auswerter nämlich hatten zwar den Hubraum der Latrinengruben exakt berechnet, aber fälschlich gemeint, der Reisnahrung halber sondere jeder Feindsoldat nur 100 Gramm Kot täglich ab, statt der 400 Gramm, die wirklich anfielen, weil man auch Inselfrüchte aß. Deshalb sammelte General Mac Arthur Angriffstruppen in vierfacher Stärke zur Landung, und erst das sicherte ihm den Sieg.

»Sehr bemerkenswert.«

»Ich krieg einfach nicht 'raus, Jill, ist er wirklich Fachmann oder spinnt er bloß? Seine schönsten Modelle sollen an Tempel, Raumstationen oder altjapanische Teehäuser erinnern, was halten Sie davon?«

»Diese Seite Japans hat mich noch nie beschäftigt.«

»Sein Gerät, meint er, zeigt dem Benutzer heute schon an, was er im einzelnen ausgeschieden hat. Später würden die Meßwerte elektronisch in Krankenhäusern gespeichert. Und es geht noch weiter! Seine neueste Behauptung ist, im nächsten Jahrzehnt könnten menschliche Ausscheidungen bei vernünftiger Ernährung denen von Ziegen ähnlich werden, kleine trockene Bohnen, geruchlos und weiterverwertbar.«

»Könnten wir wohl von etwas anderem sprechen?«

»Verzeihen Sie, natürlich. Jill, ich entschuldige mich. Man verliert das rechte Maß, wenn man genötigt ist, sich ständig so etwas anzuhören.«

Jill lächelte matt. Sie hatte das Gefühl, ihr Ich sei kaum noch vorhanden, es verschwinde im Banalen der Situation. Gern wäre sie aufgestanden, um die zu beenden, doch wollte sie das wirklich? Die Zwänge des Anstands und der Höflichkeit banden sie an ihren Retter wie letzte Signale von außen. War der Japaner verrückt oder nicht? Jedenfalls ein Leidensgefährte ... Das kaum noch Unterscheidbare von richtig und falsch an diesem Ort. Der leere Dialog als Halt vor dem Absturz in Trübsinn.

Maurice langte bei Hollywood an. Sein Vorrat an Filmklatsch war so unerschöpflich und sein Gedächtnis so gut, daß er sich nie wiederholte. Er beschrieb, wie die Bosse auch große Künstler demütigten. Das waren für sie Lohnsklaven wie alle anderen auch. Selbst Genies beugten sich vor Hollywood, das mit märchenhaftem Reichtum winkte, nahm man die Bedingungen an. Ein berühmter Komponist sollte Filmmusik schreiben, elf Themen, eins zur Untermalung eines Beischlafs. »O ja, mal los«, sagte der Produzent zu ihm. »Ich will ein richtig gutes Heiwumm.«

Betroffen folgte Jill den vermeintlich lustigen Wendungen der Erzählung. Obgleich Maurice spürbar Rücksicht nahm und Anstößiges mied, wohl eine Fassung für Damen vortrug, es berührte sie doch peinlich. An ihm lag es nicht, nur an ihr. Vor zehn Tagen hätte es sie wohl noch amüsiert, jetzt schien ihr Sex nichts mehr zu bedeuten.

»Die Partitur sah vierzig Streicher vor«, hörte sie ihn sagen, beschwingt von seinem Gegenstand. »Dazu massenhaft Trommeln, Posaunen und einen Chor von hundert Stimmen. Der Dirigent holte das Letzte heraus, alles war engelhaft, vom Feinsten. Als aber das gewisse Thema kam, schüttelte der Produzent den Kopf. O nein, klagte er, das ist es nicht, das ist einfach kein Höhenrausch! Der Komponist korrigierte, stellte um, erfand einen neuen Sound. Bei der nächsten Probe durchtränkte er das Seufzen der Celli mit dem Kitzeln der Geigen und der Erregung seiner Posaunen zu einem Gipfel der Tonkunst. Den ließ der Produzent dreimal spielen, dann sagte er: Sie werden mir böse sein, Maestro, aber so geht's nicht. – Was haben Sie denn, Sir, was mißfällt Ihnen daran? – Es behagt mir ja, Maestro, aber es ist zu schön. Es ist nicht steil, wo bleibt die Klimax? Es ist kein Heiwumm. So bumse ich nicht. – Sir, rief der Meister, bumsen Sie, wie es Ihnen beliebt, ich tue es auf meine Art, für mich ist das Bumsmusik!«

»Das ist gewiß sehr komisch, Maurice.«

»Aber Sie können nicht drüber lachen.«

»Nein, tut mir leid. Sicher ein andermal, ich bin nicht aufgelegt dazu. Lassen Sie uns von was anderem sprechen.« Jill merkte, sie hatte sich eben schon ähnlich geäußert, und ihr fiel auf, daß sie die Arme vor der Brust verschränkte.

»Ja, sehr gern. Am besten von Ihnen.«

»Nein, bitte nicht . . .« Ihre Stimme kippte, sie fürchtete plötzlich, auf ihn altjüngferlich zu wirken. Da kreuzte sie scheu die Arme, wollte nicht über Exkremente reden, nicht über Erotisches, auch nicht von sich selbst; und Sport trieb sie gleichfalls nicht mehr. Ihr letztes Tennisspiel lag drei Tage zurück, vorgestern war sie das letztemal geschwommen. Wer sollte sich da noch für sie interessieren? Andy Peel blieb ja auch schon weg.

»Dann von mir«, schlug Lagonda vor.

»Selbstverständlich, wenn Sie möchten.«

»Nur, wenn es Sie wirklich unterhält.«

»Es ist immer fesselnd, etwas aus der Welt des Films zu hören.« Sie dachte: Was wir uns versichern, ist selten wahr.

Er sprach, als sei er willens, ihr gegenüber völlig offen zu sein, ein Ausbund an heiterer Aufrichtigkeit. Er mochte als Darsteller nicht viel taugen, hatte aber das Talent, einfache Dinge locker vorzutragen, mit sympathischer Stimme. Sie nahm an, er gebe sich mit ihr nur ab, weil er gehört hatte, daß sie reich war.

Maurice erzählte nicht mehr vom Film, sondern von einer privaten Neigung, die ebenso kultiviert wie kostspielig zu sein schien. Er gab sich ihr als Weinsammler zu erkennen. Als es ihm gut ging, hatte er einen Teil seiner Gage in seltene Weine gesteckt. Er ließ durchblicken, es lagerten Flaschen in seinem Keller, vor denen selbst die Besitzer der darauf verzeichneten Weingüter schwach und begehrlich würden. Mit verbundenen Augen könne er mehr alte Jahrgänge bestimmen als der Chefober im Ritz. Einflußreiche Leute in Los Angeles schätzten seinen Rat, seinen französischen Gaumen und seinen Spürsinn für verborgene Raritäten. Reiche Texaner sowie Bankdirektoren und Industrielle von der Ostküste mit ihren feineren Nasen und dem Neuengland-Akzent wünschten seine Dienste, um manchmal an ein paar Flaschen ganz besonderer Jahrgänge aus Saint Emilion oder dem Médoc zu kommen; auch Swedenborg habe er schon beliefert. Freilich, seine Bestände schrumpften, je länger er auf sein Comeback warten müsse. Doch zwei, drei Jahre halte er dank dieser Schätze schon noch durch ... Und dank den Schecks von Frau Cory, fügte Jill im stillen hinzu.

»Wenn Sie mich in Berverly Hills besuchen, kredenze ich Ihnen einen roten 47er ›Château Cheval-Blanc‹, versprach er. »Oder wir öffnen beide die letzte Flasche Château d'Yquem Jahrgang 21 ... Absolut sinnbetörend! Die Krone dessen, was unser Herrgott wachsen ließ.«

»Das ist sehr, sehr lieb von Ihnen, Maurice«, erwiderte Jill nervös. »Aber jetzt müssen Sie mich bitte entschuldigen, sonst versäume ich meinen Termin beim Professor.« Nach einem Blick zur Uhr stand sie eilig auf, froh, ihm mit Anstand zu entrinnen. Es lag an der Lähmung, die sie befallen hatte, daß ihr diese Ausrede so spät einfiel. Eine rätselhafte Antriebsschwäche, die sie zum Spielball anderer werden ließ.

XXIX

Um diese Zeit las Jerome Lasky an Bord die Samstagspresse. Durch Steves Tod hatte er die jüngste Entwicklung der Sachalin-Affäre verpaßt. Gestern, am 9. September, war der Fall auf einer Pressekonferenz in Moskau verhandelt worden. Vor allen akkreditierten Korrespondenten hatte ein Marschall den Sowjetstandpunkt an einer mannshohen Landkarte erläutert. Die Blätter bildeten ihn mit Zeigestock, im Schmuck seiner Orden ab. Er hieß Ogarkow und schien Generalstabschef und Vize-Verteidigungsminister zu sein. Zwei hohe Beamte halfen ihm, Fragen zu beantworten: Kornijenko, Stellvertreter des Außenministers, und ein Abteilungsleiter des Zentralkomitees der Partei namens Samjatin.

Endlich trat der Kreml den Washingtoner Spitzenleuten, wie Jerome fand, mit einer entsprechenden Crew entgegen. In den Gang der Ereignisse führte Ogarkow ein zweites Flugzeug ein, den amerikanischen Fernaufklärer RC-135. Beide Maschinen seien einander so nahe gekommen, daß die Punkte auf dem Radarschirm verschmolzen. Damit habe die sowjetische Luftabwehr verwirrt werden sollen. Sie habe nach dem kurvenreichen Rendezvous vor der Ostküste Kamtschatkas die zwei Flugzeuge tatsächlich nicht mehr auseinanderhalten können. Das spätere Geschehen baute wohl auf diesem Irrtum auf.

Eine hochrangige Expertengruppe, hieß es weiter, habe den Vorfall untersucht. Mit dem Ergebnis, daß »das Eindringen des Jumbos der südkoreanischen Fluggesellschaft in den sowjetischen Luftraum eine vorsätzliche, sorgsam geplante Spionageaktion war. Sie wurde von bestimmten Zentren auf dem Gebiet der USA und Japans geleitet. Bewußt wurde dafür ein Passagierflugzeug gewählt ...«

Der Marschall teilte den *provokatorischen Flug, ohne Rücksicht auf Menschenopfer,* streng in drei Etappen ein. Schon zu Beginn, gleich hinter Anchorage, sei eine auffällige Kursabweichung von der internationalen Route erfolgt. Warum hätten dies weder die Radarstationen der amerikanischen Flugsicherung noch die der US Air Force beanstandet? Die zweite Etappe hieß bei ihm *Handlungen über Kamtschatka.* Der Jumbo sei eben dort vom Sowjetradar erfaßt worden, wo ständig amerikanische Spionageflugzeuge patrouillierten, zumal vom Typ RC-135. Er habe auf keinen Funkspruch reagiert und einen Stützpunkt der *strategischen Nuklearstreitkräfte der UdSSR* angeflogen. Zugleich seien kurze kodierte Signale aufgefangen worden, wie beim Senden von Spionagedaten üblich.

Die eigene Luftverteidigung habe sich darauf beschränkt, per Funk (auf der internationalen Havariewelle 121,5 Megahertz) zur Landung auf dem nächsten Sowjetflugplatz aufzufordern. Das Ersuchen, vom Boden als auch von Abfangjägern aus, sei fruchtlos geblieben, der Luftraumverletzer habe sich über das Ochotskische Meer entfernt. Reichlich eine Stunde später trat er mit *Handlungen im Gebiet der Insel Sachalin* in die dritte Etappe seiner rechtswidrigen Operation. Der Eindringling sei dort den Basen von Boden-Luft-Raketen ausgewichen, nicht ohne andere Militärobjekte zu überfliegen. Endlich gestellt, habe er wiederum alle Warnsignale mißachtet, selbst vier Salven Leuchtspurmunition ignoriert, 120 Schuß, und durch Wechsel von Flughöhe, Geschwindigkeit und Kurs versucht, erneut übers Meer zu entkommen; diesmal die Tatarenbucht, den Nordzipfel des Japanischen Meers.

Da erst, so der Marschall, wurde dem Abfangjäger befohlen, den Flug *unter Einsatz von Raketen zu unterbinden.* Die Behauptung, man habe vorsätzlich oder auch nur fahrlässig ein Passagierflugzeug vernichtet, sei absurd. Das hätte, wäre es geplant gewesen, schon über Kamtschatka geschehen können, sogar ohne Jagdflugzeuge, mit Boden-Luft-Raketen, die in den USA Sam-5 genannt würden; deren Bereich habe der Flug gekreuzt. All das, fügte Ogarkow hinzu, sei in tiefer Nacht geschehen, anderthalb Stunden vor Sonnenaufgang. Erst nach Ausschöpfung sämtlicher Möglichkeiten habe man dem Flug ein Ende gesetzt, ihn *unterbunden*. Und zwar in voller Übereinstimmung mit der Verfassung und dem Gesetz über die Staatsgrenze der UdSSR sowie den internationalen Normen. Grenzschutz und Lufthoheit seien souveräne Rechte jedes Staates. »Die sowjetischen Streitkräfte schützen die friedliche Arbeit des Sowjetvolkes«, schloß der Generalstabschef. »Sie sind ständig in hoher Gefechtsbereitschaft. In der gesamten Geschichte unseres Staates haben sie ihre Aufgaben in Ehren erfüllt. Auch künftig werden sie, falls erforderlich, ihrem Kampfauftrag nachkommen.«

Nach diesem Fanfarenstoß waren die Journalisten am Ball. Vertreter der östlichen Medien stellten natürlich eher hilfreiche als bohrende Fragen. Der *Prawda* sagte Kornijenko, Washington schweige zu den Hauptpunkten. Weshalb schlug sein Flugsicherungsdienst nicht Alarm, als der Jumbo vom Kurs abwich, und warum sei die Sowjetunion nicht verständigt worden? Das müsse man auch die japanischen Behörden fragen, deren Aufsicht über die Flüge von Passagiermaschinen südlich von Kamtschatka beginne, dort, wo die amerikanische Zivilaufsicht ende. Kein Versuch, eine Tragödie zu verhindern! Wo doch ein direkter Funk- und Telefonkontakt zwischen Tokio und Chabarowsk bestehe, der Hauptstadt des fernöstlichen Distrikts der RSFSR; dazu die Telexlinien Chabarowsk-Tokio und Tokio-Moskau. Keiner dieser Kanäle sei genutzt worden, als der japanische Flugsicherungsdienst im Radar die Kursabweichung entdeckte. Selbst als der Jumbo bei Sachalin jäh vom Bildschirm verschwand, habe man sich zu keiner Anfrage aufgerafft.

Der Vertreter von *Libre Belgique* fragte: »Wer hat sich wann und über welchen Kanal in dieser Sache erstmals an die Sowjetunion gewandt?«

Erst zehn Stunden nach dem Unglück, wurde ihm erwidert, seien fast gleichzeitig zwei Anfragen gekommen. Sowohl der amerikanische Geschäftsträger in Moskau als auch der stellvertretende US-Außenminister in Washington hätten sich »bei uns erkundigt, ob wir nicht etwas über das Schicksal des Flugzeugs wissen«. Kornijenko unterstrich einen Widerspruch: In Washington war dem sowjetischen Botschafter erklärt worden, nach den Daten der amerikanischen Flugleitstellen habe man irgendwo bei Sachalin die Fühlung verloren. Der US-Geschäftsträger in Moskau aber hatte versichert, der Kontakt sei abgerissen, »als sich das Flugzeug am Punkt 140 Grad 23 Minuten östlicher Länge und 42 Grad 23 Minuten nördlicher Breite befand – 600 Kilometer von dem Ort, wo es wirklich verschwunden ist«.

Tatsächlich lag der Punkt, den der US-Geschäftsträger angab, am Südzipfel der japanischen Insel Hokkaido. Hatte er mit dieser Behauptung verdecken wollen, daß man zumindest über die Endphase des Fluges im Bilde war? Jedenfalls spielte der sowjetische Diplomat diese und andere Unstimmigkeiten kühl gegen seine Widersacher aus. Er wirkte besser präpariert als die Fragesteller. Für einige von ihnen, fand Jerome, mußte man sich schämen. Sie gaben ihm bloß Gelegenheit, seine Darstellung zu bekräftigen, man habe sich zweieinhalb Stunden lang gründlich mit dem Eindringling beschäftigt, ehe der Schießbefehl erging. »Dieses Flugzeug verhielt sich genauso wie das derselben Fluggesellschaft, das am 20. April 1978 unser Gebiet über der Halbinsel Kola verletzte«, sagte er. »Das Verhalten war durchaus das gleiche.«

Jemand von der *Los Angeles Times* brachte Ogarkow aus dem Tritt. »Warum hat die Sowjetunion sechs Tage gewartet, bevor sie offen zugab, daß sie den Flug ›unterbrochen‹ hat?« Der Marschall wich in Floskeln aus. Jerome wurde klar, die sowjetische Staatsführung hatte Zeit gebraucht, herauszufinden, was im einzelnen passiert war, und mit ihren Militärs eine Lesart abzusprechen, die vermutlich dreierlei berücksichtigte: den wirklichen Hergang, die Ehre der Armee und das Bedürfnis, sich vor einer Weltöffentlichkeit reinzuwaschen, die man sich so aufgeputscht wohl nicht gedacht hatte.

Der Korrespondent von *Cable News* fragte den Generalstabschef, wer den Schießbefehl erteilt habe, jemand in Moskau oder ein örtlicher Kommandeur? Im zweiten Fall bedeute das doch, die Sowjetunion sei womöglich bereit, den Beginn eines Krieges mit den Vereinigten Staaten der Entscheidung eines regionalen Befehlshabers zu überlassen? Wann habe denn das Politbüro und speziell der Generalsekretär Andropow von dem Vorfall Kenntnis erlangt?

»Den Befehl hat das zuständige Kommando der Luftverteidigung erteilt«, sagte Ogarkow. »Meines Erachtens ist es völlig unangebracht, daraus auf einen Kriegsausbruch zwischen der UdSSR und den USA zu schließen.«

Jerome folgte dem Schlagabtausch wie ein Zuschauer, der kein Fan des eigenen Teams ist, aber doch gern mehr Aktion gesehen hätte, ein befreiendes Tor. Stoßkraft und Sachkenntnis der Reporter reichten meist nicht hin, der Durchbruch blieb aus. »Zwei Stunden haben wir darum gerungen, daß dieses Flugzeug heil auf dem Gebiet der Sowjetunion landen kann«, klagte der ZK-Beamte Samjatin. »Damit jene Leben, von denen Sie jetzt sprechen, bewahrt blieben! Darin, daß es nicht früher, schon über Kamtschatka, sozusagen bezwungen wurde, äußert sich das humane Grundanliegen der sowjetischen Luftverteidigungskräfte.«

Und wieder der Marschall: »Allein in diesem Jahr wurden zwölf Verletzungen des Luftraums in Fernost registriert. Maschinen vom amerikanischen Flugzeugträger ›Enterprise‹ drangen über den Kurilen bis zu 30 Kilometer tief bei uns ein. Es gab auch Verletzungen durch Zivilflzeuge, besonders an der Beringstraße.«

Ein Mann des *Christian Science Monitor* fragte ihn: »Amerikanische und japanische Quellen haben Mitschnitte des Sprechverkehrs der sowjetischen Piloten bezüglich der Positionslichter veröffentlicht. Ein Kommentar dazu?«

Das traf einen Schwachpunkt der Moskauer Version. Jerome erinnerte sich, in einem Funkspruch des Verfolgers hieß es: *Die Positionslichter des Ziels blinken, ich bin auf zwei Kilometer heran.* Bisher hatte der Kreml die Echtheit der Mitschnitte geleugnet und darauf beharrt, das Flugzeug sei unbeleuchtet gewesen. Nun aber sagte Ogarkow: »Ich kann das kommentieren. Das zweite Jagdflugzeug, das hinter dem ersten flog, hat dessen Lichter gesehen und dies seiner Befehlsstelle gemeldet.«

Das ging daneben, eine weiße Lüge, der Einbruch war da. Aber keiner stieß nach, sie nutzten es nicht aus! Die Reporter schweiften ins Nebensächliche ab. Der Schwedische Rundfunk und die italienische *Republica* wollten etwas über Mittelstreckenraketen hören, der Rundfunk Kolumbiens über die Arbeitsweise der sowjetischen Untersuchungskommission, als sei das ein unabhängiges Gremium. Die Chance, den Marschall bloßzustellen, war vertan.

Erst die Londoner *Times* griff ihn wieder an: Weshalb habe die

Sowjetunion angesichts des Irrflugs nicht ihrerseits die Kanäle nach Washington und Tokio zu einer Anfrage genutzt, ehe sie schießen ließ? – »Das war kein verirrtes Flugzeug«, konterte Ogarkow. Es sei raffiniert gelenkt worden, alle Flugdaten bewiesen das. Die Anfrage hätte von dem amerikanischen und japanischen Flugdiensten kommen müssen, denen die Aufsicht oblag. Doch es sei eben eine schmutzige Provokation gewesen, deshalb keine Anfrage, völlig unbestreitbar.

ABC bat dafür um Beweise. Ogarkow blieb fest: »Die gesamte Analyse des Verhaltens, der Flugroute und des Zusammenwirkens dieses Flugzeugs mit dem zweiten vor Kamtschatka, sein Umgehen der Luftabwehrkomplexe in Richtung auf hochwichtige Militärobjekte sowie das Mißachten der Warnungen, all dies mußte uns davon überzeugen, daß wir ein Spionageflugzeug vor uns hatten.«

Die Übermittlung der Fragen und Antworten dauerte bei Redaktionsschluß noch an, Jerome aber reichten die Texte. Die Russen hielten stand, wenngleich sich ein feiner Riß zwischen dem Marschall und den zwei Beamten auftat. Ogarkow bestritt jede Möglichkeit eines Irrtums, für ihn war die böse Absicht ein Faktum. Die Politiker sagten, ihre Regierung bedauere den Tod unschuldiger Menschen, sie teile den Schmerz der Angehörigen ... Beides lag dicht beisammen, niemand bemerkte die Nuance, kein Fragesteller hakte ein. Und so gelang es den Rechtfertigern, die Front zu schließen: Schuld an dem Massensterben, so die gemeinsame Formel, seien jene Kräfte, die mit Menschenleben spielten und zudem die Affäre nutzten, um ein Klima der Konfrontation zu schaffen, in dem sich das Herstellen immer neuer Waffen, zumal das sogenannte Nachrüsten in Westeuropa – nämlich die Aufstellung von Pershing-2-Raketen und Cruise Missiles – gegen den Massenprotest von Pazifisten und Rüstungsgegnern kaltblütig durchsetzen lasse.

Jerome stopfte die Zeitungen weg; soviel las er sonst nie. Seine Pflichtlektüre waren das *Wall Street Journal,* die *Financial Times* (auf augenschonend ockerfarbenem Papier), der *Merrill Lynch Report* und das *Stock Exchange Letter.* Dazu für den Hintergrund ein Blick in die *Washington Post,* daheim zu Musik von Vivaldi. Was ihm hier auferlegt war, ging weit darüber hinaus.

Patton und Ogarkow, dachte er, als auf Steuerbord die Kuppel des Capitols erschien und das Flugzeug auf den Washington National Airport niedersank, drei Meilen vom Weißen Haus. Beides wackre Krieger. Mochten sie auch ganz verschieden sein, etwas verband sie doch: ihr Wertgefühl, die Sicherheit des Siegers, die militärische Arroganz und Idiotie ... Gott schütze uns vor diesen Beschützern! Ihre waffenklirrende Sprache, ein Vorgeschmack auf patriotische Taten.

XXX

Swedenborgs Sekretärin schien erstaunt, Jill lange vor der vereinbarten Zeit zu sehen, doch zögerte sie nicht, durchs Telefon zu melden: »Miss Lasky ist da, Sir«, in einem Ton, als sei sie eine Patientin, die zu unberechenbaren Schritten neigte. Dann sagte sie zu ihr: »Der Professor bittet Sie um etwas Geduld. Vielleicht möchten Sie inzwischen etwas in unser Gästebuch schreiben?«

Jill blätterte in dem schön gebundenen Stück. Manche der Sprüche waren ganz prägnant. Jemand hatte vermerkt: *Wo der Irrtum wohnt, schlagen warme Herzen.* Von einem Dr. Gordon stammte der Satz: *Weghören, den ganzen Quatsch nicht glauben, frisch ans Werk, neu denken, neue Fehler machen, aber nie die alten vergessen.* Wohl hiervon angeregt, hatte Andy Peel notiert: *Mit seinen Fehlern leben wie mit neuen Wahrheiten, und die alte abgelegte Lüge zum Mahnmal erheben;* was auch immer das heißen mochte. Nach soviel Philosophie der Seufzer Maurice Lagondas: *Goldenes Karussell, Auferstehung des Lebens!* Das Signum *Lagonda* (Die Gondel) machte den Beitrag ein wenig komisch.

Unter dem verwunderten Blick der Sekretärin nahm Jill den Stift in die linke Hand und schrieb: *Der Wirklichkeit des zerfetzten Jumbos entspricht das Vorhandensein der Nucys. Beide Realitäten wurzeln im selben Irrsinn, das bezeugt die Kongruenz und Pathogenität des Rüstungswahns, den man Verteidigungsanstrengung nennt.* Aber es ging ja noch weiter in die dritte Dimension, sie wollte fortfahren: Staaten erpreßt man mit Rüstung, Firmen mit Aktienaufkäufen, die gleichfalls Gewaltakte sind. Wie den Aggressionstrieb des Menschen anders hemmen als durch Verschrottung all seiner Werkzeuge? – Statt dessen setzte sie in dem Gefühl, einen Gedankensprung zu tun, hinzu: *Liebe und Trauer bleiben die stärksten menschlichen Attribute, die digetal nicht simulierbar sind.*

Die Eintragung war noch unfertig, als die Sekretärin sagte: »Bitte, Madam, Sie müssen nicht mehr als eine Seite füllen.«

»O pardon, tut mir leid.«

»Ist nicht weiter schlimm, wir hatten nur gehofft, mit dem Buch bis Dezember zu reichen. Es sind Jahrbücher, wissen Sie?«

»Nur noch einen Satz«, bat Jill boshaft, und schrieb: *Perfektion ist unmenschlich, und hochgradiger Ordnungssinn ebenso lebensfeindlich wie der vermeintlich irrtumsfreie, bis zur letzten Konsequenz vorgetragene Gedanke, jede bombastisch zelebrierte wissenschaftliche Theorie.* Sie konnte nicht verhindern, daß ihr die Schrift zu groß geriet.

Jill empfand es als angenehm, daß der Professor sie so rasch empfing, zugleich aber warnte es sie; denn es war ja, als lauere er ihr in seinem Ordinationsraum händereibend auf, um neue Kunstgriffe an ihr zu erproben. »Sie wollten mich sprechen?« fragte sie beklommen, unter dem Eindruck, vom Regen in die Traufe zu kommen – aus Lagondas Wortschwall in therapeutisches Tiefgeschwätz.

»Oh, sicher«, sagte Swedenborg. »Dafür bin ich da. Die Frage ist, welchen Kurs wollen wir steuern? Darüber muß ich mit Ihnen reden, Jill. Wir sollten einmal die Optionen prüfen.«

»Welche Optionen, bitte?«

»Die Möglichkeiten, das zu klären, was Sie beschäftigt. Den Zusammenhang zwischen dem Sachalin-Fall und Ihrem Vater.«

»Der Fall ist doch geklärt, Professor, durch das Pressegespräch in Moskau. Die Russen teilen meine Auffassung.«

»Nun, die haben ein Interesse daran, es so zu sehen, nicht wahr?«

»Am Vorabend von Kriegen passieren solche Dinge.«

Das alte Spiel begann, Swedenborg wich ihr aus, ließ einiges im Raum stehen, ging auf anderes ein und stimmte ihr bei. Sie stieß bei ihm in Watte. Füllig und pfiffig saß er ihr gegenüber, voller Güte und Weisheit, im Schmuck seines weißen Haars, das ihm hübsch geföhnt um die Ohren lag, seine Lauterkeit bezeugend. Es erbitterte sie, daß ihr schon wieder die Stimme versagte, erstickt von ungeweinten Tränen, die ihr in die Gurgel kamen, was eigentlich gar nicht sein konnte. »Es würde mich keineswegs wundern, hätten wir das Flugzeug selber abgeschossen.«

»Wenigstens das darf man ausklammern. Dazu hat sich, nach einigem Zögern, Moskau immerhin bekannt.«

Er ging noch sanfter mit ihr um als neulich. Da hatte er auf einen ähnlichen Satz hin gesagt: Ein Historiker wie Sie sollte vor allem das in Betracht ziehen, was sich tatsächlich ereignet hat. Von Mal zu Mal verhielt er sich milder, durchtriebener. Die Wand der Gummizelle, gegen die sie anrennen durfte, war prächtig gepolstert. »Ist Ihnen der ›Fall Gleiwitz‹ ein Begriff?«

Er wiegte bedauernd den Kopf.

»Dann wenigstens der ›Maddox‹-Zwischenfall im Golf von Tonking? Das ist ein Zerstörer der 7. Flotte gewesen, angeblich wurde er im August 1964 von Schnellbooten attackiert. Es entstand gar kein Schaden, man hatte den Feind nur im Radar gehabt, und doch, dem Texaner Johnson reichte es für einen ›Gegenschlag‹. Ein Geschwader stieg auf und zerbombte vier Häfen in Nordvietnam. Der Vorwand war da, der Präsident konnte Krieg führen, ohne den Kongreß zu fragen.«

»Sind Sie sicher, daß es so gewesen ist?«

»Dazu liegt ein 240-Seiten-Bericht an den Senat vor, verfaßt vom Fulbright-Ausschuß. Das Fazit: Johnson habe unangemessen reagiert in der Absicht, das Parlament auszuschalten und in einen nichterklärten Krieg zu ziehen.«

»Ich glaube Ihnen, Sie sind der Experte. Aber ist es nicht leichter, auf See einen Zwischenfall vorzutäuschen, als ein fremdes Zivilflugzeug zu benutzen, noch dazu mit einem Mann wie McDonald an Bord?«

»Das war doch der Clou! Auch dafür gibt es einen Präzedenzfall aus den dreißiger Jahren, da haben die Japaner sogar einen kaiserlichen Prinzen geopfert. Die ließen ihr neuestes Luftschiff abstürzen, weil ein amerikanischer Ingenieur in der Gondel saß, der zuviel von ihrer Rüstungstechnik gesehen hatte. Damit das Unglück glaubhaft war, flog der Prinz mit in den Tod.«

»Ein raffinierter Schachzug.«

»Das leuchtet Ihnen also ein?«

»Ohne weiteres. Da besticht die innere Logik. Japan vergöttert das Kaiserhaus, zugleich geht die Staatsräson über alles.«

Daß Swedenborg dies so lebhaft aufgriff, stimmte Jill argwöhnisch. Sie hatte nur eine verschwommene Erinnerung an den Fall, der vielleicht eine literarische Fiktion war oder eine patriotische

Legende. Sichere Kenntnis aber hatte sie vom Kriegsausbruch im Pazifik, die breitete sie jetzt vor dem Guru aus, obgleich ihr unklar war, weshalb. Um ihm zu zeigen, wie gut ihr Verstand arbeite? Oder wollte sie als Wissenschaftlerin noch etwas sein, wenn sie schon als Frau nicht mehr vorhanden schien? War ihr Gedächtnis intakt, mußte mit ihr gerechnet werden.

Sie verwies auf jene rätselhaften Umstände des Kriegsbeginns, die namhafte Historiker wie Barnes, Sanborn und Tansill vermuten ließen, Franklin D. Roosevelt habe versucht, einen Zwischenfall herbeizuführen, damit die Nation – einzig um ihren Broterwerb besorgt – den Kriegsbeitritt billigte. Er brauchte dazu die Mehrheit im isolationistisch gesinnten Kongreß. Von ihm war der Satz bekannt, es sei *schrecklich, wenn man vorwärts führen will und beim Blick zurück merkt, es folgt einem keiner.* Ein Stoßseufzer der Kampflust, von Samuel Rosenman überliefert.

Im Frühjahr 1941 hatten US-Geheimdienstler den japanischen Code geknackt, seitdem las man die Telegramme mit, der Präsident war eingeweiht. Im Herbst stand für ihn fest, er hatte Japan durch sein Ölembargo und weitere Schritte so in Zugzwang gebracht, daß der Ausbruch bevorstand. Am Abend des 6. Dezember las er eine dechiffrierte Note und sagte zu Hopkins, das bedeute Krieg. Der meinte, es sei schade, jetzt nicht den ersten Schlag zu führen. Roosevelt nickte, bemerkte aber: »Nein, das können wir nicht; wir sind Demokraten und ein friedliebendes Volk, wir haben einen guten Ruf.« Das, hörte Jill sich sagen, sei durch Sherwood verbürgt, einen Berater des Präsidenten.

Swedenborg fragte: »Was beweist das für unseren Fall?«

»Es zeigt, daß selbst ein kluger Führer wie Roosevelt ein kriegslüsternes Schlitzohr war. Noch am 6. Dezember schickte er dem Kaiser Hirohito eine Botschaft, die salbungsvoll begann: ›Im pazifischen Raum vollziehen sich Ereignisse, die unseren Nationen und der ganzen Menschheit den segensreichen Einfluß des langen Friedens zwischen unseren Ländern entziehen könnten.‹ Da hatte er längst schon ein Kriegsschiff entsandt, von den Philippinen aus, das in den japanischen Flottenaufmarsch hineingeraten und kämpfend sinken sollte. Ein Zwischenfall nach Maß, hundert Tote, das hätte genügt, den schlafenden Riesen Amerika zu wekken.«

»Sollte er denn Europa Hitler oder Stalin überlassen?«

»Ach ja, das glorreiche Bündnis gegen Hitler und Konsorten. Aber was ist denn der Krieg im Pazifik gewesen? Ein imperialistisches Massaker wie eh und je, versehen mit dem Heiligenschein des Antifaschismus und höchster Menschheitsgüter!«

»Es ist wahr, wir leben in einer Zeit, da die Tugend keine besonderen Triumphe zu feiern scheint.«

Jill starrte ihn an. Was sagte er da? Was wußte sie eigentlich über ihn, über seine Beziehung zur Moral? Hatte er zu der denn ein Verhältnis? Schwerlich. Und wie stand es mit ihr selbst? Sie hatte auch keines, Moral war ein ihr innewohnender Drang, ein Wesenselement, es konnte von ihr nicht mit Abstand betrachtet werden. Sie begriff nur die Ohnmacht der Moral als ihre eigene Schwäche. Deshalb saß sie ja im Karussell, das Swedenborg kreisen ließ. Er verkaufte zu deftigen Preisen Lebenshilfe dosiert an Begüterte, als Teil ihres Überflusses; und Luxus war für Jill Korruption. Technik ebenfalls, soweit sie dem Konsum und der Kriegführung diente ... Sie fühlte sich geschlagen, besiegt vom Aggressionstrieb der Umwelt, vom Rüstungsrausch in die Psychiatrie gedrängt. Hier konnte Moral noch gedeihen, im Treibhaus des Kuratels, einer Oase des Anormalen, wo Erkenntnis als Krankheit behandelt wurde, vor der man das Publikum schützte. Und Swedenborg ein Gärtner, Zweige zurückstutzend! Der Abt dieses Wehrklosters, auf Hexenjagd. Ein Inquisitor, der Denkverbote erließ gegen Allahs Tränen, die *Nucys* in der Selbstbestattungsurne, die diese Welt bereits war.

»Pearl Habor war also kalt geplant?« hörte sie ihn fragen.

»Natürlich nicht, eine Fehlrechnung, ein blutiger Witz der Weltgeschichte«, rief sie. »Man hatte nur den diplomatischen Code entschlüsselt, nicht den des Militärs. Japans Kriegspläne kannte Roosevelt nicht. Der Schlag war ihm auch viel zu groß. Elf Tage vorher hatte er seine wichtigsten Minister im Weißen Haus versammelt, wir wissen es von Stimson, und ihnen erklärt: Ein Überfall auf die US-Streitkräfte stehe bevor, Japan greife bekanntlich ohne Warnung an, die Frage sei nur, wie man es dazu bringen könne, den ersten Schuß abzugeben, ohne selbst in allzu große Gefahr zu kommen. Und plötzlich fünftausend Tote, Vermißte und Verletzte!«

Das sprudelte aus ihr heraus, sie konnte den Rededrang kaum steuern, Fakten und Zitate schwirrten ihr durch den Kopf. »So wird Politik gemacht, so beginnen Kriege, und meine Familie lebt davon. Was stört, fliegt halt beiseite! Die eine bringt man in Ihr ›Karussell‹, der andere wird gleich umgebracht.«

»Bitte, Jill, beruhigen Sie sich und versuchen Sie einmal, Ihrem Vater gerecht zu werden, nicht immer nur den Urheber eines Mordkomplotts in ihm zu sehen.«

Sie frohlockte, die Maske verrutschte ihm, endlich gab er sich als Winstons Helfer zu erkennen. Dort hatte sie ihn also. Und wie schwer es ihm fiel, ihr zu widersprechen! Er hielt ihr nicht stand, begriff nichts von Politik, höchstens den psychologischen Aspekt der Macht. Ja, sie hatte ihn überrannt mit all dem, was in ihr gespeichert war, wenn sie in der Hast manches auch unscharf wiedergab. Warum war ihr, inmitten des Triumphs, nur so elend und jämmerlich zumute?

»Ihr Vater mag ein Mensch mit beachtlichen Vorzügen und entsprechend großen Fehlern sein, ein Mörder ist er nicht.«

»Professor, Sie verleugnen Ihr Niveau. Jeder Mensch ist ein Ungeheuer, jeder kann morden, dem Seelenarzt ist das doch bekannt. Wozu mir etwas einreden wollen? Ich weiß, was gespielt wird . . .« Ihr blieb die Stimme weg, sie konnte nur noch flüstern, doch die Bilder jagten sich, sie brauchte bloß zu sagen, was sie sah. »Letzte Nacht ging mir auf, was die Welt im Grunde ist: eine Strafkolonie.«

»Wie kommen Sie darauf?« Swedenborg schien einzuknicken, seine Hände sanken flach auf den Tisch, er schrumpfte wie ein Aufblastier, das langsam Luft verliert. »Bitte erläutern Sie mir das, sonst kann ich Ihnen nicht folgen.«

»Nun, bei der Erde handelt es sich um einen kosmischen Verbannungsort. Von anderen bewohnten Planeten der Milchstraße hat man im Laufe der Zeit die Unverbesserlichen hergeschickt; daher die verschiedenen Hautfarben. Wir stammen sämtlich von Kriminellen ab, die einst in fernen Welten als mißraten, als notorisch asozial aussortiert und hier unter Quarantäne gestellt worden sind.«

Swedenborg schwieg perplex, Jill sah ihn etwas notieren, das empörte sie. Denn sie verstand ja, das, was sie ihm da enthüllte, was sie unter Qualen als wahr erkannt hatte, waren für ihn bloß Trugbilder. Die skizzierte er, um sie ihr zu entreißen, sie mit verlogenen Worten oder der Keule heimlich verabreichter Arznei zu zertrümmern. Es war grundfalsch, aus sich herauszugehen, ihm ihre Erkenntnis zu offenbaren.

Trotzdem, als er nun aufsah und ihr zunickte, als wolle er mehr darüber hören, gab sie wiederum dem Drang nach, ihr Denken zu beschreiben. »Die Gewaltverbrecher haben sich im letzten Jahrtausend schneller vermehrt als gegenseitig umgebracht«, eröffnete sie ihm in fiebriger Erregung. »Bald ist der Planet gänzlich überfüllt. Deshalb haben die Mächte des Alls uns Zugang zur Nukleartechnik verschafft. Seit vierzig Jahren ist das Mittel zur atomaren Endlösung in unserer Hand – inzwischen so weit entwickelt, daß wir imstande sind, uns zuverlässig selbst auszulöschen.«

»Nach einem kosmischen Plan?«

»Logischerweise. Gibt es Einwände dagegen, Professor?«

»Nicht im Augenblick, Jill«, erwiderte er geschmeidig. »Natürlich überrascht mich Ihre Theorie, aber sie klingt bestechend und frappierend. Bevor wir dies weiter erörtern, geben Sie mir bitte Gelegenheit, es in Ruhe zu durchdenken und, wenn Sie es zulassen, meine Freunde in der ›Seltsamen Schleife‹ mit Ihrem Befund vertraut zu machen.«

Jill verließ den Behandlungsraum, wie ihr schien, ziemlich aufrecht, doch in Panik. Geordneter Rückzug beiderseits, dachte sie, in einen trügerischen Waffenstillstand. War es nicht eine alte Erfahrung, daß jene, die nach außen beherrscht, aufrichtig und verständnisvoll taten, ihre Absichten am geschicktesten verbargen? Ja, sie hatte ihn durchschaut, doch leider wußte auch er, woran er mit ihr war. Nur scheinbar ging er auf ihre Thesen ein, wiegte sie in Sicherheit, um sie in die chemische Zwangsjacke zu stecken oder sonstwie zu betäuben, mit dem zu traktieren, was die psychiatrischen Fachtexte so widerlich beschrieben: letztes Mittel der Gesellschaft, ihren Krebsschaden zu tarnen und die zu isolieren, die im Bilde waren . . . Sie hatten einander als Feinde erkannt. Wer aber saß am längeren Hebel? Natürlich er! Sie mußte ihm schleunigst entfliehen.

In ihrem Pavillon packte sie hastig den Koffer, dabei um ein Taxi bemüht. Doch sooft ihr zitternder Finger die Null drückte, bei Stadtgesprächen vor der Nummer einzutasten, nie hörte sie das Freizeichen. Man hatte schon gehandelt, ihr den Anschluß blockiert, telefonisch kam sie nicht mehr heraus – und selber?

Das Gitter fiel ihr ein, unübersteigbar, und das pompöse Südportal. Stets stand es einladend offen, die Zwanglosigkeit des Aufenthalts betonend, doch da war das Pförtnerhaus ... Sie schreckte zusammen, es hatte geklopft. O Gott! Ihr Puls setzte aus.

Aber es war nur Andy Peel. »Ich wollte mit Ihnen essen gehen«, sagte er arglos, ein wenig betreten. »Vorhin kam man ja nicht an Sie heran, da hatte der Filmstar ganz Ihr Ohr.«

»Sie müssen nicht immer so taktvoll sein.« Jill ließ ihn ein, darauf bedacht, keine Gemütsbewegung zu zeigen. Von klein auf hatte man sie gelehrt, Kummer und Bitternis hinter einer höflichen Miene zu verbergen, das kam ihr zugute. Nur nicht zu offen sein, den Fehler wiederholen! Vertrau dich keinem an.

»Eigentlich wollte ich mich nach dem Lunch von Ihnen verabschieden, Jill. Aber ich sehe, Sie packen ja selber?«

Sie zwang sich zur Ruhe. Wie ihn noch täuschen? Überall Spuren des Aufbruchs, ihr Fluchtversuch war entdeckt, würde Andy sie verraten? »Sie verlassen uns?« fragte sie in dem Gefühl, der letzte Halt breche ihr weg.

»Offiziell erst in fünf Tagen, aber wer erträgt das noch? Ich langweile mich zu Tode, seitdem Sie mir Ihre Gesellschaft entziehen.«

»Man entläßt Sie vorzeitig?«

»Ich gehe von selbst. Wir leben in einem freien Land, Jill, das kann Ihnen doch nicht entgangen sein?«

»Und wie kommen Sie 'raus aus dem ›Karussell‹?«

»Schlimmstenfalls nach einem Streit mit Swedenborg. Dies ist ein offenes Haus, er hat kein Recht, jemanden zurückzuhalten ... Aber ich gehe der Debatte einfach aus dem Weg. Am Tor fällt man nur als Fußgänger auf.«

»Mein Telefon ist gestört, Andy. Ich will auch ohne viel Gerede weg, kriege bloß kein Taxi.«

»Dann nehmen Sie doch meins, Prinzessin.«

Jill spürte ihr Herz, einen stolpernden Doppelschlag. Mit dem Rest ihrer Kraft schob sie Andy zur Tür, geplagt von dem Verdacht, im Zimmer könnten Mikrofone versteckt sein. Oder hatte man ihn etwa vorgeschickt zum Spionieren? Draußen fragte sie verschwörerhaft: »Und wo wollen Sie hin, Caballero?«

»Keine Ahnung. Zum Grand Canyon vielleicht oder nach Las Vegas, auf ein lustiges Spiel. Kommen Sie doch mit, zu zweit macht es mehr Spaß, solange das Geld nur reicht.«

»Das ist kein Problem«, versicherte sie ihm, erstaunt über die eigene Prahlerei. »Meine Kreditkarte kann halb Las Vegas kaufen . . .«

Was ging da mit ihr vor, dies war doch nicht ihr Stil? Las Vegas schien keine gute Idee zu sein, auch das Grand Canyon nicht. Aber alles war besser, als still und ergeben und ohne einen Freund hier abzuwarten, was Swedenborg gegen sie unternahm.

XXXI

In Washington begann es unerfreulich. Jerome Lasky liebte die Hauptstadt nicht – eine Hochburg der Bürokratie ohne Börse. Flog er wieder ab, meinte er stets, mit dem nächsten Besuch habe es keine Eile. Am Postschalter hielt ihn eine Schlange auf, ehe er nach Orlando drahtete: *transfer moby dick las vegas okay jero.* Das hatte Biß, es brachte die Dinge in Fluß und führte zu Resultaten.

Draußen vorm Flugplatz schlug es ihm feuchtheiß entgegen, die Luft war noch schwüler als in Florida. Das erinnerte an Tanjas Klagen über das hiesige Klima. Für fremde Diplomaten war Washington seit 193 Jahren ein Platz, an dem sie Aufgeld bekamen. Und wo blieb sein Härteausgleich? In kurzem Abstand waren vier Maschinen gelandet, Horden von Besuchern aus aller Welt, er mußte auf ein Taxi warten! Hauptindustrie der Stadt war die Politik, die zweitgrößte der Tourismus. Und nicht überall gab es einen Onkel Ralph, der im Jaguar vorfuhr.

Eben noch hatte er an Ralph gezweifelt, nun verklärte sich ihm sein Bild, dank des wachsenden Abstands. Was störten ihn die dubiosen Geschäfte der Orlando-Brüder? Man sollte nicht prüde sein. Jeder wußte, ein Zehntel des Sozialprodukts ging durch die Hände der Unterwelt. In manchen Branchen reichte deren Profit an den der Wirtschaft heran, manchmal verschwamm auch die Grenze. Er kannte Geschäftsleute, von denen es hieß, Kriminalität sei für sie nur die Fortsetzung ihres Tuns mit anderen Mitteln; etwa im Baufach, im Waffen- und Juwelenhandel. Jetzt kannte er halt noch einen mehr.

»Zum Days Inn«, sagte er, als ein Taxi für ihn kam.

»Welchen Weg?« fragte der schwarze Fahrer. »Den kürzesten oder den denkwürdigsten?«

»Über die Nummer eins, der ist denkwürdig genug.«

Im Strom fauchenden Blechs tauchte der Wagen unter der Eisenbahnbrücke durch und schwang sich auf die Rochambeau Memorial Bridge. Auf dem Westufer blieb das Pentagon zurück, lag massig da, keine halbe Meile weg. Ein pralles Euter, Lebensborn der Malcolm Aircraft, hier quoll das Geld für *Tomahawk* und *Hotspur,* wenn Tanja die Zitzen befingerte! Der Vergleich amüsierte ihn, sonst tat er das ja bei ihr, und sie haßte es, wenn ihre Brustwarzen sich, von ihm berührt, sogleich versteiften ... Im Heckfenster versank das Fünfeck graugelb hinter Autodächern, dieser mächtige Komplex, Kommandostand über sechs Millionen Soldaten und Zivilangestellte, mit 180 Milliarden Sachvermögen Amerikas größte Firma, die nichts produzierte außer Sicherheit und Schrecken.

Ihm kam in den Sinn, daß die gesamte Beamtenschaft beim Umzug der Regierung von Philadelphia nach Washington nur 54 Mann stark gewesen war. Ihre Akten hatten in zwölf Kisten gepaßt, Ende des 18. Jahrhunderts. Aber Fortschritt war nicht umsonst zu haben und das Wuchern der Verwaltung grandios, auf der ganzen Welt.

Links glitt der Tempel des Jefferson Memorial vorbei, rechts das Ministerium für Landwirtschaft. Dann schnitt man die Mall, liebliche Rasenflächen, die sich vom Lincoln Memorial über das Denkmal George Washingtons bis zum Stadtmittelpunkt zogen, dem Kapitolhügel. Dort die 300 Fuß hohe Kuppel, die ihn krönte. Grünes Herz der Hauptstadt, bestreut mit Gedenksteinen und Säulen, marmorne Zeugen des Ruhms von den Gründervätern bis Vietnam; gesäumt von Regierungsgebäuden aus weißem Sandstein, im Stil Napoleons oder der italienischen Renaissance. Jenseits der Ellipse die Südfront des Weißen Hauses, einem Landsitz in Georgia ähnlicher als dem Zentrum einer Supermacht, umringt vom Schweif der Besucher.

Es ging Jerome schon besser. Das Anmutige der Mall, ihr hirtenhaft mediterranes Flair teilte sich ihm fröhlich mit. Ein Hauch von Beschaulichkeit wehte zum Fenster herein, ein Idyll, in dem man alten Freunden gelöster entgegentrat als im stählernen Manhattan. Wahrhaftig ein Ort des Wiedersehens. Rechts die stolzen Museen, links das Handelsministerium, dann nahm das Taxi die New York Avenue, eine der heiteren Diagonalen, durch die

Pierre L'Enfant sein Schachbrett belebt hatte, als er vor 200 Jahren, mit Lafayette gelandet, den Grundriß Washingtons entwarf. Am Greyhound Bus Terminal bog man in die 12th Street und langte vor dem *Days Inn* an.

Ein Haus mittlerer Güte an der Ecke K-Street, Jerome kannte es nicht, er hätte sich mehr Luxus gegönnt, doch Cabot, offenbar hier abgestiegen, war wohl nichts Besseres gewöhnt. Den Anhänger des Zimmerschlüssels zierte zur Ermutigung der Gäste eine aufgehende Sonne – oder sollte sie im Untergang begriffen sein? Immerhin lag das Hotel zentral, bloß vier Blocks vom Weißen Haus. Er duschte, zog sich um, nahm einen Drink in der Bar und trat auf die Straße. Noch anderthalb Stunden bis zur vereinbarten Zeit, ein Stadtbummel schien angebracht. Ab und zu mußte das sein, Tanja hatte ihn vor die Wahl gestellt, weniger zu essen oder sich mehr zu bewegen. So lächerlich es war, dies anders als auf Rädern zu tun, einer Kostverknappung zog er es noch immer vor.

Die Abendbrise erleichterte ihm den Entschluß. Der sinkenden Sonne entgegen durchstreifte er den kleinen Franklin-Park, der schräg gegenüber dem Hotel begann. Auf den Bänken lümmelten sich Farbige, dämmerten angetrunken vor sich hin, die Beine in den Weg gestreckt, so daß er sie umgehen mußte. Unheimliche Burschen, apathisch, er vermied es, sie im geringsten herauszufordern. Bei seiner Rückkehr lag sicher schon Ralphs Antwort vor; der Gedanke machte ihn nervös.

Wo der Parkweg auf die 14th Street stieß, sah er vor einem Pornokino zwei Strichmädchen. Keine Viertelmeile vom Weißen Haus, fast unter den Augen des Präsidenten, der freilich reif genug war, über sie hinwegzuschauen. Das konnte Jerome von sich nicht sagen, ihn reizten sie, weil es schlanke Negerinnen waren. Eine machte ihn so begehrlich, daß er die Straße überquerte. Vier oder fünf Tage war es her, seit Tanja in L. A. seinem Drängen nachgegeben hatte . . . Doch ehe er hinkam, verschwand das Mädchen in der Kinotür.

Dies wär der Härteausgleich gewesen, dachte er, folgte ihr aber nicht, gebremst von dem Dunstkreis des Schuppens. Unter dem Grinsen der Asozialen, die an der Kasse standen, den Kontakt zu knüpfen, das ging ihm gegen den Strich. Doch das Bild der blutjungen Hure saß wie ein Dorn in ihm, als er nun beim Schatzamt die Pennsylvania Avenue erreichte. Ach, sein erotisches Temperament, wie oft stand es ihm im Wege! Sein Sinn für Anrüchiges, zumal bei Weibern; umgab nicht auch Tanja solch ein Hautgout? Sein Verständnis für Parasiten, Außenseiter und Ganoven, für das riskante Spiel um Geld, Genuß und Macht . . . Wie würde Ralph ihm antworten? Hinhaltend oder negativ, dann war der Bluff geplatzt. Zog man an einem Faden, löste sich oft das ganze Gewebe auf.

Ein sieben Fuß hoher, in Beton verankerter Stahlzaun und 100 Schritte Rasen trennten die Nordfront des Weißen Hauses von der sechsspurig befahrenen Allee. Ein paar Polizisten hielten Wacht, aber einer ließ sich gerade mit der hübschen Frau eines Touristen fotografieren, und der Rest schritt auch nicht ein gegen die Burschen, die am Lafayette-Platz auf der anderen Straßenseite stumm kampierten. Ihre Plakate verdammten mit Sprüchen, Totenköpfen und Atompilzen – allen möglichen Symbolen des Untergangs – die Verteidigungsausgaben der Regierung. *Haltet den Kurs und dies wird euch passieren,* las Jerome unter dem Bild der Trümmer von Hiroshima.

Ständige Mahnwache, die Matten aus Kunststoff zeigten es, Dauerbelästigung des Präsidenten. Noch immer keine Bannmeile um dessen Sitz, trotz der wachsenden Gefährdung durch Attentate, nun ja, es hatte auch sein Positives: das war Amerika. Jedem stand es frei, zu protestieren. Vor neun Jahren hatten Pulks von Kraftfahrern mit ihren Hupen die Drohung einer Öffentlichen Anfechtung der Präsidentschaft schrill untermalt und Richard Nixon aus dem Amt gegrault, an das er sich nach Watergate noch klammerte. Die Hupkonzerte auf der Pennsylvania Avenue hatten die Welt gelehrt, daß hier Volkes Stimme etwas galt.

Wie lange war es eigentlich her, daß er selber mit den Frechsten seiner Klasse hergeflogen war, um in die Sprechchöre derer einzustimmen, die da Lyndon B. Johnson fragten, wieviel Kinder er wieder getötet habe? Bis der (obgleich seine Privaträume nach Süden gingen, wo man nicht auf Rufweite herankam) die Segel strich und auf seine zweite Kandidatur verzichtete, genervt von all dem Geschrei gegen seinen Vietnamkrieg. Gott, 15 Jahre lag das schon zurück! Es war schwer gewesen, einen Teil der Mitschüler dafür zu erwärmen, die reichen Jungs von der Privatschule in L. A., wo man sie für Harvard oder Stanford trimmte. Doch er hatte es geschafft, den erbosten Vätern zum Trotz.

Und jetzt ertappte er sich dabei, daß ihm die Protestler fast so suspekt waren wie die dunklen Typen im Franklin-Park und an jenem Kino. Was zum Teufel stimmte nicht mit ihm? Setzte schon die Vergreisung ein, wurde er, ohne es zu merken, allmählich ein Spießer, den alles störte, was ungepflegt aussah und die Grundwerte zu bedrohen schien, heilige Güter wie Ordnung und Besitz? Er hoffte es nicht. Nein, daß er jung geblieben war, zeigte sich ihm daran, wie gern er noch immer den Weibern nachstieg, ganz ohne Rassen- oder Klassenschranke.

Am Blair House, dem Gästehaus der Regierung, sank er auf eine Bank. Sein Blick strich über die respektheischende Fassade des Old Executive Building. Es überragte den Westflügel des Weißen Hauses, so wie das Finanzministerium den Ostflügel deckte, bis unters Dach voller Beamter aus Reagans Stab. Fremde Flaggen wehten zu Ehren irgendeines nutzlosen Staatsbesuchs. So weit er zurückdenken konnte, nur ein Mann da drüben hatte ihm je imponiert, John F. Kennedy. Der war vom selben Holz gewesen, auch so leicht entflammbar, ständig hinter Weibern her.

Jahre nach seinem Tod hatte ein Kolumnist der *New York Times* erklärt, unter JFK habe das organisierte Verbrechen im Weißen Haus Fuß gefaßt. Aber es verhielt sich umgekehrt, der Präsident war es, der in die Unterwelt eindrang, sexuell heißhungrig, von der Ehe mit Jackie gelangweilt. Über seinen Freund Frank Sinatra gewann er Zugang zur Mafia, die ihm prompt Mädchen zuschob. Als er sich einmal mit dem Sänger zum Wochenende in Las Vegas traf, notierte ein FBI-Mann, von dem verkniffenen J. Edgar Hoover auf JFK angesetzt, Showgirls aus der ganzen Stadt seien bei ihm gewesen. (Hoover hatte befohlen, ihm alles zu melden, was JFK sagte oder tat, *in Bezug auf die Mafia, auf Sex, gegen die Familie, gegen Gott und gegen mich.)* Sinatra brachte JFK auch mit Sam Giancana zusammen, dem Haupt des Chicago-Syndikats, einem der Großen des organisierten Verbrechens. Bevor Giancana im Jahre 1975 vor einem Senatsausschuß dazu aussagen konnte, brachten Mafiosi ihn um. Es stand aber fest, er hatte in West Virginia Wahlleiter und Sheriffs bestochen und für Kennedys Erfolg bei den Vorwahlen gesorgt. Auch die hauchdünne Mehrheit im Hauptwahlgang vom November 1960, den Sieg über Nixon, verdankte JFK dem Gangsterchef.

Jerome stand auf, von diesen Gedanken teils erschreckt – soweit sie Las Vegas betrafen, das ihn vielleicht bald sah, mit 100 Millionen am Hals –, teils jedoch erfrischt. So war das Leben! Er war nicht zynisch, er las bloß Zeitung und merkte sich manches. Weshalb zaghaft sein? Der Präsident hatte seinen Giancana gehabt, er hatte den Onkel Ralph ... Gewiß, man mußte achtgeben. Vorsicht war Kennedys Stärke nicht gewesen, selbst wenn es zutraf, daß er gezögert hatte, Fidel Castro durch einen Killer Giancanas vergiften zu lassen.

Nahe der U-Bahnstation McPherson Square merkte Jerome, daß er nach einem Drugstore Ausschau hielt. Die kleine Packung, ohne die er nie reiste, lag noch in seinem Koffer. Er fand keinen Laden und gab die Suche auf, aber die 14th Street zog ihn magisch an. Unmöglich, das kleine Kino links liegenzulassen.

Weder draußen noch im Vorraum sah er das Mädchen. Dort wurde ihm erst klar, daß es gar kein Kino war. Statt des Films liefen ein Dutzend Videos, in den Zellen blitzte immer ein Stück davon auf, wenn man 25 Cent in den Schlitz am Bildschirm schob. Das Geschäft ging flau, die Freizeichen der Türen wiesen wie bei öffentlichen Toiletten aus, daß die Kabinen fast alle leerstanden. Drinnen roch es schlecht, und die Bildqualität war mies.

Pornographie sollte wie die Kochkunst ein Teil der Kultur sein. Dies aber war unbekömmlich; weder gab es den Kick, der durch das Auge sogleich abwärts ging, noch ließ sich etwas lernen. Die Dialoge machten einem weis, daß der Geschlechtstrieb eng mit Schwachsinn verknüpft sei. Statt Lust nur Monotonie, bloß Fleisch gab es zu sehen, Farbnuancen wie beim Aufschnitt unter Glas im Metzgerladen. Jerome fühlte sich zum Triebtäter herabgestuft, dem aller Geist in die Hose gerutscht ist, ihm drehte sich der Magen um. Von Zelle zu Zelle probierte er ein paar Streifen, bis ihm die Münzen ausgingen und er sein Urteil bestätigt fand, daß Amerikas Filmemacher es nicht schafften, Sex in Erotik zu verwandeln.

»Noch Münzen?« fragte die Kassiererin. Sie war weiß, um die Vierzig und sprach mit zwei Farbigen, denen sie, auf den Tresen gestützt, einen Blick in ihren Ausschnitt bot; als sei auch in ihrem Leben das einzig Farbige die Sünde und als sündige sie gern mit einem Farbigen im Hinterzimmer dieses Pornoschuppens.

»Danke, mir reicht es«, sagte Jerome, darauf bedacht, keinen zu kränken. Dies war ein Vergnügen der Armen, gewiß schätzten sie es nicht, wenn man sich darüber erhob. Doch er hielt den Verdruß nicht aus seiner Stimme heraus, das Milieu war halt zu trist. Die Kunden wandten sich ihm zu, vermerkten die Kritik und glotzten ihn an, gegen den Tresen gelümmelt, auf dem bunter Schnickschnack auslag. Ihr öliger Blick verhieß nichts Gutes, sie waren einen Kopf größer als er. Ein dritter lehnte rücklings an der Wand, versperrte ihm den Weg.

»Vielleicht ein Magazin?« fragte die Frau ausdruckslos.

Jerome schüttelte den Kopf, er fühlte sich erpreßt, in verhüllter Form. Nun, er hatte nicht vor, sich den Rückweg freizukaufen. Das wäre zu deprimierend gewesen, es hätte ihm den Tag verpfuscht.

Die Kassiererin beugte sich vor. »Haben Sie fünfzig Dollar?« fragte sie gedämpft, in vertraulichem Ton. Es klang so intim, daß er für einen Moment glaubte, sie selber biete sich ihm an, um das Bild des Ladens nachzubessern, oder doch ihre Finanzen. Dann sah er sie rätselhaft lächeln und folgte einer diskreten Kopfbewegung zum Gang, wo plötzlich, zwischen den leeren Kabinen, ein wenig tänzelnd das Mädchen stand.

Jerome schluckte, die Luft blieb ihm weg. Er glaubte, man sehe ihm an, wie spitz er war, und weide sich an seiner Sprachlosigkeit. Das Girl war einfach süß, zimtbraun von Kopf bis Fuß, in einem knallengen, äußerst kurzen zitronengelben Kleid. Leuchtend wie ein Flämmchen züngelte sie vor dem verwahrlosten Hintergrund, umweht von männlicher Gier, leicht bewegt in den Hüften, provozierend jung und zart. Ihr schriller Sex-Appeal trieb ihm einen Stachel ins Mark. Welch eine Blume auf dem Müll!

Sekundenlang war er hingerissen, fast besinnungslos, dann verging die schmerzhafte Erwartung. Was hemmte ihn da? Nichts in der Erscheinung, die blieb aufreizend, ganz makellos . . . Nein, er begriff, was nicht stimmte, war der Preis. Der enthüllte ihm den faulen Zauber. Fünfzig Dollar, das war traurig, es verdarb den Vorgeschmack. Er war das Zehnfache gewöhnt, niemand begnügte sich mit viel weniger. Doch dies war eben kein Callgirl, nur eine hübsche Laune der Natur, ein paar Etagen unterhalb der Ebene, auf der Vergnügen sich einstellte und Genuß für ihn denkbar war. »Dürfen es auch hundert sein?« fragte er.

»Sicher, wenn Sie wollen, Sir?«

»Nein, wenn sie will. Die hundert gehen an mich. Ich bin ein prima Liebhaber, wißt ihr, der beste daheim. Sie wird ihren Spaß haben und hört dabei noch was zur Preisbildung. Nur kein Dumping! Niemals bloß fünfzig bei der Figur.«

Jerome hielt inne, ein bißchen erschrocken, das hatte er gar nicht sagen wollen, es war ihm so entschlüpft. Doch man nahm es gut auf, knüpfte sogar Lustiges daran. »Jenny, mach mal Pause«, sagte einer der Schwarzen und wies auf einen Hocker. »Wenn du's nicht verkaufen kannst, setz dich drauf!«

Gelächter. Sie machten ihm Platz. Er hatte sich einen Abgang verschafft. Das Publikum ließ ihn belustigt ziehen, er war noch einmal davongekommen. Aber es hätte auch schiefgehen können. Wie lasterhaft er doch war, leichtsinnig und gefährdet! Nicht gerade das, was man unter einem seriösen Geschäftsmann verstand. Es wurde Zeit, daß er Tanja wiedersah und in ihren Armen Frieden fand.

Im Hotel lag ein Blitztelegramm für ihn, er riß es auf und las: *moby dick ab dienstag startbereit herzlich ralph.* So kurz, als sei dies ein Wettstreit in Prägnanz. Trotzdem eine vage Antwort, sie schob es um drei Tage auf – viel Zeit beim Übernahmespiel! Jerome atmete tief, irgendwie entlastete ihn das. Am Dienstag war ja die Beisetzung. Der Aufschub kam ihm zupaß.

XXXII

»Ein typischer Südkalifornier«, sagte Andy, als man ihnen bei *Alamo Rent A Car* den Wagen gab für ihre Fahrt in die Freiheit, von der Jill Lasky sich soviel versprach: daß sie ihr den Alp von der Brust nehme und sie vor den Maßnahmen Swedenborgs wie auch ihres Vaters schütze. – »Wieso das, Caballero?«

»Der typische Südkalifornier ist ein gut erhaltener, zweitüriger Chevrolet.«

»Nehmen wir doch den Buick Century dort, der ist bequemer und kostet nicht viel mehr.«

Andy trat kopfschüttelnd gegen das Vorderrad. Der Preisunterschied war 90 Dollar, und er bestand ja darauf, zu bezahlen. Ihr Pech, ständig geriet sie an Leute, die knapp bei Kasse und zu stolz waren, von ihr etwas anzunehmen! Sie hatten den kleinen Autoverleih beim Fletcher Airport, zwölf Meilen vom *Merry-go-round*, im Taxi erreicht. Am Kliniktor hatte Jill sich geduckt, zur Belustigung Andys, ihr war es sicherer gewesen. Das Auto hier, aus der billigsten Gruppe, kostete wöchentlich 115 Dollar ohne Meilenlimit, Haftpflicht eingeschlossen. Vollkasko und Insassenversicherung lehnte er ab, das hätte ihn noch mal elf Dollar täglich gekostet.

Immerhin, die 115 zahlte Andy bar, so daß sie in dem Punkt keine Spur legten. Um ihn von der Kaution zu befreien, hinterließ sie die Daten ihrer Kreditkarte und unterschrieb einen Beleg. Sie schwitzte dabei, die Formalitäten strengten sie an. »Über diesen Staat hinaus«, sagte der Vermieter, »stehen Ihnen folgende offen: Arizona, Colorado, New Mexico, Nevada, Oregon, Texas, Utah und Washington.« Sie bemerkte die Reihenfolge nach dem Alphabet und das Genuschel des Mannes. Er hatte Wochenenddienst und wirkte schlecht gelaunt; tröstlich, daß es außer ihr noch andere trübsinnige Menschen gab.

Andy setzte sich ans Steuer, er kurvte zur Auffahrt der Interstate 10, die über Phoenix bis nach Texas ging; noch weiter wohl, doch da endete die Karte von *Alamo* und erinnerte daran, daß der Vertrag nur für neun Staaten galt. Aber war das nicht genug? Es schien ja ein Drittel der Union zu sein. Schnurgerade lief die Nummer 10 am Flugplatz entlang, San Bernardino Freeway hieß sie in der Stadt, zwei getrennte Bänder voll dahinflitzenden Blechs ... Jill hielt die Karte auf den Knien, um zu lotsen, es war laut und heiß. Dem Auto – ein Chevette Sub Compact – fehlte die Klimatisierung und ein Schiebedach. Drehte sie die Seitenscheibe weg, flog ihr die Karte fast davon. Ein Radio gab es, doch keinen Recorder, der Ton war schlecht, und damit in die weite Welt?

Der Freeway lief über den San Gabriel River ostwärts, von hinten drang die Sonne ein und grillte Jills Schulter. Hätte sie sich doch besser gefühlt! Was ging nur mit ihr vor? Sie lauerte auf den Punkt, wo die Interstate 15 den Freeway kreuzte; jene Fernstraße, die über Salt Lake City bis hinauf zur kanadischen Grenze lief. Da fiel ihr Blick auf die Schrift *Los Angeles – Las Vegas 286 miles*, und sie verlor den Mut. Noch fünf Stunden in dem scheppernden Käfig?

»Eher sieben oder acht«, sagte Andy. »Ich muß auch mal pausieren, und dann die Steigungen, Prinzessin, zwei Pässe von fünftausend Fuß. Man hat sie mal mit Atombomben wegplätten wollen, leider ist das Verkehrsministerium damit gescheitert – an dem Verbot von Detonationen auf der Erdoberfläche.«

Seine gute Laune zündete nicht bei ihr. Seit sie einander vor einer Woche begegnet waren, hatte sich die Situation gewandelt. Jetzt kam er ihr so überlegen vor wie sie sich damals ihm. Und zu allem Unglück fing der Motor an zu husten. »Damit durch die Mojave-Wüste?« fragte sie. »Nachts? Ohne mich.«

Er nahm das Gas weg. »Das bring ich schon in Ordnung.«

»Nein! Und wenn Sie noch so ein toller Bastler sind.«

»Aber was dann?«

»Vor uns ist der Ontario Airport, da nehmen wir ein Lufttaxi und fliegen hin.« Es gefiel ihr, zu bestimmen, brauchte aber auch Kraft. Sie war entsetzt über ihren Mangel an Energie, bemüht, die Schwäche zu tarnen.

Mehr Macht ging von ihrer Kreditkarte aus, die verhalf zum flotten Reisen. Während Andy das Gepäck auslud und zum Telefon griff, um *Alamo* zu sagen, wo der defekte Wagen stand – 30 Meilen ostwärts am Flugplatz –, fuhr eine viersitzige Beechcraft für sie auf. Der Pilot verstaute ihre Koffer, man stieg über die Flügelwurzel ein. Andy ging nach hinten, Jill setzte sich vor ihn, der Pilot drehte den Zündschlüssel um, die Propeller quirlten blechern, bis sie unsichtbar waren. »Siebzig Minuten«, sagte er. »Bei Sonnenuntergang sind wir da.«

Das Getrommel war lästig; als sie den Kopfhörer nahm, wurde es besser. Die Maschine rollte zum Start, auf dem Bugrad nickend. Nach der Zwiesprache mit dem Tower und Vollgas bei blockierten Bremsen schoß sie los, hob sich grollend in die Luft. Jill atmete durch in dem Gefühl, einem Unheil zu entrinnen. Ihr Aufbruch konnte bemerkt worden sein, Swedenborg würde den Papst verständigt haben, der sie vielleicht suchen ließ. Aber kein Mensch kannte ihr Ziel, und je öfter einer umstieg, desto schwerer war er zu finden.

Der Pilot zog eine Schleife, schraubte sich auf 8000 Fuß und steuerte die San Gabriel Mountains an. Das teilte er über die Kopfhörer mit, geübt in Flügen nach Las Vegas, sein Geschwätz war Kundendienst. Er wies auf den Gipfel San Antonio, auf den Lake Arrowhead und das Wintersportgebiet *Switzerland* hin. Man fliege zwischen Sperrzonen, hörte sie ihn sagen, rechts *Neunund-*

zwanzig Palmen, Basis des Marinecorps, links *China Lake,* ein Testgebiet für Marinewaffen.

Vor der Tragfläche im Abendlicht die Mojave Desert, rosa überhaucht, die Dünen warfen lila Schatten. Jill sah hinab, belebt von der Idee, jedem Zugriff zu entschweben. Hinein in die Wüste, ihre Spuren deckte der Sand. Nach Tagen der Angst hatte sie sich entschlossen, nicht mehr fremdbestimmt zu sein, heimtückischer Behandlung ausgesetzt. Sie lenkte ihre Schritte selbst, dem Unglück zum Trotz, das über sie hereingebrochen war.

Eine Zeitlang hielt die Erleichterung an, dann begann sie zu bröckeln. Der Pilot erwähnte Edwards Air Force Base, den Landeplatz der Raumfähren, das Tal des Todes und die Calico Mountains unter ihnen, ihr Name rühre vom Gelb, Grün und Rot der Felsen her. Aber Jill versuchte nicht, all das zu erkennen. Ob es nun verkrustete Salzseen waren, der Schnee auf fernen Gipfeln, die heißeste Gegend Amerikas oder der tiefste Punkt der Hemisphäre, es war ihr gleichgültig. Die Geisterstadt Calico mit dem verlassenen Bergwerk, für den Tourismus aufgeputzt, und das Solarkraftwerk bei Daggett – man flog darüber weg –, nichts davon erreichte sie.

Was da gequetscht an ihr Ohr drang, verstärkte nur den Eindruck von Isolation, weckte in ihr den Verdacht, nicht mehr ganz klar im Kopf zu sein, da kein Anblick sie berührte. Mehrmals fühlte sie sich versucht, die Kopfhörer abzunehmen; all das ging sie ja nichts an. Doch beleidigte dies nicht den Mann, der da seine Pflicht tat? Es würde ihm auch zeigen, wie es um sie stand; so daß ihm bei einer Nachfrage Winstons der seltsame Fluggast einfiel ... Bleibe unauffällig, nur dann gelingt die Flucht.

»Dort der Kingston-Gipfel, 7300 Fuß, an der Grenze von Nevada«, schwatzte der Pilot. »Hinter den Spring Mountains, im Frühjahr sind sie grün, dann Las Vegas, 40 Meilen voraus, gleich zu sehen. Gegründet haben's die Mormonen schon 1855. Die ›Heiligen des jüngsten Tages‹ sind verdammt rührig gewesen, allerdings, sie kannten auch kein Laster außer der Vielweiberei, und seit man ihnen die verboten hat, ist die Luft 'raus und der Pioniergeist dahin, haha. Es war ihnen ja nicht mal erlaubt, zu rauchen, zu fluchen und Kaffee oder Tee zu trinken. Mit Las Vegas lieferten sie den Beweis, daß der Glaube Berge versetzt und auch staubtrockenes Land sich besiedeln läßt, wenn man Brunnen bohrt.

Und was ist aus ihrer Gründung geworden? Die Geldquelle Nevadas, dank der Kasinosteuer. Wie das Leben so spielt, meine Herrschaften, heute erwarten sie dort 25 000 Zimmer aller Preisklassen, und der Flughafen zählt zu den größten der Welt, gemessen am Passagieraufkommen. Wir sind im Landeanflug. Was Sie an Beton dort sehen, fünf Meilen dahinter, dem bleiben wir fern, es ist Nellis Air Force Base – mit Abstand der beliebteste Standort unserer Flieger.«

Er sprach mit dem Kontrollturm, ging in die Kurve, nahm das Gas zurück und fuhr die Landeklappen aus. Die Beechcraft sank auf ein Spinnennetz herab, zwischen glimmende Lämpchen, nach einem Hopser rollte sie vor dem Terminal aus. Der Pilot reichte Jill die Hand, er half ihr herunter. »Danke«, sagte sie, »es war sehr aufschlußreich.«

»Sie sind stets willkommen, Madam, machen Sie uns wieder mal die Freude! Noch ein Tip: Die Gesetze von Nevada fördern nicht nur das Glückspiel nebst allem drum und dran, sie erleichtern auch, je nachdem, die Eheschließung oder Scheidung. Man richtet Ihnen im Handumdrehen das Nötige zur Heirat . . .«

»Deshalb sind wir ja hier«, warf Andy ein.

»Ich gratuliere«, rief der Mann und schüttelte ihnen die Hand. »Es war nett, Sie beide zu fliegen! Kommen Sie nächstes Mal im Mai zum ›Helldorado‹ her: vier Tage voller Rodeos, Showparaden, Wildwest-Gemetzel, lauter tolle Sachen in der blühenden Natur; ein Supertrip. Good bye und viel Glück für Sie!«

»Mit dem Chevy wären wir noch nicht mal in der Geisterstadt, Prinzessin. Es ist eine Ihrer besseren Ideen gewesen.«

Wieder wurde Jill ein kleines Stimmungshoch zuteil. Sie war dem Gerede entschlüpft, fast am Ziel. Im Taxi wirkte ihr Begleiter aufgekratzt, beinah überdreht. Sie merkte, die Führung ging wieder an ihn, obwohl er doch behauptet hatte, Las Vegas nicht zu kennen.

Zwar, man fand sich leicht zurecht, die Stadt bestand bloß aus zwei endlosen Straßen, der Tropicana Avenue, über die man da westwärts fuhr in der blendenden Sonne, und dem Strip. Aber die Sicherheit, mit der Andy Vorschläge des Fahrers aufgriff oder ihm selber Hotels nannte, wunderte sie doch. Er lenkte ihn auf der Kreuzung nach rechts, durch die *Goldene Meile* in den Norden, zu den Palästen der älteren, preiswerteren Kasinos. Ringsum flammte es bunt auf, die Wunder der Elektrizität tauchten die Spielerstadt in übernatürliches Zwielicht, während die Sonne hinter den staubfarbenen Spring Mountains versank.

Beim Aussteigen wurde Jill schwer ums Herz. Dieselbe warme, trocken-klare Wüstenluft, der gläsere wolkenlose Himmel, unter dem sie vor zehn, elf Tagen noch Hand in Hand mit Sandro gegangen war.

Sie spürte, daß ihr die Rückkehr schlecht bekam. Und in dem Hotel, in das es sie verschlagen hatte, ließ sich alles scheußlich an. Schlangen vor der Rezeption, und als sie an der Reihe waren, gab man ihnen keine Zimmer. Sie waren nicht im Computer, hatten nichts bestellt.

Andy trug das Gepäck ins nächste Haus, 300 Schritte weit. Er sagte, es mache ihm überhaupt nichts aus. Obwohl die Stadt nur aus Hotels zu bestehen schien, lagen sie sehr auseinander. Erneut Bedauern, man war gleichfalls ausgebucht. »Prinzessin«, sagte er, »es ist nur eine Frage der Zeit, 25 000 Zimmer sind im September nie belegt.«

»Statt umherzuirren sollten wir telefonieren.« Ein Schleier von Schweiß bedeckte ihre Haut. Nicht die Fassung verlieren, redete sie sich zu, von ihren geringen Reserven enttäuscht. Wie wenig belastbar war sie doch! Vorbei an rasselnden Spielautomaten lief sie im *Ramada Inn,* das sie auch nicht aufnahm, hinter Andy her durch Menschenmassen zum Telefon, bewachte die Koffer und schob ihm ihre Quarter-Münzen zu, während er ein Gespräch nach dem anderen führte.

Draußen sank die Nacht. Endlich hängte er ein, rief emphatisch »geschafft«, stürzte hinaus, erwischte ein Taxi und nannte dem Fahrer das *Sahara,* Sahara Avenue. Sie hatte nie davon gehört, gab es doch Seitenstraßen in Las Vegas? Aber es war ihr schon gleich, wenn nur die Jagd ein Ende nahm.

Kein Spielbetrieb im *Sahara.* Wie überall war die Empfangshalle das Kasino, doch man hatte es für eine Verkaufsmesse stillgelegt. Die Tische quollen über von Handfeuerwaffen, Uniformstücken und Stapeln eines Söldnermagazins, garniert von Sprüchen wie: *In einer Welt des Kompromisses schließen manche Männer keinen.* Herren mit Bürstenhaarschnitt, im Military Look, führten die Aufsicht. Mädchen trugen gefleckte Hemden, hautenge Shorts in Tarnfarben, hatten sich Patronengurte um die Taille gelegt und verteilten Handzettel. Auf einem T-Shirt stand: *Besuch den Libanon und hilf den Syrern, Allah zu treffen.*

»Ein Treff der Waffennarren«, sagte Andy. Neugierig streifte er vor ihr durch den Saal, erfüllt von zielsuchender Energie. Er ließ sich einen Ansteckknopf schenken und ein Programm in die Tasche stopfen, sichtlich angetan von all der Weiblichkeit. Zwei Hostessen signierten Poster, auf denen man sie nackt abgebildet sah, Maschinenpistolen im Anschlag. Widerlich. Die Dynamitfirma Nobel stellte ein Betäubungsgewehr zur Schau, das Elektroschocks versetzen konnte.

»Wenn das die Mormonen wüßten«, scherzte Andy.

Ein Horrortrip. Aber sie merkte, ihm gefiel das Chaos, es heizte ihn auf. Er strahlte Frohsinn aus, als sie den Empfangstisch erreichten. Zerschmettert trat sie neben ihn in die kurze Schlange der Ankömmlinge, wie konnte ihm das nur schmecken? Ein Kongreß der Waffenhändler! Ihr bebten die Knie, sie haßte es, ihm als hysterisch zu erscheinen, aber es ging nicht, sie mußte weg von diesem Ort.

»Geduld, Prinzessin. Wir sind gleich dran.«

»Hier wohne ich auf keinen Fall.«

»Bitte, bitte, bleiben Sie positiv.«

»Gut, dann trennen wir uns eben.«

»Um Himmels willen, womit hab ich das verdient? Eine Supershow, und gerade hier sollen wir nicht bleiben?«

Aber er fügte sich, rief die Besucherauskunft an, notierte neue Adressen. Im Taxi tat er, als sei er ihr nicht böse; seine Ruhe war erkünstelt. Es enttäuschte sie, daß der Rummel ihn nicht abgestoßen hatte. Männer nahmen Waffenkult ja hin, die genossen den sogar! Draußen glitt die *Goldene Meile* pompös dahin. Die Leuchtwerbung drang zu ihr wie durch dickes, verzerrendes Panzerglas. Der zuckende Stern des *Stardust,* die grünbraunen Neonpalmen vor dem *Oasis Casino,* die gelben Kuppeln am *Westward Ho* und der grelle Mississippidampfer mit dem *Holiday Casino* im Rumpf – ihr war das entrückt, während es Andy berauschte, ihm das *Sahara* zu ersetzen schien. Ein Filter auch zwischen ihr und ihm.

An der Kreuzung kurvte der Wagen vor das *Tropicana.* Jill war bestürzt, noch mal zu protestieren, das hätte den Bogen überspannt. Wenigstens kannte sie sich aus, zeigte Andy im Gewirr des verspiegelten Saals den Weg zur Registration. Und wieder war ihr, als lebe er auf im Gehämmer der Einarmigen Banditen, als verschaffe es ihm Visionen. Er war wie ein Kind, das gierig auf ein neues Spielzeug blickt.

Man gab ihnen Räume im 17. Stock des Paradise Tower, Jill duschte und zog sich um. Ihr Zimmer hatte zwei französische Betten und einen Tresor für den Spielgewinn, es kostete nur 95 Dollar bei soviel purpurner Pracht. Sie traf Andy vorm Lift und lud ihn ins Rhapsody Restaurant, doch er bestand darauf, das 5-Dollar-Buffet zu probieren. Im Labyrinth der Spieltische zeigte sie ihm den Zugang, zwischen Souvenirläden und dem Poker versteckt. Dabei gewahrte sie an ihm einen Ansteckknopf, auf dem stand, er liebe den Duft von Napalm in der Frühe. Ein Geschenk des *Sahara,* sie schwieg dazu. Diese Freundschaft, falls man es so nennen durfte, war ja das letzte, was sie hatte.

Es erstaunte sie, wieviel Andy in dem riesigen Kellerlokal auf sein Tablett packte. »In einer Welt des Kompromisses schließen manche Männer keinen«, sagte er schalkhaft. Seine gehobene Stimmung verdeutlichte ihr, in welch tiefes Loch sie gestürzt war. Mehrmals sprang er auf, holte sich neue Speisen und versorgte auch sie mit Wein oder Eis, das er mit allerlei Zutaten begoß und bestreute.

»Was zieht Sie eigentlich her, Caballero? Sie haben mich doch getäuscht, Las Vegas ist Ihnen nicht unbekannt.«

»Man kommt her, um seine Vitalität auszuloten.«

»Schön und gut, wenn Sie darunter das Essen verstehen.«

»Nein, es ist mehr. Lachen Sie mich nur aus. Wer so wohlgeboren ist wie Sie, mag ruhig spotten ... Ihr Problem ist nämlich, daß Sie's einfach bloß satt sind, satt zu sein.«

»Achten Sie nicht auf mein Problem. Ich hab Sie etwas gefragt und bitte um eine Antwort.«

Er nickte und zog einen Zettel hervor. »Nein, das ist es nicht ... Ich gebe es Ihnen trotzdem bekannt. Man kann hier ziemlich preiswert am Fallschirm über der Wüste abspringen und einiges üben: Feuern aus der Hüfte, bewegtes Gefechtsschießen, Überleben und Nahkampf. Täglich startet ein Flugzeug, beim Wettschießen winken einem bis zu zehn Riesen.«

»Sind Sie hier, Andy, um so etwas zu tun?«

»Gott behüte, nein. Ich wußte, daß es Ihnen nicht gefällt. Obwohl Ihr Haus doch recht wirksame Waffen herstellt, sind Sie links – nicht wahr, in Verkennung der Tatsache, daß der Krieg der Vater aller Dinge ist. Mein eigener Vater sagte oft: ›Ich behaupte nicht, daß alle Linken Pferdediebe sind, aber anscheinend sind alle Pferdediebe links‹.«

»Sie trinken wohl zu hastig?« fragte sie in dem Gefühl, auf dem besten Wege zu sein, ihm eine Szene zu machen.

»Da wir so nett beisammen sind, Prinzessin, tritt das, was unsere Väter sagen oder tun, natürlich ganz zurück.«

»Danke. Aber das ist noch immer keine Antwort auf meine Frage.«

»Das stimmt, und ich entschuldige mich dafür. Dann also frei heraus, Jill: Ich will spielen, und mir scheint, das ist der beste Grund, den man haben kann, um hier zu sein.«

»Spielen? Haben Sie denn soviel Geld?«

»Nein, es reicht nur für den ›Banditen‹. Ganz wissenschaftlich, richtig nach System. Im ›Karussell‹ steht ein Computer, der hat mir eine Formel ausgespuckt, die jeden Automaten schlägt.« Er suchte wieder in seinen Taschen.

»Gut, ich will Sie nicht stören.« Jill stand auf, ein Brennen im Hals; wenn sie nicht gleich ging, kam es zum Krach. »Viel Glück und gute Nacht.«

XXXIII

Es ging vorwärts, fand Jerome Lasky, als er sich in seinem Zimmer ein Davidoff-Zigarillo anzündete. Das Geheimnis zeigte schon Kontur, man kam ihm näher, griff man nur an. Sein Telegramm hatte mit Ralphs Blitzauskunft die Hamletfrage nach *Moby Dick* geklärt. Schwerlich würde der ja bloß so tun, als sei das Geld vorhanden, wenn er am Dienstag hätte gestehen müssen, daß es gar keins gab; ein Eklat auf der Beerdigung. Befremdlich nur sein Zögern. Solange die 100 Millionen brachlagen, entging ihm ein Tageszins von 23 000 Dollar, und er war kaum der Mann, den das kaltließ. Sollte der Grund, weshalb sich vorerst nichts bewegte, doch der *Orlando-Zug*, ein Angebot des anonymen Firmenkäufers sein?

Erst ein Zipfel des Schleiers war gelüpft, der über dem Fragenbündel lag, jenem Knäuel, das Jerome plagte: Wer attackierte die Malcolm Aircraft? Mochte Titi ihn trotz Dads Kraft und Herrlichkeit, die aus der bedrohten Firma kam? Gab es die *Nucys* bloß in Jills Phantasie? Weshalb verließ der Jumbo seinen Kurs, warum schoß man den ab? Das letzte Mysterium würde ihm Cabot bald enthüllen, hinter das erste mußte er selber kommen. Und all dies hing, wie ihm schien, unsichtbar zusammen. Jede Antwort warf Licht auf den ganzen Komplex. Zielbewußt löste er ein Rätsel nach dem anderen, aber nicht durch Grübeln, nur durch Aktivität.

Er rief in New York bei Foster Winans an, dem Reporter des *Wall Street Journal,* der meist besser im Bilde war, als seine Kolumne »Auf der Straße gehört« erkennen ließ. Aber Winans hob nicht ab, saß wohl im Restaurant oder war, am Samstagabend, unterwegs zu einer Party.

Bei dem Gedanken an Jill kam ihm eine schillernde Figur in den Sinn, die mit Sicherheit Bescheid wußte: Ivan Boesky, genannt der Russe – weil sein Vater vor 60 Jahren aus Rußland gekommen war; heute gehörten ihm drei Restaurants in Detroit. Ivan Boesky, ein maßlos eitler, 45jähriger Jude, galt an Wall Street als führender Arbitrageur, als schärfster und mächtigster Fusionshai. Keine feindliche Übernahme der letzten acht Jahre, an der er nicht beteiligt gewesen wäre. Aus einer Erbschaft von 700 000 Dollar hatte er im selben Zeitraum 170 Millionen gemacht. Die Fachblätter nannten ihn *Geldmaschine,* was er als Kompliment begriff. Es hieß, ihm sei es leicht, für schnelle Aktienkäufe eine Milliarde zu mobilisieren.

Was Jill empört hatte, war der Umstand, daß dieser Jongleur als Mäzen der Wissenschaft auftrat. Durch Stiftungen zu akademischen Ehren gelangt, war er Mitglied des Beirats von Harvard geworden und gab an der New York University Kurse für Business-Studenten. Gerade hatte das Jüdisch-Theologische Seminar von Amerika, nach einer Zwei-Millionen-Spende Boeskys, eine Bibliothek nach ihm benannt. Auch war er in der Business School von Berkeley erschienen, zu einem Gastvortrag anläßlich der Diplomverleihung, und hatte vom Podium herab erklärt: »Übrigens ist Habgier durchaus in Ordnung. Das sollten Sie wissen. Ich glaube, Habgier ist gesund. Sie können geldgierig und trotzdem mit sich im reinen sein.«

Und die frischgebackenen Absolventen hatten dazu gelacht, diesem Finanzkünstler applaudiert! Das fand Jill unverzeihlich. Sie sah zwar ein, Geschäftsleute waren auf dem Campus wieder willkommen, anders als während des Krieges in Vietnam. Die Studenten beschimpften sie nicht mehr, sondern wollten von ihnen hören, wie man ein Stück vom Kuchen der oberen Zehntausend abbekam. Aber, hatte die Schwester ihn zornig gefragt, worin bestand denn die Verantwortung des Unternehmers, immer darin, die nächste Million zu machen? Sollten sich die ungekrönten Führer des Landes nicht um die Menschen kümmern, um deren Arbeitsplätze und Wohlergehen, Gesundheit und Bildung? Lag ihnen stets nur am Herzen, den Aktienwert um ein paar Punkte hochzutreiben? Zyniker wie Boesky vergifteten die Jugend durch ihr Vorbild, ein Leben in Luxus ohne Spur von Moral.

Nun, das mochte ja sein. Dennoch, wenn er, Jerome, den Dingen ins Auge sah – ein Schwatz mit Boesky wäre vielleicht hilfreich gewesen; schon wegen dessen engem Kontakt zur Firma Drexel Burnham Lambert, hinter der Dad den Angreifer zu vermuten schien. Ein Austausch von Gerüchten, Klatsch und Tips, wie unter Börsianern üblich. Sie kannten sich nicht näher, er war noch nie Gast auf Boeskys 10-Millionen-Landsitz bei Westchester gewesen, aber er hatte ihm mehrmals Devisen beschafft, sie sprachen geschäftlich miteinander; Boeskys Telefonnummern, die des Landhauses und die seiner neuen Bürosuite an der Fifth Avenue, standen im Notizbuch.

Doch er hielt sich zurück. Manchmal war das Telefon eine zweischneidige Waffe. So vage er sich auch ausdrückte, der Anruf konnte mehr schaden als nützen. Gerade wenn Boesky nicht im Komplott war, würde der leiseste Hauch ihn anlocken wie einen Hai, der Blut im Wasser spürt.

Vom Hotelrestaurant aus behielt Jerome das Entree mit dem Lift im Blick, damit Doc Cabot ihn nicht verfehle. Nach dem Gespräch aus Florida hatte er sich diskret vergewissert, daß der alte Freund im *Days Inn* wohnte, aber nicht erneut bei ihm angerufen, um den Eindruck zu vermeiden, er bedränge ihn. Auf Cabots Pünktlichkeit war Verlaß, nur tat man gut, ihn wie ein rohes Ei zu behandeln. Schon als Schüler und Student war er empfindsam gewesen, Mitglied einer weniger wohlhabenden Seitenlinie des berühmten

Bostones Hauses, dem namhafte Staatsdiener entstammten. Amerikanischer Adel ähnlich den Lodges, älter als jener der Roosevelts, von den Kennedys ganz zu schweigen.

Von seiner Mutter hatte er gehört, man pflege in Boston zu sagen: Die Lodges sprechen nur mit den Cabots, und die sprechen nur mit Gott. Oder umgekehrt, das konnte er sich nie merken. Jedenfalls führten sie ihre Herkunft weiter zurück als die Roosevelts, deren Urahn Mitte des 17. Jahrhunderts aus Holland eingewandert war. Stammten am Ende von der Schar Puritaner ab, die um 1620 an der Küste von Massachusetts Fuß gefaßt hatte, dem Kern des späteren Neuengland, um Boston zu gründen und zum geistigen Haupt der USA zu erheben.

Er wußte es nicht genau und beschloß, sich solcher Bemerkungen zu enthalten. Doc Cabot könnte darin eine Anspielung auf sein elitäres Wertgefühl sehen, dessen er sich bewußt war, wenn die Erinnerung nicht trog. Das war vermintes Terrain, die Gefahr eines Lapsus groß. Nach all den Jahren, in denen sie Kartengrüße getauscht und sich aus den Augen verloren hatten, dämmerte ihm jetzt, daß die Familie Cabot noch viel älter war. Ging sie doch keineswegs auf die Pilgerväter von Cape Cod zurück, sondern auf den Venezianer (oder Genuesen?) Giovanni Caboto, auch Gaboto, der in britischen Diensten Nordamerika entdeckt und sich dann John Cabot genannt haben sollte. Ein illustrer Kapitän und Landsmann des Columbus, hatte Cabot wie dieser statt des Seewegs nach China ein Stück der Neuen Welt aufgespürt. Auf einer zweiten Reise schien er von Neufundland bis Virginia gelangt zu sein, nachdem er in England einen Sohn gezeugt hatte, der in seine Fußstapfen getreten war.

Aus; mehr fiel ihm dazu nicht ein. Es reichte auch, um zu begreifen, länger als ein Cabot konnte man – außer bei indianischer Abkunft – nicht im Lande sein. Nach hiesiger Denkweise war das Geschlecht 400 Jahre älter als das der Laskys; selbst wenn man als Demokrat der frommen Illusion anhing, daß alle Menschen von Adam und Eva abstammten. Auch andere Themen ließ man besser ruhen, zum Beispiel Frauen. Einmal hatte ihn das Gerücht erreicht, Doc Cabot sei hochsensibel, das habe seine Karriere gebremst. Wohl dummes Zeug, mit 31 Jahren Major, lag das nicht über der Norm? Oder die Mafia, noch ein Tabu. Es hätte Cabot sehr befremdet, von der buckligen Verwandtschaft in Orlando zu hören. Viel war auszuklammern bei der Begegnung, das halbe Leben, da es um Unterstützung ging, um ein günstiges Bild.

Schade. Es widersprach dem Lustprinzip seines Lebens. Jerome schätzte nur das spontane, offene Gespräch; Diplomatie unter Freunden war ihm ein Graus. Während er die Schwingtür im Auge behielt und man ihm einen Kognak brachte, schweiften seine Gedanken. Noch immer bedrückten ihn Ralphs Geschäfte, er suchte nach Entlastung. Nie hatte er sich beschmutzen müssen, wußte aber doch Bescheid über Korruption und Gewalt, erschwindelte Subventionen und Bauaufträge, über Brandstiftung, Erpressung und Raub, über Filz zwischen Lokalgrößen, Baulöwen, Gewerkschaftern und Gangstern bis zur Anstiftung zum Mord.

Auf seinem eigenen Feld gab es das Geschäft mit wertlosen Aktien, hinter denen nichts stand, telefonisch betrieben durch Gauner. Oder den betrügerischen Warenterminhandel, der über Scheinfirmen fette Gewinne abwarf. »Wir sind auf alles gestoßen, was das Strafgesetzbuch hergibt«, hatte die Bezirksstaatsanwaltschaft von Manhattan kürzlich erklärt, »außer der Vorbereitung eines Angriffskrieges«. Ja, die blieb Staatsmännern vorbehalten. Ralph blieb sauber, der brauchte bloß ein Telefon, sichtbare Opfer gab es bei ihm nicht. Wo die fehlten, neigte manch einer dazu, sich unredlich zu bereichern, das war der Punkt! Wer sagte schon nein, wenn ein Schmuckstück oder ein Kunstwerk weit unter Wert offeriert wurde? Stimmte der Preis, war die Herkunft schnurz. Was hielt die Opfer von Einbrüchen ab, ihrer Versicherung falsche Angaben zu machen? Oft genug nichts; Betrug als Kavaliersdelikt. Und wer auf dem Flohmarkt ein Autoradio billig erstand, der war das letzte Glied der kriminellen Kette.

Der bürgerliche Eigentumsbegriff, so schien es Jerome beim zweiten Kognak, war weithin passé. Reden über die angeborene Ehrlichkeit des Amerikaners kaschierten das kaum. Ach, es drängte ihn danach, sein Herz auszuschütten, damit sich ihm all das einmal kläre. Tanja hätte er sich anvertraut, umsonst hatte er die zwei Hotels angerufen, in denen sie meist abstieg. Vor Cabot war ihm ja der Mund verschlossen. Was mochte aus dem geworden sein? Falls der Job ihn geprägt hatte, sicher ein kleiner passiver Schwindler, ein Militärdiplomat mit dem Weitblick eines Maulwurfs. Strammer Leichtathlet war er gewesen, sollte das noch seine Passion sein, würde er etwa sagen: »Wenn unser Land jemals das Interesse am Spitzensport verliert, sind wir ernsthaft in Gefahr.«

Das traute Jerome ihm schon zu. Als aber Cabot nun an der Tür erschien, wich der Zweifel einer jähen Freude. Der Major trug saloppes Zivil zu der Stahlbrille, trotz einiger Veränderung war er leicht zu erkennen am aufrechten Gang und am Profil – seit jeher wirkte sein Kopf so, als habe er sich unter einem Frontalstoß verformt, der Stirn und Kinn hervortreten ließ, ohne die Nase einzudrücken. Sie schüttelten einander heftig die Hand, wie um etwas zurückzuzwingen, das ihnen längst entschwunden war.

Cabot ließ zuerst los, um Unauffälligkeit bemüht. Er nahm neben ihm Platz, wohl um nicht genötigt zu sein, die Stimme zu heben. Ein wunderbares Wiedersehen. Die nächste halbe Stunde über schwelgten sie in Erinnerungen an schrullige Gefährten, an einen kurzsichtigen Lateinlehrer, dem sie über die Feuerleiter entwischt waren, und an Footballschlachten, die ihnen für den Rest ihrer Tage genug blaue Flecke eingebracht hatten. Cabot verglich die Vorlesungen ihres Professors für Völkerrecht mit einer elektrischen Lampe ohne Schnur. Sein Humor war unversehrt, obgleich er nicht mehr so wie einst aus sich herausging. Seine Schwäche lag darin, daß er sich spät entwickelt hatte. Daher rührte eine Unsicherheit, die er bemänteln mußte, weil sie seiner dienstlichen Rolle nicht entsprach. Das machte ihn Jerome sympathisch, der sich selber für kein Vorbild an Ernsthaftigkeit und Reife hielt. Ihre gegensätzlichen Berufe und Lebenshintergründe traten so zurück, daß er sogar seinen Vorsatz vergaß, nicht an Cabots Herkunft zu rühren.

»Johns Sohn hieß Sebastian.« Der Major ließ anklingen, daß ihn die Länge des eigenen Stammbaums amüsiere. »Er hat für Heinrich VIII. die Hudson Bay entdeckt und ist in spanischen Diensten um Südamerika gesegelt. Leider sind seine Erinnerungen nicht erhalten, bloß die Weltkarte, auf der er die Reisen verzeichnet hat ...« Trotz des leichten Tons wurde deutlich, Cabot hielt die Ursprünge seiner Familiengeschichte für wissenswert, vielleicht, weil damit die zweite Besiedlung Nordamerikas begann. »Hätte die Mannschaft unter ihm nicht mehrfach gemeutert, wäre er berühmter geworden als sein Vater.«

»Ob mit oder ohne Meuterei, Doc, wir stehen immer im Schatten unserer Väter.«

Nach dem Dinner sagte Cabot: »Du willst etwas über den Jumbo hören.«

»Ja, aus Moskauer Sicht.«

»Nun, Moskau ist ziemlich zu, es fühlt sich hereingelegt. Du kriegst aus keinem viel heraus. Natürlich haben sie gedacht, da kommt ein elektronischer Fernaufklärer, womöglich bewaffnet. Wir hätten das auch vermutet. Dazu die zweite Maschine vor Kamtschatka, unsere RC-135 ... Die Russen haben von da an die Flugzeuge verwechselt. Das ist auch der Grund, weshalb ihr Jäger zuviel Abstand hielt. Der Suchoi-Pilot blieb aus Furcht, beschossen zu werden, zu weit ab, als daß er den Jumbo hätte anleuchten und seinen Buckel ausmachen können. Die 747 war für ihn nicht von der RC-135 zu unterscheiden. Die ist auch vierstrahlig, aber bloß halb so groß – nur, am Nachthimmel merkt das keiner, da sind Größenvergleiche fast unmöglich.«

»Und die Fensterreihen der Passagiermaschine?«

»Wie willst du die sehen bei gedämpftem Innenlicht, wenn auch noch die Plastikblenden zugezogen sind, wie üblich? Und falls der Major Kasmin in letzter Minute doch noch entdeckt hat, was da vor ihm flog, kam diese Einsicht zu spät.«

»Das begreife ich nicht, Doc. Als er auf die sichere Distanz von drei Meilen zurückfiel und in Schußposition ging, konnte er den Angriff doch noch abbrechen.«

»Du überschätzt seinen Spielraum, Jero. Er wurde gelenkt, der Feuerbefehl lag ihm vor. Er hätte die Stirn haben müssen, den Vorgesetzten zu widersprechen, ihnen seine Entdeckung mitzuteilen – während das Ziel sich der Hoheitsgrenze näherte, hinter der man es nicht mehr bekämpfen durfte.«

»Und den Mut, meinst du, brachte er nicht auf?«

»Zivilcourage ist das Wort. Die hätte in einer ähnlichen Situation auch bei uns wohl keiner gehabt.«

»Das kann ich mir einfach nicht vorstellen.«

»Weil du nie Soldat gewesen bist. In einem Land ohne Wehrpflicht sind die wenigsten in der Lage, einen Befehlsmechanismus zu begreifen und die Zwänge beim Militär zu verstehen.«

»Wir dürfen das ausklammern. Es gibt keinen Funkspruch von Kasmin, der belegt, daß ihm zu seinem Ziel Zweifel gekommen sind.«

»Trotzdem würde ich diesen Aspekt bedenken. Den Major trifft keine Schuld, so schlimm das auch war, was er angerichtet hat. Ob er den Jumbo nun erkannte oder nicht, es gab sowieso kein Zurück. Wer glaubt, es hätte bei ihm gelegen, all die Menschen zu retten, der überfordert ihn. Das sage ich dir als Soldat.«

»Du erteilst dem blinden Gehorsam deinen Segen?«

»Für mich ist das keine moralische Frage, Jero. Mein Urteil beruht auf praktischen Erwägungen. Das Ziel hatte erst über Kamtschatka, dann auf Sachalin eine Reihe von Militärobjekten gestreift, sein Kurs ließ die Idee, es könne ein Passagierliner sein, gar nicht aufkommen. Zwei Rotten MiG-23 und Su-15 hatten es stundenlang vergebens gesucht. Über Kamtschatka war es glatt mißglückt, sie an das Ziel heranzuführen. Nun hatten sie's mit Ach und Krach gestellt, da sollte es ihnen noch mal entwischen?«

»Die sind total auf ihre Jagd fixiert gewesen?«

»Ja, auf ein fremdes Flugzeug, das ihnen furchtbar zu schaffen machte. Lange hatten sie mit dem Schießbefehl gezögert, jetzt im letzten Moment sollte ein Major den verweigern?«

»Er hätte es immerhin versuchen müssen.«

»Hätte Kasmin den Jumbo noch erkannt, wie groß wäre denn die Chance gewesen, daß seine Meldung den Weg bis zum Luftabwehrkommando in Tschita oder gar in den Moskauer Generalstab fand, der die Entscheidung gebilligt hatte? Die Chance einer rechtzeitigen Reaktion war Null, er hätte sein befehlswidriges Handeln allein verantworten müssen. In der kritischen Schlußphase hielt der Befehlsmechanismus mit dem Tempo des Geschehens nicht Schritt.«

»Das läßt an den Ablauf eines Kriegsbeginns aus Versehen denken.«

»Ja, vielleicht. Eine gewisse Hysterie ist kaum zu leugnen. Bei den Russen wußte mehr als zwei Stunden lang keiner, was das für ein Flugzeug war, das sich einfach nicht abfangen ließ. Die Befehlshaber fühlten sich wahrscheinlich an den koreanischen Jumbo erinnert, der vor fünf Jahren über ihrer streng geheimen Halbinsel Kola erschien und ewig nicht geortet wurde, weil die Luftabwehr schlief oder betrunken war.«

»Aber dann konnte es doch wieder solch ein Jumbo sein!«

»Für sie war es vor allem wieder ein Reinfall. Damals sind hohe Offiziere bestraft und gefeuert worden, an der Spitze Marschall

Batizki, der Chef ihrer Luftverteidigung. Er wurde durch Luftmarschall Koldunow ersetzt, ein Jagdflieger-As aus dem Zweiten Weltkrieg. Der krempelte den ganzen Laden um, mit mäßigem Erfolg, wie's aussieht. Solch ein Strafgericht, das sollte ihnen nicht noch mal passieren. Sie mußten den Eindringling vernichten, bevor er entkam.«

»Lieber feuern als gefeuert werden, ein starkes Motiv. Vom Standpunkt der Kriegerkaste sehr plausibel.«

»Ihr an der Börse rettet nicht zuerst die eigene Haut?«

»Schon, bloß da fließt kein Blut.«

»Das ist so bei Kriegern. Töten ist ihr Beruf, darauf sind sie gedrillt. Schalte über Jahre hinweg die Sperren in dir aus, und du wirst im Ernstfall ›unzivilisiert‹ bis zum Blutrausch sein.«

»Eine Erfahrung aus Vietnam, Doc?«

»Aus jedem Krieg. Den Befehl zum Abschuß hat General Gudkow erteilt, Kommandeur der Jägerregimenter am Pazifik. Selbst ihm ist nichts vorzuwerfen, er hat streng nach Sachlage und nach Vorschrift entschieden. Wie hätte er auch das seltsame Versagen der koreanischen Crew ahnen und es auf eigene Faust korrigieren sollen? Er hätte den Fehlschlag des koreanisch-amerikanisch-japanischen Systems der Navigation und Flugsicherung von Tschita aus erkennen müssen, ohne Hellseher zu sein.«

»Den Fehlschlag eines Systems, das als fast so pannensicher gilt wie das der nuklearen Abschreckung. Kein Wunder, wenn ihn das überfordert hat. Er ist wohl ganz in die Schwäche seines eigenen Systems vertieft gewesen, in die augenfälligen Mängel der Luftverteidigung Fernost.«

»Die wurden bei der Gelegenheit sichtbar, ja.«

»Vielleicht war euch das sogar einen Jumbo wert?«

»Wenn du unsachlich wirst, hat das Gespräch keinen Sinn.«

»Entschuldige, das ist mir so entschlüpft.«

»Und noch etwas, Jero. Ich mißbillige es, wie die Regierung den Fall in der Öffentlichkeit darstellt. Das hat uns in Moskau nur Ärger bereitet. Wir sind schon am zweiten Tag zu dem Schluß gelangt, daß die Russen glaubten, einen unserer Fernaufklärer vor sich zu haben. Von diesem Zeitpunkt an war es unredlich, ihnen um der Propaganda willen etwas anderes zu unterstellen. Aber genauso unfair wäre es, den Abschuß als Folge einer Operation der amerikanischen Luftwaffe oder eines unserer Geheimdienste zu betrachten. Dafür fehlt gleichfalls jeder Beweis. Falls du vorhast, dem Publikum solch eine Deutung anzubieten . . .«

»Warum sollte es mir nicht genügen, die Wahrheit zu schreiben – vorausgesetzt, ich erkenne sie?«

»Um groß herauszukommen, Furore zu machen mit einem Thrill. Nicht nur mein Metier, auch deins hat seine Tricks. Grelle Sensation hebt den Verkauf. Sollte dies geplant sein, ziehe ich mich besser gleich zurück.«

Da ist doch Feuer in ihm, dachte Jerome. Feuer, das Wissen des Insiders, der gute Name und ein anständiger Kern, mehr kann man nicht verlangen. »Schön, daß du's aussprichst«, sagte er. »Laß mich diesen Punkt klarstellen. Als Offizier schätzt du blanke Waffen und den fairen Umgang damit. Wenn ich schreibe, ist meine beste Waffe die Wahrheit. Es geht mir nicht um Geld, das verdiene ich woanders, es geht um ein aufrichtiges, herausragendes Buch.«

»Hast du schon einen Verleger?«

»Der findet sich, ich bezahle ihm ja die Werbung, das dämpft sein Risiko. Eventuell bringe ich's auch allein auf den Markt – falls er Kompromisse fordert, Rücksicht auf den Publikumsgeschmack, Regierungsstellen oder Staatspersonen.«

Etwas, das hinter der Schwingtür geschah, lenkte Jerome ab. Aus dem Lift trat ein Paar, das ihn fesselte. Er sah schärfer hin und verspürte einen Stich in der Brust. Der wohl 60jährige, ihm unbekannte Herr trug ein prall sitzendes Clubjackett und helle Hosen. Er hatte unter dickem, wellig-grauem Haar ein grobes, zerquältes Gesicht, und seine stattliche Figur verdeckte die Begleiterin. Von ihr sah Jerome nur wenig, als die zwei das Entree verließen, doch das wenige genügte ihm – kein Zweifel, dies war Tanja!

»Was hast du denn?« Cabot war seinem Blick gefolgt.

»Ach, nichts . . .« Er sprach weiter, bezwang den Impuls, aufzuspringen, den beiden nachzulaufen und Tanja zu fragen, was das bedeute. Es hätte ihn lächerlich gemacht und den empfindsamen Freund brüskiert. Er hatte den Eindruck, das Gespräch versande, die Begegnung mit Cabot, an der ihm soviel lag, verliere ihr Gewicht. Wer war dieser Mann im marineblauen Jackett mit dem Clubemblem, der wie ein reicher Brite aussah? Ein Zivilbeamter des Pentagons? Was trieb Tanja mit ihm in diesem Haus, war das eine Absteige für sie?

»Deine Schwester und du, ihr habt euch viel vorgenommen.«

»Ja, ein brillantes Buch ... Es soll das Ergebnis unbestechlicher Nachforschungen und intelligenter Kombinationen sein.« Jerome beschrieb die Absicht, er merkte, seine Gedanken jagten sich. Es gab keinen Schurken nach Cabots Meinung, nur das Walten des Schicksals. Vier Staaten waren verstrickt, Amerika, Korea, Japan und die Sowjetunion, wie die Fäden entwirren und Licht in das Dunkel bringen? All das wuchs ihm über den Kopf, den hatte er schon so voll! Major Kasmin war überfordert, General Gudkow war überfordert, und er selber war es auch. Ihm kam die Idee, Cabot nicht nur als Quelle zu nutzen und ihn dafür zu entschädigen – ohnehin war es schwer, ihm Geld anzubieten –, sondern ihn eng an das Projekt zu binden: einen Teil der Arbeit, nämlich das Recherchieren, in seine Hände zu legen. »Wenn du dich dafür erwärmen kannst, Doc, bist du uns als Partner willkommen.«

»Wovon hinge das ab, nur von meiner Erwärmung?«

»Und vom Umfang deines Beitrags. Was du bisher andeutest, verspricht schon viel.«

»Ich als Mitautor, Jero, was hättet ihr davon?«

»Einen exzellenten Fachmann, noch dazu mit gutem Namen«, versicherte Jerome. Plötzlich lag ihm daran, den Freund zu gewinnen. Die Materie war kompliziert, sie wurde zur Belastung, da lohnte es sich, die Arbeit zu teilen und auf ein Stück Ruhm zu verzichten.

»Mein Name steht leider nicht zur Verfügung.«

»Nanu, Doc, kein Mut zum eigenen Namen?«

»Den auf ein Buch zu bringen verbietet mir der Dienst.«

»Sehr schade! Wie steht's mit stiller Teilhaberschaft?«

»Es käme doch heraus. Bei Büchern kommt immer heraus, wer dahintersteht.« Cabot nahm die Brille ab und massierte die Nasenwurzel, er schien sein Nein zu bedauern. Aber die Vorgesetzten würden es ihm kaum verzeihen, wenn er eines ihrer Gebote übertrat und eigene Ansichten drucken ließ, bevor er seinen Abschied nahm. Einen Karriereknick konnte er nicht riskieren, das leuchtete Jerome ein. Da platzte die Seifenblase, und er nahm es hin. Vielleicht wäre es sowieso schiefgegangen. Solche Partnerschaften scheiterten oft an der Eigenwilligkeit der Schreiber; im Grunde glaubte jeder, besser als der andere zu sein. Feurig ging man ans Werk, fing dann an, sich zu streiten, und zuletzt sprach man nicht mehr miteinander.

»Komm mit hoch«, schlug Cabot vor. »Bei mir oben liegt ein kleiner Trost für dich.«

Im Aufzug sagte Cabot zu ihm: »Hat Frank Norris dich verschreckt? Man staunt, wo der überall auftaucht. Keiner mag ihn.«

»Norris, wer soll das sein?«

»Der Mann mit dem roten Seehundsgesicht, der vorhin aus dem Lift stieg. Du kamst aus dem Tritt, daher nahm ich an, du kennst ihn.«

»Nur seine Begleiterin. Von welcher Behörde ist er?«

»Von gar keiner, soviel ich weiß. Früher hat er mal der Börsenaufsicht angehört und sich dann als Anwalt niedergelassen, in Boston; da bin ich ihm begegnet.«

»Kein Lobbyist, Doc?«

»Nicht, daß ich wüßte. Aber wer kennt die schon alle.«

Cabot hatte Fachtexte zu Navigationsfragen mitgebracht, denn er nahm an, die 007-Crew habe ihren Weg absichtlich verkürzt, um Sprit zu sparen und eine Prämie zu kassieren, wobei ihr *das Ding aus dem Ruder lief.* Jerome stand am Fenster, bemüht, einen Mann namens Norris zu vergessen. Über die neonfahl angestrahlten Bäume des Franklin Parks ragten die Fassaden der 14th Street schäbig empor. Bis dahin war der schwarze Aufruhr geschwappt, nach dem Mord an Martin Luther King, damals vor 15 Jahren. Zwei Drittel der Stadt waren farbig, Banden von Jugendlichen zogen plündernd und brandstiftend bis kurz vor das Weiße Haus. Zwei Blocks vor der Pennsylvania Avenue erst hielt Infanterie sie mit dem blanken Bajonett auf . . . Außer einer Handvoll schwarzer Strichmädchen war von der Welle nichts geblieben.

»Du bist schon wieder ganz woanders.« Cabot hielt ihm die Papiere hin. »Was bedrückt dich?«

»Der Gedanke an die alten Zeiten. Weißt du noch, wie wir gegen Johnson geschrien und uns mit den Soldaten geprügelt haben? Die Militärpolizei vorm Pentagon und das Maschinengewehr auf der Treppe des Capitols!«

»Es hat ja nicht geschossen. Im übrigen ist Gewalt so amerikanisch wie Apfelkuchen oder Kirschpastete.«

»Komm, wir gehen noch irgendwo hin.«

»Gern, wenn du nicht versuchst, mich herumzukriegen.«

Jerome winkte ab. Unten auf der Straße sagte er: »Ed Sanders, erinnerst du dich an den? Wie der mit seinem roten Bart und der Rockband am Flußufer auf dem Lastwagen stand, um die bösen Geister des Pentagon zu verscheuchen? Der reinste Exorzismus. Immerzu im Chor: ›Hinaus, Dämonen, zurück in die Finsternis, ihr Satansdiener!‹ Dazu die Zimbeln und Triangeln, eine enorme Vibration.« Er sah es wieder vor sich, weshalb saß das so fest in ihm? Wohl wegen der Tollheit des Auftritts. Der Mensch war so beschaffen, daß ganz ohne Unfug wenig ging. Jeder spontanen Wallung hing etwas Nonsens an, nur wer das wußte oder es im Bauch hatte, setzte Massen in Marsch.

»Aber der Teufel blieb und das Pentagon wurde nicht rosa zum Zeichen seiner Reinigung, wie Sanders verkündet hatte.«

»Ein Samstag wie heute, die Büros waren leer«, sagte Jerome, bedrängt von alten Bildern. »Ein paar mittlere Chargen schoben Stallwache für die hohen Tiere. Kein General auf dem Posten, Doc, zu deinem Glück, sonst hätte dich später mal einer erkannt.«

»Das war nicht nötig, es steht in meiner Personalakte.«

»Wirklich? Wieso haben sie dich dann genommen?«

»Es wurde als Jugendsünde klassifiziert.«

»Na, das ist's ja auch gewesen. Weißt du, was es war? Eine Konfrontation von Gleichaltrigen. Die Soldaten waren auch noch Knirpse. Norman Mailer hat damals geschrieben, Karl Marx müßte noch mal auf die Welt kommen, um den Widerspruch zu erklären: Die Söhne der Arbeiter kämpfen in Uniform für den Kapitalismus, gegen den die Kinder des Bürgertums rebellieren.«

»Mittlerweise sind alle wieder auf ihrem Platz, wie du an uns beiden siehst.« Cabot ließ das Thema fallen, er schlug ein Feinschmeckerlokal nahe dem Ford's Theatre vor, schräg gegenüber dem FBI-Komplex. Der nahm zwei Häuserblocks ein und hieß seit 1972, dem Todesjahr des Gründers, J. Edgar Hoover Building.

»Was dir sicher weiterhilft, Jero: In New York geht gerade Daniel Scripps der Sache nach, ein Luftfahrtjournalist aus London. Hat in unserer Flugsicherheitsbehörde die Spur des Falls aufgenommen. Dan ist ein guter Mann, falls du dich an ihn wenden willst, vermittle ich das gern.«

»Du meinst, er würde mit mir kooperieren?«

»Wenn er hört, wie du finanziell einsteigst? Ruf ihn doch an, die Nummer kann ich dir geben. Wir kennen uns aus Moskau und Paris.«

Ein Tag der Überraschungen. Jerome würde spätestens morgen früh mit Scripps telefonieren. Sobald er Tanja im *Days Inn* oder sonstwo aufgespürt hatte – und zur Rede gestellt. Eins nach dem anderen, in der Rangfolge der Dringlichkeit. Sein wacher Geist entwarf eine Liste der Präferenzen, mit dem stärkenden Whisky obenan.

Als das Glas *Royal Salute* vor ihm stand, fragte er Cabot nach den *Nucys*.

Glaubte sein Freund und Ratgeber an deren Existenz?

»Nein!« Die Antwort kam rasch. »Dieses Land tut so etwas nicht. Es widerspräche den Prinzipien unserer politischen Moral . . . Außerdem wären wir im Nachteil, Jero. Versuch einmal, in Moskau oder in Gorki ein Büro zu mieten, noch dazu im oberen Stock eines Hochhauses, und den nötigen Telefonanschluß zu ergattern.«

»Es sind drahtlose Zündmechanismen denkbar. Und als Antwort auf einen solchen Schritt der Russen, würde der auch nur vermutet, entschlössen wir uns wohl doch dazu.«

Cabot zuckte die Achseln, in sein halbmondförmiges Profil stieg feine Röte, als sei ihm der ganze Einfall zuwider. »Moskau hat keinerlei Motiv, so etwas zu versuchen. Stell dir vor, die *Nucys* wären ja praktisch unauffindbar, damit würde das Wettrüsten endgültig irreversibel! Denn was sich nicht nachweisen läßt, kann keine Seite kontrolliert abbauen. Die Russen sind aber langfristig auf eine Trendwende aus. Die Rüstung wird ihnen zu schwer, sie halten den Wettlauf nicht durch.«

»Eben deshalb, Doc. Das macht es doch plausibel. Allahs Tränen sind der letzte Trumpf des Schwächeren. Ein Kunstgriff dessen, der es partout nicht schafft, die Militärmacht Nummer eins zu sein.«

An diesem Punkt hatte Jerome den Eindruck, das Gespräch verliere an Präzision. Eine ererbte Hemmung, seine von der Schule her bekannte Schüchternheit, trieb Cabot – angesichts seiner Empörung über die Idee der nuklearen Unterminierung – in derart umständliche Äußerungen, daß es schwer war, zu verstehen, worauf er hinauswollte und ob er überhaupt etwas Bestimmtes meinte. Gerade diese Unschärfe aber wirkte eher schuldbewußt. Es klang, als rege den Freund die Sache eben deshalb auf, weil er einsah, daß etwas theoretisch möglich war, gegen das sich alles in ihm sträubte.

Von seiner Weitschweifigkeit fand Cabot nur zurück, als er sagte: »Du mußt weder Raketen über den Ozean schießen noch drüben *Nucys* zünden, Jero, wenn du dich rächen willst. Jag deine Sprengköpfe bei dir selber hoch, als Großmacht hast du Zehntausende davon, das reißt jeden Feind mit in den Untergang. Die Erde würde unbewohnbar – atomarer Selbstmord ist die billigste Variante.«

Dies stieß er schroff heraus; Jerome fand, Cabot setze die Worte nicht mehr, sondern benutze sie wie Billardkugeln. Es kam ihm nicht auf die Stoßrichtung an, eher auf den Crash, die Karambolage . . . Doch solch Zusammenklicken ergab nichts, die Kugeln schwirrten durcheinander, das Mysterium blieb. Jedem Aufprall folgte ein Abstoß, jeder Antwort die nächste Frage. Das Geheimnis blieb gewahrt, die Summe der Rätsel blieb sich gleich. Es war wie ein undurchdringliches Knäuel, zupfte man einen Faden frei, verfitzte es sich woanders.

»Laß uns niemals kapitulieren, Doc, vor den Rätseln der Welt und des eigenen Lebens«, bemerkte er über seinem Glas. »Wir beide, du als Offizier und ich als Finanzmann, sollten an den Unterricht von damals denken: Wer den Gordischen Knoten löst, wird Herrscher über Asien.«

»Ich hab nicht vor, über Asien zu herrschen.«

»Ach, eines Tages haut ihr noch den Knoten durch.«

DIE STRÖMUNG

Wir nährten das Herz mit Phantasien,
Die Kost verhärtete das Herz;
Mehr Kraft in unseren Feindschaften
Als in unserer Liebe.

William Butler Yeats

XXXIV

Am späten Vormittag war es schwer, am Schwimmbad des *Tropicana* ein freies Liegebett zu finden, Andy aber hatte ihr eins besorgt. Jill empfand es als angenehm, daß er sie ganz in Ruhe ließ. Er war der Gegenpol zu Lagonda, kein Liebhaber von Berufs wegen und nicht auf Karriere aus, vor ihm mußte sie sich nicht hüten; neben der Laserforschung trieb ihn nur seine Spielsucht um. Nicht auf Andys Herkunft sah sie herab – sein Vater war Hotelportier –, doch auf dieses Laster. Sobald er ihr den Rücken kehrte, ging er zu den Automaten. Wer so exzessiv spielte, von früh bis spät, der war labil, darin hatten die psychiatrischen Werke im *Merry-go-round* übereingestimmt. War seine Behandlung dort ähnlich gescheitert wie bei ihr? Jedenfalls brach seine Sucht jetzt aus.

Beim Frühstück hatte er ihr die ganz enthüllt. Verblüffend die bildhafte Sprache und das Funkeln in den Augen, wenn er seine Leidenschaft beschrieb. Vom *elektronischen Zufall* war da die Rede, von *Dukateneseln,* die *abzumelken* ihm gegeben sei, da er ihr Programm in der Tasche habe. Fünfstellige Summen könne er im Monat zupfen, und zwar netto, steuerfrei. Der *einarmige Bandit,* den er besiegt und geleert hatte, hieß bei ihm *rasiert.* Welch traurige Steigerung von Lebenslust und Ausdrucksfähigkeit!

Wenn sie ihn recht verstanden hatte, ging er wie ein General vor, in wohldurchdachten Schritten: ausspähen, überlisten, attakkieren. *Veni, vidi, vici,* die Formel der Angriffslust seit Cäsars Sieg über den König von Bosporus; uralte Menschenträume zu Sprüchen geronnen. Beim vorletzten Aufenthalt im *Karussell* hatte Andy den Spielautomaten im Klubraum beschädigt, ihn dann schlau repariert und ihm das Steuerprogramm abgeluchst, das in Automaten dieses verbreiteten Typs am Werk war. Seitdem stand der elektronische Zufall ihm zu Diensten. Mit ein paar Münzen und feinem Gehör trat er an den *Banditen,* warf sie ein und lauschte ihnen nach. Nur ein gefüllter Kasten reizte ihn zum Angriff. Sein Einsatz lag bei zehn Dollar. Über den Risikoknopf tastete er sich in das gehobene Programm ein, nur dort war viel zu holen. Erscholl endlich aus dem Automaten die Fanfare, brach Andy in Jubel aus. Das gehörte zu seiner Tarnung, die Spielaufsicht erwartete so einen Laut, wenn die Fanfare im Saal verkündete, daß jemand den obersten Risikorang erreicht hatte.

Für ihn war es das Signal zum Endkampf. Dank dem Computerprogramm in seiner Tasche, der papiernen Zahlenschlange mit ihren fünf Codeziffern, gab es für ihn kein Halten mehr. Andy marschierte auf der Straße des Sieges, auch wenn er mal kurz zur Toilette ging, um sich die Ziffernfolge einzuprägen. Noch eine halbe Stunde lang rang er mit dem *Banditen,* kitzelte dessen Schwachstellen, dann hatte er ihn *rasiert.* Der Münzesel *leistete den Offenbarungseid,* prasselnd »schiß er sich aus«. Die Bank gesprengt. Matt in fünf Zügen.

Schon die Sprache stieß Jill ab. Genau hatte sie auch nicht erfaßt, wie Andy das fingerte; sein Jargon erschwerte das Verständnis. Es hing natürlich mit der Diskette zusammen, die er im Sanatorium kopiert hatte. Deren Zahlenbandwurm steuerte ja alle Entscheidungen des Geräts. Die kämen zufällig zustande, versicherte das Kasino, schicksalhaft – tatsächlich folgten sie dem Programm, so weit begriff Jill ihn. Er mußte immer ermitteln, was für ein Unterprogramm lief und an welcher Stelle er darin war, das schien der ganze Witz.

»Was soll schiefgehen?« hatte er sie gefragt. »Schicksal herausfordern ist Quatsch, das sind Märchen für Einfältige. Wer erst mal geschnallt hat, wie die Dinger ticken, dem geht auf, am Ende des Tages gewinnen bloß drei: die Spielhalle, das Finanzamt in Carson City und der Systemspieler, der die Nerven hat, das Unterprogramm zu riechen.« Bei diesen Worten riß er ein paar Papierstreifen heraus, bleistiftlang, bedeckt mit Ziffern in punktierter Computerschrift, und hielt sie ihr so dicht vor, daß sie gar nichts lesen konnte. »Wenn Sie wissen, was drinnen anliegt, Jill, und dann noch so clever sind, tote Zahlen wegzudrücken und die Nein-Würfe zu umgehen, ist das Spiel für Sie gelaufen. Kommen Sie mit, ich zeig es Ihnen!«

Aber sie hatte den Kopf geschüttelt, sich den Belehrungen entzogen. Bis ins Detail mußte man das wohl nicht zur Kenntnis nehmen. Ihr reichte es, zu sehen, wie verrückt und zappelig er war. In der Halle unter all den Fanatikern, die sich Hot Dogs oder Hamburger an den Chrom der Automaten klemmten, um Zeit zu sparen, bot er gewiß kein erfreuliches Bild. Wie bei Alkoholikern und Drogenkranken, dachte sie, folgt dem Rausch der Kater mit dem üblichen Elend, bis hin zur Beschaffungskriminalität.

Gegen Mittag sah sie ihn in der Badehose die Stufen von der Glasbrücke herabspringen, die über das Wasser hinweg den Paradise Tower mit dem Island Tower verband. An der Coconut Grove Bar nahm er Eisbecher und Softdrinks mit, dies brachte er auf dem Tablett an. »Schöpferische Pause«, teilte er ihr mit. »Sechshundert Dollar, Ihnen mag das nichts bedeuten, Prinzessin, für mich ist's gar kein schlechter Start . . . Cheers!«

»Und das Kasino schaut zu? Die Spielaufsicht merkt nichts?«

»Das sind ja keine Summen, die sie kratzen. Vorhin strich zwar so ein Kerl um mich herum, guckte aus Schweinsäuglein – na, wohl ein neidischer Tourist.«

»Andy, wenn man die Streifen in Ihrer Tasche findet . . .«

»Wer darf mir denn ohne Haftbefehl in die Tasche fassen?« Er saß neben ihr auf dem Handtuch, verschlang das Eis und trainierte seine Armmuskeln, ein Tick, der sie nervös machte. Es war, als zwinge ihn etwas, in Form zu bleiben für den Hebel des *Banditen.* »Nach dem Lunch geht's im *Oasis* weiter. Nur ein Sieg in jedem Saal, das ist mein Prinzip. Kommen Sie mit ins Wasser?«

Jill verneinte, in ihre Apathie versponnen. Langsam löffelte sie das Eis. Jede Faser sträubte sich gegen eine Bewegung, ihr war, als habe sie Haferschleim in den Knochen. Nur im Halbschatten ruhen und schauen . . . Da sprang er ins Becken, an derselben Stelle wie vorletzte Woche Sandro. Neben dem hatte sie frei atmen, im Wasser toben, über die gewundene Rutschbahn sausen können. Hier im *Tropicana* warfen sie beide den Ballast von Berkeley ab, und der große Ballon, Optimismus genannt, stieg empor. Aber man hatte Sandro in den Tod gelockt, das Leben war sinnlos geworden, ihr fehlte nur der Mut, Schluß zu machen; deshalb ging es weiter, einstweilen.

Da tummelte sich der bärtige Caballero, der *Banditen* statt Windmühlen angriff, sie sah es wie durch dickes Glas, auch das Geschrei der Badenden drang nur matt an ihr Ohr, vermischt mit der Musik vom Felsen oberhalb des Wasserfalls. Wie ein Raumschiff aus dem All stand das Hotel um den riesigen Pool, umgrenzte blühende Kakteen, üppig berieseltes Wachstum. Ein Ort der Unwirklichkeit, 20 Etagen hoch, in dieser staubtrockenen Mondlandschaft. Voll von irrsinnigem Luxus, den Hallen der Habgier, den Wassern von Babylon, an denen sie lag und wehklagte.

Dort tauchte dieser anhängliche Mann durch den Katarakt, stand hinter der prasselnden Kaskade, flitzte kamikazehaft in die hochschießende Flut und winkte ihr zu, was bot sie ihm dafür? Wie ihn an sich binden, da er doch ihre letzte Stütze war? Wenn er weiter so gewann, brauchte er kein Geld von ihr. Ach, bald würde er sich davonstehlen, da sie bloß eine Last für ihn war ... Jill fühlte sich wieder so hilflos wie am Abend zuvor. Aber ganz dasselbe war es doch nicht, da hatte sie ja noch manches durchgesetzt, nun hielt ihr Elend sie gefangen.

Ihr kam die Idee, Andy mit einem Vortrag zu belohnen, der sein Leiden einbezog und ihn fesseln würde; ein Abriß der Gemütskrankheiten und ihrer wechselnden Behandlung. Zwar fiel ihr auf, daß sie seit kurzem Reden entwarf, die sie dann gar nicht hielt. Doch der Fehler war stets gewesen, sie hatte von dem, über das sie sprechen wollte, zuviel gewußt. Die Lehrerfahrung sagte ihr, je tiefer man schürfte und je mehr man zusammentrug, desto schwerer wurde es, den Stoff faßlich darzubieten. Anders bei der Nervenheilkunde, da war ihr nur bekannt, was sie sich in zwei Tagen angelesen hatte.

Wo beginnen, im Mittelalter? Verstörte Mitmenschen fielen damals kaum auf, hatte es doch an versponnenen Dogmatikern, verzückten Nonnen und komischen Heiligen nie gefehlt. Manche stiegen als Hofnarren sogar auf in den Glanz der Elite. Auch als dann die Narrenfreiheit zu Ende ging und die Ärzteschaft im Zeichen der Aufklärung begann, sich zu spezialisieren, wich man den armen Irren aus; an denen war nichts zu verdienen. Die Französische Revolution ließ sie sogar frei: Freiheit, Gleichheit und Brüderlichkeit, das schloß auch die Geisteskranken ein.

Aber dann schritten die Ärzte derart zur Tat, daß es einem grauste. Sie schnallten die Kranken auf Zentrifugen, brannten sie mit Eisen, schockten sie durch Güsse kalten Wassers oder quälten sie mit Abführ- oder Brechmitteln. Mancher Medikus schwor auf Hungerkuren oder schoß vor dem Patienten Pistolen ab. Ein deutscher Professor setzte sie in Kübel, gefüllt mit lebenden Aalen, dann wieder bewirtete er sie mit Braten und Wein, ja er lud auch Dirnen ins Asyl, nach dem Prinzip des Wechselbads.

Als Examensfach gab es die Psychiatrie erst seit der Jahrhundertwende. Da suchte sie Anschluß an die wissenschaftlich fundierte Medizin und baute ihren körperlich meist intakten Opfern Hospitäler, in denen es zuging wie im Bettensaal der Chirurgie – nur behandelt wurde nicht. Es entstand die Verwahrpsychiatrie, bis zur Entmündigung der Kranken noch vielerorts Brauch. Unterwürfig vegetierten die ohne Geld, ohne Zugang zur eigenen Kleidung, am Rand der zivilisierten Welt.

Nach Jills Eindruck hatten sich die Seelenärzte, mangels wahrer Erfolge, tüchtig bemüht, die Symptome ihrer Klienten zu schildern und griechisch-lateinisch zu benennen. Mit Begriffen wie *Paranoia, Schizophrenie* oder *manisch-depressives Irresein* suchten sie die Vielfalt der Wahnsignale zu Krankheitsbildern zu bündeln; nicht ohne auch Symptome zu erfassen, die erst durch den langen Zwangsaufenthalt in der Klinik entstanden waren. Erstaunlich das Alter der Beschreibungen. Da hatte vor 100 Jahren der Nervenarzt Emil Kraepelin ein *Compendium der Psychiatrie* geschaffen, und das neueste amerikanische Lehrbuch, ab 1980 in Baltimore veröffentlicht, zehrte immer noch davon. Vielsagend die häufigen Hinweise auf Pioniere wie den Japaner Hideyo Noguchi, der 1913 herausfand, daß Nervenkrankheiten durch rein physische Vorgänge entstehen konnten, ganz wie körperliche Leiden. All diese Kapazitäten waren lange tot; das sprach nicht für viel Fortschritt in dem düsteren Fach.

Zwischen den Weltkriegen ruhte es auf schwachen Säulen. Man hatte Barbiturate zum Dämpfen, Amphetamine zum Aufputschen und als letztes Mittel die Leukotomie, den Eingriff in das Hirn, der Zehntausende Amerikaner verkrüppelte. Erfunden von einem Chirurgen aus Portugal, der dafür den Nobelpreis erhielt . . . Ende der dreißiger Jahre dann die Ära des Elektroschocks. Urheber der Tortur war ein römischer Nervenarzt, von einem Besuch im Schlachthof erleuchtet. Auf Wunsch italienischer Tierschützer betäubte dort ein Stromstoß Schweine, bevor der Bolzenschuß sie traf. Vom Anblick des Schlachtviehs bis zu Patienten, denen man Löcher ins Hirn schoß, war es nur ein Schritt gewesen.

Und doch, in den fünfziger Jahren keimte Hoffnung. Zwei französische Ärzte hatten die ersten Psychopharmaka entdeckt, Abkömmlinge des Wirkstoffs Chlorpromazin. Sie wischten den Wahnkranken die schrillen Symptome weg. Das Arsenal der Zwangsjacken, Lederfesseln und Schockgeräte kam in die Rumpelkammer. Aber die Neuroleptika, bald zu einem bunten Fächer entfaltet, bargen schleichende Gefahren. Ihr Wirkmechanismus blieb unbekannt, der Arzt schoß Schrot ins Blaue. Die Kranken fühlten sich in fremde Welten versetzt und hörten weiterhin ihre inneren Stimmen, nur sprachen sie nicht mehr davon. Eine Schizophrene, die aufgehört hatte, im Freien zu predigen, antwortete auf die Frage, ob sie noch immer glaube, Jesus zu sein: »Gewiß, aber wem hilft es jetzt noch.«

Und so wurden nun hierzulande wieder 200 000 Menschen im Jahr mit Elektroschocks traktiert, bei depressiven oder schizophrenen Episoden, doch auch gegen Homosexualität und Hysterie und Aufsässigkeit in den Heilanstalten, die halb Spital, halb Gefängnis waren. Man narkotisierte sie zuvor, gab ihnen muskelentspannende Mittel, um Knochenbrüche zu vermeiden, und schönte die Bezeichnung: *Elektroheilkrampf* oder *Durchflutungstherapie,* wie human das klang, wenn man jetzt den Stromkreis schloß.

Auffallend das Wachstum der Gemütsleiden in Zeiten des Umbruchs. Die Industrialisierung mit ihrer Landflucht, dem Zerfall der Großfamilien und der monotonen Fabrikarbeit brachte zermürbenden Streß. Im kaiserlichen Deutschland (Jill kannte es von ihrer Dissertation über das Wettrüsten zur See) hatte die Zahl der Kranken sich von 1877 bis 1913 verachtfacht! Eine Viertelmillion Patienten saß in den hurtig errichteten Anstalten fest; einer Grauzone zwischen Medizin und Strafvollzug.

Mit Gerichtsgutachten und Zwangseinweisungen schwang die Psychiatrie die Peitsche. Wo immer sich Widerstand regte, erfand sie diagnostische Verwünschungsformeln, vom *krankhaften Querulantentum* über den *Suffragettenwahn* bis zur *Paranoia reformatoria politica,* einer Wortschöpfung des Nervenarztes Richard von Krafft-Ebing. Im Ersten Weltkrieg entdeckte sie bei Hamsterern die *Proviantierungpsychose,* bei ängstlichen Patrioten die *pathologische Spionenfurcht.* Krönung ihrer schwarzen Magie war der Befund einer *Massenpsychose der Psychiaterfeindlichkeit.* Damit erstickte die seltsame Wissenschaft die Kritik an ihrem Tun.

Störenfriede für verrückt zu erklären, das hatte abendländische Tradition. Als auf den Schlachtfeldern in Frankreich ganze Kompanien Nervenschocks erlitten, beeilten sich Militärpsychiater beider Seiten, die *Frontneurotiker* mit Kaltwasserkuren, Röntgenstrahlen oder schmerzhaften Sinusströmen zu kurieren. Oder sie schickten ihre Pfleglinge gleich zurück ins Trommelfeuer, zur *frontnahen Behandlung.* So verstieß die Mehrheit der Psychiater gegen ihr Ethos, das im Arzt den Anwalt des Kranken sieht ... All dies wollte sie Andy erzählen, ihm auch ihre eigene Deutung geben, wonach jeder Wahn von außen in das Ich einbrach – letztlich nichts anderes war als dessen Versuch zur Selbstheilung. Ein mißglückender Versuch, außer man stand einander bei. Dann, so schien ihr, konnte es sein, daß sich die innere Wunde schloß.

Aber als er nun quicklebendig aus dem Wasser stieg, verließ sie der Mut. Das Spielen war ihm so gut bekommen wie das Schwimmen, er brauchte ihren Zuspruch nicht. Er schüttelte Wasser aus dem Bart, ein Tropfen fiel ihr auf die Brust, und sie begriff, nicht für ihn, allein für sich hatte sie all das eben memoriert und mit ihm besprechen wollen. Ach, sie hätte wissen müssen, die Erlösung durch den Partner fand nicht statt, der hatte anderes im Sinn.

»Da ist er wieder«, hörte sie ihn sagen, er kauerte neben ihr, sie roch die Sonnencreme auf seiner Haut. »Schweinsäuglein streicht um mich herum und meint, man merkt es nicht ... In der Reihe hinter uns von rechts der vierte, bitte sehen Sie nicht hin.«

Als sie gingen, hatte Jill das vage Gefühl, sie sei dem Mann schon einmal begegnet. Ein feister Kerl um die Vierzig, schwarz behaarte Brust, die Augen geschlossen, umpolstert von Fett, so ruhte er auf der Liege ... Nein, ihr kam keine Erinnerung.

In ihrem Zimmer gab es eine Panne. Der Safe für die Wertsachen ging nicht auf, welche Chiffre hatte sie nur in das Zahlenschloß eingespeist? Sie probierte ihr Geburtsdatum, die Telefon- und die Autonummer, nichts. Nach drei Fehlern sperrte das Schloß für eine Stunde, zum Schutz vor Dieben, die herumtasteten. Noch nie war ihr in den Kleinigkeiten des Alltags so etwas passiert.

Sie ging zu Andy, der noch im Bad war. Auf seinem Tisch lag ein Touristenführer, der lud zum Besuch der *Chicken Ranch* ein, einer historischen Farm hinter den Frühlingsbergen; unverhüllt nannte sie sich »das beste kleine Hurenhaus im Westen«, auf der Grenze von Nevada und Kalifornien. Wie eine Skizze zeigte, kam man auf den Straßen Nr. 15 und Nr. 160 in einer Autostunde hin. Das Haus bot zwei Dutzend Damen zwischen 18 und 36 Jahren an: gebildete, berufstätige Frauen, »sowohl attraktiv wie intelligent«, sie hielten sich durch Sport in Form, eine von ihnen spreche fünf

Sprachen und erlerne noch weitere. Man mußte gar nicht selber fahren, dreimal täglich hob vom McCarran Airport eine Cessna 208 ab, die flog einen gratis hin, in 20 Minuten, mit Rundblick auf die Glitzerwelt der Kasinos am Strip. Traumflug ins Reich der Sinne. Es war Jill peinlich, dies bei Andy zu entdecken. Das lag ja nicht auf den Zimmern, er hatte es mitgebracht.

»Oh, Sie haben mich erwischt«, sagte er vom Bad her.

»Entschuldigung, es geht mich gar nichts an.« Sie legte die Schrift nervös aus der Hand.

»Verdächtigen Sie mich ruhig. Amerikaner sein heißt Unrecht ertragen können, hat Senator Ted Kennedy gesagt.«

Sie schilderte ihm hastig ihr Problem; er behob es im Nu. Auf dem Gang schraubte er den Sicherungskasten auf und unterbrach für Sekunden den Strom. Jill stand atemlos vor ihrem Safe, als die Leuchtschrift *geschlossen* erlosch, ließ er sich ohne weiteres öffnen.

»Danke, Caballero! Woher kannten Sie den Trick?«

»Ich kenne noch mehr, Prinzessin.«

Diesmal genügte ihm das Buffet nicht, er lud sie ins *Java-Java,* ein Schlemmerlokal zwischen dem Empfang und dem *Rhapsody Restaurant.* Der Innenausstatter hatte dem Raum mit Bambus, Jacaranda und melanesischem Zauber ein Südsee-Air angehaucht. Während Jill unruhig wurde, erfreute Andy sie im Stil Lagondas mit allerhand Schnickschnack. Er wollte in der Lobby die Las-Vegas-Werbung einer Bestattungsfirma entdeckt haben: *Die Chance nutzen, solange du reich bist – zahle jetzt, stirb später.*

Im nächsten Augenblick geschah gleichzeitig zweierlei: Jill erinnerte sich, womit sie den Safe gefüttert hatte – mit Sandros Geburtstag –, und der Mann, dessen Äuglein in Fettpolstern ruhten, sah zur Tür herein. Sie war nun sicher, ihn zu kennen, wußte nur noch immer nicht, woher. Von irgendeinem Flugplatz, so schien es ihr.

XXXV

Howard Lasky lag schlummernd auf der Couch, das kurze Haar verschwitzt am eckigen Schädel. Mit seinem 40. Lebensjahr hatte er die Gewohnheiten eines reifen Menschen angenommen. Das hieß nicht, auf die Harley-Davidson zu verzichten, schloß aber den Brauch des Mittagsschlafs ein. Danach kehrte er, auch sonntags, gern an die Arbeit zurück; sie war sein Leben.

In letzter Zeit wurde ihm die Ruhe durch Träume getrübt, oft handelten sie von Fanny. Noch immer zog seine Frau durch Europa, rief mal aus Paris an oder schrieb ein paar Zeilen aus Florenz; und er fing an, unter Zwangsvorstellungen zu leiden. Als Ingenieur wußte er, die Natur verabscheut das Vakuum – womit füllte Fanny die Leere, wenn sie nicht an seiner Seite war? Der Gedanke an eine unbefriedigte Frau, die mit einem Schweif von Schmarotzern durch italienische Lokale strich, folgte ihm bis in den Schlaf. (»Ich zähle dir nicht auf, was wir hier treiben«, stand in ihrem letzten Brief. »Es könnte dich ja schockieren. Hoffentlich bist du solider, ich würde dich sonst verlassen, wenn du es willst.«)

Noch ein Gefahrenzeichen: die Neufassung eines Alptraums, der ihn vor seiner Soldatenzeit regelmäßig heimgesucht hatte. In den sechziger Jahren peinigte ihn die Idee, er werde im Schlaf von einer Maus benagt, die ihm in die Hoden biß. Ein Psychoanalytiker hatte ihm erklärt, dies sei eine Vaterprojektion, er fühlte sich von Dad erdrückt und fürchte insgeheim, von ihm entmannt zu werden. Die Therapie bestand aus endlosen Gesprächen über frühkindliche Eindrücke, die nichts genützt hatten. Geheilt wurde er durch den Rat des angeblichen Haßobjekts. Winston selber empfahl ihm, tagsüber eine Mickymaus in die Hosentasche zu stecken; Sieg des gesunden Menschenverstands über das aus Wien importierte jüdisch-dekadente Tiefgeschwätz.

In der neuen Variante seines Ohnmachtstraums lag er gefesselt am Boden einer Halle, wohl eines Hangars, höhnisch umtanzt von Liliputanern aus dem Märchenland des englischen Spötters Jonathan Swift. Die Däumlinge bestiegen seinen Leib, den tausend Fäden fixierten, wisperten ihm zu: »Schwächling! Feigling! Versager!« Ihre dünnen Stimmen erzeugten in der Flugzeughalle ein Echo von grenzenloser Niedertracht.

Er wachte auf und fand, anonyme Kräfte bedrohten seine Familie, sein Ich und den Beruf. Die Schwester kam ihm in den Sinn, deren Leiden, die Flucht; auch ihre Dissertation, in der noch keine Spur von Verwirrtheit war. Jills Denkansatz hatte er zwar mißbilligt, die pazifistische Tendenz, der Stoff selber aber war groß. Die deutsch-britische Flottenrüstung, der Wettlauf vor 1914, das fesselte ihn schon. In puncto Pflichterfüllung schienen die Preußen unschlagbar, verloren hatten sie nur durch die Hybris des Zweifrontenkriegs und das Fehlen von Marinebasen in Übersee.

Wer aber war sein Feind, wen verkörperten die Zwerge, die da auf ihm herumturnten, ihn schmähten und geschäftig mit dem Zollstock vermaßen? Seit Tanja Corys Rückkehr aus Seoul häuften sich die Träume, das nährte einen Verdacht. Frau Cory hatte ja nicht nur mit jenem Abschluß geglänzt, der nun ins Haus stand, sondern auch ein paar Schwierigkeiten erwähnt, die von den Verbündeten in Fernost ausgingen.

Tatsache war, Amerika wünschte seit langem von Japan, es möge mehr von seinem Wirtschaftspotential in militärische Stärke verwandeln. Tokio jedoch zögerte, entzog sich dem Drängen, wich aus in listiges Verhandeln, wo statt kommerzieller Verschlagenheit schlichte Bündnistreue das Gebot der Stunde war. Sollten die Däumlinge seines Traumes nicht die gelben Knilche sein, deren Verteidigungsindustrie sich allmählich von den USA löste, nachdem sie die Kniffe der amerikanischen Technik erkannt hatte? Wenn man wiederkehrenden Träumen überhaupt einen Sinn beimaß, so konnte es in seinem Fall nur dieser sein.

Eine Zeitlang widmete Howard sich den Flugzeugmodellen, die er selbst zu basteln pflegte – Muster aus der Steinzeit des Flugwesens, Maschinen der Brüder Wright oder des Deutschen Hugo Junkers. Das gab ihm Frieden: Überschaubares aus dem Teil seines Fachs, den er meisterte. Er war groß in mechanischen und aerodynamischen Ideen, von Dad *Ei des Kolumbus* genannt.

Das Telefon störte die Stille. Valentine war in der Leitung; er hörte sie sagen, sein Vater sei nicht da und jemand rufe aus Las Vegas für ihn an, ein gewisser Maxwell. Den habe Winston beauftragt, Jill zu suchen. Sie wolle das Gespräch nicht führen und bitte ihn, es an ihrer Stelle zu tun.

»Hat er sie denn gefunden?«

»Ja, aber ich halte mich da 'raus.«

»Gut, dann stell durch.«

Ein Knacken im Hörer, es meldete sich der Detektiv.

»Lasky junior. Also Sie haben sie?«

»Es war harte Arbeit, Sir. Die zwei sind mehrfach umgestiegen, vom Taxi in den Leihwagen, in ein Lufttaxi und so weiter. Aber nachdem ich vom Pförtner die Nummer des ersten Taxis hatte, bin ich am Ball geblieben. Sogar in Las Vegas, wo derzeit eine Viertelmillion Menschen sind.«

»Was tut meine Schwester da?«

»Nichts. Sie verläßt nie das *Tropicana,* in dem sie schon mit Doktor De Luca gewohnt hat.«

»Wer ist ihr Begleiter?«

»Andrew Peel, ein Physiker, weiß, Mitte Dreißig. War mit Miss Lasky im Sanatorium und stand kurz vor der Entlassung.«

»Ist sie mit ihm intim?«

»Da bin ich überfragt, Sir. Tagsüber sind sie wenig zusammen. Er verbringt viel Zeit im Kasino.«

»Hält sie ihn aus?«

»Beide zahlen abwechselnd. Inzwischen hat er mehr als tausend Dollar aus den Automaten geholt – ganz planmäßig, wie es mir erscheint.«

»Weisen Sie doch die Spielaufsicht auf ihn hin.«

»Das hätte nur zur Folge, daß die zwei das Hotel wechseln oder ganz aus der Stadt verschwinden.«

»Solange er bei ihr ist, wird sie nicht heimkommen wollen.«

»Er ist beim Lawrence Livermore National Laboratory angestellt, Sir. Vielleicht könnten Sie dort intervenieren?«

»Wie denken Sie sich das, sonntags? Man hat ihn ja beurlaubt zu dieser Kur.«

»Mir sind die Hände auch gebunden. Peel ist auf der Gewinnstrecke, er wird sich nicht stören lassen. Und was Ihre Schwester betrifft, so gibt es keinen amtlichen Beistand zur Rückführung. Es fehlt die gesetzliche Handhabe, sie daran zu hindern, umherzureisen, so krank sie auch sein mag.«

»Ich stelle es Ihnen anheim, Maxwell, auf Peel wegen seiner Spielmethoden Druck auszuüben; natürlich nicht im Beisein anderer. Sie dürfen ihm auch Geld anbieten, wenn er meine Schwester zur Heimkehr bewegt. Rufen Sie uns abends wieder an, dann wird mein Vater das Weitere entscheiden.«

Seufzend legte Howard auf und ging hinab in sein Studio. Noch ein Problem, aber Maxwell war ein ziemlich wendiger Mann. Er betrieb in San Francisco einen kleinen Reisedienst, der seine Ermittlungen tarnte, und war Jill schon im August nach Las Vegas gefolgt in der heiklen Mission, eine Eheschließung zwischen ihr und De Luca zu verhindern. Das hätte bedeutet, in dem Heiratsbüro einzuschreiten, das die zwei zur Abwicklung der Formalitäten wählen würden. Diese Büros nannten sich Traukapellen, man schrieb dort einen Vordruck aus und sandte die Kopie nach Washington. Der Friedensrichter bekam etwa 10 Dollar, 15 mit Musik, dafür bot er auch noch die eigene Ehefrau als Trauzeugin auf. Maxwell hätte lediglich zu ihm sagen können: »Diesen Mann dürfen Sie nicht trauen, er ist schon verheiratet« – und damit bloß einen Aufschub erwirkt, bis die Anfrage beim Register in Washington den Sachverhalt zugunsten De Lucas geklärt hätte. Dann wäre mehr nötig geworden, ein härterer Eingriff, den man sich besser gar nicht vorstellte.

Maxwells neuer Auftrag war viel leichter. Er mußte nur im Hintergrund warten, bis Peel seine Arbeit wieder antrat, Jill adieu sagte und ihr dann das Geld ausging. Der Papst hatte beim Lunch erwähnt, er ziehe es vor, Jills Kreditkarte sperren zu lassen; bei seinen Bankverbindungen eine Lappalie, selbst sonntags. Sie geldlich mattzusetzen war besser, als einen Gerichtsbeschluß zu erwirken, der sie für unzurechnungsfähig erklärte. Das brauchte Zeit und zog häßliche Kreise ... Dennoch blieb das Ganze ein Erschwernis.

Howard nahm die Akte der Fernlenkwaffe *Hotspur* aus dem Safe, er hoffte, sich beim Anblick der Skizzen soweit zu erwärmen, daß ein Gefühl von Stolz ihn durchdrang und beflügelte. Auch manche Stellen im Text der Abnahmekommission wirkten stärkend. Denn anders als *Tomahawk* hatte er *Hotspur* allein erfunden, gestützt auf sein Team, alle Patente gehörten der MAC, und das Geschoß wurde einzig in den fensterlosen Hallen von Van Nuys in Serie montiert. *Tomahawk* hingegen würde, wenn der Startschuß fiel, hauptsächlich im Zweigwerk Kent der Boeing Corporation und bei der Convair-Abteilung von General Dynamics in San Diego vom Band laufen; zwei Branchenriesen, die den Rahm abschöpften.

Die Artbezeichnung für beide Waffen schwankte weltweit. Man konnte sich international, bei den kaum ernst gemeinten Schritten zur Rüstungsbegrenzung, nur schwer auf einen Namen einigen. Hier hieß es *Cruise Missile,* kreuzendes Geschoß, Russen und Japaner sagten *Flügelraketen,* die Deutschen sprachen von *Marschflug-*

körpern; sie hatten vor 40 Jahren deren erste Generation gebaut und als *V-1,* die billigere ihrer zwei Wunderwaffen, auf England losgelassen, wo man sie verächtlich *Brummbomben* nannte. Aber das war halt Wortzauber, wie er an jeder Waffe hing, es sollte ihn nicht kümmern. Obgleich es doch schmerzte, daß der Präsident da stets von *Langsamfliegern* sprach, als hafte nur dieses eine Merkmal – der Nachteil gegenüber den schnellen Raketen – in seinem militärisch ungeschulten Kopf.

Dabei war dies doch überschaubar, ein Stück Ingenieurkunst und von großem Reiz. Wie ein modernes Verkehrsflugzeug wurde *Tomahawk* von dem automatischen System INS durch Trägheitsnavigation gelenkt. Zur Verwirrung des Gegners gab man dem System stets gewundene Routen ein. Ein Echolot sorgte dafür, daß *Tomahawk* das feindliche Radar bodennah unterflog; die Mindesthöhe betrug 100 Fuß. Die seitliche Abweichung nur 16 Yards auf zehn Meilen Flug! Eine glänzende Neuerung korrigierte die Abdrift, ein Gerät, das die Gestalt des Geländes von Zeit zu Zeit mit dem eingespeicherten Profil verglich. Der Radarstrahl tastete die Umrisse ab, fünf Meilen nach beiden Seiten, 25 nach vorn, und der Bordcomputer verglich die Daten mit seinem Gedächtnis, er lenkte das »Kriegsbeil« auf die Mitte der Flugschneise zurück. Driftete es freilich so weit ab, daß es den nächsten Kontrollabschnitt verfehlte, dann zerstörte es sich selbst, ohne daß der Gefechtskopf explodierte.

In der Planung brillant. Doch abgesehen davon, wie oft die Mechanik unter arktischen Bedingungen noch streikte – nicht einmal das Triebwerk hatte kürzlich vor Kanada gezündet –, abgesehen von derlei Kinderkram, war der Haken der, daß es schwerfiel, das Feindgebiet aus dem Weltraum genau genug zu erkunden. Die teuren Spähsatelliten lieferten noch keine hinreichend präzisen Profile. Auch waren weite Teile des Sowjetreichs flach wie ein Billardtisch, das erschöpfte die Kraft des Korrektur-Computers. Erst der Ernstfall würde zeigen, ob er dort drüben funktionierte.

Anders bei *Hotspur,* daran war nichts zweifelhaft. Ein viel schlichteres Geschoß, nur gegen Seeziele, an Reichweite und Zuverlässigkeit dem französischen *Exocet* überlegen, das letztes Jahr im Falklandkrieg die Probe bestanden hatte. Sein Chefkonstrukteur war Emile Stauff, ein kleiner untersetzter Mann, Vater von sechs Kindern, mit gallischem Schnurrbart und tiefer Stimme. Howard war ihm mehrfach respektvoll begegnet, bei Waffentests und in der Firma Aerospatiale am Rande von Paris; die Büros hatten ihn an Kasernen erinnert. In dem tristen Milieu entwarf Stauff seit drei Jahrzehnten Waffen für sein Land, Systeme wie *Milan, Roland* und *Hot Rod,* sämtlich erfolgreich vermarktet. *Exocet* nannten die Franzosen eine Spezies fliegender Fische, und Stauff hatte alles darangesetzt, seinem »Fisch« eine rasante Flugbahn zu geben, so dicht über den Wellen, daß er in den Radarreflexen der windbewegten See verschwand und es schwer war, ihn rechtzeitig zu bekämpfen. Schon Ende der sechziger Jahre hatte Paris nach einer prächtigen Flugschau 1800 »Fische« im voraus verkauft, an zwei Dutzend Kriegsflotten, zum Stückpreis von einer Million Dollar ... Bei *Hotspur* begann die radargesteuerte Zielsuchlenkung früher. Es war die neuere, die elegantere Lösung.

Gestärkt wandte sich Howard den Verfeinerungen zu, deren *Tomahawk* noch bedurfte. Schwer ist es, das Vollkommene zu verbessern! Die Waffe erschien ihm ausgereift. Da war der klassische, knapp sieben Yard lange zylindrische Rumpf mit den ausklappbaren Stummelflügeln. Am Heck, wunderbar einfach, das Höhen- und Seitenruder sowie der Raketenmotor, der nach dem Start ausklinkte. Er saß an dem zierlichen Turbofan-Düsentriebwerk, es sprang nach Brennschluß der Rakete an. Im Bug, vor den Treibstofftanks, steckten der High-Tech-Computer, das INS-Navigationsgerät nebst dem Geländeabtaster und dem Radarhöhenmesser. Alle Baugruppen waren meisterlich verkleinert, nicht jedoch der Effekt. Die Kraft des Gefechtskopfes ließ sich nach dem Zerstörungsbedarf dosieren, gewöhnlich entsprach sie zehn Hiroshimas – 200 Kilotonnen Trinitrotoluol.

Howard trat zurück, um das Gesamtbild aufzunehmen, nur so kam ihm vielleicht ein Gedanke. Ein superschlanker Liliput-Jet, aus einem Guß, schön in seiner Zweckmäßigkeit. Der Kopf ließ sich auch mit einer Tonne normalen Sprengstoffs füllen, zum Einsatz gegen Schiffe oder Punktziele an Land. Denn die Navy durfte ja nicht nur an einen Großkrieg denken, überhaupt nicht bloß immer an die Russen. Als Werkzeug globaler Politik sollte sie auch imstande sein, Ruhestörer in der Dritten Welt zu warnen mit der Fähigkeit, ihnen begrenzte, konventionelle Schläge zu versetzen, wenn nötig.

Darauf hatte jüngst in Washington Richard Burt klar hingewiesen, ein hoher Beamter des State Departments. Burt, sechs Jahre jünger als er, war ein mitreißender Mann. Schlank, hochgewachsen, schlaksig-sportlich trotz der Nadelstreifen nach Maß, hatte er einem kleinen Kreis Eingeweihter die Frage gestellt: »Wie können wir die *Cruise Missiles* in einem Streit mit kleineren Mächten nutzen? Welche konstruktiven Veränderungen sind tunlich, um sie für herkömmliche Konflikte, lokal begrenzt, verwendbar zu machen?«

Howard dachte darüber nach. Er sah die Szene vor sich: Burt, graue Strähnen im dick fallenden Haar, kühle dunkle Augen, voll jugendlicher Kraft. Er war Korrespondent der *New York Times,* dann Bürochef für militärpolitische Angelegenheiten im State Department gewesen, inzwischen zum Rang eines Vizeministers aufgerückt, mit 36 Jahren zuständig für ganz Europa. In Sicherheitsfragen so durchsetzungsfähig wie kompetent. Etwas vom Schwung der Kennedy-Brüder paarte sich mit dem Willen, die Schande der siebziger Jahre zu tilgen und das Land wieder groß zu machen, in seiner bestechenden Erscheinung.

Welche Varianten boten sich an? Zunächst eine Gewichtsverschiebung. Man sollte die Tanks zugunsten der Nutzlast verkleinern, denn die Reichweite – 1600 Meilen – überstieg gegenüber Drittweltländern ja weit den Bedarf. Ein *Kriegsbeil,* das von einer Fregatte vor Kuweit nach Teheran flog, brauchte nur ein Drittel der Treibstoffmenge. Dafür ließ sich das Volumen des Gefechtskopfes und die Brisanz der Waffe verdoppeln. Auch die radarschluckende Beschichtung galt es zu verbessern, sie erst machte das Geschoß immun. Äußerlich blieb es sonst beim alten. Daß *Tomahawks* mit nuklearer und herkömmlicher Fracht sich völlig glichen, brachte viel Gewinn. Kein Feind konnte wissen, welcher Potenz er gegenüberstand. Und wie die Waffen zwecks Rüstungskontrolle jemals zählen, wie sie unterscheiden, wenn dasselbe Kriegsschiff beide Sorten führte? Solange es unmöglich war, nuklear bestückte *Cruise Missiles* zu erkennen, entzogen sie sich jedem Abkommen zur Beschränkung ihrer Zahl.

Und sie verwirrten den Feind, auch das war ein Aspekt. Zur See rüsteten die Russen derzeit mit eigenen Flügelraketen nach. Zornig hinkten sie hinterdrein, es nahm ihnen Kraft und zersplitterte die Mittel, ein Verbot der Gattung wär ihnen lieb gewesen. In der Armeezeitung *Roter Stern* hatte ein General der Artillerie grollend vermerkt, die Flugkörper seien ein Rückschritt, wozu brauche man sie, »wo es doch Interkontinentalraketen und Mittelstreckenwaffen mit atomarem Sprengkopf gibt?«

Howard hätte es ihm gern erklärt. Waren diese Flugkörper doch das größte Rüstungsereignis der achtziger Jahre, so wie ein Vierteljahrhundert zuvor die ballistische Rakete der Clou gewesen war! *Cruise Missiles* breiteten sich schleichend aus, sie nisteten in Wäldern, auf Schiffen, in U-Booten und unter den Schwingen der B-52-Bomber. Kein SDI-Schild, falls der beim Gegner je zustande kam, würde sie hemmen. Unaufhaltsam, in fauchendem Tiefflug, fanden sie ihr Ziel und ließen, sollte es von Raketen schon zerstört worden sein, die Trümmer noch einmal tanzen.

Nach Stunden brach Howard die Arbeit ab und schritt hangaufwärts durch den Garten, zum gemeinsamen Dinner im *Vatikan.* Zwischen Wellen von Blütenduft kam Kühle auf. Ein Gefühl von Traurigkeit drückte ihn nieder. Draußen auf dem Pazifik, über dem gläsernen Horizont, ging die Sonne ausdruckslos in eine Dunstschicht ein. Selten ist der Abendhimmel so glutrot oder goldengrün, wie man es sich wünscht, dachte er. Selten verläuft unser Leben so harmonisch oder lieblich-geheimnisvoll, wie man es erträumt. Meist ist es eintönig, schrecklich flach und leer . . . Weshalb war ihm so schwer ums Herz?

Halbwegs zwischen den Häusern blieb er stehen, blickte meerwärts, auf das Fahnentuch am Mast, weißrot und schlaff. Vorgestern, am 9. September, hatte er geflaggt, weil das der 40. Jahrestag der Landung auf dem europäischen Festland gewesen war. Damals hatten Teile der amerikanischen 5. Armee in der Bucht von Salerno bei Neapel Fuß gefaßt. Und sich vier Tage später heldenhaft gewehrt, als ein Gegenstoß deutscher Panzerdivisionen den Landekopf traf. An jenem 13. September 1943 war Onkel Steve dort verwundet worden,und übermorgen, auf den Tag genau 40 Jahre später, setzte man ihn bei.

So trat jeder einmal ab, egal was er getan hatte für die Familie und für sein Land. Howard war müde, grundlos wehte ihn Verbitterung an. Es ist zwecklos, sich zu täuschen, ich bin lächerlich, dachte er; das hab ich schon mit fünf gespürt, als man mich beim Tauschen beschiß und Dad mir sagte, meine Kugel aus Chromstahl sei 100 Glasmurmeln wert, nicht drei. Und als das Mädchen in der Tanzstunde den anderen mitteilte, ich hätte die Ausstrahlung einer Schlaftablette. Das Leben ist eine Serie von Pannen, hastig vertuscht, daher all die Träume. Meine Frau betrügt mich, und die Japaner tun das auch.

Plötzlich, wie durch bösen Zauber, erinnerte er sich all der Schlappen und begriff das Zerbrechliche seine Existenz. Er stand als Einsatzoffizier im gelben Pullover auf dem Flugdeck der *Intrepid,* hielt den Arm in Startrichtung und ging in die Knie. Das Bombenflugzeug fegte über die Bahn, doch er hatte zu früh signalisiert, es fehlte der volle Schub durch den Katapult, die *Skyhawk* stieg nicht gen Himmel, sie taumelte mit ihrer Last aufzischend ins Südchinesische Meer.

Und selbst so Belangloses plagte ihn wie seine erste, gehemmte Begegnung mit Valentine. Ihrer Miene nach fand sie die Situation schon beklemmend, als sie ihn fragte: »Mögen Sie Toulouse-Lautrec?« Und er verlegen zurückgab: »Ich mag gar nichts verlieren« (durch ein Mißverständnis, weil ja *Toulouse* auf englisch wie *verlieren* klang und er den lausigen Franzosen, diesen Maler, überhaupt nicht kannte). Statt aber, wie Jerome es getan hätte, dies ins Komische zu ziehen, war es nun vollends peinlich geworden; er hatte als begossener Pudel dagestanden, ausgerechnet vor ihr.

Da lebte er nun, war Fanny fern, mit einer störrischen Haushälterin. Die brachte ihm das Frühstück, sie blieb auch auf, bis er mit der Harley-Davidson heimkam, dem Symbol seiner Männlichkeit. Und in Van Nuys, in dem peinlich sauberen Bau neben den Fertigungshallen des Konkurrenten Lockheed, einem Haus für 50 Konstrukteure; es stand unter Überdruck, damit kein Staub eindrang, und es roch nach Salmiak von den Lichtpausmaschinen im Souterrain. Auch dort ein autoritäres Frauenzimmer um ihn, Tin-Lizzy; manchmal fürchtete er sich vor ihr. Ein Hundeleben. Und doch, der Alltag im Büro war wie ein Korsett . . . Aber das Vakuum der Wochenenden!

Tin-Lizzy war Dads Chefsekretärin gewesen und bestimmt noch immer dessen Ohr. »Boß«, hatte sie neulich zu ihm, Howard, über Fanny gesagt, »die hat dich nur genommen, weil sie deinen Bruder nicht kriegen konnte, besser, du trennst dich von ihr . . .« Sie versorgte ihn auch mit Schokomilch. Als er einmal das Glas umstieß und eine Blaupause verdarb, rief sie: »Boß, ich würde dich ja adoptieren, wenn ich mit Babys umgehen könnte.« Und während er bedrückt zusah, wie Tin-Lizzy den Kakao aufwischte, brummte sie: »So, nun erfinde mal weiter, was Nützliches ausnahmsweise.« Hätte sie je gewagt, so zu reden, wäre sie nicht unkündbar gewesen, ihm vom Papst vor die Nase gesetzt?

Schluß. Kein Mensch ertrug Bilder dieser Art. Lächerlichkeit hieß die Bedrohung, ihn quälte der Verlust an Würde, der damit einherging. Er hatte sich seine Selbstachtung schwer erkämpft. Die ruhte auf seinem Talent und dem Schutz des Vaters. Wenngleich unter dessen Gestalt und dem Wohlwollen, das ihn umgab, noch ein anderer Mensch steckte, der kälter, triebhafter und aggressiver war. Nur die Familie ahnte etwas von diesem Kern, niemand kannte ihn ganz, denn Dads Wesen blieb verdeckt, zeigte sich allenfalls flüchtig, blitzte in den Augen auf, selten in dem, was er sagte. Meist blickte er mild, sein Lächeln war glatt, unverbindlich, er wirkte offen und trotzdem unergründlich.

Winston blieb unnahbar, obgleich man ihm oft nahe war – eine zu kraftvolle Persönlichkeit, als daß er das nach innen Gekehrte an Howard verstanden hätte. Manchmal neigte er zur Grausamkeit. Die ihm am nächsten standen, hatten es am schwersten. Nie teilte er sich anderen mit, selbst Valentine nicht. Aber er wußte, daß, wer stark ist, leise sein muß, und wer gefährlich ist, sich sanft zu geben hat, um den Effekt zu steigern. Er konnte nahezu gewichtslos gehen und einen seltsam dumpfen Charme verbreiten, das Charisma des Siegers, die verdeckte Überlegenheit der absoluten Macht.

XXXVI

Um diese Zeit saß Andy Peel in einer der Glitzerbars am Strip vor seinem trockenen Martini. Der Prunk des Fin de siècle erinnerte an Filmbilder von Monte Carlo, und die Olive in seinem Drink ließ ihn an ein *Nucy* denken; auch an die Erdgeschichte, als aus dem Nichts heraus Leben keimte, durch jenen Sprung in der Ursuppe. Aus ihm hatte sich nach einigen Mutationen diese Olive entwickelt. Und wie gut sie schmeckte zu dem Wacholderduft des Gins. Spießte das Hölzchen sie auf, glich es dem Strahl ultravioletten Lichts, mit dem die Fotosynthese begann ... Im *Oasis Casino* hatte er 320 Dollar gezockt und flink das Feld geräumt. Durch das *Frontier* und das *Desert Inn* war er zum *Cesar's Palace* gezogen, unter die Pracht der Kristallkronleuchter und das Purpur der Lampenschirme. Erneut zuschlagen? Es ging erst auf neun, nicht zu spät, noch einen *Banditen* zu rasieren.

Mit dem Strohhalm sog Andy etwas von dem Leben ein, das ihn im Talmiglanz umgab. Wer aus den Tiefen der Depression kam, der brauchte viel Licht. Das Ambiente tat ihm wohl – den Salons von Kaisern und Königen abgeguckt. Kein Mensch konnte es ihm verübeln, wenn er sich daran labte, bevor es wieder an die Arbeit ging. Entzückend die Bluse der Bardame aus schillerndem Stoff, der sich noch weiter öffnete als der Schlitz in ihrem schwarzen Rock. Warum nicht ein Taxi zum Airport nehmen? Den letzten Flug zur *Chicken Ranch* erwischte er noch. »Was ist der Unterschied zwischen einer Konzertpianistin und einem Girl, das erregenden Nackttanz zeigt?« fragte der Prospekt. »Es gibt keinen, bei uns haben Sie dies in einer Person.«

Ein Bursche im Kampfanzug schwang sich auf den Nachbarplatz – Tarnjacke, Stiefel und Schirmmütze à la Vietnam. Über sein T-Shirt lief der Spruch: *Du hast das Recht, zu schweigen – für immer.* Er spendierte Andy einen Black & White, es dämmerte ihm, weshalb. Er selber trug ja ein flottes Emblem, den Knopf vom Vorabend: *Ich mag den Duft von Napalm in der Frühe* – wenn auch nur, um die Spielaufsicht zu narren. »Zum Wohl«, sagte der Mann. »Auf Santiago.«

»Auf was heben wir das Glas?«

»Auf die Kameraden in Chile. Vor genau zehn Jahren haben sie mit dem Marxismus Schluß gemacht.«

»Ach ja. Tötet alle, Gott wird sie aussortieren.«

»Genau. Die Roten sind schlimmer als die Schwarzen und die Gelben, Kumpel. Sie bestreiten die Existenz von Gott und die geistige Seite des Menschen.«

Andy bestellte drei Drinks, er ließ sich niemals lumpen.

»Danke, wieso zwei für mich?«

»Es ist Black & White. Als Rassist trinkt man ihn aus getrennten Gläsern.«

»Ich rate Ihnen ab, mich zu veralbern.«

Eine Erschütterung ging durch das Haus. Den Spielern mochte das im Lärm der Automaten entgehen, an der Bar aber sah man sich an; Gläser klirrten, ein Salzstreuer hüpfte zum Rand der Theke. »Erdbeben?« fragte der Mann im Kampfanzug.

»Atomtest«, sagte Andy. »Achtzig Meilen nordwärts, in der Tiefe.« Er lauschte dem Zittern und Rumpeln nach, das durch die Stadt lief, und fühlte etwas von der vertrauten Spannung.

»Jetzt reicht's mir aber«, bellte der Nachbar.

»Das stimmt schon, Junge. Die Schockwelle legt in der Sekunde zweieinhalb Meilen zurück.«

»Gib nur acht, meine Hand ist noch schneller!«

»Der Herr hat recht«, sagte jemand hinter ihnen. »Er ist vom Fach und weiß Bescheid. Mister Peel, kann ich Sie wohl für einen Moment unter vier Augen sprechen?«

Andy zahlte und glitt vom Hocker. Er hatte den Sprecher erkannt: Schweinsäuglein, das ihm schon den ganzen Tag nachlief. Der Fremde reichte ihm seine Karte. *Das Goldene Hufeisen,* las er, *Touristik, Besichtigungen, Reisebegleitung;* der Name war Maxwell, die Anschrift 32nd Avenue, San Francisco. Wenigstens kein Hoteldetektiv ... »Was kann ich für Sie tun?«

»Mister Peel, ich bin ein Freund der Familie Lasky. Der Vater Ihrer Begleiterin hat einen Wunsch, nämlich, daß seine Tochter nach Hause kommt.«

»Hat sie ihrem Daddy das versprochen?«

»Sie ist krank, ihre Eltern sind besorgt und haben mich ersucht, sie heimzubringen – mit Ihrer freundlichen Unterstützung.«

»Es geht ihr gut, wenn man sie in Ruhe läßt.«

»Die Ärzte sind anderer Meinung. Sie muß wieder in Behandlung, sonst ist sie gefährdet. Mister Lasky trägt die Kosten der Rückführung, zweitausend Dollar stehen Ihnen zur Verfügung.«

Sie hielten am Portal, flankiert von Marmorlöwen, im grünen Lichthauch der Fassade. Andy überlegte, er konnte Jills Vater verstehen, nur daß man ihm Geld bot, mißfiel ihm. Er starrte auf die vergoldeten Krallen an der Tatze des Löwen, die Reichtum und Herrschaft zu verkörpern schien. »Ich brauche nichts, Mister Maxwell. Und wenn, dann nicht von Ihnen.«

»Ich weiß, Sie haben andere Quellen.«

»Ja, für zweitausend muß ich nur Dritter werden.«

»Wovon sprechen Sie, bitte?«

»Vom Jahrestreff der ›Soldiers of Fortune‹ im *Sahara.* Das Wettschießen ist morgen in der Wüste.«

»Bitte hören Sie mir zu. Winston Lasky ist ein sehr wichtiger Mann ...«

»In Los Angeles. Aber wir sind in Nevada.«

»Er hat überall Freunde. Um mal anzudeuten, was bei ihm so dahintersteht, verrate ich Ihnen, daß er ein Rennpferd hat, das mit einer Million versichert ist und rund um die Uhr bewacht wird. Wie Sie sich denken können, liegt ihm an seiner Tochter fast soviel wie an dem Pferd.«

»Das Pferd ist noch nicht einundzwanzig, nicht wahr? Sehen Sie, da liegt der Unterschied.«

»Mister Peel, ich appelliere an Ihre Fairness.«

»Wie soll ich Ihnen trauen? Ihre Geschäftskarte beweist gar nichts. Sie könnten durchaus jemand sein, der eine reiche Erbin heimbringt – gegen mehr Lösegeld als das, was Sie mir bieten.«

»Haben Sie Lösegeld gesagt? So lasse ich nicht mit mir reden! Wer mir Entführungsabsichten unterstellt, den beschäftigt das am Ende selber.«

»Ich hab mich genug mit Ihnen beschäftigt. Leben Sie wohl und gute Nacht.«

Andy bog nach rechts in den Strip, er sah, daß Maxwell ihm in einigem Abstand folgte. Den Schnüffler wurde er nicht mehr los, wenn er's ihm auch hübsch gegeben hatte. Auf zur *Chicken Ranch!* Es war noch nicht zu spät, zum Flugplatz waren es bloß fünf Meilen. Falls Maxwell ihm dorthin nachsetzte, würde das in dessen Bericht erscheinen; wenig angenehm, als Bordellbesucher dazustehen. Solch ein Schritt trübte nicht nur das Bild, das er von sich selber hatte, es würde auch in Livermore Kritik auslösen. Die Sicherheitsbeamten des Laboratoriums hätten schon sein Automatenspiel kaum gebilligt; obschon sie ein Auge zudrückten, solange man nicht am Roulette oder im Poker Room erheblich mehr riskierte. Eigentlich zog es ihn bloß auf dic Ranch, weil er seit Wochen wie ein Mönch gelebt und genug leicht verdientes Geld hatte.

Beim *Golden Nugget* begriff er den seelischen Hintergrund, vor dem das »beste kleine Hurenhaus im Westen« seine Werbung abzog. Kauften Männer sich Liebe, hatten sie Skrupel und ein Gefühl von Minderwertigkeit, weil sie's nicht umsonst bekamen. Also täuschte man ihnen vor, es sei eine gehobene Begegnung, sie habe auch mit Kultur zu tun. Die Mädchen seien gebildet, sprachkundig, spielten gar ein Instrument, bereit zu wahrer Gastlichkeit.

Das machte es einem leicht, man hatte jene Ausflucht vor sich selbst, die der Amerikaner, so puritanisch wie eh und je, offenbar brauchte. Nach seinem Eindruck hatte die erotische Revolution der siebziger Jahre mehr in der Literatur und im Film als in den Betten stattgefunden.

Diese Betrachtungen nahmen ihm den Appetit. Solche Dinge mußte man spontan tun, ohne Grübeln. Im Grunde war Sex ihm ja lästig, ein Zwang, der seine Entwicklung bremste, indem er ihn abhielt von dem eigentlichen Ziel, seinem Durchbruch im Fach ... Neben ihm hielt ein Taxi, Leute stiegen aus, es war frei. Er aber ließ von seinem Vorsatz ab. Es war ihm wieder einmal geglückt, ein simples Verlangen so zu problematisieren, daß ihn der Mut verließ.

Ähnlich war es ihm im *Karussell* mit Jill passiert. Sie zog ihn an, doch ein paar Worte der Abwehr genügten, ihn zu lähmen, wie stets bei den Mädchen. Er hatte noch keines gehabt, als er aufs College kam, und lange geglaubt, dies werde ihm nie beschieden sein, da er nicht gut genug aussehe dafür. Die Schilderungen der anderen erschütterten ihn, sie pflanzten ihm eine Sehnsucht ein, die sich in seinem Leben, wie er annahm, nie erfüllen werde. Er war zu ehrlich, um wie die übrigen mit erfundenen Abenteuern zu prahlen, mit Zungenküssen und dem Griff unter die Röcke, bis die Girls fügsam wurden und selber wollten, daß man sie nahm. »Du mußt die Püppchen gierig machen und dann liefern«, dieser Satz eines Mitschülers hatte sich ihm eingeprägt, Anleitung zum Handeln, als es, vor 14 Jahren beim großen Woodstock-Festival, für ihn endlich soweit gewesen war.

Und nun, das spürte er im Hauch der Wüste von Las Vegas, schien es trotz allem wieder soweit zu sein. Gescheiter nämlich, als auf die *Chicken Ranch* zu fliegen und Jill den Nachstellungen dieses Maxwell zu überlassen, der dafür bezahlt wurde, sie gegen ihren Willen heimzubringen, war es doch, sie vor dem Mann zu schützen und dabei zärtlich zu umarmen. Sie hatte nicht die Figur eines Revuegirls, war aber in ihrer Magerkeit eben der intellektuelle Mädchentyp, der ihn reizte. Kein Zweifel, daß sie in Berkeley ein Ziel der Phantasie von Studenten war, auch mehr Erfahrungen als er gesammelt hatte, so daß es ihr schwerfallen mußte, enthaltsam zu sein.

Während Andy auf das *Tropicana* zuging, kam ihm die Erinnerung an Woodstock. Wohl eine halbe Million junger Leute waren im Hochsommer 1969 in die grünen Catskill Mountains getrampt, 90 Meilen nördlich von New York. Kurz zuvor hatten Nixon und Kissinger ihren Bombenkrieg gegen Kambodscha begonnen, dies sickerte gerade durch, trotzdem war Woodstock kein politischer Protest gewesen, nicht von Vorbildern wie Ché Guevara und Ho-chi-minh beeinflußt, sondern vom Atem der Beat-Poeten und Sänger beschwingt. Singend und tanzend brach man mit dem Lebensstil der Eltern, dem Leistungsdruck und kurzgeschorenen Patriotismus à la Vietnam.

All das flog einfach über Bord. Es war ein Aufstand gegen den Zwang zum Wettbewerb, die Zeit der Blumenkinder, der kurze Sommer der Anarchie. Jeder schwamm nackt im See, und es war leichter, ein Mädchen als ein Frühstück zu ergattern. Die Yippies waren außer Rand und Band. Alle nutzten die Chance mit der Gier von Kindern in einem Bonbonladen. Und im Rausch des frischgewonnenen Lebensrechts schwamm auch er sich endlich frei. Es war sogar schon zuviel geworden. Um mitzuhalten, mußte man mehrere Beziehungen in der Gruppe haben. Bis ein Mädchen ihn verärgert aus dem Zelt wies mit dem derben Wort: »Hör auf, Andy, es wird nichts, wenn du versuchst, drei Pferde mit einem Hintern zu reiten.«

Der Satz brachte ihn wieder zum Ausgangspunkt. Maxwell dort hinter ihm hatte ja angedeutet, Jill sei ähnlich kostbar wie das Rennpferd der Laskys und ebenso bewacht. Das sollte die Spitzelei rechtfertigen, sie als normal hinstellen – den üblichen Personenschutz der Reichen. Wie reich war sie wirklich? Die Frage stellte sich ihm, obwohl er kein rechtes Verhältnis zum Geld hatte und kaum damit umgehen konnte. Berühmt wollte er werden, das schon, begütert – es mußte nicht sein. Wozu Vermögen bilden? So viele Nieten waren reich! Es gab heute eine Million Millionäre im Land. Sein Talent und die Ausbildung sicherten ihm das, was er brauchte, auf Lebenszeit.

Nicht immer war das so gewesen. Als er noch in New York auf das renommierte Gymnasium Stuyvesant ging, war sein Vater gestorben, der Hotelportier, dessen Trinkgelder ihn über Wasser hielten. Das Ingenieurstudium am MIT, dem elitären Massachusetts Instite of Technology, hatte er sich dann erhungert. Bei McDonald's durfte er Hamburger über die Theke schieben, im

Sommer auch mal in einer Konservenfabrik jobben: Erdbeeren und rote Rüben. Solange man sein Diplom noch nicht hatte, wollte keiner was von einem wissen. Welch ein Jubel, als die Hertz-Stiftung ihn entdeckte wegen seiner Noten in den Zwischenprüfungen. Ein Gremium lud ihn vor, es vergab Stipendien für Doktoranden in den angewandten Naturwissenschaften an »extrem Hochbegabte«. Das Hertz-Stipendium galt am MIT als Glückstreffer, ein lediger Doktorand erhielt in der frühen siebziger Jahren zehn Riesen jährlich, außerdem wurden ihm Studiengebühren bis zu 5000 Dollar gezahlt; damals ein Haufen Geld.

Der Spender, John D. Hertz, war auch so ein armer Hund gewesen, Sohn jüdischer Einwanderer. Mit Unternehmen wie den Yellow-Cab-Taxis und seinen Leihwagen hatte er sich hochgearbeitet und die Stiftung bald nach dem Krieg gestartet, um dem technischen Vormarsch der Russen, den er bedrohlich fand, Paroli zu bieten. Im Kuratorium saßen Größen wie Edward Teller, ein Jude aus Budapest, erst vom ungarischen, dann vom deutschen Antisemitismus verjagt und um 1952 als Vater der Wasserstoffbombe zu Weltruhm gelangt. Ein Postfach im Städtchen Livermore war die Anschrift der Stiftung, heute noch. Aus ihren Mitteln, 14 Millionen im Jahr, wurden ständig 120 Doktoranden gefördert, ein Teil davon in Livermore selbst. So war das Labor für Rüstungsforschung zum größten Arbeitgeber für Hertz-Fellows geworden.

Wer dort anfing, der verpflichtete sich ganz zwanglos auf längere Zeit. Ohne daß man zunächst daran dachte, ging man früher oder später zwar mit Waffen um (bei ihm, in der O-Gruppe, sogar mit Kernwaffen), aber Andy hatte es nie bereut. Wenn ihn jemand fragte, ob ihn das nicht störe, pflegte er zu sagen: »Ich hatte die Wahl zwischen der Bombe und einer Fabrik für rote Rüben.« Freunden von einst hielt er entgegen: »Das Land hat sich doch zur Verteidigung entschlossen, oder? Bei uns entstehen keine Mordwaffen zum Frei-Haus-Versand in alle Welt, Livermore forscht nur zum eigenen Schutz. Sollen wir unsere Krieger denn mit Gummischleudern ausrüsten?«

Einer mußte es tun. Und wem das Arbeitsklima schmeckte, wer gern Unmögliches versuchte und erlebt hatte, wie man Probleme löste, an denen die vorige Generation gescheitert war, der lief nicht aus der O-Gruppe weg, um sich etwa im Silicon Valley lukrativ zu langweilen. Die Herausforderung wurde zur Sucht, auch gab es viel Abwechslung. Man steckte die Nase gern in das Projekt des Kollegen nebenan. Der Teamgeist von Livermore war schon stark. Einige der bestfundierten Debatten zu Fragen der Waffenentwicklung fanden dort statt. Die Burschen kannten sich aus. Sie mochten die Zukunft nicht schärfer als andere sehen, immerhin hatten sie darüber nachgedacht. Die Gegner der Rüstungsforschung unterzogen sich kaum dieser Mühe.

Und wo sonst konnte ein junger Mann High-Tech derart in vollen Zügen schlürfen? Das Pentagon war ein gutmütiger Zahler, es schrieb keinem vor, was er zu tun hatte; man mußte gar nicht so schnell endgültige Ergebnisse bringen. Natürlich, Mißbrauch blieb möglich. Vielleicht trug man dazu bei, unvorhersehbare Kräfte zu entfesseln. Aber mit dem Risiko hatte, seit der Erfindung des Schwarzpulvers, die Wissenschaft immer gelebt.

Im *Tropicana* ging Andy Peel an die Bar und verlangte einen Gin-Fizz. Der Weg durch Autodunst und Wüstenluft hatte ihn durstig gemacht. Trotz seiner dünnen Beziehung zum Geld fragte er sich nach Jills Besitz. Ohne die leiseste Ahnung nahm er rein spielerisch an, das Kapital der väterlichen Firma betrage eine Viertelmilliarde und Jills Anteil sei zwei Prozent – die Familie schien recht verzweigt zu sein, der Name *Malcolm* ließ erkennen, daß sie nicht die Aktienmehrheit hatte. Unterstellte man dann, die Papiere notierten mit 240 Punkten, kein ungewöhnlicher Stand in der Verteidigungsbranche, so ergab das einen Wert von zwölf Millionen, der Jill bei achteinhalb Prozent Rendite monatlich 85 000 Dollar bescherte. Dafür schuftete er selbst ein ganzes Jahr.

Ein Spottgeld für die Mafiosi hier. Das Gangstertum ringsum, das er am *Banditen* ein wenig schröpfte, war unaufdringlich, perfekt maskiert. Unsichtbar beherrschte es Las Vegas, hinter den Kulissen, vornehm zurückgezogen wie ein Bankdirektor. Da waltet ein Naturgesetz, dachte er, der Kampf gegen die Mafia muß scheitern, jetzt und immerdar. Pulsiert in ihr doch der Geist des freien Unternehmers, das Blut der Privatinitiative. Polizisten aber sind Beamte, geschlagen mit den Mängeln der Bürokratie – pedantisch, verantwortungsscheu, schwach motiviert, unterbezahlt und daher oft bestechlich . . . Jill sollte einmal das Thema behandeln: Die Lebenskraft des organisierten Verbrechens als Teil der

Stärke des Kapitalismus, seines Endsiegs über das kommunistische Beamtentum.

Das Bild seines Gönners stieg vor ihm auf. Professor Teller hatte damals das Auswahlgespräch geführt, er war ihm, Andy, so gewogen, daß er für seine Kur im *Karussell* aufkam, Jahr für Jahr. Inzwischen 75, war er mit seinen langen Ohren, den wild gesträubten Brauen und dem knüppeldicken Stock, auf den er sich zitternd stützte, eine furchtgebietende Erscheinung. Vor 40 Jahren hatte ihm eine deutsche Straßenbahn den halben Fuß abgefahren. Zornig schwang er den Stock, wenn sein knorriges Wesen durchbrach. Dann wieder, oft im düstersten Argument, glitt ihm das Lächeln eines Charmeurs übers Gesicht und verriet seine Herkunft aus der Donaumonarchie.

Jemand berührte Peels Schulter – Maxwell, der Schatten. »Sie trinken ja, als stünde das Land vor einer neuen Prohibition!«

»Was zum Teufel geht Sie das an?«

»Hören Sie, ich hab in L. A. nachgefragt und kann Ihnen, wenn Sie mit uns kooperieren, ein besseres Angebot machen.«

Eine der Szenen, dachte Andy, die im Rückblick komisch wirken, einen aber beschämen, wenn man sie erlebt. »Wieviel?« fragte er. »Mehr als die Hälfte vom Doppelten?«

»Fünf! Soviel zocken Sie nicht mehr hier.«

»Woher wollen Sie das wissen?«

»Weil die Spielaufsicht bald Wind davon kriegt.«

»Geben Sie sich weiter keine Mühe, lieber Freund.«

»Sie begehen einen schweren Fehler, bei Gott!«

»Kommen Sie mir nicht mit dem, und hauen Sie endlich ab.«

Maxwell entfernte sich zögernd. Andy verbuchte das als Sieg. Fünf Große sind lächerlich, fand er in alkoholischer Klarsicht, wenn man sich anschickt, mit den zwölf Millionen ins Bett zu gehen, die dieser Mann bewachen soll.

XXXVII

Kam ein Lasky nach New York, wohnte er stets im *The Plaza;* das war ein alter, geheimnisvoller Brauch. Er wurzelte in dem Wunsch, den ehrwürdigen Familien des Landes ähnlich zu sein. Mit fast 80 Jahren war das *Plaza* das älteste Hotel der Stadt, vorzeiten für zwölf Millionen Dollar wie ein französisches Renaissanceschloß erbaut, doch 19 Stock hoch, was ihm in Jeromes Augen etwas Ambitiöses verlieh. Dennoch liebte er den palastartigen Charme, die Geigen unter dem Milchglas des Teegartens in der Halle, wo man ab vier für reife New Yorkerinnen aufspielte. Die erholten sich dort hinter der Reling vom Einkauf in der Fifth Avenue, saßen zwischen Hydropflanzen und Plastikblumen unter gelbrosa Sonnenschirmen bei einer Tasse Tee mit Sandwich für acht Dollar, gereicht von Obern im Smoking, die einem gekonnt schmeichelten – etwa wenn sie verhalten fragten, ob man der Premier von Luxemburg sei, man sähe ihm so ähnlich.

Der Hauch des alten Europa. Die hohen Gänge voller Kristallüster, Läufer mit eingewebten Medaillons und Speisedüfte von den zwei Küchen, die es auf jeder Etage gab. Das Mobiliar kam aus Frankreich, die Damastvorhänge stammten aus der Schweiz und die Täfelung des Oak Room, in dem die Geschäftswelt jener Tage ihre Deals besiegelt hatte, war aus merry old England.

Die Senior-Suite, für 700 Dollar, empfing Jerome wie üblich mit Blumen und frischem Obst, in Zellophan gehüllt. Anstelle der Minibar im Kühlschrank der Junior-Suite (zum halben Preis) standen die Spirituosen anheimelnd offen da, von Armagnac bis Zwetschgenwasser; wann immer er es wünschte, schob man den Eiskübel herein. Es gab vier Telefone, auch im verspiegelten Bad, dazu ein fünftes, eigens von ihm bestellt: die *geschützte Linie,* sie durchlief nicht die Hausvermittlung. Vom melodiösen Laut der vier Apparate hob sich dieser durch ein Schnarren ab, das Bedeutsames anzeigte, geschäftlichen Ernst statt Verspieltheit. Das Personal war stets im Dienst. Zwei solche Suiten teilten sich in ein Team: das Zimmermädchen in dunklem Kleid und Häubchen, den Steward, preußischblau gewandet – Goldknöpfe, weißes Hemd, schwarze Fliege –, der ein Kammerdiener war und auch Gespräche entgegennahm, wenn man ausging, sowie den Kellner, der beim Servieren weiße Handschuhe trug und wenn nötig Beistand holte. Unten standen einem zwölf Limousinen nebst Chauffeur und livriertem Diener, Fußmann genannt, bevorzugt zur Verfügung.

Obgleich der fünfte Stern fehlte, den hatte in New York einzig das *Carlyle* an der Madison Avenue, war alles erlesen. Dezent tat die Direktion kund, erster Gast am Eröffnungstag sei Mr. Alfred Vanderbilt gewesen. Der Sohn des einstmals reichsten Amerikaners, des Eisenbahnkönigs Cornelius Vanderbilt, nahm hier seine Zweitwohnung. Die Suiten hatten einen Marmorkamin und einen privaten Speiseaufzug, sie kosteten damals kaum 3000 Dollar im Monat. Noch heute wohnten Dauermieter darin, und das Haus pflegte unter dem Rubrum *im Plaza geschieht nie etwas Unwichtiges* die Erinnerung an Gäste wie Ernest Hemingway oder Enrico Caruso. Den Star hatte das Summen der zentralgelenkten Uhr auf dem Kamin einmal so gestört, daß er ihr zu Leibe ging und durch Kurzschluß in sämtlichen 808 Zimmern die Uhren stillegte. Zwei Dutzend Kinofilme spielten im *Plaza,* von *Barfuß im Park* über *Frühstück bei Tiffany* bis zum *Großen Gatsby,* dessen Autor Scott Fitzgerald dortselbst mit Hemingway soviel trank, daß der ihm versprach, »einen hübschen Nachruf« zu schreiben, und dem Saufbruder empfahl, seine Leber der Universität Princeton zu vermachen, da hatte Scott Fitzgerald studiert, sein Herz jedoch dem *Plaza.*

Und so weiter. Dieses Hotel aus dem Bilderbuch mit seinen Geschichten hatte es Jerome angetan. Hier fühlte er sich als ein Mensch, dem es zustand, auch mal schwach zu sein. Nach der Enttäuschung in Washington bot es ihm wieder Schutz und Trost. Durch die Trinkerei mit Doc Cabot und das fruchtlose Warten auf Tanja hatte er sich um einen Flug verspätet. Als er nachmittags auf La Guardia Airport eintraf, war seine Verabredung mit Daniel Scripps schon geplatzt. Vergebens hatte er den vom Flughafen aus angerufen, bevor das Taxi ihn über die Queensboro Bridge herbrachte, wo er's erneut versuchte, umsonst, Scripps schien vom Boden verschluckt. Der englische Luftfahrtjournalist, ihm von Cabot warm empfohlen, blieb in seinem obskuren Hotel auf der unteren Westseite unerreichbar. War New York so teuer für einen Briten, daß er sich nichts Besseres leisten konnte, oder sollte dies doch nur ein zweitrangiger Mann sein, nicht wert, daß man sich mit ihm verband?

Unschlüssig blätterte Jerome in dem Material, das er Cabot verdankte. Er hatte dies schon im Flugzeug getan und fand den Text schwer faßlich; das legte eine Partnerschaft mit dem Mann aus London dringend nahe. Vieles handelte von moderner transozeanischer Navigation. Wie der Pilot über den Wolken sein Ziel fand, das hatte ihn noch nie beschäftigt. Navigieren hieß früher auch für den Flieger, nach dem Magnetkompaß zu steuern und die eigene Position dem Stand von Sonne oder Sternen zu entnehmen, wenn es über dem Meer keine Merkpunkte gab. Dann kam die Funkorientierung auf, mit dem System Decca oder Loran. Und schließlich, als Abfall der militärischen Raketentechnik, die Trägheitsnavigation.

Er zwang sich, wenigstens das Prinzip zu begreifen. Trägheit, welch ermüdender Name. Das System hieß INS, es saß auch in den *Tomahawks* und enthielt eine Navigationsplattform, beweglich aufgehängt und in allen drei Dimensionen durch rotierende Kreisel stabilisiert. Das Gerät trug den Fixpunkt, von dem aus es rechnete, in sich selbst. Der Startpunkt wurde ihm eingegeben, die geografische Länge und Breite des Airports, sogar des Flugsteigs, von dem die Maschine abging. Ein Wunder an Genauigkeit und ein Paradoxon: die kardanisch gelagerte Plattform im INS-Gerät war ein transportabler Fixpunkt.

Begann nun die Reise mit dem Rollen zur Startbahn, maßen Beschleunigungsmesser alle Kräfte, die auf die träge Plattform einwirkten, ganz gleich in welcher Richtung. Daraus errechnete der Computer fortlaufend die Position für jeden Augenblick, bis auf den zehnten Teil einer Bogenminute genau. Das entsprach dem Zehntel einer Seemeile und kam einer Kabellänge gleich, ungefähr 200 Yard ... Phantastisch. Wie war unter diesen Umständen der Irrflug möglich – durch »Cockpit-Irrtum«, von dem die Presse ständig sprach?

Zwar besaß die Boeing 747 keinen Geländeabtaster wie *Tomahawk.* Das hätte ihr über dem profillosen Meer nur dort etwas genützt, wo sie Inseln überflog oder mal ein Stück Festland streifte. Aber dafür war jeder Jet mit drei INS-Geräten bestückt, die voneinander unabhängig waren. Fielen zwei davon aus, schrieb auch eine Billiglinie wie die KAL ihren Piloten vor, zum Ausgangsort zurückzukehren, sofern nicht schon mehr als eine Stunde Flug über dem Ozean hinter ihnen lag.

Das war aber noch nie vorgekommen. Und es gab ja noch weitere Flughilfen, wie die Kette der Wegpunkte, die sich entlang den Flugrouten girlandenartig durch den Nordpazifik zog. Sie dienten dem regelmäßigen Checken der Position. Außerdem überprüften die Piloten ihr INS immer kurz nach dem Start, wenn sie es mit dem Leitstrahl des Funkfeuers verglichen, das jeder wichtige Airport besaß. Danach erst lenkte das INS per Autopilot das Flugzeug zwangsläufig an die eingetasteten Wegpunkte, woher und wie stark der Wind auch blies. Zwar blieben Fingerfehler möglich, Tippfehler wie am Tastentelefon, eine falsche Start- oder Zielposition konnte eingespeist werden, aber gleich dreimal, bei drei verschiedenen Geräten? Höchst unwahrscheinlich. Trotzdem schien das die gängige Deutung des Irrflugs zu sein. Immer wieder brachte die Presse den *Fingerfehler* beim Flug KAL 007 ins Spiel, als ernsthafte Möglichkeit. Es war ja auch, angesichts der Kursabweichung, weit und breit keine andere Erklärung in Sicht.

Das Telefon ging, Jerome nahm in der Hoffnung ab, es möge Scripps sein; der hatte die Hoteladresse. Doch es war nicht das Läuten, sondern der Schnarrton gewesen. Im Schlafzimmer, wo der Apparat für Vertrauliches stand, meldete sich sein Bruder aus Los Angeles. »Dad möchte wissen«, hörte er ihn sagen, »ob der Pool-Vertrag unterschriftsreif ist, wenn er übermorgen nach Orlando fliegt.«

»Ja, und Ralph wird unterzeichnen. Ich glaube auch nicht, daß Steves Erben schwierig sind.«

»Sehen wir uns auf der Beerdigung?«

»Ich komme, sobald ich mit Pamela einig bin.«

»Dad legt Wert auf dein Dabeisein. Übrigens beunruhigt ihn der Kurs, Jero. Er fragt sich, wer da so massiv kaufen läßt.«

»Ich bin schon dabei, mich umzuhören.«

»Wir finden, neun Punkte in fünf Tagen sind zuviel.«

»Was macht Jill? Ich hab sie gestern nicht erreicht.«

»Du, sie ist nicht mehr im *Merry-go-round.*«

»Wo zum Teufel ist sie dann, Howard?«

»Mit einem Patienten durchgebrannt, nach Las Vegas. Du erreichst sie vermutlich auf dem Zimmer 1704 im *Tropicana.* Die Vorwahl ist 702, die Nummer des Hotels 739-2222.«

»Ich hab's notiert. Wenigstens wißt ihr Bescheid.«

»Durch einen Gewährsmann. Der schafft es aber nicht, sie zurückzubringen. Bitte rede ihr gut zu.«

»Flieg doch hin, für dich ist es ein Katzensprung.«

»Das wäre zwecklos. Allenfalls hört sie noch auf dich.«

Jerome legte auf, bedrückt. Eine Hiobsbotschaft. Seit Tanja ihm am Donnerstag im *Colony Plaza* telefonisch ihren mißglückten Besuch im *Karussell* geschildert hatte, war er ohne Nachricht von der

Schwester. Ihr Zustand hatte sich verschlechtert, trotz so guter Pflege, und nun entlief sie der! Entwischte in die Spielerstadt, wo sie mit De Luca gewesen war, wohl aus nostalgischen Gründen. Er warf sich vor, Jill vernachlässigt zu haben. Nur, was hätte er, selber so bedrängt, für sie tun, wie ihr im mindesten helfen können über 3000 Meilen hinweg, am Telefon?

Er griff nach der grünen Porzellanflasche *Royal Salute,* verziert durch einen erhabenen Ritter mit gezücktem Schwert, goß sich etwas von dem 21jährigen Whisky ein und las das Etikett: »Nach altem Brauch der Royal Navy steht dem Souverän ein Salut aus 21 Geschützen zu. Royal Salute Whisky, geschaffen zur Krönung von Queen Elizabeth, verkörpert diese Ehrung.«

Mild rann es ihm über die Zunge, dabei sah er auf die zehnstellige Nummer, die er wählen mußte, um wenigstens Jills Stimme zu hören, falls sie auf dem Zimmer war, und ihr ein bißchen Mut zu machen. Doch plötzlich fing er zu seiner Beschämung an, eine andere Zahlenfolge zu tippen: 202-842-1020, Ziffern, die er auswendig kannte, die Nummer vom *Days Inn,* Washington Downtown. Beim Warten auf seinen Abflug hatte er sie ständig vergebens gedrückt. Tanja, die laut Auskunft des Empfangs dort durchaus noch wohnte, war nicht daheim gewesen; oder sie hatte den Hörer nicht angerührt, mit etwas Besserem beschäftigt.

Diesmal aber drang tief und rauh ihre Stimme an sein Ohr. »Von wo sprichst du?« wollte sie wissen, kaum daß er sich gemeldet hatte. Und obwohl es doch an ihm war, Fragen zu stellen, hörte er sich antworten: »Aus dem New Yorker *Plaza,* Liebling.«

»Ach! Was treibst du da?«

»So allerlei. Im *Plaza* geschieht nie etwas Unwichtiges.«

»Wieso weißt du eigentlich, wo ich bin?«

»Weil ich dich gesehen hab.« Die Macht, die sie über ihn hatte, war so stark, daß er jeden Tadel aus seiner Stimme nahm und dem Satz einen lausbübischen Beiklang gab, der gar nicht seiner Stimmung entsprach. »Diesmal bist du diejenige, die sich versteckt, nicht wahr?«

»Wo hast du mich denn gesehen, Jero?«

»Im Entree vom *Days Inn.* Nimmst du jetzt mit kleineren Hotels vorlieb?«

»Die anderen waren ausgebucht. Warum hast du dich nicht bemerkbar gemacht?«

»Du warst nicht allein. Wer führt sich gern eifersüchtig auf oder stört Verhandlungen zum Wohle der Firma?«

»Besser ein eifersüchtiger Mann als ein Spion.«

»Na schön – wer war das stramme Fossil neben dir?«

»Ist das ein Verhör?«

»Weshalb sagst du mir den Namen nicht?«

»Es reicht, Jero. Bitte werde nicht penetrant.«

»Ich kenne ihn schon: Frank Norris, ein Anwalt und Börsianer ohne Hang zu Zwei-Sterne-Hotels.«

In dem Schweigen, das folgte, hatte er den Eindruck, sie sei ganz baff und bemüht, ihm etwas Entscheidendes zu verbergen. Wie ihr das entreißen? »War's wenigstens ein netter Abend?«

»Gott, wir sind in Georgetown essen gewesen, mehr nicht.«

»Ach, ihr habt euch zufällig im Lift getroffen?«

»Denk, was du willst, ich kann dich nicht dran hindern.«

»Was für ein Tausch! Der Kerl ist doppelt so alt wie ich.«

»Es könnte ja sein, Jero, ich bin die jungen Männer satt. Männer mit französischem Vornamen, die sich zu wichtig nehmen. Oder Männer, die trinken – such dir etwas aus.«

»Sag doch: Norris ist ein rein geschäftlicher Kontakt.«

»Nein, das sage ich nicht. Weißt du, ich sage nie, was man mir in den Mund legt.«

»Schade. In diesem Fall wär es das Einfachste gewesen.«

»Vielleicht nächstes Mal. Ruf wieder an, wenn du besser gelaunt und ein bißchen toleranter bist.«

Und schon hatte sie aufgelegt. Jerome saß brütend da, er goß sich neu ein. Wie sie mit ihm umsprang, obgleich sie doch im Nachteil war. Tat, als sei sie souverän, als bedeute er ihr nichts. In Georgetown essen, die einzige Ausflucht, die ihr einfiel, anstatt sich ertappt zu fühlen und zerknirscht zu sein. Er sah Georgetown bei Nacht, die Vorstadt auf dem Westufer mit all den Kneipen, Restaurants und residenzartigen Villen; das europäische Flair dieses Viertels ... Bis zur Mitte des 19. Jahrhunderts, als Georgetown wieder an Virginia fiel, hatte die Creme der Washingtoner Gesellschaft dort ihre Feste gefeiert. Welch stilvoller Rahmen einer Verführung.

Vor den Fenstern, die nach Norden gingen, sank der Abend über dem Central Park. Auf einmal erblickte Jerome sich selbst, das Glas in der Hand, in dem geschweiften, antik gerahmten Spiegel an der Wand gegenüber. Sein Gesicht war matt, verschleiert, wie von Spinnweben bedeckt; und der Körper wirkte seltsam deplaciert und belanglos in dem goldgeäderten, leicht erblindeten Glas. Das Spiegelbild erinnerte ihn an jene verprügelten Preisboxer, die er schlaff und besiegt auf ihrem Schemel hatte hocken sehen, bestrebt, Kraft zu sammeln für die nächsten drei Minuten, um den Kampf ohne Knockout durchzustehen.

Weg mit der Schwäche und Verwundbarkeit! Er wählte die Nummer Foster Winans', des Reporters vom *Wall Street Journal,* der stets mehr wußte, als seine Kolumne »Auf der Straße gehört« verriet. Und anders als am Abend zuvor war Winans daheim.

XXXVIII

Beim Dinner hatte Howard Lasky das Gefühl, zwischen dem Vater und der Stiefmutter habe es Streit gegeben. Gewöhnlich merkte man ihnen, falls es überhaupt vorkam, so etwas gar nicht an; jetzt aber redeten sie kaum miteinander, wandten sich meist an ihn. Bei Valentine war ihm dies in Dads Gegenwart peinlich, es fiel ihm schwer, zu verbergen, daß er sie bewunderte. Am Rande sagte Winston, Jills Kreditkarte sei gesperrt, er habe das Maxwell schon mitgeteilt und warte nun das Ergebnis ab. »Du hast ihn richtig instruiert«, fuhr er fort. »Mir blieb nur übrig, deine Anweisungen zu bekräftigen.«

Das entsprach seiner Art, Zustimmung zu äußern, wo immer es anging, um des Klimas willen – ein Klima der Bereitschaft, ihm in den Punkten zu folgen, wo er anderer Meinung war. Sein Rezept war das des kalkulierten Wechsels. Howard wußte dies, gleichwohl lebte er auf und begann, etwas von dem zu schildern, das ihm zu *Tomahawk* eingefallen war. Es hob sein Wertgefühl, wenn der Vater ihm bloß zuhörte. »Die Reichweite senken, ganz vernünftig«, sagte Winston. »Bei dem, was Burt im Auge hat, tun es 600 Meilen auch. Gegenüber Ländern wie Japan wär sogar die Hälfte noch zuviel.«

»Gegenüber Japan, Dad?«

»Ja, damit es sich einmal darauf besinnt, wer den Krieg angefangen und wer ihn verloren hat.« Winstons leichter, verspielt boshafter Ton machte klar, daß er scherzte – vor einem ernsten Hintergrund. Howard begriff, der Vater war ebenfalls dabei, die japanischen Geschäftsfreunde seinen Gegnern zuzuordnen. Auch ihn erbosten deren Winkelzüge, ihr Verschleppen des Gemeinschaftsprojekts *Hotspur,* das so mühsam ausgehandelt und von Oshima ratifiziert worden war, nachdem er der Cory gesteckt hatte, er bitte die Firma, ihm 0,2 Prozent der Kaufsumme auf sein Nummernkonto beim Bankhaus Barcleys auf Grand Cayman zu überweisen. Rund anderthalb Millionen, und nun das! Als man das Abkommen unterzeichnet hatte, waren sie beide – Dad und er – überzeugt gewesen, Miotoshi würde ihren »Heißsporn« zu zwei Dritteln aus Bauteilen montieren, die man ihnen gab. Inzwischen aber kam heraus, wie sehr die Vertragsauslegung zu beiden Seiten des Ozeans voneinander abwich. Es begann mit scheinheiligen Anfragen zur Interpretation einzelner Passagen (juristischen und auch sprachlichen Tricks, die entgegen Frau Corys Beteuerung den Sinn der Texte aushöhlten) und endete einstweilen mit Behauptungen des japanischen Partners, der Wortlaut erlaube es ihm, ein verbessertes Modell zu entwickeln, für das er bloß noch zwei Fünftel der Baugruppen aus Van Nuys übernehmen müsse.

»Das täte verdammt not«, sagte Howard, »ist leider ja nicht praktikabel . . .« Er spürte wieder einmal, es fehlte ihm Dads Eloquenz, die Leichtigkeit der Gesprächsführung. Die Sache selbst sahen sie ganz ähnlich, es war ja das alte Problem. Man hätte nach Fernost am liebsten fertige Waffen verkauft, komplette Systeme, kam damit nicht durch und versuchte nun, möglichst viele Einzelteile zu liefern. Tokio hingegen, selbstbewußt und zahlungsstark, hätte gern seine eigenen Waffen gebaut. Mußte es unter dem handelspolitischen Druck Washingtons Lieferabkommen zustimmen, schmuggelte es in deren Montageklauseln ein paar Fußangeln ein – Floskeln über das »Ausreifen« des Endprodukts etwa, die es dann gerissen nutzte, um einen höheren Anteil herauszuschlagen.

Doch es kam schlimmer. Ohne das Dessert abzuwarten, schob der Papst ihm ein Telex des Büros der MAC in Tokio zu und tippte auf den Satz: *Die Vertragspartner deuten beharrlich an, daß die von ihnen angestrebte Lösung einer durchgreifend japanisierten »Hotspur« in den meisten Merkmalen dem Original stark überlegen wäre.*

Howard hustete sich die Kehle frei. »Was heißt das, Dad?«

»Das heißt, die Söhne Nippons möchten ihr Radar und ihren

eigenen Hauptrechner verwenden. Das ganze Navigationssystem soll von ihnen sein.«

Valentine fragte: »Ob ihr wohl damit aufhören könnt?«

»Dazu noch das Triebwerk und die Tragflächen. Sie haben leichtere Flügel aus Kohlenstoffaser im Sinn, denk mal an.«

»Aber dann liefern wir ihnen bald nur noch den Rumpf!«

»Die Zelle und den Sprengsatz, ja, die nehmen sie noch ab. Ansonsten reibt man uns unter die Nase, wir lägen gar nicht mehr vorn, unsere Wehrtechnik sei bereits passé.«

»Und – glaubst du das etwa, Dad?«

»Keine Ahnung. Du bist der Fachmann.«

»Würde es euch sehr viel ausmachen«, warf Valentine ein, »zu den Dingen zurückzukehren, die etwas näher liegen?«

»Wir sind nicht allein betroffen«, fuhr Winston fort, ohne sie zu beachten. »Die Präsidenten anderer Firmen klagen auch über die gelben Topmanager. Deren Arroganz verdirbt die Atmosphäre, das hört man allgemein in der Stadt.«

Howard schwieg, für ihn war dies kein Trost. Wer *Hotspur* derart kritisierte, der maßte sich nicht nur an, etwas Erstklassiges zu verbessern, der stellte auch sein persönliches Talent in Frage und traf ihn ins Mark. Flügel aus Kohlenstoffaser bei einem Lenkgeschoß! Das Motiv solcher Neuerungssucht, solch exzessiven Nörgelns lag zwar auf der Hand, nackter Eigennutz, trotzdem fühlte er sich bedroht.

»Das bleibt kaum ohne Folgen für uns«, hörte er wie aus der Ferne den Vater sagen. Was, wenn dessen Achtung, das Vertrauen in seine Arbeit unter diesen Schlägen sank? Dann stand er, Howard, schutzlos da – von allen verlassen. Oder stand ihm die Stiefmutter bei?

»Bitte, Winston, es reicht«, erklärte Valentine. »Sag ihm lieber, was du mit deiner Tochter vorhast.«

»Nur das Unvermeidliche, Liebling.«

»Nein, für mein Empfinden geht das zu weit. Schon daß du ihr den Kredit sperren läßt, ist fatal, fast kriminell. Treib es bloß nicht noch mehr auf die Spitze! Du hast genug angerichtet, was sie betrifft.«

»Na hör mal«, sagte Howard, noch halb betäubt von der Nachricht aus Übersee, »wir mußten Jill doch beschatten lassen und dafür sorgen, daß sie heimkommt. Da blieb uns gar keine Wahl.«

»Valentine spricht von dem nächsten Schritt, Junge. Von der Entmündigung, ja! Leider kommen wir nicht mehr drum herum, sie in eine geschlossene Heilanstalt zu bringen, bis ihr Zustand sich bessert. Zu ihrem eigenen Schutz.«

»Vielleicht stimmt das sogar, und es sind nur die Umstände, die es so widerwärtig machen ...« Valentine warf die Serviette auf den Tisch. »Du bringst Lester Scanlan wieder ins Spiel, ist das nötig? O Winston, ich bin so enttäuscht von dir!«

»Bitte bleib ruhig, sieh es positiv. In drei Tagen ist das ausgestanden.«

»Wie kannst du dermaßen herzlos sein?«

Howard horchte auf, von diesen Sätzen alarmiert. Er hatte noch nie erlebt, daß man den Vater in diesem Haus angriff, daß Titi bei all ihrer Schönheit vergaß, wo sie herkam, was sie ihm schuldig war, und ihm eine Szene machte. »Es ist nicht herzlos, keineswegs«, sagte er, bereit, ihr trotz seiner Verehrung entgegenzutreten und Dads Partei zu ergreifen. »Nicht herzlos, einen verwirrten Menschen dorthin zu bringen, wo ihm geholfen werden kann.«

»Ihr wollt euch doch bloß selber helfen! Laß dir von ihm mal sagen, wie das vor sich gehen soll.«

Der Papst faltete die Hände. »Geräuschlos und schonend natürlich. Ich hab Scanlan wegen des Todesfalls nach Orlando vorausgeschickt, und er hat von Steves Anwalt gehört, alle Verwandten erben eine Kleinigkeit, auch Jill. Bei ihr ist es ein Stück Land, dessen Wert keiner kennt, vielleicht bloß ein Sumpf. Steve war immer ein komischer Kauz, ich fürchte, er hat für jeden von uns eine Bosheit in petto. Wie dem auch sei, er hat's ihr vermacht, und als Grundherrin dort ist sie Bürgerin des Staates Florida geworden. Das macht es möglich, ihren Fall in Tallahassee zu verhandeln, wo wir unbekannt sind – kein Futter für die Skandalblätter.«

Valentine stand auf. »Entschuldigt mich, ich kann das nicht mit anhören. Alles läuft wie am Schnürchen. Jill ist krank, nicht ganz ohne deine Schuld. Aber anstatt dich um sie zu kümmern, überläßt du das anderen und hast einzig ihre Aktien im Sinn.«

Als sie gegangen war, seufzte Winston: »Titi ist sehr spontan. Ich hoffe, sie kommt bald zur Vernunft.«

»Läßt du dir nicht zuviel von ihr bieten, Dad?«

»Jeder muß mal Dampf ablassen. Nimm dir ein Beispiel dran. Du frißt viel zuviel in dich hinein.«

»Aber zu sagen, es ginge dir nur um die Aktien . . .«
»Da hat sie doch recht. Das Stimmrecht ist der Punkt.«
»Jills Stimmrecht, du meinst, das entzieht sie uns?«
»Niemand weiß, was ein Gemütskranker tut.«
»Du glaubst, sie fällt uns in den Rücken?«
»Ich glaube an Gott; alle anderen zahlen bar.«
Nach einer Pause sagte Howard: »Ich hab Jero angerufen, Dad. Er weiß, daß dir die Kursentwicklung Sorgen macht und ist schon dabei, herauszufinden, wer dahintersteckt.«
»Ich bin gespannt, wie er's anstellen will. Das haben weder Alex noch Anthony bis jetzt herausgekriegt. Es scheint das tiefste Geheimnis von Wall Street zu sein.«
»Ja, Dad«, stimmte Howard bei. »Ein ganz dicker Hund.«

XXXIX

Nach dem Gespräch mit Foster Winans hatte Jerome sich Eis bestellt, es klirrte in seinem Glas, Gletschereis aus Alaska, Jahrtausende alt. Nicht nur frei von Schmutz, sondern auch sehr kompakt, hielt es Drinks doppelt so lange kalt wie die Würfel aus dem Gefrierfach. Eis aus jüngeren Schichten war nicht ganz so dicht, barg dafür winzige Luftblasen, die sanft explodierten, wenn der Splitter im Whisky schmolz. Vielleicht sollte man, statt Informationen aus Anchorage zu sichten, dort lieber einen Eisberg kaufen. Nicht bloß die Aktien der MAC stiegen in der allgemeinen Gunst, auch beim Genuß von Gletschereis wies der Trend nach oben. Markantes Wachstum, wohin das Auge sah.

Ihn plagte das Empfinden, es habe sich ihm ein Verdacht bestätigt – welcher? Daß Tanja ihn nicht so liebte wie er sie, war doch nicht neu. Und wenn sie ihn manchmal betrog, hatte er ihr, streng genommen, wenig vorzuwerfen; sein eigenes Leben stellte auch kein Muster an Treue dar. Störender schon ihr Gelassensein in derart schwacher Position. Nur eine Prise weiblicher Übermacht war ja bekömmlich, jedes Zuviel trug ihm Gefühle der Bedrohung ein. Abgesehen von Dad war sie der vitalste Mensch, den er kannte; der Umgang mit ihr zermürbte ihn. So war das mit vitalen Partnern. Offenbar konnte ein starker Mensch nicht wahrhaft freundlich sein. Größe oder Güte hieß die traurige Wahl.

Beklemmend verstrichen die Minuten, dann raffte er sich auf und rief Ivan Boesky an – dessen Landsitz im nördlichen Westchester County. Winans hatte ihn dazu ermuntert. Der Reporter ahnte zwar diesmal auch nicht, woher der Wind blies, war jedoch fest überzeugt, der Russe mische mit, wie bei jedem Versuch einer Firmeneroberung solchen Umfangs. Folglich konnte der Anruf nichts verderben.

Während Jerome auf das Gespräch wartete – der Butler ließ ihn wissen, er werde nachsehen, ob Mr. Boesky noch auf sei –, stellte er sich dessen Reich vor, den 66 Hektar großen Park mit der zehn-Millionen-Villa, der Landebahn, den Tennisplätzen, der Handballhalle und den eigenen Wasserquellen. Werktags ließ sich Boesky in einer überlangen schwarzen Limousine nach New York chauffieren, in jene Bürosuite an der Fifth Avenue, die Marc Rich gehört hatte, einem Finanzier, der kürzlich vor den Steuerfahndern in die Schweiz ausgewichen war. Das Tun seiner Angestellten in den restlichen Räumen kontrollierte der Russe auf Monitoren in der Zentrale des Imperiums. Dort umgaben ihn Bildschirme, über die in grüner Schrift Börsenkurse liefen; auch stand er durch Apparate mit zahllosen Knöpfen und angeblich 160 Direktleitungen mit vielen Topmanagern und Arbitrageuren in Verbindung. Seine Arbeit – meist spekulative Fusionsaktivitäten – begann um sechs Uhr früh und endete erst nach Mitternacht. Wann fand er Zeit, Freunde zu besuchen, im Hubschrauber oder in bizarren Autos? Darunter der rosa Rolls Royce, eine Farbe, die ihn an Wall Street vernichtet hätte noch vor fünf Jahren. Heute verkörperte er die Macht der Milliarde, die ihm zur Verfügung stand.

»Ihr alter Herr, Jero«, sagte Boesky nach der höflichknappen Begrüßung, »ist ein bißchen selber schuld, wenn die Börse morgen verrückt spielt. Er hat durch ein paar Kanäle vorgefühlt, ob man ihn wohl aufkauft, und dabei erkennen lassen, er werde sich mit allen Mitteln wehren. Da saust nun natürlich der Kurs in die Höhe. Die Zahl der verfügbaren Aktien bleibt ja weit hinter der Nachfrage des Arbitragehandels zurück.«

»Knapp zehn Prozent nur sind am Markt.«

»Sehen Sie, der Interessent muß an die Schachteln heran, wenn er's ernst meint«, fuhr Boesky leicht dozierend fort, als sei er persönlich unbeteiligt und gebe den Business-Studenten der New York University, wo er manchmal Hof hielt, lediglich ein Beispiel. »Wie man hört, ist einer der Malcolms und selbst die Gewerkschaft nicht abgeneigt, bei entsprechendem Zuschlag das Paket abzustoßen. Das Manöver, dessen Zeugen wir sind, hat aus meiner Sicht alle artistischen Feinheiten einer Kabuki-Vorführung.«

Kabuki. Diese Art des japanischen Schauspiels mußte den Russen tief beeindruckt haben. Sooft er eine trickreiche Operation beschrieb, griff er zu dem Vergleich. Er pflegte die Sprache der Eingeweihten, Ausdrücke wie Equilibrium (für Gleichgewicht) oder Procrastination (hinhaltendes Verzögern), das verriet seine Eitelkeit. Der Ruhm war ihm so wichtig wie das Geld. Er schwang sich zum Chefzauberer von Wall Street auf und wollte der Größte sein, in den Vereinigten Staaten das Finanzgenie Nummer eins.

Jerome beschloß, diese Schwäche zu nutzen. »Ivan«, fragte er respektvoll, »was würden Sie uns denn empfehlen?«

Für drei Sekunden stockte das Gespräch. Jerome spürte, wie Boesky den Triumph genoß. Der Russe war 14 Jahre älter als er, weit erfolgreicher und vermögender, aber seine Herkunft schien eher trübe. Boeskys Frau war die Tochter des Baulöwen Silberstein aus Detroit, sein Vater besaß ein paar Lokale dort, sie konnten sich nicht mit den Laskys messen. Wie schmeichelhaft für ihn, erbat man seinen Rat.

»Schauen Sie, Jero, Ihr Vater kämpft mit kürzeren Spießen. Gewiß, die Firma ist gesund, soviel ich weiß, hat sie das Geld, energisch Widerstand zu leisten. Er könnte den Angriff schon kontern, durch ein Gegenangebot. Ich spreche von der Pac-Man-Abwehr, wie Sie sehr gut verstehen. Jedoch im Augenblick ...« Er ließ Satz verklingen.

Noch ein Lieblingswort von ihm, diesmal einem Videospiel entlehnt. Mit *Pac-Man* trachtete das Ziel eines Übernahmeversuchs danach, den feindlichen Aufkäufer seinerseits zu verschlingen, indem es mit all seinen Reserven dessen Aktienmehrheit erwarb. In der Welle von Fusionen und Übernahmen, die Amerikas Wirtschaft derzeit überrollte und Konzerne unter sich begrub, war *Pac-Man* zum Begriff geworden. »Aber um das zu tun«, erwiderte Jerome, »müßte man den Angreifer ja kennen.«

»Eben darum hält der sich stets bedeckt, solange es geht. Doch es geht nie allzu lange. Wie Sie wissen, zwingen die Vorschriften der Börsenaufsicht den Interessenten, die Höhe seiner Beteiligung und mögliche Übernahmepläne bekanntzugeben, sobald fünf Prozent des Kapitals in seinen Händen sind.«

»Hören Sie, Ivan, weshalb nehmen Sie mich auf den Arm? Ihnen ist doch bekannt, wie man diese Vorschrift unterläuft. Der Angreifer läßt ein paar Arbitrageure einzeln soviel nehmen, daß sie im Fünf-Prozent-Rahmen bleiben. Und wenn sie dann auf Wunsch an ihn verkaufen, steht er als Sieger da.«

Boesky lachte leise. »Sicher, so läuft es manchmal«, sagte er glatt. »Verzeihen Sie, Jero, ich mag Sie tatsächlich und halte Sie durchaus nicht für naiv. Der Devisenmarkt kann Ihnen keine Überraschungen bieten. Aber sollten Sie wirklich der passende Stabschef für Ihren Vater sein? Der braucht jetzt, wie mir scheint, einen Strategen für diese Schlacht. Und da kann ich Ihnen, wenn Sie mich schon fragen, Marty Siegel nennen. Der hat letztes Jahr Martin Marietta gerettet, als Bendix dort landen wollte; das wird Ihnen in Erinnerung sein. Marty ist ein Abwehrspezialist von Rang, einen besseren gibt es nicht.«

»Kann er auch anonyme Angreifer enttarnen?«

»Der macht Ihnen alles, vom Gegenstoß bis zur Procrastination. Lesen Sie mal im *Journal* vom August zweiundachtzig nach, da finden Sie genug über ihn.«

Mit diesem Hinweis und ein paar Floskeln endete das Gespräch. Die Wendung am Schluß erinnerte Jerome an gewiefte Ärzte, die schickten einen, wenn man sie konsultierte, zum nächsten Kollegen, der ähnlich verfuhr – ein Haufen Doktoren, heimlich einander verbunden, und alle sahnten ab. Hatte er eben vielleicht mit dem Hintermann selber gesprochen? Schwerlich, Boesky war kaum der Spiritus rector bei Firmenkäufen diesen Umfangs, er bekam nur immer rechtzeitig Wind und stieg größer als andere Aktienhändler ein. Er konnte riesige Pakete kaufen, mit fremdem Geld jonglieren, ohne der Börsenaufsicht oder dem Überwachungsprogramm der New York Stock Exchange aufzufallen. Sein Ruf in der Branche war glänzend, seine goldene Nase weithin geschätzt, er durfte seinen Partnern zumuten, daß 55 Prozent des Kursgewinns an ihn gingen, während sie 95 Prozent des möglichen Verlustes tragen mußten. Dieses Modell sagte alles über ihn. Mit der Investmentfirma Drexel Burnham Lambert, die Dad im Verdacht hatte, schien er eng verbunden. Und natürlich gehörte auch Marty Siegel zu seinem Freundeskreis; die zwei spielten miteinander Tennis.

Sollte er Dad empfehlen, Siegel einzuschalten? Der, nur vier Jahre älter als Jerome, war ein hübscher, hochbegabter Mann aus einem Vorort von Boston. Sein Vater besaß dort ein Geschäft für Damenschuhe, er hatte ihm das Studium an der Harvard Business School bezahlt, und Marty hatte in rastloser Arbeit das Beste daraus gemacht – sich einen Namen an Wall Street. Es traf zu, daß die Rüstungsfirma Marietta dank Siegels Geschick den Angriff von Bendix überlebt hatte. Durch die Pac-Man-Abwehr, für die ihm 1 1/2 Milliarden zur Verfügung standen, war Bendix selbst ins Wanken geraten und von einem Dritten, der Allied Corporation, geschluckt worden. Bei diesem Coup hing Boesky in jeder Phase mit drin. Der Russe machte immer seinen Schnitt, wenn im Kampf der Kurs anstieg, er hatte das Geld und die Nerven, es ruhig auszusitzen, selbst wenn der Kurs zwischendurch einmal bröckelte, falls ein Vergleich drohte, der Waffenstillstand. Deshalb war seinem Rat auch eigentlich zu trauen. Boesky hatte kein Interesse am Sieg der einen oder anderen Seite, ihm ging es stets nur um den Krieg an sich; die Schlacht war sein Geschäft.

Doch ehe er, Jerome, im *Vatikan* nachfragte, ob er mit Siegel Kontakt aufnehmen solle, rief er lieber in Las Vegas an. Jills Stimme, brüchig im Hörer, täuschte ihm für Sekunden vor, ihr Schatten gleite durch das Zimmer, sie suche wieder bei ihm Schutz wie neulich in Malibu. Im Morgenrock hatte sie auf dem durchlaufenden Balkon gestanden und mit den Fingernägeln an die Scheibe gepickt.

»Was hört man von dir nur für Sachen?« fragte er in neckendem Ton, der ihm peinlich falsch klang; doch eine andere Art, mit ihr zu sprechen, war nicht verfügbar. »Kaum bin ich weg aus Pasadena, da machst du dich davon?«

»Es ging nicht anders, ich hatte keine Wahl, Jero. Sie planten etwas mit mir, hinter das ich nicht kommen konnte, haben auch etwas ins Essen getan ... Die stecken alle unter einer Decke mit dem Papst. Der hat sie völlig in der Hand.«

»Wie kommst du denn darauf, Schwesterchen?«

»Wer das Geld hat, befiehlt, das weißt du doch.«

»Na hör mal, du hast selber welches.«

»Deshalb hab ich ja auch weggekonnt.«

Das Gespräch lief im Kreis. Es tat ihm weh, sie so reden zu hören. Er glaubte, die dunklen Ringe und den starren Blick ihrer Augen zu sehen. »Er läßt mich hier beobachten«, erklärte sie nun. »Ich entziehe ihm die Vollmacht über mein Stimmrecht und übertrage es dir, Jero. Bitte teile ihm offiziell mit, daß ich auf Grund privater Vorkommnisse nicht mehr in der Lage bin, mein Vertrauen aufrechtzuerhalten.«

»Was, du verläßt das Konsortium?«

»Schreib ihm: ›Auf ihren Wunsch reiht sie sich ein in das namenlose Aktienkapital.‹ Gib das schriftlich hin, sonst gilt es nicht.«

Ihre Sachlichkeit erstaunte ihn, die juristische Prägnanz. Sie hatte sich nie um ihr Geld gekümmert, die rechtliche Seite der Vermögensverwaltung war ihr doch ein Buch mit sieben Siegeln gewesen? Eine solche Erklärung, per Telex und Einschreiben zugestellt, wurde außerhalb der Wochenenden binnen 24 Stunden wirksam; also ab Dienstag. Das hätte sein Bemühen um den Familienpool durchkreuzt. Eine schwere Behinderung im Kampf, auch wenn er Jills Motiv verstand.

»Ich besuche dich«, versprach er. »Bleib, wo du bist, ich komme am Mittwoch nach Las Vegas. Laß uns dann darüber reden . . .« Er sah sich mit Ralphs Leibwächtern und all dem Geld vor der Hintertür des *Tropicana* zur Grobwäsche der Narco-Dollar mit den Gefahren und Komplikationen, und nun dazu noch das! Wirklich, der Familie dienen hieß, einen Sack Flöhe hüten; kaum war einer gefangen, hüpfte der nächste weg.

»Da gibt's nichts mehr zu reden, Jero, es ist mein Ernst.«

»Nein, am Telefon geht das nicht, ich bräuchte von dir schon einen beglaubigten Text. Wir müssen einen Notar hinzuziehen.« Es fiel ihm auf, daß die Linie, die er da einschlug, in Boeskys Jargon *Procrastination* hieß; doch was blieb ihm übrig? Jill wehrte sich gegen den Papst und traf vor allem die Firma. Allerdings, soweit er das übersah, würde Dad es künftig schwer haben, sie entmündigen zu lassen, lag ihm erst mal solch eine Erklärung vor. Sein Antrag würde dann als Gegenzug erscheinen, fragwürdig durch den kommerziellen Hintergrund. Nach diesem Vertrauensentzug brauchte Dad, um sich vor Gericht gegen Jill durchzusetzen, unbedingt einen Amtsarzt, der seinerseits ein Gremium von medizinischen Gutachtern aufbieten mußte. Der Weg zur Entmündigung wäre fast verbaut, das konnte ihm, Jerome, nur recht sein. Wie aber sollte er beider Interessen wahren, die des Vaters und die der Schwester, wenn sie derart kollidierten?

»Vorhin ging ein Zittern und Rumpeln durch das Haus«, hörte er Jill unvermittelt sagen, ganz zusammenhanglos. »Es muß ein Erdstoß gewesen sein. Bei dir in San Francisco auch?«

»Schwesterchen, ich bin doch in New York, will Mutter morgen treffen, sie vom Schiff abholen. Soll ich sie fragen, ob ich dich zu ihr bringen darf?«

»Ja, tu das, tu das«, rief sie schnell, als hätte sie das hören wollen, was ihm da eben erst in den Sinn kam. Noch eine verblüffende Reaktion, war doch Pamela für die sachliche Jill eher eine romantische Tragödin, deren Überschwenglichkeit sie scheute. »Ich warte hier auf dich, Jero; bloß nicht wieder zurück nach L. A.!« Die Anweisung in puncto Stimmrecht schien sie vergessen zu haben, jedenfalls kam sie nicht darauf zurück. Nach ihrer Aufwallung, die der Mutter galt, senkte sich ihre Stimme, wurde heiser und flach. »Von wem weißt du eigentlich, wo ich bin?«

Auch Tanja hatte so gefragt, diesmal aber setzte es ihn matt. Er spürte Jills Angst, ihr Mißtrauen und ahnte ihren Blick, der nach Feinden suchte. Gestand er, daß Howard ihn unterrichtet hatte, glaubte sie womöglich, er sei mit dem im Komplott. »Von deinem Begleiter«, sagte er in dem Gefühl, einen Fehler zu begehen, doch irgendeine Antwort mußte sie ja haben. »Dem Patienten, der mit dir getürmt ist.«

Schon wieder die kindliche Sprechweise, fiel ihr die nicht auf? Doch sie glaubte ihm ohne weiteres. »Verrat es keinem«, bat sie im Widerspruch zu ihrer Ansicht, Dad lasse sie beobachten. »Und komm bald her, Jero! Lieb, daß du angerufen hast. Ich muß Schluß machen, da klopft wer bei mir.«

»Du öffnest doch nicht mehr um diese Zeit?«

»Es ist Andy, an der Verbindungstür.«

»Warte noch, schreib dir erst auf, wie du mich erreichst.« Er gab ihr die Vorwahl von New York, 212, die Nummer des Hotels und die seiner Suite. »Ruf an, Jill, wenn du ein Problem hast, wenn dich etwas bedrückt, jederzeit, auch nachts.«

»Danke, Jero, vielen Dank!«

»Das ist selbstverständlich. Ich bin immer für dich da.«

Wenig später hörte Jerome auf der Spezialleitung, daß sein Vater nichts davon hielt, die Dienste Marty Siegels zu beanspruchen. »Anthony rät mir ab«, sagte er. »Eine ziemlich schillernde Figur. Sein Vater hat mit dem Schuhladen Pleite gemacht, der Sohn aber bewohnt ein Appartement in der Upper East Side und eine Villa aus Glas und Zedernholz am Long Island Sound, mit Tennisplatz und Gymnastiksaal. Wir werden doch kein Knäuel von Haien füttern. Boesky hält ihn aus, ein in der Wolle gefärbter Schuft, Siegel ist dessen Puppe. Es stimmt, Marietta hat er salviert; frag nur nicht nach dem Preis.«

»Aber dieser Clan, Dad, würde uns wenigstens zeigen, wer der Räuber ist. Ich bin sicher, daß sie es wissen.«

»Das finde mal selber heraus! Wenn wir so etwas mit Bordmitteln nicht schaffen, dann gute Nacht. Du fliegst aus jedem Team, wenn mit deinen Bällen nichts mehr los ist und du Schwierigkeiten mit dem Schläger hast.«

»Bitte überdenk das mal; es ist immerhin ein Weg.«

»Du glaubst nicht, daß das Spiel so läuft? Dann nimm das nächste Flugzeug nach England, Jero, und befaß dich wieder mit Devisen. Hier bei uns nämlich wird nach diesen Regeln gespielt.«

Als Jerome den Hörer auflegte, bebte ihm die Hand. Kein Wort von Jills Absicht, aus dem Pool zu gehen, kam über seine Lippen.

XL

Die Prinzessin hatte ihm ihren Teil der Doppeltür aufgesperrt, die beide Räume verband. Von seinem Sieg über Maxwell beschwingt, trat Andy Peel bei ihr ein. Sie war im Morgenrock, ihr Bett war aufgeschlagen, schon benutzt, eines der zwei französischen Betten, die jedes Zimmer hatte; all das kam ihm entgegen. Dennoch fragte er sich, ob sie seine Nervosität bemerke.

»Mein Bruder hat angerufen«, teilte sie ihm mit. »Aus New York! Er wollte wissen, wie's mir geht. Ich kann ihn jederzeit erreichen.«

In seinen Ohren klang das defensiv, als ahne sie seine Absicht. Sie wehrte sich schon wieder gegen ihn. Noch ehe sie wußte, weshalb er kam, machte sie ihm klar, daß der Bruder sie beschütze. »Woher weiß er denn, daß Sie hier sind?«

»Na, von Ihnen doch, Andy.«

»Ach wo. Warum sollte ich Ihre Familie alarmieren?«

»Er hat es aber soeben selbst gesagt.«

»Dann wird er wohl geschwindelt haben.«

»Jero belügt mich nicht!« Sie kreuzte die Arme vor der Brust. »Eher traue ich das Ihnen zu. Was wollen Sie überhaupt?«

»Sie ins Bild setzen. Dieser Kerl, der um uns herumstreicht, hat mich angesprochen. Dem geht's nicht um meine Spielerei, er ist hinter Ihnen her, im Auftrag Ihres Vaters. Sein Detektivbüro nennt sich ›Goldenes Hufeisen‹ und firmiert als Reisedienst.« Er zeigte ihr das Kärtchen.

»Ich weiß. So eine Karte hab ich auch. Ich bin ihm schon mal begegnet. Er hat mein Auto angeschoben, neulich in San Francisco.«

»Dann hat er Sie da schon beobachtet und jetzt erneut aufgespürt. Ihr Vater scheut wirklich nichts, Sie wieder einzufangen.«

»Das nennt man wohl kriminelle Energie.«

Sie schien noch zu gefaßt, er mußte härter ran, sonst kam er nicht ans Ziel. »Maxwell ist die Quelle. Der hat Ihren Vater informiert, und von dem weiß es Jerome.«

Er sah, sie begriff, ihr Bruder war ein Teil des Rudels – der Meute, die sie hechelnd hetzte. Sie hatte nur noch ihn, Andy, die eigenen Leute trieben sie ihm zu. Sein Blick tastete sie ab. Wenig Oberweite, doch ihm genügte es. Das Leitbild unserer Zeit, dachte er, ist der mager-griffige Dienstkörper, wie ein Soldat stets bereit. In Livermore nahm er gern am militärischen Training teil, Übungen zur Selbstverteidigung, mit Spaß am Spiel der Muskeln. Marilyn Monroe, Brigitte Bardot oder die alte Lolobrigida hätten heute Mühe, dem Publikum zu gefallen – jedenfalls ihm. Große vollbusige Frauen bedrohten sein Selbstgefühl, Rasseweiber weckten ja Zweifel an der eigenen Kraft.

Anders die Prinzessin. In ihrer Schwäche lag scharfer Reiz, ein Appell an seine Männlichkeit . . . Er mühte sich, das Chaos seiner Empfindungen und Erfahrungen zu ordnen. Ja nichts überstürzen und zerstören! »Ihr Vater bietet mir fünftausend Dollar, wenn ich Sie in den goldenen Käfig zurückbringe.«

»Und, gehen Sie darauf ein?«

»Wie können Sie so fragen, Jill!«

»Warum nicht? Ihr in Livermore lebt sowieso vom Rüstungsdollar. Wo ist da der Unterschied?«

»Mein Gott, der ist doch himmelweit . . .« Der bittere Zug um ihren Mund hinderte ihn an der privaten Erklärung, die ihm auf der Zunge lag. »Wissen Sie, ich mag das Pentagon, weil ich so weit weg von dem forschen kann. Das Geld Ihres Vaters hab ich abgelehnt – ganz ausgeschlossen, einen Kumpel zu verraten.«

»Und der Lohn für Ihren Edelmut, den wollen Sie doch jetzt kassieren?«

»Es genügt mir, Ihr Partner zu sein, Jill – Ihnen nahe.«

»Redensarten«, sagte sie, wich etwas zurück, warf den Morgenrock ab und knöpfte das Pyjama-Oberteil auf. »Ist es Ihnen so nahe genug?«

Sein Herz klopfte, Freude überschwemmte ihn, schnürte ihm die Kehle zu. »Natürlich nicht«, hörte er Jill sagen, sah sie die Hose abstreifen und starrte atemlos auf ihren flachen Bauch, wie geblendet von der Haut und dem Dreieck, diesem Fell, das er sich in keinem Wachtraum so dicht gedacht hatte. Sie legte sich aufs Bett, die Hände im Nacken, trotzdem in einen Hauch von Keuschheit gehüllt. »Nur Mut, Caballero! Sie haben sich das teuer genug erkauft.«

Es war, als knalle eine Peitsche. Welch Kontrast zwischen dem Biß ihrer Worte und dem Bild, das sie bot. Das riß ihn hin, da fehlte nichts – die mattgetönte Haut, die Nester der Achselhöhlen, der Schwung ihrer Taille, das Ahnen der Kelche ihrer Schamlippen. Weshalb schloß sie die Augen, während die Schenkel sich öffneten? Er nahm seine Brille ab, deren Metallbügel sich verbog, und zog sich die Sachen vom Leib. Ihre Worte trafen ihn nicht, er spürte, sie beschimpfte ihn, weil sie glaubte, sich zu erniedrigen. Doch einerlei, sie gibt sich hin – so jubelte es in ihm –, sie erlaubt es, hat nur noch mich! Ich hab sie nicht bedrängt, gerade dadurch erliegt sie mir, dies ist das Werk blinder Kräfte, der Chemie zweier Körper, ist Magnetismus, Zauberei. Da reicht ein Geruch, ein Geschmack zur Verschmelzung der Leiber, bei diesem Aufprall ist die Einbildung Wirklichkeit.

Andy war glücklich, fast am Ziel. Sekundenlang hatte er befürchtet, Jill könnte passiv bleiben, weinen oder hysterisch lachen und ihn in die elende Rolle dessen drängen, der ihr Gewalt antat. Doch im Gegenteil, sie kam ihm entgegen. Er fand, daß er vergessen hatte, wie triebhaft ein Mädchen sein kann. Es war, als sei sie darauf aus, ihn zu verschlingen. Vor dem, was sie ihm bot, verblaßten seine letzten Abenteuer zu Pflichtübungen, zu dürftiger Routine. Jill glühte, brannte auf Abwechslung, schien wie besessen – eine Frau, die sich der Möglichkeiten bewußt war, vielseitig zu sein. Sie glitt in eine Raserei, die etwas von ihr Losgelöstes hatte. Aber er merkte, daß es ihm trotzdem nicht gelang, sie zu befriedigen. Auch beim zweiten Mal kam sie nur zum Schein, weshalb tat sie so, um der Wiederholung willen oder damit Schluß sein sollte? Nicht mal das fand er heraus.

Sie lagen still, flach atmend, verschwitzt. Seine Kleidung war über den Teppich verstreut, die Brille lag verbogen auf dem Nachttisch; er schmiegte sich an Jill, die ihm den Rücken zuwandte. Ein Jammer, daß sie den Gipfel verfehlt hatte. Es dämpfte seinen Genuß, so dankbar er ihr auch war; er fühlte sich in ihrer Schuld ... Sein Inneres zog sich noch lustvoll zusammen und entspannte sich in einer nachschleppenden Serie von Spasmen, ein kitzelnder Ausklang, so intensiv von ihm noch nie erlebt. Folge der langen Enthaltsamkeit, ihrer Person oder der Millionen, die ihr gehörten? War Reichtum ein Reiz, ein Treibsatz zum Höhenflug?

Alles stand kopf, die Lage vom Montag, dem Tag ihres ersten Gesprächs in Swedenborgs Park, hatte sich gewandelt. Da war er unfähig gewesen, seine Schüchternheit abzustreifen, und sie ihm überlegen. Brav hatte er mit ihr Tennis gespielt, ihren Spott ertragen, sich jedem Wunsch gefügt – aber war das eben nicht wieder geschehen? Obwohl es seitdem bergauf ging mit ihm und mit ihr bergab? Nein, er mußte sich nichts vorwerfen, er hatte keine zerbrechliche Frau mißbraucht, deren letzter Halt er war, sie hatte es selber gewollt, ihn verführt. Auch sie hatte ihn benutzt, zu dem Versuch, dem Kerker ihrer Traurigkeit zu entfliehen. Ein Kerker, den er kannte. Sie beide hatten einander gebraucht. Wie schade, daß es mißglückt war, sie aus dem Meer der Melancholie ans Ufer zu ziehen, in das gelobte Land. So, wie ihm zumute war, neigte er dazu, der Heilkraft des Beischlafs zu vertrauen.

Was jetzt? Er machte sich auf Vorwürfe gefaßt. Enttäuschung und Scham brauchten immer ein Ventil. Der Stoß würde unerwartet kommen und mit dem, was zwischen ihnen passiert war, scheinbar nichts zu tun haben. Sie war viel zu fein für ein nachträgliches Kommentieren. Der Satz vom »Geld des Pentagon« wies auch schon die Richtung. Schließlich war Jills Typ ihm nicht neu – dem seiner Freundin Angela ähnlich. Von der hatte er sich vor vier Jahren getrennt, bald nach dem großen Sieg, jenem Durchbruch in Livermore. Ständig vermengten die Linken von Berkeley Erotik mit Politik.

Angela hatte ihn im Sommer 1978 oft besucht. Von Berkeley aus, wo sie ihren Magister in Soziologie machte, waren es nur 50 Minuten im Auto nach Livermore. Je mehr er ihr von seiner Arbeit dort verriet, was er damals ja noch durfte, desto drängender redete sie ihm ins Gewissen, wegen der militärischen Verwendbarkeit seiner Ideen. »Ja, sollen wir uns denn mit Gummischleudern gegen den Feind wappnen?« hatte er sie einmal gefragt. – »Der Feind«, war ihre Antwort gewesen (er hatte es, wie seltsam, nicht vergessen), »das ist eigentlich nur der Mensch, den wir nicht lieben dürfen, weil sonst das Geschäft des Krieges stockt.«

Doch nichts dergleichen kam von Jill. Sie sagte überhaupt kein Wort. Täuschte sie es wieder nur vor oder war sie in seinem Arm entschlummert? Im Nachgeschmack der Lust schmiegte er sich zärtlich an, atmete ihren Duft und hörte noch einen Seufzer – den vagen Laut, der ihn selbst mit einem Zucken der Beine in den Schlaf taumeln ließ.

XLI

Nach dem Dinner, lustlos verzehrt, trat Jerome auf die Grünfläche an der Fifth Avenue hinaus, um noch ein bißchen Luft zu schnappen. Ein Abend, beinah so schwül wie in Washington. Das Wasser ringsum brachte wenig Kühlung, New York lag fast so weit südlich wie Lissabon, der Sommer steckte noch im Häusermeer. Vom Vogelschutzgebiet her drang das Hufgeklapper eines der Kutschpferde, die tagsüber vor dem Hotel standen. Ließ sich da ein Gast noch im Finstern durch den Central Park ziehen?

Ein verlorener Tag. Jerome war bedrückt. Howards Worte, die Stimmen Tanjas und Jills, Boeskys und Winstons, all die Minuten am Telefon wirkten in ihm nach; auch das vergebliche Warten auf sein Gespräch mit Scripps. Eben hatte er von der Halle aus zum fünften Mal das *Century Paramount* angerufen, Daniel Scripps meldete sich nicht. Vielleicht ist er entführt worden, sitzt in einer Zelle des Geheimdienstes, dem er auf Schliche gekommen ist in puncto KAL 007, liegt irgendwo in seinem Blut, verröchelt zwischen Müllcontainern, und man wird nie wieder von ihm hören.

Die ironische Vorstellung, Scripps' Lebenslicht erlösche im Dschungel Manhattans, erfrischte ihn nicht, sie vertiefte sein Unbehagen. Ringsum lauerte in der Tat Gefahr, den düsteren Park, das Ghetto dahinter und den rasselnden Tod im Untergrund ganz beiseite. Allenthalben nahm das Leben alptraumhafte Züge an. Nicht nur in Italien, wo die Häupter der Mafia und der Camorra mehr Einfluß hatten als die Beamtenschaft, was nach 40 Jahren keinen mehr wundern sollte. Überall reichte der Arm des Verbrechens bis in die Ministerien. Das Gangstertum, ein Krebsgeschwür der Gesellschaft, traf man von England bis Japan in jedem westlichen Land, so wie die Schwarzmarktkönige in jedem östlichen und korrupte Chaoten im Rest der Welt. Es lag, seine Mutter hatte recht, an der Verderbtheit des Menschen. Hier wurde dem Geld, da einem Gut, dort purer Macht nachgejagt; die Gier schwang ihre Peitsche.

Bedrohlich schon das alltägliche Verbrechen. Da schritt er ganz unbehelligt am nobelsten Punkt New Yorks einher, zwischen dem schimmernden Avon House mit seiner Front aus glattem Marmor und getöntem Glas, und der scharf gerasterten Fassade des GM Building, beide hell erleuchtet; hinter sich, an der Ostseite der Fifth Avenue, die Sandsteinpaläste des alten Reichtums, gleichfalls wohlbewacht. Und doch war an diesem sicheren Fleck, unter den Türmen und Zinnen des *Plaza,* ein deutscher Staatsmann von zwei dürren Dirnen frech bestohlen worden. Während die eine ihm ihre Dienste anbot, riß ihm die andere katzenhaft das Geld aus der Gesäßtasche, husch und weg!

Das war die amtliche Version. Unter der Hand erfuhr man vom Hotelportier, der illustre Gast sei nicht gänzlich naiv gewesen. Er habe für sich und einen Freund, das Haupt einer Kette von Geflügelgaststätten, zwei Girls auftun wollen und in deren Auto eine Verhandlungsrunde um den Block gedreht. Da sie mit ihm nicht einig wurden, stahlen sie seine Brieftasche, entnahmen ihr das Geld und schoben sie – aus Gründen professioneller Schadensbegrenzung – in einen Postkasten. So kam der Paß in die westdeutsche Botschaft, die gab ihn dem Geprellten zurück, taktvoll bekundend, er habe mit seiner Post irrtümlich den Paß eingeworfen. Es ging halt nichts über diplomatischen Schliff.

Die Story hatte daheim viele amüsiert, man schätzte ja das *Plaza* und der fremde Staatsmann hielt Kontakt zur Verteidigungsindustrie. Er war in einen Waffenskandal von L. A. verstrickt gewesen, ohne daß man ihm mehr nachwies als den Zuwachs an Vermögen; also ein Kavaliersdelikt. Denn ein Politiker, der unfähig war, sich zu bereichern, hätte kaum dazu getaugt, das Land zu führen – im Urteil der Geschäftswelt. Sein Name fiel Jerome nicht ein, dafür hatte er die der zwei Straßenhuren parat, Lisa und Linda, die eine aus Puerto Rico ... Wie fest dergleichen in ihm saß, sein Kopf schien alles zu speichern, was mit Sex zusammenhing. Wohl dank den Tabus, die damals – es war ja zehn, zwölf Jahre her – noch in Kraft gewesen waren. Inzwischen galt sinnliche Liebe doch schon als etwas dem Menschen Gemäßes, so nötig wie Essen und Trinken. Weshalb nicht auch um das solch ein Schleier? Dann müßte der Hungrige sein Mahl in ein Schlupfloch bringen und scheu speisen, im Odium des Obszönen. Appetitsteigernd, Verbote hoben den Genuß.

Neben dem klotzigen Turm des Bauakrobaten Trump hielt ein Taxi, Leute stiegen aus. Ihm kam die Idee, Scripps selber aufzusuchen. Ursprünglich hatte er den im eigenen Hotel empfangen und beeindrucken wollen. Scripps' Quartier lag in der 46th Street West nahe dem Broadway, nur 13 Straßen südlich, und es ging erst auf zehn. Aber der Fahrer kannte das *Century Paramount* nicht. »Dann zum Waldorf-Astoria«, sagte Jerome, »falls es noch vorhanden ist.« Nicht nur Scripps, auch dessen Hotel schien unauffindbar. Bloß im Traum pflegten sich Menschen und Dinge zu verflüchtigen.

Das *Waldorf-Astoria* stand, am Wege zu Scripps, in der Park Avenue zwischen 50th und 49th Street. In den schmucken Doppeltürmen, 47 Stock hoch und im Art-Deco-Stil verziert, wohnten Ehrengäste und Dauermieter; Gestalten wie General Douglas Mac Arthur, Präsident Herbert Hoover, Henry Kissinger und der Herzog von Windsor hatten dort gelebt. Seit ihrer Scheidung zog Pamela Lasky dieses Haus dem *Plaza* vor; dort mußte sie mit Begegnungen rechnen. An der Rezeption erfuhr Jerome, seine Mutter hatte für morgen ein Turm-Appartement gebucht. Doch es hieß auch, ihr Schiff werde kaum pünktlich sein, es habe vor Grönland einen Sturmschaden erlitten und kehre in vermindertem Tempo heim.

Bestürzt ging er an die Bar. Wenn Pamela sich um mehr als zwölf Stunden verspätete, konnte er sie nicht vom Schiff abholen. Seine Teilnahme an Steves Beisetzung war familiäre Pflicht. Das hieß, nach der Trauerfeier und der Testamentseröffnung zur Mutter nach Boston eilen, und was wurde aus Ralphs Millionen und dem Gespräch mit Jill? Er orderte einen zweiten Drink und spürte, wie der ihn besänftigte. Er würde Pamela über Funktelefon anrufen und ihr die Notlage schildern. Allmählich wich der Druck. Nur keine jüdische Hast, es kam noch alles ins Lot.

Der *Ballantine's 30* blühte versöhnlich in ihm auf, er fand jetzt seine Umgebung schön. Auch dieses Haus hatte Charakter, den Charme von 1930. Sein Vorgänger, das alte *Waldorf-Astoria,* war Ende des 19. Jahrhunderts entstanden, auf zwei Grundstücken der damals zerstrittenen Astor-Familie an der Fifth Avenue, zwischen 33rd und 34th Street. Als die Gegend in den zwanziger Jahren aus der Mode kam und das Hotel nach hier umzog, erwuchs an seiner Stelle das Empire State Building, dessen 86 Stock Bürofläche sich erst im Kriegsboom vollständig vermieten ließ.

Das waren Dinge, die Jerome erwärmten. Er liebte die Geschichte dieser Stadt. Ein Märchen der Superlative, geschrieben von der Hochfinanz. Im Jahre 1626 sollte ein Deutscher namens Minnewitt den Indianern die Felseninsel Manhattan für Waren im Wert von 24 Dollar abgeluchst haben, 80 Cent für die Quadratmeile. 300 Jahre später kostete die Quadratmeile schon 242 Millionen. Als dann die Depression von 1929 kam, war die Granitinsel ihre sieben Milliarden wert gewesen. Und heute? Noch mal das Zwölf- oder Zwanzigfache. Welcher Punkt der Welt hatte solche Gewinnspannen bei Immobilien, eine so unfaßbare Aufwertung erlebt?

Das reizte natürlich die Phantasie. Er hatte mit der Idee gespielt, ins Grundstücksgeschäft zu gehen, aber erkannt, daß es in festen Händen war und ihm schlicht die Mittel fehlten. Sein Erbe reichte nicht, sich da einzukaufen, es sei denn, man legte sein Leben in die Hände einer Bank. Ja, wenn er mit den 100 Millionen von Orlando hätte spielen dürfen! Doch schließlich war auch das kein Geld, das Monopoly von New York verlangte viel mehr. Das *Plaza* etwa, für zwölf Millionen Dollar gebaut, würde heute an die

400 Millionen kosten, und noch mal 100 Millionen zur Modernisierung: der Preis für den fünften Stern im internationalen Hotelregister.

Ein großer Coup wär das gewesen, die Vorstellung schon erhitzte ihn. Wie die Kosten wieder einfahren, dazu den Profit, der das Risiko belohnte? Er hätte es schon gewußt. Mißlang der Griff nach dem fünften Stern, ließ sich immer noch die Hälfte des Hauses vom Hotel abkoppeln und in Zimmerfluchten aufteilen, die meilenweit über den Central Park blickten. Man konnte sie für 40 000 Dollar monatlich den Reichen andienen. Oder man zauberte aus den Suiten Eigentumswohnungen, für je zehn bis zwölf Millionen. Kaufmännisches Schwärmen kannte, wie das Anbeten von Schönheit, keine Grenzen.

Jerome hatte ein erotisches Verhältnis zum Geld. Eben noch, vor dem *Plaza,* hatte ihn Weltschmerz angeweht, nun rann ihm Tatendrang prickelnd über die Haut. Zu seinem Erstaunen kam ihm beim dritten Glas ein Mahnwort Franklin D. Roosevelts in den Sinn, ohne daß ihm klarwurde, woher er es kannte.

Doch, nun fiel es ihm ein, Jill hatte den Passus angestrichen in einem Buch, das sie ihm zum Geburtstag schenkte. »Die Amerikaner sollten für immer mit der Auffassung brechen, daß sie Reichtümer anhäufen müssen«, hatte der große Mann in einer Botschaft an den Kongreß erklärt. »Diese Ansicht beherrscht sie ja völlig, und zu unserem Unglück erlangt sie um so größere Macht über die ganze Gesellschaft, je unmäßiger der Profit ist, den sie machen. Wir wollen den Ehrgeiz keineswegs abschaffen und auch unseren Besitz nicht gleichmäßig verteilen. Wir erkennen auch weiterhin die Begabung der einen an, mehr als andere zu verdienen. Aber wir glauben, daß der Wunsch des Einzelnen nach einer sicheren Existenz höher steht als das Verlangen nach noch größerem Reichtum und noch mehr Macht.«

Dies hatte der 32. Präsident im Tal der Wirtschaftskrise gesagt, als der Mindestlohn, von ihm erst durchgesetzt, 30 Cent betrug, ein Zwölftel des heutigen. Entsprang sein Wort nicht einzig der Bitternis der Depression? Damals hatte es zwölf Millionen Arbeitslose gegeben, ein Umsturz schien zu drohen, manchmal fühlte Roosevelt sich wie ein Kerenski Amerikas. Zu Beginn seiner Amtszeit hatte er gesagt: »Wenn ich ein schlechter Präsident bin, werde ich vermutlich der letzte Präsident sein.«

Keinen Reichtum mehr anhäufen, wo blieb da der Anreiz? Gott, das funktionierte doch nicht! Auf keiner Ebene durfte der Weg nach oben fehlen, die Treppe ins nächste Geschoß. Die ganze Mahnung war für Jerome ein Ausdruck ihrer Zeit, der tristen Jahre nach dem *schwarzen Donnerstag* in Wall Street, dem 24. Oktober 1929 – ein Datum, jedem Broker ein Begriff –, als 13 Millionen Aktien zum Verkauf standen, die Börse kollabierte und das Bankwesen niederbrach; gefolgt von all den Pleiten, der Massenarmut und den Hungermärschen, auch nach Washington, wo die zerlumpten Veteranen des Weltkriegs im Sommer 1932 erst von der Armee gestoppt worden waren, unter General MacArthur und Major Dwight D. Eisenhower, dessen Adjutant.

Längst vorbei, dieser Jammer. Jerome zahlte, er fand draußen ein Taxi, dessen Fahrer vorgab, das *Century Paramount* zu kennen. »Schräg rüber vom *Marriott,* Sir«, sagte er. »Es hat immerhin 600 Betten.«

»Na fein, mal los!« Hoffentlich lag dieser Scripps nicht schon in einem davon.

XLII

Als Andy erwachte, eine halbe Stunde nach dem Liebesakt, war die Erinnerung an Angela und den Sommer vor fünf Jahren wieder da. Zu der Zeit plagte er sich mit dem Röntgenlaser ab, weiß Gott nicht verwerflich und auch ohne Einspruch von außen hart genug. Alle Versuche, diesen Typ zu bauen, waren seit 1969 gescheitert. Wem das gelänge, der stünde im Strahl einer Sensation, dem rückte der Nobelpreis nahe. Das hatte er Angela oft erklärt, es ging ihr einfach nicht in den Kopf.

Er aber, im Bann der Herausforderung, fühlte sich von ihr belästigt. Die mögliche Nutzung hatte sie, gar nicht vom Fach, rascher erfaßt als die Beamten in Washington. Den Einsatz im biologisch-medizinischen Bereich schob Angela brüsk beiseite: nur um Militärisches gehe es. Das schloß sie rein deduktiv aus dem Charakter von Livermore (und behielt letztlich recht). Das Pentagon jedoch verweigerte die Mittel für ein Studienprogramm. Wozu Grundlagenforschung? Es wies auf vergeudete Gelder hin; das Energieministerium schloß sich dem an.

Man war in der Sackgasse. Und zu dem strapaziösen Klimmzug

ihr Genörgel, welch ein Streß! Die Anspannung wuchs, bis sein Leiden ausbrach und ihn umwarf. Sonst hing er durch, nun lag er am Boden. Im Jahr zuvor hatte es ihn erstmals befallen, just als der Film lief, dessen Titel dann zum Reizwort wurde: *Star Wars,* Begriff für den ungeheuren Plan ... In der neuen Depression schickte Professor Teller ihn zur Auffrischung ins *Karussell.* Edward Teller, der polternden Muppetfigur Gonzo ähnlich, wenn er mit Gegnern stritt. Eine Art Janus, römischer Gott der Zeit und des Anfangs; für Angela ein Wegbereiter des Endes.

Der Anstoß ging von Kollegen wie Wood und Chapline aus. Sie wollten dem Röntgenlaser einen Antrieb geben, milliardenfach stärker als der des größten Lasers der siebziger Jahre. Statt chemischer oder elektrischer Energie mußte Kernkraft her. Er, Andy, haßte Bomben, hatte nie damit hantieren wollen. Ihn lockte es nicht, und Angela war's ein Graus. Die Waffennarren in Livermore freilich hatten schon viele Verwendungen dafür erdacht: Asteroiden sprengen, Strahlenwaffen bauen, die Berge zwischen Los Angeles und Las Vegas wegplätten. Ihnen lag der Einfall sehr. Vor fünf Jahren, am 13. September 1978, erprobten sie den nuklearen Röntgenlaser im Testgebiet von Nevada. Der Versuch schlug fehl, und kein Mensch wußte, würde es jemals glücken?

Das war der Tiefpunkt. Angela lag ihm in den Ohren, Teller setzte ihn unter Druck. Der verlangte seinen Beitritt zum O-Team, den Einstieg in die Kernwaffenforschung. Verstört verließ er das *Merry-go-round* schon damals ein paar Tage zu früh, um sich in New Jersey bei Bell Laboratories zu bewerben. Doch die Absicht war vergessen, als ihm ein Zufallswurf gelang. Der stülpte das Programm des *X-ray-lasers* unwiderruflich um. Und vielleicht auch in letzter Konquenz die Strategie der Supermächte, eines Tages.

Der kleine Moritz, dachte Andy, hat die Welt verändert auf jener Sitzung im Sommer 1979. Davor hatte er 20 Stunden lang geschuftet, von seinem Thema besessen wie stets auf dem Gipfel der manischen Phase. Er hatte gelernt, mit der Krankheit zu leben und den Aufwind zu nutzen, bevor es wieder abwärts ging. Auf der Sitzung war er entnervt, ja desorientiert. Er sah sich selber wie durch ein Fernrohr, das man umgekehrt vors Auge hält: Dort hockt Peel unter all den Fanantikern und zerbricht sich mit ihnen den Kopf.

In diesem Zustand kam ihm ein seltsamer Einfall. Er hatte das Gefühl, in ihm platze ein Knoten, denn jäh verlor er seine Scheu, ergriff das Wort und sagte etwas Exotisches, in der Rätselwelt des nuklear gepumpten Röntgenlasers Unerhörtes, nie Dagewesenes. Verblüfft ließen sie ihn reden und spalteten sich in zwei Gruppen, pro und contra. Chapline war dagegen, seinen Versuch abzuändern, er nannte auch geldliche Gründe. Aber Teller entschied, mit einer einzigen Kernladung zwei Arten des *X-ray-lasers* zu erproben; das dämpfte die Kosten. Ein Wettkampf zwischen dem namhaften Physiker und einem kleinen Doktoranden – letzterer gewann.

Lowell Wood feierte die Idee als »plötzliche Eingebung«. Andy selber hielt sich zurück, zu Angela sagte er: »So etwas rutscht schnell heraus, nur, jetzt bringen sie mich dazu, endlose Berechnungen anzustellen, tagtäglich sitze ich vor dem Computer . . .« Wie üblich stänkerte sie, doch sein Ehrgeiz loderte, denn Teller hatte ihm gesagt, das neue Projekt, angeregt durch ihn, sei im Kernwaffenbereich das größte Ereignis seit der Wasserstoffbombe. Das verschwieg er Angela, schildert ihr jedoch Tellers Einfluß auf seine Mitarbeiter, auch auf ihn, und ironisierte den Zauber mit einem Satz aus *Star Wars:* »Die Kraft wirkt stark auf schwache Geister«. Aber es half nichts. Anfangs hatte sie seine Selbstverspottung gemocht, nun rümpfte sie die Nase.

All das zerstörte eine Beziehung, die ihm so wichtig war, daß er glaubte, Angela hörig zu sein. Vor dem unvermeidlichen Bruch vergrub er sich stöhnend in die Arbeit. Auf der Sicherheitsstufe Q durfte man außerhalb des Teams nicht mehr davon reden. Wood riet ihm, zu sagen, sie diene der Krebsforschung und könne ihm den Nobelpreis bringen. Aber den gab es nicht für militärische Erfindungen, und Angela hatte die Tarnung schon im Vorjahr durchschaut, als er selbst noch daran festhielt. Während er sich unter Qualen von ihr löste, wurde sie aggressiv. Die Trennung besiegelte ihr Nein zu dem ganzen Treiben in Livermore. Sie tauchte unter den Demonstranten vor den Toren des Städtchens auf. Ihm tat das Herz weh, als er beim Sicherheitsdienst das Foto sah: Angela mit dem Transparent am Zaun. Doch man beruhigte ihn, kein Haar werde ihr gekrümmt, der Versuch, Kampfformen früherer Jahre zu beleben, verlaufe von allein im Sand. *Repressive Toleranz* hieß das bei ihr.

Im November 1980 bestand sein Einfall die Probe, beim Test auf der Rainier Mesa, dem schrundigen Wüstenboden eines Tafelbergs in Nevada, 80 Meilen von hier. Der Zufall fügte es, daß Angela am selben Tag in ihrer Studentenzeitschrift die Hertz-Stiftung angriff. Unter dem Schlagwort *Die Schiene nach Livermore* beschrieb sie deren Tun in Einzelheiten, die von ihm stammten, obwohl sein Name nicht fiel. Angela rückte Teller ins Zentrum der Anklage, sie warf der *Stiftung des Mietwagen-Moguls* arglistige Täuschung vor. Harmlose Studenten, dem Atomspuk abhold, würden durch fette Stipendien und illusionäre Hoffnungen auf Ruhm und Karriere peu à peu zum Tanz um die Bombe verführt. Zunächst sei die für sie etwas Abscheuliches, dann aber, durch diabolische Verlockung, werde sie ihnen zum reizvollen Problem der Physik.

Das war unheimlich klar von ihr gesagt. Sie beide erlebten einen beruflichen Höhepunkt am selben Tag. Angela enthüllte Woods Doppelrolle – der leite die O-Gruppe mit all den Hertz-Fellows, zugleich habe sein Wort bei der Stipendienvergabe das größte Gewicht. Sie schloß mit der Frage, ob dies nicht ein skandalöser Versuch sei, hochbegabten technologischen Nachwuchs für Teufelszeug in das Lawrence Livermore Lab zu ziehen. Dort würden friedliche Menschen zu verbissenen Waffenforschern und rabiaten Patrioten. In dem frauenlosen Macho-Milieu verpasse man ihnen mit Büchern wie Solschenizyns »Archipel Gulag« die nötige Dosis Antikommunismus und halte sie durch Gefechtsübungen des Werkschutzes und lächerliche Kampfgruppen in Trab. Dem Moloch Krieg geweiht, heckten sie ständig neue, brillante Vernichtungsmittel aus. Unter dem Dach einer ruchlosen Partnerschaft zwischen dem Energieministerium und der Universität von Kalifornien, während das Pentagon sich bedeckt halte, obschon es mittlerweile doch 70 Prozent der bundesstaatlichen Gelder für Forschung und Entwicklung verteile. Eine Hochschule gehe halt besser mit Wissenschaftlern um als das Militär; so die zynische Begründung der unheiligen Allianz.

All das rief Andy sich ins Gedächtnis, schien ihm doch, es stehe eine Wiederholung bevor. Die zwei Mädchen waren vom gleichen Holz, Jill hatte schon angefangen, ihn im selben Stil zu tadeln. »Ob man aus deinen *Nucys* Laserstrahlen für den Weltraum zieht, ob man sie hinter den eisernen Vorhang bringt oder ob das Schlachtschiff ›New Jersey‹ den Libanon beschießt, wo ist da der

Unterschied?« hatte sie ihn heute bei Tisch gefragt. »60 Granaten in der Minute verfeuert die ›New Jersey‹, jede 1250 Kilo schwer und fähig, ein halbes Dorf zu pulverisieren.«

Doch sonderbar, die Anklage blieb aus. In dem Gespräch, das sich zwischen ihnen nun entspann, wirkte Jill sehr zurückgenommen, zeitweise wie abgereist. Er hatte sich umsonst gesorgt, es fiel auch kein Wort zu ihrer neuen Beziehung, die so stärkend wie fragil, auf jeden Fall befreiend war. Eigentlich wollte sie von ihm bloß wissen, wie es denn nun weiterging.

»Taucht ein Feind auf, bleibt einem immer zweierlei«, sagte er, froh darüber, daß sie ihn ungeschoren ließ. »Flüchten oder standhalten, wie es bei den Verhaltensforschern heißt. Bleiben wir, muß ich mir das Spielen verkneifen. Dann bieten wir dem Herrn Maxwell keinen Angriffspunkt mehr und können noch ein Weilchen faul in der Sonne liegen, uns lieben oder ausgehen, zum Beispiel in die Show der *Folies* hier im Haus.«

»Es lohnt nicht, die hab ich kürzlich gesehen.«

»Dann in *Jenseits des Glaubens,* Siegfried und Roy, irgendwo am Strip.«

»Sollten wir nicht leiser sprechen? Schalt wenigstens das Radio ein. Ich bin sicher, Andy, man hört uns ab. Nicht bloß am Telefon, überhaupt im Zimmer.«

»Dann hätten wir ja eine schöne Vorstellung gegeben.«

Sie ging darauf nicht ein. Zu ihrer Beruhigung suchte er Musik. »Ich will weg«, vertraute sie ihm flüsternd an. »Kann sein, dieser Maxwell holt noch Verstärkung. Vielleicht ist die auch schon da, und sie tun es mit Gewalt.«

»Wo möchtest du hin, Jill?«

»Bloß weg! Sie sind hinter mir her.«

»Nach Reno?« Das war, nur eine Flugstunde nordwärts, die zweitgrößte Stadt Nevadas, gleichfalls ein Spielerparadies. »Da wird's dir gefallen, es liegt 4000 Fuß hoch, die Luft ist viel frischer, und es sind auch schon zwei Drittel unseres Heimwegs nach San Francisco.«

Er vermied es bewußt, Berkeley oder Livermore zu erwähnen; doch sie schüttelte stumm den Kopf.

»Grand Canyon?« fragte er.

Sie sah ihn unsicher an, dann nickte sie beklommen. Er hatte den Eindruck, auch dieses Ziel behage ihr nicht so recht. Anscheinend war sie zu scheu oder zu höflich, alles abzulehnen, was er vorschlug. Von ihrer Selbstsicherheit war wenig geblieben, sie überließ ihm die Führung, auch ein Resultat des Liebesakts. »In Ordnung, Jill, es liegt am nächsten. Und wann willst du aufbrechen?«

»Bitte mit dem ersten Flug«, sagte sie leise, ganz verschüchtert. »Dann werden wir ihn hoffentlich los.«

DER STRUDEL

Was gibt's für herrliche Geschöpfe hier!
Wie schön der Mensch ist!
Wackre neue Welt,
Die solche Bürger trägt!

William Shakespeare

Jerome Lasky warf sich in die verbeulten Polster des Yellow Cab und schloß die Augen. Kaum hatte er das getan, da erschien ihm Ivan F. Boesky – Adlernase, scharfe Backenknochen, eisgrauer Blick –, um schmallippig zu sagen: »Der Interessent hält sich bedeckt, Jero. Er muß ja an die Schachteln heran. Das Manöver, dessen Zeugen wir sind, hat alle artistischen Elemente einer Kabuki-Vorführung.«

Das Bild des Finanziers wich dem einer Frau von adretter Asexualität. Als löse ein Engel den Teufel ab, trat aus dem Whiskyschleier die Lichtgestalt von Bernardine Dohrn, Anführerin der *Weathermen,* einer Gruppe radikaler Akademiker der späten sechziger Jahre. Jerome hatte für sie geschwärmt und in den Zeitungen ihren Weg verfolgt. Bernardine war ihm unerreichbar geblieben, eine Juristin schwedisch-ungarischer Abkunft, bildhübsch, eloquent, dominant und fünf Jahre älter als er. Eine Mischung von Titi und Tanja. Sie hatte für Martin Luther King in den Slums von Chicago gekämpft, mit den schwarzen Mietern gegen rabiate Hauswirte. Nach dem Mord an King fing sie an, den Guerillakrieg in der Stadt zu predigen. Sie umgab sich mit reichen jungen Mädchen, die ihre Eltern als Nutznießer des Systems verdammten, zu Sprengstoffanschlägen auf Konzernbüros, Bankfilialen und die Labors für Rüstungsforschung einiger Universitäten.

Was ihn daran so gefesselt hatte, war kaum ihr absurder Wunsch gewesen, »Saigon nach New York zu bringen«; mehr die stachelnde Verbindung von Verführung und Gewalt. Bernardines gezähmte Weiblichkeit putschte ihn auf, ihre Schritte waren ein erregendes Aneinanderreihen von Warnungen vor der Fleischeslust. Statt Worte pathetische Taten, das schien ihre Maxime.

Doch dann schossen sich die Amazonen selbst ins Knie. An einem Frühlingstag des Jahres 1970 flog ein stilles Stadthaus auf der East Side in die Luft. Es gehörte dem Vater einer Weatherfrau. Während die Eltern in der Karibik kreuzten, zerplatzte ihr Palais, eine Backsteinvilla im georgianischen Stil: Jemand hatte beim Bombenbasteln den Draht falsch angeklemmt. Halbnackt wankten ein paar Mädchen aus dem Schutt, nahmen Kleider von Nachbarn an, die an eine Gasexplosion glaubten, und tauchten in den Untergrund ab. Es hatte nämlich drei Tote gegeben. Vom

Bundeskriminalamt gesucht, ging Bernardine unter falschem Namen als Kellnerin auf die West Side. Sie bekam zwei Kinder, ehe sie sich 1980 dem FBI stellte und mit einer Bewährungsstrafe davonkam. Uncle Sam war gnädig, die Revolution passé.

Das Taxi bog in den Broadway ein. Der alte Postweg nach Boston schnitt das Schachbrett Manhattans vom Batteriepark herauf diagonal von Ost nach West. Mit seinen 20 Meilen und den 4000 Hausnummern stand er dem Sunset Boulevard in L. A. an Länge kaum nach. Dieses bunt flimmernde Stück unterhalb der 79th Street war das Vergnügungsviertel, der *Gay White Way,* das alte, schmierige, aufgefrischte Zentrum der Revuetheater, Varietépaläste und der Homosexualität.

Mehr als das Geld in all den Häusern blendete Jerome ihre Architektur. Als Baumeister wäre er glücklich gewesen mit seinem Gespür für Formen, hätte er in Glas, Granit und Marmor geschwelgt. So vieles sprach ihn an, etwa der Wolkenkratzer links vor dem Times Square, im Schmuck seiner Betonflügel, vor elf Jahren anstelle des *Astor* 50 Stock hoch getürmt. Dank der Bauvorschrift zur Förderung von Bühnen rund um den Broadway – nimm zwei Theater hinein, da werden dir mehr Etagen genehmigt! Wie bieder das Paramount Building daneben, 33 Stock, der erleuchtete Glasglobus oben drauf: Bürogotik, die klassischen Rücksprünge der zwanziger Jahre, mit dem New Yorker Stammsitz der Filmgesellschaft Paramount's Parent Company unter ihrem Boß Adolph Zukor.

Der Fahrer schlug rechts ein und hielt an einer Fassade, die sich im Nachthimmel verlor. »*Century Paramount,* Sir.« Jerome gab ihm fünf Dollar. Woher der Name des Hotels, der Anklang an zwei Filmfirmen, sollte das einst deren Gästehaus gewesen sein?

Hinter dem dürftigen Entree eine Halle voller Koffer und Menschen, die schäbige Pracht der Mittelklasse. Jerome schob sich durch eine Gruppe von Touristen ans Telefon, er rief das Zimmer 1419 an, doch die Leitung blieb tot. Seufzend sank er in den letzten freien Ledersessel und schlug die Beine übereinander; was nun?

In seiner Ermattung kam ihm eine Vision. Er stellte sich vor, so hilflos wie Roosevelt an dessen erstem Tag im Weißen Haus zu sein. Jills Buch beschrieb den Ablauf nach den Notizen des Präsidenten. Roosevelt war eher als sonst erwacht, er frühstückte im Bett und kleidete sich an. Ein Diener führte ihn ins Arbeitszimmer, er blieb allein. Die Wände waren kahl, Herbert Hoover hatte die Bilder entfernt. Auf dem blitzblanken Tisch lag weder Schreibzeug noch Papier. Roosevelt zog die Schubfächer auf, sie waren sämtlich leer. Er fand keine Klingel, saß wie erstarrt – ein Invalide, der an Krücken ging, im Zentrum der Macht. Ein gelähmter Präsident an der Spitze einer paralysierten Nation. Ihm war, als könne er sich nicht rühren, und so ohne Führung zerfiel das Land. Menschen drängten ins Weiße Haus, Gangster ... Das eigene Stöhnen und seine Helfer, die hereinstürzten, brachten ihn in die Wirklichkeit zurück. Die Arbeit begann.

An die Arbeit. Jerome sah sich um. Die Sessel standen im Karree, ihm gegenüber saß eine hellhäutige Mulattin, und hinter der Schwingtür zum Lokal huschte die Schürze einer Kellnerin. Die farbige Dame streifte ihn mit einem Blick, von ferne kam ihm ein vages Bild, es verschwamm mit dem der Kellnerin. Vielleicht hatte einst Bernardine hier serviert, es war ja das Viertel, in dem sie sich versteckt hatte.

Die Königin seiner Tagträume. Der typische Film begann mit der Szene seines Beitritts. Im Schmuddelmilieu der 44th Street West war er zu den Verschwörern gestoßen. Die Weathermen – durchweg hübsche, selbstsichere Frauen, erotisch frei, politisch zum Letzten entschlossen – fühlten ihm auf den Zahn. Sie prüften seine Moral, das Talent und die konspirative Bereitschaft. Er wurde verdächtigt, ein Spitzel zu sein, man befahl eine Durchsuchung. Sie ergab nichts Belastendes, war nur unglaublich angenehm. Auf dem Gipfel der Lust griff Bernardine eigenhändig zu, ein Test, der negativ ausging, immer eruptiv, und ihn in das Heer der Mitläufer zurücksinken ließ, bis zur nächsten Bewerbung. Mach's noch einmal, Sam.

Am Empfangstisch ließ der Andrang nach, Jerome stand auf, gefolgt von der Mulattin. Er fragte nach Scripps und erfuhr, der Anschluß zum 14. Stock sei defekt, es werde daran repariert. Niemand konnte ihm sagen, ob der Gast auf dem Zimmer war. In Europa zeigte das der Schlüssel an, hier gab den keiner ab. Er mußte hinauffahren und klopfen.

Der Lift war schon voll, als er einstieg, und es drängten noch mehr Menschen nach. Solche Enge war ihm ein Greuel. Doch im *Century Paramount*, redete er sich zu, läuft kein Film mit schlimmem Ausgang. Pralle Handlung ist obligat, Rührseligkeit Trumpf und Komik darf auch nicht fehlen. Man will gepackt sein, lachen können und dann heim, vom Happy End entzückt ... Jerome gestand sich, manchen Dingen maß er zuviel Bedeutung bei. Er schätzte es nicht, wenn drei Leute ihre Zigarette am selben Streichholz anzündeten, und es mißfiel ihm auch, saßen zwölf Menschen mit ihm am Tisch. Am 13. eines Monats plante er nie etwas Wichtiges. Was tat es schon, daß an der Etagenskala die 13 fehlte, so daß der 14. Stock eigentlich der 13. war? Immerhin war dies kein Freitag, vielmehr Sonntag, der 11.; am 13. fand die Beisetzung statt.

Die Zahlen schwirrten ihm durch den Kopf. Vom sechsten Stock an leerte sich der Lift, schließlich blieb er mit einer Frau im lila Kleid allein, der Mulattin aus der Halle. Sie stieg in seiner Etage aus, er ließ ihr den Vortritt, dabei streifte sie ihn in der Tür. Er hörte Stoff rascheln und roch ihr Parfüm, bittersüß wie Orangenschalen.

Auf der Suche nach dem Zimmer 19 ging er, Pfeilen folgend, hinter der farbigen Dame her. An einer Nottreppe begegnete ihm ein Marineleutnant, und er dachte, auf jeder Ebene müssen Treppen sein, freier Weg nach oben, auch in den höheren Etagen, das weiß man nirgends besser als beim Militär. Gäbe es sonst fünf Generalsränge, in Rußland sogar sechs, gegenüber je nur drei bei den Subaltern- und den Stabsoffizieren?

Da die Frau langsam war auf ihren tickenden Absätzen, holte er sie ein. Sie war kleiner als er, langbeinig und schmal. Irritiert von ihrer Nähe, dem Orangenhauch oder den schwingenden Hüften, so knapp mit Stoff drapiert, setzte er an, sie zu überholen – nicht leicht ohne Berührung in dem engen Gang. Da erblickte er die Nummer 1419, hielt an und pochte. Hinter der Tür regte sich nichts, zugleich hörte das Ticken auf, Metall klirrte, schräg hinter ihm führte die Dame den Schlüssel ein. Als er zu ihr hinsah, wandte auch sie ihm das Gesicht zu, von einem Lächeln verschönt. »Das Telefon geht nicht«, sagte er, »man muß klopfen.«

Sie nickte so lebhaft, als sei ihm etwas Wichtiges entschlüpft – ein Wort vom Rang der Begrüßung des verschollenen Livingstone durch seinen Retter Stanley. Ihr Lächeln strahlte wärmer, und ihm fiel ein, daß *klopfen* auch als Umschreibung von *miteinander schlafen* galt. Wieder hatte er das Gefühl, ihr schon begegnet zu sein. Aber das besagte nichts, er neigte zu Déjà-vu-Ideen, sobald ihm jemand gefiel. Die Einbildung, da wiederhole sich etwas, rechtfertigte bloß das Erwachen der Sinne, den Griff nach einer verbotenen Frucht. Das Mädchen war ein Mischling, halb Bernardine, halb jene Negerin, die ihn gestern am Franklin Park in Washington behext hatte. Älter zwar, gereifter, doch von gleicher Statur, während das Gesicht europäisch war, dem seiner Traumfrau aus dem Untergrund der siebziger Jahre ähnlich.

Ihre Tür war noch offen, als bemitleide sie ihn, weil ihm nicht geöffnet wurde und er ratlos auf dem dünnen Läufer stand. Bei seinem dritten Versuch hörte er sie kehlig fragen: »Kann ich Ihnen helfen?«

»Vielen Dank, bloß wie? Es ist keiner da.«

»Schieben Sie doch eine Nachricht unter die Tür.«

»Ja, das ist ein Gedanke . . .«

»Schreiben können Sie die bei mir.«

Die Stimme, zu tief und rauchig für eine schmale Person, fuhr ihm unter die Haut. »Sehr liebenswürdig, Madam.«

Er trat bei ihr ein. Es duftete würzig nach – ja, nach Haschisch offenbar. Der Raum war ein trübes Loch, das Fenster, halb aus Milchglas, ging auf einen Lichtschacht. Neben dem Doppelbett hatte gerade das Nachtkästchen Platz, ein Schreibtisch fehlte, auch Schreibzeug. Die Frau blickte ihm gefaßt entgegen, merkwürdig ernst von unten herauf, die Lippen leicht geöffnet. An ihren Handgelenken klirrten silberne Reifen, verschwommen nahm er wahr, daß sie auch Ohrclips und Halsketten trug, die aber nicht schepperten, denn nun stand sie ganz still.

Jerome schloß die Tür, er begriff, sie lud ihn nicht ein, damit er hier irgend etwas schrieb. In das jähe Schweigen drang – aus der Deckenventilation, dem Einbauschrank oder durch die winzige Tür zum Bad, das nur eine Duschecke sein konnte – ein mechanisches Quietschen, ein Schnalzlaut, der ihn beflügelte. Es war, als erteile ihm die Installation des Hauses ihren Segen.

Wortlos umarmte er die Frau, preßte sie an sich, stumm in seiner wachsenden Erregung, tauchte sehnsüchtig in den Orangen- und Haschischdunst, spürte ihre Zunge glatt und flink in seinem

Mund, dazu den Druck ihrer Hüften. Die rieben sich an ihm, professionell wie das verschlingende, süßlich-warme Gezüngel. Seine Hände glitten abwärts, fanden den Körper drahtig und fest. Er begann schon, das lila Kleid hochzustreifen, da stieß sie ihn plötzlich weg, sperrte die Tür ab, sicherte sie mit der Kette, drehte sich zu ihm um und sagte halblaut: »Fünfhundert Dollar.«

Jerome war baff, ein stolzer Preis in dieser Enge, sah man ihm sein Geld so an? Nur, es gab kein Zurück, das Verlangen war da, eine grelle Flamme, er mußte dieses Weib haben, auch wenn er kein Partner, bloß ein Kunde für sie war. Von Taumel erfaßt, einer schmerzhaften Gier, zog er die Brieftasche und blätterte fünf Scheine neben das Telefon auf den Nachttisch, die einzige feste Fläche des Mobilars – froh, imstande zu sein, sich solch wahnsinniges Glück zu kaufen.

In ihm war das Vorgefühl eines unerhörten Rauschs, als er sah, wie das Mädchen sich klirrend und raschelnd entblößte. Nur Strümpfe und Strumpfgürtel und all ihren Schmuck behielt sie zum metallischen Aufstacheln einer Lust, die kaum noch zu steigern war – so meinte er. Dabei musterte sie ihn geschäftsmäßig, als frage sie sich, wie er zu nehmen, wie es am besten zu machen sei. Und dieser Blick riß ihn vollends hin. So kühl nämlich hatte Bernardine ihn in jenen Filmen taxiert, wenn er ergeben vor ihr stand, umringt von bekleideten Mädchen, und sie ohne falsche Scham nach ihm griff, um zu prüfen, ob er echt sei, gehorsam, der subversiven Sache treu.

Die Luft blieb ihm weg, sein Traum wurde wahr, nach soviel Jahren! Durch ein Callgirl, das noch nicht mal sehr erfolgreich und ohne Telefonanschluß derzeit in ihrem Beruf behindert war. Als erfasse sie intuitiv, was er schätzte, schob sie ihn auf das Bett, legte ihre nach Schweiß, nach Seife riechenden Hände auf seine Brust und blies hinein. Heiß drang ihr Atem durch den Kreis, den ihre Hände bildeten, ihm auf die Haut. Dann befühlte sie sein Glied und schob es so routiniert in den Mund, wie man Spargel schlürft; mit saugender Delikatesse, einer Zärtlichkeit, von der ihm die Sinne schwanden. Weder nahm er die baumelnden Ketten wahr, die ihn streiften, noch hörte er deren Kampfgerassel oder den anfeuernden Schnalzlaut, jenes Wunder der Installation, das rhythmisch quietschte, alle 20 Sekunden, ein Taktmesser der Leidenschaft, und dem Zimmer sein Gepräge, der Begegnung das

Einmalige, Unwiederbringliche gab. Der triste Raum versank, mit ihm das ganze Hotel, Manhattan und der Rest der Welt. Seufzend vor Wonne flog Jerome empor ins Paradies.

Dort blieb ihm kaum Zeit zur Rast, die kleine Dame trat neu an. Das sei die Vorspeise gewesen, rief sie ihm zu, jetzt folge das Hauptgericht. Wie eine hungrige, schellenbehängte Katze tappte sie erfrischt aus dem Bade, um duschfeucht, dampfend vor Tatkraft, wieder auf ihn zu steigen. Klirrend stülpte sie sich über ihn, zu so köstlich wogendem Genuß, daß nach dem zweiten Ausbruch – ach, er ahnte es – wenig von ihm übrigblieb.

Bevor aber Jerome glückselig ins Nirwana entschwand, das Reich wunschlosen Verlöschens, zog er sie zu sich herab und hauchte ihr ins Ohr: »Morgen wieder . . .!« Ja, das mußte sein, war ihm doch, als fliege er dank Daniel Scripps in den siebten Himmel, als umarme er in einer Person die schwarze Hure vom Franklin Park und den eiskalten Engel Bernardine. Dies hatte es noch nie gegeben, daß er mit zwei Weibern schlief; nie und nimmer durfte es das letzte Mal gewesen sein.

XLIV

Die Maschine der Pacific & Southwest Airlines war vom McCarran Airport aufgestiegen, fünf Meilen südlich Las Vegas, als die Sonne über den Mount Trumbul kroch. Man flog ihr entgegen, über Henderson hinweg, ein einsames Nest an der Fernstraße US 95, wie Andy sagte, mit einem Werk für Raketentreibstoff. Er hatte Jill den Fensterplatz überlassen, verheimlichte nicht länger, daß ihm die Gegend vertraut war. Kein Versteckspiel mehr zwischen ihnen, sie wußte nun, was er in Livermore trieb. Es muß auch solche Burschen geben, dachte sie kühl.

Von Reno bis Henderson kannte Andy den Staat Nevada. Dann kam Terra incognita für ihn, er fing an, sich über sie zu beugen, um auf die Mondlandschaft zu starren, das Gerippe aus staubbraunem Fels im Wüstensand. Boulder City, die Colorado-Schlucht, der Hoover Damm, das Weltwunder von 1935, ein Strich vor 100 Meilen Wasser, grau wie geschmolzenes Blei. Die Strände am Lake Mead, die Stege mit all den Sportbooten auf dem größten Stausee der Vereinigten Staaten – es kümmerte sie nicht. Ihre

Furcht galt dem Verfolger; wenigstens befand sich der nicht an Bord. Gut, daß sie Andy veranlaßt hatte, die Plätze unter falschen Namen zu buchen. Im Verzeichnis der Luftlinie hieß sie Mrs. June Kirk – das wiederholte sie von Zeit zu Zeit, besorgt, es zu vergessen –, während er sich Andrew Jackson nannte, nach »dieser historischen Figur, dem alten General«, wie er einfältig gesagt hatte.

Durch den frühen Aufbruch, so hoffte Jill, würde Maxwell die Spur verlieren. Die Tickets hatte Andy auf ihr Drängen vom Country Club aus bestellt, auf der anderen Seite der Tropicana Avenue, dessen Telefon kaum Maxwells Aufsicht unterlag. Sie wollte alles tun, ihn abzuschütteln. Es war bedrückend, den eigenen Namen zu verleugnen und einen fremden anzunehmen – etwas, das in dem meisten Ländern gar nicht ging, weil man sich unterwegs ausweisen mußte. Hier wollte niemand Papiere sehen, solange man nur Bargeld hatte. Aber sie tat es zum ersten Mal, ihr war dabei so zumute wie gestern nach Andys Umarmung, die sie gefürchtet und gesucht hatte; mit dem Ergebnis, daß sie sich vorkam, als habe sie etwas Wertvolles weggeworfen.

Nun, das hatte sie ja auch. Sie hatte das Andenken Sandros beschmutzt. Der Wechsel des Namens wie der Austausch der Leiber, beides war entwürdigend. Wie konnte sie sich noch achten, da sie mit Andy ins Bett gegangen war, ohne Liebe, nur um ihn an sich zu binden oder bei ihm Vergessen zu finden, Ersatz für Unersetzliches? Daß er, der Atomphysiker und Rüstungsfreund, sich jetzt mit dem Namen des siebten Präsidenten schmückte, hob das Peinliche des Tausches noch hervor. Es kümmerte ihn nicht, daß Andrew Jackson ein Linker gewesen war, ein Gefährte Thomas Jeffersons. Im *Karussell* hätte sie ihm gewiß von Jackson erzählt, von dessen Slogan »Arbeiter und Kleinaktionäre, vereinigt euch zur Säuberung der Wall Street«. Das war vorbei, Andy ließ sich nicht beeinflussen, der blieb, wie er war: gleichgültig. Die Haltung distanzierter Toleranz. Sie brauchte ihn als Begleiter und wünschte ansonsten, daß er sie in Ruhe ließ.

Leider begriff er das nicht, blieb anhänglich wie ein junger Hund, wollte sich erklären, als verpflichte das Bett, ihr treu ergeben und gesprächsbereit zu sein, damit er ihr ein echter Partner war. »Wohin strebt das ganze, dieser große, empfindliche Komplex, den man Gesellschaft nannt?« hatte er auf dem Weg zum

Flugplatz tatsächlich gefragt, in der Gebärde des Philosophen. »Ein unheimlicher Gedanke, daß niemand es weiß.«

»Darüber ist der Naturwissenschaft keine Aussage möglich.«

Er hatte ihren Spott überhört und grübelnd erwidert: »Manchmal verhält sich das Monster ja intelligent, phantasievoll, realistisch. Dann wieder kommt es mir schäbig, dumpf und heimtükkisch vor. Ich weiß auch nicht, was es vorhat, deshalb muß ich ohne Optimismus oder Pessimismus auskommen.«

»Ob Optimist oder Pessimist, dein Gestimmtsein hat mit den Fakten wenig zu tun. Das rührt von einer winzigen Dosis des einen oder anderen Botenstoffs im Kopf her, einem Hormon, Enzym oder was auch immer, einem Sekret, das eine Drüse in dir richtig produziert oder eben nicht. Extreme Seelenzustände sind einfach Ernährungsstörungen oder Steuerdefekte im Hirn.«

»Ich weiß«, hatte er gesagt, von seinen eigenen Waffen besiegt, denen der Naturwissenschaft. Und damit war Ruhe gewesen, Schluß der Debatte – hatte sie gedacht. Denn jetzt nach der Landung, im Taxi nach *Grand Canyon Village*, fing er wieder an. »Jill, du bist ein feiner Kerl, aber mächtig schwierig, weißt du?«

»Weil ich nicht scheu zu dir aufschaue wie deine Helfer im Labor?«

»Überhaupt nicht. Ich bin doch keiner, der das braucht. Nein, du bist nicht offen zu mir, du legst deine Karten nie auf den Tisch.«

Es ging schon auf acht. Keine 40 Minuten hatte der Flug gedauert, doch bei ihrer Ankunft auf Tusayan Airport südlich des Grand Canyon war es eine Stunde später gewesen als auf der eigenen Uhr. Sie hatten mit dem Colorado River, der Grenze nach Arizona, auch die Trennlinie zwischen Pacific Time und Mountain Time passiert. »Was denn für Karten?« fragte sie.

»Wo du hinwillst und wie lange wir bleiben.«

»Wir nehmen einen Bungalow in den Grand Canyon Lodges, bestaunen die tiefste Schlucht der Erde und fahren weiter zum Desert View.« Das mußte ihm genügen.

Er fand den Punkt auf seiner Karte 25 Meilen ostwärts und wollte wissen, was es dort denn gebe. Den längsten Blick durch das Colorado-Tal nach Norden und Westen, erklärte sie ihm, ferner die Ruinen der Tusayan-Indios. Sie kannte all das von klein auf, es langweilte sie, ihr ging es nur darum, ihn bei Laune zu halten, zu ihrer Verfügung. Andy gehörte zu den Landsleuten, die ihre Nationalparks nie gesehen hatten; allenfalls die Heiligtümer des Staates, in dem sie lebten und wohin es sie beruflich verschlug.

»Und dann, Jill?«

»Dann machen wir neue Pläne. Warte ruhig ab, uns fällt schon noch etwas ein.«

Er sagte nichts. Sie hatte den Eindruck, ihr falle die Führung wieder zu, die ihr in Las Vegas entglitten war. Er war hier auf unbekanntem Boden. Aber es störte sie, daß er nicht mehr wie gestern noch in den Tag hinein lebte, sondern genau im Bilde sein wollte. Merkwürdig, alles wünschte er im voraus zu erfahren – ganz, als habe er sich verpflichtet, darüber zu berichten. Konnte es sein, daß er ein Doppelspiel trieb und anstelle Maxwells bei ihr blieb, im Sold ihrer Familie? Leicht möglich bei den Summen, die da gezahlt wurden. Sie mußte es herausfinden, notfalls auch ihm entfliehen. Bis dahin galt es, ihn hinzuhalten: erst frei sprechen, wenn feststand, daß er sie nicht verriet . . . Nur, durfte sie da jemals sicher sein?

Grand Canyon Village war trotz der frühen Stunde voll von Menschen, Autos und Bussen mit ausländischen Reisegruppen und Touristen. Immerhin versprach das Gewimmel ihr Anonymität. Quartiere waren knapp, man bot ihnen ein einziges Appartement an. Jill stimmte zu, um Andy nicht zu kränken, für den die gemeinsame Bleibe selbstverständlich war. Aber die Vorstellung, mit ihm das Bad zu teilen, sich vor seinen Augen zu entkleiden und nachts neben ihm zu liegen, war ihr zuwider. Sie konnte nicht vergessen, wie er dreingeschaut hatte, nachdem es geschehen war: abstoßend zufrieden, einem Kater ähnlich, der etwas verspeist hat, das ihm in keiner Weise zusteht, einen Kanarienvogel zum Beispiel.

Die Bungalows lagen im Wald, nach Art von Reihenhäusern hingen sie im Dutzend aneinander. Wenigstens standen die Betten getrennt, auf das erste warf sie ihren Koffer und packte nur soviel aus, wie nötig war, um klarzumachen, daß dieses Bett ihr allein gehöre. Möglichst rasch verließ sie mit Andy den Ort unerwünschter Nähe und drohender Berührung. Wie sich der nun entziehen, ohne ihn zu verletzen? Ach, sie wußte es nicht.

In der Schnellgaststätte am Parkplatz frühstückten sie und liefen durch den South Rim Park zum Rand des Plateaus. Auf Schritt und Tritt begegneten ihnen Ausflügler, die immer »guten Morgen« sagten oder, wenn es alte Leute waren, einem erwartungsvoll ins Auge sahen, mit dem Anspruch, gegrüßt zu werden. Der ständige Blickkontakt und das Grüßen von Fremden quälte Jill. Dies war nur sinnvoll in der Wildnis, wo es galt, Ängste zu mindern, einander Friedfertigkeit zu versichern, wo man die waffenlose Hand vorwies; daraus war in der Urzeit das Grußritual entstanden. In diesem Gedränge war es nicht nur lästig, man lief auch Gefahr, erkannt zu werden. All die Urlauber schienen gelangweilt, neugierig auf Mitmenschen, scharf auf einen Skandal; sie lebten im Ausnahmezustand ständiger Erwartung und Geschwätzigkeit. Doch was blieb ihr? Sie hatte die Wahl zwischen fremder Neugier und fragwürdiger Stille – der Intimität ihrer Unterkunft, allein mit Mr. Jackson.

Sie mußte den Namen gemurmelt haben, mit einem Unterton, Andy fragte sie: »Was mißfällt dir daran?«

»Er gefällt mir doch.« Anstatt ihm auch nur in Kleinigkeiten zu trauen, war es ratsam, ihn zu täuschen. »Dein Name ist besser als meiner. June Kirk, das vergißt du leicht, Andrew Jackson nicht.«

»Du kannst dich ja Kim Novak nennen.«

Sie langten bei der Abbruchkante an. Gleich hinter der eisernen Stange begann die Schlucht, in zunächst senkrechtem Absturz; oben wohl zehn Meilen breit, unten ganz schmal, in einer Tiefe von reichlich 5000 Fuß. Der Coloradostrom, derzeit bloß ein Rinnsal am Grund, hatte sie in Jahrmillionen herausgeschliffen.

»Cañon heißt Röhre«, sagte Jill. »Ein spanisches Wort, es hängt mit Kanone zusammen. Das dürfte für Waffenforscher von Interesse sein.«

Er musterte sie besorgt, ohne darauf einzugehen. Dann spähte er ehrfürchtig hinab auf das wild zerklüftete, vielfarbige Gestein, ihm anscheinend bisher nur aus Filmen und Fotos bekannt. Sicherlich ein großartiges Bild für den, der es erstmals sah. Dem Absturz schloß sich eine Zwischenstufe an, voll von eigenartigen Pfeilern, Kegeln und Türmen; Produkte der Verwitterung mit oftmals pompösen Namen, die an Schlösser und Paläste erinnern sollten. Wie kalt sie das ließ! Gelbem Kalkstein folgten abwärts rötliche Sandsteine, weiter unten mattgrüne Schiefertone, wie er ihr sagte, na und? Es hätte auch umgekehrt sein können.

All das stand auf dunkelbraunen Felsen und, so betonte Andy, »roten Graniten, die stark gefaltet und gestört sind.« Denn was die Tektonik betraf, den Aufbau der Erdkruste, da wußte er Bescheid – als einer, der Bohrlöcher hineintrieb, um *Nucys* dort zu versenken, atomare Sprengsätze und hochsensible Meßgeräte, zur Vervollkommnung der Militärtechnik, wie es in seiner Sprache hieß, die das Verbrechen beschönigte und Normalität verhieß. Die teuren Meßgeräte übrigens verdampften bei jedem Test. Der Feuerball, eine Million Grad heiß, zerschmolz auch das Gestein, ließ mit der vierfachen Sprengkraft der Hiroshima-Bombe das Erdreich bersten.

Wenn Sandro wüßte, daß sie mit seinem Antipoden spazierenging.

XLV

Als Jerome Lasky aus dem Lärm der Effektenbörse ins Freie trat, fragte er sich, wohin die Explosion das Unternehmen schleudern werde. Raketengleich stieg der Kurs, 21 1/2 Punkte hatte die Malcolm Aircraft übers Wochenende zugelegt, sensationell. Hielt der Trend an, würden die Aktien auf 300 Prozent des Nennwerts klettern und damit schon überbewertet sein, so daß es für den Käufer ständig teurer wurde, weiter anzugreifen. Denn wie der Kurs schnellten auch die Paketzuschläge hoch, die er außerhalb der Börse bieten mußte, wollte er an die Schachteln heran.

Atemberaubend, schwindelerregend, der Puls der Finanzwelt rast, dachte er mit seiner Neigung zu sarkastischem Übertreiben; das harte Herz der Hochfinanz. Der Anblick des Prunkbaus, den er da verließ, beflügelte ihn, die acht korinthischen Säulen über dem Portal. Sie reichten vom dritten bis zum siebten Stock hinauf, ihr Blätterkapitäl trug den römischen Giebel aus vormals weißem Marmor, geschmückt von Figuren im Hochrelief, am Fuß der zweiten Säule hing das Sternenbanner. Trotz der schrillen Hektik tat ihm das Treiben gut, es setzte Kräfte frei, die nach der wilden Woche noch in ihm waren. Und die Idee vom Wertzuwachs seiner Aktien an diesem 12. September erwärmte ihn, auch wenn dunkel blieb, wer dahinterstand.

Kein Mensch schien den Hai zu kennen. Angeblich ahnten die Broker nicht, wem sie letztlich dienten, während sie auf Weisung von Drexel, Boesky, Merrill Lynch oder Salomon Brothers einander überboten – Maklerhäuser, die wegen ihrer Stärke an Bedeutung gewannen, der außerordentlichen Fähigkeit, über Nacht Riesensummen aufzubringen und spekulativ zu verwenden, mit der Aussicht auf sagenhaften Profit.

Eines Tages würde er, Jerome, sich einen Sitz an der New York Stock Exchange leisten. Denn als Börsenmitglied konnte man bis zum Vierfachen des Eigenkapitals einsetzen gegenüber dem Zweifachen, das ein gewöhnlicher Anleger riskieren durfte. Das ergab die doppelte Hebelwirkung, im Guten wie im Bösen. Dem Mutigen gehört das Geld, stets fließt es dahin, wo schon welches ist! Marty Siegel, der Planer von Abwehrschlachten, kam bei Kidder, Peabody & Co. auf eine Million Dollar im Jahr. Er selber aber hatte an diesem Wochenende glatt fünf Millionen verdient.

Ihm knurrte auf einmal der Magen; wohin? Man aß in New York besser als sonstwo auf der Welt, hatte die fröhliche Wahl zwischen französischem Soufflê au Rhum, japanischem Tempura, argentinischem Steak, kubanischem Huhn mit Reis, italienischem Ravioli, jüdischem, gefülltem Fisch, Schweizer Fondue und rumänischem Rostbraten, den kein Rumäne mehr bekam . . . Nur eben nicht an Wall Street, die war kein Mekka einer Pilgerfahrt von Feinschmeckern.

An der nächsten Ecke zwang ihm der Heißhunger eine Currywurst auf, zu gepanschtem Orangensaft und wäßrigem Erdbeereis. Zum Schlemmen blieb ja noch Zeit. Um drei war er mit Daniel Scripps im *Rainbow Room* des Rockefeller Plaza verabredet, und nicht vor sieben lag Pamelas Schiff an der Pier. Da ließ er es lieber, zu *Sam's* in die 52nd Street West zu fahren, Orsini's neues Lokal in der 63rd East zu probieren oder das *Carpaccio,* ein weiteres Ristorante des famosen Arrigo Cipriani.

Die gastronomische Vielfalt, deren Spur ihm am Gaumen klebte – Gruß aus dem Souterrain der Kochkunst –, hatte ihren Preis. Die Stadt und mit ihr ganz Amerika war kein Schmelztiegel mehr, aus dem eine haltbare Legierung kam. Es war ein Land der Stämme geworden, der Rassen und Religionen, Armen und Reichen, Schwarzen und Weißen, Jungen und Alten. Und quer durch sämtliche Horden zog sich die Lust an Drogen! Das hellbraune Girl fiel ihm ein, mit dem er für halb sechs verabredet war, dazu ein neuer Text zum alten Song: *In Sexyland I take my stand* ... An diesem Montag ein volles Programm.

Übrigens war der Schnalzlaut, der ihn in die Arme dieses Weibs gejagt hatte, wohl doch kein mechanisches Quietschen gewesen. Konnte da nicht eine Hausgrille Metronom gespielt haben, ein Heimchen? Im Lexikon des *Plaza* stand, daß diese Art Heuschrekken, fast einen Zoll lang, sich gern an warmen Stellen verbargen, wo sie gesellig lebten, wie es hieß, nachts bei rhythmischem Gezirp. Das entstand, wenn die Männchen mit den Schenkeln ihrer Hinterbeine an den Flügeldecken schabten. Er war demnach einem Lockruf der Natur gefolgt, als er sich dem Genuß hingab, einem Treiben von insektenhafter Intensität. Man kann über sich selber gar nicht genug erfahren.

An der Trinity Church, Gotik in Braunstein, bog er in den Broadway. Wall Street blieb ein finsterer Schlund, wenig Sonne fiel hinein. Vor ihm ragten Fronten auf, hier an der Spitze hatte Manhattan sich manch beklemmendes Monument gesetzt. Planlos, einfach im Lauf der Geschichte war der Finanzbezirk zum Denkmal seiner selbst geworden, sein Charakter türmte sich in amoklaufendem Gestein: Gewalt und Glanz, Habsucht und Großzügigkeit, Stabilität und Arroganz, Leistungswille und eine Dynamik, die allen Wandel seit 100 Jahren federnd ausglich und wirbelnd überstand.

Und das kreiste um den Schlund des Strudels, stieß ins Zentrum wie das American International Building an der Pine Street und Pearl Street. Mit seinen 66 Stock und dem Lichtwürfel obendrauf sollte es auch noch dazugehören: um der schönen Anschrift »60 Wall Street« willen die überdachte Brücke zum Nachbarhaus! Am City Hall Park sank er auf eine Bank, zwischen Rathaus und City Hall, um sich Renaissance, Granit, Skulpturen von Staatsmännern. Der alte Kern mit dem Justizpalast, Gerechtigkeit in Marmor; stadteinwärts das Woolworth Building mit seinen 60 Stock, wieder umsponnen von Gerüsten, noch immer fielen Platten ab. Als Frank Woolworth den Stab seiner Billigläden 1913 errichtete, galt Terrakotta noch als haltbar. Der Bauherr, ein Freund des Londoner Parlamentsgebäudes, hatte dem neugotischen Traum seines Architekten die Kraft von 13 Millionen Golddollar verliehen – und auch an einen Fonds zu ständiger Flickarbeit gedacht.

Jerome nahm ein Taxi, das von der Brooklyn Bridge kam, er

nannte dem Fahrer die Pier des Kreuzfahrtschiffs. Von Stau zu Stau ruckte der Wagen zum Union Square vor und erreichte die Fifth Avenue beim Flatiron Building, dem Plätteisen, zur Jahrhundertwende als Stahlskelett gebaut, instabil und unseriös für das Gemüt der Stadt. Um New York zu beschwichtigen, griff man zu Sandstein und gebranntem Ton, verbarg das Skelett unter schwerer französischer Renaissance. Am Madison Square bog das Taxi links ein, erreichte den Hudson River, und im Heckfenster tauchten die Türme des World Trade Center auf. Im Schimmer ihrer Aluminiumhaut ragten die 110 Etagen auf. Öde Riesenstangen, nie hätten sie entstehen dürfen. Ein Denkmal für Ex-Gouverneur Rockefeller. Ganz voneinander getrennt, ohne Verbindung wie sonst bei jedem Doppelturm in New York, waren sie für Jerome ein Grund zur Trauer.

Beim Aussteigen fegte ihm eine Bö den Müll der Wasserfront entgegen, im Nu war er mit Zigarettenresten und dreckigem Papier bedeckt. Durfte man die Weltstadt so vergammeln lassen? Das Mädchen von der Schiffahrtslinie versicherte ihm, Pamelas Musikdampfer werde zwischen sieben und acht Uhr abends erwartet. Er beschloß, die Zeit bis zum Rendezvous mit Scripps auf der *Intrepid* zu verbringen, dem Schiff seines Bruders, das an der Nachbarpier lag. »Unerschrocken«, welch passender Name für Howards Schiff.

Kaum aber hatte er das schwimmende Museum betreten, da langweilte es ihn schon. In den Hallen unter dem Flugdeck, zwischen ausgedienten Bombern und Jägern, schallte Gefechtslärm aus Lautsprechern, liefen Filme von Trägerstarts und Luftangriffen, schlug die Navy mit Modellen ihre Schlachten noch einmal, von Midway bis Vietnam. Vor gebannten Besuchern, sie kauten Hot Dogs, im Hochgefühl der Macht. Schautafeln erklärten, wie sehr die nuklear bestückten Flugzeugträger von heute den Veteranen übertrafen an Seeausdauer und höllischer Kraft.

Jerome rief das *Plaza* an, habe ihn jemand sprechen wollen, vielleicht seine Schwester? Doch der Steward, der bei ihm Wache hielt, versicherte, dies sei nicht der Fall.

Auf dem Flugdeck setzte er sich in den Schatten eines Hubschraubers und zog ein Manuskript hervor. Drei Seiten skizzierten den Anfang, mit leichter Hand zu Papier gebracht, damit Scripps sah, wie er's angehen wollte. Der würde nachher im *Rain-*

bow Room den Einstieg bewerten, beim Zauber der Evergreens; war es doch ein Kultort der U-Musik, einst durchweht vom Sound des Orchesters Duke Ellington, der Trompete Armstrongs, Goodmans Saxophon; das Restaurant im 65. Stock des RCA Building kannte nur Stars.

Nach dem Funkspruch des Majors Kasmin hieß sein Buch *Ziel zerstört,* aber es begann still auf der Ranch des Präsidenten, wo Frieden herrschte an jenem Mittwoch vor zwölf Tagen. Ein Idyll in den Bergen 26 Meilen oberhalb des Seebads Santa Barbara. Ronald Reagan spannte noch aus auf *Rancho del Cielo,* der »Himmelsranch« mit Blick auf den Ozean, ein Besitz von einer Quadratmeile, den er 1974 gekauft hatte – Berge, Wiesen, Wald. Die Presse nannte es »Western White House«, doch das Haus war schlicht, es hatte bloß fünf Zimmer; ein Feriensitz mit spanischem Touch nahe einem Fischteich.

Anders als in Washington empfingen die Reagans kaum Gäste auf der Ranch. Queen Elizabeth hatte mal hereingeschaut, sonst fast niemand, selbst die Kinder kamen selten. Das Ehepaar teilte die Einsamkeit mit sechs Pferden, fünf Hunden und drei Katzen, die Nancy adoptiert hatte. Der Hausherr genoß die Stille, den Pinienduft und das Fehlen des Terminplans, der ihn im Weißen Haus bedrückte. Gern ritt er aus, hackte Holz, reparierte ein bißchen oder döste vor sich hin. Außer den Fahrern, Piloten, Funkern und Leibwächtern, deren Anzahl geheim war, gab es nur zwei Gehilfen, ohne die es nicht ging: den Arzt und jenen Offizier mit dem Koffer. Darin lag alles Unheil dieser Welt – das Funktelefon mit den Codes, die der Präsident brauchte, um einen Kernwaffenschlag zu befehlen. (Und, so hätte Jill hinzugefügt, beim Feind die *Nucys* auszulösen.)

Man tippte Jerome auf die Schulter, ein Marinesoldat, der ihn um ein Gruppenfoto bat. Er legte die Seiten hin und kam dem Wunsch nach. Die GIs stiegen in die Tür des Helikopters und gingen auch vor dem Jäger in Positur, der am Ende des Flugdecks so festgeschweißt war, als hebe er gerade ab. Sie nahmen ihn freundlich in die Mitte, der Sprecher knipste und schenkte ihm das Sofortbild.

»Danke, Jungs! Wißt ihr, daß dies ein historisches Foto ist?« Er wollte sagen, sein Bruder habe auf dem Schiff gedient, doch als klinge das zu feierlich, fuhr er fort: »Ich bin nämlich aus Polen.«

Die Gesichter wurden lang. »Ist das nicht kommunistisch?«

»O ja, ein ganzes Stück hinter dem eisernen Vorhang.«

»Sie sind Tourist?« wurde kühl gefragt. »Gefällt Ihnen das Land?«

»Meinem Urgroßvater noch nicht so sehr; aber in 100 Jahren gewöhnt man sich daran.«

Sie lachten und verabschiedeten sich. Weshalb hatte er Howard verleugnet? Sein Bruder, fiel ihm ein, gab die Kosten des Luftkriegs gegen Vietnam mit 20 Milliarden an. »Heute würden wir dasselbe Resultat verlustlos erzielen«, hatte er gesagt. »Bei *Cruise Missiles* geht kein Pilot mehr drauf.«

Seltsam, auf dem Schiff zu sein, an dem Howards Herz hing. Ein wichtiger Teil seiner Vergangenheit. Aber was zum Teufel hatte ihm dieser Haufen Stahl bedeutet?

XLVI

»Einzigartig, das Panorama«, rief Andy immer wieder. Er benahm sich wie ein Kind. Um an einen Ausblick zu kommen, den sogenannten Fotopunkt, markiert von der Firma Kodak, mußte man oft durch ein Café oder einen Shop, der Andenken feilbot, passend zur Schlucht und der Weite des Berglands. Er nannte es ein »erdgeschichtliches Amphitheater«, schreckte vor keiner Plattheit zurück. Ganz in die Natur vernarrt, las er in seiner Karte. Die zeigte ihm zwei Fußpfade hinab zum Fluß, sieben Meilen lang der kürzere und steilere Kaibab Trail.

Wollte er den gehen? Bitte, ohne sie. Ihr fiel Tanja Cory ein, die ein japanischer Kunde dazu veranlaßt hatte. Der gönnte Jill den verstauchten Fuß . . . »Von der Hängebrücke läuft ein Pfad zum höhergelegenen Nordufer empor«, trug Andy ihr aus dem Text vor, der an der Karte hing. »Bis zu den Blockhütten der Phantom-Ranch. Man muß Trinkwasser mit sich führen, Durst kann in der Hitze des Tals zum Verhängnis werden.«

Sie saßen, Fruchtsäfte vor sich, an einem Tisch im Freien. Andy hielt ihre Hand fest, als stelle er sich vor, mit ihr im Tal zu verschmachten; eine besitzanzeigende Geste. Sie hätte sich dem Griff entzogen, wäre das nicht garstig gewesen. In dem Mysterium, das sie umgab, fühlte sie sich von allem Lebendigen abgetrennt und war froh, als er sie losließ, um wieder einen Armmuskel zu trainieren. Zog ihre Scheu ihn an, entging ihm ganz, wie bestürzt sie an die Nacht zurückdachte? Ein untauglicher Versuch. Sie war in Queenswood aufgewachsen, hatte ein paar prägende Jahre in jenem Internat 40 Meilen von London verbracht, wo man junge Damen erzog, und auch danach unter innerlich unfreien Menschen gelebt, bis ihr Sandro begegnet war. Er hatte ihr einen Schlüssel zur Welt gegeben, einen Zugang, den sie suchte, seit sie denken konnte; und nun war der verschüttet.

Der Ort hieß Mather Point. Auf dieser Terrasse hatte sie vor zwei Wochen mit Sandro gesessen, und ihr war, als höre sie ihn sagen: »Es ist nicht mein Kontostand, der mich betrügt; er könnte besser sein, aber ich war immer schon ein schwacher Esser. Mir graut nur, zu sehen, wie unser System die Menschen allein läßt. Von der schmalen Elite abgesehen, sind sie durch die Medien so narkotisiert, daß sie auf jeden Anstoß, ihnen Zeitgeschichte nahezubringen und ihr politisches Denken zu wecken, feindselig reagieren. Wir haben's noch nicht gelernt, zu ihnen in einer Sprache zu sprechen, die sie verstehen. Aber die Machthaber können das.«

»An was denkst du?« fragte Andy.

»An den Einfluß von Film und Fernsehen auf das Gemüt all derer, die da vom Grand Canyon schwärmen.«

»Warum so bitter an diesem schönen Tag?«

»Gibt denen der Film etwas, das zu ihrer Gefühlswelt paßt?«

»Na sicher doch.« Er hielt in seinem Training inne. »Ein sauberer rechter Haken unters Kinn bringt auch in mir eine Saite zum Klingen. Und wenn Maurice Lagonda auf dem Bildschirm ein Starlet verführt, laufen Schauer über jeden normalen Rücken.«

»Ist es normal, immer auf das Triebhafte zu zielen? Läßt sich kein bißchen Kraft darauf richten, die Welt zu begreifen?«

»Jill, das gehört dazu.«

»Deine einzige Erkenntnis ist die, keiner bestimmten Ansicht zu sein, nicht wahr?«

»Ja, ich weigere mich, alles politisch zu betrachten. Da sind viele Möglichkeiten. Du kannst die Welt vom Standpunkt der Musik, der Psychologie oder der Chemie mindestens genauso deuten wie von den Geschichts- und Sozialwissenschaften aus.«

»Sehr praktisch, es derart zu relativieren.«

»Mein Lehrer hat mir mal erklärt, eine Rasierklinge sei gar

nichts Festes, sondern ein Haufen Atome, deren Teilchen rastlos kreisen. Was hab ich da noch gestaunt! Heute ist die Sicht der Quantenphysik für mich die höchste. Planck und Einstein sind wichtiger als Marx und Freud. Sie geben mir einen Blick durch Zeit und Raum, vom Entstehen des Weltalls bis hinab zum Mikrokosmos in uns selbst.«

Jill begriff nicht, weshalb seine Worte sie deprimierten. Weil er auf sein Fach beschränkt war? Ging es denn nicht jedem so? Ihre Gedanken schweiften zu Pamela, sie hörte die Mutter sagen: »Man hat mir erzählt, aus der Luft sähen unsere Städte schön ordentlich aus; ich war ja nie so mutig, zu fliegen. Aber hier unten, da kann man nur froh sein, mit keinem zu kollidieren. Wie wollt ihr eure Ideen den Alten verkaufen, die bei Grün nicht schnell genug über den Fahrdamm kommen? Hilft das Einfrieren der Atomwaffen gegen meine Schlaflosigkeit, und was hat das krummbeinige Mädchen von mehr sozialer Gerechtigkeit?«

Sie spürte ein Brennen im Hals, als nun ohne Übergang Kurt Stolzenbergs Stimme an ihr Ohr drang. »Wenn dies ein Kampf um die Macht ist am Institut«, sagte der zweite Vizedirektor, »dann darf kein Zweifel daran sein, bei wem sie derzeit liegt. Die Frage ist, wollen wir kapitulieren oder wollen wir kämpfen?«

Ach ja, sie saßen in Schroeder's Café beisammen, an der Front Street nahe den Piers von San Francisco. Er hatte sie in sein Stammlokal gebeten, um sich – wohl im Hinblick auf ihren starken Vater – mit ihr gegen Jan Westerling zu verbünden, den autoritären Chef, einen Holländer, der vom Kolonialkrieg in Indonesien gezeichnet war. Bei Eisbein und Sauerkraut in deutscher Gemütlichkeit ein Komplott. Der Wirt hatte keine Mühe gescheut, jene intensiv europäische Atmosphäre zu schaffen, die man nur in Amerika fand ... Was sie so erschreckte, war nicht das Aufblitzen von Erinnerungen, sondern der Umstand, daß Stolzenberg direkt zu ihr sprach. Sie hatte doch eben die gutturalen Rs gehört, den deutschen Akzent.

»Jill, du sagst gar nichts mehr.«

»Wozu? Wenn du glaubst, der Sternenhimmel oder die Atome sind wichtiger als das, was dazwischenliegt und womit du täglich Umgang hast, dann ist dir nicht zu helfen.« Sie stand auf, der Blick war imposant, doch von jäher Unschärfe. Eine Trübung, das Tal im Mittagsdunst, oder verzerrten sich die Felstürme, wie es ihr kürzlich in San Francisco auf dem Weg zum *Holiday Inn* passiert war?

Schweigend kehrten sie um. Auf dem Heimweg ins Quartier hörte sie Sandro fragen: »Wie kämpft man, ohne den Mitmenschen lästig zu werden? Niemand gibt sich gern mit Querulanten ab.«

Doch, erwiderte sie im stillen, Andy tut es. Sie war bedrückt, aggressiv, er ertrug es – aber vielleicht bloß im Auftrag? Außerdem war er nach wie vor scharf auf sie. Im Bungalow schlug er ihr eine zweideutige Ruhepause vor, da drängte sie zum Aufbruch. Er habe alles gesehen, mehr gebe es nicht, wozu den Tag verplempern?

»Schon weg?« fragte er perplex. Sie hatten die Übernachtung bezahlt, ihm tat es wohl leid um das Geld. »Und wohin?«

»Über Cameron zur Navajo Bridge, aufs Nordufer und morgen zurück.«

»Nach Las Vegas, wo wir her sind? Wo ist da der Sinn?«

»Gibt es denn einen, Andy?«

»Moment mal, welchen Zweck soll das haben?«

»Na, den Schatten loszuwerden. Oder vertrittst du ihn?«

»Komm zu dir, Jill, red nicht so etwas!«

Er nahm sie in die Arme, jammervoll stieß sie ihn zurück. Nun kannte er ihren Verdacht, würde doppelt listig sein. Sie wollte ihn auf die Probe stellen. Wenn sie in launischem Wechsel das Ziel änderte und er dennoch bei ihr blieb, war er als Wächter entlarvt. Ach, auf die Art verlor sie ihn in jedem Fall. Doch besser, man war allein als in fragwürdiger Begleitung.

Der Bus brachte sie zum Airport, zu den Mietwagen, doch Jill sagte: »Laß uns fliegen, es geht schneller. Was hältst du von Albuquerque?«

Er starrte sie an, verblüfft von ihrer Sprunghaftigkeit.

»Von da weiter nach Süden«, fuhr sie fort in dem Gefühl, dies sei ein Duell. »In die Gipsdünen von White Sands, das Testgebiet für Raketen. Oder nördwärts nach Los Alamos, zu deinen Fachkollegen. Wärst du denen nicht willkommen?«

»Nie und nimmer nach New Mexico.«

Er wich der Falle aus, verfiel in Schweigen und in seinen Tick, bestimmte Muskeln anzuspannen. Sie warteten nervös auf den nächsten Flug, im Lärm der Cessna-Hochdecker; die hoben ständig zu 50-Dollar-Rundflügen über das Canyon ab, kehrten wieder und spien ihre Fracht aus, Rudel beglückter Menschen ... Die Maschine der PSA ging nach Page, wo das Kraftwerk und der Lake Powell zu besichtigen waren. Ein Katzensprung von 80 Meilen, dem stimmte Andy zu.

Sie landeten am Südufer des Sees und schoben das Gepäck in eine Box. Andy bestellte ein Zimmer im *Ramada Inn* auf der anderen Seite. Mit kaltem Imbiß und Tickets für das Boot kam er zurück, sichtlich wieder im Gleichgewicht. Sie hätte ihm folgen sollen, um zu hören, wen er noch anrief, per Ferngespräch, doch dazu fehlte ihr die Kraft. Sie fanden auf dem Oberdeck Platz, die Sonne stach, Jill wollte es ertragen – Andy zuliebe; erneut riß den seine Schaulust hin. Soviel Naivität sprach für Ehrlichkeit. Sie mußte ihm etwas bieten, damit er bei ihr blieb.

Das Boot trug 100 Menschen, es glitt an Bojen heran, die vor dem Sog des Kraftwerks warnten, drehte um und lief auf riesige, ockerfarbene Felsen zu. Der Bug stieg weit aus dem Wasser. Das ganze Colorado-Plateau, sagte Andy, sei einst Meeresgrund gewesen. Es überrieselte Jill, als man in die Fjorde eindrang. Das Röhren der zwei Außenbordmotore verstärkte den Eindruck urwelthaften Verlassenseins, der Einöde und Gleichgültigkeit vor Beginn allen Lebens. Andy nahm ihre Hand, sie ließ es zu, denn hier, inmitten der Leute, schien er sie zu beschützen. So behutsam war er, als drohe ihr keine Belästigung mehr von ihm, was ja nicht wahr sein konnte.

Die Fahrt dauerte zwei Stunden. Danach holten sie die Koffer und fuhren über den Glen Canyon Damm ins Hotel. Am Empfang geschah etwas Seltsames, der Computer wies Jills Kreditkarte ab, erklärte die Nummer für gesperrt. Andy sprang ein, so flink, als erneuere das sein Anrecht auf ihren Körper.

»Ein dummer Irrtum«, sagte sie beim Auspacken.

»Was tun wir nun, wozu hast du Lust?«

»Ich leg mich an den Pool. Er hat Bergwasser, ganz kalt.«

»Mir ist aber nicht nach kaltem Wasser.«

»Möchtest du vorher essen gehen?«

»Besser hinterher, Jill.«

»Was heißt das, hinterher?«

»Du weißt schon, was es heißt.« Er nahm die Brille ab, seine Augen funkelten. »Liebe am Nachmittag, Glück am dritten Tag.«

»Du bist grauenvoll«, sagte sie so schonend wie möglich, konnte jedoch nicht verhindern, daß es endgültig klang. Was widerstrebte ihr mehr, wenn er sie verriet oder wenn er sie nahm? Eins von beiden würde er tun, selbstlose Hilfe gab es nicht. Für sie gab es nicht einmal mehr die Lust, das hatte sie letzte Nacht erkannt bei dem Versuch, sich einzubilden, es sei Sandro, der da mit ihr schlief.

In diesem Zustand von Gereiztheit begann ein Streit, den keiner von ihnen wollte. Wer hatte angefangen? Wohl sie, dafür sprach seine Art, sich zu wehren. Zäh verteidigte er sein Tun in Livermore, und sie hielt ihm vor, er rechtfertige das Unhaltbare. »Du bist wie jemand, der einen Leimtopf versteckt«, rief sie. »Dabei faßt du ihn an, der Leim klebt an dir, zieht Fäden, deine Fixierung ist grotesk –, psychisch ein Fall von Wiederkehr des Verdrängten, volkstümlich gesagt: der Fluch der bösen Tat.«

Doch was nützten da Worte?

»Jetzt wird klar, was du hast«, warf er böse hin. »Du hast einen Vaterkomplex! Wenn du's tust, Jill, ist es für dich, als ob's dein Daddy mit dir treibt. Die Illusion von Blutschande, erst ein älterer Partner macht die perfekt, und wenn du mit Daddy über Kreuz bist, klappt bei dir gar nichts.«

Abscheulich. Sie mußte ihn loswerden, den Mann, der ständig nach ihr griff und sie dazu noch kränkte. Da half nichts, als es noch mal zu erdulden ... Sie zog sich aus, und schon fiel er über sie her, wie gestern.

Jill wartete, bis er schlief. Dann löste sie sich aus der Umarmung, glitt in die Sachen und verließ das Haus – lautlos, ohne Abschied. Sie trug ihren Jeansanzug, in dem sie von San Francisco aufgebrochen war. Der Koffer blieb zurück.

Ein Taxi fuhr sie über den Staudamm zum Airport. Der erste Flug ging nach Tucson, 300 Meilen südwärts. Sie nahm ihn auf den Namen Clarissa Young, so war die Spur verwischt. Bei Sonnenuntergang landete die Maschine auf Tucson International Airport im Süden der Stadt, eine Autostunde vor der Grenze nach Mexiko. Jill zitterte vor Erschöpfung, als sie beim Wagenverleih nach einem Hotel fragte. Man nannte ihr das *Sheraton El Conquistador* am anderen Ende von Tucson und gab ihr einen Pontiac. Sie hatte es geschafft.

Es war noch Zeit bis zum Treff mit Scripps, also nahm er kein Taxi. Der tägliche Fußmarsch, ihm von Tanja empfohlen; die schäbige 46th Street West hinauf, mit ihren Schmuckläden, Kinos, Nutten und Dealern. Howards Stolz blieb zurück, das Trägerschiff, Baujahr 1943. Das Feindbild bleicht aus, dachte Jerome, die Angst vor Rauschgift verstellt es. Schon halten drei von fünf Amerikanern die Drosselung des Drogenimports wichtiger als das Eindämmen des Kommunismus.

Ein Notstand. Rauschgift jeder Art gab es längst billiger, reichlicher und reiner als vor ein paar Jahren. Der Regierung fiel nichts mehr ein. Laut *Washington Post* klagte der Vizepräsident, zuständig für die Drogen-Cowboys der South Florida Task Force, sobald man den Schmugglern ein Loch verstopfe, fänden die ein neues. Der Offenbarungseid des George Bush ... Die 20 Jets vom Typ Cessna Citation aus dem Orlando-Geschäft kamen ihm in den Sinn, Ralphs Narco-Dollar und das Haschischgirl im *Century Paramount.* Er hatte wahrlich kein Recht, sich über die Straßenhändler zu erheben.

Nahe dem Broadway strich sein Blick an den Fassaden hoch, Zeugen der Stadtgeschichte, die Passanten übersah er so wie das Blechgewühl, durch das kühn ein Radfahrer flitzte; einer der Burschen, die für fünf Dollar einen Eilbrief vom unteren ins mittlere Manhattan brachten, schneller als jedes Auto. Halbwüchsige, für sie fiel 1.50 Dollar ab, sie mußten bloß treten und lesen können. Eine Fehlzustellung, und aus war's mit dem Job; ein Sturz aufs Pflaster – eingequetscht zwischen Bussen, wenn der Spalt enger wurde als ihr Lenker – konnte das Ende sein.

Jerome memorierte seinen Text, frühmorgens im *Plaza* zu Papier gebracht. Auf drei Seiten die Ausgangslage vom Mittwoch, dem 31. August. Wie üblich war der Stab unten geblieben, in Santa Barbara am Pazifik. Sicherheitsberater William Clark und Edwin Meese, Reagans engster Vertrauter, saßen im *Biltmore,* einer parkähnlichen Hotellandschaft mit Golfplatz und Bungalows. Dort sollten sie verfügbar sein, vor allem ausfiltern, was an Lästigem aus Washington kam, nicht wert, den Präsidenten zu beschäftigen. Skeptisch prüften sie eine Meldung, die um zwei Uhr mittags kalifornischer Ortszeit einging: hochreichen oder speichern? Es war das Echo des Knalls in Fernost, wo 140 Minuten zuvor der Jumbo ins Meer gestürzt war.

Die Nachricht kam aus Wakkanai, Japans nördlichstem Ort. Hier, nur 27 Meilen weg von Sachalin, ragte ein Wald von Funkantennen empor, drehten sich Dutzende von Radarfühlern, bis hin zu den nicht gekapselten Antennenzäunen im Durchmesser von 100 Yard. Ein Heiligtum der Elektronik, des Ortens und Abhörens in den Hügeln von Wakkanai. Japanische Mönche und eine Handvoll amerikanischer Ordensbrüder stets dabei, tief in die heidnische Sowjetunion hineinzutasten; 1300 Tempelpriester, Hüter der Militärtechnik und Textausleger im Schichtdienst rund um die Uhr.

Was die Glaubensstreiter während der Morgenmesse des 1. September, der bei ihnen schon angebrochen war, erlauscht und auf ihren Bildschirmen erspäht hatten, lief durch ein Spezialkabel sogleich nach Misawa Air Force Base, dem Stützpunkt der amerikanischen Luftwaffe auf Japans Hauptinsel Honshu. Dort unterhielt die *National Security Agency,* ein Nachrichtendienst der USA, ihren größten Kultort außerhalb der Vereinigten Staaten. Das Tun der Gottlosen, in diesem Kloster wurde es nochmals geprüft von Kennern des Russischen. Deren Deutung traf via Satellit, über das himmlische Verbindungsnetz der NSA, in Fort Meade ein, im Herzen des Bundesstaats Maryland, zur Weiterbehandlung: der Analyse des Lagebilds nebst wertendem Kommentar.

Fort Meade lag eine halbe Erddrehung weg zwischen Washington und Baltimore in dichtem Wald. Im Bürgerkrieg hatte es den General Lee daran hindern sollen, Washington zu umzingeln. Heute kreiste man von dort aus die Welt im Namen der nationalen Sicherheit ein. Das NSA-Hauptquartier, so streng bewacht wie der Sitz der besser bekannten CIA im nahen Fort Langeley, unterstand dem Pentagon. Es hatte Spionageschiffe, Spähflugzeuge, Elektronik-Satelliten und 70 000 Mann. Sein Personal saß auch am Boden rings um den Feind herum. Mit allen Finessen des Empfangs, des Codeknackens und Dechiffrierens in fremde Nachrichtenadern einzudringen, zumal in die der Sowjetunion, das war sein hartes Brot. Die Lauscher sollten immer schon Befehle auffangen, die man drüben gerade gab, nicht erst die Ausführung sehen: Wissen, was läuft, bevor es läuft, wie ihr Chef, ein Fliegergeneral, gesagt hatte.

Was geschah dann mit der trickreich erforschten Neuigkeit? Unter den Kiefern von Fort Mead entschied sich, wer einzuweihen war – das Weiße Haus, der Chef des Pentagons, der CIA-Direktor oder auch, wenn es nicht um rein Militärisches ging, der Außenminister und einer von dessen Gehilfen, falls der das Vertrauen des Generals genoß, ihm nicht als diplomatischer Schlappschwanz galt. All das war prompt geschehen. Der Bericht von Wakkanai lag 140 Minuten nach dem Knall, erläutert und von Unwichtigem befreit, in Santa Barbara vor. Über eine Sonderleitung hörte Clark, am Abschuß des Jumbos sei kein Zweifel, das gesamte Material erhärte den Fakt. Das schloß den Tod eines Kongreßabgeordneten ein, doch Vorstopper Clark entschied, Reagan nicht zu stören; immerhin war Siestazeit.

Das Folgende hatte Jerome noch nicht skizziert, nach dem Abend mit Doc Cabot aber wußte er, wie dramatisch es weiterging. Es reizte ihn, fortzufahren, gestützt auf die Notizen, hätte er nur Zeit gehabt. Denn die Eröffnung schien geglückt, sie gefiel ihm sehr. Der Leser, eingelullt von dem Klatsch um das Ehepaar Reagan, dessen Hunde und Katzen, stand vor einem Abgrund, im Wechsel von warm und kalt – wie die Opfer der Katastrophe, die es auch aus der Geborgenheit in die eisige Nacht geschleudert hatte. Welch Einstieg in den Stoff! Ein erster Höhepunkt die Szene, in der ranghohe Helfer hinter dem Rücken des Präsidenten, der all das verschlief, am Telefon gepokert hatten. Angespornt durch den Fehler des Erzfeinds, inspiriert von russischen Fetzen im Tonbandtext (Wörter wie *rakety* und *pusk,* Schuß), beschlossen sie Geheimhaltung, um den Trumpf voll auszuspielen. Selbst als Reagan längst auf war und, noch immer nicht eingeweiht, an der Seite seiner Frau über sonnige Berghänge ritt, zog man die Schau weiter ab. Und während er, Jerome, an jenem Mittwoch vor Sorge um Tanja verging, trieben die Jungs hinter den Kulissen ein Schwungrad an, das seitdem von selber kreiste und sich nicht mehr bremsen ließ.

Der Assistent des Außenministers nämlich, von der NSA ins Bild gesetzt, war Richard Burt gewesen, ein dynamischer Mann, vor Ehrgeiz aus den Nähten platzend. Wie nur wenigen hohen Beamten im State Department vertrauten ihm die Geheimdienste. Mit dem Stab des Präsidenten in Santa Barbara faßte er einen Plan, der in Washington von seinem Minister Shultz und auch von

CIA-Direktor Casey gebilligt wurde. In einer Telefonkonferenz von Küste zu Küste legte das Gremium fest, wie die Affäre zu behandeln sei.

In dem Kreis hatte die NSA keinen Einfluß, außer durch ihre Meldungen. Und was sie im Laufe des Nachmittags per Telefax an die Berater in Santa Barbara nachschob, zeigte das Ende von KAL 007 deutlich als das, was der Flug von Anfang an gewesen war: ein Knäuel aus Pannen, Fahrlässigkeit, Zeitdruck, Mißverstehen, Irrtum und Kommißbetrieb – mehr oder minder auf beiden Seiten. Aber der Stab schaffte es, gedrängt von Burt, die Fakten so zu sehen, daß sie ihm in den Kram paßten, nutzbar wurden zum Durchsetzen der eigenen Linie, zumal gegenüber den Alliierten in Europa. Galt es doch, all die Leute dort zu lähmen, die sich gegen neue Raketen und *Cruise missiles* wehrten. Sie, die Rüstungsgegner, setzten mit Riesendemonstrationen ihre Regierungen unter Druck. Einen »heißen Herbst« hatten sie verkündet – der Abschuß war der kalte Guß, imstande, das Feuer zu löschen!

Das Unglück von Sachalin, fand Jerome, hätte die Welt warnen sollen – vor dem Gezänk der Großmächte, ihrer Streitsucht, ihren Feindbildern. Modellhaft nahm es einen Kriegsausbruch vorweg, einen Schlagabtausch aus Versehen. Aber es war vom 1. September an als bewußte Greueltat hingestellt worden, als Beweis für die finstere Natur der Russen oder ihres Systems. Als Verbrechen eines Imperiums, gegen das man sich wappnen mußte! Je moderner die Waffen, und je mehr davon, um so besser für die freie Welt: Das war der Honig, den der Kreis um Clark und Burt aus der Affäre sog.

Das RCA Building hatte Pfiff. Es war der Kern des Rockefeller Center in der Avenue of the Americas, Ecke 50th Street, vor einem halben Jahrhundert 70 Stock hoch für John D. Rockefeller erbaut. Nach 1970 hatte man drei Bürotürme hinzugefügt, das Exxon, McGraw-Hill und Celanese Building – etwas kleiner, alle im selben Rasterstil. Wohl fehlten ihnen der Schwung, die Phantasie und auch das gediegene Material der alten Fassaden; trotzdem sah Jerome sie als ein architektonisches Ensemble an. Die einzige wahrhaft geplante Gruppe von Hochhäusern hier seit den Tagen der großen Depression.

Recht vornehm das Interieur. Hoch oben im *Rainbow Room* lag ein Hauch von Harmonie, der ihn die *Intrepid* vergessen ließ. Statt kreischender Trägerstarts sanftes Gewisper zu perlender, sinnlicher Barmusik. Der Chefober brachte ihn an seinen Tisch zu Daniel Scripps, der sich rasch erhob: klein, stämmig, viril, britisch erzogen und zurückgenommen. In England galt es als angemessen, Flanell zu tragen und gesichtslos zu sein. Ein Mann ohne Eigenschaften auf den ersten Blick, seine Demut war wie aus Plastik gegossen. Der gestutzte Oberlippenbart und die schräghängenden Lider unter dem dunklen, gescheitelten Haar gaben ihm etwas Verschmitztes und machten, daß man ihn älter schätzte; auf Ende Vierzig vielleicht.

»Auf die Königin«, sagte Jerome beim ersten Glas.

Scripps las den Anfang, beim Umblättern raschelte das Papier, man sah ihm nicht an, was er davon hielt. »Sind Sie sicher«, fragte er schließlich, »daß es vier Hunde und drei Katzen sind?«

Jerome merkte, seine Eröffnung kam nicht an. »Es ist bloß die Garnierung, aber auch das stammt nicht aus zweiter Hand. Ich weiß manches über die zwei, etwa daß sie abergläubisch sind. Die 33 ist Ronalds Glückszahl, sie stand auf seinem Football-Trikot, bevor er der 33. Gouverneur von Kalifornien wurde. Den Kaufvertrag für die Ranch hat er vor neun Jahren um 3 Uhr 33 unterschrieben. Nancy hört auf eine Sterndeuterin aus San Francisco, sie bestimmt seinen Terminkalender nach dem Horoskop.«

»Mr. Lasky, ich bin beeindruckt. Aber sind das wirklich Dinge von Gewicht?«

»Der Terminplan des Präsidenten ist das stärkste Instrument, er legt ja fest, was der mächtigste Mann der Welt tun wird, und wann.«

»Darf ich fragen, woher Sie all das haben?«

»Meine Familie ist ein wenig mit den beiden bekannt.«

»Schade; dann müssen Sie wohl darauf Rücksicht nehmen.«

»Nun, ihn trifft kaum Schuld, seine Helfer sind die Schurken in dem Stück . . .« Ein Balanceakt – überzeugend sein, ohne arrogant zu wirken am Beginn der Partnerschaft. Es ging um die Führung des Teams, das sich da unter ihm formierte. Er hatte das Geld und das Sagen, wie Scripps gewiß begriff. Wer aber wem geistig folgte, das entschied sich fast immer in den ersten Minuten eines Gesprächs. In dem Gefühl, sein Gast taktiere, um sich gut zu verkaufen, nahm er die Speisekarte und wollte schon ein festliches Dinner vorschlagen. Da brachte der Ober ihm das Telefon an den Tisch.

Jerome hatte im *Plaza* hinterlassen, wo er wann erreichbar war, aber es verblüffte ihn doch, Valentines Stimme zu hören. »Ich rufe wegen deiner Schwester an«, erklärte sie nervös. »Sie ist weg aus Las Vegas, stell dir vor!«

»Das kann nicht sein. Ich bin dort übermorgen mit ihr verabredet.«

»Die Spur führt anscheinend zum Grand Canyon.«

»Was heißt anscheinend? Wird sie nicht mehr bewacht?«

»Doch, Jero, nur hat sie den Mann abgehängt. Dein Vater meint, Jill kommt nicht weit, er hat ihr die Kreditkarte gesperrt. Ich fürchte allerdings, das verprellt sie endgültig.«

»Leicht möglich. Was meinst du, Titi, soll ich tun?«

»Zur Verfügung sein, falls Jill Hilfe braucht.«

»Sie hat sich meine Adresse notiert.«

»Ich hoffe, sie meldet sich bei dir. Inzwischen ist Winston dabei, sie entmündigen zu lassen. Damit ist Scanlan beauftragt.«

»Er weiß, dem stimme ich niemals zu.«

»Er tut es trotzdem. Es geschieht in Florida . . .«

Sie wurden unterbrochen, dann war Dads Stimme im Hörer. »Sei nicht schwierig, Jero. So, wie sich ihr Zustand leider entwikkelt, bleibt uns gar keine Wahl.«

»Und ob die bleibt! Darauf kannst du Gift nehmen.«

»Ich verspreche dir, mein Junge, es wird diskret verfahren. Und rückgängig gemacht, sobald die Besserung eintritt. Jetzt entschuldige mich, der Aufsichtsrat tagt.« Es knackte, Winston hatte aufgelegt.

Jerome warf den Hörer hin. Hätte er das bloß früher getan! Der Papst war wieder einmal schneller gewesen.

»Ärger?« fragte Scripps höflich, aber es klang doch so, als ahne er einen Schwachpunkt.

XLVIII

Ein großer Leihwagen, wenn man allein war und ohne Gepäck, 80er Pontiac, zweitürig, grün. Für 290 Dollar hatte Jill ihn gemietet; da es ihr schlecht ging, tat bequemes Reisen not – vor allem eine Rast. Das Hotel, zwölf Meilen vom Flugplatz, sollte im Norden der Stadt sein. Tucson, die Heimat von Wyatt Earp und Doc Holiday. Sie mußte nur auf der US 89 bleiben, unbeirrt durch die Interstate 10, die den Weg in der Stadtmitte schnitt.

Ein lehmfarbenes Nest, Strommaste und TV-Antennen, über denen der Tag verblich. Im Zentrum knipste sie das Licht an, bemüht, die Schilder zu lesen. Nach einer Doppelkurve wurde aus der Miracle Mile die Oracle Road, es folgte die Brücke über ein trockenes Flußbett, dann lag das *Sheraton El Conquistador* vor ihr. Kein städtischer Bau, sondern ein weiträumiger Komplex in grünen Hügeln. Sie rollte auf den Parkplatz, stellte den Motor ab und atmete durch.

Neben ihr hielt ein Reisebus, Touristen stiegen aus, Jill wurde in einen Coup verstrickt. Reiter preschten herbei, um die Gäste durch einen Überfall zu erheitern. Man schoß aus Colts und zwang alle, auch Jill, sich am Bus aufzustellen, als sei das eine Postkutsche im 19. Jahrhundert. Einem Ankömmling wurde das Lasso um den Hals gelegt, den anderen befahl man, Geld und Schmuck in einen Sack zu tun, den ein Maskierter ihnen hinhielt. Da aber langte der Sheriff an, mit Helfern hoch zu Roß, Hufe schlugen Funken, Schüsse peitschten, Banditen wälzten sich fluchend im Staub.

Die Touristen sprachen deutsch, Jill verstand sie nicht, merkte jedoch, die Darbeitung fand wenig Beifall. Sie hatten den Tag im Bus verbracht und wollten ins Bett. Noch eine Hürde auf dem Weg: rote und grüne Cocktails in der Halle, Käsestückchen, aufgespießt von Plastikdegen; Begrüßung unter der Flagge Arizonas in Blau, Gelb, Rot und kupferhaltigem Gold.

Jill aß von dem Käse, sie nahm auch einen Drink, in dessen Eis ein Papierschirm und Kräuter steckten. Am Empfang wiederholte sich der Ablauf vom *Ramada Inn,* man tippte die Daten ihrer Kreditkarte ein, der Computer wies sie erneut zurück, konnte das noch Zufall sein? Sie zahlte mit dem letzten Geld, einem Hunderter. Acht Dollar gab man ihr heraus, dazu statt des Schlüssels ein Kärtchen aus Plastik, und bat sie, sich die Nummer des Appartements einzuprägen; sicherheitshalber fehle die auf den Kärtchen.

Ein Elektrowagen karrte sie und ein paar andere über Serpentinen zum Quartier. Ein chaotischer Ort, nach wenigen Kurven verlor sie die Übersicht. Die Zimmer, verteilt zwischen Schwimmbäder, blühende Bäume und Kakteen, hingen in Ketten aneinander, ein- oder zweistöckige krumme Zeilen, und die Nacht sank herab. Das Kärtchen in Jills Hand hatte einen Magnetstreifen und Pfeile, die zeigten, wie man es einführen mußte. Sie las die Beschreibung und das Staatsmotto von Arizona (*Ditat Deus,* Gott bereichert es, wohl das dürre Land). Das Fahrzeug leerte sich, Jill war der letzte Gast, sie nannte dem Boy ihre Nummer, plötzlich unsicher, ob es die richtige sei.

Tatsächlich ging die Tür nicht auf. Das Kontrollicht flimmerte gelb und rot, ohne auf Grün zu springen, wie man die Karte auch ins Schloß schob. Der Boy kam ihr zu Hilfe, ein netter Mann von mexikanischem Habitus. Er versuchte ein paar Tricks und seufzte: »Es scheint, Madam, Sie haben die falsche Karte erwischt.« Aus seiner Livree zog er andere, probierte sie der Reihe nach aus. »Mehr Verkehrsampel als ein Schloß«, scherzte er. Welch ein Hotel! Die Tür war so abweisend wie der Computer.

Da wurde es grün, der Drehknopf griff, aufatmend trat sie ein. Der Mann gab ihr das Kärtchen, mit dem es geglückt war, ihres behielt er. Sie schob ihm einen Geldschein zu und hörte sein *Muchas gracias.* Dem Ton nach hatte sie ihm fünf Dollar geschenkt. »*De nada*«, sagte sie.

»Sie sind willkommen«, erwiderte er und fuhr ab.

Ehe Jill den Lichtknopf fand, stolperte sie über ein Paar Schuhe. Dann sah sie die Koffer, den gefüllten Kleiderschrank. Im Bad stand viel vor dem Spiegel . . . Unfaßbar, sie hatte die Nummer unterwegs ständig aufgesagt und sie dann doch verwechselt. Etwas stimmte nicht mit ihr. Benommen sank sie in den Sessel, am Ende ihrer Kraft. Gestern in Las Vegas fing das an, der Safe im *Tropicana,* ihr war entfallen, was sie dem Zahlenschloß eingegeben hatte.

Was nun? Den Empfang anrufen, gleich von hier aus um Hilfe bitten? Sie brachte es nicht fertig. Nach der Kreditkarte noch eine Fragwürdigkeit, sie sah das Gesicht des Managers und hörte ihn den Boy beschimpfen. Der hätte sie nicht einlassen dürfen, ohne sicher zu sein, daß es ihr Appartement war. Am Ende kostete ihn das noch den Job. Welch heikle Situation, kehrten die Bewohner heim. Aber hinauslaufen und das Hauptgebäude suchen schien auch nicht besser. Jetzt fehlte ihr Andy, sie war dem nicht gewachsen, besser, sie reiste sofort ab.

Mit drei Dollar in der Tasche? Ihr kam ein Verdacht. Wie, wenn das alles Absicht war, ein Spiel ihres Vaters und seiner Helfer? Man stellte ihr nach, hatte ihr offenbar den Kredit gesperrt – weshalb nicht auch Leute bestochen, um sie dorthin zu bringen, wo sie sich befand, unbefugt in fremden Räumen? Nun blieb ja nur noch, den Sheriff zu rufen, mit diesem Beweis von Verrücktheit war es leicht, sie festzunehmen und entmündigen zu lassen.

Der einzige Ausweg hieß Flucht, zu der Mutter, die allein noch zu ihr hielt. Aber wie nach Boston kommen ohne Geld? Jill sah sich im Zimmer um. Der Safe im Kleiderschrank war versperrt, die Leuchtschrift zeigte es, enthielt also Schmuck oder Bargeld. Und wie man herankam, wußte sie von Andy – den Stromkreis unterbrechen. Fand sie die Sicherung nicht, tat es ein Kurzschluß wohl auch. Doch vorher mußte sie den Leuten erklären, wie sie ihr Eigentum zurückerlangten.

Auf den Block des Hotels schrieb sie: »Man bedroht mich, ich gehe über die Grenze.« (Dies legte eine falsche Spur.) »Verzeihen Sie, wenn ich etwas an mich nehme, es soll mir weiterhelfen. Als Pfand lasse ich Ihnen meine Kreditkarte da. Bitte zeigen Sie die meinem Vater, dem Chef der Malcolm Aircraft Corp., Van Nuys, L. A., er wird den Schaden gutmachen.« Das entlastete sie, wenn auch die Schrift ihr nicht gefiel. Sonst immer akkurat, wirkte die recht krakelig.

Jill unterschrieb und tat die Kreditkarte dazu. Doch ihr Versuch schlug fehl – der Stecker, dessen Pole sie mit einer Haarklemme verband, ging so nicht mehr in die Dose. Wie wenig ihr im praktischen Leben gelang! Sie konnte nur noch Vorträge planen, die sie niemals hielt, da ihre Themen kein Echo fanden . . . Dann besann sie sich, ließ Wasser ein, knipste den Rasierapparat an und warf ihn ins Waschbecken. Es knackte, das Licht ging aus.

Am Safe allerdings glomm es weiter, der hing an einem anderen Netz, es funktionierte wieder nicht! Sie hörte Stimmen von Leuten, die gleich ihr im Dunkeln saßen. Ein Lichthauch fiel durch die gläserne Schiebetür. In einer panischen Wallung griff Jill in die Jacken und Hosen über dem Safe, fischte ein paar Geldscheine aus den Taschen und verließ den Raum nach hinten, durch die Glastür zum Pool.

Die ganze Zeile war finster, Gäste irrten durch die Steingärten an der Rückwand des Quartiers. Zwei Männer vom Sicherheitsdienst begegneten ihr, gekleidet wie Sheriffs – gut, daß sie ohne

Gepäck war. Man hatte ihr eine Falle gestellt, lauerte man ihr nun am Auto auf? Sie erklomm den Hügel und sah weit weg das Haupthaus mit dem Parkplatz daneben. Im Auf und Ab lief sie durch Hotelanlagen, suchte einen Weg. Über dem Komplex lag eine Lichtwolke, doch die Füße tappten im Dunkel. Endlich erreichte sie den Parkplatz. Viel Zeit verstrich, ehe sie unter all den Autos ihren Pontiac fand. Kein Mensch bewachte ihn, sie stieg ein, ließ den Motor schnurren und rollte zur Ausfahrt, in fast augenfälliger Verstohlenheit. Erst auf dem Highway merkte sie, daß ihre Scheinwerfer noch nicht brannten.

Entschlüpft! Sie schlug dieselbe Richtung ein wie vorhin, nordwärts, von Tucson weg. Bald gabelte sich die Chaussee, sie nahm die schlechtere von beiden, schien es doch ratsam, Hauptstraßen zu meiden. Der nächste Ort hieß Oracle, ein kleiner Flugplatz folgte. Hier ein Ticket nach Boston lösen? Kein guter Einfall, der Airport lag zu nahe beim Hotel. Im Schein des Kartenlichts zählte sie ihr Geld, 125 Dollar hatte sie erbeutet.

Also wohin? Nach der Karte befand sie sich in den bergigen Ausläufern der Yuma-Wüste. An manchen Ortsnamen hingen Erinnerungen: Tombstone, dort war sie einst mit den Eltern gewesen, in Winstons brandneuem Cadillac. Eine Geisterstadt aus der Zeit des Silberbooms, heute ein kleiner Erholungsort, in dem man Wildwestspiele bot. Ostwärts davon, fünf Stunden entlang der mexikanischen Grenze, Las Cruces, auch ein Flugplatz, in Richtung El Paso, wo Texas begann.

Ringsum mehr Militärflughäfen als zivile. Besser, nach New Mexico zu gehen, aus dem Griff der örtlichen Polizei. Aber nicht auf kürzestem Wege, der wurde am ehesten bewacht. Las Cruzes? Dort war sie mit der Mutter im *Hilton* gewesen. Der Name kam von einem Apachenüberfall aus der Zeit, da das Land noch Mexiko gehörte; man begrub die Leichen unter vielen Kreuzen. Eine Rundfahrt durch den Südwesten bis in das alte Santa Fe, die Künstlerstadt mit ihren Museen und Galerien, damals, als es noch die Familie Lasky gab.

Nein, Jill blieb auf dem Arizona Highway 77, der beruhigend schmal war, zu unbedeutend für Kontrollen. Sie würde die 200 Meilen bis St. Johns fahren und von Jero Geld erbitten, telegrafisch nach Gallup. Von dessen Airport kam man gut in den Nordosten. Das hieß, bei Lupton die Grenze zu passieren, oder an einem noch belangloseren Punkt. Von St. Johns bis Gallup waren es nochmals 94 Meilen; ein viel zu weites Land, als daß man einen, der nachts fuhr, darin fand.

Sie zog den Wagen durch Kurven aufwärts, ein Kribbeln in den Fingern. Die Berge bestanden, wie seltsam, aus rundgeschliffenen Steinen, von der Form eines Autorads, locker geschichtet – anscheinend bereit, auf die Straße zu rutschen. Ihre Augen brannten vor Müdigkeit, und sie merkte, daß ihr angsterregende Einfälle kamen. Darunter die Idee, all das seien gar nicht ihre eigenen Gedanken, sondern die einer feindlichen Umgebung. Man schien ihr etwas zu suggerieren. Noch nie hatte sie drei Hotels an einem Tag benutzt, sie wurde gejagt von der Clique im *Vatikan.*

Aber doch nicht ferngelenkt. Als die Straße sich wieder gabelte, blieb sie absichtlich rechts, aus eigenem Entschluß. Die Kurven wurden enger, *Pinal Pass, 5003 Fuß* stand auf einem Schild. Im nächsten Tal geriet sie auf den Highway 70 und bog vor Globe nordwärts ab, denn alle Straßen mit gerader Zahl verliefen ja in Ost-West-Richtung. Sie war nun im Salt River Canyon, ein Text am Straßenrand wies zu den Kinishba-Ruinen und dem Fort Apache ... Auf einmal hatte sie das Gefühl, nicht mehr weiter zu können, ohne ihr Leben zu riskieren. Sie hielt an und schluchzte auf, in dem Argwohn, sich verirrt zu haben, ja dabei zu sein, krank zu werden in der Wildnis – wirklich krank, ganz verloren.

XLIX

»Ich bin über Kanada hergekommen«, sagte Daniel Scripps. »Mein erster Weg führte zur Air Navigation Kommission; Ihnen gewiß ein Begriff.«

Jerome wußte im Augenblick nicht Bescheid.

»Ein Ausschuß der Internationalen Behörde für Zivilluftfahrt ICAO in Montreal, die selber ein Anhängsel der UNO ist. Alle Länder mit eigenem Flugwesen gehören ihr an. Der Generalsekretär, ein Franzose, läßt den Fall untersuchen. Durch fünfzehn erfahrene Piloten und Flugkontrolleure, auch ein Russe ist dabei.«

»Noch kein Ergebnis nach zwölf Tagen, nehme ich an?«

»Nein. Die Kommisson warnt nur vor den raschen Erklärungen des Fehlflugs, die uns bisher gegeben wurden.«

»Als da sind?« Jerome war nicht recht bei der Sache, Valentines Anruf hatte ihn aus dem Tritt gebracht. Ein feines Buch wollte er mit Scripps' Hilfe schreiben, aber seine Schwester, für die das ja geschah, irrte durch Arizona; am Grand Canyon hatte man sie zuletzt gesehen.

»Nun, besonders die Version des Tippfehlers.«

»Daß die Crew ihrem INS falsche Daten eingespeist hat?«

»Den drei INS-Geräten, Mr. Lasky. Ihr Land liebt diese Deutung, doch wie sieht das Ritual aus, auch bei Koreanern? Der Copilot sucht die Koordinaten von Start und Ziel heraus, auch die der Wegpunkte dazwischen. Anhand des Flugplans und der Routenkarte tastet er sie im Beisein des Bordingenieurs dreimal ein. Zur Kontrolle ruft der Kapitän die Koordinaten und Distanzen zwischen den Wegpunkten ab. Jeder der drei Männer prüft die Anzeige eines Geräts und bestätigt sie laut.«

»Sind trotzdem Fehler möglich?«

»Die Kommission fand, nur eine bestimmte Falscheingabe hätte auf einen ähnlichen Kurs geführt, nämlich das irrtümliche Verrükken des Startpunkts um zehn Längengrade nach Osten. Wäre statt 149 Grad West – da liegt Anchorage – 139 Grad eingetippt worden, hätte sich die Entfernung zum nächsten Wegpunkt, dem Funkstrahler *Bethel,* etwa verdoppelt. Entsprechend weit, so um 335 Meilen, hätte sich die Bahn des Jumbos westwärts verschoben. Er wäre dann in der Tat über Kamtschatka nach Sachalin gelangt.«

»Das klingt ja wie die Lösung.«

»Leider ist sie falsch ...«

Jerome nickte; noch gelang es ihm, so zu tun, als nehme er an dem Gespräch teil. Er hörte etwas von verlängerten Flugzeiten, die dem Flugplan und jeder Erfahrung der Crew widersprochen hätten; von Mahnsignalen, die bei Fehleingaben aufflammten – man konnte sie freilich auch ohne Korrektur mit dem *Clear*-Knopf löschen – und von weiteren Feinheiten, die zu verstehen ihn überforderte.

»In Wahrheit hat sich Kapitän Chun nicht täuschen lassen«, fuhr Scripps fort, prall vor Kompetenz. »Genau in der Höhe des Wegpunkts *Bethel* hat er sich pünktlich bei der Flugkontrolle Anchorage gemeldet, und nicht erst 335 Meilen und 38 Minuten später. Damit fällt das Szenarium vom Fingerfehler in sich zusammen.«

»Was bleibt übrig?«

»Nichts, was mit der Trägheitsnavigation zu tun hat. Bloß der Fakt, daß der Autopilot nicht vom INS gelenkt worden ist.«

»Wovon dann, Mr. Scripps?«

»Vom Magnetkompaß! Nach ihm muß man geflogen sein – erst auf Wunsch, dann unabsichtlich; unbemerkt von der Crew.«

Es folgte ein Vortrag über diese Möglichkeit, von Scripps Kompaß-Variante genannt. Für sie sprach, daß der Richtstrahler von Anchorage in jener Nacht wartungshalber außer Betrieb gewesen war. Kapitän Chun konnte daran sein INS nicht überprüfen, deshalb sei er anfangs nach Kompaß geflogen, auf Kurs 246 nach *Bethel,* einem Flugplatz an der Westküste Alaskas, um an dessen Funkstrahler sein INS zu checken. Solch ein Test, das Abstimmen des Bordgeräts mit dem Leitstrahl eines Hochfrequenzsenders, sei Vorschrift, Flugroutine. Aber schon bald habe der Jumbo begonnen, von der Kurslinie 246 Grad abzudriften, nach rechts. Am Cairn Mountain, auf halbem Weg nach *Bethel,* als das Flugzeug im Radar von Anchorage verschwand, betrug die Abdrift bereits sechs Seemeilen, also knapp sieben Landmeilen. Der Radarüberwacher nahm es hin, ohne bei Chun anzufragen.

»Ihre Luftfahrtbehörde hier, die FAA, hat mir nun erzählt, sechs Meilen seien eine belanglose Abweichung; man habe gehofft, der Jumbo werde seinen Kurs anhand des Funkstrahlers *Bethel* korrigieren. Mag sein. Aber bei Bethel Airport betrug die Differenz schon 14 Seemeilen. Und trotzdem meldete Copilot Son sich 49 Minuten nach dem Start, streng nach Vorschrift, vom Wegpunkt *Bethel,* mit der Behauptung, darüber zu sein! Das ist verbürgt, man hat mir nach einigem Zögern das Band vorgespielt.«

Jerome hörte Stolz heraus. »Wie haben Sie das erreicht?«

Scripps lächelte sympathisch, er überging das Lob. »Ihr Kontrollturm hat eine Abweichung ignoriert, die schon fatal war. Wenn ein Flugzeug sich im Bereich eines hochpräzisen Leitstrahls 14 Meilen neben dem Punkt befindet, an dem der Pilot zu sein glaubt, dann stimmt etwas nicht. Dann ist er bereits verirrt und hat an dieser Stelle Kurs auf Sibirien genommen.«

Logisch, aber langweilig, dachte Jerome. Weshalb fesselte ihn das nicht? Er wurde sich einer Spaltung bewußt. Während ein Teil seines Ichs zuhörte, bemüht, die Rätsel des Irrflugs zu erfassen, wandte sich der Rest den Rätseln zu, die ihm drei Frauen aufgaben: Jill, Tanja und Valentine. Das hatte nichts miteinander zu tun, es blockierte sein Denken.

»Kein ziviles Radarauge hat das Malheur entdeckt, keines reicht bis *Bethel.* Aber die Radarstation Ihrer Luftwaffe in King Salmon nahm es wahr.«

»König Salomon?«

»Nein, Königslachs. Eine Basis der Air Force am Südwestzipfel von Alaska, wo die Aleuten ansetzen. Da sah man genau, der Blip des Jumbos, sein Radarecho, wanderte nordwärts aus.«

»Aber die Air Force kümmert sich nicht um Zivilmaschinen, und sie hat keinen Kontakt zur FAA, richtig?«

»Es stimmt nur halb, Mr. Lasky. Für Linienflüge ist sie nicht zuständig, da haben Sie recht, aber es gibt einen automatischen Kontakt. Im Kontrollturm von Anchorage steht ein Monitor, auf dem läuft das Radarbild von *King Salmon,* damit Anchorage jenseits der Reichweite des eigenen Radars nicht gleich blind ist. Letzte Woche hab ich das Gerät entdeckt.« Scripps lachte ein bißchen, er zog ein Foto hervor und legte es auf den Tisch. »Da ist es.«

Die Aufnahme zeigte neben dem Rücken eines Fluglotsen den runden Bildschirm, mit *not certified for use* beschriftet. »Zum Gebrauch nicht freigegeben. Wer sagt Ihnen, der sei in Betrieb gewesen?«

»Ein Controller hat mir das geflüstert, abends in der Stadt. Der Zettel wurde erst nachträglich aufgeklebt! Nur mit diesem Wisch darf man das Ding fotografieren.«

»Was hat die FAA davon, wozu ihr Vertuschen?«

»Sie spart eine Menge Geld. So kommt man Klagen auf Schadenersatz zuvor, von tausend Hinterbliebenen. Die Fahrlässigkeit ist vom Tisch, der Wisch ist ihr ein paar Millionen Dollar wert.«

»Und, ist die FAA wirklich fahrlässig gewesen?«

»Ich hab den Chef des Kontrollturms gefragt: War der Monitor in dieser Nacht eingeschaltet? Hat der Fluglotse hingeblickt, als die Crew ihm meldete, sie sei über Bethel? Hat er vielleicht mißdeutet, was er da flimmern sah? Gehört er zu dem neuen Personal, das erst drankam, nachdem Ihr Präsident die streikenden Fluglotsen gefeuert hatte, vor zwei Jahren? Zu keiner Frage einer Antwort. Ich erfuhr nicht mal, wer Schichtdienst hatte. Das bestgehütete Geheimnis Ihrer Luftfahrtbehörde! Auch die Kommission in Montreal kam nicht dahinter.«

Jerome merkte auf, ihm war, als rühre die Episode *Bethel* zu Beginn des Irrflugs schon an das Mysterium. Trotz ständigen Funkkontakts hatte die Crew jede Chance vertan, zum richtigen Kurs zurückzukehren, wie ging das zu? Am nächsten Wegpunkt, *Nabie* in der Beringsee, betrug ihre Abdrift schon 100 Seemeilen, nach Auskunft der militärischen Radarstation auf Cape Newenham südlich von Bethel, ließ Scripps wissen. Da stand das Flugzeug dicht bei der öden St. Matthews-Insel (noch amerikanisch, doch unbewohnt, unterhalb der Ostspitze Sibiriens) mit Kurs auf Kamtschatka.

»Von *Bethel* bis *Nabie* hätte bei Chun die Kurszahl 237 anliegen müssen«, sagte der Engländer. »Und für die halbe Strecke wär er auf dem 237-Grad-Richtstrahl von *Bethel* gut aufgehoben gewesen. Chun war einer der erfahrensten Flugkapitäne Koreas, er hatte schon Präsidenten geflogen und galt als sehr methodisch und penibel. Doch er benutzt den Leitstrahl nicht! Der Wegpunkt *Nabie* bietet ihm nochmals Gelegenheit, seine Position zu bestimmen. *Nabie* ist zwar bloß noch ein Punkt überm Meer, aber in Reichweite des Funkfeuers auf der Insel St. Paul, 110 Seemeilen südlich. Bei seiner Kursabweichung allerdings kann Chun es nicht empfangen haben. Auch das hätte ihn nervös machen müssen.«

All dies klang seltsam genug. Doch während Jerome versuchte, eigene Schlüsse zu ziehen, tauchten aus einem Winkel seiner Gedankenwelt Frauenbilder auf und gewannen Macht über ihn. Er fühlte sich von Vorstellungen überschwemmt, die ihn weit vom Thema entfernten. In seiner Phantasie schob er die Hand unter Tanjas Leib und zog sie zu sich herauf. Mit jeder Bewegung entlockte er ihr ein Stöhnen. Sie stieß die Decke weg, hob die Beine und umschlang seine Taille. Wenn sie ihn verließ, wie fand er je Ersatz?

»Das ist die Masterfrage in dem Quiz.«

»Bitte? Verzeihen Sie, ich bin Ihnen eben nicht gefolgt.« Jerome merkte, er war so abgeschweift wie der Jumbo von seinem Kurs.

»Ich spreche von der Verfassung der Crew, ihrem Mangel an Intelligenz. Als sie angeblich nach *Neeva* kam, dem dritten Wegpunkt, da war ihre letzte Chance, zu begreifen, wie es um sie stand. *Neeva* liegt bereits hinter der Datumsgrenze, aber im Bereich eines präzisen Senders auf der Aleuten-Insel Shemya, ziemlich im Westen der Inselkette. Hier beginnt der kritische Abschnitt entlang der Sowjetsphäre, deshalb schreibt der Flugplan eine Funkpeilung vor. Nur, die Crew hatte sich so verfranst, daß Shemya 380 Seemeilen abseits lag statt 140 und der Sender nicht mehr einfiel. Es wurde ihr zu der Zeit sogar schwer, die Leitstelle Anchorage zu hören.«

»Der Funkkontakt riß doch nicht ab?«

»Nein, denn der Copilot bat seinen Kameraden im zweiten Jumbo, den Flug KAL 015, um Beistand; der wurde ihm auch gewährt. Von da an gab das Schwesterflugzeug seine Positionsmeldungen durch. Es nannte Wegpunkte als erreicht – nach *Neeva* später noch *Nippi* und schließlich *Nokka* ostwärts Hokkaido –, von denen KAL 007 immer weiter abkam. Was glauben Sie, Mr. Lasky, wieso fing die Crew nicht an, ihren eigenen Positionsangaben zu mißtrauen? Weshalb griff sie nicht auf ihr Wetterradar zurück, als weder von St. Paul noch von Shemya ein Signal bei ihr ankam und auch der Kontakt mit Anchorage verlorenging?«

»Offen gesagt, mir fehlt jede Erklärung.«

»Unfaßbar bei einem Team, das als erstklassig beschrieben wird. Das Wetterradar hätte ihm auf 190 Meilen Distanz jede Küste gezeigt.«

Jerome spürte, Scripps wollte ihm etwas nahelegen, ohne deutlich zu werden. Aber was – daß die Crew Rauschgift nahm, verblödet war oder sich mit Absicht verflogen hatte? Die vielen Details verwirrten ihn, er war wieder dabei, den Faden zu verlieren. Damit das Gespräch nicht litt, sagte er: »Sie meinten doch, man könne schlicht nach Kompaß geflogen sein, anfangs bewußt, und dann vergessen haben, auf INS zurückzugehen. Das paßt zu der Ansicht des Herstellers. Bei Boeing in Seattle hat der Flugsimulator errechnet, ein durchgehender Kompaßkurs von 246 Grad hätte den Jumbo in die Nähe des Abschußorts gebracht; die Winddrift zur Flugzeit einkalkuliert.«

»So närrisch ist kein Pilot, daß er den Kurs der ersten Etappe beibehält, wenn sich die Gradzahl an jedem Wegpunkt ändert. Es stand hier in der Zeitung, aber dummes Zeug kann man auch bei mir daheim lesen. Die *Sunday Times* schrieb, Kapitän Chun sei nach dem Start in die Erste Klasse spaziert, um mit Larry McDonald zu plaudern, darüber habe er das Umschalten auf INS verschwitzt.

Ein Gipfel des Schwachsinns: Chun und sein Team sollen fünf Stunden lang ignoriert haben, daß der beleuchtete Navigations-Wählschalter auf HDG stand statt auf INS! Er sitzt gut sichtbar unter der Frontscheibe, zentral im Blickfeld beider Piloten.«

»Und wenn sie nun auf INS zurückgeknipst hatten, der Autopilot aber durch einen mechanischen Fehler trotzdem weiter nach dem Magnetkompaß flog?«

»Ausgezeichnet. Sehr schön, das mit Ihnen zu erörtern. Der bisher pfiffigste Versuch, den Irrflug rein technisch zu deuten ... Obgleich in dem Fall ein orangefarbenes Warnlicht anzeigt: ›INS abgekoppelt‹. Sollte auch dies Lämpchen ausgefallen sein? Das überanstrengt meine Gutgläubigkeit.«

»Mr. Scripps, worauf wollen Sie hinaus?«

»Das sollten Ihnen die Indizien sagen. Verzeihen Sie, wenn es so geheimnisvoll klingt. Das Bild rundet sich, sobald man die Rolle der US Air Force durchdenkt. Dank ihrer Radarkette – von King Salmon über Cape Newenham und Shemya bis Wakkanai, fliegende Stationen zunächst mal beiseite – wußte sie stets, wo der Jumbo stand.«

»Kein militärischer Überwacher ist befugt, die zivile Flugsicherung zu warnen. Absurd, aber so ist es! Bis auf den Monitor in Anchorage, den erst Sie entdeckt haben, fehlt jeder Kontakt.«

»Gewiß, der Soldat kann nicht die FAA anrufen. Aber er meldet doch hoch, was an Auffälligem geschieht. Und der fatal abirrende Jumbo fiel spätestens seit der Ortung von Cape Newenham auf. Er sprang dem Operateur grell ins Auge dort im Niemandsland, wo nur Militärmaschinen beider Seiten kreuzen. Das Radar bildet nicht bloß ab, was sich dem Land nähert, wie man uns weismachen möchte. Die zwei Linienflüge KAL 007 und 015 waren die einzigen zu der Zeit in diesem Sektor des Pazifiks. Ein Anruf der Luftwaffe hätte genügt, die Zivilkontrolle aufzuscheuchen, das hat der Chef Ihrer FAA inzwischen bestätigt.«

Es gab eine Störung, man brachte erneut das schnurlose Telefon an den Tisch. Scripps sah dem zu, als argwöhne er, die Anrufe seien bestellt, um ihn zu beeindrucken. Jerome hörte seinen Halbbruder, es klang trocken, fast unwirsch. »Ich bin in Orlando, ohne Dad«, teilte Howard ihn mit. »Dad leitet eine Sitzung, er trifft erst morgen ein. Eben zeigt mir Ralph den Poolvertrag, den ihr ausgehandelt habt. Ich stutze bei der Schlußklausel. Sie bestimmt, daß der Kontrakt endet, falls der Aktienbestand der Parteien unter 26 Prozent sinkt. Jero, was bedeutet das?«

»Eigentlich nichts. Es war Ralphs Idee. Vertragszweck ist doch, die Sperrminorität zu erhalten; deshalb kein Einwand von mir.«

»Warum nimmt Ralph das dann noch extra in den Text?«

»Damit er Vorzugsaktien bekommt, wenn ihr aufstockt.«

»Absatz drei schreibt seine Option doch schon fest.«

»Doppelt geklebt hält besser, hat er mir gesagt.«

»Nun, der Schlußpassus gibt ihm keinen Anspruch. Wir könnten junge Aktien auch anderen Poolpartnern geben, dir etwa oder deiner Mutter, wenn es nur insgesamt bei 26 Prozent bleibt.«

»Weshalb solltet ihr das tun? Es ergäbe wenig Sinn. Ist Scanlan bei dir? Das sind doch wohl dessen Bedenken.«

»Ja, er fragt mich nach Ralphs Motiv für den Passus.«

»Hör zu, Howard, ich bin mitten in einem wichtigen Gespräch. Laß es dir von Ralph selber erklären und ruf mich später wieder an, besonders, wenn ihr etwas von Jill erfahrt.«

»Gerade hörte ich von ihr, sie hat sich am Lake Powell von ihrem Begleiter getrennt. Unser Mann geht am Flugplatz Page die Passagierlisten durch, aber sie scheint ihren Namen dauernd zu wechseln.«

»Trotzdem wünsche ich nicht, daß ihr der Kredit gesperrt oder von euch gar versucht wird, sie entmündigen zu lassen. Scanlan soll die Finger davon lassen, drücke ich mich deutlich aus?«

»Ich werde es Dad ausrichten. Wer hat dich informiert?«

Jerome dachte nicht daran, Valentine zu erwähnen. Dieser Anruf ärgerte ihn fast so wie der vorige. Er war auf den Poolvertrag stolz und hatte ihn mit der Zusage, 100 Millionen zu waschen, teuer genug bezahlt – sein Geschenk zu Dads Geburtstag. Was stocherten Howard und Scanlan darin herum? Er sollte imstande sein, die Nörgelei knapp zurückzuweisen, doch er merkte, es gelang ihm nicht. Zornig legte er auf.

»Vielleicht haben Sie momentan andere Sorgen und möchten gar nicht tiefer loten?« fragte Scripps taktvoll. »Wollen wir's verschieben? Ich bin noch ein paar Tage in New York.«

»Aber ich nicht. Wir müssen die Schiene jetzt legen. Bitte fahren Sie fort, Mr. Scripps.«

L

»Meine Dame, meine Herren«, sagte Winston Lasky mit Blick auf sein Gegenüber, Kitty Roosevelt, die für die Bank of America an der Schmalseite des ovalen Tischs saß, zwischen General Bear und Ted Cannon, dem Wirtschaftsprüfer. »Alec Irvin hat Ihnen eine Übersicht gegeben. Jetzt kennen Sie den Stand, soweit wir selbst im Bilde sind. Bitte dazu nun Ihre Meinung.«

»Ich danke für die schnelle, umfassende Auskunft«, sagte Sammy, der Notar aus Nixons früherer Kanzlei. »Völlig richtig, Herr Präsident, uns einzuberufen, auch wenn das so überraschend kam, daß wir nicht vollzählig sind und einige sich verspätet haben. Je länger mir durch den Kopf geht, was der Finanzdirektor vorgetragen hat, desto mehr ist mein Eindruck, wir sollten uns ernsthaft fragen, wer steckt dahinter?«

»Ein Ufo«, warf Kitty Roosevelt ein; für sie war Sammy ein Schwätzer und Claqueur, der ihr auf die Nerven ging. »Ein nichtidentifiziertes Flugobjekt, in der Sprache meiner Nachbarn.«

Exgeneral Bear vom Bomberkommando lachte bellend, Admiral Trescot stimmte ein. Die zwei neigten dazu, Sitzungen amüsant zu finden und einander Witze zu erzählen, die oft auf verquere Art mit Sex zu tun hatten. Alterssex war ein bizarres Phänomen.

»Ich freue mich, daß Sie Spaß haben«, sagte Lasky. »Aber die Zeit läuft uns weg, und wenn der Aufsichtsrat es diesmal an Weisheit fehlen läßt, könnte das unsere letzte Tagung gewesen sein.« Solch ein Akzent kürzte die Prozedur wohl ab.

Doch Jack Rumsfeld, Exgeneraldirektor von Dupont, trat Sammys Bemerkung noch breit: »Wer will uns vom Markt haben, wer ist scharf auf die Aufträge, wen lockt unsere Produktionskapazität? Ich will nicht immer auf den Japanern herumhacken, aber könnte es nicht Mitsubishi sein?«

»Kein ausländischer Konzern kann eine unserer Verteidigungsfirmen kaufen«, hielt General Klein, der Held von Pusan, ihm entgegen.

»Nicht auf einen Streich«, sagte Ed Rollins, Syndikus der Malcolms. »Peu à peu schon.«

Lasky musterte ihn kalt, überzeugt, Rollins wisse mehr und streue ihm Sand in die Augen. Nach seinem Gefühl löste sich die Schachtel der Erbengemeinschaft Malcolm peu à peu auf, fiel Zug um Zug in Feindeshand, und Rollins saß bloß noch hier, um das zu verschleiern, für seine Gruppe den Kurs hochzuhalten und nebenbei noch zu erfahren, welche Knüppel er ihm zwischen die Beine werfen konnte. Ray Burke, der Bonze, hatte immerhin den Takt, wegzubleiben, wenn die Gewerkschaft absprang. Soviel Anstand besaß der Syndikus nicht.

»Peu à peu«, wiederholte Lasky. »Klingt bekannt, Ed, wie?«

»Wie darf ich das verstehen?«

»Vielleicht sind Sie doch in der Lage, uns etwas genauer zu unterrichten.«

»Tut mir leid, das Ausscheiden MacCoys hat meine Klienten selber verblüfft«, beteuerte Rollins glatt, nach der Maxime: höflich bis zur letzten Galgensprosse, aber gehängt wird doch. »Keiner weiß, an wen die 100 000 Aktien gegangen sind; ich bin auch nicht befugt, es zu kommentieren.«

»Das sind gefährliche Leute«, äußerte Admiral Trescot.

»Das sind wir auch«, sagte Lasky.

»Diese Japaner, sich selbst schotten sie ab, drängen aber bei uns herein. Das Iwo-Jima-Denkmal, Sie alle wissen, es erinnert an unseren schwersten Sieg über sie . . ., nun, man sieht es jetzt auf Postkarten abgebildet im Souvenirladen des Senats. Auf der Rückseite steht *made in Japan.* Die Burschen schrecken vor nichts zurück!«

Zahnlose Löwen beißen nicht, dachte Lasky, nützen aber wenig – sind halt nicht mehr ganz da. Dieser Aufsichtsrat löste kein Problem, er war das Problem. Gleich würde Sammy, der sich als Kämpfer gefiel, wieder anregen, den Verbündeten eine Importsteuer aufzubrummen, zum Ausgleich ihrer Versäumnisse in der Rüstung. Während Amerikas Verteidigungsbeitrag sieben Prozent des Sozialprodukts betrug, lag Deutschlands bei drei und Japans nur bei einem, seiner Meinung nach. Dafür sollten sie büßen: vier oder sechs Prozent Zoll auf jeden Export in die USA, je nach der Differenz! Das Geld war der gemeinsamen Verteidigung zugedacht. Netter Einfall, ihm beim Golf gekommen, hilfreich für die Industrie und das Budget, leider bloß heiße Luft.

»Zehn Minuten Pause«, verfügte er, um in der zweiten Runde durchzuziehen, was Alec und Anthony ihm empfohlen hatten.

Den marmornen Waschraum hoch oben im MAC-Building schmückten Rosen, täglich frisch; der Brauch ging noch auf Pamela zurück. Bei Laskys Eintritt versicherte General Bear im Hintergrund: »Ja, Harry, es stimmt, Hughes hatte einen Papagei, der war darauf dressiert, Gästen den Weg zu weisen. Auf seiner Schaukel vor den Toiletten rief er: ›Die Damen nach rechts, bitte, die Herren nach links!‹ Aber er trieb's gern mit Hühnern, das wurmte Hughes, zur Strafe schnitt er ihm die Kopffedern ab. Als nun Eisenhower kam – bereits ziemlich kahl – und sich in der WC-Tür irrte, da krächzte der Papagei: ›He, Ike, was ist, bumst du jetzt auch die Hühner?‹«

Trescots Glucksen ertrank im Plätschern der Spülung. Der Admiral revanchierte sich mit etwas Ähnlichem, Lasky hielt da ungern mit, doch für das, was nun kam, brauchte er die Stimmen der Militärs. Und so erzählte er, wie Winston Churchill dem Nachkriegspremier Clement Attlee auf der Toilette des Unterhauses begegnet war. Churchill hatte sich dort nicht neben den Premier gestellt, sondern ein entferntes Becken gewählt, worauf Attlee ihm zurief: »Ziemlich hochnäsig heute, was, Winston?« – »Besser so, Clement«, war die Antwort gewesen. »Sobald Sie etwas Großes sehen, wollen Sie's doch gleich verstaatlichen.«

Trescot lachte, in dem Punkt leicht zu kitzeln, Bear aber fand, die Story kenne er, das sei eine von denen, die Chrysler-Chef Iacocca verzapfe. »Es gibt keine neuen Witze, wenn man alt wird, kennt man sie alle.«

»Ich hab dafür kein Gedächtnis«, sagte der Admiral a. D.

»Ich schon«, seufzte Bear; »mir ist noch vieles geläufig, zum Beispiel, daß wir früher im Drugstore laut Zigaretten verlangten und ganz verschämt dazu eine Schachtel Pariser. Heute kaufst du die ungeniert und flüsterst wegen der Zigaretten.«

General Klein erschien, ein stahlharter Bursche, der nie genau zuhörte, wenn man mit ihm sprach. Er wünschte allen einzuprägen, daß er knallhart war; sonst hätte er vor 33 Jahren kaum den Pusan-Brückenkopf gehalten, als die Nordkoreaner ihn wie toll berannten. Im Aufsichtsrat von Ford Aerospace saß er gleichfalls und machte sich für *Divad* stark, eine mobile Zwillingsflak, die mit 6 1/4 Millionen Dollar dreimal so teuer war wie der M-I-Panzer, den sie vor sowjetischen Kampfhubschraubern schützen sollte. Lasky wußte, *Divad* zu bauen war sehr lukrativ, ein Cocktail aus dem Fahrgestell des M-48-Tanks, schwedischen 40-Millimeter-Kanonen und dem Radar des F-16-Jägers; dazu Elektronik vom Feinsten. Im Februar hatten Nato-Befehlshaber in Fort Bliss, Texas, dem pompösen Test beigewohnt. Plötzlich schwenkten *Divads* Rohre von dem ferngelenkten Zielflugzeug weg auf die Tribüne. Das Militär warf sich flach hin, bis auf Klein, der stand wie eine Eins. Abends im Kasino zitierte er dazu Shakespeare: »Der Spaß ist, wenn mit seinem eigenen Pulver der Feuerwerker auffliegt.«

Der Trinkspruch, ihm vom Adjutanten nebst Quellenangabe (Hamlet III, 4) gesteckt, festigte seinen Ruf, knallhart zu sein. Klein wankte auch nicht, als Ford Aerospace die erste Serie dem Heer übergab und das Geschütz beim Debüt wiederum versagte. Diesmal hatte der Computer den Ventilator auf einer nahen Latrine mit dem Rotor des Hubschraubers verwechselt und zum »nächsten bedrohlichen Ziel« erwählt. Dann fiel *Divad* im Kaltwettertest durch, mußte lange mit Heißluft erwärmt werden, ehe es feuerbereit war, aber Klein meinte bloß: »Jeder Star braucht einen Föhn.« Bei der nächsten Erprobung ließ er große Metallreflektoren an den todgeweihten Hubschrauber hängen, damit *Divad* ihn überhaupt fand. Er stand eisern hinter der Waffe und setzte sie gegen jeden Einspruch durch.

Jetzt sagte er zu Lasky: »Schlappe Bande da drin! Erfolg kommt von Angriffsgeist, nicht von Klugscheißerei.«

»Ja, der Kampfgeist könnte besser sein.«

»Man kann nicht kämpfen, Winston, wenn die Hosen voller sind als das Herz.«

»Wenigstens auf euch ist noch Verlaß«, erwiderte Lasky. Er haßte es, sich derart anzubiedern. Ich muß sie loswerden, dachte er. Sobald wir hier durch sind, ein Revirement an der Spitze, mein Laden ist kein Heim für Greise, ob nun senil oder knallhart.

»Weshalb so hastig?« fragte ihn Mrs. Roosevelt gleich darauf. »Schön, seit Tagen suchen Sie nach dem Käufer und haben ihn noch nicht ermittelt. Aber gemäß den Regeln der Börsenaufsicht muß er sich offenbaren, sobald er mehr als fünf Prozent des Aktienkapitals hat. Dann zwingt ihn die Vorschrift, seine Absicht zu bekennen.«

»Der Haken ist, die Vorschrift läßt ihm für die Meldung zehn

Tage Zeit. Bis dahin ist das Spiel entschieden, und zwar gegen uns, Madam, wenn wir schlafen.«

»Gegen Unbekannt gibt's keine offensive Abwehr«, warf Ted Cannon ein. »Nicht *Pac-Man,* nur *Poison-Pill* ist möglich.«

Lasky zündete eine Zigarre an, er rechnete noch mit 30 Minuten. »Welche Giftpillen schlagen Sie vor?«

»Das ganze Sortiment«, sagte Klein. »Volles Rohr!«

»Dies wäre?« Rollins, das Ohr der Malcolms, beugte sich vor.

Auf ein Nicken Laskys erklärte Alec Irvin, in diesem Kreise Gast: »Emittieren wir eine Million Aktien, geht ihm sicher der Atem aus.«

»Wer soll denn das besorgen?«

»Merrill Lynch. Hängt kein Stimmrecht dran, können es auch 1 1/2 Millionen sein. Das nimmt dem Hai die Lust. Ich hab mal hochgerechnet, was uns das brächte . . .«

»Sie wollen verwässern?« fragte Kitty Roosevelt. »So wird man als Übernahmeziel vielleicht unattraktiv, bezahlt das aber mit Konfusion. Mir ist das entschieden zu heiß.«

»Wer die Hitze nicht abkann«, antwortete ihr General Klein, »der soll sich aus der Backstube scheren.«

»Ich muß doch sehr bitten . . .«

»Die Kaufwelle würde gebrochen«, sagte der Finanzdirektor. »Selbstverständlich erhielte jeder Stammaktionär Vorzugsaktien in adäquater Zahl.«

»Trotzdem, das schafft Unruhe am Markt«, sagte Ed Rollins. »Ein Kurssturz wäre zwangsläufig die Folge. Ich weiß nicht, ob das im Sinne meiner Klienten ist.«

Lasky löste die Bauchbinde von seiner Henry Clay, er hatte es vergessen, das war ihm noch nie passiert. Irvin gab ihm zum zweitenmal Feuer; er hoffte, niemand habe das Mißgeschick bemerkt. Man muß sie auswechseln, dachte er, sie werden nicht nur senil, sondern auch renitent. Rollins und die Roosevelt wandten sich schon zögernd von ihm ab. Natürlich rutschte der Kurs beim Gefecht an Wall Street weg, zumal wenn er dort streute, was für Ärger es mit den Japanern gab. Gerüchte von platzenden Großaufträgen verstörten die Börse, schreckten die Geldgeber des Käufers ab, sie ließen ihn dann wohl im Stich, trotz Verbilligung der Aktien. Und blieben sie dennoch am Ball, griff man zu Tricks wie dem Schatten-Karate, Irvin hatte es ihm erklärt, das Vortäuschen von Nachfrage: Ein paar Broker kauften mehrmals täglich MAC-Werte für fremde Rechnung, mußten sich dauernd vergewissern, ob ihr Kunde noch mitging, winkten ab und boten erneut. Das trieb den Preis hoch, schuf Konfusion, ein bitteres Geschüttel bis zur Erschöpfung des Haies.

»Ich vermisse eine Strategie«, sagte Rollins. »Weshalb macht uns das kein Fachmann? Mir wurde Marty Siegel genannt.«

Lasky merkte auf. »Von dem hat man schon gehört.«

»Er hat damals Marietta verteidigt . . . Falls wir jetzt abstimmen, müßte ich mich enthalten oder erst rückfragen.«

»Das gilt auch für mich«, sagte Kitty Roosevelt.

»Wie Sie meinen«, sagte Lasky. Zwei Enthaltungen schadeten nichts, die Mehrheit folgte ihm ja, hieß den Plan gut. Sonst kam er ohne förmliche Abstimmung aus, suchte immer den Konsens. Doch ihm ging auf, fanden beide nun zusammen, die Malcolm-Sippe und die Bank, hemmte das den Gegenstoß. Der Einspruch zweier Großaktionäre würde die Emission gefährden. Auf einer Hauptversammlung, von den beiden durchgesetzt, wog ihr Wort mehr als das anderer, und sollte der Hai dort erscheinen . . . Verdammt, es drängte, die Schonfrist lief ab. Die Zeit für Merrill Lynch, und was noch verstrich, bis die Börsenaufsicht den Druck der jungen Aktien freigab.

Die Zigarre drohte ihm auszugehen. Erstmals streifte ihn das Gefühl, es könne knapp werden. Aber er kam da hindurch, lag das Ruder nur fest in seiner Hand.

LI

»Dann ist da noch der Flug des Fernaufklärers, den Marschall Ogarkow auf seiner Pressekonferenz beklagt hat«, sagte Daniel Scripps. »Beide Maschinen, der Jumbo und das Militärflugzeug, kamen sich vor Kamtschatka so nahe, daß aus den zwei Echos im Sowjetradar eins wurde. Das Pentagon kommentiert solche Flüge gewöhnlich nicht, diesmal aber sprach es von einem Elektronikspäher des Typs RC-135 in ›Himmelsmission‹: dem Auftrag, die Flugbahn einer Rakete zu verfolgen.«

Jerome sah verstohlen zur Uhr, kaum noch fähig, den Gegenstand zu erfassen. Welch ein Wust von Fakten! Sein Rendezvous im *Century Paramount* war fällig, er konnte dort schlecht anrufen; verschob er den Termin, blieb kaum noch Luft zum Empfang seiner Mutter an der Pier. – »Die RC-135 gibt es auch mit Buckel, dem Radarhöcker«, fuhr der Brite fort. »Im internationalen Luftraum zeigt solch ein Flugzeug die normalen Lichter, das trägt gleichfalls zur Verwechslung bei. Man hat mir in Montreal den Bericht Moskaus an die ICAO gezeigt. Danach war in jener Nacht eine RC-135 von der Aleuteninsel Shemya aufgestiegen, zwei Stunden lang zog sie schon ihre Schleifen vor Kamtschatka, als aus Richtung Alaska das zweite Echo kam. Für die Sowjets war das der Nachfolger. Wenn US-Maschinen wegen einer Rakete vor Kamtschatka kreuzen, lösen sie sich regelmäßig ab.«

»Wie kam es zu dem Stelldichein?« Jerome, schon bei seinem eigenen, wurde das zuviel. Schluß, dachte er, 'ran an den Speck; die deftigste Versuchung, seit es solche Weiber gibt... Zog es den Partner auch zu Callgirls, so allein in der Fremde? Gewiß doch, jeder Mann wollte Sex. Er glaubte weder an Gott noch an ein politisches System, nur an Dinge wie Liebe und Tod, die fraglos passierten. Das stieß einem halt zu. Da flog man in ferne Länder und fand immer nur sich selbst, hungrig wie überall, erpicht auf frischen Reiz beim Duft von Orangen und einer Prise Hasch.

»Durch Zufall, nehme ich an. Der Fernaufklärer hatte den Jumbo plötzlich im Radar und fing an, ihn zu beschnüffeln. Sein ursprüngliches Ziel, die rote Rakete, blieb ja aus; der Test war verschoben worden. Das machte den Jumbo nun zu etwas, das Nachrichtendienstler *Gelegenheitsziel* nennen: ein Objekt, das ihnen unverhofft die Chance gibt, Erkenntnisse über die feindliche Luftabwehr zu gewinnen, falls das Ziel in der Tat den fremden Luftraum verletzt. Zumal wenn das so unerwartet geschieht, daß der Gegner ganz baff ist. Ihr Fernaufklärer sah nicht den Notfall, sondern den möglichen Nutzen, eben das Erkundungsresultat.«

»Aber das ist doch geradezu krankhaft.«

»Für uns Zivilisten vielleicht. Hier liegt ein Interessenkonflikt vor. Geht man arglos davon aus, das Militär sei zum Schutz der Bürger da, haben Sie recht; dann erscheint es als absurd. Aber wer von Liebe spricht, der nimmt ja auch nicht an, ihr Zweck sei es, Kinder zu zeugen. In der Erotik des Militärs ist ein derartiger Vorgang so erregend wie ein fremder Beischlaf für den Spanner.

Man sieht, wie die Sinnes- und Gefechtsorgane des anderen gekitzelt werden, elektronisch aufgestachelt, bis sie aktiviert sind, zum Äußersten bereit. Der Offizier erlebt die fremde Gradation durchaus als eigene Klimax.«

Durfte Jerome seinen Ohren trauen? Sagte Scripps dies wirklich oder hörte er einen Sinn heraus, der aus eigener Erhitzung kam?

»Welch ein Fest für die Beobachter auf ihrem Logenplatz vor Kamtschatka, als das Ziel nicht bloß am Feind entlangstrich, ihn ausgiebig und kaltblütig reizte, wie sie es selber oft taten, sondern regelrecht eindrang ... Stört Sie meine Ausdrucksweise?«

»Keineswegs. Eine recht philosophische Sicht.«

»Für den Ernstfall ist es wichtig, die Luftverteidigung drüben im letzten Stand zu kennen. Wie will man sonst den Kampfauftrag und die Eindringtaktik seiner Bomber aktualisieren? Das weiß der Feind, deshalb läßt er nicht gleich die Muskeln spielen, wenn man ihm die Haut ritzt. Mehr als das, streifen und schnell davon, wagt kein Aufklärer, sonst schießt man ihn ab. Diesmal nur wird eine Penetration daraus, mit expolisivem Höhepunkt, welch Glück für die Spanner! Und da erwarten Sie, die würden das selbst zerstören? Noch dazu, wo kein reguläres Verfahren die Alltagsarbeit der Luftwaffe mit der zivilen Kontrolle des Flugverkehrs verbindet?«

»Und der Preis? Die vielen Menschenleben?«

»Dazu gibt es zwei offizielle Texte. Falls es Ihre Zeit noch erlaubt, lese ich sie vor.«

»Bitte, tun Sie das.« Jerome winkte dem Ober, gewillt, Scripps ins Hotel zu bringen und dabei mit ihm abzuschließen. Ein zu wertvoller Mann, als daß sich auf die Partnerschaft verzichten ließ.

»Auskunft eins, das Wort Ihres Präsidenten vom 1. September: *In der zivilisierten Welt ist es Tradition, Seeleuten und Piloten beizustehen, die sich verirrt haben oder in Not geraten sind. Wo das Menschenleben ein hoher Wert ist, werden außerordentliche Anstrengungen gemacht, es zu bewahren und zu schützen.* Auskunft zwei, das Wort des Stabschefs Ihrer Luftwaffe, General Charles A. Gabriel, vom 7. September: *Wir haben eine ziemlich gute Schilderung bekommen, was in den 2 1/2 Stunden geschah, in denen die Sowjets den Weg des Airliners über Kamtschatka, das Ochotskische Meer und Sachalin verfolgten. Was wir dabei erfahren haben, gibt uns ein wenig mehr Vertrauen in die Fähigkeit der US Air Force, die Abwehr des Gegners, wenn nötig, zu überwinden.* Das bringt es auf den Punkt. Die zwei Seiten der Medaille.«

»Auf welcher davon sind Sie?«

»Als Chronist darüber. Ich danke Ihnen für das vorzügliche Dinner, mehr noch für Ihre Aufmerksamkeit.«

»Nein, ich muß um Verzeihung bitten. Es war ein harter Tag für mich, und da sind noch Termine. Nett, daß Sie soviel Geduld mit mir hatten.«

»Auch mir fällt es schwer, den Fall zu überschauen«, sagte Scripps im Lift. »Obwohl ich praktisch nichts anderes tue als das.«

»Gemeinsam lösen wir das Rätsel. Sie bringen Ihr Fachwissen ein, das imponierende Ergebnis der Recherchen. Von mir kommt, was sich beim Präsidenten und in Washington abgespielt hat. Dazu die Schritte der Gegenseite vom Jägerstützpunkt Dolinsk über das Kommando der Luftverteidigung in Tschita bis zum Moskauer Generalstab. Jurij Andropow war im Kaukasus zur Kur, der ist nicht konsultiert worden.«

»Das geben Ihre Quellen her?«

Jerome nickte. Im Taxi gab Scripps ihm ein Kuvert voller Fotokopien. »Ich hab's nicht geschafft, auch nur die Hälfte dessen zu erwähnen, was Sie wissen sollten, Mr. Lasky.«

»Bitte sagen Sie einfach Jero.«

Scripps' Lächeln flößte Vertrauen ein. »Gern; meine Freunde nennen mich Dan.«

»Hat es drei, vier Tage Zeit, Dan? Dann bin ich zurück und wir schließen in aller Form ab, wenn Sie wollen.«

»Wie sehen Sie das, in großen Zügen?«

»Wir grenzen ab, was Sie und ich beackern. Meine Schwester besorgt den Schuß Zeitgeschichte und die Schlußredaktion. Unkosten gehen zu meinen Lasten, auch die, die Sie schon hatten.«

»Das klingt generös«, sagte Scripps vor dem *Century Paramount,* sichtlich im Bann der eleganten Lösung. »Die Einnahmen später, wie schlüsseln wir die auf?«

»Überdenken Sie es; ich stimme jedem Vorschlag zu.«

»Bitte steigen Sie doch meinetwegen hier nicht aus.«

»Ich bin ganz in der Nähe verabredet.« Jerome brachte seinen Gast in die Halle, bestrebt, ein wenig Fürsorge zu zeigen. »Wär ein stilleres Haus Ihrer Arbeit nicht dienlicher?«

»Oh, es geht schon. Je stiller, desto teurer.«

»Wozu am falschen Ende sparen? Wenn es Ihnen Spaß macht, quartiere ich Sie im *Plaza* ein.«

»Danke, das *Doral Inn* in der Lexington Avenue würde mir genügen.«

»Wenn Ihnen das *Plaza* zu snobisch ist ...«

»Jero, Sie wollen mich doch nicht etwa bestechen?«

»Ach, Sie meinen, das Weiße Haus schickt mich vor, damit ein freundliches Bild entsteht? Dann verrate ich Ihnen auch, die Million für Spesen und Promotion von *Ziel zerstört* stammt aus demselben Topf.«

Scripps schien perplex. »Soviel ist Ihnen die Sache wert?«

»Das braucht unser Werk als Startschub. ›Mit Geld bist du ein Drache, ohne – ein Wurm‹.«

»Klingt wie ein chinesisches Sprichwort.«

»Ist aber das Gesetz der Unterwelt, Abteilung Buchmarkt, Dan.«

Sie trennten sich am Lift. Jerome nahm erst den übernächsten, wegen des nötigen Abstands. Er war begeistert – ein Experte, witzig, dynamisch und professionell. Zwar schien es ihm, als schreibe Scripps der amerikanischen Luftwaffe heimlich eine Rolle zu, die sich nicht beweisen ließ: die des Anstifters. Den Irrflug der Crew hielt er offenbar für simuliert. Reporter spielten gern Detektiv, erfanden ein Komplott, das baute sie auf. Aber es gab ja noch Jill, die Unbestechliche. Sie würde alles streichen, was nicht durch Fakten belegt war.

Der Lift hielt im 14. Stock, eigentlich dem 13.; derselbe winklige Gang wie am Vortag. Wo der Läufer endete, hatten immer die Absätze getickt, das Stakkato der Verheißung. *In Sexyland I take my stand ...* Das einzig Farbige im Leben ist die Sünde, mit einer Farbigen im Orangenfeld. Jerome strich an der Nummer 1419 vorbei, Scripps' Quartier, er dachte: Dan, Jill und ich, das Trio der Enthüller, dem Rätsel auf der Spur; nichts bremst den journalistischen Impetus, keine Rücksicht auf Ämter und Tabus. Schräg gegenüber klopfte er, um etliches verspätet. Man muß klopfen, hatte er gestern zu dem Girl gesagt, auf der Suche nach Scripps.

Die Tür sprang auf, drinnen stand ein Mann, den er zunächst für einen Freier hielt – den nächsten Kunden schon. Der junge Schwarze, flott gekleidet, einen halben Kopf größer als er, griff ihm kumpelhaft auf die Schulter und zog ihn herein. Also ein Zuhälter, der den Laden in Schwung hält und gleich geht. Aber der Mann blieb, sperrte ab, all das geschah schnell, und es war auch noch ein zweiter da, gleichfalls farbig, drahtig, gut in Schale ... Der Raum war so klein, daß es schien, als sei er voller Menschen, dunkler Haut und Haß. Von dem Mädchen keine Spur.

»Deine Knete«, sagte der erste. »Los, los, her mit der Brieftasche! Und keinen Mucks.«

Jerome griff in das Jackett, überrumpelt, es half ja nichts, er hatte keine Wahl. Sich um Geld zu prügeln lag ihm völlig fern. An der Faust des Sprechers sah er einen Schlagring, dunklen Stahl, und er roch den Dunst der Gewalt. Nichts, was ihm je geschehen war, hatte ihn auf eine Situation wie diese vorbereitet. Das breite Bett, der Haschduft, das Schnalzen, alles stimmte, er hatte sich nicht im Zimmer geirrt. Es war, als passiere das gar nicht ihm, sondern in einem Film. Die Brieftasche flog auf das Bett, wo der zweite Kerl sie filzte. »Zweihundert Mäuse, Kreditkarten und Schecks«.

»Scheiße, Bruder!« Ein Stoß vor die Brust ließ ihn taumeln. »Sollten es nicht fünfhundert sein, du Geldsack, he?«

»Das gibt euch der Portier auf die American Express ...«

»Halt's Maul! Werd bloß nicht noch frech.«

»Und 'ne Rechnung vom *Rainbow Room*«, tönte es vom Bett.

»Du frißt dich bei Rockefeller voll und kommst her mit dem lumpigen Rest?«

»Ihr könnt einen Scheck von mir haben.«

»Die Stiftung nimmt ungern welche.« Der Mann tastete ihn ab, griff in die Taschen und riß den goldenen Clip ab, an dem sein Bargeld hing, damit es nicht auftrug. All das in bedrohlicher Unrast, den Mund verzerrt, das Weiß der Augen gelblich; sein Atem ging keuchend, vielleicht war er süchtig, ohne Stoff und unberechenbar ... Er fand bloß ein paar 20-Dollar-Noten und das Kuvert von Scripps, fetzte es auf und warf den Inhalt in die Luft. »Da kannst du wieder Scheiße sagen!«

»Tut mir leid, Jungs«, sagte Jerome.

»Und wie du's noch bedauern wirst! Los, den Scheck, über fünf Große. Und wehe dir, der ist nicht gedeckt.«

Jerome taumelte zum Bett. Zwischen Scripps' Kopien, die um ihn niedersanken, schrieb er einen Barscheck über 5000 Dollar aus und zeichnete mit *Lansky* in der Hoffnung, das Auszahlen zu sabotieren. »Beeilt euch, die Bank schließt gleich.«

Da schlugen sie zu, trafen ihn am Ohr, etwas zerplatzte in seinem Kopf. Er sah nichts mehr und hatte das Gefühl, auf Daunen zu sinken, ganz schmerzlos; so geborgen zu sein wie in den Armen einer Madonna.

DER SOG

Fakten haben eine natürliche Tendenz,
zu Ideen aufzublühn.

Henry David Thoreau

Jill fror an den Füßen. Sie lag eingerollt auf dem Beifahrersitz, den hatte sie flachgekippt. Zum Fensterspalt sickerte Kälte ein, und sie dachte, die sollten Decken ausgeben, das gehört sich auch bei einem Billigflug. Ständig drang etwas in ihren Schlaf. Sie hörte leise die Triebwerke winseln und sah nach, ob Sandro noch bei ihr war. Im Kegel des Leselichts blätterte der in seiner Zeitung. Unterwegs nach Seoul zum Kongreß dieser Waffennarren. Das Flugzeug war voll davon, man erkannte sie am Haarschnitt, auch an den Ansteckknöpfen, *Ich mag den Duft von Napalm in der Frühe* und ähnlich schrilles Zeug.

»Lies doch nicht immer«, bat sie. »Du bedeutest mir mehr als alles auf der Welt, es ist, als wär ich ein Schulkind und du ein junger Lehrer, der aussieht wie der Sohn von Belafonte . . .«

Er ließ das Blatt sinken. »Hör auf zu schwärmen, Jill, du mußt deine Aufgaben machen. Gemeinsam bringen wir das Fach voran.«

»Ach, unterwegs geschieht gar nichts. Es zerreißt mich, neben dir zu sein, ohne dich zu spüren. Erklär mir, was Liebe ist, aber nicht so, daß ich's verstehe. Ich glaube dir trotzdem, weil du immer nur sagst, was du selber glaubst.«

»Kann ich helfen?« fragte jemand vom Gang her, sie sah die Brille und den Bart, Andys Profil. »Wir leben durch umweltelektrische Reize, Basisinformationen, mit denen schon die Pflanze wächst und vergeht. Knipst du die fünf Sinne dazu, entsteht in dir ein Bild der Außenwelt. Du reicherst es an mit komplizierten Informationen, ordnest sie ein und machst mit ihnen deine Erfahrungen, stimmt's?«

»Mit dir nur die, daß du mich befruchten willst.«

»Das ist der Schlüsselreiz. Er sichert die Vermehrung und die Partnerwahl, durch raffinierte Reizkodierungen. Übrigens ein unbewußtes Programm; sonst reichte deine Steuerkapazität nicht aus. Die Vorentscheidung fällt unterhalb der Kommandobrücke, wird fertig hochgereicht, du prüfst sie kurz und billigst sie meistens, unter Zugzwang. Das Ja löst deine Gefühlsorgel aus, die gespeicherten Akkorde. Im Spielsaal ertönt die Siegesfanfare, du fährst voll ab auf den männlichen Anspruch und fetzt dir ruckzuck die Sachen vom Leib.«

»Hör auf, das ist Zahnarzt-Philosophie: Bohrt man auf den Nerv, schreit der Patient. Du bist ein Vivisektionsartist, kein Wissenschaftler. Brocken verquirlt und schon kocht der Brei.«

»Und du bist wie ein Bandit in Las Vegas, ich hab dein Programm und hab dich rasiert!«

Dank eines Zaubers verwandelte Andy Peel sich in Swedenborg. »Man löst nicht das Rätsel einer Symphonie, wenn man sie in Töne zerlegt«, sagte er. »Steigen Sie aus, Jill, aus der Bindung an De Luca; Sie lieben ihn zu sehr.«

»Ist das falsch, Professor, muß es behandelt werden?«

»Romantische Liebe schon, sie verletzt die Norm.«

»Damit brechen Sie den Stab über unsere Kultur.«

»Der Verlust solch eines Partners ist lebensbedrohend wie eine Amputation.«

»Weshalb sollte ich Sandro denn verlieren?«

»Das müßten Ihnen die Politiker sagen. Für unser Land, nehme ich an. Flugzeuge gehen drauf im Namen der Freiheit ... Ich hasse das, hab meine Patienten, darum entschuldigen Sie mich bitte.« Swedenborg löste sich in Nebel auf.

»Hast du das gehört?« Jill wandte sich an Sandro, der las wieder Zeitung und wies auf die Schlagzeile: *Mörder in der Luft, Sowjets schießen Jumbo ab.* Und während er das tat, sah sie, daß sich neben ihm die Bordwand wellte, als fauche dahinter eine Flamme.

»Ich war immer unbequem und gedenke es auch nach meinem Tod zu bleiben«, sagte er. »Es gibt auch dann noch gewisse Möglichkeiten.« Wie in Zeitlupe schmolz der Kunststoff, schon klaffte ein Riß, wurde zum Loch in der Außenhaut, durch das die Luft entwich. Ein pfeifender Orkan, er nahm Sandro mit! Sein Bild, verwürfelt und zerfetzt, verschwand in der Nacht. Die Masken fielen aus den Behältern, hingen schief in dem schrecklichen Sog, der rettende Sauerstoff ... Jill griff danach, schrie auf und erwachte.

Kalte Finsternis, grün schimmernde Armaturen. Jill tastete nach dem Lichtknopf, glitt auf den Fahrersitz und versuchte, zu begreifen, wo sie war. 4 Uhr 40, hinter beschlagenen Scheiben im Salt River Canyon, auf dem Arizona Highway 77 zwischen den Nestern Seneca und Carrizo. Daß sie sich zurechtfand, war ein gutes Zeichen. Laut Entfernungsmesser hatte sie ab Tucson Airport erst

162 Meilen zurückgelegt, war also nur drei Autostunden vom *Sheraton,* hatte die Nacht vertan und mußte weiter, wollte sie der Staatspolizei entwischen nach dem Hoteldiebstahl und dem Detektiv, der ihr nachsetzte.

Fröstelnd wischte sie die Scheibe frei, ließ den Motor an und fuhr aufwärts durch die Kurven der gottverlassenen Schlucht. Das Gebirge hieß Mongollon Rim, sein Kamm hatte nach der Karte 9000 Fuß. Nun wirkte die Heizung, im Gesicht war es lästig, doch der Schalter blieb unauffindbar, der die Wärme vom Kopf fernhielt. Das Scheinwerferlicht strich über Meilenschilder, drei Ziffern senkrecht untereinander; man sollte sich die merken, um sie der Straßenwacht zu nennen, falls man in der Einöde liegenblieb.

Morgendammerung sank ins Tal. Hinter Carrizo begann ein alpines Erholungsgebiet mit Wegweisern zu Campingplätzen und Seen. Die Straße war kaum befahren, doch Jill hatte Mühe, vom Rand wegzubleiben – mal Felsen, mal ein Absturz. Wie schwer es war, sich zu konzentrieren. Die Augen tränten ihr, das Bild zerfloß; nicht einfach, den Abstand zu schätzen – und dieser Traum! Die Trennung von Sandro, das träumte sie jede Nacht in einer anderen Version.

Hinter dem Kamm begriff sie, so ging es nicht weiter. Ihr wurde schwindlig am Lenkrad, übel vor Hunger und Durst. In Show Low, einem Bergdorf, tankte sie, kaufte zwei Büchsen Coca Cola und fragte nach einer Unterkunft. Man nannte ihr das Hotel *Pinetop* am Show Low Lake, sie müsse nur den blauen Wegweisern zum Hospital folgen.

Die Schilder versprachen einen ärztlichen Notdienst rund um die Uhr. Geblendet von der Sonne, die über den Cerro Montosa stieg, erreichte sie das *Pinetop,* sah ein Ehepaar im Aufbruch und hatte die Idee, dessen Quartier zu benutzen. Sandros Trick aus der Studentenzeit! Er hatte ihr erzählt, morgens könne man sich kostenlos erfrischen. Motelgäste ließen den Schlüssel stecken, der Zimmerdienst kam nie vor neun.

Hier parkte man direkt vor der Tür. Sie fuhr in die Lücke, trat ein, schloß ab, warf ihre Sachen auf das zerwühlte Bett und ging unter die Dusche. Das Wasser tat ihr wohl, frisches Quellwasser, im Wechsel von heiß und kalt. Zwar fehlte die Duschhaube, die Handtücher waren feucht, aber hatte das Sandro etwa gestört? Sie strich jetzt auf seine Art durchs Leben, fand sogar ein Stück Brot und drei Bananen, von dem Paar zurückgelassen, da sie fleckig waren.

Naß und kauend saß Jill auf dem Bett. Ihr Blick fiel auf das Telefon – gleich von hier aus Jerome anrufen, von ihm Geld für den Flug ab Gallup erbitten? Aber ihr Versuch, in die Amtsleitung zu kommen, schlug fehl. Mußte man vom Empfang aus telefonieren? Sie suchte nach der Gebrauchsanweisung, fand aber bloß eine Karte. Darauf riet einem das Motel, sie ausgefüllt vorn abzugeben, falls etwas nicht in Ordnung sei, man behebe den Fehler vor der Heimkehr des Gastes. Auf der Rückseite stand: *Verzeihen Sie den Ärger, der Ihnen entstanden ist, wir haben Ihr Problem gelöst. Wenn Sie noch mehr Beistand brauchen, wählen Sie die Null, den Operateur.*

Jill fühlte sich versucht, den Betriebsleiter anzurufen, der da Probleme löste. Nur war zu befürchten, daß die Polizei ihn schon verständigt hatte. Draußen vor der Tür wurde spanisch gesprochen. Das Personal kannte wohl kaum die Gesichter der Gäste, dennoch, das Palaver wirkte bedrohlich. Sie schlüpfte in die Kleidung und brach auf.

Zwei Mexikanerinnen bestaunten ihren Abgang. Daß sie kein Gepäck einlud, erschien denen so grotesk wie ihr nasses Haar. Sie gab ihnen fünf Dollar, ließ sacht die Kupplung kommen und stieß doch beim Wenden irgendwo an. Die Frauen übersahen es, bereit, nett zu sein, gewiß auch froh, Arbeit zu haben und keinen Ärger. Parias auf dem Boden ihrer Vorfahren. Arizona, ein Teil des Gebietes, das Mexiko im Krieg von 1848 verloren hatte. Sieben Unionsstaaten waren darauf entstanden, der ganze Südwesten der USA, Washington hatte den Raub mit 18 Millionen Dollar bemäntelt. Nun rückten die Latinos wieder vor, belebten das leere Land. Bald würde Spanisch von Kalifornien bis Florida zweite Staatssprache sein.

Schlimm, so abzuhängen von dem grünlichen Papier. Ihr hatten die Scheine mit dem Bild Franklins und dem *Auf Gott vertrauen wir* nie etwas bedeutet. Der Berg von Dingen, der sich dafür kaufen ließ, stimmte sie eher traurig. Welch unsinnige Flut quoll da aus den Fabriken, staute sich im Handel, von früh bis spät angepriesen, um die Menschen zu versklaven.

Nach einer Stunde erreichte Jill das Städtchen St. Johns. Im Postamt war es 10 Uhr 5. Sie zog ihr Notizbuch, wählte die 215 für New York, dann die Nummer des *Plaza* und hörte mechanische Geräusche, bis eine Stimme guten Morgen wünschte. Leider, so hieß es, sei Mr. Lasky nicht daheim, habe aber drei Nummern hinterlassen, unter denen er in der Stadt womöglich erreichbar sei.

Es strengte Jill an, zu notieren, der Stift war wie Wachs, die Ziffern rutschten ihr weg. Zwei der Nummern erbrachten nichts. Beim dritten Versuch sagte man ihr, sie sei mit dem *Century Paramount* verbunden. Sie bat, den Anruf auf das Zimmer 1433 zu legen. Als habe die Zentrale sie vergessen, geschah eine Zeitlang nichts; dann sagte jemand schleppend: »Ja . . . Lasky.«

»Bist du es, Jero? Es klingt so undeutlich.«

»Wer spricht?«

»Na, Jill! Bist du es, Jero?«

»Von wo sprichst du?«

Sie wich der Frage aus. Diese Stimme! Als sei gar nicht ihr Bruder in der Leitung, sondern jemand anders – ein Detektiv vielleicht. Wie kam Jerome in ein unbekanntes Hotel, wenn er doch im *Plaza* wohnte? »Schick mir Geld«, bat sie trotzdem, unfähig, auf die neue Situation zu reagieren. »Tust du das?«

»Ja doch . . .« Es folgte ein Stöhnen. »Und wohin?«

»Gallup Airport, New Mexico. Postlagernd, telegrafisch.«

»Telegrafisch. Mein Gott, wieviel?«

»Ein paar hundert Dollar reichen.«

»Ein paar hundert . . . Verdammt, ich versuch's.«

Sie hängte ein. Kein persönliches Wort! War das wirklich ihr Bruder gewesen? Dann mußte er schwer betrunken sein.

»Ist Ihnen nicht gut?« fragte die Frau am Schalter beim Bezahlen, 28 Dollar, das riß ein Loch in die Barschaft, ein Drittel des Geldes war weg.

Draußen erlebte sie etwas Bestürzendes, hinter ihrem Rücken redeten die Leute über sie. Auf dem ganzen Weg zum Parkplatz bloß Getuschel, doch wenn sie hinhörte, war manches zu verstehen. Man mokierte sich über ihr Haar, ihren Aufzug, nannte sie eine Landstreicherin, die gestohlen habe; die Polizei suche nach ihr.

Woher wußte man das in St. Johns? Die Bemerkungen fielen auch, wenn kein Mensch in der Nähe war. Dann flüsterten die Häuser, hell lackiertes Holz an der Main Street, die Veranden in den Vorgärten. All das schien zu wispern, hämisch leise, die Sätze verwischten, es blieb ein Grundton der Kritik an ihr. Und nun, am Parkplatz, nahm das Blech den Tadel auf, glotzte sie aus runden Augen an und vermerkte ihre Art, Beulen in Autos zu fahren, sich in fremden Hotelzimmern hemmungslos zu bedienen und mit einem Bruder zu sprechen, den es überhaupt nicht gab.

Eine Sinnestäuschung, das Geraune, die Stimmen steckten in ihr! Sie zog die Tür des grünen Pontiac hinter sich zu und saß still am Lenkrad, in einem Angstschock. Die Schrecken der Nacht kehrten wieder, die Furcht, krank zu werden. Was ging da mit ihr vor? Sie wußte, es gab keine Markierung, keine erkennbare Grenze zwischen normaler Nervosität, psychischer Erschöpfung und dem, was als Verrücktsein bezeichnet wurde. Man konnte gemütskrank werden, von heute auf morgen, wie man Leukämie oder Diabetes bekam ... Doch hier im Auto schwiegen die Stimmen, und sie fuhr ab in der Hoffnung, der Anfall sei vorbei.

Bis Gallup waren es 90 Meilen, wenn man bei Lupton die Grenze überschritt. Jill fuhr nordwärts auf der US 666, von hinten stach die Sonne zu, ihr Rücken klebte am Polster. Was für ein armseliges Land, Felsen, Kakteen, Farmen in spärlichem Grün. Die Weite und Trostlosigkeit der Einöden Mexikos.

Nach einer Dreiviertelstunde gabelte sich die Chaussee, rechts zweigte der Arizona Highway 61 ab, die schlechtere Straße. Jill hielt an und dachte nach. Umhüllt von der eigenen Staubfahne, die im Wind vorbeizog, suchte sie zu ergründen, welcher Weg ihr mehr Sicherheit bot. Der linke war kürzer, nach der Karte mündete er bald in die schnelle Interstate 40; der rechte schien unauffälliger. Sie nahm den linken, stoppte, setzte zurück und schlug die Räder rechts ein. Nur zwölf Meilen bis New Mexico, der Vorteil lag auf der Hand. Sie fuhr an und bremste erneut – nicht doch besser über Lupton?

Plötzlich wünschte sie, nichts mehr entscheiden zu müssen. Jeder kleine Entschluß wurde zur Qual. Ehe sie weiterdenken konnte, hielt neben ihr ein hochbordiger Wagen, ein Landrover, der Fahrer bot ihr Hilfe an ... Da ergriff sie die Flucht, ohne zu antworten. Was hatte der Mann gesagt? Gab es ihn wirklich? Sie drehte sich um, nein, kein fremdes Auto hinter ihr. Vielleicht war auch das eine Halluzination gewesen, ein Teil der Fabelwelt, die sie umgab. Sie fürchtete den nächsten Anfall – Verwirrung und Angst verzerrten die Sicht, soviel war ihr klar.

Unvermittelt wurde aus der Straße 61 die Nummer 53, was hieß das? Gelang es ihr nicht mehr, sich eine Zahl zu merken? Ach, sie begriff, schon in New Mexico zu sein, mit dem Grenzübergang änderte sich die Nummerierung. Eine Reservation der Zumi-Indianer. Die Hütten waren dürftig, der Asphalt wurde so schlecht, daß Jill herunterschalten und das Steuer umklammern mußte.

Es ging schon auf zwölf, als sie am Südrand von Gallup durch Schlaglöcher zum Airport fand. Sie parkte den Wagen und trat an den Postschalter, ausgelaugt, spannungslos. War es nicht gleich, ob man ihr Geld gab oder sie festsetzte – wenn all das nur ein Ende nahm! Aber nichts davon geschah, weder lag Geld bereit noch achtete die Flugplatzpolizei auf sie. Das war quälend, gab ihr zu denken. Was beabsichtigte man damit?

LIII

Wie spät mochte es sein? Dem Schimmer an der Scheibe nach noch immer früher Abend. Jerome betastete den schmerzenden Kopf, die Schwellung über dem Ohr. Eine klebrige Wunde, Blut war ins Kopfkissen gesickert. Ein Hieb mit dem Schlagring natürlich. Seine Cartier-Uhr war weg, Jackett und Hose auch, man hatte ihn restlos ausgeraubt ... Wie Jill helfen, wo er selbst nichts mehr besaß? Mit der Jacke von Armandi und der Hose aus Nappaleder waren Brieftasche, Feuerzeug und Dupont-Set verschwunden, das Schreibzeug, selbst der Platinring; Schecks und Kreditkarten sowieso.

Alles tat ihm weh, Kopf, Brust und Bauch. Es war qualvoll gewesen, zum Telefon zu greifen, als es geklingelt hatte – wie lange war das her? – und Jill ihn aus Arizona anrief, das Geldes wegen. Wohin wollte sie es haben? Es fiel ihm nicht ein. Flagstaff? Denver? Roswell? Was gab's da unten noch? Geografie war nicht seine Stärke. Es sollten ein paar hundert Dollar sein, nur das haftete in ihm. Dad hatte ihr den Kredit gesperrt, dies war das Resultat.

Ächzend stand er auf, es hämmerte ihm in den Schläfen. Mit äußerster Anstrengung schleppte er sich zum sogenannten Bad, wo gewiß ein Spiegel hing. Hoffentlich war er nicht verunstaltet. Ihm blieb ja keine Zeit, auf die Bahamas zu fliegen, bis sein Gesicht soweit war, daß er sich wieder blicken lassen konnte; wie damals nach der Prügelei auf der Jacht, in die er zufällig geraten war. Im Klosett steckten seine Sachen, Leder wie Stoff mit dem Messer zerfetzt. Vandalismus. Unter den gegebenen Umständen mußte man froh sein, daß die Gangster sich daran ausgetobt hatten – statt weiter an ihm. Außer einer geplatzten Lippe und der blutigen Beule, sie verschorfte schon, kein Schaden. Warum war ihm dann so elend, weshalb schaffte er's nicht, sich zu waschen? Er schlurfte zurück über verstreutes Papier, stützte sich überall ab, sank am Bett in die Knie. Das Zimmer drehte sich, wie hielt man es an? Ein schwarzer Vorhang fiel.

Die kleine Wohnung in Chelsea, Pimlico Road, nicht weit von der Londoner City; grünlich flimmert der Teletext. Mein Gott, wie spät ist es? Der Bildschirm wird's gleich zeigen. New York schließt für Europa um 21 Uhr, eine Stunde später sind die Daten da. Um 9 Uhr früh die Kurse von Tokio; zwischen eins und drei Europa – Frankfurt und Zürich voran. Man müßte vor Ort sein, die Broker agieren sehen, ihre Zeichen, das Klima spüren, zur Einpegelung. Wo schwirrt eine »faule Biene«, und was macht der Dollar? Lohnt es, à la baisse zu spekulieren, zu kaufen für den Fall, daß er »unter die Hecke« sinkt? Immer Zeitung lesen, Haushaltsdebatten und Wahlkämpfen folgen, keinen Whisky mehr, ab morgen fängt ein neues Leben an. Schlaf aus den Rausch.

Wichtig: Kontakt zu Schweizer Händlern und Profis wie Dan Scripps, die gleichfalls Devisentitel handeln für Makler und Banken. Wer clever ist, der legt manchmal ein besseres Angebot auf den Tisch als *Comex,* der Computer. Gestern hat Boeing fünf Milliarden Yen für Dienstag, 10 Uhr Pazifikzeit, bei *Comex* und drei Händlern bestellt, die beste Offerte erhält den Zuschlag, 1/4 Prozent Provision, das sind Summen, dafür steigst du schon in die Concorde, flitzt über den Teich. Aber was soll dir die Order *ein paar hundert Dollar postlagernd telegrafisch,* müßten es nicht 100 Millionen sein?

Jerome schlug die Augen auf, er fühlte sich wie ein Boxer nach dem zweiten Knockout. Niemand zählte mehr, und da war auch keiner, der ihn aus dem Ring trug, wie es sich gehörte. Lange lag er so, das Gesicht auf dem Fußende der Matratze, dann raffte er sich auf und legte in keuchender Mühsal die Kette vor. Am Ende kehrten die zwei ja zurück, wütend über seine falsche Unterschrift, oder um ihn mitzunehmen. Die Welt ist aus den Fugen, dachte er; die Armen sterben vor Hunger und die Reichen vor Angst. Womöglich ging den beiden anhand seines Namens noch auf, daß sich viel mehr herauspressen ließ, wenn sie ihn unter Drogen setzten, entführten und Lösegeld verlangten. Ein paar Millionen statt des Betrags auf dem Scheck.

Letztlich waren sie Stümper, kleine Ratten ohne Format. Fünf Millionen hatte er übers Wochenende verdient, der Kurs stieg und stieg und sie nahmen ihm kein Prozent davon ab. Den Barscheck löste ihnen nur die Bank ein, die sein Konto führte; falls nicht schon Schalterschluß gewesen war. Mit den Kreditkarten hatten sie höchstens ein halbes Dutzend Einkäufe riskiert, je bis zu 800 Dollar, bei den Winkeljuwelieren der 44. Straße, Elektronikhändlern, am ehesten bei Bloomingdale, da ging auch noch ein Pelz über den Ladentisch ... Gesamtbeute 12 000 Dollar, wenn sie schnell waren und Abnehmer hatten für Uhr, Brieftasche, Feuerzeug und Ring, die ihnen ein Fünftel des Wertes zahlten.

Ach, wozu beschäftigte ihn das, etwa zum Trost? Da lag er zitternd auf dem Bett, fror entsetzlich und hörte sich stöhnen. Vom Gang her heulte ein Staubsauger, wieso am Abend? Eine Täuschung, er bildete sich das ein, tatsächlich war es still im Haus, bis auf ein wirres Echo Manhattans, das in den Lichtschacht drang. Und noch etwas fiel ihm auf, der rhythmische Schnalzlaut fehlte, er hörte das Heimchen nicht mehr. Es war geflohen, fraglos bestürzt, zu sehen, wie Wesen einer höheren Gattung da miteinander verfuhren.

Nicht wieder ohnmächtig werden, Jill brauchte Hilfe, auch Dad hing von ihm ab, in Sachen Orlando-Paket. Er kämpfte gegen den Sirup aus Schlafsucht und Übelkeit an. Sieh es positiv, redete er sich zu, immerhin lebst du, das mußte ja nicht so sein. Du hast ein paar Leben wie jeder, dem das Glück lacht, nun beginnt dein zweites! Wohin wollte Jill das Geld? Der Ort hatte ihn an ein Forschungsinstitut erinnert. Konjunkturforschung, Waffenforschung, Konfliktforschung? Nein, an Meinungsforschung – Gallup hieß die Stadt. Gallup Airport, telegrafisch, postlagernd ... Scripps mußte es für ihn tun, Sachen leihen, Geld auftreiben. Dan Scripps, sein letzter Halt in diesem Haus.

Es gelang ihm, das Telefon aufs Bett zu ziehen. Es war intakt, die Strolche hatten versäumt, es stillzulegen. Jerome wählte die Nummer 1419, schien sich aber vertippt zu haben – eine Frau sagte einladend »Ja bitte«. Himmel, begann das von vorn, wollte sie ihn anlocken? New York wimmelte von listigen Huren, ob sie nun Lisa oder Linda hießen, vorm Kino standen oder einen gleich bestahlen, schon auf der Verhandlungsrunde ums *Plaza*.

Beim zweiten Versuch dasselbe kratzige Organ. Hier sei der Zimmerdienst, wurde ihm gesagt, den Gast von 1419 könne er nicht mehr sprechen, der habe das Quartier geräumt. So spät noch? Er selber hatte Scripps gedrängt, ein besseres Hotel zu nehmen, aber doch nicht so hastig, noch an diesem Abend.

»Abend? Es ist Nachmittag, Sir! Kurz vor drei.«

Fassungslos legte er auf. Der nächste Tag. Seit 22 Stunden saß er in der Falle. Auf eine mächtig lange Reise hatten sie ihn geschickt. Leicht zu erraten, weshalb – damit ihnen Zeit blieb zur Plünderung. Klar war, daß draußen am Türknopf das Schild *nicht stören* hing. Er hatte die Burschen doch unterschätzt. Was tun, um zu retten, was sich noch retten ließ? Ihm war, als platze sein Kopf.

Benommen dämmerte er vor sich hin, zwischen Bewußtlosigkeit und Schmerz. Der stach zu, sobald er den Kopf hob. Eine Gehirnerschütterung . . . Wohin nur hatte Scripps gewollt, dessen Kopien da das halbe Bett bedeckten? Das *Plaza* war ihm ja zu fein gewesen. Lexington Avenue, doch der Name des Hotels war ausgelöscht.

Den Hörer am unverletzten Ohr, rief Jerome das *Waldorf-Astoria* an und verlangte die Turmsuite von Pamela Lasky. Gestern früh hatte er mit seiner Mutter drahtlos telefoniert und ihr versprochen, sie an der Pier zu empfangen. Das Schiff mußte trotz der Verspätung längst angelangt sein.

Es verstrich eine Ewigkeit für sein Empfinden, Pamela wurde in den Restaurants des Hauses gesucht. Endlich drang ihre Stimme kühl aus dem Apparat. »Ich nehme es dir nicht übel, wir sind erst gegen Mitternacht eingelaufen«, hörte er sie sagen. »Obwohl ich immerhin heute früh mit dir gerechnet hatte.«

»Laß dir erklären . . .«

»Keine langen Worte! Du hast ein bißchen getrunken und verschlafen, nicht wahr?«

»Nein, es ist ganz anders gewesen.«

»Du klingst aber regelrecht verkatert. Ich hab dich immer vor dem Alkohol gewarnt.«

»Hör zu, Liebste, ich bin überfallen worden«, sagte er langsam, mit großer Anstrengung. »Komm her, so schnell du kannst. Ich bin im Hotel Century, 46th Street West dicht am Broadway, auf Zimmer 1433, hast du das?«

»Jero! Jero!« Ihre Stimme zirpte an seinem Ohr. »Um Gottes willen, was ist passiert? Du bist so leise, kaum zu verstehen!«

Er wiederholte die Adresse, in Furcht, wieder wegzusacken. »Falls ich's nicht schaffe, die Kette abzunehmen, kneift sie durch«, stieß er heraus. »Bring ein Paar Hosen für mich mit und jemand von der Polizei.«

»Und einen Arzt! Du bist doch verletzt?«

Es fiel ihm schwer, Worte zu formen aus den Impulsen, die ihn durchzuckten. »Zuerst ruf meine Bank an, Morgan Guarantee, sie soll das Konto sperren, die Kreditkarte auch. Man hat mich ziemlich ausgeraubt.«

»Sei ganz ruhig, Darling, ich bin gleich bei dir.«

»Und Vorsicht mit der Polizei, Mama ... Sprich nicht direkt von Raubüberfall, sonst hängen sich Reporter an.«

»Aber was soll ich der sagen?«

»Sag ihr, auf keinen Fall die Presse ...«

»Jero, Jero ...«

Das Gezirp riß ab, die Mutter schwieg, der Hörer glitt ihm weg. Er glaubte zu fallen, wie in einem Traum. Es war recht angenehm, endlich stand das Zimmer still, seine rotierende Häßlichkeit verblich. Es schien eine Raumkapsel in freiem Fall zu sein, und der Sturz rief das Gefühl von Schwerelosigkeit hervor.

Störend blieb nur der Eindruck, über all den Wünschen, die Mutter ihm prompt erfüllen würde wie in der Kinderzeit, etwas vergessen zu haben, unwiderruflich versäumt. Hing es mit Jill zusammen, mit Ralphs *Moby Dick* oder mit der Beisetzung Steves? Die dumme, stachelnde Empfindung scheußlich verletzter Pflicht. Pflichten hörten nie auf, das war ihr Hauptmerkmal; besonders im Kreis der Familie. Aber in seiner Lage würden Ralph und Dad es ihm verzeihen, wenn er der Trauerfeier fernblieb, die jetzt wohl in Orlando begann.

LIV

Das Ritual, fand Howard Lasky, vermittelte Eindrücke vom Vergänglichen des Lebens, seiner Nichtigkeit. Seit langem hatte er an keinem Gottesdienst mehr teilgenommen, beklommen folgte er den Worten des Pfarrers. »Das also ist unsere Botschaft«, trug der aus Paulus' erstem Brief an die Korinther vor. »Gott hat Christus vom Tod erweckt. Wie können dann einige von euch behaupten, die Toten würden nicht auferstehen? Gäbe es keine Auferstehung, wäre auch Christus nicht auferstanden. Und wenn Christus nicht auferstanden wäre, dann hätte weder unsere Verkündung einen Sinn noch euer Glaube ... Aber Christus ist vom Tode erweckt worden, und das gibt uns die Gewähr dafür, daß auch die übrigen Toten auferstehen werden.«

Nicht unbedingt, dachte Howard. Der Gedanke wurde mehrfach abgewandelt, ohne ihm einzuleuchten. Nach seinem Gefühl lag ein Zirkelschluß vor, bei dem das zu Beweisende die Beweisführung stützt. Christus mochte ja auferstanden sein, eine Garantie für andere war das nicht. Gott konnte seinen Sohn bevorzugt haben, Väter neigten dazu.

»Ein einziger Mensch hat der ganzen Menschheit den Tod gebracht ...« Weltkrieg, bewirkt von Andropow oder einem nervösen Kommandeur? Nein, bloß Adam war gemeint, die Vertreibung aus dem Paradies. »... und so bringt auch ein einziger die Auferstehung vom Tod. Alle Menschen gehören zu Adam, darum müssen sie sterben; aber durch die Verbindung mit Jesus empfangen sie das neue Leben.«

Dies waren kaum verläßliche Auskünfte. Howards Gedanken lösten sich von der Predigt, schweiften zu dem, was ihn seit Sonntag plagte: Wie *Hotspur* und *Tomahawk* verfeinern, gegen Angriffe härten, es den Japanern zeigen? Er hatte da eine Idee. Formte man das Höhenleitwerk so, daß sich am Heck gewisse Wirbel bildeten, verquirlte das die Abgase des Triebwerks. Gelang es dann noch, sie vorzukühlen, war jeder Infrarot-Detektor des Gegners blind.

»Aber vielleicht fragt einer, wie soll denn das zugehen, wenn die Toten auferstehen, was für einen Körper werden sie dann haben?« las der Pfarrer. »Wie kannst du nur so fragen! Hast du einen Samen verstreut, muß er zuerst sterben, damit die Pflanze leben kann. Du säst nicht die ausgewachsene Pflanze, sondern ein Weizenkorn oder ein anderes Korn. Gott aber gibt jedem Samen den Pflanzenkörper, den er für ihn bestimmt hat. Auch die Lebewesen haben ja nicht alle ein und dieselbe Gestalt. Menschen haben eine andere Gestalt als Tiere, Vögel eine andere als Fische. Außer den Körpern auf der Erde aber gibt es noch solche am Himmel. Die Himmelskörper sind von anderer Schönheit als die Körper auf der Erde, und auch bei ihnen gibt es Unterschiede: Die Sonne leuchtet anders als der Mond, der Mond anders als die Sterne; auch die einzelnen Sterne unterscheiden sich voneinander.«

Und Satelliten leuchten wieder anders, überlegte Howard. Er suchte Trost in der Verkündung und zweifelte an dieser Poesie. Seit 2000 Jahren hofften Menschen auf eine Wahrheit, die sich dahinter verbarg. Dennoch rief das Wort *Himmelskörper* aus seiner Gedankenwelt das Bild der eigenen Entwürfe ab. Er sah deren Eleganz, windschlüpfrige Flugkörper im Stadium der Reife. Die Abrißkante am Leitwerk, geformt wie ein Sägeblatt, verwirbelte den Abgasstrahl. Der Zukunftsbomber B-2 von Northrop tat dasselbe mit seinem Rumpf. Der ging ganz im Flügel auf, das war daheim durchgesickert, obgleich der Bau des Prototyps geleugnet wurde; so wie Lockheed auch die Entwicklung des ähnlich konstruierten Jägers F-19 bestritt.

»Jetzt gleichen wir dem Menschen, aus Erde gemacht. Später werden wir dem gleich, der vom Himmel gekommen ist. Brüder, das ist ganz sicher: Menschen aus Fleisch und Blut können nicht in Gottes neue Welt gelangen. Ein vergänglicher Körper kann nicht unsterblich werden. Seht, ich sage euch ein Geheimnis: Wir werden keineswegs alle sterben, aber wenn die Posaune den Richter der Welt ankündigt, werden wir alle verwandelt. Das geht so schnell, wie man mit der Wimper zuckt . . .«

Die Worte rührten Howard an, er begann das, was sie besagten, für möglich zu halten, obwohl er sich im Schlepptau Winstons längst vom Glauben der Väter entfernt hatte. Sein Blick glitt an den Bleiglasfenstern empor zu der bemalten Decke des Hauptschiffs, hoch wie der Himmel selbst, und fiel wieder auf den Prediger am goldschimmernden Altar, im Licht der vielen Kerzen. Dann und wann dröhnte die Orgel, setzte majestätisch Zäsuren. War er mit all den Trauernden der ersten drei Reihen wirklich verwandt? Die zwei Herren dort schienen seine Vettern aus Übersee zu sein, bei ihnen die Cousine aus der Schweiz – mutmaßlich Erben der vier Prozent des Toten.

»Wenn das geschieht, wird das Prophetenwort wahr: Der Tod ist vernichtet! Der Sieg ist vollkommen! O Tod, wo ist dein Stachel? Tod, wo ist deine Macht? Die Macht des Todes kommt von den Sünden. Die Sünde aber hat ihre Kraft aus dem Gesetz.«

Aus welchem Gesetz? Gott hat uns sündhaft erschaffen, fordert uns aber Güte und Sanftmut ab. Kann man von einem Fehlentwurf volle Flugfähigkeit erwarten? Die Orgel hauchte einen letzten Ton aus und schwieg. Howard schickte sich an, niederzuknien zum Gebet, bemerkte jedoch Verwirrung und sah auf den Vikar im Festgewand. Der unterstützte den Priester, indem er die Trauernden durch Handzeichen lenkte. Aha, es folgte noch ein Schluß, Kohelets Worte über Ungerechtigkeit, zur Ermahnung der Hinterbliebenen. Alles sei schon mal dagewesen, das meiste lohne nicht und Reichtum bringe kein Glück, hörte er sagen, nahm es aber kaum noch auf.

Endlich setzte die Orgel wieder ein, um die Messe zu beschließen. Das Kirchenschiff leerte sich, Howard trat mit dem Vater ins Freie, wo sich der Trauerzug formierte. Es war sehr heiß, die Leidtragenden und ihr hundertköpfiger Anhang, in dunkles Tuch gehüllt, setzten sich in Marsch, gefolgt von vielen Neugierigen aus Orlandos Mittelstand. Er hörte Ralph zu Dad sagen: »Das gibt ein Nachspiel. Wir unterstützen nicht sein Ordinariat, damit er zu guter Letzt anzüglich wird.«

Dads Antwort blieb unverständlich. Howard begriff nicht, was den Onkel kränkte. Ihm fehlte an der Predigt nur ein Moment, das Würdigen der Militärzeit Steves, seiner Verdienste im Krieg. Das sparte der Pfarrer wohl auf für sein Wort am Grabe, in feierlicher Steigerung. Nun ging es hinter der Lafette her, die den Sarg, mit der Fahne bedeckt, über den schönen Friedhof von Cypress Creek zog. Ach, der Weg allen Fleisches!

»Jeros Fehlen ist mir ein Rätsel«, sagte der Vater auf halbem Weg in einem Ton so trocken wie Zwieback. »Ich bin verdammt enttäuscht.«

Ralph winkte ab. Dad, als der jüngere, ließ ihn rechts gehen, das schien die falsche Seite zu sein, der Onkel hörte links schwer, er sprach daher zu laut. »Dein Sohn hat sich mächtig ins Zeug gelegt bei uns.«

»Ich weiß, er will dir behilflich sein. Traust du ihm zu, daß er's packt?«

»Du etwa nicht?«

»Ziemlich groß für ihn. Um welche Volumina geht es?«

»Hundert Millionen, leider unsortiert. Man muß es vorwaschen. Das soll morgen in Las Vegas über die Bühne gehen.«

»Klingt nicht besonders seriös.«

»Jero hat mir fest zugesagt.«

»Hör zu, Ralph, ich entlaste ihn. Nehme es selber in die Hand.«

»Das würdest du für mich tun?«

»Sind wir Brüder oder nicht?«

»Wie willst du denn vorgehen?«

»Keine Ahnung; das findet sich. Portionsweise, über eine Wechselstube. Oder mit dem Geldtransport einer Kaufhauskette – es läuft auf deren Kodierung, da fällt der Bank das Gemisch nicht auf.«

»Und wie weiter? Solche Summen sind augenfällig.«

»Man muß sie gut trimmen. Das braucht einen Omnibus, echte Bewegung; aber ich weiß schon etwas. Ein Freund von mir legt eine Schachtel von Imperial Chemical kurzfristig still, wir hängen deine Portion als Drehkredit an und parken sie danach in Yen.«

»Zeitrahmen, Winston?«

»Rund acht Tage. Eine Börsenwoche in London genügt dem Mann, seine Interessen durchzusetzen. Reine Drohgebärden, weißt du, um dem Vorstand ein Alibi für Zugeständnisse zu liefern. Heute riskieren die Jungs keine eigene Schiene mehr ohne Rückversicherung.«

»Und der Preis?«

»Sie werden dein Geld für acht Tage gratis haben wollen. Bleibt noch die Wechselkursabsicherung . . .«

»Und wie kommt der Betrag zurück?«

»Entweder als Exportkredit oder über den Kunstmarkt. Wir lassen ihn dann als Fernostgeld im Kapitalmarkt kreisen. Das gibt noch mal einen kleinen Währungsgewinn.«

»Wie wird der Zugriff geregelt?«

»Gar nicht. Deine Portion bleibt im freien Raum hängen, die

Westminster zeichnet verbindlich. Nach drei Monaten rufst du sie scheibchenweise ab – oder läßt sie noch besser liegen.«

»Liegenlassen, zu welchem Zweck?«

»Profit. Englands Wirtschaft erholt sich.«

»Gut, von mir aus. Ich schlage das den Erben vor, nach der Testamentseröffnung.«

»Sag ihnen, die freundlichste Lösung wäre, es letzten Endes mir zu geben. Ich biete euch Vorzugsaktien, 20 Dollar unterm Ausgabekurs und zahle im Pool vier Prozent über dem Couponwert.«

»Das wären 16 Prozent – kannst du das, so unter Druck?«

»Wer sagt dir denn, ich sei in Druck?«

Ralph überhörte die Frage.

Howard verstand wenig, der Börsenjargon war ihm fremd. Er fand die beiden nicht ganz ehrlich, doch welcher Geschäftsmann durfte das sein? Keiner traute dem anderen über den Weg. Selbst im *Vatikan* sprach man nie davon, wo der Gewinn sprudelte – das unerhörte Geld, das floß, wurde ein neues Waffensystem geschaffen. Allenfalls sechs Prozent Gewinn las man aus den Vertragspunkten heraus, der Profit war versteckt in Positionen wie *Material und Versuche* oder *Forschung und Entwicklung*, die Staatsaufsicht stellte sich blind, und mancher Kontrolleur ließ sich die Blindheit vergolden. Nun, das mußte wohl so sein. Der Staat schob dem Unternehmer viele Risiken zu und entschädigte ihn halt dafür.

Ralph verschwieg also die Quelle, so wie Dad den Druck des Käufers, das Ärgernis im Aufsichtsrat. Dazu die Obstruktion der Japaner, den Skandal in der Fertigung, wo 200 Arbeiter der Halle 24 über Brechreiz, Hautausschlag und Gedächtnislücken klagten. Nach Meinung der Gewerkschaft waren sie Opfer giftiger Chemikalien, die für das Programm *Heimlichkeit* gebraucht wurden, die Tarnkappe der Flugkörper. Jene Kunststoffe eben, mit denen man sie beschichtete, damit ihre Haut die Radarimpulse schluckte, statt sie zu reflektieren: Glafaser- und Kohlefaserstoffe meist.

Schuld freilich war die alte Halle, das Fehlen einer Klimatisierung, die stets versperrte, streng bewachte Tür. Sicherheitsmasken gab es reichlich, doch ob man die trug, wurde nicht kontrolliert; das hatte der Produktionsdirektor im Vorstand eingeräumt. Das sei kaum durchsetzbar, redete er sich heraus, auch hantiere man mit ziemlich verträglichen Chemikalien, die Luftqualität in Halle 24 sei akzeptabel, nur die Temperatur halt zu hoch. – »Akzeptabel, bekömmlich für wen?« hatte ein Anwalt der Gewerkschaft aufgetrumpft. »Bei der Hektik im Wettrüsten spielt die Gesundheit der Kollegen keine Rolle mehr, das sind in Van Nuys die Tatsachen des Lebens!«

Die Stunde der Haie und Demagogen war da.

Vom Grab her schallte Militärmusik, der St. Louis Marsch, Howard weitete sich die Brust. Er hatte nicht alles aufgeschnappt, und auch das, was er hörte, erschloß sich ihm nur halb. Das rein Finanzielle seines Handwerks verwirrte ihn leicht, manches erregte da Besorgnis. Ein wirklich gläubiger Mensch, dachte er, wäre doch erstaunt, zu hören, mit was für Geschäften Dad den Tag beging.

»Dieses Geldmurksen bringt einen in Schweiß«, sagte Ralph jetzt. »Steves Kinder werden nicht weiter schwierig sein. Du bist übrigens auch bedacht, Winston. Am Big Sand Lake bei Fort Lauderdale fällt ein schönes Areal an dich, mit einem Golfplatz, wie mir scheint.«

»Dann verbindet uns ja bald noch mehr.«

Die Kameraden der American Legion gaben dem Onkel das letzte Geleit. Steves einstiger Kommandeur, ein uralter Oberst der Fallschirmjäger, würde ihn ehren und mit seinem Soldatenwort das Feindbild erneuern, das der Pfarrer soeben ein wenig verwischt hatte. Ein Mann mußte ein Mann und der Feind mußte der Feind bleiben, wollte man ihn sich vom Leibe halten. Die Kommandeure hatten recht, den Friedensaposteln war nicht zu trauen; über Stacheldraht hinweg sollten fromme Grüße nicht getauscht werden, sollte keine Verbrüderung statthaft sein.

LV

Auf der grünen Wiese nahe Gallup Airport gab es einen Supermarkt, mittags gähnend leer. Dort war es kühl und still, Jill Lasky suchte sich etwas aus. Zwischen den endlosen Regalen fühlte sie sich wohl, schob unbehelligt den Wagen. Niemand nahm Notiz von ihr, bis auf die Fernsehaugen; da sie jedoch nichts stahl, war es gleich, ob ihr Bild in einem Büro erschien. Mühe machte es nur, ständig Folie abzureißen, für jede Sorte Obst ein neuer Beutel, hauchdünn, schwer zu öffnen, und all das abzuwiegen im Hinblick auf den Preis. Weshalb das Pfund Birnen 1.20 Dollar kostete, viermal mehr als Bananen, war ihr klar; da schlug die Differenz zwischen dem Pflückerlohn daheim und in der Karibik zu Buch. Aber wo den Lunch nun verzehren, ohne Tisch und Stuhl?

Nicht draußen im Auto, in der Sonnenglut. Am Ende der Halle fand sie einen etwas unordentlichen Raum, zwei junge Männer speisten dort, durfte sie sich zu ihnen setzen? Es wurde ihr freundlich erlaubt, sie ließ den Kaufwagen vor der Tür, nahm nur Brot, Yoghurt und Melonenscheiben heraus. Ein Radio spielte, Leute im Kittel kamen, aßen etwas; man sah zu ihr hin, sprach verstohlen über sie, nicht böse, eher staunend, als hafte ihr eine Seltsamkeit an. Da ging ihr auf, dies war ein Speiseraum für Angestellte, und sie nahm etwas zu sich, das sie gar nicht bezahlt hatte.

Wie dumm, noch nie war ihr so etwas passiert, im ganzen Leben nicht. Sie glaubte, man werde sie zur Rede stellen, spätestens an der Kasse; doch nichts geschah. Dafür gab es keine Erklärung, außer man hielt sie für bettelarm und drückte ein Auge zu.

Oder hatte man ihr den Kummer angesehen? Punkt eins, in New York schon drei, und bei der Post noch immer kein Geld für sie! Das bedeutete, man hielt sie hin. Dies war ein regionaler Flugplatz mit Verbindungen nach Denver, Albuquerque oder Phoenix, ohne tägliche Direktflüge zur Ost- und Westküste. Vaters Detektiv mußte umsteigen, auf Anschluß warten. Von Jerome informiert – falls er es gewesen war, den sie vor drei Stunden gesprochen hatte –, brauchte der Mann Zeit, um herzukommen.

Jill war nicht so naiv, das abzuwarten. Sie tankte am Ortsausgang; es blieben ihr noch 36 Dollar. Der Karte nach befand sie sich wieder auf dem US Highway 666, den sie schon einmal benutzt hatte, ab St. Johns. Nicht sehr klug, hier würde man sie suchen, führte ihr Weg von Tucson herauf doch stets nordwärts. Dieser Maxwell dürfte ihr Ziel im Norden vermuten, und da lag es ja auch: Durango am Fuße der Rocky Mountains. Den Namen hatte Sandro ihr auf das Band des Anrufbeantworters in Berkeley gesprochen, und er stand auch in seiner letzten Notiz. Vielfach gefaltet steckte die in dem silbernen Medaillon, das unter dem japanischen Zwergbaum gewesen war und ihr seitdem am Hals hing.

Um Verfolger abzuschütteln, mußte man Haken schlagen. Acht Meilen hinter Gallup bog sie links ab und sah nach einiger Zeit, arg erschöpft, das Ortsschild von Window Rock vor sich, und die Markierung der Staatsgrenze. Nun war sie wieder in Arizona, damit rechnete keiner. Die Straße stieg auf ein rötliches Plateau. Von Geröll, dürren Feldern und Kakteen gesäumt, lief sie an St. Michaels vorbei, einer Franziskanermission. Ab und zu ein paar Rinder oder eine Schafherde. Canyons zerfurchten das Hochland, am Wegrand wiederholte sich die Zahl 264. Verstaubte Schilder wiesen auf den alten Trail der Apachen hin, auf die historische Poststation Hubbell, das Fort Defiance und das »Capitol«, ein Bauwerk der Navajo-Indianer. Von all dem hatte sie noch nie gehört.

In der nächsten Siedlung hielt Jill, sie stieg an einem Brunnen aus, um sich zu erfrischen. Es floß aber kein Wasser aus dem Rohr. Ihr war heiß, auch ein bißchen schwindlig, sie ging auf eine weißgetünchte kleine Kirche zu. Das Tor war versperrt, daneben stand auf einer Tafel, bei der Gründung des Ortes im Jahre 1890 hätten nur 60 000 Seelen in Arizona gelebt, 37 000 männliche und 23 000 weibliche; darunter 3000 Deutsche, 1200 Chinesen und 17 000 Indianer, ein Zehntel davon bekehrt und zivilisiert ... Sie hatte den Eindruck, es seien noch immer nicht viel mehr.

Im nächsten Haus praktizierte ein Arzt, vielleicht gab der ihr etwas gegen das Übelsein? Der Warteraum war leer, das Vorzimmermädchen, eine Indianerin, kam herein und fragte, was ihr fehle. – »Mir ist schlecht«, sagte Jill, einer Ohnmacht nahe, auf den Anmeldungstisch gestützt. »Kann ich wohl ein Glas Wasser haben?«

Das Mädchen nickte, nahm einen Pappbecher und zapfte Wasser aus dem Behälter an der Wand. Jill griff danach, ihr wurde schwarz vor Augen, sie verlor den Halt und sank, an den Tisch geklammert, zu Boden.

Sie wußte genau, dies träumte sie nur, und trotzdem, es machte ihr Mut. Ein Flug, dem kein Absturz folgte, das war ein Fortschritt, ein gutes Zeichen. Der Passagierraum bequem, ohne starre Sitzreihen, die Leute bei freundlichem Geplauder. Ein angenehmes Miteinander, auch seltsame Berufe überwogen: Schamanen, Handaufleger, Augendiagnostiker, windige Physiker, geschmeidige Nervenärzte und goldfischglatte Offiziere, sämtlich Verkäufernaturen; störend einzig das Aroma ihrer heißen Füße, in den gelben Socken der Luftlinie KAL.

Was schwebte der Runde vor, wohin war sie unterwegs? Das allerdings blieb verborgen. Die Offiziere, in das Schweigen eines Sonderauftrags gehüllt, zeigten soviel Flagge, daß vor lauter Tuch ihr Gesicht unkenntlich blieb. Der Nervenarzt wandelte sich vom hilfreichen Freund zu einer schillernden Machtgestalt, die ihr erklärte: »Kranke wähnen sich meist im Besitz höherer Fähigkeiten und Einsichten, fühlen sich über andere erhaben und lieben es, Briefe an den Präsidenten zu schreiben, weil unterhalb dieser Ebene ihr Geist doch verschwendet sei. Aber Sie, nein, Sie sind nicht paranoid, Madam, Sie sprechen doch mit mir und versuchen nicht etwa, den Flugkapitän zu beeinflussen. Der hat auch anderes zu tun, nämlich den Weisungen Ihres Vaters zu gehorchen. Er bringt Sie an einen netten, ruhigen Ort.«

Bei jeder Zwischenlandung stiegen zwei, drei Reisende aus, anscheinend heftig betroffen, geleitet vom Trost der Zurückbleibenden. Jemand sagte ihr, die da gingen, das seien Todeskandidaten, sie fielen gleich an der Gangway um, man bestatte sie auf dem Airport. Die Flughäfen seien in Wahrheit Friedhöfe ... Es war der Quantenphysiker, der sie so belehrte. Lächelnd fügte er hinzu, das Flugzeug befördere den Rest der Menschheit, von ihnen hier hänge die Zukunft ab, deshalb bitte er sie hinauf in die erste Klasse, dort könne man Kinder zeugen. Er sprach von elektronisch gestützer Kopulation, was sie – als sei dies ein Garten – an Veredelung denken ließ. Nur, wer veredelte wen? Doch wohl sie das Erbgut dieses Tempeldieners der Gelehrsamkeit.

Aber konnte man hochmütig sein, ohne ein Symptom von Paranoia zu offenbaren? Sie folgte dem Faun aufs Oberdeck und entblößte sich vor ihm. Der Blick, mit dem er sie verschlang, trieb ihr Schauer über die Haut. Die Genußsucht zeigte an, daß noch Herz, noch Hoffnung in ihr war. Kaum aber spürte sie die Berührung, sein jähes Eindringen, da sprang im Windstoß die Tür zum Cockpit auf – man sah die Piloten wild fuchtelnd, das Haar ganz wirr, über die Karte gebeugt, verstrickt in lauten Zank, einen grimmigen Streit um den Kurs gewiß.

Aus. War sie halbnackt in der Kanzel gewesen, um den Flugkapitän zu beeinflussen? Das blieb unscharf, sie erwachte unter den Händen des Arztes – ein Alkoholiker, dem Atem nach. Wie war sie in das Sprechzimmer gelangt und auf diesen Stuhl? »Was ist denn, wozu das?« fragte sie fassungslos.

»Nichts ist«, sagte er. »Wenn Sie glauben, Sie sind schwanger – nein.«

Das Mädchen reichte ihr die Jeans. Der Mensch ist ein Ungeheuer, dachte sie; er sieht harmlos aus wie dieser alte, ausgebuffte Doktor, aber in seinem Inneren brennen Höllen. Sie lehnte es ab, ihm den Dienst zu honorieren. Im Auto stellte sie sich vor, wie schön es gewesen wäre, von Sandro ein Kind zu haben.

Gegen drei wurde die Straße besser. Sie hieß jetzt US 191 und kroch nordwärts durch das Beautiful Valley. Die Ortnamen klangen einfältig (Steamboat, Sunrise, Cornfields, Many Farms, Kinhichee, Ganado); in drei Sprachen beschrieben sie Greifbares. Ganado war das spanische Wort für Vieh. Die Lockung des Wassers steckte in Namen wie Pine Springs, Sweetwater und Agua Fria.

Später lag rechts das Canyon De Chelly, ein Nationaldenkmal mit Rastplatz, Höhlen der Pueblo-Indianer, den Resten ihres »Weißen Hauses«. Vor Jill fuhr ein riesiger Truck, sie wagte sich nicht vorbei. An den Steigungen fiel sein Tempo ab, Staub drang herein, knirschte ihr auf den Zähnen.

Wozu das hinnehmen? Sie war auf der Flucht, fühlte sich verfolgt. Fühlte? Es ging um kein Gefühl, dies war Gewißheit. Man war hinter ihr her . . . Sie drückte auf die Hupe und schob sich neben den Lastzug, ein riskantes Manöver. Es wurde belohnt, man winkte sie durch, wunderbar. Nur keine Angst, von einem Truck drohte ihr nichts. Mochte sie auch schwach sein, fahren konnte sie, auf die Reflexe war Verlaß.

LVI

»Darling«, sagte Pamela Lasky, »mir kannst du dich doch anvertrauen. Hab keine Angst, meine Empfindungen zu verletzen. Du weißt, ich übe keine Religion aus, die abstrakt oder aufs Jenseits gerichtet ist. Die Gemeinde, der ich angehöre, befaßt sich nicht mit Spitzfindigkeiten. Wir wenden bloß die Grundsätze christlicher Nächstenliebe auf das Leben an, wie es heute leider ist.«

»Ja, Mama«, sagte Jerome; was blieb ihm übrig? So leicht entkam er Pamela nicht, mochte ihm der Schädel auch zerspringen. Wenigstens lag er im eigenen Bett, die Mutter hatte ihn ins *Plaza* bringen lassen, wo es einem zustand, auch mal schwach zu sein. Sie war zu ihm gezogen und leitete seine Pflege vom Appartement nebenan. Zierlich, aufrecht und energisch, ein Persönchen von kaum 90 Pfund, saß sie in ihrem Seidenkostüm am Kopfende, ein hübsch gefiederter Vogel, und nahm ihm beharrlich die Beichte ab.

»Red es dir von der Seele, dann fühlst du dich besser.«

»Liebste, ich bin müde.« Er roch ihr Apége-Parfum, den Duft seiner Kindheit. Konnte sie nicht aufhören? Das war der Preis für ihren Beistand, ach, den mußte man zahlen.

»Wie also bist du in dieses Haus geraten?«

»Mein Partner war dort abgestiegen, Daniel Scripps.«

»Dieser Engländer, der verschwunden ist.«

Es klang, als sei Dan für sie ein Spuk, eigens von ihm erfunden, um seinen Aufenthalt dort zu bemänteln. Als Kind hatte er gern geschwindelt, sie hielt ihn für fähig, glaubhaft Lügen aufzutischen. »Nach dem Dinner brachte ich ihn in sein Hotel, gestern um diese Zeit, einfach um zu sehen, wie er wohnt.«

»Bis hoch aufs Zimmer hast du ihn gebracht?«

»Nein, wir trennten uns in der Halle. Dort hatte ich ihn überredet, auf meine Kosten umzuziehen; allerdings war er zu bescheiden, ins *Plaza* zu gehen. Dann fuhr ich ihm nach, denn er hatte vergessen, mir Notizen zu unserem Fall zu geben. Oben im 14. Stock klopfte ich bei ihm, muß aber die Tür verwechselt haben . . .«

»Dein Gedächtnis ist stabil. Genau das hast du der Polizei erzählt: Es öffnete dir ein Neger. Ich hoffte, mir würdest du mehr sagen.«

»Laß es gut sein, Liebste. So ist's gewesen.«

»Wohl nicht ganz. Die Papiere dieses Scripps' hattest du ja bei dir. Hier, ich hab sie aufgesammelt.« Pamela zog ein Kuvert aus der Handtasche, sie gab es ihm, enttäuscht. »Keiner hatte etwas dagegen. Der Inspektor sah keinen Zusammenhang mit der Tat. Ihm ist der Widerspruch in deinen Worten nicht besonders wichtig gewesen.«

»Offenbar war er toleranter als du.«

»Im Gegenteil, er hat dir überhaupt nichts geglaubt.«

»Es kann ihm doch nicht schwer geworden sein, festzustellen, daß auf demselben Flur Dan Scripps gewohnt hat?«

Die Mutter sah ihn stumm an; ein beklemmender Blick. Der

Vorwurf in ihren hellen Augen, die ihn an Jill erinnerten, war unerträglich. »Er hat noch mehr entdeckt«, sagte sie fast tonlos. »Das Zimmer, in dem du lagst, gehört einer Dame, die der Polizei bekannt ist, aber nicht als Dame.«

»Was quälst du dich damit ab? Wirklich, Mama, wir täten besser daran, uns um anderes zu kümmern, zum Beispiel um Jill. Hast du das Geld nach Gallup geschickt?«

»Natürlich. Bitte versuch nicht, das Thema zu wechseln.«

»Wozu wiederholen, was du schon weißt?«

»Also ist es wahr. O Jero! In deinem Blut wurden Spuren eines synthetischen Rauschgifts gefunden. Ohne meinen Protest wärst du in der Gefängnisklinik.« Sie schluchzte auf. »Das mußte so kommen. So endet es eben, wenn der Wind die Familie verweht.«

Er nahm ihre Hand und drückte sie zärtlich, voller Mitgefühl. Jeder Anflug ihrer pathetischen Empfindsamkeit war ihm ein Graus, und doch tat sie ihm schrecklich leid. Drogen und Sex, das überstieg das Maß, auch wenn es zur Hälfte Einbildung war, und Dads Untreue für sie die Wurzel allen Übels. »Meine Kinder«, hörte er sie klagen. »Was ist nur aus euch geworden? Jill irrt durch das Land und du auf der Westseite in solch einem Sumpf! Wie konntest du dir das antun? Gerade auf dich bin ich immer stolz gewesen.«

»Sei es weiter, Mama. Scripps und ich, wir schreiben ein großartiges Buch. Jill hilft uns, sobald sie wieder an Deck ist . . . Jeder gerät mal ins Flattern.«

»Du fängst an und führst nichts zu Ende, das war schon früher deine Art. Laß dich nicht fallen, Jero, versprich mir das!«

»Ja, gewiß. Du hast einen kräftigen Sohn.«

»Bin ich dessen sicher?«

»Ab heute kannst du es. Ich hab meine Lektion gelernt.«

»Wäre das nur wahr. Schreibt ihr wirklich ein Buch?«

»Amerika horcht auf, wenn es erscheint. Die *New York Times* stellt es todsicher heraus, und das übrige Echo kann auch nicht kleiner sein als der Werbeetat. Über mich wird es heißen: ›Er ist einmalig. Nach dem Guß von Jerome Lasky hat man die Gußform zertrümmert‹.«

Pamela tupfte sich eine Träne weg, noch bebte ihr Mund, doch die Augen strahlten ihn an. »Nun gut«, seufzte sie, »vermutlich kannst du den Teufel selbst verkaufen.«

Wie rasch sie zu trösten war. Ihr Wesen schien wieder das alte, leicht emphatisch und sentimental. Er hatte sie schon aufgerichtet mit seiner Prahlerei, sie stützten sich gegenseitig wie einst im *Vatikan.* Damals, als Dad ihn schlagen wollte, war sie dazwischengetreten, der Hieb traf sie, und er hatte ihr versichert: Wenn ich je eine Frau treffe wie dich, heirate ich sie sofort . . . Aber den Worten von heute mußten Taten folgen. »Erlaub mir, ein bißchen was zu tun«, bat er. »Nur zwei, drei Telefongespräche und ein Blick in die Notizen von Scripps, so wunderbar von dir gerettet aus dieser Opiumhöhle.«

Sie gab ihm dafür eine Stunde, stand flink auf und zog sich wie ein Schatten zur Seite.

Im Gespräch mit Ralph merkte Jerome, die Mutter hatte ihn bereits ins Bild gesetzt. Das Testament sei eröffnet worden, teilte der Onkel mit, Steve habe ihm, Jero, eine kleine Radiostation vermacht, den Sender KJOK in Yuma, Arizona. Die Ansagerin sei hübsch und freue sich auf den neuen Boß. »Die Gehirnerschütterung hindert dich doch nicht daran, sie zu treffen?« fragte er maliziös. Entweder nahm man in Orlando den Vorfall im *Century Paramount* nicht ernst, oder man beging dort schon den zweiten Teil des Totenfestes. Ralphs Gelöstheit wirkte abstoßend, Steve war doch sein Vorbild gewesen, weshalb benahm er sich wie ein Clown?

Dad bekam den Hörer, gleich wehte ein anderer Wind. Es wurde klar, der Papst hielt das, was ihm aus New York berichtet worden war, für einen Vorwand. »Ich habe verstanden«, äußerte er knapp, »du gehst auf Distanz zu uns, weil du glaubst, wir behandelten deine Schwester falsch.«

»Das tut ihr doch auch. Deswegen läuft sie ja weg.«

»Wenn du so denkst, Jero, spar dir die Ausreden. Fernbleiben allein ist kränkend genug.«

»Es sind keine Ausreden, Dad. Von dem Überfall ist noch Rauschgift in mir, stell dir vor. Damit hat man mich einen ganzen Tag lang mattgesetzt und inzwischen tüchtig abgeräumt.«

»Das wirst du überleben, nehme ich an.«

»Lehrgeld für mich.« Durch den langen Draht spürte Jerome eine Kälte, die ihn traf. Dieser gleichgültige Mensch dort am anderen Ende sollte sein Vater sein? »Mir gehen langsam die Augen auf.«

»Das ist immer heilsam.«

»Mehr als das. Weißt du, Dad, mit dem Zeug im Blut macht es keinen Spaß, irgendwem Narco-Dollar zu waschen.«

»Ich rate dir, halt den Mund.«

»Warum? Das ist eine Direktleitung. Offen gesagt, es kotzt mich an.«

»Vergiß es. Das verlangt kein Mensch mehr von dir.«

»Dafür bedanke ich mich. Schwimmt *Moby Dick* jetzt in deinem Bassin?«

»Du erwartest wohl kaum eine Antwort. Das Paket von Orlando muß dich nicht mehr kümmern. Alles, was ich von dir noch wünsche, ist, daß du mir für das Stimmrecht über 6 1/2 Prozent bürgst.«

»Wie kommst du auf diese krumme Zahl, Dad? Meine drei Prozent sind dein, mit Pamela rede ich nachher wegen ihres Anteils. Zieht sie mit, bringe ich dir fünf Prozent.«

»Plus 1 1/2, wenn das Vormundschaftsgericht die Hälfte von Jills Paket ihrer Obhut anvertraut, womit zu rechnen ist.«

»Hast du den Richter schon auf deiner Seite? Feiert er da mit euch? Kauf ihn doch, dann gibt's kein Splitting und du hast den ganzen Ramsch!«

Jerome schmiß den Hörer auf, diesmal war er schneller gewesen. Trotzdem, es ging ihm nicht gut. Dumpf lag der Schmerz hinter den Augen, und es stach ihn unter dem Verband, dort, wo man das Haar wegrasiert und die Wunde genäht hatte ... Wie viele solcher Siege konnte er sich leisten? Gegen den Papst kam letztlich niemand an.

LVII

Am Lenkrad, in der rötlichen Öde des Nachmittags, schweiften Jills Gedanken zu Pamela; die bot ihr jetzt Zuflucht, Schutz vor Verfolgung. Lange hatten sie einander nicht gesehen, sie rief sich Mams Erscheinung ins Gedächtnis – das graue Haar, die straffe Haltung und die Spuren ihrer Schönheit; der kaum modische Aufzug (zeitlos nannte sie's), ihr Klavierspiel (technisch schwach, viel Gefühl), die leichte Schwerhörigkeit, der wenige Schmuck. Sie trug nur, was Winston ihr einst geschenkt hatte, bis auf den Ehering. Den hatte sie einmal beiläufig aus der Handtasche geholt und ihr, Jill, überlassen; dabei flossen ein paar Tränen, verstohlen weggetupft.

»Warum hast du ihn bloß geheiratet?« hatte sie damals gefragt. – »Weißt du, nach zwei Wochen«, war Mams Antwort gewesen. »So lange hat er mich eingeschlossen, da blieb mir nichts anderes übrig. Und ich war sehr verliebt in ihn.«

Von sich aus sprach sie niemals über den Papst. Wenn überhaupt, dann so, als stünde im Scheidungsvertrag: beste Nachrede obligatorisch. Ihre Toleranz war erheuchelt. Sie wußte ja, er sah weiterhin eine Art deponiertes Eigentum in ihr. Was sie in puncto Wohltätigkeit trieb, hieß bei ihm: sie pflegt die lahme Ente. Obwohl Mam es nie zugab, hatte es sie gekränkt, daß beide Kinder zwar im Ehestreit auf ihrer Seite standen, aber bei ihm geblieben waren. Seitdem klaffte ein Riß, überbrückt durch Schuldgefühl und, was Jill betraf, zärtliche Anhänglichkeit. O ja, bei Mam würde sie geborgen sein.

Wozu eigentlich diese Flucht, warum nur ließ der Papst sie jagen? Vermutlich wegen des Artikels in der Zeitschrift *Fortune.* Es hing zweifellos mit Sandro zusammen. Ihr war, als hätte sie gemeinsam mit ihm einen Bericht über Waffenhändler verfaßt, über den Umgang der Fabrikanten des Todes mit achtbaren Staatsmännern. Die Schuldigen wurden genannt, schonungslos, alle Namen und Adressen, darunter der Papst nebst seinen Kontaktleuten, Personen wie Tanja Cory. Der Aufsatz prangerte auch die Lobbyisten an, er kam zu dem bitteren Schluß, die Vereinigten Staaten seien letztlich nur deshalb in den verheerenden Weltkrieg gezogen, weil eine Niederlage Englands und Frankreichs den Verlust der Kredite bedeutet hätte, die ihnen gewährt worden waren. Milliarden standen auf dem Spiel, der Geldnerv der Bourgeoisie war berührt. Mit der ihr eigenen Heuchelei hatte die das vertuscht und den U-Boot-Krieg der Deutschen zum Vorwand genommen.

Dies war natürlich Dynamit, das nahm der militärisch-industrielle Komplex nicht einfach hin, da bot er seine Agenten auf . . . Aber stimmte denn die Behauptung, hatte nicht der Überfall auf Pearl Harbor zum Krieg geführt? Von welchem Krieg war überhaupt die Rede? Ach, sie begriff, ihr ging da etwas durcheinander. Der Artikel war doch schon 1934 erschienen, vor fast 50 Jahren, folglich konnte er nicht von ihr sein. Wie kam sie nur darauf? Weil Sandro in Las Vegas davon erzählt hatte. In letzter Zeit grub er unter dem Motto, es sei alles schon mal dagewesen, die dreißiger Jahre aus und vertiefte sich in die merkwürdige Doppelrolle der Isolationisten.

»Sie schafften es, einen Senatsausschuß zu bilden, der die Verantwortung der Rüstungsindustrie schlagend bewies«, hatte Sandro ihr gesagt. »Ein junger, karrieregeiler Senator übernahm den Vorsitz. Das Schauspiel fand im Weißen Marmorsaal des Capitols statt, den hatte man eben renoviert. Die Saubermänner des Ausschusses hockten hinter einem langen Tisch und ließen die Beschuldigten aufmarschieren, all die Krämer des Todes, verantwortlich für unseren Kriegseintritt. Von den Fakten erdrückt, gaben die Häupter der Waffenkonzerne das meiste zu. Ja, die Schmutzfinken bereuten öffentlich ihre Sünden! Das Register war lang: Bestechung von Politikern, Preistreiberei, Steuerhinterziehung und sogar – lange vor dem April 1917 – das Ankurbeln der Wehrwirtschaft im Dienste des Irrsinns. Aus dem Zuschauerraum drang Gemurmel der Entrüstung, Rundfunk und Presse verbreiteten das in jenem Frühjahr 1934. Bünde zur Verteidigung des Friedens schossen aus dem Boden, in der Studentenschaft gab es eine Liga, die sich ironischerweise *Veteranen künftiger Kriege* nannte. Von Washington verlangten die *Veteranen,* ihnen die Renten im voraus zu zahlen, noch ehe sie auf dem Schlachtfeld verstümmelt wurden oder als Helden verscharrt.«

»Und, was kam dabei heraus?«

»Das eben ist das Sonderbare, Jill: Alle waren glücklich. Der Industrie passierte nichts, denn die Justiz blieb untätig, bis auf ein paar Klagen wegen Steuervergehen. In der großen Depression hütete man sich, einen Geschäftsmann zu ruinieren, um den Preis von Arbeitsplätzen. Das Volk war auch zufrieden, sah es doch bestätigt, was es von den Reichen ohnehin hielt. Man zeigte ihm Demokratie in Aktion, den Triumph der Gerechtigkeit. Und man stärkte die Überzeugung der Leute, daß es schlecht war, Waffen zu exportieren, gar die eigenen Knochen hinzuhalten in Übersee, wo Amerikaner nichts verloren haben. Mit einem Schlag wurde der Isolationismus populär. Und das wiederum deckte Amerikas Außenpolitik den Rücken, gab ihr – in Konsens mit der Bevölkerung – international genügend Spielraum. Sie hatte volle Handlungsfreiheit zu einer Zeit, als Deutschland, Italien und Japan immer aggressiver wurden.«

»Die Diplomaten waren gleichfalls gut bedient?«

»Das Schauspiel im Marmorsaal kam ihnen zupaß. Ich stelle mir vor, die Staatsmänner haben geschmunzelt, voran dein Idol Franklin D. Roosevelt. Nun konnten sie sich heraushalten, ganz wie zwischen 1914 und 1917. Von Spanien bis China konnten sie ihre Nichteinmischung verkünden, vornehm auf ihre Friedensliebe, das Wohl des Volkes und den Willen des Wählers verweisen – bis der rechte Moment gekommen war, das Ruder wieder herumzudrücken, Amerikas Gewicht in die Waagschale zu werfen und ziemlich verlustlos aus den Schrecken des Zweiten Weltkriegs hervorzugehen als der wahre Sieger. Klingt bekannt, was?«

»War dies nicht das Klügste, was sie tun konnten?«

»Das Klügste wohl. Das Beste wär es allerdings gewesen, den Krieg zu verhindern. Im Bündnis mit dem britischen Empire, mit der Sowjetunion und Frankreich hätten sie das gekonnt; China, Polen und die Tschechoslowakei mal ganz beiseite. Eine antifaschistische Allianz der Vernunft all derer, die keine Gebietsansprüche stellten, ein Bund zur Erhaltung des Friedens, diese Chance wurde vertan.«

»Du verlangst zuviel, Sandro. Roosevelt war kein Weiser und kein Heiliger, nur ein kluger Geschäftsanwalt seines Landes.«

»Der Interessen der Oberschicht.«

»Egal, am Schluß standen wir groß da, als die Weltmacht Nummer eins, das gibst du doch zu?«

»Und ob. Aber bekommt es uns denn? Das ist gleich die nächste Frage, und schon der Abwurf zweier Atombomben auf das geschlagene Japan beantwortet sie. Außerdem, Jill, wozu lernt man Geschichte? Um klug zu sein für das nächste Mal oder um weise zu werden für immer?«

»Zeig mir einen großen Präsidenten, der nicht mit allen Wassern gewaschen war. Macht und Moral, dazwischen liegt ein Ozean. Mit Güte kommst du niemals an die Spitze!«

Darauf erwiderte Sandro wenig, sie hatte ihn mattgesetzt. Nicht Güte und Weisheit herrschten, sondern Chuzpe und Instinkt. Der Papst kam ihr in den Sinn; was sie da FDR zubilligte, galt das nicht auch für ihn? Etwa bei der Heimlichtuerei, seiner notorischen Undurchsichtigkeit. Innenminister Ickes hatte dasselbe an Roosevelt beklagt, als er ihm einmal vorwarf: »Sie sprechen nie offen mit den Menschen, die Ihnen zugetan sind und an deren

Treue Sie auch gar nicht zweifeln. Nie legen Sie Ihre Karten auf den Tisch.« Das Geheimnis war, der Präsident hatte keine guten Karten, er spielte nach Gusto und Kalkül immer glückhaft-riskant.

Den fragwürdigen Zug im Charakter des großen Mannes hatte ihr Stolzenberg so gedeutet: »Seine Kraft reichte nicht, der Umgebung alles zu erklären, sie durch Offenheit zu gewinnen und jeden zu überzeugen, warum man so und nicht anders handeln muß. Wenn ein Präsident das versucht, bleibt ihm keine Zeit mehr für den Rest. Also darf er nicht allzu offen sein, muß manchmal einen falschen Eindruck erwecken, ja sogar lügen. Und er kann nur darauf hoffen, all das durch seinen Charme, sein Charisma und die Loyalität seiner Helfer auszugleichen; letzten Endes müssen eben die Ergebnisse überzeugen. Der Erfolg muß ihm recht geben, der allein spricht für sich. Bedenken Sie, Jill, ein großer Mensch kann kein guter Mensch sein.«

Das ließ sich vielleicht auch zu Winstons Entlastung sagen. Hatte er die Firma nicht ähnlich hochgebracht wie Roosevelts Mischpoke das Land? Aber nun merkte sie, daß sie mit sich selber sprach, während Sandro schwieg, ja gar nicht mehr dasaß, als sie hinsah ... Hatte er nicht eben noch neben ihr gesessen, auf dem Beifahrerplatz, und den Isolationismus verdammt? Nein, die Worte kamen aus der Erinnerung, sie steckten in ihrem eigenen Kopf. Sie griff den Dingen vor, wenn sie glaubte, ihn zu hören. Sandro war nicht bei ihr, erst in Durango wollten sie sich treffen, im *Quality Inn Summit,* County Road am Nordwestausgang der Stadt.

Und jetzt dämmerte ihr auf, zu welchem Zweck. Es hatte etwas mit den *Nucys* zu tun. Ihm mußte klargeworden sein, wo man ein Exemplar der Waffe fand.

LVIII

In dem Gefühl, es spitze sich zu, griff Jerome nach dem Kuvert. Das Ferngespräch hatte ihn aufgewühlt – mehr, als er wahrhaben wollte –, und es war auch kein Sieg gewesen; in seiner Einbildung nur. Um sich abzulenken, zog er Scripps' Papiere heraus, strich sie glatt. Aber seine Hand flatterte, die Zeilen hüpften, es gelang ihm kaum, den Text zu entziffern. So ging es einem, wenn man dem Papst entgegentrat.

Wie sprang der da mit ihm um? Nicht anders als mit Jill, die wurde schlankweg entmündigt, sein Einspruch weggefegt! Dad bootete ihn in Orlando aus, nachdem er jahrelang dafür gesorgt hatte, daß der Faden zwischen den Brüdern nicht riß. Dazu war er gut gewesen, nun zeigte man ihm, daß es ohne ihn lief.

Ruhe, immer ruhig bleiben. Vielleicht dämpfte es den Zorn, wenn er sich vor Augen hielt, was für ein Riese der Vater war? Immerhin, dachte er, setzt die Malcolm Aircraft an zum Sprung in den obersten Rang, die Reihe der ganz Großen. Er hat es geschafft, Politikern Unterstützung und Förderung abzuringen, noch ehe der Finanzrahmen gesteckt ist, Sinn und Leistung einer Waffe bewiesen sind. Dad schwingt *Tomahawk* zum Zeichen der Stärke, des technischen Aufbruchs schlechthin. Solch ein Glitzerding unterliegt keiner Kosten-Nutzen-Rechnung, keiner Prüfung der Vernunft. Einziger Kunde ist der Steuerzahler, vertreten durch den Staat. Von dem braucht man Fürsorge, Anschlußaufträge. Steht erst mal die Fertigungskapazität, muß sie erhalten werden. Kein Staatsmann und kein General, der das nicht einsieht. Auf *Hotspur* muß *Tomahawk* folgen, darauf die Weltraumwaffe *SDI,* sonst sind Tausende von Arbeitsplätzen bedroht. Die Firma entspricht dem Bedarf der Streitkräfte, der wiederum folgt dem feindlichen Bedrohungspotential. Und das wächst mit der eigenen Stärke: Circulus vitiosus unserer Zivilisation.

Jerome spürte den Sarkasmus, der sich einschlich – wie erleichternd, boshaft zu sein. Es verschaffte ihm Luft, die Erregung klang ab. Und plötzlich schien es ihm, als könne dieser Impuls das ganze Buch tragen, das sie da planten. Warum es nicht dem doppelten Zweck weihen, Jill zu helfen und sich von dem zu befreien, was in ihm fraß? Beschreib die Rolle der Verteidigungsindustrie, schreib dir die Wut von der Seele! Selbstheilung, Versuch einer Therapie.

Wie sich der Blick auf Dad und sein Tun mit den Jahren doch wandelte. Ein Slogan fiel ihm ein, mit 17 von ihm zum Bild des Ikarus verfaßt: *Die Hauptsache beim Flug ist die Landung, sagte Ikarus, als das Wachs zu schmelzen begann. Aber an einer Fernlenkwaffe der MAC schmilzt nichts mehr, bevor sie trifft.* So oder ähnlich, Dad hatte gelacht. Dad war Daedalus, er selber der stürzende Sohn, am Klimbim des Vaters scheiternd. In jedem Mythos lag eine Erfahrung. Daedalus, der Pfuscher, hatte natürlich verbreitet, nicht sein

System sei schuld, sondern der Sohn, er habe zuviel gewollt. Das übliche Geschwätz dessen, der übrig blieb und sich aus der Affäre zog.

Sein Denken verwirrte sich, die Familie kam ihm in den Sinn, ihre Trümmer, das Vermögen, die Algebra der Macht. Niemand wußte genau, wieviel Aktien Winston hielt, doch mit denen der Kinder machten sie ihn unangreifbar. Ohne Jills Paket wankte sein Stuhl, ihr Widerstand traf bei ihm den Nerv, daher der gräßliche Clinch. All die Jahre über hatte jedes Kind einen Fuß in der Tür gehabt. Keinem kam die Idee, es zu nutzen – undenkbar, mit Dad anzubinden, bis er Jill befahl, De Luca aufzugeben.

Und nun merkte Jerome, das Paket von Orlando – die acht Prozent, von ihm gerettet – schützte den Papst vor seinem Druck. Falls Dad wieder 18 Prozent besaß, hatte er mit Howards Paket und dem aus Orlando 29 Prozent im Griff. Satte 37 wurden daraus, wenn Jill entmündigt war und er selber mit Pamela dem Vater gehorchte. Genug für den, um gefahrlos aufzustocken. Ohne die 6 1/2 Prozent, die man ihm noch bringen sollte, blieb zur Kapitalvermehrung zwar viel weniger Raum; aber familiär erpreßbar war Dad überhaupt nicht mehr. Seine Stellung war so stark, daß er auf Mama und ihn notfalls verzichten konnte, daher sein autoritärer Ton vorhin. Und erst er, Jerome, hatte den Papst befähigt, ihn an den Rand zu drängen, regelrecht ins Aus.

Noch einmal nahm er Scripps' Notizen, den Vorwurf Pamelas im Ohr, er führe nichts zu Ende. Hier und da las er etwas, ohne eine Linie zu erkennen. Das, wovon der Text handelte, betraf den Kern der Weltpolitik; was war dagegen der Kampf um die Firma, was ein Familienstreit? Aber es half nichts, sich dies zu sagen, sein Antrieb war dahin.

Als die Mutter eintrat, lag er grübelnd da, bis ans Kinn zugedeckt. Sie nickte ihm besänftigend zu, erfreut, daß er es nicht gleich übertrieb. Während sie, nach Vorschrift des Arztes, ihm Medizin in ein Glas Wasser träufelte, fragte er beiläufig: »Wie steht's eigentlich, Mama, wärst du denn jemals noch bereit, das Stimmrecht deiner zwei Prozent Winston zu überlassen, wenn er dich sehr darum bittet?«

»Du liebe Güte, was du auch für Sorgen hast.«

»Ich meine nach all dem, was er dir und nun auch Jill zugefügt hat, brächtest du's da noch fertig?« Es klang, wie er fand, etwas lauernd; offenbar mißlang es ihm, das eigene Schwanken aus dem Satz herauszuhalten. »Stell dir vor, er kommt und sagt, Pamela, sei nett und tu es in den Pool, sonst werde ich meinen Laden los?«

»Glücklicherweise stellt sich diese Frage nicht.«

Sie wich ihm aus. Hoffte er auf ihr Nein? Sollte ihn das in der Absicht bestärken, mit Dad zu brechen, den er stets bewundert hatte, an dem er noch immer hing? Was für ein Entschluß, der inneren Stimme zu folgen und aus seinem Schatten zu treten. Fast ein Sakrileg, unabsehbar die Folgen ... »Nimm einmal an, sie stellt sich doch. Wie es aussieht, kommt er bald damit zu dir.«

»Die Mühe wär umsonst, ich hab ja gar nichts mehr«, sagte sie hastig, hörbar schuldbewußt. »Die Aktien sind weg, sehr günstig verkauft, der Erlös ging der Kirche zu. Schimpf nicht mit mir, ich hab mich davon befreit! Das ist schon seit langem meine Absicht gewesen.«

Jerome verschluckte sich an seiner Medizin. »Warum hast du das getan?«

»Wir haben soviel gutzumachen.«

»Meinst du Dad?«

»Wir alle ...«

Er starrte sie an, ganz sprachlos, während ihm aufging, was ihr Schritt bedeutete – keinen Verzicht auf Reichtum, denn ihr blieb die Apanage aus dem Scheidungsvertrag, wohl aber auf Unabhängigkeit.

»Sieh mal«, fuhr sie scheu fort, als fürchte sie den Vorwurf, sein Erbe vertan zu haben, »wenn Frömmigkeit nur stilles Leben mit ständigem Beten und nach oben gewandtem Blick sein würde, dann wär das nichts für mich; ich möchte schon tätig sein.«

»Liebste ...«

»Wer bin ich denn, daß es mir zusteht, etwas anzuhäufen, das ich selber gar nicht erworben hab und das anderswo bitter fehlt? Bei den Hungernden in Afrika, die meine Gemeinde mit der Aktion ›Brot für die Welt‹ Jahr für Jahr unterstützt ... Da gehört unser Überfluß hin, Darling. Zu lange folgte ich dem bequemen Weg, wollte in der Gesellschaft glänzen, nutzlos und dumm. Genau wie du bin ich im Luxus aufgewachsen und falsch erzogen worden, zur Achtlosigkeit gegenüber den arbeitenden Klassen und all der Armut ringsum, nun aber hab ich für den Schrei der Leidenden keine tauben Ohren mehr.«

»Du mußt dich vor mir nicht entschuldigen.« Da sie Atem schöpfte, gelang es ihm, das zu sagen. »Wann hast du verkauft und wie, über deine Bank, an der Börse?«

»Ist das wichtig? Du scheinst zu glauben, das Geld sei in die Hand eines Predigers gelangt, der sich bereichert. Aber du irrst dich, ich gehöre keiner Sekte oder Erweckungsbewegung an, die sich am Auslegen der Bibel erbaut. Mein Glaube ist das, was Jesus verkündet hat, als er zur Brüderlichkeit aufrief. Er, der seine Schüler unter den Armen fand und die Geldwechsler aus dem Tempel wies.«

»Solche wie mich«, warf er ein.

»Uns geht es um die Besserung des einzelnen und der Gesamtheit.« Sie hatte gar nicht hingehört. »Für dieses Ziel strenge ich mich an, mit schwachen Kräften, aber ehrlich; tue mein möglichstes, um den Opfern der Ungerechtigkeit, verübt von uns an unseren Mitmenschen, beizustehen mit Rat und Tat!«

»Mama . . .«

»Sei still, ich weiß genau, was ich tue. Und ich sage dir, wenn das, wozu es mich drängt, wozu ich mich verpflichtet fühle, deinen Beifall nicht findet, wenn du mir deshalb mitleidige Geringschätzung zeigst, dann sei es! Dann entfernst du dich von mir. Das täte weh, es wär ein hoher Preis für meine Überzeugung, doch ich bin bereit, ihn zu zahlen.«

Jerome wagte nicht mehr, die Mutter zu unterbrechen. Ihre Augen glänzten, sie hatte sich in eine Exaltation gesteigert, die ihn befürchten ließ, ein epileptischer Anfall stehe bevor. Erst nachdem sie alles dargelegt hatte, was mit ihrem Glauben auch die Notwendigkeit begründete, das Paket abzustoßen, wiederholte er die Frage nach den Einzelheiten des Verkaufs.

»Neulich erst, kurz vor meiner Reise, mit der Bitte um Diskretion«, erklärte sie, ein bißchen verwundert darüber, daß von ihm kein Vorwurf kam. »An einen liebenswürdigen Herrn zu großzügigen Bedingungen. Der Kurs lag bei 250, und er bot mir anstandslos 270 an. Sehr nobel, findest du nicht?«

»Nein, das ist normal. Man nennt es Paketzuschlag. Der Kurs steht inzwischen weit höher. Hättest du nur mich gefragt.«

»Das konnte ich nicht, vier Wochen Stillschweigen war Bedingung.«

»Raffiniert. Sie sind dabei, uns aufzukaufen, weißt du?«

»Uns? Ich hab damit nichts mehr zu schaffen. Jedenfalls ein gut erzogener Mann, sehr korrekt, mein Anwalt fand das auch.«

»Wie hat er sich vorgestellt? Für wen hat er gekauft?«

Während Pamela noch überlegte, ging das Telefon. Sie nahm ab, preßte die Lippen zusammen und gab den Hörer mit spitzen Fingern weiter.

Es war Valentine. Sie teilte aus Malibu mit, man sei Jill wieder auf der Spur. Die habe gestern im *Sheraton* bei Tucson einem Hotelgast Geld gestohlen, angeblich um nach Mexiko zu gehen.

»Ach was«, sagte Jerome, »sie hat doch gar keinen Paß bei sich. Heute mittag war sie in Gallup, wir haben ihr Geld geschickt und hoffen, sie kommt damit her. Trotzdem – lieb von dir, uns zu verständigen. Rate dem Detektiv, auf Gallup Airport zu fragen, ob sie den richtigen Flug genommen hat.«

»Gut, Jero, das werde ich tun. Wie geht es dir selber?«

»Danke, halb so schlimm. Du hast es gehört? Morgen bin ich wieder auf den Beinen.« Es war ihm peinlich; auch konnte er vor Pamela nicht Titi zu ihr sagen.

LIX

Um Viertel nach fünf ging es geradeaus nicht weiter. Die Chaussee stieß auf den US Highway 160, Jill hielt an – links oder rechts? Die Karte des Autoverleihs zeigte ihr, westwärts kam man zum Monument Valley, eine Steppe, aus der Monolithen ragten, senkrechte Felsen auf kegelartig zerbröckelndem Fuß. Die rotbraune Western-Szenerie, 80 Meilen weiter der Lake Powell mit dem *Ramada Inn,* wo sie gestern um diese Zeit Andy Peel entwischt war. Unglaublich, was ihr seitdem alles passierte. Sie hatte eine lange Schleife quer durch Arizona gezogen, eine Ellipse, die oben nicht schloß, denn nun fuhr sie ostwärts, nach rechts.

Hinter Mexican Water, einem Nest aus Bretterbuden, sprang der Tageszähler am Tacho auf 500 Meilen. Die Sonne tief im Rükken, lenkte Jill durch eine Filmlandschaft voller Kakteen, Yuccabäume und Salbeibüsche auf den Punkt zu, wo die Staaten Arizona, New Mexico, Utah und Colorado sich berührten. Ein Denkmal am Weg in den Carrizo Mountains betonte das Einmalige, nirgends sonst trafen vier Staaten aneinander. Dunkel erinnerte sie sich der Gegend, die Straße lief bis zum steilen Rand des Nationalparks Mesa Verde. Zweimal hatte sie den besucht, zuerst mit der Schulklasse, dann mit ihren Eltern.

Eine Stunde lang lag der Tafelberg rechts, schroff und schwer zugänglich, in weitem Bogen wich die Straße ihm aus. Auf seinem flachen Dach, 8000 Fuß hoch, hatte man in der Wildnis tiefe Schluchten entdeckt, und darin, von mächtigen Felsdächern überwölbt, festungsähnliche Paläste und vielstöckige Wohnbauten von Indianern der Steinzeit. Wie ein Backenzahn mit schadhafter Füllung, hatte sie damals vorlaut gesagt.

Daheim im Familienalbum gab es Bilder von Mesa Verde: Jerome keck auf einer Leiter, denen der Indios nachgebildet, so feixte er vom Kliffpalast herab. Er hatte Steine weggerollt, die seit dem 13. Jahrhundert unberührt lagen, eine Schandtat, vom Innenministerium mit Strafe bedroht. Dann Mam vor bunten Decken, Töpferwaren und Flechtarbeiten der Urbewohner. Howard unter Tannen an einem Aquädukt, im Bann der archaischen Technik. Sie selber hoch droben auf *Far View Lodge* beim Füttern der Rehe. Keiner tat ihnen etwas zuleide, zutraulich war das Wild gewesen, es kam bis vor die Bungalows der Gäste, die von Mai bis Oktober die Höhenluft genossen; ein gigantisches Freilichtmuseum zum Rückblick in die Vergangenheit ... Auf keinem Bild Winston, der war Fotograf gewesen. Der Ausflug hatte ihm wenig bedeutet – etwas, das er der Familie zu schulden glaubte wie Europareisen, die er ihr bot.

Im sinkenden Abend erreichte Jill Durango, die alte spanische Minenstadt, und fand das kleine Sporthotel; es wirkte alpin und rustikal. Zu ihrem Erstaunen wußte man nichts von einer Buchung durch Herrn De Luca; es hieß, er sei nicht angereist. Man gab ihr ein nettes Zimmer mit Blick auf die Rocky Mountains; verschneite Gipfel im letzten Hauch des Tages. Vielleicht war Sandro unter anderem Namen hier und erwartete sie am Schwimmbad? Er hatte es ausdrücklich erwähnt, als Treffpunkt doch wohl. Seine Nachforschungen streiften Geheimdienstliches, das erlegte ihm Vorsicht auf.

Der Swimmingpool befand sich, getrennt vom Hotel, in einer

soliden Halle. Jill nahm den Beutel vom Supermarkt mit, es sollte so aussehen, als sei ihr Bikini darin. Die Halle war geheizt, die Glaswand beschlagen. Beim Eintritt erschrak sie vor dem Geraune – da war es wieder, das vielstimmige Gewisper vom Vormittag! Wirklich, das Schwimmbad flüsterte, obwohl jetzt zur Dinnerzeit niemand in dem großen grünen Becken schwamm. Allerdings war kein Wort zu verstehen, die Akustik machte, daß dies zu einem hallenden Raunen zerfloß. Hörte man genau hin, schien es melodiös; ein dumpfer, elegischer Sprechgesang.

Beklommen setzte Jill sich am Rande des Beckens auf eine Bank. Ihr wurde angst. Ein Schwimmeister, im Weiß eines Krankenpflegers, schlappte vorbei, drehte den Kopf nach ihr und behielt sie im Blick. Hinter dem blinden Glas der Umriß der Berge, irgendwo auch Gesichter. Waren das Halluzinationen, trügerische Töne, nicht durch Wahrnehmung hörbar, sondern durch inneren Nervenreiz? Steckten sie in ihr selbst? Sie wollte das Rätsel lösen, die Botschaft der Stimmen verstehen. Das war so schwer wie bei einer Arie in der Oper, wenn die Begleitung zu laut ist. Nach geraumer Zeit erst begriff sie, das Wasser teilte ihr singend mit, Sandro erwarte sie in den San Juan Bergen hinter dem Städtchen Silverton.

Was tat er dort? Ihr kamen Zweifel. Er mußte dort etwas entdeckt haben, aber wie? Verrieten sich die *Nucys* denn durch radioaktive Strahlung, sollten sie mangelhaft gekapselt sein? Das schien ihr denkbar: Ein ausländischer Agent hatte das *Nucy* in einer Höhle deponiert; wenn Sandro es mit dem Geigerzähler aufspürte, war endlich ein Beweis in seiner Hand.

Doch es stellte sich kein Bild dazu ein. Sie konnte ihn nicht sehen, mit dem Geigerzähler im Berg. Ein Historiker hantierte damit nicht, er ging anders vor – nur wie? Anhand welcher Quellen suchte er das Teufelszeug? Keine Ahnung. Ein Hirngespinst, dachte sie, eine Heimsuchung, es ist pure Phantasie. Tränen liefen ihr übers Gesicht, eine fremde Empfindung, sie weinte sonst nie . . . Und plötzlich wünschte sie sich, nicht mehr da zu sein, so spurlos verlorenzugehen wie das Volk von Mesa Verde, das vor 700 Jahren aufbrach aus seinem Paradies und nirgends ankam. Schwierig für sie, zu verschwinden, ihr haftete etwas an, das familiärer Hintergrund hieß. Der Name Lasky fand in den Blättern der Westküste stets einen Platz; die würden mutmaßen, man habe sie entführt. Während die Wahrheit viel schlimmer war – daß man

Sandro ermordet und ihr das Herz gebrochen hatte. Denn wenn er hier nicht war, wo sollte er dann noch sein?

»Kann ich Ihnen helfen?« fragte der Bademeister.

Sie nahm ihren Beutel und stand auf.

»Alles in Ordnung, Madam?« – »Ich bin okay.« Sie würde essen, schlafen und morgen in die Berge fahren; ihr letzter Versuch.

Nach dem Essen, in der Stille des Zimmers, entfaltete Jill die Karte. Das Städtchen Silverton lag 50 Meilen nordwärts in den Bergen, einsam, ohne Bedeutung, weshalb sollte da ein *Nucy* sein? Was hatte der Feind davon, dort eine Sprengladung zu placieren? Sie grübelte lange, dann dämmerte es ihr: für eine Demonstration natürlich. Um zu drohen, die Wirkung seiner Waffe vorzuführen, ohne daß dem Land ein ernster Verlust entstand; dazu mußte die Gegend ja öde sein. Der Blitz sollte die Wildnis treffen, nackten Fels, nicht Menschen töten und zum Gegenschlag reizen, vielmehr Washington die Chance lassen, sich zu fügen – insgeheim einzulenken und öffentlich zu erklären, es sei ein rätselhafter Vorgang, womöglich ein Vulkanausbruch, allenfalls ein Atomunfall gewesen.

Sie erinnerte sich, in solch einer atomaren Erpressung hatte Sandro den wahren Zweck der *Nucys* gesehen. Andere zur Kapitulation zu zwingen, ohne den Weltuntergang zu riskieren, das war nach seiner Überzeugung ihr eigentlicher Sinn. Ein nuklearer Sprengsatz, im Hochgebirge angebracht, hinterließ kaum Spuren. Anders als bei einem Bomber, einer Rakete oder einem *Cruise Missile* sah niemand das Eindringen – auf keiner Schautafel, keinem Radarschirm. Und hatte der Feind die Waffe gezündet, mußte er Washington nur noch wissen lassen, solche Sprengsätze seien vielerorts placiert, in den Großstädten und allen Zentren der Verteidigung. Das gab ihm Überlegenheit, schlagartig die Macht, seinen Willen durchzusetzen; denn wer bewies der Regierung das Gegenteil? Sie mußte mit dem Schlimmsten rechnen.

Jills Blick glitt zum Rand der Karte, haftete bei Los Alamos, 120 Meilen südostwärts. Die Wiege der Atombombe, nach Livermore das größte Waffenlabor, in einer Landschaft wie um Durango. Dort konnte das nächste *Nucy* sein, eingeschmuggelt von Spezialisten. Und was war mit dem Hauptquartier der Luftabwehr im Cheyenne Mountain bei Colorado Springs, gleich hinter dem Christi-Blut-Gebirge im Nordosten? Undenkbar, daß ein Feind, der das Land unterminierte, gerade diesen Platz ausließ. Es gab keinen ähnlich wichtigen Punkt, sah man ab vom Strategischen Luftkommando in Omaha, Nebraska, dem Kriegsraum des Weißen Hauses und dem Tiefbunker unter dem Pentagon.

Fiel *Norad* aus, die Operationszentrale bei Colorado Springs, war die Luftverteidigung blind. Den Felsbunker hatte Jill im Herbst 1980 besichtigt, mit einer Studiengruppe des Instituts. Manche Leute durften den Cheyenne Mountain von innen sehen, die Air Force wies gern einmal vor, was sie mit all den Steuermilliarden tat. Ein Lehrausflug, gewohnt hatte man fast wie hier, etwas feiner vielleicht, im *Broadmore,* einem Kur- und Sporthotel unten am Berg, im Wintersportgebiet. Laut Karte war der Cheyenne Mountain 9400 Fuß hoch, und man hatte ihn vor 20 Jahren wie einen Kürbis ausgehöhlt, um in seinem Schutz gemeinsam mit Kanada die kontinentale Luftabwehr zu installieren.

Beklemmend schon die Auffahrt. Das Auto der Luftwaffe kam an einem Bergzoo vorbei, und der Fahrer sagte salopp: »Herrschaften, erst wenn die Tiere dort paarweise übers Gatter setzen und stiftengehen, sind wir echt in Not.« Wohl immer derselbe Witz, um den Gästen klarzumachen, der Feind habe einen ständig im Visier. Dann, 2500 Fuß unterhalb des Gipfels, das Loch im Felsen, stählern überdacht. Der Tunnel, eine halbe Meile lang, führte zu der Schleuse aus zwei Panzertoren, jedes 25 Tonnen schwer. Dahinter erst, drei Etagen hoch, der Gefechtssaal mit seiner Elektronik, den Darstellungs- und Befehlsgeräten. Er stand auf enormen Sprungfedern, die sollten den Stoß einer nahen Kerndetonation dämpfen – verhüten, daß die Schockwelle, wenn sie durch den Berg lief, die Computer ruinierte. Der Berg wurde *H-Bomben-sicher* genannt. Nur ein Volltreffer, so hieß es, würde den Fels zerstören. »Aber nicht, bevor wir das erkannt und ›Abblende‹ signalisiert haben«, erläuterte der Offizier. »Die höchste Stufe unserer zehnteiligen Alarmskala.«

»Abblende, was bedeutet das?« hatte ihn jemand gefragt.

»Nun, es heißt, der Film ist zu Ende, Sir. Aber wie gesagt, auch das sehen wir kommen, mit 3 1/2 nautischen Meilen pro Sekunde direkt auf uns zu.«

Jetzt wohl nicht mehr. Saß der Sprengsatz schon in der Zentrale, vielleicht zwischen den Sprungfedern, deren Stahl so dick war wie die Reifen eines Trucks, sah niemand ihn kommen. Der Berg würde ohne Warnfrist von innen explodieren, in einem Feuerball verglühen. Aus militärischer Sicht das Optimum, der klassische Enthauptungsschlag, und man mußte ihn nicht einmal führen! Es genügte, nebenan etwas zu zünden, einen Berg desselben Kalibers bei Silverton hochzujagen und für den Cheyenne Mountain das gleiche anzudrohen, um die Regierung zu erschüttern. Nie und nimmer konnte sie es darauf ankommen lassen.

In dem Gefühl, das Ziel sei nahe, ging Jill zu Bett. Endlich begriff sie, welche Logik Sandro in diesen Teil des Felsengebirges trieb, was er bei Silverton suchte: das topographische Pendant zur *Norad*-Zentrale bei Colorado Springs, einen Berg, der dem Cheyenne Mountain glich.

LX

Bis Mitternacht blätterte Jerome in den Papieren, las mit langen Pausen hier und da ein Stück. Was er las, das entsprach der Stimmung, in die ihn der Vorwurf des Vaters versetzt hatte. Die Blätter sahen mitgenommen aus, Kopien handschriftlich ergänzter Notizen, auf einer Reiseschreibmaschine getippt. *Suche nach Fakten,* hatte Dan Scripps den Entwurf überschrieben.

Es begann mit tastendem Skizzieren, einer Bestandsaufnahme der sowjetischen Luftabwehr. In der Rangfolge der Teilstreitkräfte, hieß es, stehe die Luftverteidigung – noch vor der Luftwaffe und der Marine – hinter der Sowjetarmee an zweiter Stelle: 1/2 Million Mann Personal, 2700 Abfangjäger, 10 000 Rampen für Boden-Luft-Raketen und ein Radarzaun rund um die riesige Landmasse. Nach Meinung des Londoner Instituts für Strategische Studien 6000 Radarstationen, deren Suchfelder sich so überlappten, daß der Zaun auch beim Ausfall vieler Pfähle intakt blieb. Mit 24 000 Meilen entsprach die Länge der Staatsgrenze dem Erdumfang, die Russen fühlten sich angreifbar, sie seien regelrecht besessen von ihrer Luftverteidigung.

Deren Chef, Luftmarschall Koldunow, habe als Jagdflieger 46 Deutsche im Zweiten Weltkrieg abgeschossen. »Sein Vorgänger Batizki, vor fünf Jahren wegen Schlamperei beim Abfangen des KAL-Jumbo über der Halbinsel Kola geschaßt, kam von der Artillerie«, hatte Scripps vermerkt. »Ebenso wie sechs der acht übrigen

Amtsvorgänger Koldunows. Ihm sollte das nicht passieren, was Batizki widerfahren war; auch nicht das, was kurz zuvor der sibirischen Küstenwacht unterlief, als Greenpeace-Naturschützer in einem Schlauchboot landeten . . .«

Weiter stand da, das Unglück stärke, wie in den USA, die Macht des Militärs. Das mißtraue hier wie dort jedem Abstrich am Verteidigungsaufwand, es fühle sich in Spannungszeiten wohl. Ein Staat ohne Bedrohung von außen sei ihm nicht mehr derselbe, kein richtiger Staat für das Militär. Die Generalität beider Seiten pflege ihr Feindbild, sie male den Teufel an die Wand und präge dessen Haßgestalt dem Volk nach Kräften ein. »Einen Feind zu haben«, schrieb Scripps grüblerisch, »heißt Gesicht und Profil zu erlangen, ja ein sinnvolles Dasein. Es bedeutet, einen Druck zu erleben, durch den man zum Charakter, zur Persönlichkeit wird. Das gilt für jeden stabilen Mann, für keinen mehr als für den Offizier.«

Allerdings, fuhr er fort, blieben Anstrengung und Wachsamkeit meist hinter der Feindschaft zurück; die Disziplin entspreche der vermeintlichen Bedrohung nicht. Der achtundsiebziger Kola-Zwischenfall habe gezeigt, daß Offiziere im Dienst daheim gewesen seien; sie hätten sich Anschlüsse für die Kontrollgeräte ins Schlafzimmer legen lassen, vom Bett aus bedienbar. Solche Versäumnisse und Verstöße habe Parteichef Breschnew dazu genutzt, auf dem 26. Parteitag eine Wehrdoktrin durchzubringen, die gegen den Wunsch des Militärs das Streben nach Überlegenheit aufgab und nur noch Parität wollte: das Gleichgewicht von Ost und West.

Der notorische Konflikt zwischen Armee und Partei spiele in den Jumbo-Abschuß hinein. Nachfolger Andropow hatte – so Scripps – seine Kampagne für Zucht und Ordnung gerade auf das Militär ausgedehnt, als der Zwischenfall geschah. Kurz zuvor war, erstmals seit Jahrzehnten, ein korrupter General aus der Armee verstoßen worden. Das Militärorgan *Krasnaja Swesda* griff Korruptionsaffären auf und schrieb auch über Soldaten, die im Dienst für ihre Vorgesetzten Beeren sammeln, Pilze trocknen, Birnenwein keltern oder Souvenirs schnitzen mußten; etwa einen Bären, der unter einer Linde Balaleika spielt.

Jerome fand, sein Partner verzeichne das Bild. Pilze sammeln, Bären schnitzen, wo gab es das nicht? Ganz ohne Schlendrian lief so wenig auf der Welt wie ohne Moralisieren; man wollte es bequem haben und ein reines Herz dazu. War Scripps' Idee einer

Balance des Rüstungswahns von Ost und West korrekt? Der *esprit de corps,* dieser Cliquengeist im militärisch-industriellen Komplex, sollte er gleich sein auf beiden Seiten, wo ihm im Osten doch das zweite Bein fehlte, die Sucht nach Profit im Verteidigungssektor? Machte ein anderer Antrieb – etwa der revolutionäre Drang, die Welt vom Kapitalismus zu erlösen – das Fehlen dieses Spielbeins wett? Der Text ließ Raum für solche Fragen, doch nun fielen ihm die Seiten hin, er döste ein.

Aber die Suche nach Fakten folgte ihm in den Schlaf, vermischt mit Gedanken an Tanja und Jill, die sich beide nicht mehr meldeten. Einmal wach, griff Jerome erneut nach dem Manuskript und las, rigoros decke Moskau den östlichen Schwerpunkt seiner Macht, die Basen der Pazifikflotte – nicht nach Tonnage, aber nach Anzahl der Schiffe die größte Ballung von Seestreitkräften am Stillen Ozean. Scripps hielt es freilich für unwahrscheinlich, daß es den Koreanern hätte glücken können, mit Spezialgerät im Frachtraum des Jumbos mehr aufzuklären als Amerikas dreifach schallschneller Höhenspion SR-71 oder ein Erkundungssatellit. Die abnorme Reaktion auf den Einflug des nichtidentifizierten Objekts müsse andere Gründe haben.

»Im Navigationsbereich des KAL-Jumbos lagen zwar vier wichtige Stützpunkte der Sowjetmarine«, hieß es auf der nächsten Seite. »Petropawlowsk im Süden Kamtschatkas, Haupthafen ihrer 7. Flotte; Sowjetskaja Gawan, eine Festlandsbasis für U-Boote und kleinere Kriegsschiffe; Korsakow auf Sachalin sowie Wladiwostok, schon zur Zarenzeit sibirischer Haupthafen der russischen Fernostflotten – eisfrei mit Bau- und Reparaturwerften, Bahnanschluß, Arsenalen und Versorgungsanlagen auch heute noch Herz der Pazifikflotte. Als der Jumbo Sachalin verließ, lag die Stadt auf seinem Kurs.«

Jerome blätterte um, unfähig, all das zu bewerten. Dan Scripps, auf der Suche nach Gründen für den Jagdeifer der Russen, wies ein Bündel von Motiven vor: Geheimnisschutz, Kommißsturheit und Überreizung durch das Gestocher der USA, die »einen ihrer fünf *Rhyolite*-Satelliten über Borneo geparkt haben, in einer stationären Umlaufbahn, von wo aus seine Großantennen das komplette Spektrum der Radar-, Radio- und Mikrowellen des Gegners empfangen, um es über die Relaisstation bei Ellis Springs in Australien weiterzuleiten nach Fort Meade bei Washington. Dort werden die Signale vom derzeit schnellsten Computer der Welt ›Cray I‹ analysiert, der 300 Millionen Informationen pro Sekunde bewältigt.«

Schläfrig las er weiter, die NSA in Fort Meade halte für sich und acht weitere Geheimdienste der USA den Fernen Osten der Sowjetunion im Griff: mit *Rhyolite,* einem Schwarm von 47 Lauschflugzeugen des Typs RC-135 allein im Nordwestpazifik, 32 Fernaufklärern vom Typ SR-71 sowie Awacs-Radarspähern und der TR-1, einem Nachfolger der legendären U-2. »Fort Meade registriert, ob Sowjetschiffe auslaufen, etwa mit Kurs auf Nicaragua; was Sowjetführer über schlecht geschützte Wege, etwa aus Limousinen heraus, mit ihren Zentralen reden; wenn Auslandskorrespondenten ihre Berichte nach New York oder Washington kabeln; auch was amerikanische Firmen in Japan, China oder Korea geschäftlich besprechen; und ob die Russen Raketen testen, deren Köpfe im Zielgebiet auf Kamtschatka niedergehen oder es verfehlen.«

Penibel zählte Scripps auf, was da im Laufe einer beliebigen Nacht vor Sibirien gewöhnlich Wache hielt: je ein viermotoriges Marineflugzeug vom Typ *Orion* über der Beringsee, dem Ochotskischen Meer und der Koreastraße; die Fregatte *Badger* mit vielen exotischen Antennen 12 Meilen vor Wladiwostok; Radarposten in Südkorea, Nordjapan und auf Shemya, der Aleuteninsel. Doch in der Nacht zum 1. September sei, über das Normale hinaus, weit mehr auf der Lauer gewesen.

»50 Meilen vor Kamtschatka«, schrieb er, »zieht eine RC-135, die Militärversion der Boeing 707, eine 40 Meilen lange Acht; wie ein trainierender Eisläufer übt sie die Figur, bis Ablösung naht. Sie soll die Endphase eines Rakentests aufzeichnen. Auf den ist Washington gespannt, er regt die Falken auf, im Pentagon wie im Senat. Dort argwöhnt die Gruppe um Jesse Helms, den massigen Senator mit dem spärlichen Haar und der randlosen Brille, der Feind erprobe ein Projektil neuer Art – sein erstes Interkontinentalgeschoß, das mit festem Brennstoff betrieben wird und deshalb schneller startklar ist. Drei Probeschüsse vom Aralsee bis Kamtschatka soll es zwischen Dezember und Mai gegeben haben. Jetzt sind alle Antennen gespitzt, um die Bestätigung zu erbringen.«

Die nächste Seite beschrieb das elektronische Empfangskomitee. Ein Beobachtungsschiff, die *Observation Island,* lag zusätzlich vor Kamtschatka, an Bord ein Spezialradar zum Erfassen der kleinen Gefechtsspitzen, in die der Mehrfachsprengkopf einer Fernrakete sich vor dem Eintauchen in die Atmosphäre zerlegt. Das Wunder hieß *Cobra Judy,* es wurde nur noch übertroffen von *Cobra Dane,* auf dem windigen Shemya erbaut. Die Supercobra, letzter Schrei der Radartechnik, bestrich den längsten Teil der Testbahn, schon nördlich von Karaganda kam das aufsteigende Geschoß in ihren Griff. Bis auf 2000 Meilen nahm sie noch fußballgroße Dinge wahr, die blitzschnell dahinsausten. Wenn der Gefechtskopf hoch über Sibirien seine Kampfspitzen ausstieß, auf verschiedene Ziele, *Cobra Dane* war dabei.

Jerome las sich fest, ein Schauer überkam ihn, ein Anflug von Stolz. Er spürte etwas von jenem Rausch, dem sein Bruder in der Stille des Studios oft erlag, der Howards Lebensinhalt war. Tatsächlich, hier stand es, bis zu 100 in glühender Hast dahinschießende Kampfspitzen behielt *Cobra Dane* gleichzeitig im Blick. Erst zuletzt wurde sie blind, die Endphase des Probeschusses entging ihr aus einem simplen Grund: Shemya lag 600 Meilen vor dem Testgebiet, Radarwellen strahlten geradelinig aus wie das Licht, die Geschosse tauchten unter den optischen Horizont der ziemlich flachen Insel. Deshalb die RC-135 hoch vor Kamtschatka und, zur Krönung, noch ein wahrhaft himmlischer Wächter: der Satellit *Ferret-D.*

Welch ein Aufwand. Wenn das der alte Herr wüßte, Mutters lieber Gott. *Ferret-D,* das Frettchen, saust schnüffelnd, 375 Meilen hoch, immer in 96 Minuten um den Globus. Rastlos schnappt der Späher Radarimpulse und Funksprüche auf, auch jene Meßdaten, die ein Raketenkopf beim Probeschuß an die Bodenstationen sendet. Dreimal überquert *Ferret-D* in den ersten Stunden des 1. Septembers Ostsibirien, deckt das Frettchen je sechs bis neun Minuten lang den letzten Teil der Raketenflugbahn ab, denn seine Tastorgane reichen nach beiden Seiten 900 Meilen weit. Auf polarer Umlaufbahn, stets von Norden her über den nächtlichen Pazifik zur Antarktis sausend, und auf der Sonnenseite der Erde überm Atlantik zurück ins Geglitzer des Eismeers – mach's noch einmal, Onkel Sam.

Und jedesmal ist die Welt um 24 Längengrade unter ihm weggerückt. Bei jeder Erdumkreisung rutscht *Ferret-D* um reichlich 1000 Meilen weiter westlich über Sibirien weg. Das wissen auch die

Russen, denen fällt es nicht schwer, die Bahndaten zu berechnen. Verzögern sie den Raketenstart, bis der Späher westwärts ausgewandert ist? Das weiß keiner. Fest steht nur, statt einer rasenden Rakete, die in Kampfköpfe zerspritzt, schiebt sich ganz gemächlich der KAL-Jumbo in die nervöse Runde des Empfangskomitees, das da zu Lande, zu Wasser, in der Luft und aus dem Weltraum mit all seinen Sinnen erwartungsvoll lauscht.

An dem Punkt seufzte Jerome, wider Willen glitt ihm der Text aus der Hand.

LXI

Es verschwindet, die Angst vergeht, dachte Jill beim Erwachen. Die Wunde schließt sich, kann sein, ich bin da durch, es siegt die Natur ... Der Schlaf hatte sie erquickt, nun zeigten sich Probleme. Ihr Geld reichte nicht, das Zimmer zu bezahlen. Den Plastbeutel in der Hand, verließ sie das Haus in Richtung Schwimmbad, niemand schöpfte Verdacht. Am Parkplatz stieg sie in ihr grünes Auto. Der Tacho stand auf 632 Meilen, das Benzin langte noch bis Silverton, sie löste die Bremse und glitt lautlos bergab.

»Der Patient erlebt eine tiefgreifende Verunsicherung«, hieß es in einem der Bücher Swedenborgs. »Er ist außerstande, seinen einfachsten Bedürfnissen zu genügen.« Von solchem Versagen war sie weit entfernt. Diesen Abgang aus dem Hotel, wer machte ihr den nach?

Durango, der blanke Kurort, den sie von früher kannte, wirkte ziemlich fremd. Die Lokomotive dort unter Dampf war ihr neu. Der altmodische Zug ockerfarbener Waggons, eigens für Touristen, wies jedoch die Richtung, er fuhr auch nach Silverton, in die San Juan Mountains. Auf der US 550 rollte sie aus dem Städtchen, kam nach einer Viertelstunde durch Trimble Springs, schon 7000 Fuß hoch, und hielt bei zwei Indianerinnen. Auf überdachten Tischen boten sie Silberschmuck feil, selbstgefertigte Halsketten und Armspangen aus Sterlingsilber mit blaugrünen Halbedelsteinen. Sie stieg aus und fragte nach dem Namen der Steine, Türkise hießen die, wie konnte sie das vergessen?

Es waren keine Navajo, sondern Hopi – ein Wort für *Frieden.* Ihre Reservation lag im Südwesten, aber Käufer gab es eher hier und Grenzen waren so absurd für sie, als zäune man die Luft ab und verbietet dem Wind, zu wehen. Seit 12 000 Jahren lebten sie im Vorland des Felsengebirges, viel später erst waren die Navajo gekommen, Jäger und Sammler, während die Hopi längst seßhaft waren, ein Kulturvolk mit Ackerbau, Web- und Schmiedekunst, verzwickter Religiosität. Ein heiliger Berg diente ihnen als Zentrum, bis der weiße Mann darin Kohle fand und auf ihre Götter keine Rücksicht nahm.

Jill wählte einen Ring, passend zu ihrem Medaillon, und sah, sie konnte ihn nur bezahlen, wenn die Frau im Preis heruntergging. Was auch geschah; mit ihnen ließ sich handeln, sanfte Menschen, seit langem umhergeschubst zwischen Arizona, New Mexico und Colorado. In Gegenden, so rauh, daß es keinen einzigen Morgen Farmland gab.

Unterwegs erinnerte sie sich, anfangs war es in Berkeley ihr Wunsch gewesen, sich den Hochlandindianern zu widmen. Ihr hatte vorgeschwebt, deren Schicksal vom Zweiten Weltkrieg an als das zu beschreiben, was es zu sein schien: der Fortgang des schrittweisen Zurückdrängens der Ureinwohner, des ersten tiefen, erschütternden Konflikts auf diesem Kontinent. Aber Professor Westerling hatte sie, mit Rücksicht auf ihren Vater, selbst empfangen und ihr im Namen der Konfliktforschung freundlich abgeraten. Das sei die Domäne der Ethnologen, ein Anfänger möge nicht mit namhaften Völkerkundlern konkurrieren.

Weshalb eigentlich gab sie damals auf? Sie hatte doch schon viel Material gesammelt über die Navajo als Ranger im Pazifik (ihre seltsame Sprache, von den Japanern nie entschlüsselt); daß sie danach gegen die Hopi ausgespielt wurden, mit denen sie stets in Eintracht gelebt hatten; und wie man sie im Uran- oder Kohlebergbau unter Tage verschliß, ihr Vieh tötete und ihnen nach und nach das Land wegnahm. Trotzdem folgte Jill dem Direktor, ihre Arbeit über das andauernde Umsiedeln und Einzäunen, die Zerstörung einer Lebensweise blieb ungeschrieben. Mehr noch, sie hatte das Drama im Laufe der Zeit verdrängt. Ihr war da etwas liegengeblieben, abhandengekommen, und sie beschloß, es fortzuführen, was sicherlich Sandros Beifall fand. Sollte das Los dieser Minderheit einen Konfliktforscher weniger angehen als der Falklandkrieg oder sonst ein abstruses Zeitgeschehen?

Auf halbem Weg keuchte der Dampfzug rechts an ihr vorbei, sandte sein Schallsignal bergwärts – ein pompöser Akkord. Weißer Dampf vor leuchtend buntem Herbst, Kindheitsbilder: die Laubfärbung des Indianersommers, ihr aus Mams neuenglischer Heimat vertraut, in dieser Höhe begann sie vier Wochen früher. Doch es wurde kühl, sie drehte die Scheibe hoch und nahm alles nun wie im Kino wahr ... Das feierliche Blaugrün der Tannen, die Serpentinen an den braunen Hängen, es beeindruckte nicht mehr.

Oben auf dem Paß schien die Sonne, ringsum flammte es in Oktobertönen, vom Lindgrün der Birken über das ernste Gelb der Eichen bis zum blutroten Ahornlaub. Darüber die kahlen, schneebestreuten Flanken des Windom-Gipfels mit seinen 14 000 Fuß; ein Breitwandfilm, dessen Pracht einen kalt läßt, weil die Story nicht packt und man in jeder Szene spürt, so geht es kaum zu auf der Welt, das spottet der Realität, es simplifiziert sie bis zur Unkenntlichkeit.

Das Städtchen Silverton empfing Jill mit feinem Schneegestöber. Sie hielt neben dem Zug, stieg fröstelnd aus. Es gab keinen Bahnsteig, nur eine Fahrkartenbude mit einem Preisschild, das auf die 100 Jahre der Bahn wies – seit 1882. Die Lokomotive, in ächzender Rast, stand anthrazitfarben auf dem nackten Gleis. Es waren auch Busse da, und Pulks von Touristen schwappten über die breiten, ungepflasterten Straßen, wellige Erde voller Pfützen und zerknüllter Tickets.

Ihre Stimmung sank. Ein ungastlicher Ort, überlaufen, ohne Hotel; bloß Kneipen und Souvenirläden, Holzhäuser im Westernstil. In der rauhen Witterung blätterte ihnen die Farbe ab. Wo könnte eine Nachricht für sie sein, beim Sheriff oder einfach an ein Brett gepinnt? Sandro in seiner Sparsamkeit! Auf einer Veranda hing ein Zettel – nur die Anschrift des Eigentümers, das Haus stand zum Verkauf. Nebenan noch ein Schild, sie stieg die Stufen hoch und las, eine Miss Wilshire habe hier bis 1947 ihr Gewerbe ausgeübt. Der Kinder wegen hatte man das blumig verhüllt, aber es wurde doch klar, dies war die *Chicken Ranch* von Silverton gewesen. »Das beste kleine Hurenhaus im Westen«.

Vor diesem Schmutz floh Jill in den einzigen Buchladen, kramte in Regalen. Wenn überhaupt, so lag die Nachricht da. Sie fragte den Inhaber, der schüttelte den Kopf und starrte sie an. Sie fühlte, Wichtigem auf der Spur zu sein, das er ihr verbarg. Von den Zeitschriften abgesehen, war dies bloß ein schäbiges Antiquariat. Sie suchte in den Büchern nach einem heimlich eingelegten Papier, das ihr weiterhalf, verlor dabei viel Zeit und merkte, der Mann und seine Angestellten zwinkerten sich zu; das galt ihr.

Endlich der Fund! In einem vergilbten Band zur Geschichte des Silberbergbaus steckte ein Zettel. Zwar war er leer dank Sandros Vorsicht, nichts durfte ihn verraten, doch zweifellos für sie bestimmt, denn er wies in verblüffender Weise, nur ihr verständlich, auf das *Merry-go-round* hin. Die Seite handelte von einem schwedischen Gelehrten namens Swedenborg, ursprünglich Swedberg, Sohn eines Bischofs, später geadelt; er hatte in Upsala Mathematik und Naturwissenschaften studiert und auch mechanische Erfindungen im Bergwesen gemacht. Angestrichen war ein Absatz, wonach dieser Mann sich dann theosophischen Themen zugewandt habe, einer mystische Gotteslehre, welche die Offenbarung des Apostels Johannes mit Visionen eines erneuerten Menschenbildes verband.

Zu seltsam für einen Zufall, der Bezug war nicht zu übersehen. Schließlich hieß es – und auch das war markiert –, dieser Swedenborg habe sich später »zum Phantasten und Schwärmer entwikkelt«, zum Begründer der Neuen Kirche mit Anhängern selbst in den USA, doch seine Erfahrungen beim Abbau schwedischen Silbererzes hätten Wert, man sei ihnen in Silverton gefolgt, zumal beim *Anlegen der Mine oberhalb des Red Mountain Pass.* Das letzte war unterstrichen, der nächste Satz angekreuzt, er beschrieb die Lage des Stollens . . . Ein starker Hinweis, Jill sah sich am Ziel – fast! Der Besitzer lehnte es nämlich ab, ihr das Werk zu überlassen, nur, weil sie kein Geld mehr hatte.

»Aber ich kenne den Sohn dieses Swedenborg«, rief sie. »Er hat ein Sanatorium in Los Angeles, ich will ihm das schenken, bitte nehmen Sie doch den Ring in Zahlung.« Sie legte Pamelas Ehering auf das Glas des Ladentischs, einen Goldreif mit der Gravierung *W. L., 21. VI. 1951.*

»Das muß ein Irrtum sein«, sagte der Buchhändler. »Sehen Sie, dieser Herr ist schon lange tot.« Sein gekrümmter Zeigefinger tippte auf den Satz: »Während einer Reise, die ihn 1772 nach England führte, erkrankte er und verstarb am 29. März zu London im Alter von 84 Jahren.«

Jill aber wollte das Buch, sie mußte es haben.

Der Händler prüfte den Ring. »Wenn Sie darauf bestehen«,

sagte er und ließ ihr das Buch einpacken. Sein Benehmen verriet, er hielt sie für überspannt, ja für verrückt, ahnte er doch nicht, was dieser Fund ihr bedeutete. Als sie in der Tür war, lachte die Verkäuferin auf.

In Panik verließ Jill das Geschäft. Am Bahnhof hing ein Plan der Berge, dem sie entnahm, wie es zu dem Paß ging, der 11 000 Fuß hoch im Norden von Silverton lag. Sie hatte das Gefühl, jemand sei ihr gefolgt und beobachte sie.

LXII

In New York war es zwei Stunden später, dort erwachte zur selben Zeit Jerome. Ein Druck auf den Knopf am Bett ließ die Vorhänge aufgleiten, die gewölbten Jalousien rollten hoch. Er fühlte sich viel besser, trotz der puckernden Naht überm Ohr. Die Uhr zeigte ihm Mittwoch, den 14. September, an; das Rauschgift schien verflogen zu sein. Er kam aus eigener Kraft ins Bad, verharrte im Duft der Hermès-Kosmetik vor den Spiegelwänden, umschmeichelt vom Skylight – es strahlte so langsam auf wie ein junger Tag – und ließ sich Wasser ein.

Es gibt kaum Gewißheiten, überlegte er in der Wanne. Da ist nur weniges, das, gründlich bedacht, nicht dem Druck der Logik weicht und den Blick freigibt auf neue, zerbrechliche Türen und eine letztlich bodenlose Wahrheit, die dahinter steckt. Was hatte Dan Scripps schon alles entdeckt! Ihm, Jerome, war es schändlich vorgekommen, daß Washington den Abschuß des Jumbos so lange verschwieg und selbst die Angehörigen prominenter Opfer belog. Scripps aber hielt nüchtern fest, es war nicht Infamie, sondern Routine gewesen, Regierungsbrauch im Zeitalter des Fernsehens, seit Nixons Präsidentschaft üblich.

Die Spitzenleute verfuhren kinogerecht. Sie hatten in »Hollywood-Ost«, wie die Hauptstadt neuerdings hieß, zu viele Pleiten erlebt beim achtlosen Umgang mit den Medien; etwa wie George McGovern vor elf Jahren erst nach Mitternacht zu seiner Kandidatur sprach, wodurch die Wirkung verpuffte. Das sollte ihnen nicht passieren. Sie brauchten das Videospektakel, das große Publikum ganz wie der Zierbub Michael Jackson. Nach ihrer Erfahrung waren dem Volk Sachfragen zuwider, die Masse starrte auf den Star, wollte ihn wie im Film oder im Sportstadion siegen sehen. Man bot ihr das Zeitgeschehen als Fernsehserie dar. Der Präsident und sein Team traten in einem Western auf, entweder er gewann oder verlor, nur das riß die Leute hin. Der Sheriff zermalmt die Strolche, das John-Wayne-Syndrom in der Staatskunst. Die Rolle war Reagan auf den Leib geschrieben, er zog die meisten Zuschauer an, hielt sie bei der Stange. Seiner Crew ging es immer nur darum, die Auftritte samt Botschaft gut zu inszenieren.

Diese Regierung, fand Jerome, löste kein Problem, sie war das Problem ... Noch schwach auf den Beinen, sank er nach dem Bad in den Sessel nebenan, wie bei der Ankunft vor drei Tagen vertieft in sein Spiegelbild. Das goldgeäderte Glas gab ihn mild verschleiert wieder wie am Sonntagabend, als ihn die eigene Gestalt an einen zermürbten Preisboxer hatte denken lassen. Der Unterschied: Jetzt war er klüger, die Spannkraft kehrte zurück. Was ihn nicht umbrachte, stärkte ihn. Sein Blick schweifte über die Wipfel des Central Park bis zur 110th Street, streifte die Paläste des alten Reichtums im Osten der Fifth Avenue, das Metropolitan Museum of Art (Gemälde und Skulpturen hinter grauer Renaissance in Kalkstein aus Indiana) und das Naturkunde-Museum im Westen des Parks (der Welt größte Edelsteinsammlung, gestiftet von John Pierpont Morgan).

An die Arbeit! Er fuhr da fort, wo ihm, lange nach Mitternacht, das Papier aus der Hand gefallen war: Das Empfangskomitee in fiebriger Erwartung der Rakete, doch nur ein Jumbo dringt auf seinem Irrflug langsam in den scharf bewachten Kreis. Was nun? Mit ihm vorliebnehmen, das Beste daraus machen und sehen, wie der Feind reagiert? Dieser enorme Aufwand, zu etwas soll er doch gut gewesen sein – das suggerierte der Text, und Jerome merkte, er war nahe daran, dem beizupflichten, aus militärischer Sicht. Um dem Feind, wenn schon nicht das Geheimnis dieser Rakete, so doch das seiner Jägerregimenter zu entreißen, wie Scripps schrieb. Das Rätsel der neu formierten Luftverteidigung Fernost lösen zugunsten des eigenen Landes, ein ehrenhaftes Motiv, vertretbarer Ersatz. So bald kam die Chance nicht wieder, Rußlands Abwehr in Aktion zu sehen. Das Risiko zu hoch, die Menschen zu gefährden? Es hätte anders enden können, um ein Haar wäre der Jumbo ja entschlüpft.

Jerome rief sich zurück, erstaunt über seine Anfälligkeit. Wie verführbar er doch war; nicht bloß ein strammer Weiberarsch, auch ein kriegerisches Abenteuer riß ihn schon mal hin. Wenn sogar er, der nie eine Waffe bedient hatte, für derlei empfänglich war, was fühlte dann erst ein Soldat? Wie sollte dann ein Offizier – besessen von seinem Verteidigungsauftrag oder dem Drang nach Karriere – einer solchen Idee widerstehen?

War es so gewesen? Er wußte es nicht. Auf der Suche nach Wahrheit boten einem Irrtümer und Lügen ihre Hilfe an. Aber wenn der Argwohn begründet schien, dies könne sich so abgespielt haben, war es richtig, den Fall aufzuklären, der stellvertretend für ähnliche Affären stand. Internationale Zwischenfälle, Konflikte und Kriege, bei denen es um ein Kräftemessen, um Machtpolitik ging und Menschenleben, ob Dutzende oder Millionen, den Führern gleichgültig waren; wie auch immer sie das verbrämten.

Die nächste Seite, fast ohne Text, füllte eine Skizze des Nordwestpazifiks: Das Empfangskomitee in all seinen Gliedern, der mutmaßliche Kurs der Rakete, der Irrweg des Jumbos und drei seiner Standorte mit Zeitangabe, bezogen auf das periodische Erscheinen von *Ferret-D.* Dessen drei Bahnen liefen, schwach gekrümmt, senkrecht über das Blatt. Es sah so aus, als werde ein Konnex zwischen dem Frettchen und dem Flugzeug gesucht. Beim zweiten Umlauf des Satelliten war der Jumbo dicht vor Kamtschatka gewesen, beim dritten Auftauchen ein Stück vor Sachalin. Was wollte der Partner damit sagen? Daß das Flugzeug in gewisser Weise zum Empfangskomitee gehörte, daß es am Tatort erschien, weil der Irrflug fingiert war, Teil einer abgestimmten Aktion?

Es schien, als schicke Scripps sich an, eine verdeckte Karte auszuspielen. Das ging zu weit, da strapazierte er sein Material. Beim Start in Anchorage hatte der Jumbo den Flugplan eingehalten, wie sollte der Rhythmus des Frettchens damit harmonieren? Soviel konnte schwerlich zueinander passen. Eine Skizze, auf der sich ein paar Linien schnitten, bewies keinen Zusammenhang. Das Bild zeigte nur, dort war unter all den Radaraugen ein Jumbo ins Unglück geflogen, und niemand hatte sich aufgerafft, es abzuwenden. Statt weiter zu spekulieren, mußte man die Indizien so vortragen, daß der Kongreß – direkt betroffen durch den Tod seines Mitglieds – einen Untersuchungsausschuß schuf und die Chefs der Behörden vorlud, die in den Fall verstrickt waren.

Das ließ sich mit dem Buch versuchen. Dazu reichten die Erkenntnisse, wenn man sie sachlich deutete, frei von jedem haltlosen Verdacht. Für fixe Ideen und Vorurteile war in der Arbeit kein Platz.

Beim Frühstück sagte Pamela: »Ich ängstige mich um Jill, sie müßte längst bei uns sein. Nicht mal das Geld hat sie abgeholt. Ich hab den Flugplatz Gallup angerufen, stell dir vor, da liegt es noch!«

»Bleib ruhig, Liebste. Der Detektiv sucht. Laß uns abwarten, mehr können wir nicht tun.«

»Was wird, wenn wir sie finden, Jero?«

»Dann erholt sie sich bei dir; sie hat sich auf dich gefreut.«

»Dein Vater plant etwas anderes mit ihr.«

»Das dürfte schwer werden. Winston braucht die sechs Prozent von Jill und mir. Die kriegt er nie, wenn er gegen sie vorgeht.«

»Unterschätz ihn nicht. Er und sein Anwalt, dieser Scanlan, finden immer einen Weg.«

Mit einer Entschuldigung stand Jerome auf. Jetzt wußte er wieder, welches Hotel Scripps ihm vorgestern beim Abschied genannt hatte: das *Doral Inn,* Lexington Avenue. Er schlug im Telefonbuch nach, tippte 755-1200 ein und hörte sogleich die Stimme seines Partners. »Ich bin zurück, Dan, und fast zu Ende mit Ihrem Manuskript.«

»Und was halten Sie davon?«

»Fabelhaft. Vergessen Sie meinen Entwurf. Solide recherchiert und schlüssig dargestellt, bis auf einen Punkt.«

»Bitte?« Es klang britisch gedämpft, als vertrage Scripps viel Kritik und mache sich auf eine große Portion gefaßt.

»Die geheime Mission des Jumbos. Genau wie Cabot halte ich das für eine östliche Behauptung. Macht es Ihnen sehr viel aus, Dan, wenigstens in diesem Punkt den hiesigen Sprechern zu trauen?«

»Das ist ungefähr so, als ob Sie einen Indianer auffordern, General Custer zu trauen.«

Jerome lachte; sie verabredeten sich zum frühen Abend im *Plaza,* um den Vertrag aufzusetzen und die weiteren Schritte zu beschließen. Als er auflegte, wurde ihm klar, woher sein Widerstand gegen Scripps' These rührte: nicht aus der Beweislage allein, dem Mangel an Fakten. Nein, die Unterstellung, der Irrflug sei fingiert, kam doch von Jill – unmöglich konnte er dem Wahn seiner Schwester folgen. Damit hatte ihr Zustand begonnen und alles, was sich so schmerzlich daraus ergab.

Später rief er Tanja Cory in Washington an, ohne sie zu erreichen. Sie wohnte nicht mehr im *Days Inn,* hatte keine Anschrift hinterlassen, würde aber wohl noch in der Hauptstadt sein, erfüllt von ihrem Auftrag, das kriegerische Standbein des Militärs an das kommerzielle Spielbein zu fügen. Ihm kam Ralphs Wort in den Sinn, ehe Steve starb. »Lobbyisten springen ab«, hatte er zum Klang der Marimba gesagt, »verkaufen sich meistbietend ...« Weshalb fiel ihm das jetzt ein? Merkwürdige Erinnerung. So, wie die Mutter den Mann beschrieb, der Charles Winter hieß und ihr Paket erworben hatte – um die 60, stattlich, wellig-graues Haar und ein derb modellierter Kopf –, schürte es den Verdacht, dies könne ein Doppelgänger von Frank Norris gewesen sein; das Gesicht eine Art Schlachtfeld, aufgeräumt und parfümiert.

Wenn Winter dieser Norris war, dann hinterging er Tanja, oder sie selbst spielte falsch. Und er, Jerome, sollte den Papst vor ihr warnen. Doch als er nun 305 drückte, die Vorwahl von Orlando, und Ralphs Nummer eingab, da sagte ihm der Onkel, vom Sekretär ans Telefon geholt, Winston und Howard seien auf dem Flugplatz, ihre Gulfstream (der achtsitzige, fast schallschnelle Firmenjet) hebe in dieser Minute ab.

»Ralph, habt ihr den Poolvertrag unterschrieben?«

»Ich ja, Steves Kinder noch nicht. Sie wollen Bedenkzeit.«

»Wieso, du hast denen doch sicherlich zugeredet?«

»Es ging ihnen alles zu schnell. Und ich glaube, man kann das verstehen. Wer gibt denn gleich etwas her, das ihm gerade erst zugefallen ist?«

Jerome grüßte, legte auf, saß brütend da. War das plausibel? Den Vettern aus Übersee wurde doch nicht zugemutet, sich von ihrem Erbe zu trennen. Sie und die Schweizer Cousine sollten bloß ihr Stimmrecht in den Topf tun, damit die Firma im Besitz der Familie blieb, war das zuviel verlangt? Nun, wenn Winston ihnen die Millionen Schwarzgeld wusch, würden sie ihm schon das Stimmrecht geben.

»Darling«, rief die Mutter von nebenan, »leg dich wieder hin! Bitte, du darfst dich nicht gleich übernehmen.«

LXIII

Jill wußte, ihr Kauf in der Buchhandlung war sehr auffällig gewesen, er mußte sie verraten haben. Doch da es ihr gelungen war, das Buch mitzunehmen, stand es Sandros Gegnern nicht zur Verfügung, so daß ihnen unklar war, welchen Hinweis sie darin entdeckt hatte. Daher blieb ihnen nur übrig, ihr heimlich zu folgen. Anders konnten sie ihn nicht aufspüren; aber sie würde listig sein. Jetzt ging es darum, Sandro zu finden, ohne seine Widersacher hinzuführen. Sie trug eine große Verantwortung, wenn sie unter diesen Umständen zu ihm stieß. Doch er wollte es ja, und gewiß nicht nur, um sie nach dieser Zeit der Trennung zu umarmen. Nein, er brauchte sie als Zeugin für seinen grandiosen Fund.

Am Ortsende setzte der dünne Schneefall aus. Keine Autos hinter ihr, sooft sie in den Rückspiegel sah. Man würde sie aus großem Abstand mit dem Fernglas überwachen. Sie fuhr über eine Brücke und dachte, etwas stimmt nicht, die San Juan Mountains enden bei Silverton, dies Gebirge heißt schon anders, Sangre de Cristo Range? Überraschend riß der Himmel auf. Kurz vor dem Paß zweigte ein Schotterweg ab. der Beschreibung nach mußte er es sein. Ein Fernsprechdraht, der sich von dem Bündel an der Straße löste und an dürren Stangen neben dem Weg herlief, gab ihr Gewißheit. Sie erinnerte sich, am besten war ein *Nucy* durch das Telefon zu zünden. Im ersten Gang ließ sie den Pontiac klettern. Es wäre töricht gewesen, ihn unten stehenzulassen, als Zeichen für die Verfolger.

Holzfahrzeuge hatten den Weg zerfurcht. Sobald die Räder abrutschten, schleifte das Bodenblech auf der Erde, sie spürte es an den Fußsohlen. Nach einer Weile fing das Kühlwasser an zu dampfen, der Motor stöhnte, in einer Kurve starb er weg. Sie startete mehrmals, er kam nicht wieder, das Benzin schien verbraucht zu sein. Vielleicht war noch etwas im Tank, doch da der Wagen schief stand, saugte die Pumpe nichts mehr.

Wolken verdeckten die Mittagssonne, es begann zu nieseln. Das wunderte Jill, unten im Tal waren es Schneekrümel gewesen, hier oben fiel Regen, dünn und kalt. Sie hielt die Hand hinaus und tupfte sich das Wasser ins Gesicht. Es hatte kein Aroma, man schmeckte die eigene Haut. Sie mußte auf den Hopi-Ring achten, er saß ihr lose am Mittelfinger – so groß gekauft, damit er Sandro paßte. Sie wollte nicht mit leeren Händen zu ihm kommen. Ein paarmal drückte sie auf die Hupe, aber der Stollen war offenbar noch weit weg, ihr Signal wurde nicht gehört.

Sie knipste die Standheizung an und sah, wie der Luftstrom das Glas freiblies, das schon beschlug. Habe Geduld, bleib ruhig, alles wird gut! Wenn sie erwog, was sie in diese grauen Berge trieb, schmerzte zwar der Gedanke an die Familie – an Winstons Herrschsucht, Howards Stumpfheit und Jeromes Versagen. Aber das lag hinter ihr, bedrückend alltäglich; es entsprach der Gleichgültigkeit, dem normalen Egoismus, der sie alle geprägt hatte. Jeder ist für sich selbst verantwortlich, pflegte der Papst zu sagen. Erbärmlich jedoch das Maß seiner Niedertracht: daß er ihr das Geld wegnahm, ja Sandro zwang, Zeilen in verstaubten Büchern anzustreichen und in ein altes Bergwerk zu flüchten! Es beschmutzte alle Beteiligten, verhunzte den shakespearehaften Kampf um die Macht. Daß da ein Haus durch Verbrechen zugrunde ging, dies wurde nicht mit Würde erlebt, als innere Notwendigkeit wie auf der Bühne, es kam zufällig daher, possenhaft, läppisch. Gegner ohne Format waren verächtlich.

Es klarte auf, kein Regen mehr, die Sonne blinkte rechts vom Windom Peak. Jill stieg aus, um der untrüglichen Spur des Telefondrahts zu folgen. Sie befand sich oberhalb der Baumgrenze, nach fünf Minuten gaben flach kriechende Kiefern den Blick auf ein Bergpanorama frei, die blauweiße Region der Gipfel. Lizard Head, Uncompahgre, Slumgullion, San Luis – sie rief sich deren Lage und Namen ins Gedächtnis, bestimmte den eigenen Standort. Der Weg stieg weiter an, überragt von senkrechten Felswänden, wann endlich klaffte darin das Stollenloch? Nun fiel der Pfad ab, gabelte sich und führte zu einer schiefen Terrasse, einem mit feuchten Gräsern, Disteln und winzigen Kakteen bestreuten Bergwinkel. Sie gönnte sich eine Rast. Wie freundlich dies aussah, wie würzig es roch in der reinen Luft! Huschende Sonnenfelder vertieften ihr Gefühl, das Wiedersehen sei nahe.

Der Gipfel, den Jill erklomm, ähnelte stark dem Cheyenne Mountain, unsichtbar dort im Nordosten. Das machte es ihr leicht, Sandros Logik zu folgen. Er kannte den Berg so gut wie sie, hatte der Studiengruppe angehört, die man vor drei Jahren auf abgesperrter

Straße hochfuhr zum *Norad*-Hauptquartier bei Colorade Springs. *Combat Operations Center* stand über dem Halbkreis der Tunnelmündung, eine feine Adresse, sehr exklusiv. Die Panzerschleuse, 900 Yard tief im Felsinneren, ließ sich nur maschinell öffnen von den Torwächtern, Gralshütern im Leutnantsrang. Eine Männerwelt, man war unter sich, 300 kurzfrisierte, ernsthafte Krieger, völlig überzeugt, sie seien die wichtigsten Bürger der Vereinigten Staaten; ein asketischer Orden, der im Drei-Tage-Rhythmus seiner Ablösung über die Sicherheit Nordamerikas wacht.

Ihnen, Jill hört es noch, hat Sandro viele Fragen gestellt. Zum Beispiel nach dem Sinn der zehn Alarmstufen, sie hängen auch in der Kantine, auf Plexiglas gleich neben dem Schild überm Tresen, das Cheeseburger, Dognuts und Pepsi empfiehlt: *Apfelschnaps, Zitronensaft, Schneemensch, Riesenlärm, gespannte Pistole, Eilschritt, Rundhaus, Doppelblick, Abblende,* liest Sandro vor.

Neun der zehn Codes fallen ihr noch ein. Sind es nur neun, hat man den zehnten aufgespart für den unheimlichen Fall einer Gefährdung durch *Nucys*? Jedem Tarnwort entspricht ein Farbton auf dem Glas. Vom Grasgrün bei *Apfelschnaps* reicht die Skala über Gelb und Orange bis zum Dunkelrot von *Abblende,* dem Ton reifer Schwarzkirschen. Bei Alarm flammt das betreffende Feld der Tafel auf, damit man auch in der Kantine merkt, wie schlimm es ist und was die Glocke geschlagen hat.

»*Gespannte Pistole,* das sagt mir etwas«, äußerte Sandro. »Es kündigt die Bereitschaft zum Gegenschlag an, nicht wahr? Und *Riesenlärm* läßt mich einen Großangriff ahnen, von uns eindeutig erkannt. Aber was heißt *Eilschritt, Rundhaus* und *Doppelblick*? Da versagt meine Phantasie.«

»Tut mir leid, Sir«, erwidert der Presseoffizier. »Das ist klassifizierte Information, die Decknamen sind geheim. Was sie bedeuten, weiß nur, wer damit umgehen muß.«

»Ein Wort fehlt vielleicht: *Happy End* für Entwarnung, wenn sich zeigt, der Feind bricht den Angriff ab – oder es ist ein Fehlalarm gewesen. Das haben Sie doch schon gehabt?«

»Sicher, ein paarmal im Laufe der Zeit. In dem Fall geht einfach das Licht an der Tafel aus.«

»Andernfalls doch auch, Captain.«

»Andernfalls gehen sämtliche Lichter aus.«

Unter solchem Geplänkel steigt man über Gangways hinauf in

den Kampfstand. Der Drehsessel des Oberbefehlshabers ist leer. Davor ein Regiepult wie in den Universal Studios von Hollywood. Von hier aus blickt der *Norad*-Chef auf die dreistöckige, leicht nach innen gewölbte Operationszentrale, die konkave Bühne mit all ihren Bildschirmen, den sechs geographischen Schautafeln und dem dreistelligen Abschußzähler. Der nennt ihm im Ernstfall die Zahl der aufsteigenden Feindraketen – was hilft's? Unfähig, das Unheil abzuwehren, sitzt er hier im letzten Gefecht.

So nett hat man sich in Berkeley die Loge des Kommandeurs nicht vorgestellt, dezent beleuchtet wie eine Cocktailbar. Aber die Wachhabenden dort sind keine stillen Trinker, so grotesk ihr Tun sein mag; sie lösen auch keinen Weltkrieg aus, den wollen sie verhindern. Sie sind auf die Breitwandbilder fixiert, folgen der Lage zwischen Pazifik und Atlantik, starren auf das triste, von genialen Narren erdachte Computerspiel. »Den Zustand der Menschheit«, nennt Sandro es, »geschrumpft zu Panikziffern – Zahlen und Symbolen, an die Wand gemalt unter dem Blickpunkt der Selbstvernichtung.«

Was haftet noch in ihr von diesem Besuch? Nur, daß die Höhlenmenschen von Colorado Springs sich nostalgisch am Flugwesen laben. Sie hängen an ihren eigenen Jägern, sogar an denen des Gegners. *Norad* ist einstmals geschaffen worden, um russische Fernbomber abzuwehren, bevor sie ihr Ziel erreichen. Noch heute schwelgt man in Anekdoten von Begegnungen über dem ewigen Eis nördlich von Grönland, Kanada und Alaska, entlang der imaginären Vorpostenlinie, willkürlich quer durch die Arktis gezogen; keine Hoheitsgrenze, trotzdem streng bewacht. Rührende Geschichten, erfunden aus Sehnsucht nach menschlicher Nähe oder doch einer anderen Art der Feindberührung – noch faßbar, noch erlebbar jenseits abstrakter Computerdaten in der gepanzerten Ohnmacht und Einsamkeit des Zauberbergs.

Wieviel Zeit war vergangen, eine Stunde oder zwei? Jill wußte es nicht, es schien ihr belanglos. Wichtig nur, daß sie Sandro fand. Manchmal hielt sie an, verglich die wechselnde Landschaft mit dem Text des Buches, das unglücklicherweise im Auto lag, geplagt vom Eindruck des Unwirklichen. Waren das nicht bloß Kulissen, Bilder eines Traums? Mehr und mehr glich die Umgebung einer Fata Morgana, in der sie wesenlos wurde, fast zum Schatten. Immerhin, sie fror, das sprach ja für die Echtheit der alpinen Situation.

Plötzlich fragte jemand: »Warum zweifelst du und weinst?«

Zunächst begriff sie nicht, daß sie gemeint war. Dann dämmerte ihr, wer da sprach und sie tröstete. Sandro begann, sie telepathisch zu leiten. Durch rasches Antworten hielt sie das Gespräch in Gang, es durfte nicht abreißen! Sie verriet ihm ihren Wunsch, über die Hopi und Amerikas Urkonflikt zu schreiben.

»Einen Essay«, riet er ihr. »Wissen durchtränkt von deiner Subjektivität. Jill, es wird Zeit für dich, den Schlüssel zu finden.«

»Den Schlüssel, zu was denn?«

»Zum gesellschaftlichen Spielraum für dein Talent . . .«

Sie führte den Dialog fort, froh, daß Sandro bei ihr blieb, auch wenn sie nicht alles verstand. Dann aber hörte sie ihn gar nicht mehr, stand lauschend still, bemüht, den Kontakt neu zu knüpfen.

Doch es mißlang, so deutlich Jill auch sprach. Sie schluchzte auf, denn nun wurde ihr klar, wodurch die Verbindung zu ihm litt: Sie hatte den Weg verfehlt, der Telefondraht, sie sah ihn nicht mehr! Hastig kehrte sie um, dauernd verschob sich das Panorama, das Bild der Berge – Versatzstücke bloß, wie die Wolken künstlich bewegt. Eine Drehbühne, ihr Auf und Ab zwang zu häufigem Ausruhen. Die Stunden schleppten sich dahin, einen so langen und kalten Tag hatte Jill noch nie erlebt. Sie war nicht hungrig, nur Sandros Schweigen höhlte sie aus, nahm ihr die Kraft.

Dann, ein Hammer schlug auf ihren Kopf – sie wußte nicht mehr, wo der Wagen stand. Am Rande eines Schneefelds sank sie nieder, es war vorhin noch nicht dagewesen, und merkte, sie hatte den silbernen Ring verloren. Der schöne Türkis, das Zeichen ihrer Treue und Hoffnung . . . Die Gurgel zog sich ihr zusammen.

Noch einmal glaubte sie, Stimmen zu hören, ohne jedoch ein Wort zu verstehen. Wozu auch? Alles war gesagt. Sandro schwieg, es gab ihn nicht mehr, das Leben war zu Ende.

DER PREIS

Was tun, spricht Zeus. Die Welt ist weggegeben,
Der Herbst, die Jagd, der Markt ist nicht mehr mein.

Friedrich Schiller

Über dem Hudson River verschwamm die Sonne im Dunst, als Jerome Lasky seinen Partner im 15. Stock des *Plaza* mit einem großen Whisky empfing. »Cheers, Dan, auf unser Buch! Sie sind so genau im Detail wie pünktlich bei den Treffs. Wie sind Sie hergekommen?«

»Bestens. Einfach zu Fuß.«

»Tun Sie das nie wieder. In Manhattan wird alle elf Minuten ein Passant überfahren.«

»Alle elf Minuten? Wie schafft ihr Amerikaner das?«

»Zur Stoßzeit ohne besondere Mühe.«

»Jero, Sie sprechen doch nicht aus Erfahrung?« Scripps musterte den Kopfverband, bekam jedoch keine Antwort und nippte an seinem Drink, viel zu gut erzogen, um weitere Fragen zu stellen.

»Das Werk gerät, Dan. Ihr Text ist eine Wucht, Sie selber sind eine Art Axt.«

»Vor Bäumen, die Ihnen heilig sind, halte ich inne.«

»Okay; Forst und Naturschutz beißen sich nicht . . .« Jerome fand sich unausstehlich, der Partner war älter, höchst versiert, er aber hatte das Geld und das Sagen – und damit Lust, den Ton anzugeben.

Hinter ihm läutete das Telefon, er hob ab und hatte Tanjas Stimme im Ohr. Sein Herz klopfte, seit 48 Stunden hatte er sie nicht gehört. »Einen Moment, Liebling.« Er deckte die Muschel ab, nahm ein Papier vom Schreibtisch und reichte es Scripps. »Hier der Vertrag.«

»Schon? Welch ein Tempo.«

»Sie waren so bescheiden, nur ein Drittel der Einnahmen zu fordern; dies gibt Ihnen die Hälfte.«

»Komfortabel.«

»Es rechnet sich leichter. Meine Schwester und ich nehmen den Rest.«

Scripps zückte sein Schreibgerät.

»Lesen Sie's in Ruhe, noch kann man ändern. Ich bin gleich wieder da.«

Das Beste an den Telefonen des Hauses war deren Schnur – so lang, daß man auf und ab gehen konnte, durch die halbe Suite. Jerome zog sich zurück, die Schnur paßte in den Spalt unter der Tür. »Da bin ich wieder.«

»Alles überstanden?«

»Was meinst du damit?«

»Na, den Überfall im *Century.*«

»Wer hat dir das erzählt?«

»Es steht in der Zeitung, Jero. Du weißt doch, früher gab es die Folter, heute hat man Skandalblätter. Ich mache mir Sorgen um dich! Angeblich sind Drogen im Spiel, stimmt das denn?«

»Auf seiten der Täter schon. Man kann in der Wahl seiner Feinde nicht vorsichtig genug sein. Wer schreibt eigentlich davon?« Die New Yorker Blätter hatten den Vorfall nur knapp erwähnt, ohne Namensnennung – dank Pamelas Umsicht oder weil der Name Lasky dem hiesigen Publikum wenig sagte: ein Überfall von dem üblichen Dutzend, und nicht einmal tödlich.

»Irgendeine Klatschspalte, ist das wichtig?«

Seit wann las sie die Regenbogenpresse? Seine Hand wurde feucht, er glaubte ihr nicht, das kam doch aus anderer Quelle. Meist verriet ein Wechsel ihrer Stimmlage, wenn sie meinte, ihn zu ertappen, oder selbst diejenige war, die ihn hinterging. Doch ihre Stimme klang normal, als sie fortfuhr: »Ein Hotel in der 46sten, kein passender Rahmen für dich.«

»Das *Century* ist nicht billiger als dein *Days Inn.*«

»Nur hat es recht aggressive Gäste, nicht wahr?«

»Ein Akquisiteur wie Frank Norris ist auch kein sanftes Lamm.« Endlich kam er vom Tatort weg, aus der Verteidigung heraus.

»Wie nennst du Norris da?«

»Einen Arbitrageur.« Das traf es besser, er wollte genau sein. Ein Akquisiteur war ein Kundenfänger, ein Arbitrageur aber ein Wertpapierhändler, jemand, der Aktien einer Firma kauft, die geschluckt werden soll, um das Paket zum Übernahmepreis lukrativ zu veräußern. »In Boston hieß er noch Winter, und Pamela war von ihm entzückt. Ein Gentleman. Eben das, was die Damenwelt zwischen 50 und 60 schätzt.«

»Du weißt es also.«

»Tanja, konnte ich das nicht von dir erfahren?«

»Hör auf, Jero; was spielt das für eine Rolle.«

Er achtete auf ihren Ton, ohne Besonderes wahrzunehmen; nun schwieg sie überhaupt. Getrieben von seinem Verdacht, schwang er sich zum Frontalstoß auf. »Du sagst gar nichts mehr? Das wird ein teures Gespräch, mein Schatz.«

»Wieso?«

»Die Stunde der Wahrheit ist da, und sie besteht wohl bei dir aus 60 Schweigeminuten zu zwei Dollar.«

»Du kannst die Antwort haben, nur wundere dich nicht, wenn sie dir mißfällt.«

Etwas Tückisches kam in ihre Stimme. Tanja Cory, unwiderstehlich in ihrem Charme, wenn sie etwas haben wollte, und sprungbereit, wenn sie es nicht bekam. Das Hemd klebte ihm am Rücken, sein Körper begriff rascher als sein Verstand, daß sie dabei war, ihm adieu zu sagen, unwiderruflich. Er brauchte sie oder glaubte es, aber deshalb ging er doch vor ihr nicht in die Knie! Sex-Appeal und Eros waren nicht alles, die Jagd nach dem Phantom, dem Glück im Nichts, er hatte genug davon, fand diesen Spaß zu teuer erkauft, als vergifte der jedes andere mögliche Glück. »Komm heraus damit, das erleichtert! Es tut gut, böse Dinge loszuwerden.«

»Hör zu, mein Lieber, dein Vater ist fast schon im Aus, er ahnt es nur noch nicht. Dies unter uns, gratis von mir, zum Abschied. Damit wir Freunde bleiben und du nicht mit der Firma untergehst.«

»Das ist doch Bluff. Kein Untergang in Sicht! Norris hat Mutters Paket und sicher noch manches mehr . . .«

»Ja, die vier Prozent von Steve Lasky. Frank ist in Florida, die Erben haben eben an ihn verkauft.«

»Fein arrangiert. Nur daß Ralph den Poolvertrag unterschrieben hat. Damit verfügt Winston außer seinen 18 Prozent . . .«

»Es sind nur rund 17 bei ihm.«

». . . über das Stimmrecht der zehn Prozent von Ralph, Howard und mir. Damit hält er seine Position.«

»Muß er nicht aufstocken? Wie führt er den Kampf und bewältigt zugleich den Großauftrag, den ich ihm annonciert habe?«

»Das laß nur seine Sorge sein.«

»Mach dir klar, was vorgeht! Frank ist nicht der einzige, der da kauft. Ein anderer nimmt, was am Markt ist, ein dritter liegt den Malcolms in den Ohren, ein vierter der Bank. Die Gewerkschaft ist schon abgehakt.«

»Und noch jemand ist dabei, mich weichzuklopfen. Eine wunderschöne Dame. Sie gibt mir gerade Insidertips, um meinen Ausstieg zu fördern, ja?«

»Für deinen Sarkasmus zahlt dir keiner was!« Tanjas Stimme war jetzt rauh. »Das ist ein Feldzug, den steht ihr niemals durch. Noch ein paar Tage, dann kippt eure Sperrminorität . . .« Sie hielt inne, als sei ihr etwas ungewollt entschlüpft. »Wichtige Tage für dich, Jero.«

Die Mäßigung schien ihm unecht, sie zog halt alle Register – fast, das As ihrer Weiblichkeit steckte noch im Ärmel. Immerhin, nun sah er durch. Der Zweck ihres Anrufs wurde klar. Sie teilte ihm nicht bloß ihren Abgang mit, sie riet auch ihm zum Umstieg! Keine Zeit, bestürzt zu sein, es galt, rasch zu kontern. »Laß uns seriös werden«, sagte er geschäftsmäßig. »Was bietet ihr mir an?«

»Nicht wenig. Vierzig Punkte Zuschlag auf dein Paket.«

»Über dem Schlußkurs von heute? Das klingt nobel.«

»Ich bin froh, daß du es so siehst.«

»Allerdings, wenn man weiß, es wär das entscheidende Loch im Pool, der Pegel fällt dann auf 24 Prozent und auch Ralph kann raus, laut Poolvertrag . . . Das ist doch seine Hintertür. Habt ihr ihm empfohlen, die einzubauen?«

»Keine Ahnung, wovon du im Augenblick sprichst.«

»Ach, komm, du bist doch eingeweiht. Sinkt der Bestand im Pool unter 26 Prozent, endet der Kontrakt – so schließt der Text. Wenn man das bedenkt, sollten es eher 50 Dollar Zuschlag pro Aktie für mich sein. Das ist so ein Loch nämlich wert.«

»Vielleicht, aber ich kann dir jetzt nur 40 bieten.«

»Wie heißt denn der Feldherr, Boeing oder GM?«

»Tut mir leid, das weiß nicht einmal Frank.«

»Jedenfalls, es träfe keinen Armen.«

»Vermutlich nicht. Soll ich deswegen anfragen?«

»Ja, tu das. Es schmälert doch nicht deine Provision?«

»Sei unbesorgt, Jero, wir verlieren bloß Zeit.«

»Die arbeitet für mich, solange der Kurs steigt.« Ihn ritt der Teufel, er wollte doch sehen, wie weit sie ihm entgegenkam – ob sie ihren Stolz verschluckte und, wenn nötig, auch Norris verließ. »Was hältst du von dieser Formel: Mein Paket geht wie gewünscht an euch, 40 Punkte über dem Kurs, aber ihr legt noch einen Bonus drauf.«

»Woran denkst du denn dabei?«

»An ein immaterielles Gut, wie ihr Juristen sagt.«

»Und was sollte das sein?«

»Die Fortsetzung unserer Liebschaft, bis adäquater Ersatz für dich kommt.«

Sie lachte leise auf. »Was heißt da adäquat bei dir? Nach welchen Kriterien?« Es klang erstaunt, leicht amüsiert – so, als wäge sie noch ab, ob der Vorschlag schmeichelhaft oder doch eher kränkend war.

»Die Kriterien sind: Erscheinung, Intelligenz, Sinnlichkeit und Treue. Nicht unbedingt in der Reihenfolge. Bis auf Punkt vier liegst du weit vorn.«

»Du kannst mich nicht beleidigen.«

»Wer will das denn, es ist eine Huldigung. Oder wie nennst du es, wenn jemand für dich auf nahezu 2 1/2 Millionen verzichtet?«

»Ach, dafür kaufst du mich zurück?«

»Dein Mister Norris dürfte es so sehen.«

»Das ist lachhaft, Jero. Du gehst unter dein Niveau.«

»Ich spreche ernsthaft, du bist mir soviel wert«, sagte Jerome, unsicher, ob er noch mit ihr spielte oder schon dem Wunsch nachgab, sie wieder zu umarmen. Die Vorstellung erhitzte ihn, er fürchtete, ihr zu erliegen. »In dem hellen Klima der neuen Komplizenschaft müßte uns auch privat ein frischer Start gelingen.«

Das war nüchtern gesagt, fast Börsensprache; dank seiner Zerrissenheit blieb der Satz in der Schwebe und konnte von ihr kaum gedeutet werden. Es gab eine Pause, er hörte Tanja atmen. Er hatte sie durcheinandergebracht, das wenigstens war ihm geglückt. Überschlug sie die Provision, die man ihr gab, falls sie sein Paket akquirierte? Rang ihr Erwerbssinn den Stolz nieder?

»Ich weiß nicht, ob dir zu trauen ist. Es könnte ja sein, du machst dich lustig über mich.«

Da war er, der Wechsel ihrer Stimmlage. Sie sprach einen Ton höher als zuvor. Nichts, so fand er, hätte sie mehr entlarven können als diese künstliche Scheu. Was für ein Luder sie doch war! Gerade die vorgetäuschte Schüchternheit war der Trick: Teil ihrer Kunst, ihn noch von weitem zu erregen, um ihm sein Paket zu entwinden – dafür kam sie zurück in sein Bett. Was unterschied sie von dem Callgirl im *Century*? Die Höhe des Entgelts, sonst nichts. »Nur Mut, Tanja, es wird schon klappen mit uns. Illoyalität ist ein starkes Band. Man muß bloß ringsum im Kreis jeden einzelnen verraten. Wer da erst mal durch ist, der hat's geschafft.«

»Du Bastard«, fauchte sie, »ich hab es ja gewußt.«

»Vergiß es, Schatz. Nicht alles glückt, bei noch so viel Talent zur Lüge; nicht mal auf deiner Bettkante.«

»Fahr zur Hölle, das verzeihe ich dir nie.« Die Stimme kratzte so tief, als ersticke sie an ihrer Wut. »Was glaubst du wohl, wer du bist? Ihr Laskys seid fertig! Weißt du, was Frank über euch sagt?«

»Laß es raus, wenn's dir hilft.«

»Ihr kriegt in L. A. kein Bein mehr auf die Erde, weil ihr nie wirklich Amerikaner wart. Und damit hat er recht, Polacken seid ihr geblieben, streitsüchtig und hinterhältig. Ihr mögt eure Kunden nicht, ob in Tokio oder Washington, ihr mögt eure Arbeiter nicht, ihr haßt die Aktionäre – und euch selber dazu. Wenn ihr könntet, brächtet ihr euch gegenseitig um.«

Vorbei, das Gespräch war aus. Regungslos stand Jerome da, lauschte der Entladung nach, versunken in seinen Triumph. Er hatte es ihr heimgezahlt, sie bestraft, und ihr Geschrei bewies, was ihr mit dem Handel entging, der nun nicht zustande kam.

Was aber wurde aus der Firma? Die Schlacht war im Gange, der Feind rückte vor mit Tricks und Käufen jeder Art, an der Börse, in Orlando und daheim in Kalifornien. Wer war der Hai im Hintergrund? Das blieb offen, und wenig half es, zu spekulieren. Klar aber war, mit der Treibjagd auf Jill hatte auch Tanja zu tun. Sie war in Berkeley gewesen, hatte sich mit ihr angefreundet, sie ausgeforscht – und die Lage am Institut. Um dann einen Bericht zu geben, der den Papst so alarmierte, daß er Jill überwachen ließ. Was trieb einen Mann dazu, die eigene Tochter zu bespitzeln? In Dads Intelligenz war ein blinder Fleck, sie versagte, wo es um ihn und sein Gewicht in der Firma ging. Da bot er sogar Spione auf. Und er, Jerome, hatte ahnungslos dabei geholfen, als er Tanja der Schwester vorstellte. So nahm das Unglück seinen Lauf.

Die Frage nach dem Ursprung kehrte wieder. Wann begann es und wodurch, was war der letzte Grund? Wohl jene Sturzsee von Aufkäufen, die immer mehr Firmen verschlang, feindlich tosend Gewachsenes zerschlug. Der Hintermann, sollte es diesmal GM sein, der Autoriese in Detroit, Jahresumsatz 100 Milliarden? Dann war der Druck enorm.

Jerome rief sich ins Gedächtnis, was er über Roger Smith wußte, den Weißhaarigen mit der quäkenden Stimme, seit zwei Jahren an der Spitze des größten Konzerns im Land. Kein echter Führer gebot da über 335 000 Beschäftigte, nein, ein gehemmter Choleriker, dessen Haut fleckig blühte, wenn man ihm widersprach. Der Besserwisser hielt sein Management auf Abstand, nicht jedoch die Konkurrenz. Statt Ford und Chrysler zu stoppen – Petersen und Iacocca, die ihm munter Marktanteile nahmen –, brach er zu Raubzügen auf, dem Gerücht nach bereit, Hughes Aircraft für fünf Milliarden und Elelectronic Data Systems in Texas zum halben Preis an sich zu bringen. Weshalb da nicht, falls das auf Abwehr stieß, erst einmal Winstons Firma schlucken? Und die Tür zur Rüstung aufstoßen, wo ihm der dichtbesetzte Automarkt die Expansion verbot? Wilderei im fremden Revier, anscheinend ein organischer Prozeß, der auf Kosten der Organe und Organisationen Amerikas Kraft ballte, zwanghaft und rasant, oder die Struktur der Wirtschaft verbog.

Sein Partner nebenan wartete zu lange auf ihn. Der würde den Vertrag schon unterschrieben haben. Ach was, sollte Scripps sich gedulden! Es war ein Vertrag mit sechs Stellen unterm Strich, hier aber ging es um Achtstelliges, für Dad noch um größere Summen. Je mehr Nullen, desto höher die Dringlichkeit.

Der Plünderer Smith – die Null, die den Druck aus Detroit verzehnfacht – schickt im Machtrausch seine Helfer los. Die konzertierte Aktion, das Rudel im Vorstoß auf das, was in drei Generationen gewachsen ist. Man fetzt Fleisch weg, Blut fließt in Strömen und macht alle scharf. Das Knäuel von Brokern, Händlern und Aufkäufern, beutegierig ineinander verquirlt, urwelthaft, zähnefletschend, und die MAC versinkt im Strudel, zernagt bis aufs Skelett.

Angriffsphase eins: Der Aggressor hinter seinem Rudel, noch von ihm gedeckt ... Viel zu dämonisch, das Bild. Wie immer, wenn ihn etwas mitnahm, versuchte Jerome, den Stachel herauszuziehen und das, was geschah, unpersönlich zu sehen. Wen Affekte lenkten, der zog falsche Schlüsse, dessen Wahl lag weit weg vom Optimum, dem Weg der Vernunft. Tanja hatte ihn zwar hintergangen, war aber nur den Regeln gefolgt, die ihr Verstohlenheit auferlegten. Wollte sie aufsteigen, und weshalb sollte einer Frau das verwehrt sein, war dies ein Zwang. Daran zerschellte die landläufige Moral. Deren Gebote glichen den Vorschriften der Börsenaufsicht, all den Richtlinien zum Fairplay an der Wall Street bis hin zu der Norm, keine Insidertips zu geben: Manches war wirksam, das meiste nur Fassade.

Die erste Phase schien vorbei, der Angriff trat ins zweite Stadium, dazu umwarb man ihn. Hielt sein Nein die Entwicklung auf? Närrisch, das zu glauben. Ein Großteil der Aktien war in Feindeshand, lag bei den Arbitrageuren auf Abruf bereit für den Anonymus. Am Telefon konnte der die Transaktion vollenden, den Gong zur nächsten Runde schlagen – das Management der MAC wohl noch nicht kippen, es jedoch schwer bedrängen. Was tat Dad, sagte man ihm das?

Er mußte inzwischen auf Van Nuys Airport gelandet sein, die Gulfstream schaffte es in einem Sprung, schneller noch als ein Linienflug. Jerome aber schob das Gespräch auf, die Warnung allein genügte ihm nicht, er hätte gern einen Rat erteilt. Wie jetzt Dämme gegen den fremden Zugriff bauen? Tief in Gedanken ging er hinüber zu Scripps, unterschrieb dessen Vertragsexemplar und fragte zerstreut: »Wo sind wir gewesen?«

»Beim Naturschutz. Sie haben vor Baumfrevel gewarnt. Darf ich Ihnen trotzdem sagen, was mich an dem Baum stört?«

Jerome verstand kein Wort. Vom anderen Ende des Tisches her hörte er den Partner verschiedenes bemängeln, die Liste war lang. Die amerikanische Regierung habe den Rat für Nationale Transportsicherung von den Nachforschungen ausgeschlossen, das sei sonderbar, versicherte Scripps. Auch habe sie verfügt, sämtliche Dokumente, die mit dem Flug KAL 007 zusammenhingen, beim State Department abzuliefern; noch ungewöhnlicher. Ferner dränge sie die internationale Luftfahrtbehörde ICAO, zwei hypothetische Deutungen des Irrflugs in ihren Bericht aufzunehmen. Schließlich lasse sie Radaraufzeichnungen der Air Force löschen, entgegen der Regel, bei derlei Vorkommnissen alles zu speichern. Und endlich habe sie ihrem Militär wie auch dem Personal der Bundesflugleitung untersagt, Fakten, die den Flug betreffen, öffentlich zu erörtern. All das lege den Schluß nahe, bestimmte Dienststellen seien in den Fall verwickelt, der Flug könne eine verdeckte Aktion gewesen sein.

»Wo ist der Beweis?« Jerome hatte wohl den Sinn erfaßt, nicht aber die Einzelheiten. »Man muß mehr wissen, als man sagt, Dan, das ist gescheiter als umgekehrt. Wenn Ihnen der Beweis fehlt, nennen Sie mir wenigstens ein Indiz. Ein klares Verdachtsmoment, nicht aus dem Verhalten von Behörden, das ist oft so unerforschlich wie die Ratschlüsse Gottes, sondern aus dem Vorgang selbst.«

»Na, zum Beispiel das Hundebein.«

»Ist ein Hund geborgen worden?«

»O nein, keineswegs. Vielmehr hat der Jumbo vor der Ostküste von Sachalin um 30 Grad nach rechts gedreht und sieben Minuten später wieder nach links, zurück auf den alten Kurs. So ein Doppelknick heißt bei den Fliegern ›Hundebein‹. Er zeigt, das Flugzeug wurde von Hand gesteuert, zu diesem Zeitpunkt mit dem Ziel, Sachalin weiter nördlich zu überqueren, als es ohne Hundebein geschehen wäre. Was damit auch bezweckt wurde, es gibt der These vom automatischen Falschkurs den Rest.«

»Vielleicht ist der Doppelknick ein Märchen der Russen. Die sind doch darauf aus, dem Jumbo Kurven anzudichten. Sie haben ein vitales Interesse daran.«

»Das ist keine spätere Zutat, es geht aus dem Funksprechverkehr zwischen Major Kasmin und seiner Leitstelle hervor.«

Scripps fing an, Passagen des Tonbandtextes zu verlesen, den Washington veröffentlicht hatte. Jerome hörte kaum hin. Von Unruhe erfüllt, fragte er sich nach dem Stand der Dinge daheim wie auch in Orlando und Detroit, oder wo immer der Skorpion saß. Welche Entscheidungen fielen dort, wie konnte er sie noch beeinflussen zugunsten von Firma und Familie – dem, was davon übrig war? Er fühlte sich in das Duell verstrickt, aufgefordert, mehr zu tun als bloß zu sekundieren. Nach seiner Kenntnis solcher Operationen blieb dem Vater der Versuch, die Abwehr mit ein paar Schachzügen zu stärken. Er konnte erstens Aktien aufkaufen und dies finanzieren, indem er Firmenvermögen belieh oder preisgab. Sodann konnte er den einen oder anderen Erben des alten Teilhabers Malcolm bitten, mit ihm ein Poolabkommen zu schließen. Und er konnte das Aktienkapital so verwässern, daß der Feind die Lust verlor.

Aber würde es helfen? Für all das schien es reichlich spät. Der Angriff ließ sich so zwar behindern – doch abschmettern, das blieb ungewiß. Den Malcolm-Erben, falls sie nicht schon verkauft hatten, würden Paketzuschläge mehr wert sein als Winstons Vorsitz, Dad mußte die Käufer überbieten. Und das Verwässern der Aktien – letztes Rezept im Rahmen dessen, was an der Wall Street Giftpillen-Verteidigung hieß – brauchte gleichfalls Zeit. Zusammen konnte dies greifen, gelang es noch, sämtliche Stacheln aufzurichten. Dazu gehörte auch eine Portion Glück.

»Hören Sie, Dan, das Herumraten muß aufhören«, warf Jerome so hin, als werde ihm die Sache lästig. »Genug palavert, wir legen jetzt unsere Linie fest. Ihrer Meinung nach hat sich die Crew nicht verflogen, weil sie mit je etwa 10 000 Flugstunden sehr erfahren und überhaupt eine der besten gewesen ist. Dem stimme ich zu. Man kennt ja die alten Hasen, wer so lange hinterm Knüppel saß, neigt zum Leichtsinn. Der ist ziemlich sicher, daß ihm nichts passiert.«

»Ganz Ihrer Meinung.«

»Gut. Ich stelle mir vor, der Pilot hat das INS-Gerät stillgelegt, um ein tüchtiges Stück abzuschneiden, also Treibstoff zu sparen und den Bonus der Gesellschaft zu kassieren. Die KAL zahlt Prämien für gesparten Sprit, auch in der Luft geschieht das meiste für Geld. Der Flugkapitän hat seine Route bewußt verlassen. Dabei verschieben sich aber die Winkel – ungewollt wich er weiter vom vorgeschriebenen Kurs ab als beabsichtigt, bis er sich schließlich ganz verflog. Das ›Hundebein‹ war sein Versuch, der Verfolgung zu entgehen . . .« Auf einmal schien es Jerome, er benehme sich wie sein Vater. Wurde er ihm ähnlich? Da drängte er dem Partner seinen Standpunkt auf, traf eine Sprachregelung, die das Vorgehen beschnitt. Aber konnte man handeln, ohne zu diktieren?

»Ursache des Fehlflugs war die Geldgier der Crew?«

»Könnten Sie sich eventuell dieser Auffassung anschließen?«

»Gewiß, Jero; Sie sind der Boß. Ich wüßte nur gern, warum Sie hier die Grenze ziehen und keine Deutung wünschen, die noch einen Schritt weitergeht.«

»Weil das kein hilfreicher Schritt wäre.«

»Hilfreich für wen?«

»Für uns alle, Dan. Es gibt genug Paranoiker auf beiden Seiten, manch einer sieht sein Land teuflisch bedroht, von Feinden umringt. Ich will keine Leidenschaften schüren und dem Wahn von Menschen dienen, die sich von anderen ein Zerrbild machen, für die hinter dem Ozean das Reich des Bösen beginnt.«

»Eben ein kühles Schildern des wahren Hergangs würde Ihrer Absicht dienen.«

»Nicht unbedingt. Wir brauchen ein Buch, das keine Seite härter anklagt als nötig, vielmehr beiden hilft, sich zu mäßigen. Nicht an das Gefühl, an die Vernunft soll sich die Botschaft richten – den Patrioten in Ost und West ein Anlaß sein, zu bedenken, was sie da eigentlich Tag für Tag im Vorfeld eines Krieges tun ...« Ein Widerspruch fiel Jerome auf: Die Großmächte sollten innehalten und meditieren, ihn aber drängte es zur Aktion.

»Jero, jetzt klingen Sie wie ein Staatsmann.«

»Man muß den Kreislauf des Mißtrauens durchbrechen.«

»Ich verstehe durchaus, worum es Ihnen geht.«

»Trotzdem wird es Ihnen schwer, mir zu folgen?«

»Nicht, wenn es dem Frieden dient.« Scripps hatte begriffen, er verzog keine Miene, egal, wie ihm zumute war. Britisch verschlossen, ein Mann ohne Eigenschaften wie neulich bei der Begrüßung im *Rainbow Room*; sein Gehorsam schien aus Plastik gegossen.

Auf der Direktleitung rief Jerome daheim an. In den Fusionsschlachten der letzten Zeit hatten die Giftpillen oft gewirkt, er würde sie Winston empfehlen. Mancher Angriff war erlahmt, kämpfte das Opfer bis zum Äußersten. In seinem Kopf zuckte das freche Lied der Südstaatler auf: *In Laskyland I take my stand.* An solch einem Tag sollte ein Sohn wissen, wohin er gehört.

Doch als Dads Stimme an sein Ohr drang, fielen ihm ihre letzten Gespräche ein – das barsche Ende, sobald die Rede auf Jill kam –, und er sagte rigoros, wie die Dinge standen. Seit gestern nachmittag hatte sich Winstons Lage verschlechtert. Statt der 37 Prozent, auf die er da noch hoffte, standen derzeit nur 27 hinter ihm; gerade ein Prozent mehr, als für das Fortbestehen des Poolvertrags unabdingbar. Ein schwacher Schutz gegen den drohenden Verlust seiner Macht.

»Das Trio springt ab? Ralph hat nichts davon erwähnt.«

»So etwas sagt er dir nie ins Gesicht, Dad. Das ist die Kehrseite seiner Nettigkeit.«

»Woher weißt du es dann?«

»Von Tanja. Sie hat sich abgesetzt. Die Ratten verlassen dein Schiff. Sie wollte mein Paket, nur deshalb bin ich im Bilde. Der Angriff rollt, Pamelas Aktien sind schon weg, ich kam bei ihr zu spät. Man bietet Zuschläge bis zu 40 Punkten, stell dich darauf ein.«

»Die kotzen ja Bauklötze.« Pause. Der Papst atmete, als schätze er die Verluste ab. »Mich wundert, daß Ralph unterschrieben hat.«

»Entweder fehlte ein Angebot, oder ihm war der Rückzieher vor dir peinlich.«

»Unsinn, von der Million an hören leise Töne auf. Der will mich täuschen, er ist immer neidisch und durstig gewesen. Ich hab's geahnt, in Orlando geht was schief.«

Jerome schlug die Mischung von Giftpillen vor, an der manch Angreifer erstickt war, merkte aber, er bot dem Vater wenig Neues. Der schien zu befürchten, all das verschaffe ihm nur zeitweilig Luft; er suchte nach etwas Dauerhaftem. Eine qualifizierte Mehrheit von 75 Prozent – imstande, ihn und die übrige Spitze der MAC abzulösen – durfte es niemals geben. Er wollte seinen Platz in der Firma zementieren.

Der Austausch litt an Winstons Anmaßung, seinem Kommandostil. Was, so fragte sich Jerome, brachte einen Mann dazu, weder die Schwäche der eigenen Position noch die Stärke des Gegners wahrzunehmen und derart gebieterisch zu sein? Auch mehrten sich die Kürzel im Gespräch, aus Rücksicht auf fremde Ohren. Nur schwer war Winstons Worten zu entnehmen, was ihm statt der Giftpillen vorzuschweben schien: die Idee, dem Zugriff zu begegnen, indem er woanders unterkroch. Es klang, als ziehe er es vor, sich zu arrangieren und an einen Dritten zu verkaufen. Er suchte nach dem weißen Ritter, der ihm die Führung beließ! Der Papst zog die Notbremse, festgeschraubt auf seinem Stuhl, das mochte schlau sein, Jerome aber hatte Mut und Kampf erwartet. Ihm wurde das übrigens nur erklärt, weil er herausfinden sollte, wer hinter dem Ganzen stand. War es General Motors, so ließ Winston durchblicken, wollte er sich an Boeing wenden, und umgekehrt, wenn nur der Räuber draußenblieb, der ihn entthronen würde.

»Hättest du Marty Siegel genommen, wüßten wir Bescheid.«

»Die kommen wieder auf dich zu, dabei erfährst du es, Jero. Mach zur Bedingung, nur an den Drahtzieher selbst zu verkaufen.«

»Gut, ich versuch's, Dad. Dir zuliebe! Laß du dafür Jill in Frieden. Sind wir uns darin einig?«

»Ich höre wohl nicht recht, du nutzt das Malheur aus, um mit mir zu handeln? Das wirkt reichlich unverfroren.«

»Keine Entmündigung, versprichst du das?«

»Reg dich nicht auf – es ist eine Formalität. Der Termin steht fest, die Gutachter und Anwälte besorgen das, Jill muß gar nicht vor Gericht.«

»In dem Fall«, rief Jerome mit trockenem Mund, »beantragt mein Anwalt, Pamela zum Vormund zu ernennen.«

»Aussichtslos! Sie ist selber eine kranke Frau.«

»Und dein Verhältnis zu Jill ist gestört, du kannst kein Sorgerecht beanspruchen.«

»Du meinst, nicht ihr Stimmrecht – meinst du das?«

»Das hat sie dir schon entzogen, durch Weisung an mich.«

»Heißt das, ihr fallt mir jetzt in den Rücken?«

»Laß die Hände davon, und all das muß nicht sein.«

»Jero, du hast den Poolvertrag ausgehandelt . . .«

»Aber noch nicht unterschrieben. Was brauchst du mein Stimmrecht, wenn du dir Jills erstreiten willst?«

»Wer hätte gedacht, daß du mich einmal erpreßt.«

»Du bist mein Vorbild, ich hab bei dir gelernt.«

»Der Paketzuschlag lockt wohl sehr?« fragte Winston. »Beinah zehn Millionen. Aber vergiß nicht, was du im Erbfall riskierst.«

»Das war unfair, Dad. Gib nach, der Rest ist mir gleich . . . Das seid ihr mir wert – deine Präsidentschaft und Howards Platz als Chefkonstrukteur. Aber hört auf, meine Schwester kaputtzumachen.«

»Du kommst selbst leicht in Schräglage, bedenke auch das.«

»Was willst du damit sagen?«

»Noch steigt der Kurs, da sitzt du hoch zu Roß. Aber wenn die Attacke scheitert und der Hai ins Leere stößt, heulen die Aktionäre. Was er zusammengegrapscht hat, wirft er dann auf den Markt, und der Lift saust abwärts. Du mußt wissen, wann du halten und wann du passen mußt. Von hier kommt kein Wink mehr an dich, außer du stehst mir bei.«

»Rühr Jill nicht an, dann kannst du auf mich bauen.« Jerome strich den Schweiß weg, der ihm in die Augen lief; wie anstrengend, standhaft zu sein. »Du glaubst doch nicht, ich lasse euch freiwillig im Stich?«

»Ich glaube an Gott, Jero. Alle anderen zahlen bar.«

»Ist das dein letztes Wort?«
»In dieser Sache schon.«
Sie legten auf und hatten einander genau verstanden.

LXV

Zu Herbstbeginn lief Andy Peel tatenfroh durch die trockene Hitze der Rainier Mesa, im Graugrün der Salbei- und Wacholderbüsche – zu spärlich und flach, um Schatten zu spenden. Schütter bedeckten sie den Felsrücken, soweit das Auge im Geflirr der Hochebene sah. Der Tafelberg knirschte unter seinen Füßen, faltig wie ein toter Elefant lag er inmitten der Wüste, knapp zwei Autostunden nordwestlich von Las Vegas, gar nicht einsam, wunderbar belebt: Das *Nevada Test Site,* der Platz für unterirdische Atomversuche, das Zauberreich von SDI.

Es war herrlich, ein großer Tag für Andy. Ob seine Berechnung stimmte, gleich würde es sich erweisen. Den Versorgungsturm im Rücken, ging er auf die weißen Meßwagen zu, das Dutzend Anhänger von Sattelschleppern, vollgestopft mit Apparaten zur Kontrolle des Versuchs. Aus jedem quollen 20 Kabel und tauchten, zum dicken Strang verquirlt, in den Schacht, der ein Stück weiter 1700 Fuß in die Tiefe stieß. Dort unten hatte man einen Stollen in den Fels gebohrt, durch Tuffgestein, verfestigt von Vulkanasche. Und das Loch dann aufgefüllt, zugestampft, mit dem Pfropf aus Kunststoff verkorkt.

Unten aber – auf dem Niveau der Wüste, die den Berg umgab –, in einem Winkel der 100 Yard langen Höhle, stand der Container mit dem *Nucy,* einer Kernladung von der vierfachen Kraft jener Bombe, die einst Hiroshima ausgelöscht hatte. Durch ein Vakuumrohr verbunden mit dem Lasergerät am anderen Ende des Stollens, Stäben aus sehr dichtem, streng geheimem Material. Sie würde die extrem harten Gammastrahlen in Röntgenlaser verwandeln, hoffentlich präzis genug, wenn man das *Nucy* zündete. Im ersten Aufzucken der Detonation schossen die Gammastrahlen chaotisch, völlig ungerichtet durch das kosmosähnliche Vakuum auf die Stäbe, denen es oblag, sie in parallel schwingende Röntgenstrahlen zu verwandeln, auf einheitlicher, äußerst kurzer Wellenlänge. Scharf gebündelt, würden sie das Lasergerät mit geballter Wucht verlassen und Löcher in den Berg brennen, die aber nicht mehr interessierten, da ihre Kraft schon gemessen war. Ein Hochenergieblitz, dermaleinst imstande, feindliche Raketen kurz nach dem Start aus dem Weltraum heraus zu zerstören.

Leider ging das ganze Zeug bei jedem Test drauf. Die unterirdische Versuchsanordnung verdampfte in der Hitze, die dem Gammaimpuls unmittelbar folgte. Ein Feuerball von Sonnentemperatur, eine Million Grad, füllte die Höhle und schmolz den Fels, den der Druck dann auftrieb. Überhaupt, es klappte nur, weil die Gammastrahlen dem Hitzestoß und der Druckwelle vorauseilten, mit Lichtgeschwindigkeit. Doch so würde es ja auch später beim kosmischen Einsatz der Waffe sein, sie verpuffte in der eigenen Glut, kaum hatte sie ihren Blitz feindwärts geschleudert ... Im dritten Teil einer Millionstel Sekunde passierte der Impuls der Stäbe, hinter ihm brach die Hölle los, na wenn schon, der Laserprozeß war beendet, in den weißen Meßwagen lag das Ergebnis vor. Fiel es gut aus, war man einen Schritt weiter auf dem Weg zum nuklear gepumpten Röntgenlaser, wie die letzte aller Waffen im Fachjargon hieß.

»Wirklich, die endgültig letzte?« hatte Jill ihn in Las Vegas gefragt. »Das Strahlengeschütz, das bei seinem einzigen Schuß zerspringt, dessen Blitz auch die übrigen blendet, sie am Erfassen des nächsten Ziels hindert? Unüberbietbar in seiner Absurdität. Was für ein Narr du bist, Andy!«

Aber das sollte ihn nicht beirren. Vielleicht wurde man eines Tages auch der dummen Nebeneffekte Herr. Wir sind eine Nation, die Wunder vollbringen kann, hatte James Abrahamson gesagt, Generalleutnant der Air Force und Boß der SDI-Abteilung im Pentagon. Der Mann nahm den Mund oft voll, da freilich hatte er recht. Die Idee einer Weltraumabwehr war phantastisch, der Einbruch des Traumhaften in die Realität.

Lowell Wood, das Haupt der O-Gruppe, trat zu ihm – sein Chef, 40 Jahre alt, vollbärtig, eine Flasche Cola Light in der Hand. »In 18 Minuten«, sagte er verschmitzt. »Was läufst du umher? Kein Grund zur Hektik, ich bin absolut sicher, es geht schief.«

Andy war zu nervös, um zu antworten.

Wood strahlte die jugendliche Bescheidenheit eines Ranchers aus, nur daß er statt der Cowboystiefel lieber Turnschuhe trug und die Aufregungen Nevadas durchaus dem geregelten Leben in Livermore vorzog. »Weißt du eigentlich, wie's anfing?« fragte er. »Der Alte hat es gestern erzählt. Reagans Besuch in Colorado Springs gab den Anstoß. Der Norad-Kommandeur zeigte ihm das Frühwarnsystem, und Reagan wollte wissen, was passieren würde, wenn Moskau eine Rakete auf San Francisco losläßt. ›Tja‹, erwiderte der Kommandeur, ›wir würden sie beim Aufstieg erfassen, ihre Bahn berechnen und die Stadtväter davon unterrichten, was da in 15 Minuten über ihnen platzt. Mehr können wir nicht tun, aufhalten läßt sie sich nicht.‹ Der Präsident machte ein ungläubiges Gesicht. Es war ein Schlüsselerlebnis für ihn. Auf dem Heimflug sagte er zu seinem Berater: ›Ich hätte nur zwei Optionen – selber auf den Knopf drücken oder gar nichts tun. Beide sind schlecht. Wir sollten etwas haben, das uns vor Atomraketen schützt, nicht wahr?‹ Der Berater notierte das, er schrieb aus dem Handgelenk ein zehnseitiges Memorandum ... Deshalb sind wir heute hier.«

Andy schwieg, er hielt das für eine Anekdote des Professors, dieses Charmeurs und optimistischen Vereinfachers. Edward Teller war es doch gewesen, der den Präsidenten für die Idee erwärmt hatte, die Mittel und den Aufschwung dieses Jahres, alles verdankte man ihm.

»Als der Kongreß im Dezember die MX-Gelder sperrte, kam das Thema voll auf die Tagesordnung«, fuhr Wood fort, plaudernd bestrebt, ihrer beider Unruhe zu lindern. »Man sagte Reagan, daß die Russen mobile Raketen mit zehn Köpfen und ein Riesengebiet haben, um sie hin- und herzuschieben, damit wir sie nie treffen. Da zog er McFarlane und Watkins hinzu, den Chef des Admiralstabs, und der ging mit unserem Alten essen ... Alle fünf Stabschefs waren sofort dafür, der Zank um die MX-Raketen hatte sie aufgebracht. Aber du hörst mir gar nicht zu.«

»Verzeih, Lowell, wer sind diese Leute?« Andy sah zwei Männer näherkommen, Zivilisten, städtisch gekleidet, das fiel in dieser Umgebung auf.

»Ach, die hatte ich doch ersucht, den Countdown abzuwarten. Sie sind vorhin im Hubschrauber angelangt, Burschen aus Washington. Hoher Besuch für dich.«

»Für mich, wieso?«

»Keine Ahnung. Ihr Ressort ist Abwehr von Atomterrorismus,

sie wollen halt zu dir. Dein Ruf, Andy, muß bis in die Hauptstadt gedrungen sein. Sei nett zu ihnen und heiße sie willkommen auf dem Zauberberg.« Mit einem Schulterklaps ließ Wood ihn stehen.

Dünnhäutig wie vor jedem Test, versuchte Andy dennoch, höflich zu sein. »Hat es noch etwas Zeit, meine Herren? Kenne ich erst das Resultat, bin ich ganz für Sie da.«

»Wir brauchen auch Resultate«, sagte der Größere; er hatte sich als Keyworth vorgestellt, sein Begleiter hieß Linhard, Andy mühte sich, ihre Namen zu behalten. Er fieberte dem Knall entgegen, die letzten Minuten nahmen ihn stets mit.

»Mister Peel«, sagte Linhard, »Sie haben Jill Lasky gekannt.«

»O ja, ganz gut sogar.«

»Mein Beileid, Sir. Ich denke, das muß Ihnen nahegehen.«

»Bitte, wovon sprechen Sie?«

»Lesen Sie denn keine Zeitung?«

»Nicht hier oben. Ist etwas mit ihr?«

»Leider ja; sie ist tot.«

»Mein Gott . . . Ich war mit ihr im Sanatorium.« Andy sah sich außerstande, auf die Nachricht ernsthaft zu reagieren.

»Auch danach noch etwas unterwegs?«

»Ja, ein paar Tage, von Las Vegas bis Page, dort hat sie sich von mir getrennt. Wieso ist sie plötzlich tot?«

»Hatten Sie Streit mit ihr?«

»Nein, sie ging einfach weg, heimlich, ohne Abschied.«

»Sie hatten zu zweit ein Zimmer im *Ramada Inn,* also waren Sie mit ihr intim.«

»Pardon, was geht Sie das an?« Außer Bestürzung empfand Andy Scham über sein Verhalten, in Page wie auch jetzt, da er Trauer fühlte, sie aber nicht zeigen konnte; das machte ihn aggressiv. »Halten Sie sich aus meinem Privatleben raus!«

»Bedauerlicherweise müssen wir diesen Punkt berühren. Es sind Routinefragen, für die wir um Verständnis bitten.«

»Finden Sie diese Art Routine nicht selber peinlich?«

»Bitte überlassen Sie das uns. Wir fragen nicht zum Spaß.«

»Ich antworte Ihnen weder im Ernst noch im Spaß. Woran starb sie überhaupt?«

»An Kälte«, sagte Keyworth. »Man fand sie oberhalb der Frostgrenze, völlig konserviert. Es dürfte daher leicht sein, festzustellen, mit wem sie zuletzt verkehrt hat.«

»Mag sein, mit mir«, sagte Andy nach einer Pause.

»Erst in Las Vegas oder bereits in Pasadena?«

»Was zum Teufel spielt das für eine Rolle?«

»Bitte antworten Sie uns, Mister Peel, auch wenn der Tod Ihrer Freundin Sie sehr betrübt.«

»Ihre Fragen werden nicht dadurch besser, daß Sie sie wiederholen. Sehr betrübt! Was wissen Sie schon von uns?«

»Nicht genug, deshalb kommen wir zu Ihnen. Wir brauchen Ihre Hilfe. Bitte informieren Sie uns rückhaltlos.«

»Wieso ich? Und worüber? Wer schickt Sie eigentlich?«

»Das Bundeskriminalamt«, sagte Linhard. »Ich zeigte Ihnen doch den Ausweis. Mister Peel, Sie sind sehr nervös. Es ist besser für uns alle, wenn Sie sich dies von der Seele reden.«

»Was hat das FBI für ein Interesse an dem Todesfall? Der ist ohne Ihre Einmischung schlimm genug! Miss Lasky war verwirrt, in einem Zustand von Gereiztheit und Verbitterung, ich fürchte, sie hatte die Orientierung verloren, als sie mich verließ.«

»Trotzdem haben Sie nicht die Polizei verständigt?«

»Dafür sorgte ja Maxwell, ein Detektiv ihres Vaters.«

»Gegen wen richtete sich Miss Laskys Bitterkeit?«

»Gegen ihre Familie, gegen die Verteidigungspolitik, zuletzt auch gegen mich. Sie war verzweifelt und hat schließlich wohl die ganze Welt gehaßt.«

»Selbst Sie, ihren Geliebten, nahm sie nicht aus – warum?«

»Weil ich Rüstungsforscher bin. Das wurde ihr aber erst in Las Vegas richtig klar.«

»Nicht schon im Sanatorium?«

»Nein! Sonst hätte sie sich mir kaum angeschlossen, als ich es vorzeitig verließ.«

»Es überrascht uns, wie dick Sie das unterstreichen.«

»Und mich verblüfft, daß Sie darauf herumreiten, Herr ...« Andy stockte, der Name des Kleineren war ihm entfallen, das steigerte seinen Groll. Er sah auf die Uhr, in Sorge um das Experiment. Noch sechs Minuten, er sollte längst am Kontrollpunkt im Arbeitsturm sein! Der Test entschied über alles weitere, er kostete das Energieministerium 30 Millionen Dollar. Bisher hatten Teller und Abrahamson es noch geschafft, die Geldgeber mit Vorführungen bei Laune zu halten. In White Sands wurde ihnen gezeigt, wie der Strahl eines Infrarot-Lasers den Rumpf der Titan-Rakete am Boden zerstörte. Aber es war ein chemischer Laser gewesen, gar nicht waffentauglich, 34 Tonnen Wasser kreisten unter Hochdruck im Rumpf, damit er effektvoll platzte, und 1/2 Meile Distanz war eine lachhafte Entfernung, wenn es um den Weltraum ging. All das hatte man verschwiegen. Er war, als binde man ein Huhn fest und knalle es aus drei Schritten ab, um die Güte der Flinte zu beweisen ... »Ich nehme doch an, ihr Tod war ein Unfall, eine Folge von Verwirrung?«

»Nehmen Sie das ruhig an, Sir. Vorher aber schrieb sie ein Memorandum für das Weiße Haus – recht fundiert, kaum verwirrt.«

»Sie hat dem Präsidenten geschrieben?«

»Der Brief wurde nicht abgeschickt«, sagte Linhard.

»Schon im ›Karussell‹ verfaßt«, fügte Keyworth hinzu.

»Meine Herren, damit hab ich nichts zu tun. Sicher erhält der Präsident Post von vielen Leuten, normalen wie verwirrten.«

»Gewiß. Nur ist sie dabei eher normal gewesen. Sie hat gewußt, was sie schrieb – fachlich beraten, dieser Schluß drängt sich uns auf.«

»Glauben Sie mir, ich höre das zum ersten Mal.«

»Wir aber meinen, Sie sind ihr zur Hand gegangen. Für eine Historikerin weiß sie zuviel. Der Text strotzt von Details aus Ihrem Fachbereich, der immerhin strikter Geheimhaltung unterliegt.«

»Unsinn ... Übrigens, ist das ein Verhör?«

»Noch nicht, Mr. Peel. Es hängt ganz von Ihnen ab.«

Andy stand auf, er ging ans Fenster des *Red Shack,* der roten Baracke, in die er den Besuch geführt hatte. Wie sprang man mit ihm um, auf seinem eigenen Feld? Es verschlug ihm die Sprache. Für das Projekt galt ein neuer Grad an Schweigepflicht, oberhalb von *kosmisch,* der bisher höchsten Stufe. Ein Gemisch aus Ratlosigkeit und Ohnmacht breitete sich in ihm aus. Jills Tod, der Test und dieser Argwohn, all das war zuviel für ihn.

Da, ein Stoß, der Boden hob sich! Unter seinen Füßen bockte die Erde, ein dumpfes Grummeln drang aus dem Berg. Draußen, zwischen den Wacholderbüschen, stiegen kleine Staubsäulen hoch; der Wind trug sie weg ... Diesen Moment hatte er einmal aus der Luft erlebt. Da sah man den Schockring, das Forteilen der

Welle, wenn unten die Erde barst und der Stoß mit 2 1/2 Meilen pro Sekunde nach allen Seiten über die Rainier Mesa lief.

Die Sicherheitsbeamten stellten sich neben ihn. »Das ist's gewesen?«

»Was sonst? Man hat das *Nucy* gezündet.«

»Wie sagen Sie dazu, Mr. Peel?«

»So heißt das hier im Jargon. Der amtliche Name, ›nukleare Vorrichtung‹, ist halt etwas lang.«

»Denselben Ausdruck hat Miss Lasky benutzt. Darum dreht sich bei ihr alles.«

»Das Wort steht in jedem Fachtext. Sie machen es sich zu leicht, meine Herren. Muß ich ein Problem lösen, ginge das niemals auf Ihre Art.«

»Sie haben schon eins am Hals, wenn auch kein physikalisches.«

»Ach, Sie wollen mir drohen?«

»Wir möchten nur in der Lage sein, einen klaren Bericht zu schreiben.«

»Darf ich Miss Laskys Brief wohl mal sehen?«

»Wir haben ihn leider nicht bei uns. Er handelt vom getarnten Einsatz Ihrer *Nucys* im Dienst einer fremden Macht.«

»Das ist eindeutig Berkeley. Ihr Freund De Luca hat es sich ausgedacht.«

»Man kann nicht alles auf die Toten schieben. Sie haben doch Zugang zu spaltbarem Material?«

»Selbstverständlich. Die meisten Sprengköpfe entwickeln wir in Livermore. Aber wie Sie wissen, ist die Kontrolle minutiös.«

»Unmöglich, da peu à peu etwas abzuzweigen, im Laufe der Zeit?«

»Entschuldigen Sie mich«, stieß Andy hervor, kaum noch beherrscht. »Ich muß die Resultate sehen!« Er verließ den Raum in dem Gefühl, daß ihm mit dieser Verdächtigung schreiendes Unrecht geschah. Das war infam, beleidigend, man quetschte ihn aus, rücksichtslos, wie einen Verbrecher . . . Nein, daß ließ er sich nicht bieten.

»Der ist ja in Panik«, sagte Keyworth. »Das schlechte Gewissen in Person. Ich bin sicher, er ist ein Maulwurf.«

»Oder bloß sensibel. Weshalb gleich so hart anfassen? Lassen Sie uns kürzer treten; Ed Teller hält die Hand über ihn.«

»Ach was, es reicht zur Suspendierung. Das kostet ihn die Qualifikation. Er muß uns zur Verfügung stehen.«

»Und wenn wir ihm wirklich nichts nachweisen?«

»Den Job ist er los, es reicht nicht mal mehr für *kosmisch*. Undenkbar, daß man ihn da je wieder heranläßt. Zuviel Risiko, das hat schon die Flucht aus der Klapsmühle gezeigt: spielsüchtig und debil!«

»Irgendwie sind sie das alle«, sagte Linhard. »Man muß verrückt sein, um mit diesem Zeug zu spielen.«

»Hören Sie auf.« Keyworth ging zum Telefon. »Für dumme Witze werden wir nicht bezahlt.«

LXVI

In der zweiten Oktoberwoche, als alles vorüber war, saß Jerome Lasky vor Swedenborgs gepolsterter Doppeltür, in Erwartung des Gesprächs. Zwei Dinge führten ihn her, eins noch trüber als das andere. Jills Hinterlassenschaft hatte er schon im Wagen verstaut, nun gab ihm die Sekretärin das Gästebuch. Sie bot an, die Seite mit der Eintragung seiner Schwester herauszutrennen, doch das wehrte er ab.

»Der Wirklichkeit des zerfetzten Jumbos entspricht das Vorhandensein der Nucys«, stand da in Jills Linkshänderschrift. »Beide Realitäten wurzeln im selben Irrsinn, das bezeugt die Kongruenz und Pathogenität . . .« Was sollte ihm das? »Liebe und Trauer bleiben die stärksten menschlichen Attribute.« Er würde dies nicht mit nach Malibu nehmen, in das veränderte Heim, und kommende Tage damit belasten. Ihm hatte es genügt, in ihrem Zimmer Dinge wie das alte Heft zu finden, das sie zur Freude der Eltern einst mit Werbesprüchen gefüllt hatte. »MACs *Rapier* ist ein Degen in der Hand unserer Navy. Er blitzt durch die Luft, bei Tag und Nacht und jedem Wetter. *Rapier* durchbohrt den Feind, bevor es ein Pearl Harbor gibt. Howard hat ihn gebaut für Amerikas Schutz zur See.«

Und 13 Jahre später im Gästebuch dieses Hauses ein derart trostloser Text zwischen den Ergüssen anderer. Fast noch heiter hob sich davon ab, was Andy Peel, ihr letzter Freund, notiert hatte: »Mit seinen Fehlern leben wie mit neuen Wahrheiten, und die alte abgelegte Lüge zum Mahnmal erheben.« Das konnte er, Jerome, ja beinah unterschreiben.

Als er, wie fünf Wochen zuvor, das hellgetäfelte Chefzimmer betrat, nahm die Erinnerung ihm den Atem. Der Gedanke an den ersten Besuch mit Valentine war da, er hörte sie fragen: Was nützt es dir, wenn du die Firma rettest und Jill verlierst? Es half auch nichts, sich einzureden, man sei hier schuld an ihrem Weggang und dem Unglück – er selber hatte versagt. Anstatt zu bleiben, für sie dazusein, als ihr letzter Vertrauter, war er einem Phantom nachgejagt, der Macht und dem Reichtum einer Familie, die schon zerfiel, in alle Winde auseinanderstob.

»Ich muß Ihnen noch etwas geben.« Swedenborg zog ein versiegeltes Kuvert aus dem Schreibtisch. »Das kam erst vor drei Tagen aus Washington zurück. Leider nur als Kopie, wie es in dem Begleitschreiben heißt, und ein paar Stellen der Originals sind wohl geschwärzt oder abgedeckt worden. Es ist der Brief Ihrer Schwester an den Präsidenten und ein kurzer Text des FBI. Die Behörde ersucht Sie, den Brief keinesfalls zu veröffentlichen, auch nicht auszugsweise.«

»Wo ist das Original?«

»Bei den Regierungsakten, vermute ich. Man ist der Meinung, es war dem Weißen Haus zugedacht.«

»Das scheint mir unhaltbar, Professor. Ein nichtabgeschickter Brief gehört dem Schreiber oder dessen Erben, keinem Adressaten.«

»Auch wenn ein Name auf dem Umschlag steht? Angeblich ist das der Fall gewesen. Er war an das Weiße Haus adressiert.«

»Wie kam es denn zu der Beschlagnahme?«

»Durch richterlichen Beschluß. Die Beamten waren ermächtigt, Miss Jills Nachlaß durchzusehen. Es hing mit der *Nucy*-Theorie zusammen, die schon vor Doktor De Lucas Tod von ihr mitvertreten worden ist, in Berkeley und dann bei uns, in mehreren Gesprächen.«

»Fiel das nicht unter Ihre Schweigepflicht?«

»Durchaus. Aber sie sprach auch mit anderen darüber, und außerdem mußten wir prüfen, ob es eine Wahnvorstellung war oder nicht. Mein Oberarzt hat diskret in Berkeley angefragt, die Existenz der These wurde ihm bestätigt. So mag etwas bis dorthin gelangt sein, wo man über die nationale Sicherheit wacht.«

»Und diese Stelle nahm das ernst?«

»Die dachte an eine Verschwörung. Mister Lasky, ich weiß nicht, was in dem Brief steht; aus der Reaktion jedoch geht hervor, man hielt ihn für beunruhigend. Der Inhalt sei falsch, wurde mir erklärt, er könne aber die Leute so erschrecken wie damals das Hörspiel von Orson Welles – die Invasion der Marsbewohner.«

»Wieso sagte man das gerade Ihnen?«

»Ich war der behandelnde Arzt. Dazu rückte mich ein merkwürdiger Zufall in das Zentrum der Ermittlung. In Miss Jills Wagen lag ein altes Buch, das einen meiner Vorfahren erwähnt. Er starb vor reichlich 200 Jahren. Die betreffende Seite war im Auto aufgeschlagen, der Passus markiert und ein Satz unterstrichen, der sich auf eine Silbermine der näheren Umgebung bezog. Man hielt das für ein Codebuch und hat es mir gezeigt. Unweit der Mine, am Rand eines Schneefelds, ist Ihre Schwester dann entdeckt worden. Ein seltsames Zusammentreffen.

»Professor, wie soll man das begreifen?«

»Ja, es klingt mysteriös. Miss Jill hatte das Buch in Silverton gekauft, wie man herausfand – nicht bar bezahlt, sondern mit dem Ehering der Mutter. Als der Händler zögerte, den anzunehmen, drängte sie ihn mit der Behauptung, das Buch sei wichtig für mich. Das führte die Beamten natürlich her. Ein Zusammenhang zwischen dem *Merry-go-round,* den *Nucys* und der Mine lag für sie auf der Hand, als der Brief zum Vorschein kam; sie dachten an ein Komplott mit dem Ziel, in dem alten Stollen ein *Nucy* zu placieren.«

»In dieser Einöde? Zu welchem Zweck?«

»Für eine nukleare Demonstration. Das Wort *Depotwaffe* fiel. Die Herren hielten es für möglich, daß der Präsident durch einen Atomschlag, der kaum Opfer kostet, erpreßt werden sollte; und zwar zu Abrüstungsschritten. In ihren Augen hätte die Demonstration dem Land vorgetäuscht, die bestehende Verteidigung sei nutzlos. Zumal der Plan einer Weltraumabwehr, bekannt unter dem Kürzel SDI, wäre in der Öffentlichkeit entwertet worden; so ihre Befürchtung. Sie gingen davon aus, daß nicht nur an manch einer Universität, wie etwa in Berkeley, Friedensforscher tätig sind, denen man zutraut, gegebenfalls Druck auf die Regierung auszuüben. Ihnen war bekannt, solche Wissenschaftler leben auch hier, im *Merry-go-round.* Für sie schloß sich bereits der Kreis. Ich hatte meine liebe Not, drei Patienten von diesem absurden Verdacht zu reinigen.«

»Aber es ist doch kein Sprengsatz aufgespürt worden?«

»Zu der Zeit war das noch nicht klar, die Meldung wurde – so mein Eindruck – stündlich erwartet. Ein vergessener Telefondraht hatte die Experten irregeführt, sie in ihrem Argwohn bestärkt; telefonische Fernzündung, das erschien ihnen plausibel. Natürlich war die Leitung tot, wie die Messung gleich ergab, aber Sicherheitsbeamte trauen oft nicht dem Augenschein, sie sind von Natur aus paranoid gefährdet. Unter gewissen Umständen – und die lagen ja vor – neigen sie dazu, durchweg Feinde am Werk zu sehen. Es fiel mir schwer, ihnen zu verdeutlichen, daß sie da einem Spuk gefolgt waren; der Einbildung einer unglücklichen Kranken.«

»Litt denn De Luca auch unter Einbildungen?«

»Nein, wieso? Das entzieht sich meiner Kenntnis. Vermutlich nicht mehr als viele von uns. Die ermittelnden Beamten jedenfalls wirkten auf mich am Schluß richtig enttäuscht. Sie hatten sich in die Idee verrannt, einem Atomanschlag linker Quertreiber auf der Spur zu sein. Das war ihre Zwangsvorstellung, jetzt hat man die offenbar aufgegeben; dafür spricht auch das Übersenden der Briefkopie.«

»All das ist recht verwirrend. Ich fürchte, dieses Rätsel wird sich mir nicht lösen.«

»Gewiß hilft Ihnen der Brief dabei«, bemerkte Swedenborg in abschließendem Ton. Er hielt das Thema wohl für erschöpft. Es schien, als hindere ihn nur der Respekt vor Jeromes Trauer daran, als erster aufzustehen, wie damals. »Es tut mir sehr leid, Mister Lasky, daß alles so gekommen ist.«

»Wir tragen Ihnen nicht das mindeste nach. Uns war bewußt, dies ist keine geschlossene Anstalt, da bleiben immer Lücken.«

»Danke, Sir. Wir machen uns selber Vorwürfe genug.«

»An unserem Vertrauen in Ihr Haus und Ihre Kunst, Professor, hat sich nichts geändert. Deshalb bitte ich Sie auch, meinen Bruder aufzunehmen.«

»So? Sie sehen mich überrascht. Was fehlt ihm denn?«

»Nachdem die Firma in andere Hände überging und Howard seinen Platz räumen mußte, ist er depressiv geworden – in einer Weise, die mich alarmiert. Er spricht mit keinem mehr, erscheint nicht zu den Mahlzeiten und vergräbt sich in seinem Arbeitskeller, von früh bis spät, ohne das Haus noch zu verlassen.«

»Seit wann ist das so?«

»Seit der Abreise meines Vaters hat er jeden Halt verloren.«

»Ihr Vater ging doch nicht endgültig weg?«

»Das weiß keiner. Derzeit lebt er in Florida. Mir scheint, es hielt ihn nicht mehr an dem Ort, wo er gekämpft und verloren hatte. Hinzu kam das Zerwürfnis mit seiner Frau; sie gab ihm die Schuld an Jills Ende. Wir, die wir noch übrig sind, schaffen es nicht, Howard zu helfen. Ich wäre froh, wenn Sie ihn behandeln würden.«

»Ist Ihr Bruder ledig?«

»Nein, aber die Ehe ist kinderlos und besteht kaum noch. Seine Frau kam nicht einmal zu Jills Beisetzung aus Europa. Es sieht so aus, als ob sie sich jetzt von ihm trennt.«

Swedenborg notierte dies. »Seine Profession?«

»Er war unser Chefkonstrukteur.«

»Private Neigungen?«

»Eigentlich keine. Er fährt Motorrad, klebt Flugzeugmodelle und entwirft manchmal Jachtrümpfe; alles sehr dicht beim Metier.«

»Sein Problem ist, daß ihm die Aufgabe fehlt?«

»Er hat den Beruf verloren, es gibt keine Aussicht auf einen vergleichbaren Platz. Zwar reichen die Mittel für ein eigenes Konstruktionsbüro – nur, woher die Aufträge nehmen?«

»Was ist seine Stärke?«

»Die Tarnkappentechnik. Er versucht, Flugkörper so zu gestalten oder zu beschichten, daß sie für Radar unsichtbar sind.«

»Das klingt nach einer sehr gefragten Kunst.«

»Mehr fragwürdig und nicht im Büro ausübbar. Dazu brauchen Sie ein Labor, Werkhallen, Windkanäle, Testplätze und den Draht zum Militär; etwas, das uns nicht mehr zur Verfügung steht.«

»Mister Lasky, das hab ich gleichfalls nicht zu bieten.«

»Ein Rüstungsforscher paßt schwer in den Pavillon *Seltsame Schleife,* aber Mister Peel ist trotzdem Ihr Patient, nicht wahr? Man müßte Howard neu motivieren. Vielleicht gelingt es, ihn für Rennboote zu erwärmen? Einen Katamaran bauen, der womöglich den America's cup gewinnt, das erlaubt ihm sein Budget.«

»Ich spreche mal mit ihm darüber.« Swedenborg geleitete Jerome zur Tür. »Sie können wohl jeden überreden! An Ideen fehlt es Ihnen nie.«

»Ja, aber bringt mir das auch Glück?«

»Wenn es anderen hilft – von dem Moment an schon.«

Wie gut, daß Howard keine Kinder hat, dachte Jerome draußen vor dem Haupthaus, das bei ihm »Tempel der Heilung« hieß – Swedenborg müßte sonst anbauen. Ihm fiel wieder ein, wie er beim ersten Besuch Valentine zum Parkplatz gefolgt war, wo ihr roter Ferrari stand, und ihr im stillen vorgeworfen hatte, auch sie sei keine Heilige, mit den Fotos und ihrer Heirat. Er freute sich auf den Spätnachmittag, wenn sie vom College heimkam in ihr Haus, das ohne den Papst kein *Vatikan* mehr war.

Lächelnd ging er auf sein Auto zu, verliebt in den Pfiff seines Machismo, in die Kraft von Witz und Männlichkeit; die strahlten auf Titi aus, das spürte er doch jeden Abend, sie wandte sich ihm langsam zu wie eine Blüte dem Licht. Der fesche Macho im Glanz seiner Rhetorik, der Unterhaltsamkeit und einer leicht ins Zynische kippenden Moral . . . Was war er für ein Mensch, daß es ihm gelang, so schnell und brutal in die neue Wirklichkeit zu finden, nach all dem, was geschehen war? Auch durch ihn! Falsch gesetzte Präferenzen, das war's ja nicht allein. Nicht bloß die zeitliche Abfolge, auch die Rangordnung hatte bei ihm nicht gestimmt, seine Werteskala mußte defekt sein, sonst hätte Hilfeleistung nicht an dritter Stelle gestanden, hinter Ehrgeiz und Eitelkeit, und Jill könnte noch leben. Stimmte die Skala wenigstens nun? Hatte er daraus gelernt?

Das fragte er sich unterwegs auf dem Santa Monica Freeway. Dort kam ihm jäh in den Sinn, wie er im Frühsommer eines Morgens ins Bad geplatzt war, und Valentine stand nackt vorm Spiegel, arglos trällernd. »Tut mir leid«, hatte er, rot im Gesicht, herausgepreßt. »Mir nicht«, erwiderte sie und schlang das Badetuch so zögernd um, als erschauere sie unter seinem Blick. Dem Bruder beistehen oder der Stiefmutter gefallen, was hatte Priorität? Howard helfen, der auf dem Tonband zu ihr sagte: »Meinst du etwa, man sieht nicht, daß du Jero schöne Augen machst? Du, ich bin verrückt nach dir.«

Sie war noch nicht da, das Haus wirkte leer. Im großen Wohnzimmer, dem *Airport* seiner Jugendzeit, roch es rauchig, nach qualmendem Papier. Überreste verkohlter Bücher steckten im Kamin. Nelson, der Butler, hatte Ausgang, er hätte das nicht geduldet, solches Zeug auf dem Rost. Jerome trat näher, an dem seidigen Glanz der Deckel sah er, es war Valentines Bettlektüre gewesen, prächtig wie Bonbonnieren. Warum mühte sie sich, das zu verbrennen, und warf es nicht in den Müll? Die Titel *Hypnose* und *Der Schlund* ließen sich noch ahnen. Titis Geschmack hatte ihn, bei ihrem Kunstsinn, manchmal erstaunt. Das also gab ihr etwas – drückte es verdeckt erotische Wünsche aus?

»Sei nicht unfair, viele Leute mögen das«, hatte sie protestiert, als Winston sie einmal damit neckte. »Was liest denn du außer Verträgen und Bilanzen? Spiel nicht einen der Kulturhüter, die ein Buch nach geistiger Bedeutsamkeit bewerten und nicht nach der Verbreitung. Wärst du nämlich Verleger, genau das würdest du drucken – Thriller, weil es schneller weggeht als ein Dichterwerk.«

Dies im Ohr, kniete er nieder und legte stochernd ein Buch frei, dessen Einband noch erhalten war, grün-violett, die Goldlettern des Titels reliefartig erhöht. *Der Präsident und das Medium.* Mit dem Schüreisen schlug er es auf und las: »Die Hitze seiner Lippen, die sich an ihr festsaugten, ließ sie erbeben ...« Die passende Stelle, der Autor kam zum Liebesakt, der schwersten Übung des Schreibers. Darin badete Titi vor dem Einschlafen, das also ging ihr ans Gemüt. Nun zündete sie es an – ein Signal? Teilte sie ihm durch Rauchzeichen mit, der Präsident ist fern, sein Medium nah?

Jerome riß sich los. Am Gewächshaus winkte er Sean zu, einem der zwei Leibwächter, die Dad nicht gefolgt waren, und lief durch den abschüssigen Garten zum *Dog-house.* Aber Howards Hausdame bewachte den Bruder wie der Drache die Jungfrau, sie beteuerte, er habe sich hingelegt und dulde keine Störung.

»Es muß aber sein«, sagte Jerome. »Ich erwarte ihn unten.« Er stieg ins Souterrain hinab. Das Studio war elektronisch geschützt, er kannte die Chiffre – nicht mehr versperrt, seit Howard Privatmann war. Die Zurückstufung im Geheimhaltungsgrad, an sich erleichternd, drückte auf sein Wertgefühl. Für ihn ein Zeichen, daß ihm Würde abhanden kam und sein Leben an Sinn verlor.

Neben dem alten Reißbrett aus dem Marinemuseum, eher dekorativ placiert (es hatte vor 90 Jahren den Entwurf des Panzerkreuzers »Maine« gesehen, der dann im Hafen von Habana explodiert war), lag der Schreibtisch voller Papier. Zuoberst ein Blatt mit Howards klarer Druckschrift, gegliedert in fünf Punkte – Fragen der Tarnkappenfliegerei, Moskaus Maßnahmen zur Entschleierung, von ihm *Anti-Stealth-Programm* genannt.

Howard zählte auf: Langwellenradar in der Fernaufklärung, für die Zielverfolgung zwar zu diffus, doch geeignet, andere Systeme zu aktivieren. Etwa das Bordradar hochfliegender Jäger. Von oben liefere die Tarnkappe einen weit stärkeren Radarreflex als von vorn, da das *Stealth-Design* gegen frontal einfallende Strahlen ausgelegt sei. Auch vor dem bodengestützten Breitband-Radar, das viele Frequenzen gleichzeitig nutze, biete es derzeit kaum Schutz. Und ziehe der Feind seine Empfangsstationen gehörig auseinander, könne er auch jene Echos nutzen, die gar nicht zum Sender zurückgeworfen würden. Die bisher erwünschte Ablenkung der Radarwellen in alle Richtungen begünstige sogar solch raffinierte Ortung. Und Weltraumradar vollende den Effekt: die Sender im Kosmos, am Boden nur passive Empfänger ohne Eigenstrahlung, die ihren Standort verriet.

Und so weiter. Trostloses Zeug, wahrhaftig deprimierend. Aus all dem zog Howard den Schluß, es komme künftig weniger auf die Bauart an – ohnehin gehe das Tarnprofil stets zu Lasten der Flugtauglichkeit –, sondern auf radarschluckende Beschichtung. Ein kühler Grundton verriet Entsagung, die Dinge entglitten ihm, verließen sein Fach, er war mit seinem Latein am Ende. Wie ihm unter die Arme greifen? Konnte er zu dem Manuskript beitragen, das Dan Scripps so hurtig wie sorgsam schrieb? Es gäbe ihm Auftrieb, seinem Tuns fürs erste einen Sinn ... Nein, das war keine Lösung. Howard hätte dem niemals zugestimmt. Er stand nicht hinter der Botschaft des Buches, er stand am anderen Ufer, bei den Kriegern; obgleich nun völlig isoliert.

Aber, überlegte Jerome dort unten im Studio, sollte denn Jills Brief nicht verwertbar sein? So würde etwas von ihr bleiben in dem Buch, das einmal für sie begonnen worden war. Er zog den Umschlag hervor und schlitzte ihn auf, neugierig durch das Siegel und den amtlichen Wirbel; das Bundeskriminalamt hatte sich echauffiert.

Der Brief, fünf Seiten lang, wirkte trotz der persönlichen Anrede eher wie ein Memorandum. »Herr Präsident«, hatte Jill geschrieben, »Sie kennen mich noch als Kind und als Teenager von Ihren Besuchen bei uns in Malibu, deshalb wende ich mich an Sie; zumal Ihnen manches von dem neu sein dürfte, das ich erfuhr. Nicht alles zu wissen, was in diesem Land und anderswo an Weltbewegendem geschieht – mir scheint, Ihr hohes Amt erfordert das geradezu. Sie könnten es kaum bekleiden (nicht so erfolgreich, weil arglos und ruhigen Gemüts), hätten Sie Kenntnis von der militärischen Endlösung, die uns droht. Man informiert Sie da nur im Rahmen der Präsidentenversion. Historische Vorbilder sind überliefert. Vor 60 Jahren ließ Stalin stets eine Sondernummer der *Prawda* drucken, eigens für den bettlägrigen Lenin, der noch die Nummer eins war. So führte man ihn hinters Licht. Der Machtkokon, der unsere Staatsmänner umgibt, in dem auch Ihre Entscheidungen fallen, Herr Präsident, ist feiner gewirkt. Ihr Beraterstab hat ein schützendes Gespinst um Sie gelegt ...«

Leicht pathetisch unterstellte sie ihm Naivität: Ronald Reagan als Medienstar in der Rolle seines Lebens, die Helfer ständig dabei, seine Auftritte vor der Kamera in familiärem Licht zu inszenieren ... Später folgten Lücken im Text, abgedeckt beim Kopieren, hier aber war nichts gelöscht worden. Man sagte sich wohl, es mache Jill unglaubwürdig, wenn sie den populären Präsidenten als Marionette begriff. Dies war fast, als schelte sie John Wayne. Sein Charme verkaufte Beschlüsse, die andere ihm suggerierten, sicherlich wahr, doch wer mochte das hören? Um ihn Macher namens Clark, Deaver, Meese, McFarlane, Poindexter, dazu Teller, allesamt wie Verschwörer – leider nicht brauchbar für das Manuskript.

»Einer der Mythen unserer Politik«, ging es bei ihr weiter, »ist das Loblied auf das Kabinett. Man rühmt da Teamgeist und Kollegialität: Das Kabinett regiert, gestützt auf die stille Kleinarbeit der Assistenten, deren treue Dienste. Das ist weit von der Wirklichkeit entfernt. Die Minister sind Sprecher ihrer Behörden, der Kabinettsrang gibt ihnen Ansehen und Einfluß, aber es ist ihnen klar, was sie riskieren, wenn sie dem Stab des Weißen Hauses – der wahren Regierung – in die Quere kommen. Ohne den Stab gelangt kein Minister bis ins Oval Office, kann kein Vorschlag, keine Idee Sie, Herr Präsident, erreichen. Sie sind völlig abgeschirmt. Seit den sechziger Jahren ist der Apparat des Executive Office stetig gewachsen, hat unter Johnson an Kraft gewonnen und in der Ära Nixon seine Macht auf die Führungsspitze ausgedehnt. Ein paar Männer Ihrer Wahl (und der des Establishments) bilden jenen Kokon, der Sie von wesentlichen Fakten trennt.«

Und damit auch von dem Geheimnis, das Jill ihm offenbaren wollte, fand Jerome. Hatte sie geahnt, daß ihr eigener Brief in dem Netz hängenblieb, dessen Wachstum sie so intelligent beschrieb? Es war schon grotesk, von trauriger Ironie, daß sie Reagan freundlich dozierend davon unterrichtete, wie es zuging im Weißen Haus, wie der Stab ihm Delikates vom Leibe hielt. Die Kindlichkeit, die sie bei ihm vermutete, wirkte in ihr selbst. Was hätte er wohl getan, wäre dies in seine Hand gelangt? Zweifellos Nachsicht geübt, wäre ihm doch erklärt worden, daß sie aus einer Nervenklinik an ihn schrieb. Auf das Murmeln eines PR-Assistenten hin könnte er ihr gar Blumen und gute Wünsche geschickt haben, Nettigkeiten dieser Art. Als Schauspieler darauf aus, ein Drehbuch mit Leben zu füllen, war Reagan perfekt in vorgetäuschter Spontanität. Selbst den ausgekochten Winston hatte seine Beileidsbekundung gerührt.

Das mußte Jill noch aufgegangen sein, deshalb hatte sie den Brief nicht abgeschickt. Auf Seite 2 deutete sie, wie um von ihrer Kompetenz zu überzeugen, den Werdegang des SDI-Projekts an, bis zu der berühmten Präsidenterede vom 23. März dieses Jahres. Sie gestand Reagan zu, er wolle ein Friedensbringer sein, doch seine hochfliegende Vision einer kernwaffenfreien Welt habe einen Makel: Die Abwehr von Nuklearraketen erfolge, wenn überhaupt, gleichfalls nuklear! Der Präsident und sein Falke Weinberger hätten ihr eigenes Bestreben nicht erfaßt. Sie sprächen von »nichtatomarer Verteidigung«, bauten aber auf Tellers Röntgenlaser, dem ein *Nucy* die Energie liefere.

»Ist das etwa eine Bombe?« hatte Weinberger, laut Jill, in Livermore bestürzt gefragt, wo man es ihm erläuterte.

»Gewissermaßen schon«, erwiderte ihm Lowell Wood, ganz baff von soviel Ignoranz an der Spitze des Pentagon. »Man muß im All ja einen nuklearen Sprengsatz zünden, Sir.«

»Aber eine Bombe ist es nicht?« beharrte der Minister, auf der Suche nach einem Euphemismus, einem Sprachschnörkel, der ihm aus der Bredouille half. Höflich erbot sich Tellers Crew, den Knall ein »atomares Ereignis« zu nennen, der Sprengsatz sollte »nukleare Vorrichtung« heißen. Weinberger atmete auf. Der semantische Kunstgriff besänftigte ihn; doch habe er selbst dann noch besorgt dreingeschaut, sichtlich geknickt.

Absurdes Theater, wie kam das in Jills Brief? Es leitete ihre These ein, das SDI-System tauge nicht nur nicht dazu, Atomraketen abzufangen, es sei bereits durch die *Nucys* entwertet. SDI koste in der dreijährigen Anlaufphase »soviel wie der Panamakanal« und bis zur Vollendung »mehr als der Zweite Weltkrieg«, nach heutigem Geld. Dabei sei der Schutzschirm längst obsolet, das ganze Programm diene nur der Industriefinanzierung, neben dem Einschüchtern der UdSSR und einer Disziplinierung der Verbündeten. »Herr Präsident, Sie wollen eine Welt ohne Kernwaffen«, schloß der Absatz. »Die werden Sie so nicht bekommen. Es wäre gut, diese Mißgeburt schon in der Wiege zu erwürgen.«

Jill hatte wohl gemeint, mit Ronald Reagan müsse man drastisch sprechen, um ihm etwas einzuprägen. Auf Seite 4 schrieb sie: »Der Verdacht einer nuklearen Unterminierung der USA – und anderer Großmächte durch denkbare Gegenzüge – kam schon 1970/71 im Kongreß zur Sprache, er wurde niemals ausgeräumt. Inzwischen schritt die Miniaturisierung der Sprengsätze fort, und es scheint klar, daß solche Depotwaffen vielerorts ins Ziel gebracht worden sind, trojanische Pferde, die uns und andere Nationen tödlich bedrohen.«

Es folgten gelöschte Stellen, dann teilte Jill mit, der einzige Wissenschaftler, der diese Art nuklearer Bedrohung (und vielleicht Erpressung) freimütig erörtert habe, sei Sandro De Luca gewesen. Als er die Gefahr in Seoul einer breiten Öffentlichkeit habe darlegen wollen, sei er bei dem Jumboabschuß ums Leben gekommen. »Haben die Russen ihn aus dem Weg geräumt«, fragte Jill, »um zu verhindern, daß ihr mutmaßliches Vorgehen auf US-Gebiet in das Licht von Ermittlungen gerät? Oder haben eigene Geheimdienste etwas mit seinem Tod zu tun? Zweifellos störte er ihre Kreise. Das Interesse der Verteidigungsindustrie, ihn zum Schweigen zu bringen, liegt auf der Hand. Die Perfektion, mit der dies gelang, wird nur übertroffen durch die Undurchsichtigkeit dessen, was sich in der Nacht vom 31. August zum 1. September über dem Nordwestpazifik abgespielt hat.«

Wieder fehlten ein paar Sätze, schließlich hieß es: »Jahrelang haben Sie, Herr Präsident, von einer phantastischen Weltraumabwehr geträumt, die uns den ewigen Frieden sichern und Amerika so unangreifbar machen kann, wie es bis 1960 gewesen ist. Schon jubelt man Ihnen zu, denn ein Beraterteam verwirklicht Ihren Traum, wenn auch nur auf dem Papier – Männer, die es gewöhnt sind, mehr an sich als an das Land zu denken. Hinter ihnen steht der militärisch-industrielle Komplex, ein Terminus, erstmals gebraucht von Präsident Eisenhower, als er vor 30 Jahren den Sachverhalt vorfand und beklagte. Jährlich nutzen 13 000 Offiziere und Beamte ihren Kontakt zum Pentagon, um Jobs in der Großindustrie zu erlangen; Abgeordnete schanzen ihren Wahlkreisen Rüstungsaufträge zu. Das Budget des Pentagon macht durch seinen bloßen Umfang Appetit.«

»Der Nachrichtenfluß dieses Komplexes, der auch das Eiserne Dreieck heißt«, ging es weiter, »trägt Ihren Stab, der schwimmt darin, auf sein Verständnis sind die Informationen reduziert. Er kann sie nicht hinterfragen, ohne seine lückenhafte Vorbildung einzugestehen. Man steigt bei uns schon mal vom Tellerwäscher zur Staatsperson auf, die nötige Klugheit freilich wächst davon keinem zu. Wie soll ein Farmer, Rechtsanwalt oder Autohändler plötzlich etwas von Strategie wissen. Die ›Vorzüge‹ der *Nucys* etwa sind ganz unverkennbar: kein heikler Transport des Sprengkopfes durch Raketen, deren Start zum Gegenschlag führt; mehrfach gesicherte Auslösung der Depotwaffe durch Funkbefehl oder per Draht, das Telefon als billigste Lösung; dazu ein Preisvorteil, der das *Nucy* selbst den Armen dieser Welt erschwinglich macht. Nötig sind nur spaltbares Material und ein Geheimdienst, wie ihn fast jeder Staat hat. Doch Ihr Team hat all das ignoriert.«

Der Schluß ging: »Herr Präsident, verschaffen Sie sich Einblick in das hier Umrissene, handeln Sie gemäß Ihrer Erkenntnis und schenken Sie dem Land Klarheit! Die Tarnung muß fallen. Es steht uns gut zu Gesicht, fremden Mächten dabei voranzugehen. Die Karten sollten auf den Tisch! Sind wir nuklear befallen, schleichend unterminiert? Mit der Gewißheit zu leben wäre unerträglich, die Ungewißheit aber würde zuletzt tödlich sein. Durch Handeln läßt sich unser Schicksal wenden, der Countdown läuft, es ist kurz vor zwölf.«

High noon, dachte Jerome, Appell an das Gewissen, auf sein Herz gezielt. Dies hätte ihn reizen müssen, die Rolle des Saubermanns, im Film. Er als Sheriff gegen die Bomben legende Bande ... Aber im Leben wollte man seine Ruhe haben. Was ließ sich damit anfangen, war es tauglich für das Buch? Wohl kaum. Der fiebrige Unterton hätte einen Stilbruch verursacht, die Nüchternheit der Darstellung getrübt, die Botschaft beschädigt, das Ziel von *Ziel zerstört* zerstört. Jerome hatte den Partner gedrängt, auf alles zu verzichten, was zu weit ging; nun brachte er selbst dergleichen an?

Jills Hypothese überzeugte ihn nicht, sie hatte Hautgout, er schmeckte den Stich ins Hysterische. Doch der Kaufmann in ihm spürte dem verborgenen Nutzen nach, und jetzt begriff er: Druckte er dies ab, und sei es bloß im Anhang, als Aufschrei eines Opfers – einer Frau, die an der Fernwirkung des Knalls zugrunde ging –, konnte das zünden. Der Name Lasky, sein Engagement, Jills Tragik – ein Treibsatz, der das Buch hochschoß, vielleicht. Verstärkt noch durch die Striche und das Schreiben des FBI. Dies putzte den Brief ja auf, gab ihm Dramatik, die Aura des Geheimnisvollen, der großen Sensation! Er würde nicht so dumm sein, auf Herausgabe des Originals zu klagen, trotz schwacher Rechtsposition der Behörde. Erst im letzten Moment vor dem Erscheinen ein Schritt bei Gericht als Startschub, das freilich wär spektakulär, konnte etwas werden.

Während er dem nachging, erhitzt von seiner Verkaufsidee, hörte er den Ferrari, das Dumpfe der 390 PS, ein Stück rote Rockmusik – endlich, viel später als sonst. Da hielt es ihn nicht mehr im *Dog-house,* er steckte den Text ein, vergaß Howard und schritt in erkünstelter Ruhe aufwärts zur Garage, aus der seine Stiefmutter kam.

Aber das war gar nicht Valentine, ein fremdes Weib trat ihm entgegen, kastanienbraun, nicht mehr hellblond . . . »Wie denn das?« fragte er perplex. »Was hast du mit deinem Haar gemacht?«

»Die Frisur gefiel mir nicht mehr, Jero«, sagte sie schüchtern. »Das ist der natürliche Ton, so wächst das auch nach. Ist mir lieber so, magst du es nicht?«

»Und ob. Zurück zur Natur! So bist du mir von früher her vertraut.«

»Ach, ausgeschlossen. Ich bin seit Tokio blond gewesen. Da haben wir uns noch gar nicht gekannt.«

»In meinen Träumen hast du niemals anders ausgesehen.«

»Wollen wir nicht lieber sachlich bleiben?«

»Klingt bekannt, Titi. Das sagst du mir nun jeden Abend. Aber das Leben geht weiter, sieh mal, und weißt du . . .« Er schluckte, außerstande, den Satz zu beenden, und sah, daß dies kaum noch nötig war.

»Bleib vernünftig«, bat sie drinnen am Kamin; das schien ihre Form der Kapitulation zu sein.

LXVII

Anfang März traf Winston Lasky sich zum Golfspiel mit Richard M. Nixon, seinem Freund aus alten Tagen, den ein Geschäft übers Wochenende nach Fort Lauderdale geführt hatte. Bei der Begrüßung wirkte der Gast etwas linkisch, als wäre ihm unklar, ob er tatsächlich angelangt sei. Nixon schob das Kinn kräftig vor, doch man spürte, daß er seine gesellschaftliche Scheu noch immer nicht gemeistert hatte. Er trug einen hellen Blazer, die Hosen, wie üblich, ein wenig zu kurz – im Zweifel, ob er damit passend gekleidet sei. Dies und das Hervorkehren kalifornischen Charmes ließen versteckte Unsicherheit ahnen, eine ererbte Hemmung, von der ein Mann seines Alters sich kaum noch befreien konnte. Seltsamerweise hatte diese Schüchternheit seiner Karriere nicht geschadet. Man unterschätzte ihn meist, Lasky aber fand ihn schon immer viel gewitzter und vernünftiger, als seine Gegner es offenbar für möglich hielten. Vielleicht hatte er sie eben deshalb so oft ausgetrickst.

Nach dem Lunch gingen die zwei Ex-Präsidenten zu Fuß auf den Platz, der Gast mochte kein Golfmobil besteigen. Ein Caddy zog ihnen die Rikscha hinterher. »Du lebst also jetzt hier«, sagte Nixon behutsam.

»Steuerbegünstigt, Dick. Mein Bruder hat mir das hinterlassen, 18 Löcher, gut in Schuß.« An dem Platz war nichts auszusetzen; sehr durchdacht angelegt: die kalkulierbaren Hindernisse (der See, das Gehölz, die unsichtbaren Täler) hübsch verteilt; der Rasen vertrug mehr Regen, als in Florida jemals fiel; Klubhaus, Zufahrt, Atemluft, Temperatur und Landschaft waren auch ideal.

Wo ist der Haken, hatte sich Lasky gefragt, als er im Herbst das Erbe antrat, und partout keinen entdeckt. Bis dann nach Neujahr die Bagger kamen und die Düne fraßen, in deren Windschutz der Golfplatz lag. Seitdem fielen bei Seewind Böen vom Atlantik ein und trieben die Bälle aus der Bahn. Dann fühlte sich Lasky jedesmal von seinem Bruder verhöhnt. Er war überzeugt, Steve habe Bescheid gewußt und ihm dies nur im Hinblick auf den Airport vermacht, der dort hinten entstand. So wie die Düne würde auch er selbst dem Flugbetrieb weichen, wenn der im Mai mit infernalischem Lärm begann. Steve hatte die Planung gekannt – überall zwischen Miami und Daytona Beach die Finger im Grundstücksmarkt –, ihn also boshaft, nicht großmütig bedacht.

Auf dem Rasen faßte der Gast Mut. Selbst bei guten Bekannten brauchte Nixon ein bißchen Zeit, um locker zu werden. Es kostete ihn halt Überwindung, Leuten zu begegnen, die in der Lage waren, ihm zu widersprechen oder ihn zurückzuweisen; als Präsident hatte er kein Zehntel von Laskys Einkommen gehabt, und jetzt noch viel weniger. Einmal aufgetaut, erwies er sich jedoch stets als amüsant. Als Anwalt gewöhnt, der Jury eine Geschichte zu liefern, am besten mit Anekdoten, war er ein guter Erzähler. Auch ein Verhör vor Gericht, pflegte er zu sagen, sei letztlich bloß die Kurzgeschichte eines Zeugen, und nicht dieser, sondern der Anwalt setze die Pointen.

Zwischen Loch eins und zwei sprach er mit angenehm tiefer Stimme von einem Mann, angeklagt wegen Überschreitung der Notwehr mit Todesfolge, den er einst verteidigt habe. Auf die Frage eines Geschworenen nach der Tatwaffe wies der Mann auf den Golfschläger, der bei den Beweismitteln lag, und sagte: »Eisen 3, Sir.« Da fuhr der Richter aus seinem Nickerchen hoch und brummte: »Eisen 3, richtig für kurzen Effektschlag aus ungünstiger Lage . . . Mir scheint, den hätte ich auch gewählt.«

»Da hat er recht«, sagte Lasky. »Zwei Drittel des Spiels läuft hier mit Eisen 3.«

»Winston, so ist das Leben. Und sei der Platz noch so schön, die meiste Zeit löffelst du den Ball aus schwieriger Lage.«

»Im Moment aber nicht, Junge. Nimm Holz 2, dann bleibst du gut frei von den Bäumen dort.« Lasky hatte das Gefühl, der Freund baue an einer Brücke in das Sperrgebiet: den Untergang der Malcolm Aircraft. Aber er hatte ihn unterschätzt, sein Takt war stärker als die Neugier; mit keinem Wort streifte Nixon das Geschehen, wie auch der Name des Siegers nicht über seine Lippen kam. Lasky dankte es ihm schweigend. Guter Stil, dachte er, im Hause des Gehenkten spricht man nicht vom Strick.

Nixon holte mit dem Driver aus, sein Schlag hatte Pfiff, doch er wurde schlecht belohnt, ein Windstoß bremste den Ball und trieb ihn in das Gehölz, wo man ihn schwer herausbekam. Der Caddy trabte los, um danach zu suchen und ihn, wenn es ging, heimlich besser zu placieren; darauf getrimmt, die Gäste zu erfreuen.

»Mach dir nichts draus, das passiert mir öfter.«

»Viele Böen in letzter Zeit, Winston?«

»Seit die Düne weg ist. Steve ist das ja klar gewesen, der hat noch im Grab seinen Spaß.«

»Nimm es wie einst Eisenhower die Tücke der Cubaner. Ich war sein Vize, als ihm gemeldet wurde – freitagnachmittags bei Dienstschluß –, sie hätten die Russen animiert, Atom-U-Boote in den Hafen von Cienfuegos zu legen. Ike blieb cool, nahm sein Golfzeug und sagte: ›O Gott, was wird mich das am Montag ärgern‹.«

»Stimmt es übrigens, er hat das Parkett mit seinen Golfschuhen ruiniert?«

»Nur im Erdgeschoß. Jackie hat's abziehen lassen, aber die Kratzer saßen zu tief.«

Dick wird mir ähnlich, dachte Lasky: ein Mann mit zuviel Erinnerungen. In seinem Beisein fühlte er sich auf seltsame Art verstanden und erquickt. Als ihnen der Ball vor Loch fünf wieder aus dem Blick kam, diesmal verweht an das Ufer des Sees, beschrieb Nixon seinen Besuch in Rom vom Herbst 1970. Lasky kannte den Vorfall, um den es dabei ging; der war ihm schon in Malibu erzählt worden, auch hatte Kissinger sich im dritten Teil seiner Memoiren darin gesuhlt. Doch er wollte den Freund nicht betrüben.

»Der Empfang im Quirinalpalast lag hinter uns«, sagte Nixon, »die italienische Hymne war ertönt. Sie ist recht melodiös, sicher die am wenigsten kriegerische der Welt. Es wäre nicht leicht, zu Klängen in die Schlacht zu ziehen, die an einen Walzer erinnern. Sie gibt den Schmelz der Landschaft und das durchaus zivile Temperament der Italiener wieder, finde ich. Aber meine nächste Station war nun der Vatikan, und Mel Laird hatte die grandiose Idee gehabt, ich solle danach direkt vom Petersplatz mitsamt dem Gefolge in Militärhubschraubern der Navy zum Besuch der 6. Flotte nach Neapel starten. Papst Paul VI. fand wohl, das sei genug Kriegslärm für den Tag, er regte an, ich möge ohne den Verteidigungsminister zur Generalaudienz kommen.«

Im Hintergrund tauchte Lester Scanlan auf, er machte Zeichen, doch Lasky winkte ihm ab.

»Wir kamen also ohne Laird«, fuhr Nixon fort. »Aber um diesen reklamegeilen Hund loszuwerden, brauchte es mehr als ein gedrucktes Programm. Vor dem großen Saal stieß er auf einmal zu uns, mit der unvermeidlichen Zigarre. Und grunzte zu seiner Entschuldigung, er kümmere sich um die Hubschrauber – obgleich klar war, daß ihn dies nicht persönlich hätte beschäftigen müssen. Ich riet ihm, in Gegenwart des Heiligen Vaters wenigstens die Zigarre aus dem Mund zu nehmen. Meine Delegation bildete zwei Reihen im rechten Winkel um den Fleck, an dem der Papst und ich saßen. Der hielt gerade eine liebenswürdige Ansprache, als plötzlich Rauch aus Lairds Anzug quoll. Er versuchte, die Zigarre zu löschen, erst unauffällig, dann aber, indem er mit der flachen Hand auf seine Brusttasche schlug. Ein paar Delegationsmitglieder konnten von ihrem Platz aus das Drama nicht sehen, sie hielten Lairds Löschversuch für Applaus und stimmten ein. So hätten wir fast den Verteidigungsminister durch vorzeitige Einäscherung verloren. Nur ihre Weisheit, erworben in 2000 Jahren, befähigte die Herren des Vatikans, so zu tun, als wäre nichts geschehen.«

»Nicht mal eine Selbstverbrennung kriegt das Pentagon hin?«

»Mein eigener Stab hat auch Mist gebaut, gleich danach. Es fiel ihm nämlich ein, daß noch farbige Massenszenen mit mir fehlten, die abends im Fernsehen laufen konnten. Nun halten sich die Römer fremden Staatsgästen gegenüber zurück; schließlich leben sie in einer Stadt, die seit eh und je Triumphzüge von Helden kennt. Nicht mal bei Kennedys Besuch war viel Volk zusammengeströmt. Aber Haldeman, diesen Strolch, kümmerte das nicht. Er nutzte den Fakt, daß meine Frau nicht auf dem Flugzeugträger ›Saratoga‹ landen durfte, gemäß der Flottenregel: kein Weib an Bord. Und beschwor mich, sie im Wagen zum Hotel zu bringen, zur Stoßzeit, stell dir vor ... Ein monumentaler Stau, und Haldeman verkaufte den daheim als Huldigung für mich, als Jubel, der alle Grenzen sprengt! ›Es gibt keine Worte dafür‹, hieß es im TV-Kommentar. Zwei Stunden mußten die Hubschrauber vorm Petersdom auf mich warten. Ob die Kurie meinte, daß dies der spirituellen Weihe des Bauwerks entspreche, das hat den Lump überhaupt nicht gekratzt. Sein Empfinden für die Souveränität ausländischer Regierungen war nie sehr ausgeprägt. Burschen wie er sind schuld am Bild des häßlichen Amerikaners, das sich die Welt von uns macht.«

»Er hat halt an die Bilder zu Hause gedacht.«

»Sieh mal, dein Assistent da hinten winkt schon wieder.«

»Gott, was haben Sie denn?« fragte Lasky. »Tanzen herum und machen die Pferde scheu. Nixon glaubt schon, es gibt ein Sicherheitsproblem.«

»Nein, Sir«, sagte Scanlan, »nur eine prekäre Nachricht: Ihre Frau hat die Scheidung eingereicht.«

»So? Die kann sie haben. Deshalb keine Hast, Lester.«

»Als Grund wird böswilliges Verlassen genannt, seit sechs Monaten. Ihr Anwalt ließ eben durchblicken, notfalls würden auch Brutalität und seelische Grausamkeit ins Spiel gebracht. Er hat das nicht gesagt, aber nach meinem Gefühl hofft die Gegenseite auf Abfindung, zirka eine Million.«

»Sehr bescheiden. Sie kriegt keinen Cent. Teilen Sie dem Herrn mit, er soll ihr sagen, sie hat das Haus bis ultimo zu räumen.«

»Ihr Sohn Jerome, gilt das auch für ihn?«

»Was hat denn der damit zu tun?«

Scanlan sah aus, als habe er sich verschluckt.

»Das Testament wird revidiert«, befahl Lasky. »Schreiben Sie einen Entwurf, der Valentine ausklammert.«

»Gänzlich, Sir? Da die Ehe nur kurz bestand und kinderlos war, scheint mir das zwar denkbar. Vorausgesetzt, Sie erheben Gegenklage wegen Untreue und Schädigung des Ansehens. Man könnte es so ausdrücken: ›Mangelnde Liebe und Zuneigung sowie das in die Öffentlichkeit gedrungene Verhältnis . . .‹«

»Das überlasse ich Ihrem Sachverstand.«

»Der Passus müßte auch ins Testament. Das erschwert ihr die Anfechtung und ermöglicht es Ihnen, Sir, Jerome auf Pflicht zu setzen. Oder wünschen Sie ihn weitergehend zu enterben?«

»Nein, wie kommen Sie darauf?«

»Nun, wegen der Intimbeziehung zu Ihrer Frau.«

»Es interessiert mich nicht, wen meine Söhne vögeln.«

»Jawohl, Mr. Lasky; sehr gescheit.«

»Sie müssen das nicht kommentieren. Und was meine Frau betrifft, die bekommt eine Apanage von, sagen wir, 100 000 Dollar.«

»Äußerst nobel, Sir.«

»Keineswegs. Wir verbinden es mit der Maßgabe, daß sie dies bei jedem Versuch, das Testament anzufechten, unwiderruflich verliert.«

»Ich verstehe. Rechtlich würde sie dann so gestellt, als wäre sie bereits verstorben – wie man bei uns sagt.«

»Was heißt bei uns?«

»Unter Juristen. Der Präsident wird Ihnen das gewiß bestätigen.«

»Mr. Nixon wünscht nicht mehr, Präsident genannt zu werden. Und ersparen Sie mir den Jargon. Noch etwas, Lester? Nein? Dann danke ich Ihnen.«

Lasky sah seinem Gehilfen nach, der einmal die rechte Hand des Generalstaatsanwalts in Sacramento gewesen war und seitdem ihm als Mann fürs Grobe diente. Ich muß mich von ihm trennen, dachte er, sein Respekt läßt nach. Scanlan macht mir noch die Scheidung, dann adieu. Ein penetranter Mensch, gräßlich der Brillant und die parfümierten Taschentücher, wieso hat mich denn das früher nicht gestört?

»Alles in Ordnung, Dick«, sagte er in der Senke, dem einzigen Fleck, wo das Gras zu weich war, mehr Samt als Seide. »Nichts Ernstes. Nur bei Loch elf bleib bitte etwas zurück, da haben wir von der Leibwache eine Bombenwarnung.«

Nixon lachte, holte aus und schlug mit Eisen 9 zu, daß die Erde spritzte. »Schlecht abgekommen«, sagte er im Weitergehen. »Mehr Teppich als Rasen, das ist der Schwachpunkt in Florida, das Gras ist aus Schottland importiert, nach dortigem Rezept gezüchtet.«

»Du meinst, es paßt nicht in die Landschaft?«

»Das Klima ist zu mild.«

»Steve hat alles versucht. Ich bin sicher, seine Sklaven haben jeden Halm mit persönlicher Spucke abgeleckt, wenn die Sonne mal sehr stach.«

»Englischen Golfrasen kriegst du, wenn du ihn mit der flachen Hand aussäst, feststampfst und 600 Jahre lang stoisch bewässerst, auch bei Regen, wie das Sprichwort es verlangt.« Nixon war nun ganz entspannt, er achtete nicht mehr auf jedes Wort. Es tat ihm spürbar gut, ein Wissen zu zeigen, das er auf Staatsbesuchen bei Harold Wilson oder der Queen erworben hatte. In solchen Momenten merkte man ihm die Herkunft an; im südkalifornischen

Ort Yorba Linda hatte seiner Familie eine Tankstelle gehört. Mit dem Präsidentenflugzeug in London und Paris zu landen, die Ehrengarde abzuschreiten und im Elysée-Palast oder auf dem Landsitz Chequers zu konferieren, das mußte seine kühnsten Jugendträume weit übertroffen haben . . . »Ist Scanlan noch immer dein bester Mann?«

»Das frage ich mich selber, Dick. Ein ausgebuffter Kerl. Seine Verwendbarkeit wird nur dadurch beschränkt, daß er nicht völlig zuverlässig scheint.«

»Er hat ein enormes Gedächtnis, noch nach Jahren fallen ihm kleine Verfehlungen anderer ein.«

»Und es macht ihm Spaß, dieses Talent vorzuführen.«

»Nach meinem Eindruck neigt er sogar dazu, die Gelegenheit dafür zu schaffen.«

»Für sein Geschwätz oder die Verfehlungen?«

Sie lachten, und Lasky empfand zum erstenmal an diesem Tag eine fast spontane Freude. »Von achtstelligen Summen an läßt mein Vertrauen in ihn etwas nach.« Er schob den Stahlschläger in die Rikscha und fuhr, während sie außer Hörweite des Caddys über den Hügel stampften, vertraulich fort: »Könntest du dir vorstellen, ihm auf die Finger zu sehen oder ihn womöglich ganz zu ersetzen – in Kalifornien mein Treuhänder und Testamentsvollstrecker zu sein?«

»Ich weiß nicht, Winston. Aber das Angebot ehrt mich.«

»Unter gewissen Umständen wär deine Hilfe allerdings unverzichtbar. Im Falle meiner Entführung liegen sämtliche Vollmachten, mich wieder freizubekommen, schon heute bei dir.«

»Ich würde mich im Austausch zur Verfügung stellen.«

»Und auch den Vorsitz im Kuratorium einer Stiftung übernehmen, Dick? Sie soll mit 100 Millionen ausgestattet sein.«

»Das hinge ein bißchen ab vom Stiftungszweck.«

»Konfliktforschung«, sagte Lasky. »Förderung des Nachdenkens speziell über unsere Verteidigungs- und Außenpolitik. Das wär doch was für dich. Du bist ein großer Patriot, hast uns mit China versöhnt und die Jungs aus Vietnam zurückgeholt, nicht wahr? Den analytischen Verstand, diese Materie zu durchdringen, spricht dir kein Mensch ab.«

Und niemand gibt dir die Chance, setzte er im stillen hinzu, doch noch als Idealist in die Geschichte einzugehen. Ihm war bekannt, daß Nixon am Tage seines Amtsantritts nach dem Schreibtisch von Woodrow Wilson verlangt und ihn während der sechs Jahre im Ovalen Zimmer auch benutzt hatte. Im Sitzungsraum des Kabinetts hing ein Porträt von Präsident Wilson. Bei aller Bereitschaft zu macchiavellischer List und Süffisance schätzte er menschliche Güte und hegte den Ehrgeiz, ein Friedensstifter zu sein.

Doch Nixon schwieg, und als Lasky seinen Blick einfing, merkte er ihm erneut die peinliche Unsicherheit der ersten Viertelstunde an. Der feinfühlige, komplexbehaftete Freund glaubte sich wohl verspottet. So unfähig wie Lasky selber, einem anderen restlos zu vertrauen, argwöhnte er eine Falle – offenbar; es sah ihm ja niemand ins Herz. Er schien zu befürchten, ihm werde da ein Streich gespielt, der sich dann in Los Angeles oder San Clemente amüsant erzählen ließ! Mit Worten war dieser Argwohn schwerlich auszuräumen, jedes weitere hätte ihn womöglich noch vertieft, daher ließ Lasky das Thema fallen.

Das Dinner verlief ungetrübt, beinah familiär. Sie saßen im holzgetäfelten Speisezimmer und gedachten der alten Zeiten. Draußen wühlte der Wind in den nachtdunklen Bäumen, manchmal strich Nixons Bodyguard an dem Lichtkreis vorbei, der nach draußen fiel, besorgt über das wenig sicherheitsbewußte Verhalten seines Herrn. Der *Ballantine's 30* verwandelte den Gast in einen Freund, der sich schlicht äußern konnte und Wärme verströmte. Nun wirkte er nicht mehr verklemmt, vor Kränkungen auf der Hut.

Im Kern, fand Lasky, ist er ein weicher Mensch, abends in Gefahr, daß sein Gefühl in Rührung kippt. Er hat sich im Amt überanstrengt. Unter ihm trieb man die beste Außenpolitik, die es je für das Land gab. Aber er wollte sich zum großen Zauberer aufschwingen, eine neue Persönlichkeit werden – als könne das durch Nachreifen geschehen, als sei er der einzige Mensch, dem es gegeben war, seinen Charakter zu ändern, der ererbten Gestalt zu entfliehen. Die Götter haben für seinen Übermut einen hohen Preis kassiert. Als sein Traum von der Macht zur Besessenheit wurde, hat er das teuer bezahlt – genauso wie ich.

»Ich muß mich noch für das Buch bedanken, Winston.«

»Du meinst *Ziel zerstört?* Wie liest es sich für dich?«

»Ausgezeichnet, flott geschrieben, ich hab's schon fast durch. Fixer Junge, dein Jerome.«

»Was hältst du von der Sache mit den *Nucys*? Jills Behauptung in dem Brief an Reagan, ganz am Schluß.«

»Soweit bin ich noch nicht. Im übrigen, Nuklearstrategie – weißt du, das ist ein irgendwie abstraktes, esoterisches Gebiet; fast alles kann möglich sein, oder auch nicht.«

Der Satz verriet, daß er den Brief im Anhang doch schon kannte; jetzt benahm er sich wieder, als ob unterm Tisch ein Tonband lief. »Hochdiplomatisch gesagt, Dick. Mir scheint, etwas mehr müßtest du schon noch wissen von dem Ding. Der Kongreß hat die Studiengruppe Ende Juni 1970 eingesetzt, in deinem zweiten Jahr.«

»Tut mir wirklich leid, ich erinnere mich nicht mehr. Damals war mein Kopf voll mit dem Nahen Osten – die sowjetischen Boden-Luft-Raketen am Suezkanal – und dem Schlamassel in Kambodscha. Dort setzten wir auf einen Mann, er hieß Lon Nol, und wir wußten von ihm bloß, daß es egal war, ob man den Namen von vorn oder rückwärts las.«

»Junge, du weichst mir aus.«

»Und wenn's so wäre?« Nixon saß in der bekannten Pose zurückgelehnt auf dem niedrigen Sessel, die Beine weit von sich gestreckt, augurenhaft lächelnd – wie oft, wenn sich in ihm etwas verspannte. »Manches ist für mich auch heute noch tabu. Ich bin sicher, daß du nicht weiterbohrst, sondern die Bedeutung von Vertraulichkeit und Geheimhaltung in gewissen Staatsdingen einsiehst. Um das Jahr 2000 wird sich diesbezüglich das Archiv öffnen, dann weißt auch du Bescheid.«

»Schön, vertagen wir es um 17 Jahre, wenn es der nationalen Sicherheit dient. Ich werd's ja wohl noch erleben?«

»Falls du bei diesem Whisky bleibst, warum nicht? Völlig frei von Fuselölen. Noch nie danach einen Kater gehabt.«

Lasky goß ihm nach. »Gut, aber dann sag mir wenigstens, ob die Meldung stimmt, die CIA habe dich davor bewahrt, am 31. August den Jumbo nach Seoul zu nehmen.«

»Kein Kommentar zu geheimdienstlichen Schritten. Aber du findest die Antwort auch allein.«

»Hoffnungslos. Dazu fehlt mir dein Scharfsinn.«

»Denk nur mal nach, Winston, was hätten die davon gehabt, mir das Leben zu retten? Gar nichts! Mein Tod hätte mehr gezündet als der von Larry McDonald – Russen schießen Breschnews Entspannungspartner ab. Und sieh auch mal die Kosten. Der Staat würde jährlich 1 1/2 Millionen sparen: meine Pension, das Gehalt der Sekretärin, den Wagen mit Fahrer und die fünf Leibwächter zum Schutz rund um die Uhr ... Wo siehst du da für eine Warnung das Motiv?«

Lasky kam ihm nicht bei. Der Freund blieb diskret, er hütete sein Wissen wie einen Schatz, als den Rest von Macht, der ihm verblieben war. Seine Show ging weiter, ein Schattenspiel, er bekam gar nicht genug davon, schien er doch zu spüren, daß jedes Geheimnis die Aura dessen stärkt, der es hegt; den Mantel, in den ein Staatsmann – auch ein gewesener – sich hüllt. (So wie Erotik dem Rätsel entsteigt, ob ein Weib zu haben ist und wie es mit ihr sein wird.) Wenig half es, mit Nixon die Flasche zu leeren und eine zweite dazu. Dabei kam bloß heraus, daß der Gast den Tisch umriß, als er gegen Mitternacht aufstand, und Asche und Scherben am Boden hinterließ.

»Ich kann mich nicht mal entschuldigen, Winston«, sagte der Ex-Präsident. »Mein Vokabular ist auf zwölf Wörter geschrumpft. Und wenn du Whisky Soda abziehst, sind's nur noch zehn.«

»Mach dir nichts draus«, erwiderte Lasky. »Das stört doch keinen. Frühmorgens kommt Mexiko vorbei und putzt das wieder blank.« Er legte ihm den Arm auf die Schulter und verkürzte so den Abstand, der ihn all die Jahre hindurch von dem seltsamen Mann getrennt hatte. »Es war ein schöner Tag, ich danke dir.«

»Gute Nacht, Dick. Träum von der Stiftung und halte die *Nucys* da ruhig raus, wenn es geht.«

»Ich denke, das läßt sich machen.«

Im Bett tauchte Lasky in ein Labyrinth seichter und wirrer Träume, das ihn für den Rest der Nacht nicht entließ. Von Gefühlen bedrängt, spürte er einer Fata Morgana nach – Visionen von Wolken, Meer und Bergen, durchstreift von Jill und ihm in junger Gestalt, jäh belebt von Vogelschwärmen und vom Knattern des Segels, wenn er bei der Wende durch den Wind ging.

Noch 17 Jahre, dann erst erschloß sich ihm, woran er mit ihr gewesen war? Das konnte nicht sein, es mochte für England stimmen, hier aber galt seit 1967 doch das Gesetz über Informationsfreiheit; es sicherte einem Akteneinsicht zu, die Herausgabe von Regierungspapieren, er hatte es mehrfach genutzt, um Kostenanschläge und andere Interna der Konkurrenz auszuspähen. Der Geheimdienst freilich entzog viele Dossiers dem Zugriff der Bürger. Er führte auch *weiche Akten,* offiziell nicht existent. Klagte man sie ein und kam schließlich heran, enthielt das Dossier dann wie zum Hohn nur den eigenen Antrag auf Einsichtnahme.

Nein, der Gast dürfte recht haben. Dick tat zwar, als verfüge er noch über zahlreiche Informationen, die zu kennen sich lohnte, und halte aus Selbstzucht den Mund. In Wahrheit wußte er wenig, doch er hing an dieser Illusion, denn sein Instinkt sagte ihm, nur wer rätselhaft blieb, der konnte glauben, noch bevorzugt zu sein, zum Herrscher erwählt. Damit das Geheimnis einem Macht verlieh und nicht enthüllbar war, mußte es ein leeres Geheimnis sein. Ob die CIA ihn gewarnt hatte oder nicht, was änderte das? Ob es die *Nucys* wirklich gab oder bloß in der Phantasie, wo war der Unterschied? Es konnte sie geben, das zählte.

Ihm ging der Spruch durch den Kopf, mit dem *Ziel zerstört* schloß, nach dem Faksimile des Briefes an Ronald Reagan (mitsamt den weißen Stellen, leer durch Geheimdienstidiotie): Schmerz, der nicht vergessen will / fällt in das Herz / wie Wermutstropfen / bis die Verzweiflung / durch die Gnade eines Gottes / in weise Einsicht sich verwandelt . . . Das hatte Jerome ans Ende seines Buches gesetzt, wie um zu zeigen, man habe ihn in glücklicheren Tagen nicht umsonst nach Stanford geschickt. Ein Vers des griechischen Tragikers Aischylos. Schon vor 2400 Jahren hatte der gewarnt vor dem »Übermut des Menschen, der da Grenzen, von Gott gesetzt, durchbricht«. *Durch Leiden lernen,* wie es in Jeros Widmung hieß. Lasky fand, es sei menschlich und würdevoll von seinem Sohn gewesen, dieses Buch zu schreiben. Ich reiße das Ruder herum, dachte er, als der Schlaf ihn umfing. Wer sich damit begnügt, im Strom zu treiben, der wird bald entbehrlich sein. Wer dagegen ansteuert, kann Schiffbruch erleiden. Scylla und Charybdis, wie navigiert man hindurch? Er wußte es nicht. Aber die Hoffnung, den Weg zu finden, linderte seinen Schmerz.

INHALT

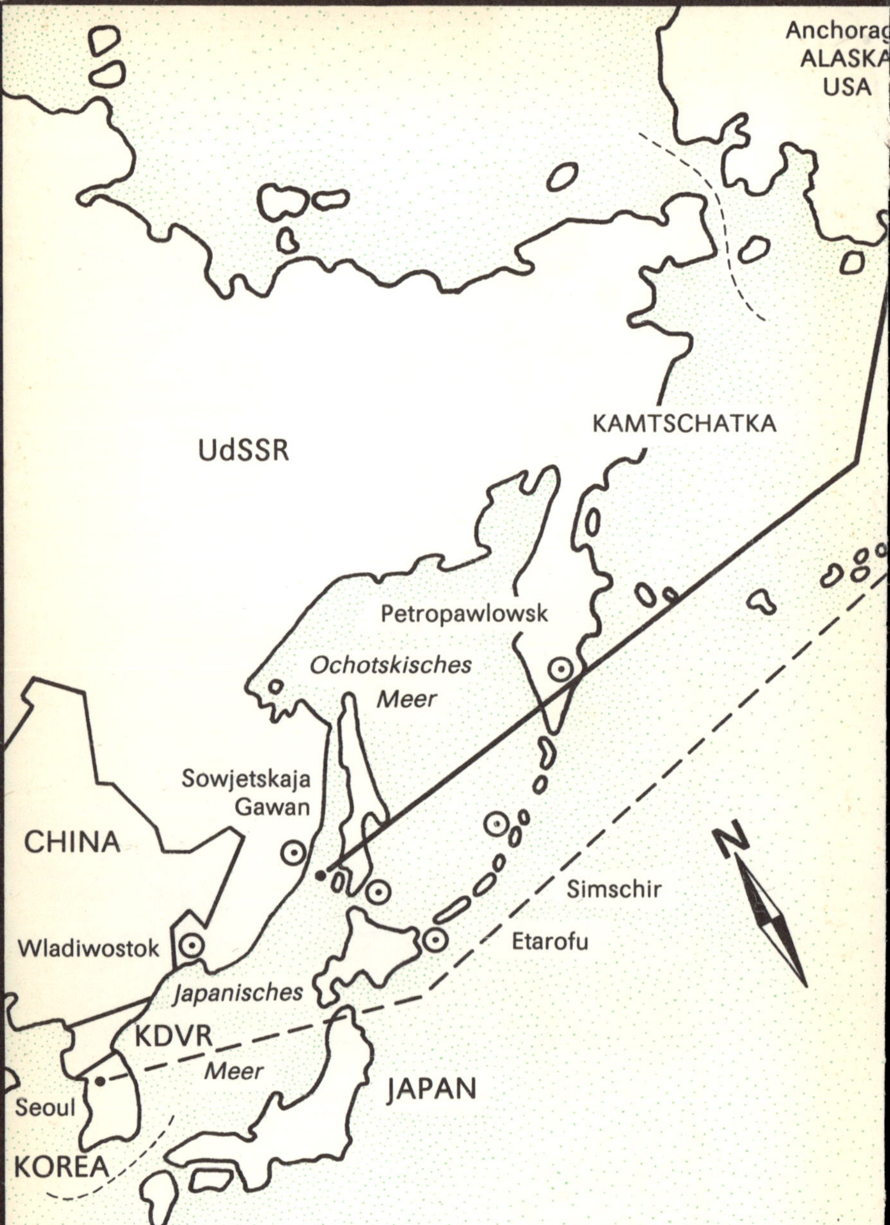

Militärstützpunkte/USA

Militärstützpunkte/UdSSR

Kontrollpunkt-Flugleitung

Radarstation

Absturzstelle

Landesgrenzen